J. KENNER

Year of Passion

Oktober – November – Dezember

J. KENNER

YEAR *of* PASSION

OKTOBER
NOVEMBER
DEZEMBER

Drei Romane in einem Band

Aus dem Amerikanischen von Nicole Hölsken
und Emma Ohlsen

DIANA

MIX
Papier aus verantwortungsvollen Quellen
FSC® C083411
FSC www.fsc.org

Verlagsgruppe Random House FSC®N001967

Deutsche Erstausgabe 05/2019

Die Originalausgabe erschien 2018 unter dem Titel *Man of the Month. In too deep. Light my fire. Walk the line* bei Martini & Olive.
Das Bonusmaterial erschien 2018 in J. Kenner, Suzanne M. Johnson: *Bar Bites* bei Evil Eye Concepts, Inc.

Übersetzung: Nicole Hölsken (Oktober, Dezember),
Emma Ohlsen (November, Bonusmaterial)
Redaktion: Anita Hirtreiter, Antje Steinhäuser
Umschlaggestaltung: t. mutzenbach design, München
Covermotiv: © Bundle 4: PeopleImages / gettyImages und CURAphotography,
AS Inc, surachet khamsuk, Christopher Hall, MrVander / shutterstock.com
Satz: Christine Roithner Verlagsservice, Breitenaich
Druck und Bindung: CPI books GmbH, Leck

Printed in the Czech Republic
ISBN 978-3-453-36026-6

www.diana-verlag.de
Dieses Buch ist auch als E-Book lieferbar.

INHALT

YEAR *of* PASSION

OKTOBER

Hannah Donovan ist intellektuell und karriereorientiert, Anwältin und dazu noch auf einschüchternde Weise schön. Ich habe es eher mit Hanteln als mit Büchern und betrete Gerichtsgebäude nur, wenn ich mal wieder einen Strafzettel habe.

Sie ist die fantastischste Frau, die ich je gesehen habe. Wie hätte ich ihr die Bitte abschlagen können, für ein Wochenende ihren Verlobten zu mimen?

Nie hätte ich erwartet, dass unsere geheuchelten Küsse sich so echt anfühlen würden … oder dass sie zu einer atemberaubenden, unvergesslichen Nacht im Bett führen würden.

Als Paar sind wir sehr überzeugend, doch es sollte nie mehr als eine Fantasie sein.

Ich kann mir nicht vorstellen, jemals gut genug für sie zu sein, aber ich komme nicht von ihr los. Und ich bin wild entschlossen, alles zu tun, um diese Fake-Verlobung Wirklichkeit werden zu lassen.

1

»Und?«, fragte Easton. »Was denkst du?«

Hannah Donovan schlenderte langsam durch den sonnenbeschienenen Empfangsbereich, der eine Ecke im siebten Stock des Towers der Bank of America, Ecke Sixth Street und Congress Avenue, einnahm. Ihr zukünftiger Kanzleipartner, Easton Wallace, hatte ein breites Grinsen auf seinem klassisch gut aussehenden Gesicht. Hinter ihm stand – in abgeschnittenen Shorts und mit stacheligem, blauem Haar – Selma Herrington, Eastons Freundin, mit der sich auch Hannah innerhalb kürzester Zeit angefreundet hatte, und wandte ihnen den Rücken zu. Sie presste die Hände auf das Fensterglas und überblickte Austins berühmte Sixth Street.

»Es ist fantastisch«, antwortete Hannah, die das alles immer noch nicht so recht glauben konnte. Waren sie tatsächlich dabei, Räumlichkeiten zu pachten? Sollte ihr Traum von einer eigenen Kanzlei tatsächlich Wirklichkeit werden?

Sie verzog das Gesicht. Anscheinend. Immerhin hatte sie bereits bei Brandywine Consulting gekündigt, wo sie bis zum gestrigen Tag eine ganz einträgliche Stelle als firmeninterne Anwältin innegehabt hatte. Aber kaum hatte sie die Kündigung eingereicht, hatte dieser Mistkerl von einem Chef sie sogleich in ihren Resturlaub geschickt. Im Grunde hatte er sie zur Tür hinausgeworfen, ohne dass auch nur Zeit für einen Abschieds-Cupcake im Pausenzimmer gewesen wäre.

Aber das ging schon in Ordnung. Denn nun war sie frei wie ein Vogel. Wenn auch ein etwas verängstigter Vogel, der vor einem brandneuen Abenteuer stand.

Ein Vogel, der nicht über das Geld verfügte, mit dem sie gerechnet hatte, um dieses kleine Unternehmen zu finanzieren. Denn ihr mieser Ex-Chef hatte eine entsprechende Klausel in ihrem Altersvorsorgeplan eingebaut, sodass Hannah für ihren Ruhestand nur noch ein Notgroschen blieb, den sie definitiv nicht anrühren durfte. Und falls sie sich das Geld jetzt trotzdem auszahlen lassen wollte, war die Strafzahlung derart saftig, dass kaum genug übrig bleiben würde, um den Whiskey zu finanzieren, in dem sie ihren Kummer ertränken konnte.

Mit anderen Worten: Sie sah sich diese fantastischen Büroräumlichkeiten an, ohne selbst einen Penny zum Start-Up-Kapital ihrer neuen Kanzlei beitragen zu können. Dabei würde eine beträchtliche Vorauszahlung fällig sein, wenn sie sich tatsächlich zur Pacht entschlossen.

Easton hatte sie davon bislang nichts gesagt.

Nun runzelte er die Stirn und musterte sie. »Du bist viel zu schweigsam. Gefällt es dir nicht?«

Selma wandte sich um und warf ihm aus großen Augen einen erstaunten Blick zu. »Natürlich gefällt es ihr. Andernfalls wäre sie eine Idiotin.«

»Wenn es mir tatsächlich nicht zusagen würde, könnte ich das jetzt wohl kaum mehr zugeben«, gab Hannah belustigt zurück und vergaß für einen Moment ihre Sorgen. »Und um eins klarzustellen«, fuhr sie fort. »Ich finde es großartig. Ich war nur …« Sie unterbrach sich und zuckte mit den Achseln. »Ich kann nur nicht glauben, dass das alles so schnell geht.«

Das war natürlich die Untertreibung des Jahres. Und sie hatte keine Ahnung, wie sie Easton sagen sollte, dass sie eine andere Geldquelle auftun musste. Wie schrecklich, ihn solchermaßen enttäuschen zu müssen, zumal diese Partnerschaft ursprünglich ihre Idee gewesen war.

Sie kannte ihn gut, und ihr war klar, dass er sich zu allem Überfluss in diese Räumlichkeiten verliebt hatte. Zum Teufel, ihr selbst ging es ja genauso. Schon auf den ersten Blick war klar, dass sie wohl kaum einen besseren Sitz für ihr Unternehmen finden konnten.

Die Räumlichkeiten waren wirklich atemberaubend. Sie bildeten ein U, das die Hälfte der Ostwand, die gesamte Nordwand und die gesamte Westmauer einnahm. Der winzige verbleibende Raum wurde als Lagerraum für die Bank genutzt, der das Gebäude gehörte. Mit anderen Worten: Dieses Stockwerk würde ausschließlich den Mitarbeitern und Klienten der Rechtsanwaltskanzlei Wallace & Donovan vorbehalten sein.

Ein paar doppelte Glastüren führten in den luxuriösen Empfangsbereich, der nach Osten zeigte und von dem man einen Ausblick über die Sixth Street hatte. Genau neben der Rezeption befand sich ein großer Konferenzsaal – ebenfalls mit gläsernen Wänden –, der nach Norden zeigte und von dem man auf das historische Driskill-Hotel hinabblickte und zudem noch eine winzige Ecke des Texas State Capitol erkennen konnte. Durch das ganze Glas war der Raum freundlich, luftig und lichtdurchflutet. Trotzdem war der Konferenzsaal mit automatischen Blenden ausgestattet, sodass Klienten und Anwälte, wenn nötig, auch eine gewisse Privatsphäre hatten.

Büros für andere Anwälte, die keine Partner waren – falls sie überhaupt welche einstellen würden –, säumten die nördliche und westliche Mauer und konnten auch von den Rechtsanwaltsgehilfen genutzt werden. Von dem Eckbüro im Nordwesten aus hatte man einen atemberaubenden Ausblick auf die Congress Avenue. Aus der südwestlichen Ecke der Kanzlei sah man den Fluss in der Ferne. Alles in allem waren die Räumlichkeiten schlicht unglaublich.

»An schnell ist ja nichts auszusetzen, wenn es richtig ist«, sagte Easton zu ihr und zwinkerte Selma zu, offensichtlich in Anspielung auf ihre Wirbelwind-Romanze. »Und davon bin ich überzeugt. Diese ganze Idee ist genau das Richtige. Diese Räumlichkeiten. Unsere Firma. Du und ich als Partner.« Er schritt zu ihr herüber und legte einen Arm um sie, genau wie früher, wenn er ihr an der Uni zu einer guten Note oder einer besonders ausgefuchsten Lösung zu den in den Seminaren erörterten Fällen gratuliert hatte. »Seit wir den Sprung gewagt haben und dem hier zugestimmt haben, habe ich ein gutes Gefühl. Selbst meine verrückte Berühmtheit hat sich zu unseren Gunsten ausgewirkt. Ich bekomme alle möglichen Anrufe von Leuten, die mir ein Mandat übertragen wollen.«

Easton und Selma waren vor nicht allzu langer Zeit in aller Öffentlichkeit mit heruntergelassener Hose – beziehungsweise Selma mit hochgeschobenem Rock – erwischt worden. Der Skandal hatte Easton die Chance aufs Richteramt vermasselt, aber wie sich herausstellte, machte ihm das nicht allzu viel aus. Eigentlich war er sowieso lieber Anwalt – und so war er ausgestiegen und hatte Hannahs Vorschlag aufgegriffen, mit ihr zusammen eine Kanzlei zu gründen. Ein Vorschlag, der, als sie ihn gemacht hatte, absolut seetüchtig gewesen war, jetzt aber ein Leck hatte.

»Ich habe auch ein gutes Gefühl«, versicherte sie ihm. »Ich schwöre, dass ich jetzt nicht kneife.« Das würde sie ihm nicht antun. Die Sache war für sie beide einfach zu wichtig. Dieses Unternehmen war ihre Zukunft. Und es war genau die Anwaltskarriere, die sie sich wünschte. Eine lebendige Praxis, in der sie interessante Arbeit leisten konnte, an der Seite eines Partners, dem sie vertraute. Sie hatte ihre Kollegen an ihrem alten Arbeitsplatz sehr gemocht, und sie würde es vermissen, ihre Freunde nicht mehr täglich zu sehen. Aber trotzdem war sie in ihrer alten Firma eingegangen wie ein Primelchen, denn die eigentliche Arbeit hatte sie zu Tode gelangweilt.

Die Stelle bei Brandywine Finance and Consulting war ihre zweite Anstellung als Anwältin gewesen. Zuerst hatte sie in einer riesigen Kanzlei gearbeitet, wo sie jahrelang an Fällen gesessen hatte, die so umfangreich gewesen waren, dass sie oft nur einen juristischen Teilaspekt kannte – in das große Ganze des jeweiligen Rechtsstreits war sie fast nie eingeweiht worden.

Die Arbeit war zwar in Teilen durchaus interessant gewesen, aber sie hatte nur wenig Kontakt zu ihren Klienten gehabt, und sogar noch weniger Kontakt mit dem gesamten Schlachtplan. Sie wusste, dass sie ihren Beitrag leistete, aber nach einer ganzen Weile hatte sie es nicht mehr ertragen, und sie hatte die Festanstellung bei Brandywine angenommen.

Zunächst war das eine Verbesserung gewesen, aber über kurz oder lang war auch diese Arbeit zur Routine geworden, und es ging nicht länger um die Tätigkeit an sich, sondern um die regelmäßige Gehaltszahlung. Beinahe schon zu spät hatte sie erkannt, wie sehr sie sich wünschte, da draußen mit tatsächlichen Fällen zu tun zu haben. Detaillierte juristische Schriftstücke zu verfassen, die geltendes Recht infrage stellten. Berufserfahrung zu sammeln und sich einen Ruf zu erwerben.

Glücklicherweise wollte Easton das Gleiche.

Unglücklicherweise hatte sie Zeit verloren – die meisten Anwälte ihres Alters, die sich selbstständig machten, hatten bereits eine Handvoll Klienten in der Tasche. Wenn sie also erfolgreich sein wollte, musste sie dieser Kanzlei ihre ganze Kraft und Aufmerksamkeit widmen, durfte sich von nichts und niemandem ablenken lassen.

»Ich weiß, dass du nicht kneifst«, versicherte Easton ihr. »Aber zunächst mal müssen wir das hier in trockene Tücher bringen. Wenn wir zu lange zögern, schnappt uns jemand dieses Büro womöglich vor der Nase weg. Ich habe als Erster einen Besichtigungstermin ergattert, weil der Typ, der die Räumlichkeiten in diesem Gebäude vermietet, mir einen Gefallen schuldig ist. Aber er hält uns das Objekt nur bis Montagmorgen frei. Danach sind wir nicht mehr die einzigen Interessenten. Außerdem: Je eher wir uns dafür entscheiden, umso eher können wir uns auch mit Klienten hier treffen.«

Hannah wandte sich langsam um, musterte ihre Umgebung aufmerksam. Und ja, auch sie war ganz versessen auf diese Räumlichkeiten. »Ganz sicher werden sie über dieses Büro staunen.« Die Anwaltskanzlei, die vorher hier untergebracht gewesen war, war aufgelöst worden, sodass man sogar deren gesamte Bibliothek übernehmen konnte, einen großzügigen Raum, in dem sich sämtliche notwendigen Ressourcen befanden und der das Zentrum des Etablissements bildete.

»Du darfst auch wählen, welches Eckbüro du haben willst«, fügte Easton hinzu. »Lieber Ausblick aufs Capitol oder auf den Fluss. Wir überlassen nichts dem Zufall.«

»Wirklich?« Sie warf ihrem Freund einen schnellen Blick zu.

»Natürlich bist du als Erste dran. Ohne dich würde das hier nicht laufen.«

Ihr drehte sich der Magen. Denn in Wahrheit würde das hier auch *mit ihr* vielleicht nicht laufen. Nicht, solange sie ihren Anteil an der Summe nicht aufbringen konnte.

Sie holte tief Luft, um den Mut zu finden, Easton die harte, kalte Wahrheit zu sagen, aber da streckte Selma die Hände zu beiden Seiten aus und wirbelte auf diese für sie so typische Weise zu Easton hinüber. »Na ja, mir gefällt's. Aber, Schatz, kannst du dir das denn überhaupt leisten?«

»Wir«, sagte er und lächelte Hannah zu, während er mit dem Daumen über Selmas Lippen fuhr und sie an sich zog. »Und natürlich können wir. Nicht wahr?«

»Absolut«, bestätigte Hannah, lächelte beiden zu und war ungeheuer stolz darauf, dass ihre Stimme fest blieb. Verdammt, ihr musste einfach irgendeine Lösung einfallen. »Wir wären ja verrückt, wenn wir uns nicht draufstürzen würden«, fügte sie hinzu, um den beiden ihre Begeisterung zu zeigen, aber ebenso, um sich selbst davon zu überzeugen. Denn es wäre wirklich vollkommen hirnrissig gewesen, einen so fantastischen Deal sausen zu lassen. Besonders, wenn der einzige Stolperstein Hannahs Geldmangel war.

Wenigstens war im Pachtvertrag eine zweiwöchige Rücktrittsklausel vorgesehen, wie Easton ihr mitgeteilt hatte. Sie hatte also noch zwei Wochen Zeit, um sich entweder das Geld zu beschaffen oder Easton alles zu beichten.

Irgendwie würde sie das Kapital schon auftreiben. Schließlich war es ja nicht so, als hätte sie überhaupt keine Optionen mehr. Es gab immer noch ihre Mutter und das Geld, das Mom immer als den Hannah-Fond bezeichnete. Im Augenblick kam sie nicht dran, zugegeben. Aber vielleicht, nur vielleicht, ließ sich daran ja etwas ändern.

Sie dachte gerade darüber nach, wie sie mit ihrer Mutter darüber reden wollte – und, was noch wichtiger war, mit ihrem Stiefvater –, als sie Selmas bedeutungsschweren Blick auf sich ruhen spürte. Die Augen der Freundin funkelten neugierig, bevor sie sich wieder Easton zuwandte und ihm einen kleinen Schubs versetzte. »Okay, Mister, wir sind hier fertig. Los. Widme dich mal wieder deinen Männeraufgaben.«

Er riss erstaunt die Augen auf, und um seine Lippen zuckte es vor offensichtlicher Belustigung. »Willst du mich etwa loswerden?«

»Hm, na ja. Hannah und ich haben noch was vor«, verkündete sie, was Hannah vollkommen neu war. »Wir wollen Cocktails trinken gehen und die heißen Jungs angaffen. Oder die heißen Frauen«, fügte sie mit einem Blick auf Hannah hinzu. »Falls dir die lieber sind.«

Hannah zuckte mit einer Schulter und zwang sich zu lächeln. »Egal. Ich nehme beides.«

Selma lachte, als Easton eine Augenbraue in die Höhe zog. »Nur angaffen?«

»Keine Sorge«, versicherte Selma ihm. »Andere Männer schaue ich nur an.« Sie legte ihm die Arme um die Taille und schmiegte sich an ihn. »Und manchmal macht es danach umso mehr Spaß, dich zu berühren. Falls nötig, ist hier schon mal ein kleiner Vorgeschmack. Damit du dich dran erinnerst, warum du ausgerechnet *zu mir* nach Hause kommst.« Sie küsste ihn – heiß und innig und so ausgiebig, dass Hannah langsam das Gefühl beschlich, in einer anderen Dimension beziehungsweise in einem Softporno gelandet zu sein.

Als Selma dann auch noch Eastons Hintern umfasste, fand sie, dass es Zeit wurde, die Show abzukürzen. »Okay, ihr beiden. Nehmt euch ein Zimmer.«

Selma löste sich von ihrem Freund, grinste selbstgefällig, und Easton streckte die Hände aus und deutete auf den riesigen, leeren Empfangsbereich. »Ein Zimmer?«, wiederholte er. »Deshalb sind wir doch hier, oder?«

Hannah stemmte eine Hand in die Hüfte und legte den Kopf schief. »In unserer Kanzlei wird es keinen wilden Sex auf den Schreibtischen geben. Insbesondere nicht, da einer von uns niemanden zum wilden Sex hat.«

Denn um das Maß voll zu machen, war Hannah jetzt schon seit über sechs Monaten Single und überdies noch vögel-frei.

Bedauerlicherweise schien sich dieser Zustand auch in absehbarer Zeit nicht ändern zu wollen. Ein besonders unglücklicher Umstand, da ein respektabler Freund mit einem guten Job und anständigen Manieren der Schlüssel zur Lösung ihrer momentanen finanziellen Probleme hätte sein können.

Und offen gesagt vermisste sie auch die mit einem Freund einhergehenden Vorzüge.

2

»Mehr als sechs Monate?« Selma sah so schockiert aus, dass Hannah beinahe vom Stuhl gerutscht wäre, um sich unter der lang gestreckten Eichenbar des The Fix on Sixth zu verstecken. Diese Austiner Bar besaß nicht nur Atmosphäre, sondern war auch praktischerweise nur wenige Straßen von den Räumlichkeiten entfernt, die möglicherweise und hoffentlich bald Hannahs brandneues Büro beherbergen würden.

Es war Selmas Idee gewesen, diese Bar zu besuchen. Sie war nicht nur Stammgast hier; Selmas Firma, die Austin Free-Tail Distillery, belieferte das beliebte Lokal auch mit einer breiten Auswahl an Whiskeysorten. Nun saßen die beiden Frauen an einem Tisch im kleineren, hinteren Teil der Bar. Selma trank ihren eigenen Whiskey ohne Eis, und Hannah nippte an einem Loaded Corona.

»Sechs Monate«, wiederholte Selma und musterte Hannah eindringlich. »Gütiger Gott, du meinst das tatsächlich ernst.«

Hannah spürte, wie ihre Ohren rot anliefen. »Ist ja kein ganzes Leben.«

»Behauptest du.«

»Ich habe einfach nur keinen mehr getroffen, den ich mochte, und ich bin es leid, irgendwelche Typen aufzureißen, mit ihnen in die Kiste zu steigen und dann meine ganze emotionale Energie darauf zu verschwenden, mich zu fragen, warum er nicht wieder anruft.«

»Kann ich verstehen«, bekannte Selma. »Aber das erklärt noch lange nicht, warum du dich so komisch verhalten hast.«

Hannah blinzelte, versuchte zu erraten, worauf Selma hinauswollte. »Wieso komisch?«

»Eben. Im Büro. Ich kenne dich vielleicht nicht so gut wie Easton, aber wenn Verdunklungsgefahr herrscht, rieche ich das meilenweit gegen den Wind.«

»Gütiger Himmel, kannst du das wirklich?«, neckte Hannah. »Denn ich kann das Wort nicht mal schreiben.«

»Hannah«, mahnte Selma nun mit leiser Stimme. Sie klang fast mütterlich-belehrend. »Spuck's einfach aus, okay? Was ist los?«

Das gehörte zu den Dingen, die Hannah schon von Anfang an so erfrischend an Selma gefunden hatte: Sie redete nicht um den heißen Brei herum. Sie sagte, was sie meinte, und sie meinte, was sie sagte. Bei Selma wusste man immer, woran man war.

Normalerweise war das ein fantastischer Charakterzug.

Aber im Augenblick war er ein bisschen nervig.

»Denk nicht mal dran, der Frage auszuweichen«, sagte Selma. »Komm schon. Erzähl's mir.« Sie streckte die Hand aus und legte sie auf Hannahs, warm und beruhigend. »Wenn es etwas ist, was Easton nicht erfahren soll, dann kann ich ein Geheimnis für mich behalten. Oder du redest mit jemand anderem. Aber reden musst du. Das sehe ich dir doch an.«

Einen Augenblick erwog Hannah, Selma weiszumachen, dass sie mit jemand anderem darüber sprechen würde. Aber warum eigentlich? Selma war da. Selma würde sie zweifellos verstehen.

Und vor allem: Selma war eine Querdenkerin. *Wenn* jemand eine kreative Lösung für ihr Problem finden konnte, dann sie.

»Na gut. Also. Ich bin momentan nicht gerade flüssig.«

Selma lehnte sich auf ihrem Stuhl zurück und nickte bedächtig: »So was in der Art hab ich mir gedacht. Was ist passiert?«

Und wieder wäre Hannah ihr beinahe ausgewichen. Es war ihr von jeher peinlich, über Geld zu reden – oder zumindest über das Fehlen von Geld. Doch sie wusste: Wenn sie den Mund hielt, brachte sie das auch nicht weiter. Am besten also frisch drauf los.

»Es ist meine eigene Schuld. Ich dachte, ich könnte eine Anleihe bei meinem Rentenfonds machen. Du weißt schon, um das Geld zusammenzubekommen, das Easton und ich als Startkapital einbringen wollen.«

»Klar. Und ich nehme an, das kannst du jetzt doch nicht?«

»Habe ich erwähnt, dass mein alter Chef ein Mistkerl ist?«

Selma lachte. »Ein- oder zweimal.«

»Na ja, wenn ich noch ein paar Wochen mit der Kündigung gewartet hätte, wäre wohl alles glatt gelaufen. Aber wegen des Timings – von dem man mir vorher nichts gesagt hatte – kann ich an meinen Rentenfonds nicht ran, ohne beträchtliche Verluste zu machen. Zumindest nicht, bevor ich mich nicht tatsächlich zur Ruhe setze. Und so lange will Easton sicher nicht auf das Geld warten.«

»Du hast sonst nichts auf der hohen Kante?«

»Doch, hatte ich. Aber dann habe ich mir die Wohnung und das Auto gekauft.«

»Kannst du keine Hypothek aufnehmen?«

Hannah schüttelte den Kopf. »Meine Wohnung war ein echtes Schnäppchen, aber der Vorbesitzer hatte sie ganz schön heruntergewirtschaftet. Deshalb habe ich schon eine Hypothek aufgenommen, um für die Reparaturen und die Renovierung aufzukommen. Ich hab's ja gesagt. Ich bin pleite. Aber ich will dieses Projekt nicht aufgeben. Ich meine, ich will das unbedingt durchziehen. Ich will diese Kanzlei. Ich will die Partnerschaft. Und ich will Easton auf keinen Fall im Stich lassen.« Bei der Vorstellung, ihren besten Freund dermaßen bitter zu enttäuschen, drehte sich Hannah der Magen um. Und nicht nur das: Sie wusste, dass Easton diese neue Kanzlei genauso wichtig war wie ihr. Keiner von ihnen beiden hatte momentan einen Job. Diese Selbstständigkeit war ihre Zukunft.

Und wenn sie keine Lösung für ihr Problem fand, dann würde ihr Traum platzen.

»Es wird dir vielleicht nicht gefallen, aber Easton geht es wirtschaftlich recht gut. Und ohne angeben zu wollen, Austin Free-

Tail ist auf jeden Fall auch auf dem aufsteigenden Ast. Also könnte entweder Easton oder ich dir das Geld leihen. Schließlich bist du keine besonders risikoreiche Investition.«

Hannah schüttelte den Kopf. »Sich Geld von Freunden zu leihen bedeutet, dass man am Ende des Tages zwar Geld, aber keine Freunde mehr hat. Also keine Chance.«

Selma verzog das Gesicht, widersprach aber nicht. »Was hast du sonst noch für Optionen?«

Hannah atmete tief ein. Sie hatte nur noch eine einzige Möglichkeit, und die war ein wenig heikel. Eine Option, aber heikel.

»Was?«, hakte Selma nach. »Dir spukt doch irgendwas im Kopf rum. Nun spuck's schon aus.«

»Stimmt. Okay. Na dann. Die Idee zwischen Easton und mir – diese Partnerschaft, meine ich –, die ist nicht ganz neu. Ich habe schon vor ein paar Jahren mal davon gesprochen, kurz nachdem ich meinen Job bei Brandywine angenommen hatte und merkte, dass die Arbeit nichts für mich war. Ich habe jedem erzählt, dass es mir dort gefiel, aber in Wirklichkeit ... na ja, war das nicht ganz so.«

»Du willst mir sagen, dass du das Geld damals hattest, aber jetzt nicht mehr. Das war also, bevor du deine Wohnung gekauft hast?«

Hannah schüttelte den Kopf. »Nein, ich hatte die Wohnung schon, und auch die Hypothek. Aber damals waren meine Eltern bereit, mich finanziell zu unterstützen, wenn ich mich selbstständig gemacht hätte.«

»Sie *waren* bereit«, wiederholte Selma. »Aber jetzt sind sie das nicht mehr?«

»So ungefähr.« Sie trank den Rest von ihrem Loaded Corona, dann bedeutete sie Eric, dem Barkeeper, ihr noch eins zu bringen. Sie liebte diesen einfachen Drink – eine Flasche Corona-Bier, deren geleerter Flaschenhals mit Rum aufgefüllt und mit einem Stück Limone garniert wurde. Aber im Augenblick ging es ihr weniger um den Geschmack. Wenn sie jetzt von ihrer Mutter und Ernest reden musste, brauchte sie Unterstützung durch einen guten, altmodischen Schwips.

Auf der anderen Seite des Tisches wartete Selma geduldig darauf, dass sie weitersprach, dennoch sah Hannah die Fragen, die in ihren Augen lauerten. Also los. Und warum auch nicht? Vielleicht fiel Selma ja tatsächlich eine Lösung ein.

»Hat Easton dir je von meinem Dad erzählt?«

Selma runzelte die Stirn. »Glaube nicht.«

»Er starb, als ich noch klein war. Richtig klein. Er war ein Cop und wurde in Ausübung seiner Pflicht getötet. Es war – na ja, es war furchtbar. Besonders für meine Mom. Ehrlich gesagt kann ich mich an meinen Dad gar nicht mehr so genau erinnern, aber meine Mom hatte wirklich zu kämpfen. Sie war Hausfrau gewesen, und nach seinem Tod war das Geld echt knapp. Sie hatte die Schule abgebrochen, aber sie ist dann wieder hingegangen, hat ihren Abschluss gemacht und bekam schließlich einen Job als Lehrerin. Sie war entschlossen, mir meinen Collegebesuch zu finanzieren.«

»Tolle Frau.«

»Ich weiß. Sie war fantastisch. Aber das Geld war immer noch knapp, und sie riet mir immer wieder, schlau zu sein. Mir einen Beruf zu suchen, in dem ich viel Geld verdienen und meinen Lebensunterhalt selbst bestreiten könnte. Und sie legte fünfzig Riesen aus einer der Lebensversicherungen meines Dads auf einem Sparkonto fest. Er hatte diese Lebensversicherung für mich abgeschlossen und versprochen, mir das Geld zu geben, sobald ich mir eine solide berufliche Karriere aufgebaut hätte, aber noch zusätzliches Geld brauchte, um noch weiterzukommen.«

Selma lehnte sich zurück und legte offensichtlich verwirrt den Kopf schief.

»Ja«, sagte Hannah. »Ich weiß.«

»Warum denn? Warum führen wir dieses Gespräch? Ihr wollt beide fünfzigtausend in diese Kanzlei stecken, stimmt's? Wenn du also fünfzigtausend auf der Bank hast …«

Hannah wartete, bis die vertraute Blase des Zorns sich wieder gelegt hatte. »Wegen Ernest.«

»Wer ist Ernest?«

»Mein Stiefvater. Als er auf der Bildfläche erschien, schlug Mom eine andere Tonart an. Es war jetzt nicht mehr mein Beruf, der im Vordergrund stand, sondern mein Leben. Das Geld, so sagte sie, gehöre immer noch mir, aber mein Vater habe nicht gewollt, dass ich mein Leben mit der Arbeit vergeude …«

»Vergeude?«

»Das waren ihre Worte. Und sie sagte noch mehr. Im Grunde läuft es darauf hinaus, dass ich das Geld erst bekomme, wenn ich mich in einer stabilen Beziehung befinde. Meiner Mom zufolge kann ich dann damit machen, was ich will, es also auch für meine Karrierepläne benutzen.«

»Wow. Warum? Woher dieser Sinneswandel?«

Hannah zuckte mit den Schultern. Sie hatte da so ihre eigenen Theorien, aber das spielte keine Rolle. Sie musste jetzt lediglich einen Weg finden, wie sie an das Geld kommen konnte.

»Im Grunde müssen wir dich also nur mit einem passenden Partner zusammenbringen.«

»Wer weiß? Vor vier Jahren habe ich schon einmal nach dem Geld gefragt. Ich wollte es für den Kauf einer anderen Wohnung verwenden. Einer Wohnung, in der es nicht so viel zu tun gab wie in meiner. Und damals *war* ich in einer Beziehung.«

»Und sie hat Nein gesagt?«

»Anscheinend fanden sie und Ernest nicht allzu viel Gefallen an der Tatsache, dass mein Partner eine Frau war und Janet hieß. Aber selbst wenn Janet ein Jack gewesen wäre, hätten sie wieder eine andere Ausrede gefunden. Wahrscheinlich ist es blöd von mir zu glauben, dass ich das Geld jemals bekomme. Das ist so frustrierend, denn ich weiß, dass Daddy diese zweite Lebensversicherung nur abgeschlossen hat, um für mich zu sorgen. Aber er hat Mom als Begünstigte eintragen lassen, und deshalb schaue ich in die Röhre.«

»Hm, du bist doch gar nicht mehr mit Janet zusammen. Vielleicht haben deine Eltern ja vorausgesehen, dass die Beziehung nicht von Dauer sein würde.«

Tiffany, eine der Kellnerinnen, stellte das frische Loaded Corona und einen Korb Brezeln mit Käsedip vor sie hin. »Geht aufs Haus. Eric sagt, ihr beide seht aus, als ob ihr ernsthaft arbeitet und ein paar Kalorien nötig habt.«

»Ernsthafte Intrigen, meinst du«, sagte Selma und winkte Eric zum Dank zu.

»Intrigen?«, wiederholte Hannah, nachdem Tiffany an einen anderen Tisch weitergezogen war.

»Klar. Wir müssen dir nur eine Beziehung suchen. Und was die Dauerhaftigkeit angeht, finde ich, es muss nur so lange nach wahrer Liebe aussehen, bis du das Geld in Händen hältst.«

»Ja, na ja, mir gefällt deine Denkungsart.« Tatsächlich hatte sie überhaupt kein schlechtes Gewissen bei der Vorstellung, ihre Mom und ihren Stiefdad hereinzulegen. Immerhin ertrank Ernest beinahe in Geld; es war also nicht so, als hätte ihre Mom das Geld gebraucht. Und Hannahs Vater hätte sich gewünscht, dass sie das Geld bekam. Eigentlich war es in diesem Fall ja sie selbst, der übel mitgespielt wurde. Und wenn sie sich die Hände schmutzig machen musste, um das zu bekommen, was ihr von Rechts wegen ohnehin zustand, war sie bereit dazu.

Allerdings brauchte sie jemanden, der sich mit ihr auf dieses Abenteuer einließ. »Das Problem ist, dass meine einzige Option auf eine mögliche Fake-Beziehung – bei der ich meine Eltern noch nicht mal wirklich belügen würde – jetzt dahin ist.«

»Ja? Wen meinst du?«

»Easton.«

Selma riss erstaunt die Augen auf, dann verschränkte sie die Arme über der Brust. »Und es wäre nicht mal gelogen, weil ...?«

Hannah warf ihr ein spitzbübisches Grinsen zu. »Weil wir Partner sind, oder nicht?«

Selma schnaubte. »Stimmt schon.«

»Aber ernsthaft, selbst wenn ich ihnen Easton als meinen Freund präsentieren wollte, würde es nicht funktionieren. Ernest kommt ziemlich oft nach Austin, und irgendwann würde er dich mit Easton zusammen sehen. Und irgendetwas sagt mir, dass er es nicht allzu toll fände, wenn mein Mann mich betrügt.«

»Wahrscheinlich nicht. Plan B?«

»Wenn ich das wirklich durchziehe – und das werde ich, denn was bleibt mir sonst übrig –, brauche ich eine glaubwürdige Beziehung, am besten eine Verlobung. Ich könnte die wunderbaren Neuigkeiten kommendes Wochenende auf ihrer jährlichen Hochzeitstagsparty verkünden. Und dann, später, meine Mom anrufen und ihr tränenüberströmt von unserer katastrophalen Trennung berichten. Natürlich erst, nachdem ich im Besitz meines Geldes bin.«

»Das wäre nur allzu gerecht. An wen hast du gedacht?«

Sie sah sich in der Bar um. Entdeckte ein paar ihrer Freunde, die bereits liiert waren, aber auch ein paar Leute, die sie noch nicht kannte. »Ich habe keine Ahnung. Vielleicht muss ich mich dafür mal ins Reich der Fantasie begeben. Jean Paul. Ein französischer Archäologe, der an der Stanford University unterrichtet. Wir lernten uns bei einem seiner Seminare in Austin kennen, und nun macht er sich auf den Weg nach Afrika. Aber wir sind total verliebt und wollen in der Provence heiraten.«

»Ich dachte immer, Anwälte wären bessere Lügner.«

»Witzig. Ich finde, es gibt keinen besseren Freund als Jean Paul.«

»Nicht mal annähernd. Das Geheimnis der perfekten Lüge besteht darin, so nah wie möglich an der Wahrheit zu bleiben. Das weiß doch jeder.«

»Und was schlägst du vor?«, fragte Hannah.

Ein breites, bedächtiges Grinsen breitete sich auf Selmas Gesicht aus. »Ich sage, dass du das mir überlassen solltest.«

3

»Komm schon, Griff«, sagte Matthew Herrington, als er seinen neuesten Kunden entdeckte, für den er ein Personal Training entwickelt hatte. »Noch einmal, dann hast du deine persönliche Bestleistung erreicht.«

»Wenn du mich weiter so zwiebelst, hau ich dir eine runter«, knurrte Griffin, dessen Arme zitterten, als er die Langhantel höher und höher hinaufstieß, bis Matthew sie festhielt und ihm half, sein Gewicht aufs Gestell zu hieven.

»Das war herausragend«, sagte Matthew ehrlich begeistert.

»Aber echt«, drang Selmas Stimme vom anderen Ende des Fitnessstudios – des *geschlossenen* Fitnessstudios – zu ihnen herüber. Dann kam sie auf sie zu. »Wie lange trainierst du jetzt schon, Griff?«

»Noch nicht lang«, murmelte der, den Kopf gebeugt, als er sich aufsetzte. Dann zog er sein stets parat liegendes Hoodie über. Er schloss den Reißverschluss der Jacke und stand auf, wobei er Selma den Rücken zuwandte. »Ich geh jetzt duschen. Man sieht sich, Selma«, rief er ihr über die Schulter hinweg zu und trottete auf den hinteren Bereich des Fitnessstudios zu.

Kaum war die Tür zur Umkleide ins Schloss gefallen, stürzte Matthew sich auf seine Schwester. »Was zum Teufel ist los mit dir?«

»Mit mir? Wovon sprichst du?«

»Der Mann machte sein Workout in Sportshorts und Tanktop. Was zum Teufel meine ich da wohl?«

Einen Augenblick lang sah sie ihn nur verständnislos an. Dann dämmerte es ihr offensichtlich, und ihre Augen weiteten sich vor Schreck. »Seine Narben. O Scheiße, Matthew. Tut mir so leid. Ich hab einfach nicht nachgedacht. Ich meine, wenn ich mit ihm im The Fix rede, dann ist er immer so cool und witzig. Mir ist nicht mal der Gedanke gekommen.«

Matthew atmete hörbar aus, dann nickte er. Einer Frau wie seiner Schwester konnte er nun mal nicht dauerhaft böse sein. Einer Frau, die verstand, warum Griff sich seiner Narben schämte, es gleichzeitig aber dann doch wieder vergaß.

Matthew jedoch verstand ihn voll und ganz. Er wusste, wie es war, wenn die anderen Kids einen anstarrten und über einen kicherten. Ihm war das ebenso ergangen, nicht wegen seines Aussehens – zumindest nicht, nachdem er auf der Highschool war und mit dem Training angefangen hatte –, aber wegen seiner Lesefähigkeiten, seiner Noten und wegen seines verdammten Stotterns. Letzteres hatte er seit Langem abgelegt, ein langsamer Leser war er aber immer noch. Sich durch die klassischen Romane zu kämpfen, die man eigentlich einfach kennen musste, brachte er auch heute noch nicht über sich. Und nach der Lektüre der Tageszeitungen stand sein Hirn immer kurz vor der Explosion.

Mathe, das war sein Ding. Die Zahlen setzten sich ordentlich in die Reihen und Spalten und taten, was man ihnen sagte. Aber Worte …

Nun ja, Worte konnten in viele Richtungen führen und verirrten sich meist in den Windungen seines Geistes. Und damals in der Schule, als er vor der Klasse stehen musste, puterrot geworden war und versucht hatte, seine Gedanken auf die Worte zu konzentrieren und diese zu formen …

Ja, er verstand, warum Griffin verlegen war. Sein eigener Körper war vielleicht nicht zur Hälfte von schlimmen Brandnarben bedeckt, aber er wusste, wie es war, wenn man unversehens im Rampenlicht stand, ohne es zu wollen.

»Tut mir wirklich leid«, wiederholte Selma, als das Schweigen sich zwischen ihnen ausbreitete.

»Er wird schon drüber wegkommen. Aber weißt du, es hatte

einen Grund, warum ich die Tür zum Trainingsraum abgeschlossen hatte.« Matthew hatte ein paar Kunden, die erst in den Abendstunden kamen, um ihr persönliches Training zu absolvieren, und da ein Großteil des Fitnessstudios für sämtliche Goldmitglieder ansonsten vierundzwanzig Stunden geöffnet war, hatte Matthew eigens einen privaten Trainingsbereich im Hinterzimmer mit einem separaten, codegeschützten Eingang eingerichtet.

»Ich habe angenommen, dass du allein trainierst.«

Er hätte beinahe darauf hingewiesen, dass er beim Training genauso wenig unterbrochen werden wollte wie seine Kunden, aber ab einem gewissen Punkt war es bei seiner Schwester sowieso immer besser einzulenken. »Wird schon. Griffin ist cool. Er weiß, dass du ihn nicht in eine peinliche Lage bringen wolltest.«

»Willst du noch mal mit ihm darüber reden?«

Matthew schüttelte den Kopf. »Nee. Wahrscheinlich hat er sich auch schon durch die Umkleide verdrückt.« Er setzte sich auf die gepolsterte Bank, die Griffin freigemacht hatte. »Ist ja sowieso schon nach neun. Warum bist du nicht bei Easton? Alles okay?«

»Machst du Witze? Alles ist einfach perfekt. Ich könnte sterben für einen Saft«, fügte sie hinzu und ging zum Kühlschrank in der Ecke hinüber. »Er weiß, dass ich dich besuchen wollte. Übrigens meinte er, dass du bald mal zum Abendessen ’rüberkommen solltest.«

»Gute Idee.«

Es hatte eine Zeit gegeben, in der Matthew schon befürchtet hatte, dem Anwalt die Seele aus dem Leib prügeln zu müssen. Aber Easton hatte sich wieder gefangen und konnte jetzt stolz auf sich sein. Matthews Ansicht nach konnte kaum ein Paar glücklicher sein als Easton und Selma, und Matthew war begeistert, nicht nur, weil seine Schwester bis über beide Ohren verliebt war, sondern auch, weil sie eindeutig ruhiger geworden war. Zumindest in der Öffentlichkeit. Und solange Easton auch ansonsten mit ihr klarkam, war Matthew der Rest herzlich egal.

Trotzdem war er ein klein wenig eifersüchtig, ein Gefühl, das umso intensiver war, da er nie erwartet hätte, dass Selma einmal sesshaft würde – zumindest nicht so bald. Immer an ein und demselben Ort zu sein – und dann auch noch mit ein und demselben Menschen – hatte sie von jeher nervös gemacht, eine Tatsache, die sie ihrer verkorksten Kindheit zuschrieb. Wer im Kindesalter von seiner Mutter in einer Shoppingmall verlassen wurde, der entwickelte sich halt so, hatte sie immer gesagt.

Bei ihm jedoch hatte dieses Erlebnis genau das Gegenteil bewirkt. Er sehnte sich nach Stabilität. Einem Heim. Einer Familie.

Er wollte das, was seine Eltern gehabt hatten – seine *wirklichen* Eltern. Nicht der biologische Vater, der sich einfach aus dem Staub gemacht hatte, oder die biologische Mutter, die ihre beiden Kinder in der Nische zwischen Sears und einem Cookiestand einfach sich selbst überlassen hatte.

Sein gesamtes Erwachsenenleben lang hatte Matthew sich ein Heim und eine Familie gewünscht. Und jetzt lebte er nur für die Arbeit, und seine Schwester war diejenige, die sich auf eine feste Beziehung eingelassen hatte.

Doch eigentlich durfte er sich nicht beklagen. Immerhin hatte er ein florierendes Unternehmen und ein hübsches Sümmchen auf dem Bankkonto – nicht schlecht für jemanden, der von der Highschool geflogen war.

Aber er wollte mehr. Er wusste nur nicht, wie er drankommen sollte.

»Du guckst mal wieder so komisch«, sagte sie, kehrte zu ihm zurück und reichte ihm eine Dose Kokoswasser. »Bist du immer noch sauer auf mich, weil ich hier einfach reingeplatzt bin?«

»Nein. Alles okay. Ich war nur in Gedanken.«

»Ach ja? Nun, wenn du sowieso schon nachdenklicher Stimmung bist, gebe ich dir jetzt noch was zum Grübeln.«

»Kommen wir also endlich zur Sache?«, fragte er. »Und auf den Grund deines Besuchs zu sprechen?«

»So ungefähr«, antwortete sie. Dann setzte sie sich vor seiner Bank im Schneidersitz auf den Boden und sah zu ihm auf. »Ich möchte, dass du Hannah einen Gefallen tust.«

»Hannah?«

Sie atmete hörbar aus und schürzte die Lippen. »Komm schon, Matthew. Du kennst Hannah doch. Die Anwältin. Sie hat hier sogar schon ein paarmal trainiert mit – oh, mit dem Mädchen, das wir im The Fix kennengelernt haben, das mit Nolan Wood geht. Diesem Radiomoderator, der immer zur Hauptsendezeit dran ist.«

»Shelby«, bestätigte Matthew. »Und natürlich kenne ich Hannah. Ich war nur überrascht, dass du willst, dass ich ihr einen Gefallen tue.«

Das war schlichtweg gelogen. Er war nicht wegen des Gefallens überrascht. Er dachte nicht mal dran. Er dachte nur an Hannah. An ihr strahlendes Lächeln und ihr melodisches Lachen. An diese wilden blonden Locken und ihre schlanke, muskulöse Gestalt. Sie war tatsächlich ein paarmal mit Shelby zum Training gekommen, und ihr Anblick, wie sie in den engen schwarzen Leggins und dem pinkfarbenen Sport-BH ihre Squats absolvierte, hatte ihn fast in den Wahnsinn getrieben.

Hannah Donovan war witzig, sexy und verdammt klug. Und sie hatte Matthew nie die geringste Aufmerksamkeit geschenkt.

»Hast du mir überhaupt zugehört?«

Die Stimme seiner Schwester zerrte ihn wieder in die Gegenwart zurück und vertrieb die lebhaften Bilder von Hannah, die ihm plötzlich vor Augen gestanden hatten.

»Was? Ja.« Er erhob sich, vornehmlich, weil er Bewegungsdrang verspürte. »Du hast gesagt, dass ich ihr einen Gefallen tun soll. Welchen?«

»Das hab ich dir doch gerade erzählt – ich sag ja, du hörst mir nicht zu.«

»Selma …«

Sie hob die Hand, um ihm zu signalisieren, dass sie ihm nicht böse war. »Du musst so tun, als seiest du ihr Freund.«

Er blieb ruckartig stehen. »*Was zum Teufel?*«

»Ehrlich, Matthew, du würdest ihr damit echt weiterhelfen.«

Er setzte sich wieder hin, dann beugte er sich vor und fuhr sich mit den Fingern durchs Haar. Als er sich schließlich wieder aufrichtete, wusste er nicht genau, ob er das Ganze witzig oder erbärmlich finden sollte. Aber er war immer stolz auf seinen Optimismus gewesen. Also setzte er lieber auf lustig. Mit einer feinen erbärmlichen Note. »Hör zu, Selma. Ich weiß, dass du es gut meinst, aber dich auf diese Art und Weise um mich zu kümmern, wird nicht ...«

»Es geht nicht um dich. Ich schwöre es. Und eigentlich hab ich mich auch versprochen.«

»Wie meinst du jetzt das?«

»Sie braucht nicht wirklich einen Freund. Oder nicht irgendeinen Freund. Sie braucht einen ernsthaften Typen. Ein Verlobter wäre eigentlich perfekt.«

Er starrte sie mit offenem Mund an. »Bist du verrückt?«

»Ein bisschen. Warum? Ist das denn ein Problem? Du müsstest einfach nur so tun, als ob.«

Er stand wieder auf und schritt auf und ab. »Bei Gott, Selma, ich liebe dich heiß und innig. Aber entweder bin ich verdammt noch mal noch langsamer, als mir lieb ist, oder du versuchst absichtlich, mich zu veralbern.«

»Mach ich nicht. Ich schwöre es. Es ist nur – o verdammt. Ganz schön kompliziert.«

»Dann versuch, es mir in einfachen Worten zu erklären.«

Sie atmete aus. »Na gut. Hannahs Dad wollte, dass sie fünfzigtausend Riesen von seiner Lebensversicherung bekam. Aber Selmas Mom hat die Verfügungsgewalt über das Geld und rückt es nicht raus, bis Hannah sich in den Klauen der trauten Zweisamkeit befindet. So.« Selma zuckte mit einer Schulter. »War letztlich doch nicht so kompliziert.«

»Kompliziert? Ich finde, du hast das Komplizierte gleich weggelassen und bist direkt zum Wahnsinn übergegangen. Die Sache ist vielleicht schwer zu erklären, aber sie durchzuziehen ist eine ganz andere Geschichte.«

»Oh, komm schon«, drängte sie. »Für dich ist das doch ein Kinderspiel.«

Er starrte sie so lange an, bis sie den Blick senkte. »Und du bist da reingeraten wegen …?«

»Na ja, äh, wegen Easton.«

Er wedelte mit der Hand über dem Kopf herum. »Kannst du das noch mal wiederholen?«

Selma verdrehte die Augen und sah plötzlich wieder aus wie ein kleines Mädchen. Das war schon seit Jahren nicht mehr vorgekommen. »Sie ist Eastons beste Freundin. Die beiden wollen eine Kanzlei eröffnen. Aber Hannah ist pleite und hat ein Problem damit, Easton das Ganze finanzieren zu lassen.«

»Und wenn sie diese Police nicht ausbezahlt bekommt, dann tritt sie von der möglichen Partnerschaft mit Easton vielleicht zurück«, ergänzte er.

»Was für alle Beteiligten total ätzend wäre«, beendete sie ihren Bericht. »Ich wusste, du würdest es kapieren. Du hilfst ihr also?«

»Selma …«

»Bitte! Tu es für *mich*. Für deine wundervolle Schwester, die dich liebt. Für Easton ist das alles total wichtig. Nach diesem Fiasko in dem Kindermuseum …«

Er riss die Augen auf. »Und das willst du jetzt *mir* anlasten? Ich war nicht derjenige, den man mit bis zu den Ohren hochgezogenem Rock fotografiert hat.«

»*So* hoch hatte ich ihn nun auch wieder nicht. Und außerdem befanden wir uns hinter verschlossenen Türen. Ist schließlich nicht unsere Schuld gewesen, dass heutzutage keiner mehr anklopft. Der Punkt ist doch«, fuhr sie eilig fort, »dass die Gründung dieser Kanzlei Easton total wichtig ist. Und Hannah auch. Und ich habe mitbekommen, wie du sie anschaust. Eine Quälerei wird es für dich also gewiss nicht.«

»Ich müsste ja auch schon tot sein, um sie nicht anzusehen, aber sie ist nicht mein Typ.« Auch das war gelogen. Kam aber der Wahrheit trotzdem nahe, denn er war sich verdammt sicher, dass *er* nicht *ihr* Typ war. »Und außerdem bezweifle ich ernsthaft, dass ich der Typ Mann bin, über den ihre Eltern vor Freude Luftsprünge machen.«

»Du bist ein Mann. Vertrau mir. Bei Hannahs Familie ist das schon eine ganze Menge, um sie glücklich zu machen.« Sie sah ihn mit großen Welpenaugen an. »Machst du es?«

Matthew fand eigentlich, dass die ganze Aktion zum Scheitern verurteilt war. Aber statt Nein zu sagen, wurde er unsicher. »Ich werde darüber nachdenken.«

Selmas Lächeln wurde strahlender, als es bei so einer vagen Antwort angemessen gewesen wäre, und Matthew hatte das unbestimmte Gefühl, dass er beileibe noch nicht alles wusste. »Danke, großer Bruder. Was will ich mehr?«

4

»Ich hab's geschafft!« Elena Anderson sprintete beinahe durch das The Fix auf den Tisch zu, an dem Hannah und Selma ihren Freitags-Absacker genossen. Es handelte sich um die Spezialität der Bar, den Pinot Spritz, zu dem sie Piment-Käse-Cracker futterten. »Vor euch steht die neueste Mitarbeiterin des Austin Center for Downtown Conservation and Revitalization.«

Elena war die Tochter des Barbesitzers Tyree. Sie hatte kurz geschnittenes Haar, wunderschöne, markante Wangenknochen und eine Haut, die genauso dunkel war wie die ihres Vaters. In diesem Augenblick trug sie zudem das breiteste Lächeln zur Schau, das Hannah je gesehen hatte.

Hannah kannte Elena nicht allzu gut, aber dennoch sprang sie auf und folgte Selmas Beispiel, die die junge Frau flüchtig in die Arme nahm und ihr von Herzen gratulierte.

»Vielen lieben Dank«, sagte Elena, nachdem sie sich wieder hingesetzt hatten. Sie füllte eines der leeren Gläser mit dem Pinot Spritz und erhob es. »Auf den Beginn meiner Wahnsinns-Karriere«, rief sie, und alle ließen die Gläser klirren.

»Elena will als Stadtplanerin arbeiten – im Herbst beginnt sie ihren Masterstudiengang«, erläuterte Selma.

»Ich will mich auf die Planung wachsender Städte spezialisieren, insbesondere von solchen mit historischem Kern – wie Georgetown«, erklärte Elena, womit sie jene kleine Stadt ansprach, die etwa dreißig Meilen nördlich von Austin lag. »Das bedeutet, das städtische Wachstum zu regulieren und zu planen, und zwar unter Erhalt des jeweiligen Ortscharakters, zum Beispiel durch eine historische Hauptstraße oder einen entsprechenden

Platz. Das ist es, was mich wirklich interessiert. Und damit beschäftigt sich auch das ACDCR.«

»Klingt faszinierend«, sagte Hannah.

»Letztendlich würde ich gern für eine bundesstaatliche oder nationale Beratungsfirma arbeiten, aber das hier ist ein großartiger Einstieg, und wenn man bedenkt, dass der Erhalt der historischen Gebäude an der Sixth Street in aller Munde ist, wird es sicher auch eine fantastische Erfahrung.«

Selma streckte den Arm aus und griff nach Elenas Hand. »Ich freu mich so für dich.«

»Ja, hm, und ich bin dir echt was schuldig, weißt du?«

»Wirklich?«, fragte Hannah. »Warum?«

Selma zuckte lässig mit einer Schulter. »Ich hab nichts weiter getan, als darauf hinzuweisen, dass Elena hervorragende Arbeit leistet.«

»Nun, Ms. Gonzales mag dich wirklich gern. Sie hat mir davon erzählt, wie toll du das Gebäude, in dem die Destillerie untergebracht ist, restauriert hast und wie sehr sie es zu schätzen weiß, wenn du für wohltätige Zwecke spendest und so weiter und so fort.«

»Wie gesagt, ich habe nicht mehr getan, als Lobeshymnen auf dich zu singen.«

»Ich weiß es jedenfalls zu schätzen«, fügte Elena hinzu. »Sicher hat bei all dem auch noch die Tatsache eine Rolle gespielt, dass dieses Gebäude meinem Dad gehört. Ist übrigens auch ein historischer Bau, wisst ihr? Aber am Ende des Tages hast du mir nun mal geholfen, den Job zu bekommen. Und dir zu Ehren schmeiße ich jetzt die nächste Runde.«

»In diesem Fall heimse ich die Lorbeeren gern ein«, antwortete Selma und sah dann Hannah an. »Siehst du? Ich habe ihr einen Job und dir einen Verlobten verschafft. Ehrlich, ich finde, ich habe mir diese Woche ein paar dicke Pluspunkte verdient.«

»Warte. Wie bitte?« Hannah beugte sich vor. »Habe ich zu viel

Pinot Spritz getrunken, oder hast du gerade gesagt, dass du mir einen Mann besorgt hast?«

Selma lehnte sich zurück und polierte sich die Nägel an der Brust. »Sag, dass ich gut bin.«

»Du bist toll. Aber wen?«

»Matthew natürlich.«

»Ernsthaft?« Elena riss erstaunt die Augen auf. »Er hat sich bereit erklärt, so zu tun, als sei er mit Hannah verlobt?«

»Sie hat dir davon erzählt?«, fragte Hannah Elena, die zumindest den Anstand hatte, verlegen dreinzublicken. »Ich meine, ist schon gut. Ist ja kein Geheimnis. Na ja, außer vor meinen Eltern.«

»Ich habe Elena nur gesagt, dass ich ihn gefragt habe«, stellte Selma klar und warf Elena einen finsteren Blick zu. »Und natürlich freut er sich, dir helfen zu können. Er ist von der Idee total begeistert.«

»Tatsächlich?« Hannah konnte sich den zweifelnden Unterton in ihrer Stimme nicht verkneifen. »Das sieht ihm so gar nicht ähnlich.«

»Oh, bitte«, widersprach Selma. »Er ist still und vielleicht ein bisschen schüchtern, aber einen Freund lässt er niemals im Stich.«

»Dachte ich mir. Ich meine, er … oh.« Da war er, der fragliche Mann. Er kam gerade aus dem kleinen, hinteren Bereich der Bar und war in Begleitung von Landon Ware, einem Detective aus der Stadt, der mit Taylor zusammen war, einer weiteren Mitarbeiterin im The Fix.

Freund. Das Wort hallte in Hannahs Kopf wider, und sie schluckte. Matthew würde diese Rolle auf jeden Fall zu ihrer vollen Zufriedenheit ausfüllen. Er war fast schon zu gut aussehend mit diesem perfekt geformten Körper, den breiten Schultern und dem kantigen Gesicht, das durch die Adlernase besonders markant wirkte und ihm das Flair eines kultivierten Cowboys verlieh. Und nicht nur sein Erscheinungsbild fand sie attraktiv. Er hatte eine ruhige, entspannte Art, wie sie für Texaner typisch war, als sei er es gewohnt, lange Tage auf einer Ranch zu verbringen. Und gab es da nicht einen Song über einen Lover with slow hands …

Ja. Besser nicht weiterdenken.

Sie stand auf. »Ich sollte zu ihm hingehen und ihm sagen, wie dankbar ich ihm bin, dass er dazu bereit ist.«

»Oh, mach das nicht jetzt«, riet Selma. »Wenn du ihn jetzt darauf ansprichst, dann muss er es auch noch Landon erklären.«

»Stimmt. Wahrscheinlich kann ich auch – oh, jetzt ist er allein. Bin gleich wieder da.« Sie hörte noch, wie Selma ihr etwas hinterherrief, als sie auf Matthew zueilte, aber über den Lärm hinweg konnte sie die Freundin nicht verstehen. Sie ging trotzdem weiter, entschlossen, ihrem neuen Retter zu versichern, wie dankbar sie ihm für diesen Riesengefallen war, den er ihr erwies, obwohl sie praktisch Fremde waren.

Sie war schon bis zur Mitte der Bar gelangt, als sie entdeckte, dass Megan Clark sich ihm näherte. Ein kalter Klumpen – wahrscheinlich Frustration, denn Eifersucht konnte es wohl kaum sein – machte sich in ihrem Magen breit, doch sie verscheuchte ihn und schlenderte lässig weiter auf die Bar zu. Schließlich setzte sie sich auf einen freien Barhocker ein paar Sitze hinter Matthew. Sie bestellte ein Glas von Selmas Bat Bourbon, dann lauschte sie schamlos, wie Megan Matthew beschwor, es sich doch bitte noch einmal zu überlegen.

»Wäre immerhin auch gut fürs Geschäft«, argumentierte sie. »Nolan sagt, dass seine Zuhörerzahlen in die Höhe geschnellt sind, seit er am Mr. April-Contest teilgenommen hat. Während der Sendung rufen sogar noch mehr Leute an.«

»Megan …«

»Und dieser ganze Skandal mit Easton und Selma? Hatte doch niemand mehr auf dem Schirm, nachdem er den Wettbewerb zum Mann des Monats gewonnen hatte.«

Das stimmte nicht so ganz, aber jetzt wusste sie immerhin, wovon Megan sprach – offenbar versuchte sie, Matthew zur Teilnahme am Contest zum Mann des Monats zu überreden. Dieser Wettbewerb fand alle zwei Wochen statt, und die Sieger würden später in einem entsprechenden Kalender zu bewundern sein. Die Betreiber des The Fix hatten die Aktion ins Leben gerufen, um der Bar mehr Aufmerksamkeit zu verschaffen, als sie in finanziellen Schwierigkeiten gewesen war. Offenbar hatte es funktioniert. Die Bar war stets überfüllt und mittlerweile anscheinend auch wieder liquide.

Hannah hoffte, dass das Lokal nicht doch irgendwann geschlossen wurde, denn sie liebte diesen Ort. Hier, mit all den vertrauten Gesichtern und der Speisekarte, bei deren Anblick allein einem schon das Wasser im Munde zusammenlief, fühlte sie sich zu Hause.

Außerdem hätte sie Matthew wirklich gern auf der Bühne gesehen. Aber darauf konnte sie wahrscheinlich noch lange warten. Sie hatte läuten hören, dass er Megan schon mehrfach einen Korb gegeben hatte.

»Bitte«, ließ Megan nicht locker. »Dann kommst du auch noch in Brooke und Spencers Reality Show. Denk doch nur, wie viele Kunden du dadurch umwerben könntest.«

Matthew gluckste leise, was Hannah selbst aus der Ferne verführerisch fand. »Hast du tatsächlich ›umwerben‹ gesagt?«

»Ich sage, was du willst, wenn du mir nur die magische Antwort gibst.«

»Okay.«

»Was denn?«, drängte Megan.

Matthew gluckste erneut. »Ich habe ›okay‹ gesagt.«

»Ich weiß. Sag mir einfach nur, was du hören willst, und ich werde … *oh*. Du meinst, du *machst* es? Du nimmst allen Ernstes am Mr.-Oktober-Wettbewerb teil?«

»Du hast mich halt mürbe gemacht. Hast mich ja lange genug umworben.«

»Du bist der Beste«, rief sie. »Das muss ich gleich Jenna erzählen«, fügte sie hinzu, womit sie eine der Mitbesitzerinnen der Bar meinte.

»Wirklich, ich bin dir total dankbar.«

Megan hüpfte praktisch zum Flur, der in die Küche und den Bürobereich führte, und Hannah glitt von ihrem Hocker herunter und umrundete Matthew, um ihm ins Gesicht sehen zu können. »Hey«, sagte sie und musste sich sogleich entschuldigen, denn prompt verschluckte er sich vor Schreck an seinem Drink.

»Hannah. Sorry.« Er hustete und holte tief Luft. »Hab dich da gar nicht gesehen.«

»Ich wollte dich nicht erschrecken. Ich wollte dir nur danken, weil du dich einverstanden erklärt hast, mich bei dieser Farce zu unterstützen.«

Er legte den Kopf schief und runzelte die Stirn.

»Die getürkte Beziehung, meine ich.« Sie deutete mit einem Kopfnicken auf Selma, die lustlos mit drei Fingern winkte.

»Oh. Stimmt. Sorry«, antwortete er mit leichtem Stirnrunzeln. »Ich wusste erst gar nicht, wovon du sprichst.«

»Selma hat mir gesagt, dass du dabei bist. Hat mich ziemlich überrascht, aber dann habe ich gerade dein Gespräch mit Megan gehört …« Sie verstummte und zuckte mit den Schultern. »Wahrscheinlich tust du einfach allen Mädchen hin und wieder einen Gefallen.«

Einen Augenblick lang sah er zu Selma hinüber. Dann lachte er und antwortete: »Ja. Wahrscheinlich bin ich verrückt, aber ich kann euch halt nichts abschlagen.«

»Du rettest mir das Leben«, sagte Hannah. »Und dass du es jetzt sozusagen auf die letzte Minute tust, ist echt meganett von dir.« Ohne groß darüber nachzudenken, legte sie ihm die Hand auf die Schulter, beugte sich vor und hauchte ihm einen flüchtigen Kuss auf die Wange. Er roch wie ein Wald nach einem Regenguss, frisch und sauber, und sie verharrte eine Sekunde lang an seiner

Wange und fand, dass sein Duft etwas Tröstliches hatte, ebenso wie die Kraft, die sie unter ihrer Handfläche spürte.

Vielleicht war das ja dumm, aber zumindest in diesem Augenblick war sie froh darüber, dass es ausgerechnet Matthew war, der mit ihr in die Schlacht zog. Zumindest konnte sie sicher davon ausgehen, dass er sich an ihren Plan halten, seine Rolle spielen und sie auffangen würde, wenn sie fiel.

Sie zog sich zurück und kam sich total sentimental vor. Schüchtern lächelte sie zu ihm empor. »Danke jedenfalls. Ich werde dir dann morgen alle wichtigen Infos zu den einzelnen Leuten geben. Auf der dreistündigen Fahrt nach Dallas sollten wir Zeit genug haben, unsere Geschichte zu erfinden und uns auch noch zu merken. Ich hole dich also um neun ab, okay?«

5

Matthew war schon um fünf Uhr wach. Um Viertel nach sieben hatte er einen zweistündigen Workout, einschließlich eines Drei-Meilen-Laufs am Flussufer, hinter sich.

Um acht hatte er gefrühstückt, und um halb neun fiel ihm nichts mehr ein, womit er sich noch hätte ablenken können.

Also war er wieder genau da, wo er angefangen hatte. Seit Hannah ihn gestern in der Bar in die Enge getrieben hatte, kam er nämlich aus dem Grübeln nicht mehr raus. Er hätte sich treten können.

Nicht dass es ihm unangenehm gewesen wäre, in die Enge getrieben worden zu sein.

Im Gegenteil: Ihre Nähe hatte sich fantastisch angefühlt. Er hatte sie gespürt – wie ein Summen, das seinen ganzen Körper erfasst hatte. Als sei er einem Transformator zu nahe gekommen, sodass er von der Elektrizität in der Luft surrte. Er wollte sie berühren, einfach nur, um herauszufinden, ob Funken aus seinen Fingerspitzen fliegen würden. Und als ihre Lippen sanft seine Wangen berührt hatten, hatte er nur unter Aufbietung seiner ganzen Selbstbeherrschung verhindern können, dass sein Kopf herumschnellte, um ihren süßen Mund zu schmecken.

Sie hatte also Eindruck auf ihn gemacht, na gut. Sie hatte seine Sinne geweckt. Eine Saite zum Schwingen gebracht.

Wie man es auch nennen mochte, sie hatte es getan.

Was wahrscheinlich die Erklärung dafür war, warum er sich bereit erklärt hatte, ihr zu helfen. Überdies erklärte es wahrscheinlich, warum er nicht höflich, aber entschlossen den Rückzug angetreten hatte, als sie ihm gestern Abend noch eine Nachricht geschickt hatte.

Er hatte sie so oft gelesen, dass er sie nun praktisch auswendig kannte: *Hey, hier ist Hannah. Du sahst heute in der Bar ein bisschen überfordert aus, deshalb habe ich mich gefragt, ob Selma dir vielleicht nicht alles gesagt hat. Die Party findet morgen im Haus meiner Eltern in Dallas statt. Samstag hin, Sonntag zurück. Ich dachte, Selma hätte dir das gesagt, aber man kennt ja Selma ...*

Jedenfalls hoffe ich, dass es immer noch okay für dich ist. Brauchst nur zu schreiben, wenn du doch lieber nicht mitmachen willst. Ich würde es verstehen. XOXO, Hannah.

Sie hatte mit Umarmungen und Küsschen unterzeichnet.

Wie hätte er danach noch aussteigen können?

Natürlich konnte er das nicht. Was der Grund dafür war, dass er ihr schnell geantwortet hatte, seine Schwester komplett entlastet hatte, behauptet hatte, sich auf die Fahrt zu freuen, und versprochen hatte, ein paar Playlists für die Tour runterzuladen.

Da hatte er das Ganze noch als Abenteuer betrachtet. Er war der ritterliche Kerl, der einer Frau einen Gefallen tat.

Mittlerweile fand er sich nicht mehr ritterlich, sondern töricht. Denn ganz ehrlich: Das alles konnte unmöglich ein gutes Ende nehmen.

Er grübelte immer noch darüber nach, als es an der Tür klingelte und er fast zu Tode erschrak.

Ebenfalls töricht. Denn das hier war kein Date. Für ihn stand schließlich nichts auf dem Spiel. Es gab nichts, dessentwegen er nervös hätte sein müssen.

Nichts außer vielleicht der Befürchtung, dass er sie mehr und mehr begehren würde. Dass er erkennen würde, dass sie witziger und hübscher war, als er auf den ersten Blick gedacht hatte. Dann würde er womöglich mehr wollen ...

Und sie würde ihn abweisen.

Und das, so dachte er, war dann wieder mal ganz typisch für ihn.

»Reiß dich zusammen, Herrington«, murmelte er sich in den

Bart, als er zur Tür ging. »Das hier ist kein erstes Date. Du hast dich nicht in irgendeine Dating-App eingeloggt, um die Liebe deines Lebens zu finden. Sie will nur an das Geld kommen, und du bist ihr Ticket.«

Ein weiser Rat.

Das durfte er nicht vergessen. Vor allem aber durfte er es für sie nicht vermasseln.

Er holte noch einmal tief Luft, um sich zu wappnen, und öffnete die Tür. Sofort spürte er, wie ihm der Magen in die Kniekehlen fiel. *Gott, sie sah fantastisch aus.*

Ihre blonden Locken hüpften in der Septembersonne, und die kupferfarbenen Lichter darin erinnerten ihn an die Funken, die zwischen ihnen geflogen zu sein schienen. Sie trug einen eng anliegenden Maxi-Rock, der ihre Schenkel zur Geltung brachte. Dazu eine blassrosa Bluse mit V-Ausschnitt, die gleichzeitig lässig und elegant wirkte. Sie hatte nur wenig Make-up aufgelegt, aber ihre Lippen waren üppig und rot und luden geradezu zum Küssen ein.

»Du siehst fantastisch aus«, sagte er, als sie eintrat. Verdammt, beinahe hätte er so piepsig geklungen wie ein Teenager.

»Danke, du aber auch.«

»Ich wusste nicht genau, was ich anziehen sollte.« Er trug Jeans, ein einfaches, weißes T-Shirt und darüber ein hellblaues Buttondown-Hemd.

»Du siehst perfekt aus. Ganz Texas-Style. Und wie ich meine Eltern kenne, wird das eine Cocktailparty im Erdgeschoss sein, wobei die Türen zur Terrasse weit offen stehen werden. Eine Veranstaltung, die sowohl drinnen als auch draußen stattfindet, bei der jede Menge Alkohol fließt und ein üppiges Barbecue für die Verköstigung sorgt.«

»Na, zumindest dieser Teil ist alles andere als ätzend.«

Sie lachte. »Du erwartest also, dass der Rest ein Albtraum wird?«

»Ich hoffe einfach nur, dass ich es nicht für dich vermassele.«

Ihr süßes Lächeln griff ihm geradewegs ans Herz. »Das wirst du ganz sicher nicht.« Sie deutete mit einem Kopfnicken auf die Dufflebag, die er für die Nacht gepackt hatte. »Wenn du fertig bist, sollten wir uns am besten auf den Weg machen.«

Er beugte sich vor, um die Tasche aufzuheben. »Ja«, sagte er. »Fertiger könnte ich gar nicht sein.«

Nervös war nicht das richtige Wort, aber Hannah hatte eindeutig ein Gefühl der Beklemmung, bevor sie und Matthew sich auf ihre Zweihundert-Meilen-Fahrt von Austin nach Dallas machten. Eigentlich Highland Park. Eine Stadt, die beinahe von Dallas umgeben war.

Es war ja auch kein Wunder, dass sie angesichts der bevorstehenden Party nervös war. Ernest war kein Narr, ebenso wenig wie ihre Mutter. Wenn sie durchschauten, dass sie hier eine Show abzog, nur um an das Geld zu kommen …

Aber was hatte sie für eine Wahl? Und außerdem war es jetzt sowieso zu spät. Sie hatte den Plan ausgeheckt; jetzt musste sie ihn auch durchziehen.

Das jedoch war es nicht, was ihre Nerven vibrieren ließ, bevor sie sich auf den Weg machten. Sie war sich des Mannes, der sie begleitete, nur allzu bewusst. Eines Mannes, der ihr – aus keinem anderen Grund als aus Loyalität seiner Schwester gegenüber und weil er ein gutes Herz hatte – diesen Riesengefallen tat. Vielleicht las sie ja mehr hinein als nötig, aber das war trotzdem unheimlich nett. So ritterlich. Als sei sie eine Prinzessin in Not und er der Ritter in schimmernder Rüstung.

Deshalb hatte sie auch eigentlich erwartet, dass sie auf der Fahrt in peinliches Schweigen verfallen und ansonsten ihre Nervosität durch übertriebene Höflichkeit überspielen würden.

Aber dann hatte er sein Handy eingestöpselt, auf einen Knopf gedrückt, und innerhalb weniger Minuten jamten sie zu einer Playlist, die einfach alles von Michael Jackson über Ed Sheeran bis hin zu Pink enthielt. Und dann, nach etwa einem Dutzend oder mehr Tracks, drehte er die Musik leiser, und sie gingen nahtlos in ein Gespräch über ihre erste Konzerterfahrung über.

»Ich war zwölf«, berichtete er ihr. »Und musste mich immer noch daran gewöhnen, eine richtige Familie zu haben. Versteh mich nicht falsch, ich liebte die Herringtons, aber sie waren eben noch nicht offiziell unsere Eltern. Wir waren noch immer ihre Pflegekinder. Und dann verkündeten sie eines Tages, dass sie mit uns ins Konzert gehen wollten. Sie nahmen uns zu Eminem mit – denn irgendjemand hatte ihnen erzählt, dass alle Kids diese Musik mochten.«

»Aber du nicht.« Ihre Stimme klang belustigt, als sie sich vorzustellen versuchte, wie er seinen neuen Eltern höflich antwortete, wie gern er hingehen würde.

»Ich nicht. Nicht mal Selma. Aber wir taten beide, als würden wir uns darauf freuen. Wir taten sogar so, als würden wir mitsingen. Wir schrien, als er die Bühne betrat. Wir wetteiferten miteinander darum, wer den größeren Fan mimen konnte. Und schließlich war das einer der schönsten Abende unseres Lebens.«

»Hast du es ihnen je erzählt?« Hannah löste einen Moment lang den Blick von der Straße, um sein Gesicht zu mustern.

»Bis heute nicht.«

»Sie müssen fabelhafte Menschen sein.«

»Ja«, stimmte er zu. »Das sind sie. Bei unserer Geburt hatten wir nicht gerade das große Los gezogen, aber letztlich hat sich alles zum Guten gewendet. Wie war es bei dir?«

»Ich war beim Tod meines Vaters noch klein, sodass ich mit ihm keine Konzerte erleben durfte.«

»Das tut mir leid.«

»Danke«, sagte sie, denn was hätte sie auch sonst für eine Antwort geben sollen?

»Ich weiß, dass deine Mom danach zu kämpfen hatte, aber offensichtlich hat sie das Geld der Lebensversicherung, das dein

Dad für dich vorgesehen hatte, nicht angerührt. Immerhin besitzt sie es noch.«

Hannah umklammerte das Lenkrad fester. »Ja. Sie besitzt es noch.«

»Wenn sie es nicht ausgibt und wenn es der Wunsch deines Vaters war, dass du es bekommst, warum gibt sie es dir denn dann nicht einfach? Wollte denn dein Vater, dass du dafür in einer festen Beziehung bist?«

»Nein«, erwiderte Hannah scharf und schüttelte den Kopf. »Wenn Daddy das gewollt hätte, würde ich das Geld nicht nehmen, bis ich richtig mit jemandem zusammen bin. Er hat lediglich festgelegt, dass es für mich ist.«

»Warum also dann?«

»Weil meine Mutter ... ach, zum Teufel. Seit sie mit Ernest zusammen ist, scheint alles, was sie früher dachte oder glaubte, zum Fenster hinausgeflogen zu sein.«

»Ernest ist dein Stiefvater.«

Das war eine Feststellung, keine Frage, aber Hannah nickte trotzdem. »Sie heirateten lange, nachdem Mom die Uni hinter sich gebracht und angefangen hatte, als Lehrerin zu arbeiten. Aber er hat unsere Familiendynamik vollkommen verändert. Ich hatte gerade mit dem Jurastudium begonnen, deshalb war ich nicht oft da, aber wir kamen eigentlich ganz gut miteinander klar. Jedenfalls meistens.«

»Was macht er denn? Er ist doch auch Anwalt, oder nicht?«

»Man sollte eher fragen, was er nicht macht. Er ist tatsächlich Anwalt, aber er praktiziert eigentlich kaum, sondern ist als Berater und Lobbyist tätig. Ihm gehören ein paar Firmen, und er sitzt bestimmt in einem Dutzend Aufsichtsräte. Meine Mom hält ihre Partnerschaft für den Ausbund ehelicher Glückseligkeit und für ein Vorbild für alles, was recht und billig ist.« Sie verzog das Gesicht. »Keine Ahnung. Vielleicht sind sie ja tatsächlich glücklich miteinander. Aber wie sie heute über meinen Dad redet ...«

»Wie denn?«

Hannah blinzelte. Auf keinen Fall wollte sie beim Autofahren in Tränen ausbrechen. »Sie sagt zum Beispiel, dass er nie Cop hätte werden sollen – weil er in Ausübung seiner Pflicht ums Leben kam. Sie sagt, dass er gleichzeitig mit sich selbst auch seine Familie in Gefahr brachte. Er starb, als er eine Frau rettete, die von einem Drogendealer als Geisel gehalten wurde. Früher war sie so stolz darauf. Jetzt sagt sie, es sei Verschwendung gewesen. Und immer wenn sie es sagt, sehe ich sie im Geiste vor mir, wie sie ihre diversen Kontoauszüge und Aktiendepots sichtet. Denn sie und Ernest haben mir mehr als einmal versichert, dass er seine Talente mit dieser niederen Tätigkeit nur verschwendet habe. Sie sprechen nicht mal von Beruf. Nicht mal *das* gönnen sie ihm. *Scheiße*«, fügte sie hinzu und wischte sich eine Träne fort, die sie nun doch an der Nasenspitze kitzelte.

»Tut mir so leid.«

Hannah zuckte mit den Schultern. »Ja. Mir auch.« Sie schniefte. »Ich mache im Grunde Ernest dafür verantwortlich, aber entsprechende Anlagen trug meine Mom wohl auch in sich, weißt du? Und obwohl sie behauptet, meinen Dad von ganzem Herzen geliebt zu haben und ihn auch in Zukunft immer zu lieben, macht sie seinen Lebensstil schlecht. Wahrscheinlich ist es ganz gut, dass ich Jura studiert habe, oder? Sonst würde sie mich womöglich enterben.«

Sie schniefte und rang sich ein Lächeln ab. »Und wo wir gerade vom Teufel reden«, sagte sie strahlend, eher um das Thema zu wechseln als aus einem anderen Grund. »Wir sind in Waco. Da bin ich zur Uni gegangen. Baylor Law School, genau da drüben.«

Sie deutete vage nach rechts auf den gesamten Baylor Campus.

»Hat es dir dort gefallen?«

»Was? An der Uni? Sehr. Nicht diese Scheinverhandlungen – die Rolle des Showmasters, der vor Gericht schnell und entschlossen handelt, liegt Easton eher als mir –, aber ich mochte die Recherche und die Analyse und die juristischen Dispute. Ich meine, Staatsrecht? Den Kurs habe ich geliebt!« Sie warf ihm einen Blick zu. »Das gehörte zu den Dingen, die mir an meinem alten Job nicht gefielen. Ich war nur als Inhouse-Beraterin tätig. Das hieß eigentlich nur, Akten hin und her zu schaufeln. Sehr wenig Nachdenken. Sehr wenig, bei dem ich mich hätte weiterentwickeln können. Verstehst du?«

»Offen gestanden, nein. Ich bin nicht so der akademische Typ.«

»Aber du verstehst mich trotzdem. Ich habe dich im Fitnessstudio beobachtet. Wie du deine Kunden antreibst. Und du hast weitere Studios eröffnet. Das ist Weiterentwicklung. Du bist aktiv. Du verlierst dich nicht in der Routine.«

Sie warf ihm einen weiteren Seitenblick zu. »Stimmt's?«

»Vielleicht. Aber ...«

Ein elektronischer Klingelton unterbrach sie. Das Display verkündete, dass der Anrufer Hannahs Mutter war. Seufzend drückte sie auf den Knopf, um den Anruf entgegenzunehmen.

»Hey, Mom.«

»Süße, wie schön, deine Stimme zu hören. Ich wollte nur sichergehen, dass ich dich nicht missverstanden habe. Der junge Mann, mit dem du gehst, kommt heute Abend mit?«

»Genau.«

»Oh, gut. Ist er jetzt bei dir?«

»Er sitzt genau neben mir«, antwortete Hannah. »Aber er hat seine Kopfhörer auf und schläft. Du musst also warten, bis du ihn persönlich kennenlernst, bevor du ihn über seine Absichten ins Verhör nimmst.«

»Meine Tochter, der Klugscheißer.«

Hannah grinste. »Ich komme nach meinem Dad.«

»Wo wir gerade von deinem Vater sprechen«, sagte ihre Mutter, und Hannah wurde sofort wütend. »Ernest und ich wollen unbedingt mehr über diesen jungen Mann erfahren. Heißt er nicht Matthew? Was macht er beruflich?«

Hannah wechselte die Spur, und als sie kurz zu dem fraglichen Mann hinübersah, entdeckte sie, dass er sich mühsam ein Lächeln verkniff. »Er ist Geschäftsmann«, sagte sie mit einem bedauernden Achselzucken. »Ihm gehört ein eigenes Unternehmen.«

»Wie wunderbar. Was für eine Firma ist es denn?«

»Gesundheitssektor.«

Matthew zog die Augenbrauen hoch, und sie formte mit den Lippen: *He, stimmt doch.*

»Ein Arzt?«

»Nein.«

»Nein?« Die Stimme ihrer Mutter triefte förmlich vor Enttäuschung.

Matthew beugte sich vor und drückte den Stummknopf am Armaturenbrett. »Sag ihr, dass ich das Medizinstudium geschmissen habe. Weil mir klar wurde, dass ich zu viel Unternehmergeist besitze, um den sicheren Arztberuf zu wählen.«

Sie zog fragend die Augenbraue hoch, und als er nickte, zuckte sie nur mit den Achseln. Wenn er sich so in die Rolle einfühlte, dann würde sie ihm wohl kaum widersprechen.

»Kein Arzt«, antwortete sie also, nachdem sie die Stummschaltung wieder deaktiviert hatte. »Aber nur, weil er das Medizinstudium zugunsten der Business School aufgegeben hat.«

»Tatsächlich? Na, das klingt genau nach dem Mann, den dein Vater sich für dich gewünscht hätte.«

Hannah umklammerte das Lenkrad fester, sagte aber nichts, obwohl sie verdammt genau wusste, dass ihr Vater sich nur eines für sie gewünscht hätte: dass sie glücklich war. Ernest war derjenige, der das alles infrage stellte und umdeutete.

»Dann also bis gleich. Fahr vorsichtig.«

»Mach ich«, versprach sie, bevor sie das Gespräch beendete und hörbar ausatmete. »Danke«, sagte sie dann. »Es ist eindeutig leichter, so ein Komplott zu schmieden, wenn mein Mitverschwörer an einem Strang mit mir zieht.«

»Wer weiß? Wenn ich mich weiter in diese Rolle einfinde, leite ich, wenn wir tatsächlich in Dallas ankommen, vielleicht schon ein ganzes pharmazeutisches Unternehmen.«

»Hm, wir sind schließlich noch nicht mal in Hillsboro. Wir haben immer noch zwei Stunden vor uns, und jetzt haben wir dich schon vom Besitzer eines Fitnessstudios in einen Medizinstudenten und von dort in einen MBA verwandelt.«

»Wir haben nur vom Wirtschaftsstudium gesprochen«, protestierte er.

»Vertrau mir. Wenn wir in Dallas ankommen, werden die Erwartungen bereits ziemlich hoch sein.« Sie musterte ihn aus dem Augenwinkel, dachte daran, wie sich seine Muskeln unter seiner Jeans abgezeichnet hatten, während er seine Dufflebag zum Auto getragen hatte. Er sah heiß aus, darüber bestand kein Zweifel. Aber sah er auch aus wie ein Business-Mogul, der im Gesundheitswesen arbeitete?

»Was?«, fragte er misstrauisch.

»Es ist nur ... versteh mich nicht falsch, du siehst toll aus. Aber ...«

»Ich bin nicht der Kerl, den wir uns gerade ausgedacht haben.«

»Sorry.«

Er fuhr sich mit den Fingern durchs Haar. »Wir kommen auf dem Weg zu deiner Mom an der North Park Mall vorbei.«

»Vielleicht sollten wir dort anhalten und shoppen gehen?«

»Wahrscheinlich sollten wir das tun«, antwortete er. »Immerhin wollen deine Eltern einen bestimmten Typen sehen, stimmt's? Einen anderen Typen als mich.«

»Sie vielleicht«, gab sie zu bedenken. »Aber ich will dich.« Das traf zu. Wer sonst würde all das für sie tun? Der Mann war wie ein Wunder, das ihr einfach so in den Schoß gefallen war.

»Du meinst, du brauchst mich.«

»Na ja, schon«, sagte sie. »Das auch.«

6

Das, dachte Matthew, als er das riesige Haus betrachtete, das inmitten einer der vornehmsten Gegenden des Metropolkomplexes stand, *hatte ich nicht erwartet.*

Er wusste, dass Hannahs Stiefvater ein prominenter Anwalt und jetzt Geschäftsmann war – ähnlich der Rolle, die Matthew jetzt spielte. Aber Hannah hatte ihm auf der Fahrt erzählt, wie ihre Mutter jeden Penny gespart hatte, um ihr eine Ausbildung zu ermöglichen und sie großzuziehen, weshalb er ein bescheideneres Haus erwartet hatte.

Aber das hier war eine Villa. Eine riesige Villa. In einem gewaltigen Garten. Eine Multimillionen-Dollar-Oase inmitten einer städtischen Siedlung. Er war zunächst nicht sicher gewesen, ob er wirklich an der Shoppingmall vorbeischauen sollte, um neue Klamotten zu kaufen. Jetzt war er darüber erleichtert. Er hatte das Gefühl, dass er mit dem blauen Jackett, den kakifarbenen Hosen und dem hellgrauen Strickshirt, das er jetzt trug, hier besser hineinpasste.

»Bereit?«, fragte Hannah, als sie das Auto vor einem der Bediensteten abstellte und die Automatik auf Parkposition stellte.

»Ich hoffe«, sagte er. Er hätte sie gern gefragt, was das für eine Mutter war, die ihrer Tochter die Police der Lebensversicherung vorenthielt, während sie selbst dieses Geld doch so offensichtlich gar nicht brauchte, aber es hatte keinen Sinn, rhetorische Fragen zu stellen.

Die Tatsache, dass Hannah jetzt hier katzbuckeln musste, war ihm zuwider, aber beim Anblick des Hauses war er umso entschlossener, seine Rolle perfekt zu spielen. Was immer nötig war, Hannah sollte ihr Geld bekommen.

»Der Empfang findet auf der hinteren Terrasse, genau am Ende des Hauptflurs statt«, berichtete der Diener ihr.

»Danke, ich weiß. Das Haus hier gehört meiner Mutter. Könnten Sie Clarence bitten, sich um unsere Reisetaschen im Kofferraum zu kümmern? Wir bleiben über Nacht.«

»Selbstverständlich. Und willkommen zu Hause.«

Matthew sah, wie sie grinste, aber sie gab keinerlei Kommentar ab. Er wusste, dass sie dieses luxuriöse Anwesen nicht als ihr Zuhause betrachtete, deshalb sagte er auch nichts. Nicht zu diesem Thema jedenfalls. Er fragte sie nur, wer Clarence war.

»Der Butler«, erklärte sie. »Ein netter Kerl, obwohl ich ihn nicht allzu gut kenne. Das alles hier …« Mit einer Handbewegung deutete sie auf das gesamte Anwesen. »… kam erst, nachdem ich ausgezogen war.«

»Butler«, wiederholte er. »Als ich dir zusagte, war mir nicht klar, dass wir in einem Schloss dinieren würden.«

»Nun ja. Beim ersten Date lege ich halt Wert auf ein spektakuläres Ambiente.« Sie warf ihm ein blitzendes Lächeln zu, aber er hörte nur eins – das Wort *Date*. Das hier war kein Date, das durfte er nicht vergessen. Er mochte Hannah, und wenn er sich nicht vorsah, dann rutschte er viel zu tief in die Sache hinein. Denn schließlich wusste er doch verdammt genau, dass es hier nicht um sie beide ging. Sondern um ihre Arbeit. Ihren beruflichen Ehrgeiz. Und damit hatte er nun weiß Gott nichts zu schaffen.

Sie schritten über eine Granit-Plaza auf die Tür zu – einen großen Eingangsbereich aus Glas und Eisen, der im Augenblick weit offen stand und den Blick auf die marmorne Eingangshalle freigab, die von verschiedenen Cocktailständen gesäumt war. Einer für Martinis, einer für Wein, einer für Scotch und Whiskey. Er bemerkte ein paar von Selmas Marken auf dem Whiskey-Tisch und widerstand dem Impuls, sein Handy zu zücken und eine Aufnahme zu machen.

»Wow. Das ist …«

»Protzig?«, schlug sie vor. »Ja. Ernest ist nicht der subtile Typ. Aber positiv denken: Durch die Feier ist es leichter für uns, uns hier einzufügen. Wenn wir uns nur mit meinen Eltern treffen würden, stündest du jede einzelne Sekunde im Fokus ihrer Aufmerksamkeit.«

Damit hatte sie sicher recht.

»Hunger?«

»Ich könnte etwas zu essen vertragen.« Das würde ihm zumindest Zeit verschaffen, sich an seine Umgebung zu gewöhnen. Nach seinen frühen Jahren der Armut und Heimatlosigkeit hatte er eine behütete Jugend in einer gut situierten Gegend von Austin verbracht. Aber das Haus der Herringtons war ein Puppenzelt im Vergleich zu diesem hier.

»Dann komm. Wenn es so ist wie früher, hat Mom kommen lassen, was du dir nur vorstellen kannst. Ich persönlich stehe am ehesten auf Hot Dogs und Barbecue. Und auch wenn sie immer tonnenweise Schischi-Essen bestellt, knausert sie weder beim Steak noch bei den Würstchen.«

»Geh voraus«, sagte er und schrak zusammen, als sie ihre Hand in die seine legte. Anscheinend registrierte sie seine Überraschung, denn sie schenkte ihm ein liebreizendes Lächeln. »Wir sind schließlich verlobt, nicht wahr?«

Er nickte und hoffte, dass er einigermaßen lässig wirkte. Aber in Wirklichkeit fühlte es sich etwas zu gut an, wie ihre Finger sich um seine schlangen. *Zu richtig.*

Lachhaft, denn wenn er in diese Richtung dachte, dann war er gewaltig auf dem Holzweg.

Sie waren gerade aus der reich geschmückten Eingangshalle durch die weit offen stehenden Glastüren auf die geflieste Terrasse getreten, als eine schlanke Frau von etwa Ende fünfzig ihnen entgegeneilte. Sie trug ein weißes Kleid, und ihr Haar – von der gleichen Farbe wie Hannahs – war auf ihrem Kopf aufgetürmt und teilweise von einem Schleier verdeckt.

Ihr Lächeln, als sie ihre Tochter entdeckte, war strahlend wie die Sonne.

»Die bescheidene Braut«, meinte Hannah und sah Matthew an. »Das hatte ich ganz vergessen zu erwähnen. Mom und Ernest wiederholen ihr Ehegelöbnis alljährlich. Zwar tun sie das unter vier Augen, geben aber anschließend immer eine Party, eine Art Hochzeitstagsempfang. Wir sind also hier, um Braut und Bräutigam zu feiern.«

»Das ist hübsch«, sagte er aufrichtig. Er wusste nicht, ob er selbst eine alljährliche Party hätte haben wollen, aber eine jährliche Erneuerung des Ehegelübdes war durchaus eine Tradition, die er sich hätte vorstellen können.

»Vielleicht könnt ihr beide diesen Brauch ja aufgreifen«, meinte Hannahs Mutter, bevor sie sich ihrer Tochter zuwandte. »Süße, ich freue mich ja so, dass du da bist.«

Sie umarmte Hannah innig. Ihre offensichtliche Zuneigung verblüffte Matthew. Da sie Hannah ihr Geld vorenthielt, hatte er eine kalte, berechnende Frau erwartet. Er bemühte sich, seine Überraschung zu verbergen, auch als er sah, dass Hannah die Umarmung ihrer Mutter mit eindeutigem Enthusiasmus erwiderte.

Als sie sich wieder voneinander trennten, griff Hannah nach seiner Hand, und die simple Geste griff ihm ans Herz. Dieses Gefühl, ein Team zu sein. Einen Partner in der Welt zu haben. Jemanden, den man liebte und der diese Liebe erwiderte.

Zumindest an diesem Wochenende würde er dieses Gefühl anscheinend genießen können.

Wie traurig, dass alles nur gespielt war.

»Mom, ich möchte dir Matthew Herrington vorstellen. Meinen Freund. Und …«, fügte sie hinzu und drückte seine Hand, »… Verlobten.«

»Ihr seid verlobt! Oh, Schatz, das ist ja wunderbar.« Stürmisch zog sie Hannah erneut in die Arme, sodass diese seine Hand kurzzeitig wieder loslassen musste. Dann sah sie ihn an. »Ich freue mich ja so. Und vielen Dank, dass Sie zu unserer kleinen Feier mitgekommen sind. Ich bin ganz aufgeregt. Und bitte nennen Sie mich Amelia. Oder Mom.«

»Es ist mir ein Vergnügen, Amelia«, antwortete er und fing Hannahs Blick auf, die seine Hand drückte. Er trat näher an sie heran und legte ihr den Arm um die Schultern. Ohne zu zögern, lehnte sie sich an ihn, wobei der Duft ihres Shampoos so berauschend war wie der Whiskey, den er unbedingt brauchte, wenn er diesen Tag überstehen wollte, ohne komplett überzuschnappen.

»Hannah war dermaßen im Stress, dass ich bis jetzt gar keine Gelegenheit hatte, alles über dich von ihr zu erfahren.«

»Und jetzt fehlt uns die Zeit ebenfalls, Mom. Du hast über einhundert Gäste hier. Musst du denn nicht die Gastgeberin spielen?«

Soweit Matthew es beurteilen konnte, waren hundert untertrieben. Der Garten war riesig – bestimmt zwei Morgen groß – und bestand aus einem gepflegten Rasen, einem Pool, Tennisplätzen und einer Sonnen-Cabana. Ganz zu schweigen von der gewaltigen Terrasse, auf der sie jetzt standen. Und wo er auch hinsah, wimmelte es vor Menschen.

»Unter einer Grillparty im Garten hatte ich mir etwas ganz anderes vorgestellt«, sagte er zu Hannah, nachdem Amelia wieder verschwunden war.

»Wunschdenken«, erläuterte sie. »Als ich jung war, kauften Mom und ich uns ein Barbecue in der Kneipe um die Ecke, fuhren damit in das Häuschen, das wir gemietet hatte und feierten Party auf der Terrasse. Im Sommer lungerten wir sogar in einem dieser aufblasbaren Pools herum. Für mehr hatten wir kein Geld. Meine Tante riet meiner Mom immer wieder, Sozialhilfe zu beantragen, aber für sie kam das nicht infrage. Sie hat geschuftet bis zum Umfallen, gespart und es geschafft.« Wieder warf sie ihm ein Lächeln zu. »Und zu meinen besten Erinnerungen gehören die Dinge, die ich nicht gehabt hätte, wenn wir Geld gehabt hätten. Wie diese Picknicks neben dem aufblasbaren Planschbecken.«

»Damals warst du wohl noch ziemlich jung, was?«

Sie lachte. »Nein. Etwa sechzehn. Ich liebte dieses blöde Ding. Ich glaube, ich habe dort ausgestreckt wohl jeden verdammten Roman gelesen, der rauskam, den Hintern im Wasser und den Kopf auf dem Plastikrand. Das war so toll.« Sie seufzte. »Aber ich glaube, jetzt hat Mom es besser.«

Er drückte ihre Hand. »Sie macht einen glücklichen Eindruck. Und es hat den Anschein, dass sie dich wirklich liebt. Keine Ahnung, warum sie das Geld zurückhält, das dein Dad dir hinterlassen hat, aber sicher nicht aus Niedertracht.«

»Glaube ich auch nicht. Es ist ... ach, egal.« Sie wollte sich abwenden, aber er packte sie am Ellbogen.

»Was?«

»Es kommt mir so vor, als habe sie sich selbst verloren, als sie Ernest heiratete. Als sei sie mit meinem Dad – und mit der Erinnerung an ihn – der Mensch gewesen, der sie tatsächlich war. Aber bei Ernest spielt sie eine Rolle. Und ich denke ... ich weiß auch nicht ... manchmal denke ich, dass das die Gefahr ist, die in Beziehungen lauert. Letztlich verliert man sich selbst, weil man versucht, in eine Schablone zu passen.«

»Ist das der Grund, warum du in keiner festen Beziehung bist?«

»Vielleicht. Keine Ahnung. Wahrscheinlich.«

»Na ja, wenn du mich fragst, liegst du falsch. Ehrlich gesagt finde ich, dass es genau umgekehrt ist. Eine gute Beziehung kann dazu beitragen, dass man authentisch lebt.«

Um ihre Mundwinkel zuckte es, als sie über seine Worte nachdachte. »Vielleicht. Ich weiß es nicht. Ich glaube, ich hatte bislang keine wirklich gute Beziehung – weder auf romantischer noch auf beruflicher Ebene.«

»Und das heißt?« Ein Kellner bot ihnen Margaritas an, und er nahm zwei Gläser und führte sie zu einer kleinen Steinbank am Rande der Terrasse.

»Ist doch offensichtlich, oder nicht? Ich habe nie jemanden gefunden, bei dem ich vollkommen ich selbst sein konnte.«

»Hm«, machte er. »Hast du denn nach einem solchen Menschen gesucht?«

Sie lachte. »Nicht wirklich. Und ich fange jetzt bestimmt nicht damit an. Nicht jetzt, wo ich mich ganz und gar auf den Aufbau meiner Kanzlei konzentrieren will. Für eine Beziehung wäre jetzt der denkbar schlechteste Zeitpunkt.«

Darin musste Matthew ihr zustimmen. Tatsächlich machte er gerade die entgegengesetzte Entwicklung durch. Nachdem er so viele Stunden in seiner Firma verbracht hatte, dass ihm allein bei dem Gedanken daran ganz schummrig wurde, erwog er jetzt, sein Arbeitspensum zurückzuschrauben. Denn er wünschte sich eine Familie. Eine Frau, die er liebte. Kinder. Vielleicht einen Hund. Wenn man Tag und Nacht arbeitete, konnte man das alles nur schwerlich finden. Und selbst wenn er eine Frau fand, wie zum Teufel konnte er eine Familie gründen, wenn er zwischen den einzelnen Locations hin und her hetzte und Franchise-Filialen aufbaute?

»Wie bitte?«, sagte er. Er war so in Gedanken versunken gewesen, dass er ihre Worte nicht verstanden hatte.

»Ich habe nur gesagt, dass ich mich momentan ausschließlich auf meine Freundschaften konzentriere. Die Liebe kann warten.«

»Weil du bei deinen Freunden du selbst sein kannst.«

Ihr Lächeln traf ihn wie ein Pfeil ins Herz. »Ich bin schließlich auch bei dir ich selbst, nicht wahr? Obwohl wir der Welt etwas vormachen.«

»Sollten wir dafür nicht ganz und gar in die Rolle eintauchen?«, sagte er und bedauerte seine Worte sofort. Aber sie schien sich nicht daran zu stören. Stattdessen ergriff sie seine Hand und hob sie an die Lippen. Er erschauerte, als sie seine Knöchel küsste und sich dann zu ihm herüberbeugte, sodass ihr Mund nur Millimeter von seinem Ohr entfernt war.

»Tu, als hätte ich etwas absolut Unanständiges und nicht Jugendfreies gesagt«, raunte sie. »Meine Mom schaut zu, und mein Dad steht neben ihr.«

»Dein Dad?«, murmelte er, streckte den Arm aus und legte ihr die Hand auf den Schenkel über ihrem Rock. Sie rückte näher, und er ließ die Hand noch ein wenig höher gleiten, wobei es gut war, dass ihr Rock so lang war. Da sie ja ganz und gar in ihre Rollen eintauchten, hätte er bei einem kürzeren Rock womöglich den Stoff nach oben geschoben, um das Brennen ihrer Haut auf seiner Handfläche zu spüren.

»Sie haben erst geheiratet, als ich auf der Uni war, aber trotzdem möchte er, dass ich ihn Dad nenne, wenn ich daheim bin.« Sie zuckte mit den Schultern. »Am Anfang habe ich mich geweigert, aber das hat zu Spannungen zwischen ihm und meiner Mom geführt, also gab ich den Kampf auf und versuchte, es mir anzugewöhnen. Ist wahrscheinlich nur ein kleiner Preis, den ich für den Frieden zahle.«

»Eine weise Entscheidung.«

»Ja, wahrscheinlich.« Sie hatte mit seiner Hand gespielt, während sie miteinander geflüstert hatten. »Sie sind weitergegangen. Wir können aufhören, die jungen Verliebten zu mimen.«

»Müssen wir?« Die Frage hätte er am liebsten gleich wieder zurückgenommen. Die Worte waren ihm einfach herausgerutscht. Er hatte nicht nachgedacht.

In Anwesenheit dieser Frau konnte er nun mal keinen klaren Gedanken fassen.

»Ich wollte nicht …«

»Wir müssen nicht aufhören«, sagte sie sanft und wandte ihm das Gesicht zu, sodass er ihr in die Augen blicken konnte. »Du weißt doch, dass wir am besten ganz und gar in unsere Rollen eintauchen.«

»Stimmt.« Er schluckte, und vielleicht war es ja nur Einbildung, aber er hatte plötzlich den Eindruck, als rücke sie noch ein wenig näher. Ihre Lippen öffneten sich für einen Kuss. Er musste jetzt nur noch ...

»Oh. Mein. Gott. Hannah! Sieh dich nur an! Ich habe dich seit letztem Jahr ja nicht mehr gesehen!«

»Tante Beatrice! Wie schön, dich zu sehen.« Sie erhob sich und umarmte eine Frau um die sechzig. Dann stellte sie sie Matthew vor, der sich fragte, ob Hannah ebenso enttäuscht war wie er, dass ihr Beinahe-Kuss vereitelt worden war.

»Es ist mir ein Vergnügen, Sie kennenzulernen«, sagte er, stand ebenfalls auf und versuchte, sich auf seine Manieren zu besinnen.

»Beatrice ist die ältere Schwester meiner Mom.«

»Und ich muss dich jetzt entführen, Liebes. Amelia sagt, ihr beide seid verlobt, und ich will einfach alles wissen. Und damit meine ich wirklich *alles*«, fügte sie augenzwinkernd hinzu. »Das bedeutet, Sie sind nicht mit von der Partie, junger Mann. Aber sicher können Sie ein paar Minuten auf sie verzichten.«

»Das weiß ich nicht so genau«, sagte er – ganz getreu seiner Rolle.

Aber als sie mit ihrer Tante davonschritt, dachte er unwillkürlich, dass diese Worte durchaus ein Körnchen Wahrheit enthielten.

Matthew belud seinen Teller gerade mit Rinderbrust und Kartoffelsalat, als Hannah zu ihm zurückkehrte, wobei ihre bloße Nähe seinen ganzen Körper in Schwingungen versetzte. Sie legte ihm die Hand auf den Rücken, beugte sich dicht zu ihm heran, so lässig, als sei das hier tatsächlich ein Date. Aber, hey, in die Rolle eintauchen, mehr war das nicht, oder?

Vielleicht war sie ja einfach nur eine geschickte Betrügerin. Matthew war das normalerweise nicht. Aber in diesem Fall fiel es ihm nicht schwer, so zu tun, als sei er bis über beide Ohren verliebt in seine vorgebliche Verlobte, denn Hannah Donovan hatte ihn vom ersten Augenblick ihres Zusammentreffens an fasziniert.

»Hey, mein Großer«, sagte sie. »Wenn du dich ums Essen kümmerst, hole ich uns den Wein. Ich habe uns einen Tisch in der Nähe der Band organisiert. Und nachdem Braut und Bräutigam den Tanz eröffnet haben, können wir auch das Tanzbein schwingen. Wenn wir einander in den Armen liegen, müssen wir nicht so häufig mit anderen über unser Verlöbnis reden, stimmt's?«

Matthew schluckte, stellte sich vor, wie sie sich während eines langsamen Tanzes an seiner Brust anfühlen würde. »Klingt gut. Ich komme an den Tisch in einer …«

»Oh, *zum Teufel.* Alarmstufe Rot.« Ihre heisere, fast verängstigte Stimme schnitt ihm ins Herz. Am liebsten hätte er sie in den Arm genommen und festgehalten. »Da kommt mein Dad, Ernest.«

Ihm drehte sich der Magen um. Sein Beschützerinstinkt lag im Wettstreit mit dem starken Verlangen, verdammt noch mal so schnell wie möglich von hier zu verschwinden.

Aber das konnte er nicht. Der Mann war der Grund, warum er und Hannah zusammen auf dieser Hochzeitstags-Party waren. Warum sie so taten, als seien sie verlobt. Warum sie ihn fast den ganzen Abend lang mit verliebten Blicken musterte, und warum er sich pflichtschuldigst immer wieder ins Gedächtnis rief, dass alles nur Fake war. Nur Fake.

»Komm, wir gehen da hinüber und unterhalten uns mit irgendwem«, schlug Matthew vor. »Mit deiner Tante. Einer deiner Freundinnen.«

»Zu spät. Er kommt genau auf uns zu. Verdammt, ich will jetzt nicht mit ihm reden.«

»Wir machen es zusammen.« Auch ohne ihn persönlich zu kennen, war Matthew eingeschüchtert. Er kannte seine Stärken, aber er wusste auch, dass er wie ein gottverdammter Idiot dastehen würde, sobald der gebildete Anwalt sich mit ihm über juristische Fragen, aktuelle Ereignisse oder Literatur unterhalten würde. *Scheiße.*

Warum zum Teufel hatte er dieser Schnapsidee nur zugestimmt? Bis jetzt war es leicht gewesen – zum Teufel, immerhin hatte er es ja auch vornehmlich nur mit Hannah selbst zu tun gehabt. Aber Ernest war die wahre Feuerprobe, und Matthew war kein schneller Denker. Ihm fehlten im Zweifel immer die Worte.

»Schnell«, sagte Hannah nun. »Wenn wir schon über irgendein Thema reden, fragt er uns nicht nach der Verlobung. Hm, die Bildungsgutscheine, die momentan in aller Munde sind. Ich glaube, dieses Jahr wird der Gesetzgeber sich auch in Texas wieder damit befassen. Was hältst du davon?«

Schrecken erfasste ihn. Er hatte keine Ahnung von den Bildungsgutscheinen, und da er noch keine Kinder hatte, hatte er dazu auch keine Meinung. Alles, was er sagte, würde Hannah zeigen, dass er ein ahnungsloser Narr war, und genau diesen Eindruck wollte er ihr unter keinen Umständen vermitteln.

»Oder wähle ein anderes Thema«, drängte sie. »Nur rede. Er ist beinahe da.«

Aber ihm fiel kein Thema ein. Er konnte nichts tun.

Er stellte seinen Teller auf den Tisch, zog sie leidenschaftlich an sich und küsste sie.

Einen Augenblick lang war sie starr vor Schreck. Dann schmolz sie in seinen Armen dahin, und ihre Lippen öffneten sich für ihn.

Er seufzte, verlor sich beinahe in dem Gefühl, sie so zu spüren. Denn *das hier* fühlte sich richtig an. Nicht überwältigend wie der ganze Rest. *Das hier* – diese Frau, der Kuss, die Nähe ihrer Körper – *das hier* sollte so sein.

Und einen kurzen, köstlichen Augenblick lang wusste Matthew, wie der Himmel sich anfühlen musste.

7

Sie hatten sich schon mindestens eine halbe Stunde mit ein paar anderen Gästen unterhalten, als Hannah eine vertraute Stimme rufen hörte: »Da seid ihr beiden ja!«

Matthews unglaublicher Kuss hatte Ernest zuvor noch fernhalten können, aber jetzt löste sich ihr Stiefvater aus der Gruppe grauhaariger Juristen und einflussreicher Geschäftsleute, mit der er zusammengestanden hatte, und kam direkt auf sie zu. Einen Großteil seiner Gesprächspartner kannte Hannah durchaus – einer von ihnen war sogar Hilfsprofessor an der Uni gewesen, an der sie Jura studiert hatte –, und sie alle sahen Ernest an, als sei er die Reinkarnation von Vernunft und Tugend.

Möglicherweise war er das ja tatsächlich. Vielleicht ging er ihr einfach nur auf die Nerven, weil er an die Stelle ihres Vaters getreten war. Sicherlich ärgerte sie sich doch nicht nur über ihn, weil er ihre Mom glücklich machte? So oberflächlich konnte sie doch nicht sein!

Nein, es war genau so, wie sie es Matthew geschildert hatte – Ernest hatte ihre Mom in den Schatten gedrängt. Sie hatte ihre Mitte verloren und war nicht mehr ganz sie selbst. Stattdessen waren sie jetzt Ernest-Amelia, und das machte Hannah schlicht traurig.

Dennoch bezweifelte sie nicht, dass Ernest Amelia liebte, was aber nur zur Folge hatte, dass sie seine Nähe umso weniger ertragen konnte. Immerhin hatte er ihrer Mutter so viel gegeben – und sie wollte weder wütend auf ihn noch undankbar sein.

Jetzt eilte er mit ausgestreckten Armen auf den Sonnenschirm zu, unter dem sie beide standen, und weil sie wusste, was man von ihr erwartete, ließ sie sich bereitwillig von ihm in seine Bärenumarmung ziehen »Sieh dich an, Hannah. Du bist wie immer wunderschön. Und Sie«, fügte er hinzu und wandte sich um, um Matthew die Hand entgegenzustrecken. »Ich freue mich schon darauf, mit Ihnen über ein paar Probleme im Gesundheitswesen und Fitnessbereich zu reden.«

Sie zuckte zusammen, als so etwas wie Panik in Matthews Augen aufblitzte, aber er riss sich zusammen, und Erleichterung durchflutete sie, als er Ernest die Hand schüttelte. »Klingt großartig«, antwortete er. »Aber heute stehen natürlich Amelia und Sie im Mittelpunkt, das sollten wir nicht vergessen. Ich bezweifele, dass Ihre Frau zugunsten geschäftlicher Gespräche auf Sie verzichten will.«

Ernest lachte herzhaft, und Hannah hätte Matthew am liebsten auf der Stelle noch einmal geküsst. Und das war keineswegs nur so dahingesagt. Ihre Wangen brannten, als ihr klar wurde, wie sehr ihr der unerwartete Kuss von vorhin gefallen hatte, und sie sah zu Boden, um ihre Fassung wiederzuerlangen.

Deshalb entging ihr auch Ernests Gesichtsausdruck, als Matthew hinzufügte: »Es ist wirklich eine Freude, Sie endlich kennenzulernen, Mr. Donovan.«

Ruckartig hob sie den Kopf. Ernests Gesicht blieb vollkommen ausdruckslos. Matthew hingegen blickte erst verwirrt und dann entsetzt drein. Sie öffnete den Mund, um einzugreifen, aber er kam ihr zuvor. Und nun wirkte er mit einem Mal gelassen und ruhig.

»Tut mir so leid«, sagte er. »Hannah spricht von Ihnen wie von einem Vater, deshalb habe ich nicht nachgedacht. Und schon ist mir dieser Name herausgerutscht.«

»Sie wissen also doch, wer ich bin«, sagte der ältere Mann, dessen Ego, das Hannah nur allzu gut kannte, offenbar soeben auf Habtachtstellung gegangen war.

Sie wusste, dass Matthew keine Ahnung hatte.

»Natürlich tut er das«, antwortete sie eilig. »Welcher texanische Geschäftsmann wüsste das nicht …«

»Ernest Pierpont«, unterbrach Matthew sie. »Und Hannah hat recht. Ich hoffe nur, eines Tages ein ähnlich erfolgreicher Geschäftsmann zu sein wie Sie.«

Ernest schmunzelte vor sich hin, und Hannah rang sich ein Lächeln ab, von dem sie nur hoffen konnte, dass es vollkommen unschuldig wirkte und nicht etwa überrascht. Matthew warf ihr einen kurzen Blick zu. Er wirkte befriedigt, und plötzlich konnte sie sich das Lachen kaum verkneifen.

Natürlich hatten Selma und Easton ihn gebrieft. Sie rechnete es ihm hoch an, dass er anscheinend seine Hausaufgaben gemacht hatte. Sie selbst hatte es ja offenbar versäumt, ihn auf dieses Treffen richtig vorzubereiten.

»Lassen Sie mich Ihnen einen Whiskey holen«, sagte Ernest und navigierte Matthew lässig auf einen der Drink-Stände zu. »Hannah, du wartest hier. Das jetzt ist eine Unterhaltung unter Männern.«

Sie schluckte nervös. Aber Matthew nickte nur.

Sie konnte nur hoffen, dass Matthew weiterhin so geschickt war, denn sonst saßen sie womöglich in der Tinte.

Matthew blieb während der Unterhaltung mit Ernest nach außen hin ruhig, und es gab keine größeren Schwierigkeiten. Offensichtlich hatte es ihm einige Pluspunkte eingebracht, dass er Ernests Nachnamen kannte – Gott sei Dank hatte Selma erwähnt, dass der Mann Hannahs Stiefvater war, sonst hätte er niemals daran gedacht, den Anwalt noch schnell zu googeln, bevor Hannah ihn zu Hause abgeholt hatte.

Glücklicherweise war Ernest prominent genug, dass sein Vorname, die Stadt und der ehemalige Nachname seiner Frau ausgereicht hatten, um ihn ausfindig zu machen. Dies war einer von Matthews gelungeneren Rechercheversuchen gewesen. Wäre er in der Schule damals genauso gut gewesen, hätte er vielleicht nicht schon nach dem ersten Jahr abbrechen müssen.

Insgesamt war es leicht, sich mit Ernest zu unterhalten. Der Mann sprach vornehmlich von sich selbst und interessierte sich nur sehr wenig für Matthew, eine Tatsache, die ihn nicht sympathisch machte, aber Matthew war dennoch dankbar.

Erst als Ernest ihm später noch einmal auflauerte – nachdem Matthew und Hannah es endlich auf die Tanzfläche geschafft hatten –, nahm das Gespräch eine wirklich seltsame Wendung. »Sie übernachten natürlich in Hannahs Zimmer«, hatte Ernest gesagt. »Sie hat nie dort gewohnt, aber Amelia bewahrt dort ihre alten Sachen auf, und uns gefällt der Gedanke, dass sie hier einen festen Platz hat.«

Matthew nickte nur, und seine Füße fühlten sich mit einem Mal fast wie Blei an, als ihm dämmerte, dass er und Hannah im gleichen Bett schlafen sollten. Natürlich hätte er schon früher daran denken können, aber so weit hatte er seine Fantasie nie schweifen lassen.

»Um ehrlich zu sein, Amelia ist ziemlich altmodisch und hätte es vorgezogen, dass Sie beide in getrennten Zimmern übernachten, aber ich sagte ihr, dass es so besser sei.«

»Oh, ich will Hannahs Mutter aber auch nicht aufregen …«

»Unsinn. Sie regen sie deutlich weniger auf, als sie es bei der letzten Gelegenheit war, da Hannah … jemanden … mitbrachte.«

»Sir?«

Ernest tätschelte ihm die Schulter. »Wir Männer müssen zusammenhalten.«

Das war sicher nicht falsch, allerdings hatte er keinen Schimmer, wovon der andere überhaupt sprach. Zumindest zunächst nicht. Als sein Blick später, in Hannahs Zimmer, auf das Doppelbett fiel, dämmerte es ihm plötzlich.

»Das letzte Mal warst du mit einer Frau hier.«

Sie drehte sich zu ihm um, die Augen weit aufgerissen. »Und?«

Er schüttelte den Kopf. »Nichts und. Ich habe nur – gerade hat es Klick gemacht, und ich habe eine von Ernests Bemerkungen verstanden.«

»Oh.« Ihre Anspannung löste sich wieder. »Ja, davon war er nicht allzu begeistert.«

»Und deine Mom?«

»Weißt du noch, was ich über ihren Identitätsverlust sagte?« Sie setzte sich ans Fußende des Bettes und seufzte. »Nun, jedenfalls tut mir das hier total leid. Ich weiß, es ist megapeinlich, dass wir im gleichen Zimmer schlafen.«

Matthew setzte sich neben Hannah. »Wir werden es überleben.« Hoffentlich klang er einigermaßen zuversichtlich. Denn eigentlich hatte sie recht. Allein schon neben ihr zu sitzen machte ihn nervös. Er erinnerte sich daran, wie sie sich in seinen Armen angefühlt hatte, als die langsamen Tänze gespielt wurden. Er hatte sie von der Tanzfläche hinunterführen wollen, aber sie hatte ihn dicht zu sich herangezogen und ihm dann zugeflüstert, dass ihre Eltern zusahen. Und er hatte sich dem Traum überlassen, dass sie weitertanzte, weil sie es wollte.

»Hm, dann sollten wir jetzt wohl schlafen gehen.« Sie deutete mit einem Kopfnicken auf eine Tür. »Da ist das Bad. Du kannst zuerst rein.«

Er folgte ihrer Aufforderung, und als er in T-Shirt und Boxershorts wieder herauskam, blickte sie von ihrem Handy auf, auf dem sie irgendetwas gelesen hatte.

»Oh«, machte sie. Er stand wie ein begossener Pudel da, während sie seine Gestalt von Kopf bis Fuß begutachtete und ihm schließlich ins Gesicht sah. Ihre Blicke trafen sich, und ihm wurde unter ihrer intensiven Musterung ganz heiß. Dann weiteten sich ihre Augen, und sie sagte noch einmal: »Oh!« Die helle Haut ihrer Wangen überzog sich mit einer hübschen Röte.

»Tut mir leid. Ich wollte dich nicht anstarren. Ich habe nur … na ja, zum Teufel … du weißt ja selbst, dass du gut aussiehst.«

Etwas Besseres hätte sie kaum sagen können. Sie brachen in Gelächter aus, und die Spannung verflog so schnell, wie sie gekommen war. »Ich ziehe mich jetzt auch um«, sagte sie, als sie sich wieder etwas beruhigt hatten. »Geh schon ins Bett und bau dir von mir aus eine Mauer aus Kissen, wenn du befürchtest, dass ich über deinen tollen Körper herfalle.«

»Das Risiko gehe ich ein«, antwortete er, zwang sich aber, an eine kalte Dusche zu denken, damit sie nicht sah, welche Wirkung ihre Drohung auf ihn hatte.

Wie sie vorgeschlagen hatte, lag er bei ihrer Rückkehr im Bett, hatte aber keinen Schutzwall aus Kissen gebaut. Er erhaschte einen Blick auf sie in Tank Top und Schlafshorts und konnte plötzlich an nichts anderes mehr denken, als daran, wie unglaublich es wäre, wenn sich diese langen, schlanken Schenkel um seinen Körper schlingen würden. Nie hatte er eine Frau anziehender gefunden, und ausgerechnet jetzt durfte er sich nicht an sie ranmachen. Nicht unter diesen Umständen. Im Bett. Das sie gezwungenermaßen miteinander teilten. Ihr warmer, weicher Körper neben ihm.

Fuck.

Er drehte sich um und wandte ihr den Rücken zu.

»Ist wahrscheinlich das Beste«, sagte sie. »Weniger peinlich und verführerisch.«

»Verführerisch?«, wiederholte er, erntete aber nur Schweigen.

»Hannah?«

»Das ist mir so rausgerutscht.«

»Oh.« Er dachte darüber nach und ertappte sich dabei, wie er lächelte. »Ich bin geschmeichelt.«

»Wir haben doch schon festgestellt, dass du ein heißer Typ bist. Da kommst du sowieso nicht mehr raus.«

Er verkniff sich ein Lachen. »Das ist nur fair.« Er bewegte sich und erstarrte sofort, als er ihren Rücken an dem seinen spürte. Er schloss die Augen, versuchte, die Kontrolle nicht zu verlieren.

»Kleines Bett«, sagte sie und rückte wieder ein Stück von ihm ab.

»Sehr.« Er räusperte sich.

Sie rührte sich erneut, und diesmal berührte ihr Fuß seine Wade.

»Das machst du absichtlich.«

»Was mache ich denn mit dir?«

»Ich habe nicht gesagt, dass du irgendetwas *mit mir* machst, sondern nur, dass du *etwas* machst.«

»Aber trotzdem mache ich etwas *mit* dir?« Ihre Stimme war kaum mehr als ein Flüstern, und er wurde noch härter.

»Hannah ...«

»Ich weiß. Tut mir leid. Es ist nur ...« Sie drehte sich um, und er spürte ihren Atem im Nacken und ihre Hand auf seiner Hüfte. »Na ja, ich habe zwar kein Interesse an einer Beziehung oder an dem ganzen Zeug, das wir den anderen hier vorspielen. Aber das bedeutet noch lange nicht, dass ich dich nicht will.«

Er kniff die Augen noch fester zu. Er sollte Nein sagen. Er sollte von ihr abrücken.

Er sollte sich eine Decke nehmen und auf dem Boden schlafen.

Doch stattdessen sagte er: »Was genau willst du?«

»Nur heute Nacht«, sagte sie. »Wir könnten es als Eintauchen in unsere Rolle bezeichnen.«

Er schluckte den Kloß hinunter, den er plötzlich im Hals hatte. »Du hast beinahe nichts an und liegst dicht neben mir im Bett. Wenn du das, was du da andeutest, nicht ernst meinst, musst du von mir abrücken und darfst einen Mann nicht dermaßen reizen.«

»Wie denn? Etwa so?« Sie ließ ihre Hand an seiner Hüfte entlanggleiten, immer höher, bis sie unter seinem Shirt war. Die Hitze ihrer Handfläche auf seiner Haut schien ihn förmlich zu verbrennen.

Langsam – sündhaft langsam, verführerisch langsam – ließ sie die Hand zu seinem Bauch wandern und rückte noch näher an ihn heran. Als ihre Finger unter dem Bund seiner Boxershorts angelangt waren, schmiegte sich ihre ganze Gestalt an ihn. Ihre Brust lag an seinem Rücken, ihr Geschlecht an seinem Hintern. Ihr Atem streifte seine Schultern.

Wieder bemühte er sich um Selbstbeherrschung, allerdings ohne Erfolg. Er war jetzt so hart, dass es schmerzte, und als ihre Hand weiter nach unten glitt und seine Lanze umfasste, stieß sie ein leises, kehliges, lustvolles Keuchen aus.

»Sag mir, dass ich das war. Dass allein der Gedanke an mich dich hart gemacht hat.«

»Baby, das weißt du doch.«

»Gefällt dir das?« Ihre Hand hielt ihn weiter umfangen, und sie streichelte ihn langsam und mit gerade genug Druck, um ihn in den Wahnsinn zu treiben.

»Mein Gott, ja.«

»Mir auch«, raunte sie, dann verlagerte sie sich hinter ihm so, dass ihre Lippen seine Schulter liebkosen konnten, seinen Nacken, sein Ohr. Und dabei bearbeitete sie unaufhörlich seinen Schwanz und flüsterte ihm zu, wie sehr sie sich nach ihm verzehrte. Wie sehr sie sich schon den ganzen Abend danach gesehnt hatte.

»Als du mich geküsst hast, wäre ich beinahe auf der Stelle gekommen«, sagte sie, und da konnte er es nicht mehr ertragen. Er packte ihre Hand – vornehmlich, um zu vermeiden, dass er sich bei der nächsten Bewegung Schmerz zufügte –, dann rollte er sich auf den Rücken und zwang sie, sich rittlings auf ihn zu setzen.

Sie grinste. »Das gefällt mir«, sagte sie, zog das Top aus und warf es zu Boden.

Mit langsamen Bewegungen befreite sie seinen Schwanz aus den Boxershorts; dann rieb sie ihr – immer noch bekleidetes – Geschlecht an seinem harten, pulsierenden Schaft. Er legte den Kopf in den Nacken und stöhnte. »Eigentlich sollte ich doch derjenige sein, der *dich* in den Wahnsinn treibt«, flüsterte er.

»Ich werde darauf zurückkommen«, antwortete sie. »Aber Ladys First.«

Sie beugte sich vor und küsste seine Lippen. Ein sanfter Kuss, bevor sie an seinem Körper hinabglitt, mit kreisenden Hüften, während erst ihre Brüste über sein T-Shirt rieben und dann ihr Mund durch den Stoff hindurch an seinen Brustwarzen saugte.

»Ich will es ausziehen.«

»Auf keinen Fall«, rief sie. »Aber *ich* ziehe jetzt den Rest aus.«

Sie kniete sich hin und entledigte sich in einer wahrhaft akrobatischen Aktion ihrer Pyjamashorts, ohne von ihm herunterzusteigen oder nach hinten zu fallen. Und als er bemerkte, dass sie keine Unterhose trug, sog er scharf den Atem ein, umso tiefer, da sie so komplett gewaxt war, dass er jeden sinnlichen Zentimeter von ihr sehen konnte.

»Okay?«, fragte sie und strich mit ihrer Muschi über seinen steinharten Schwanz.

»Okay ist untertrieben«, stieß er mühsam hervor.

Sie beugte sich vor, ein mutwilliges Grinsen auf den Lippen. Dann bewegte sie die Hüften vor und zurück, ließ ihre feuchte Hitze an seinem Schwanz entlanggleiten, bis er nur noch die Augen schließen konnte und sich bemühte, nicht zu kommen.

Wenn das so weiterging, würde er diesen Kampf verlieren. Aber er wollte noch nicht kommen, sondern sehnte sich verzweifelt danach, in ihr zu sein. »Baby, hast du ein Kondom dabei? Ich habe keins mitgebracht.« Dafür hätte er sich ohrfeigen können. Manchmal war es einfach nur ätzend, wenn man stets versuchte, anständig zu sein.

»Ich glaube, ich habe eins in meiner Tasche. Vielleicht. Keine Ahnung.«

Sie löste sich von ihm, und er hörte, wie der gesamte Inhalt ihrer Tasche mit einem lauten Plumps auf den Boden fiel. Er lächelte, als sie triumphierend kreischte. »Eins«, rief sie und kletterte zurück aufs Bett. »Sorg dafür, dass es die Sache wert ist.«

»Ich glaube, das kann ich dir versprechen«, antwortete er, erregt von ihrem begeisterten Schrei, als er sie bei den Schultern packte, sie umdrehte und sich rittlings auf sie setzte.

8

»Jetzt will ich, dass du dich auch ausziehst«, bat Hannah. So dekadent es auch war, nackt zu sein, während er immer noch Shirt und Boxershorts trug, sie sehnte sich danach, seine Haut an ihrer zu spüren.

»Bald«, versprach er und beugte sich vor, um ihren Mund in einem Kuss für sich zu erobern. Sie hatte keine Ahnung, was er mit dem Kondom gemacht hatte, das sie ihm gegeben hatte, aber eins wusste sie mit Sicherheit: Wenn er es verloren hatte, war sie eine zutiefst unglückliche Frau.

Allerdings legte die Art, wie er an ihrer Brustwarze saugte, während seine Finger in ihren anderen Nippel kniffen, nahe, dass er durchaus ein paar Methoden kannte, um eine Frau zu befriedigen. Und, oh, gütiger Gott, im Augenblick machte er das ganz großartig. Dieses Gefühl seiner Zähne an ihren Brüsten, das allein hätte ihr beinahe schon einen Orgasmus beschert.

»Bitte«, raunte sie. »Nicht aufhören.«

Er gehorchte, ließ aber die Hand nach unten zwischen ihre Beine gleiten, und gleichzeitig mit jedem lang gezogenen Saugen an ihren Brüsten stieß er zwei Finger tief in sie hinein. Der Rhythmus trieb sie in den Wahnsinn, bis sie sich seiner Hand entgegenbäumte, verzweifelt nach Erleichterung verlangte, so sehr im Nebel der Lust gefangen, dass sie noch nicht einmal um mehr betteln konnte.

»Mein Gott, du bist wunderschön. Deine Haut ist gerötet. Dein Körper ganz gespannt. Das ist es, Baby. Komm schon.« Sein Daumen rieb ihre Klitoris, und sie brandete ihm entgegen, war dem Orgasmus so nahe, dass sie vor Frustration wimmerte.

Er hatte Erbarmen mit ihr und verlagerte sie beide erneut, sodass sie wieder auf ihm zu sitzen kam. Endlich zog er jetzt auch das T-Shirt aus und bedeutete ihr mit einem Kopfnicken, ihm die Boxershorts abzustreifen, eine Aufforderung, der sie so schnell wie möglich nachkam. Sein Schwanz schnellte ins Freie, hart und zerfurcht und wunderschön, und sie bestieg ihn, vergaß das Kondom. Er hielt sie auf, streifte es über, und dann senkte sie sich auf ihn hinab, zunächst langsam, um sich an seinen Umfang zu gewöhnen, dann schneller, nachdem ihr Innerstes sich ihm angepasst hatte.

Sie nahm seine Hand, legte seinen Daumen wieder an ihre Klitoris, bäumte sich nach hinten, ritt ihn hart. Mit einer Hand reizte er ihre Klitoris, die andere umfing ihre Brust, wobei der Druck auf ihren Nippel immer härter wurde, je näher der Orgasmus kam, bis er mit dem Daumen nur noch einmal ganz leicht über ihre Klitoris fuhr und sie in den Abgrund stürzte.

Ihr Innerstes pulsierte, ihre Muskeln molken seinen Schwanz, als er in ihr explodierte, und als er ihre Brustwarze losließ und das Blut in sie zurückschoss, durchfuhr sie der Rausch der Lust erneut und war beinahe ebenso intensiv wie beim ersten Mal.

»Das war der Wahnsinn«, murmelte sie, brach auf ihm zusammen und hob dann den Kopf gerade genug, um ihm einen Kuss geben zu können.

»Du bist fantastisch«, sagte er. »Und sobald ich wieder zu Atem gekommen bin, werde ich dich umdrehen und dich mit meinem Mund zwischen deinen Beinen noch einmal kommen lassen.«

Sie seufzte vor Lust, und ihr Körper erschauerte vor Vorfreude. »Damit kann ich leben«, sagte sie, und sein leises Lachen hallte in ihrem Inneren wider. »Nur …«

Sie unterbrach sich, dann stützte sie sich auf den Ellbogen.

»Was?«

»Es ist nur so, dass …«

»Ich weiß«, sagte er. »Nur heute Nacht. Wir tauchen ganz in unsere Rollen ein.«

Sie atmete aus. »Ich mag dich. Das merkst du ja. Aber ich versuche gerade, mir ein eigenes Unternehmen aufzubauen. Ich habe gar keine Zeit für eine Beziehung. Oder auch nur für gelegentliche Affären. Mein Beruf bindet zu viel von meiner Energie, weißt du?«

»Hab ich kapiert.«

»Ich will nicht, dass wir beide irgendwann bis über beide Ohren in der Sache drinstecken.«

»Werden wir nicht«, versicherte er. »Wir haben einen Deal.«

»Aber was die heutige Nacht angeht, sind wir uns einig, oder?«, fragte sie. »Heute Nacht ist alles möglich, oder?«

Seine Augen funkelten. »Leg dich hin und spreiz die Beine, Baby. Dann gebe ich dir etwas, an das du dich morgen erinnern wirst.«

Er hatte recht behalten, dachte sie, als sie sich am Sonntagmorgen an den Frühstückstisch setzte und sich auf die Pancakes ihrer Mutter stürzte. Sie erinnerte sich definitiv an jede wunderbare Sekunde der vorherigen Nacht.

Ihr Körper war auf köstlichste Weise wund, und sie war herrlich entspannt. Tatsächlich bedauerte sie nur eins, und zwar, dass es keine nochmalige Vorstellung geben würde.

Immerhin hatten sie strenge Regeln aufgestellt.

»Guten Morgen, meine Schöne«, sagte Matthew, als er sich zu ihr setzte. In seinen kakifarbenen Shorts und dem Henley-Shirt sah er unglaublich sexy aus. Mit der Gabel schaufelte er ein paar Pancakes auf seinen Teller. »Sieht fantastisch aus. Wie lange bist du schon auf?«

»Das ist das Werk meiner Mutter«, erklärte sie ihm. »Allerdings habe ich keine Ahnung, wo sie … *oh! Mom!*«

Ihre Mutter lief so schnell auf sie zu, dass ihre Absätze auf dem Fliesenboden klapperten. »Süße, ich muss mich beeilen. Wir haben heute Morgen eine Kirchenveranstaltung.«

»Aber ich dachte, wir wollten über das Geld reden.«

Ihre Mutter warf Matthew einen Blick zu und verzog die Lippen zu einem Lächeln. »Ich habe gestern Abend mit Ernest gesprochen, und ich glaube, unter den neuen Umständen ist das, was du willst, durchaus im Bereich des Möglichen.« Sie legte Matthew die Hand auf die Schulter und zwinkerte ihm zu.

»Ernsthaft?«

»Aber jetzt haben wir keine Zeit für eine solche Unterhaltung. Wir reden später noch einmal hier darüber; ich rufe dich an.«

»Aber …«

»Gute Heimfahrt. Es war so schön, dich zu sehen. Lass dich umarmen.«

»Mom!«

Aber es hatte keinen Sinn. Ihre Mutter klapperte zur Garage hinüber, und Hannah blieb zurück – ohne Geld und mit einem unglaublich heißen Typen, den sie aus ihrem Bett verbannt hatte.

Sie seufzte und griff nach dem Sirup. Wenigstens waren die Pancakes fantastisch.

9

Nach ihrer Rückkehr nach Austin hatte Hannah drei volle Tage lang eigentlich keinerlei Zeit, an Matthew zu denken. Und doch schlich er sich immer wieder in ihre Gedanken.

Er war da während der Stunden, in denen sie und Easton den Pachtvertrag ein letztes Mal durchgingen, bevor sie ihn am Montag unterzeichneten, wobei sie zwei- und dreifach checkten, ob die Ausstiegsklausel nicht verändert worden war und sie immer noch von ihrer Verpflichtung zurücktreten konnten, falls ihre Mutter das Geld nicht herausrückte.

Er war in ihren Gedanken, als sie mit den Elektrizitätswerken und Kabelanbietern wegen Telefon und Internet verhandelten, und er war eindeutig da, als sie sich an den Tisch in der Bücherei setzten und über Neukunden sprachen. Selma und Austin Free-Tail standen bereits auf der Liste. Und Hannahs erster Vorschlag lautete, auch mit Herrington's Gym über eine Mandatsübertragung zu reden. Natürlich hatte Easton bereits Kontakt mit Dutzenden von ortsansässigen Unternehmen aufgenommen, und Hannah und er mussten jede Menge Meetings hinter sich bringen. Manchmal sicherten sie sich dabei neue Klienten, manchmal reichte es aber auch nur für die Vereinbarung eines Folgetermins.

Sie führten Vorstellungsgespräche mit Rechtsanwaltsgehilfen, Sekretärinnen und Büroangestellten. Und Easton führte ein paar Telefonate mit potenziellen Kandidaten, die als Büroleiter fungieren konnten.

Jeden Abend war sie total erschöpft, wenn sie nach Hause kam.

Und jeden Abend hatte sie vor dem Einschlafen Matthew vor Augen. Sie hatte sich sogar angewöhnt, den langen Weg nach

Hause zu Fuß zurückzulegen, wobei sie die Lavaca Street statt die Colorado Street entlangging, einfach nur, weil sich dort sein Fitnessstudio befand. Die Fenster waren getönt, aber hin und wieder fiel die Sonne genau im richtigen Winkel ein und enthüllte ein undeutliches, fast negativartiges Bild des Inneren. Auf diese Weise hatte sie eines Tages einen Blick auf ihn erhascht, wie er neben einer Beinpresse stand und sich mit einer Frau unterhielt, die nickte und an ihrem Wasser nippte. Er hatte innegehalten, die Hand in die Höhe gehalten, als müsse er kurz nachdenken. Dann hatte er sich umgewandt, als halte er nach irgendjemandem Ausschau.

Nach ihr?

Hatte er sie bemerkt?

Sie hatte gewartet. Wenn er herauskam, dann war das ein Zeichen, dass sie zusammen etwas trinken oder essen gehen sollten. Dass sie die gegenseitige Anziehungskraft, die sie aufeinander ausübten, nicht länger ignorieren, sondern weitergehen sollten.

Aber er war nicht herausgekommen, und so war sie in ihre Wohnung zurückgekehrt. Auch die restliche Woche lang hatte sie unaufhörlich gearbeitet und kaum einen einzigen freien Augenblick gehabt, um an ihn zu denken.

Und doch hatte sie es getan.

»Ruf ihn endlich an«, sagte ihre Freundin Shelby, nachdem sie sich eines Morgens zufällig im Starbucks in der Stadt getroffen hatten und Hannah die ganze Geschichte heruntergespult hatte.

»Sieh mal an, wer jetzt einen ganz anderen Ton anschlägt«, meinte Hannah. »Nolan scheint dir ja gutzutun. Und übrigens: gern geschehen.«

Shelby Drake war eine zutiefst puritanische Wirtschaftsprüferin gewesen, als sie angefangen hatte, sich mit Nolan Wood zu treffen, einem ungehobelten DJ, der zur besten Sendezeit als Radiomoderator arbeitete und keinerlei Hemmungen zu kennen schien. Hannah heimste natürlich den ganzen Ruhm für die Beziehung ein, denn sie war diejenige gewesen, die Shelby überredet hatte, Sextoys als Geschenk zur Junggesellenabschiedsfeier einer Freundin zu kaufen. Auf diese Weise hatte sie eine Kettenreaktion unanständiger Spielchen in Gang gesetzt, die Shelby schließlich in Nolans Bett geführt hatte.

»Ich meine es ernst«, sagte Shelby und schob sich die Brille die Nase hinauf. »Offensichtlich magst du den Typen doch. Ruf ihn einfach an.«

»Ich meine es ebenso ernst! Ich muss mich auf den Ausbau der Kanzlei konzentrieren. Ich habe keine Zeit für eine Beziehung.«

Shelby schob sich eine Locke ihres dunklen Haars hinters Ohr, dann nippte sie an ihrem Latte. »Vielleicht nicht. Aber es klingt, als ob du dir eine wünschst.«

Hannah runzelte die Stirn. Das tat sie nicht. Wirklich nicht.

Aber das bedeutete noch lange nicht, dass ein paar weitere unverbindliche sexuelle Eskapaden keinen Spaß machen konnten. Freunde mit Vorzügen – so etwas war doch durchaus denkbar, oder? Und Matthew war definitiv ein Freund. Immerhin kamen sie wirklich gut miteinander aus, wie konnte er also keiner sein?

Mit derlei Rationalisierungen schaffte sie den Rückweg zum Büro. Dann stürzte sie sich wieder in die Arbeit und rief sich ins Gedächtnis, dass sie der Grund war, warum sie sich nicht auf Beziehungen einließ. Oder auch auf Affären.

»Irgendwann wird es weniger«, meinte Easton, der im Türrahmen zu ihrem Büro lehnte.

»Was?« Sie hatte sich hinter ihrem Schreibtisch gelümmelt, aber jetzt setzte sie sich kerzengerade auf. »Mir geht es gut. Sehe ich aus, als würde ich mich über das Tempo beklagen?«

Er kicherte. »Nein. Ich will uns nur beide beruhigen, dass das hier jetzt nur die Anfangsphase ist. Und irgendwann ruhiger wird.«

»Ich mache mir keine Sorgen.«

»Selma schon«, sagte er mit schiefem Grinsen. »Sie hat mir das

Versprechen abgenommen, dieses Wochenende nicht zu arbeiten. Und wenn ich mir freinehme, dann musst du das auch tun.«

Sie wollte protestieren, aber wieso eigentlich? Ihre Wohnung versank im Chaos. Sie konnte das Wochenende nutzen, um auszuschlafen und sauber zu machen. Vielleicht konnte sie sich sogar eine Massage gönnen.

Und Matthew sehen?

Sie runzelte die Stirn und schob den Gedanken beiseite.

»Was ist los?«

Sie lächelte strahlend. »Habe mich nur gerade gefragt, ob ich mir lieber eine Massage oder eine Ganzkörperpackung gönne. Wenn du mich schon zum Schwänzen veranlasst, dann mache ich es auch richtig.«

»Gut für dich.« Er deutete auf die Aktentasche, die er neben sich auf den Boden gestellt hatte. »Ich mache das zu Hause fertig. Bis morgen. *Casual Friday.*«

Sie verdrehte die Augen. Sie hatte heute die meiste Zeit über auf dem Boden gesessen und war die Aktenordner durchgegangen, und sie bezweifelte, dass man in der Reinigung Staub und Schmutz aus ihrer schwarzen Lieblingsleinenhose herausbekommen würde.

Kaum war Easton gegangen, lehnte sie sich auf ihrem Stuhl zurück und fragte sich, ob sie bleiben sollte oder ob sie sich ebenfalls Arbeit mit nach Hause nehmen sollte. Sie hatte gerade beschlossen zu gehen, als ihr Bürotelefon klingelte und sie schnell abnahm. »Wallace & Donovan.« Mein Gott, wie sie es liebte, das zu sagen.

»Klingt das nicht wunderbar?«, rief ihre Mutter. »Süße, ich bin so stolz auf dich.«

»Stolz genug, dass ich das Geld aus Daddys Versicherung bekomme?« Und wurde sie nicht mit jeder Minute kühner? Sie hatte das Geld bei ihrer Mutter schon erwähnt, noch bevor sie mit Matthew zurückgefahren war, und ihre Mutter hatte immerhin angedeutet, dass sie es möglicherweise bekommen würde. Allerdings wollte sie ein zweites Mal mit Ernest reden.

»Warum unterhalten wir uns nicht morgen darüber?«, fragte ihre Mutter, und plötzlich bekam Hannah Herzklopfen.

»Morgen? Wir können doch auch *jetzt* darüber reden. Ich meine, ich bin …«

»Das schreit förmlich nach einer persönlichen Diskussion und einer Feier. Und Ernest und ich sind morgen sowieso in der Stadt. Wir haben uns überlegt, dass wir mit dir und Matthew zu Abend essen wollen, um eure Verlobung zu feiern. Wir sind auf der Party gar nicht dazu gekommen, uns richtig mit ihm zu unterhalten.«

»Willst du damit sagen, dass du mir das Geld nicht gibst?«

»Süße, nein. Ich sage, dass wir zusammen zu Abend essen wollen. Ernest und ich finden Matthew ganz bezaubernd. Sieben Uhr? Wir können in der Stadt im Three Forks essen. Matthew mag doch sicher Steak, oder?«

»Ich … ja.« Sie nahm es jedenfalls an. »Aber …«

»Ich muss los, Süße. Mami liebt dich.«

»Aber …«

Sie hatte aufgelegt.

Diskussion? Feier?

Was hatte das zu bedeuten? Dass das Geld ihr gehörte, solange sie es nicht vermasselte? Was sie unter keinen Umständen tun würde.

Zumindest hoffte sie das. Schließlich lag es nicht allein in ihrer Hand.

Sie brauchte Matthew erneut. Und sie hoffte inständig, dass er nicht Nein sagen würde.

10

Er hätte Nein sagen sollen.

Matthew schritt auf dem Bürgersteig vor dem Three Forks auf der Lavaca Street inmitten Austins auf und ab und sah immer und immer wieder auf die Uhr. Hannah hatte ihn gebeten, sie schon um Viertel vor sieben zu treffen, damit sie sich noch ein wenig unterhalten konnten, bevor um sieben ihre Eltern eintrafen. Jetzt war es achtzehn Uhr achtundvierzig.

Er hätte wirklich Nein sagen sollen. Sie wiederzusehen war … nun ja … verstörend. Oder besser: Es wäre verstörend gewesen, wenn sie aufgetaucht wäre.

Es war eine schlichte Tatsache, dass er sie seit dem Augenblick, da sie nach ihrer Rückkehr nach Austin am Sonntag getrennter Wege gegangen waren, nicht mehr aus dem Kopf bekommen hatte. So sehr hatte sie ihn beschäftigt, dass er sich sogar eingebildet hatte, sie vor seinem Fitnessstudio auf der anderen Straßenseite zu entdecken. Er hatte geglaubt, dass sie einfach dastand und zu ihm hereinsah.

Er wollte sie.

Verdammt, und *wie* er sie wollte. Aber ihm war klar, dass sie dieses Gefühl nicht erwiderte. Sie hatte keinen Zweifel daran gelassen, dass sie im Augenblick nicht an einer Beziehung interessiert war. Zudem kam für eine hoch gebildete Anwältin am Ende des Tages mit einem besseren Muskelprotz wohl kaum mehr als eine flüchtige Affäre infrage. Das war nun mal Fakt, da konnte sie sagen, was sie wollte.

Er sah noch einmal auf die Uhr. Zehn vor sieben.

Er würde ihr noch eine Minute geben. Wenn sie bis dahin nicht aufgetaucht war, würde er sich in einer Textnachricht entschuldigen und …«

»Matthew!«

Die Erleichterung, die ihn durchflutete, war so heftig, dass er beinahe aus den Latschen gekippt wäre, und er versuchte nicht einmal, sein Lächeln zu unterdrücken, als sie auf ihn zueilte, wobei sie in der schwarzen Hose, einem schwarzen Blazer und einer weißen Seidenbluse sehr seriös wirkte. Ganz das Gegenteil von der wilden Frau, die sie im Bett gewesen war. Und offen gesagt fand er beide Versionen von ihr gleichermaßen anziehend. Es gab nichts an Hannah Donovan, was er nicht faszinierend fand. Zu blöd, dass sie von Anfang an klargestellt hatte, sich von dieser gegenseitigen Anziehung nicht leiten lassen zu wollen.

Sie kam offensichtlich direkt von der Arbeit. Das war bei ihm nicht anders, aber er hatte sich Zeit genommen, um noch zu duschen und umzuziehen. Jetzt trug er das gleiche Outfit, das sie in Dallas gekauft hatten. Das war zwar nicht sonderlich originell, aber es hatte schon einmal gewirkt.

Sie grinste, als sie das sah, dann fuhr sie mit der Hand über das Revers. »Elegant«, sagte sie, und er musste dem Drang widerstehen, seinerseits die Hand auszustrecken und sie zu berühren.

»Glaubst du, er merkt, dass es das gleiche Outfit ist?«

»Wenn ja, wird er es nicht erwähnen.« Sie trat einen Schritt zurück und seufzte, als sie zu ihm emporblickte. »Danke, dass du das für mich tust. Es ist wirklich schön, dich zu sehen.«

»Heißt das, dass du das Geld bekommst? Oder ist das hier der finale Test?«

»Offen gestanden weiß ich das nicht so genau. Aber ich nehme an, dass es tatsächlich ein Test ist, es sei denn, sie geben mir sofort einen Scheck.« Sie ergriff seine Hand und drückte sie. »Okay?«

»Das weißt du doch«, antwortete er. »Wir haben diese Show doch schon mal abgezogen. Also ist das jetzt unsere Zugabe.«

»Der Mann hat etwas für Theater übrig.« Sie stieß ihn mit der

Hüfte an. »Vielleicht kann ich dich ja überreden, mich mal in eine Vorstellung mitzunehmen.«

Er legte den Kopf schief und versuchte zu ergründen, ob sie es ernst meinte. »Ich habe da einen Freund mit entsprechenden Verbindungen«, antwortete er. »Ich glaube, der kann für so ziemlich alles, was du dir wünschst, prima Plätze organisieren.«

»Das sichert dir auf jeden Fall weitere Pluspunkte«, sagte sie, aber bevor er Gelegenheit hatte, ihren Gesichtsausdruck zu ergründen, erklang hinter ihr eine Autohupe und sie wirbelte herum. Winkend eilte sie zu dem Parkplatz hinüber und begrüßte Amelia und Ernest, die ihren Wagen einem Bediensteten überließen.

»Schön, Sie zu sehen«, begrüßte Ernest Matthew und stürzte sich sogleich in einen weitschweifigen Bericht über einen politischen Lunch, an dem sie an diesem Nachmittag teilgenommen hatten, um einen aufstrebenden Gouverneurs-Kandidaten zu unterstützen. »Politik ist ein hässliches Geschäft«, fuhr er fort, als sie saßen und man ihnen Wein serviert hatte. »Aber ist man einmal in diesen Treibsand hineingeraten, kann man sich nur schwer wieder daraus befreien. Was ist mit Ihnen, Matthew? Irgendwelches Interesse an Politik?«

»Nicht wirklich.« Er hatte das unbestimmte Gefühl, dass Ernest Pierpont diese Antwort nicht für ideal hielt, aber Matthew hatte keine Ahnung, wie er ihm politische Kenntnisse hätte vorgaukeln können, deshalb blieb ihm keine andere Wahl.

»Das habe ich mir gedacht«, sagte Ernest. »Besteht ja auch keine Notwendigkeit als ungebildeter Besitzer eines Fitnessstudios, nicht wahr?«

Matthew hatte gerade das Glas an die Lippen führen wollen, aber nun erstarrte er und fing Hannahs panischen Blick auf.

»Er ist …«

»Der Besitzer eines Fitnessstudios, genau wie Sie sagten«, unterbrach Matthew und bemühte sich darum, ganz ruhig und gemessen zu sprechen. Er trank einen Schluck Wein, vornehmlich, um Zeit zu schinden und nachzudenken. »Ich schulde Ihnen eine Entschuldigung, weil ich mich Ihnen gegenüber falsch dargestellt habe. Hannah wollte Ihnen von Anfang an erzählen, was ich beruflich mache, aber ich war nervös. Sie widersprach und wies mich darauf hin, dass ich seit meinem sechzehnten Lebensjahr für mich selbst gesorgt habe. Dass ich mit einem Fünftausend-Dollar-Darlehen von meinen Eltern anfing und jetzt nicht nur schuldenfrei bin, sondern auch drei gut gehende Fitnessstudios in Austin leite. Das Gebäude in der Innenstadt besitze ich sogar, wobei es sich offen gesagt um Grundbesitz in einer Top-Lage handelt.«

Er holte tief Luft, war selbst erstaunt, dass er so klar denken und sprechen konnte, während seine Nerven vibrierten und ihm das Herz dermaßen heftig in der Brust pochte, dass es sich anfühlte, als hätte er gerade einen Hundert-Meter-Spurt hingelegt.

»Sie sagte, dass Sie mich als Unternehmer respektieren würden«, fuhr er fort, wobei er Ernest allerdings nicht ins Gesicht sah, denn dann wären ihm die Nerven doch durchgegangen. »Dass Sie in mir das Gleiche sehen würden, das sie damals in Amelia gesehen haben – die sich schließlich ebenfalls hocharbeitete, nachdem sie zur Witwe und alleinerziehenden Mutter geworden war.«

Unter dem Tisch vergruben sich Hannahs Finger in seinem Oberschenkel. Er trank noch einen Schluck Wein und widerstand dem Drang, Hannah anzusehen.

»Sie versicherte mir, dass ein Mann wie Sie – ein Mann, der die Menschen und die Geschäftswelt durchschaut – das, was ich geleistet habe, respektieren würde. Und nachdem ich in Ihrem Haus war und mit Ihnen gesprochen hatte, erkannte ich, dass sie mit dieser Einschätzung recht hatte. Aber bevor ich Ihnen persönlich begegnete, Sir – nun ja, ich gestehe, dass ich von Ihnen eingeschüchtert war. Und so beschloss ich zu lügen. Den Mann zu spielen, von dem ich glaubte, dass Sie ihn sich für Ihre Tochter wünschten, und nicht der, der ich in Wirklichkeit bin.«

Noch ein Schluck Wein. Noch ein tiefer Atemzug. Und dann sah er Ernest doch direkt in die Augen. »Ich hoffe, Sie können mir verzeihen, dass ich Sie unterschätzt habe, Sir. Ich versichere Ihnen aber, dass Hannah diesen Fehler nie gemacht hat.«

»Nun ja.« Ernest lehnte sich zurück, dann sah er zwischen ihm und Hannah hin und her. »Nun ja«, wiederholte er.

»Meine Güte«, sagte Amelia. »Ich kann mich nicht erinnern, wann ich dich das letzte Mal sprachlos erlebt habe.« Sie zwinkerte Matthew zu. »Ich glaube, Sie haben ihn beeindruckt.«

»Das haben Sie, mein Sohn.« Er sah Hannah an. »Du hast dir da einen guten Mann gesucht, Hannah.«

»Ja«, antwortete sie, wobei sie ihre Hand auf seinem Schenkel liegen ließ. »Ich glaube, das habe ich wirklich.«

»Die Fünfzigtausend liegen in einem Depot fest, das erst nächstes Jahr frei wird. Aber ich habe noch fünfzig, die ich bis nächste Woche flüssig machen kann. Wir sind Mittwochabend wieder in der Stadt. Wie wäre es, wenn ich dir dann einen Scheck mitbringe?«

Die Hand auf seinem Bein griff nun so fest zu, dass sie ihm beinahe das Blut abschnürte, aber Hannahs Gesicht blieb vollkommen gelassen. Sie bewahrte Ruhe, lächelte und dankte Ernest und ihrer Mutter, bevor sie ihr Weinglas hob, um ihnen zuzuprosten.

Auch während des restlichen Abendessens behielt sie die Hand auf Matthews Schenkel, nahm sie nur fort, wenn es nicht anders ging. Teils deshalb – und teils wegen des heftigen Adrenalinschubs, der nach seiner Rede freigesetzt worden war, die immerhin die längste seines Lebens gewesen war – erinnerte sich Matthew hinterher an den restlichen Abend absolut gar nicht mehr. Er wusste nur noch, dass er ein Steak gegessen hatte, einen Bissen von Hannahs Käsekuchen probiert hatte und dass Ernest ihm herzlich und energisch auf die Schulter geklopft hatte, bevor er mit Amelia in ihr Auto und von dort ins Hotel zurückgekehrt war.

»Wir wollen morgen schon ganz früh nach Dallas zurückkehren«, sagte Amelia. »Aber wir sehen uns ja nächste Woche, wenn wir Hannah den Scheck bringen.«

»Klingt super«, antwortete Matthew, wobei er gegen jede Wahrscheinlichkeit hoffte, dass er vorher an einer milden Form von Ebola erkranken würde. Denn offen gesagt glaubte er nicht, dass er noch eine Vorstellung dieser Art überstehen würde.

»Hey«, sagte Hannah, als das Auto ihrer Eltern davonfuhr. »Ganz lieben Dank, dass du heute Abend mitgekommen bist. Ich hatte ziemliche Angst, als Ernest dich auf das Fitnessstudio angesprochen hat, aber du hast dem Ganzen eine total geschickte Wendung gegeben. Das war wirklich beeindruckend.«

»Und du bekommst jetzt dein Geld.«

Sie grinste ihn an, und ihr Gesicht leuchtete auf wie das eines Kindes unterm Weihnachtsbaum. »Dafür bin ich dir echt was schuldig.«

»Du hättest es irgendwann doch sowieso bekommen.«

Sie schüttelte den Kopf. »Irgendwann hätte es mir nichts genützt. Donnerstag ist der letzte Tag, an dem wir von dem Mietvertrag zurücktreten können und trotzdem das ganze Geld, das wir hineingesteckt haben, zurückbekommen. Jetzt also zu wissen, dass ich am Mittwoch das Geld habe und Easton sagen kann, dass ich als Partnerin ganz und gar dabei bin? Na ja, perfekter könnte es wohl kaum sein.«

Er ergriff ihre Hände und blickte auf ihr lächelndes Gesicht hinab. »Es war mir ein absolutes Vergnügen.«

»Weißt du … und deshalb hab ich mich gefragt …«

Er legte den Kopf schief. »Ja?«

Ihre Wangen nahmen einen reizenden Rotton an. »Ich habe nur überlegt, ob du mich vielleicht fragen willst, ob ich dich in deine Wohnung begleite.«

Warm strömte die Freude durch seine Adern, und er schüttelte bedauernd den Kopf. »Sorry. Nein.«

»Oh.« Die tiefe Enttäuschung in ihrer Stimme war wahrscheinlich das größte Kompliment, das er je bekommen hatte.

»Ich gehe nämlich jetzt gar nicht nach Hause.«

»*Oh.*« Sie runzelte die Stirn. »Warte. Ich glaube, jetzt wird es gerade so richtig peinlich für mich, oder? Hast du ein Date?«

»Eigentlich ja. Sie ist fünf Jahre alt und könnte süßer nicht sein.«

Als sie ihn nur verständnislos anstarrte, lachte er los. »Ich muss babysitten«, sagte er. »Aber du kannst gern mitkommen.«

»Mehr bitte, Matthew. Noch ein Kapitel, ja?«

Hannah stand in der Küche, sodass man sie im Wohnzimmer nicht sehen konnte, wo Matthew der fünfjährigen Faith, Brent Sinclairs kleinem Mädchen, gerade aus einem Band von *Das Magische Baumhaus* vorlas. Brent war nicht nur Mitbesitzer und Securitychef für das The Fix on Sixth, sondern auch alleinerziehender Vater. Hannah wusste nicht genau, ob er heute arbeiten musste oder ein Date hatte. Sie wusste nur, dass auch Selma bei ihrer Ankunft vor Ort gewesen war und Hannah das Daumen-hoch-Zeichen gegeben hatte, als sie und Matthew mit dem Babysitting begonnen hatten.

Oder besser, Matthew hatte begonnen. Babysitting gehörte nicht zu Hannahs vornehmsten Fähigkeiten. Matthew hingegen war ein Naturtalent. Eine Tatsache, die er jetzt unter Beweis stellte, als er mit der Kleinen über ein weiteres Kapitel verhandelte und ihr das feierliche Versprechen entlockte, dass sie danach auch brav ins Bett gehen würde.

»Okay«, sagte er, als das Kapitel vorbei war. »Und jetzt lauf und sag Miss Hannah Gute Nacht. Ich wette, sie gibt dir sicher sogar noch ein Glas Milch.«

Hannah lächelte und goss ihr die Milch ein, was mit einer begeisterten Umarmung quittiert wurde. Faith nahm den Becher, trank einen großen Schluck Milch, dann rannte sie zu Matthew zurück.

Während die beiden in Faith' Schlafzimmer gingen, trug Hannah eine Flasche Wein und zwei Gläser zum Couchtisch.

»Das ist eine gute Idee«, meinte Matthew, als er wieder da war. Er setzte sich neben sie und goss ihnen Wein ein. »Kaum zu glauben, dass jemand, der so klein ist, einen so stressen kann.«

»Du bist wirklich toll zu ihr«, sagte Hannah.

»Na ja, sie ist ein liebes Kind. Brent kann von Glück sagen. Nur ...«

Sie wandte sich ihm zu, um ihn besser ansehen zu können. »Was?«

»Es ist nur ... nun. Ich hoffe, er bleibt nicht allzu lange allein. Abgesehen davon aber sieht sein Leben in vielerlei Hinsicht so aus, wie ich es mir erträume.«

»Tatsächlich? Inwiefern?«

»Ach, das ganze Programm halt. Freunde. Ein Haus. Kinder. Ich wünsche mir eine Frau. Gut, die fehlt Brent auch, aber trotzdem hat er doch schon deutlich mehr Puzzleteile zusammen als ich.«

»Du hast dabei deinen Job ganz außer Acht gelassen.«

»Oh, der ist natürlich auch wichtig. Ich muss meine Familie ja schließlich ernähren, stimmt's? Aber ich bin nun mal kein Vollblut-Geschäftsmann.«

Sie dachte an seine drei Fitnessstudios im Raum Austin und hätte ihm beinahe widersprochen. Aber stattdessen fragte sie: »Wenn du dir das wünschst, warum bist du denn dann nicht mit irgendwem zusammen? Oder noch besser: Warum bist du nicht verheiratet?« Die Frage war ehrlich gemeint, aber die Gefühle, die darin mitschwangen, hätte sie beinahe selbst nicht erkannt. Erleichterung, dass er nicht in festen Händen war? Eifersucht, dass diese festen Hände auch ihr nicht gehörten?

Herrje, was war nur los mit ihr?

Sie trank einen Schluck Wein, um einen klaren Kopf zu bekommen, dann bemerkte sie, dass er ihre Frage gar nicht beantwortet hatte. »Matthew? Ich würde es gern wissen. Warum gibt es keine Frau in deinem Leben?«

»Dabei trifft wohl das Gegenteil dessen zu, was ich deinem Dad geschildert habe. Die meisten Frauen wollen mehr als einen Typen, der von der Highschool geflogen ist und kaum in der Lage ist, drei popelige Fitnessstudios am Laufen zu halten.«

Sie hatte gerade das Glas an die Lippen geführt, aber jetzt ließ sie es wieder sinken. »Was redest du denn da? Ich dachte, deinen Studios ginge es gut? Zum Teufel, hast du nicht sogar über Franchising nachgedacht?«

Er seufzte. »Nein, nein, so düster, wie ich gesagt habe, sieht es wirklich nicht aus. Meinen Filialen geht es gut – nur eine läuft nicht ganz so toll. Kann sein, dass ich die aufgeben muss, bevor sie mir meine Bilanz ruiniert.«

»Klingt durchaus clever. Ist das der Grund, warum du dich von der Franchising-Idee wieder verabschiedet hast?«

Er schüttelte den Kopf. »Eigentlich wollte ich expandieren. Und ursprünglich ab dem dritten Studio mit dem Franchising beginnen. Danach Dutzende, vielleicht sogar Hunderte von Herrington Gyms haben.«

»Ich sehe da kein Problem.«

Er zuckte mit einer Schulter. »Ich liebe meinen Job, aber ich möchte in meinem Leben auch Zeit für etwas anderes als für die Arbeit haben. Ich will auch Familie haben. Den ganzen Kram. Und ich bin mir nicht sicher, ob ich das bekommen kann, wenn ich über hundert Fitnessstudios im ganzen Land beaufsichtigen muss.«

»Das schaffen viele andere Leute doch auch. Familie und eine anspruchsvolle Arbeit unter einen Hut zu bringen.«

»Vielleicht, ja. Aber das ist – na ja, ehrlich gesagt bin ich nicht wie andere Menschen.«

»Nein«, antwortete sie leise. Sie dachte an all die Anwälte und Geschäftsmänner, die wöchentlich hin und her reisten und weder

Briefing noch Report herausgaben, ohne ihn vorher bis zur Perfektion mehrfach analysiert und korrigiert zu haben. Ob sie ebenfalls so viele Gedanken auf ihre Familie verschwendet hatten wie dieser Mann? »Das bist du wirklich nicht.«

»Was ist mit dir?«, fragte er. »Beziehung? Karriere?«

»Offen gestanden habe ich darüber noch nicht allzu häufig nachgedacht. Nur über die Karriere. Ich habe so lang in einem Job gearbeitet, der mir nicht gefiel, dass ich jetzt bereit bin, die Zeit zu investieren, um die Kanzlei aufzubauen, die Easton und ich uns vorgestellt haben.«

Sie trank einen Schluck Wein, dann sah sie ihn an. »Ich glaube, so im Reinen mit mir selbst wie du bin ich nicht.«

Sie erwartete, dass er jetzt lachen würde, aber stattdessen hielt er ihrem Blick nur stand. »Ich halte dich eigentlich für ziemlich perfekt«, sagte er sanft.

»Oh.« Ihre Blicke hielten einander fest, und sie schluckte. Langsam stellte sie das Glas ab, dann legte sie ihm die Handfläche auf den Schenkel. Er verkrampfte sich, und sie war sich sicher, dass er die Verbundenheit, die sie wie ein Blitz traf, ebenfalls gespürt hatte. »Matthew«, sagte sie, aber noch bevor der Name heraus war, hatte er sie schon dicht an sich gezogen und seine Lippen auf ihre gepresst.

Sie unterdrückte ein Stöhnen, öffnete sich dem Kuss und ihm. Kleine Flammen loderten in ihren Adern, und sie gab sich ihm hin, wobei sie sich noch viel mehr wünschte. Zum Teufel, eigentlich wollte sie alles, was er ihr geben konnte.

Sein Kuss wurde inniger, seine Hand lag in ihrem Nacken, seine Zunge schmeckte sie, beanspruchte sie für sich, bis sie glaubte, in seinen Armen dahinzuschmelzen. Das Verlangen versengte sie förmlich, und als er sich sanft zurückzog und den Kuss unterbrach, hätte sie vor Frustration beinahe laut aufgeschrien.

»Das können wir nicht«, sagte er. »Nicht hier. Nicht während ich babysitte.« Seine Augen waren dunkel vor Verlangen, und sie spürte förmlich, wie sehr er sie wollte. Doch er schüttelte den Kopf, wobei sein Atem stoßweise ging. »Wir können einfach nicht. Das ist verdammt noch mal zu klischeehaft.«

Sie hätte ihm gern widersprochen – hätte ihm gern gesagt, dass Faith sowieso nicht aufwachen würde –, aber zu ihrer eigenen Überraschung nickte sie zustimmend. »Wenn nicht jetzt, wann dann?«

Sie biss sich auf die Lippe, befürchtete beinahe, dass er jetzt Nie sagen würde. Aber zu ihrer Riesenerleichterung antwortete er: »Geh morgen mit mir aus.«

»Ich ... ja. Natürlich.«

Seine Lippen verzogen sich zu einem Lächeln. »Gut. Ich hole dich um sieben ab.«

11

Matthew konnte sich nicht erinnern, bei einem Date jemals so nervös gewesen zu sein. Was eigentlich lächerlich war, denn immerhin war von vornherein klar, dass das hier nichts Ernstes werden würde. Es gab keine Zukunft. Keine Hoffnung, dass sich daraus etwas entwickeln konnte.

Es ging nur um Sex und um gegenseitige Anziehung und nichts weiter.

Immerhin hatte sie keinen Zweifel daran gelassen, dass sie keine Beziehung wolle; sie konzentrierte ihre ganze Energie auf ihre berufliche Entwicklung, die sie in den Jahren zuvor nicht befriedigt hatte.

Das konnte er respektieren. Zum Teufel, er respektierte es *tatsächlich*.

Er hatte es sich zur Regel gemacht, sich nicht mit einer Frau zu treffen, wenn keine Chance auf eine gemeinsame Zukunft bestand. Und jetzt verstieß er nicht nur dagegen, er war auch noch so nervös wie ein Teenager, der zum ersten Mal mit einem Mädchen ins Kino geht.

Warum?

Weil er sie immer noch wollte, obwohl sie so klar gewesen war. Er wollte diese elektrische Spannung spüren, die stets zwischen ihnen zu herrschen schien. Wollte mit ihr reden und scherzen. Wollte die Welt mit ihr teilen, sie dann bis zur Besinnungslosigkeit küssen und über gar nichts nachdenken.

Offen gesagt war er sich über seine eigenen Motive selbst nicht ganz im Klaren. Gab er lediglich seinem Verlangen und den Verlockungen einer sexuellen Beziehung nach, auch wenn sie jede gemeinsame Zukunft ausgeschlossen hatte? Oder machte er sich etwas vor und glaubte insgeheim, dass sie ihre Meinung geändert hatte? Dass sie ebenfalls spürte, dass das, was zwischen ihnen war, real war, und sich mit ihm darauf einlassen wollte?

Er hatte keine Ahnung. Und verdammt, heute Abend war es ihm auch egal. Heute Abend wollte er sie einfach nur. Und in seinem Bauch flatterten jede Menge Schmetterlinge, als er auf die Klingel drückte, um in ihre Wohnung zu gelangen.

Sie öffnete die Tür mit einem so strahlenden Lächeln, dass es seine Seele zum Glühen brachte. »Du siehst toll aus«, sagte sie, und genau das hatte er gerade über sie gedacht. Er trug eigentlich die gleichen Klamotten wie immer. Jeans. Ein T-Shirt. Nichts Besonderes. Sie jedoch war ein ganz besonderer Anblick. Sie hatte ihr Haar mit einem Schal zurückgebunden, aber ein paar lose Strähnen umrahmten dennoch ihr Gesicht, gaben ihr eine sorglose Aura, die durch das gestrickte Sommerkleid noch unterstrichen wurde, das ihre Brüste und ihre Taille eng umspannte und in einen weiten Wirbel aus Stoff mündete, der bis zu ihren Knöcheln hinabfloss.

»Du bist atemberaubend«, sagte er und bemerkte erfreut, dass ihr Lächeln noch breiter wurde.

»Willst du hereinkommen?«

»Eigentlich haben wir einen straffen Zeitplan.«

»Ach ja?« Sie zog die Augenbrauen in die Höhe, stellte aber keine Fragen. Stattdessen schlüpfte sie in ihre Sandalen, trat auf den Flur hinaus und zog die Wohnungstür hinter sich zu. Bald saßen sie wieder in seinem Auto und waren auf dem Weg zu den Docks unter der MoPac-Brücke. Er parkte, dann lief er zu der kleinen Holzhütte, wo einer seiner Kunden, José, schon auf ihn wartete.

»Hey, Kumpel«, rief José. »Alles startklar.«

»Wir fahren mit dem Kanu?«, fragte sie.

»Es sei denn, du hast Angst vor dem Wasser?«

Sie schüttelte den Kopf. »Nein, klingt toll.«

»Ihr habt euch einen guten Abend dafür ausgesucht«, meinte José, als er sie zu einem Kanu hinüberführte, in dem schon eine nach Matthews Anweisungen gepackte kleine Kühltasche und ein paar Decken lagen, falls es an diesem Abend Anfang September kühl würde.

»Ich schließe das Boot dann hinterher wieder für dich ein«, sagte Matthew, und José nickte. Normalerweise ließ er sich die Boote bis Viertel nach neun zurückbringen, aber Matthew hatte mit dem Freund eine Sonderregelung getroffen.

»Soll ich rudern?«, fragte Hannah, als sie im Kanu saßen und auf den Fluss hinaustrieben.

»Du sollst nichts weiter tun, als dich zurückzulehnen und die Fahrt zu genießen.«

Sie grinste. »Das schaffe ich.«

In seiner Jugend war er im Ruderverein gewesen, und er genoss es, wieder in den gleichmäßigen Rhythmus zu verfallen, mit dem er das Boot durchs Wasser navigierte. Er kannte den Fluss genau, und sie fuhren gemächlich gen Osten und auf die Congress Avenue Bridge zu.

»Weißt du, dass ich das noch nie gemacht habe?«, fragte sie.

»Warum nicht?«

Sie schüttelte den Kopf. »Keine Ahnung. Aber es gefällt mir.« Sie sah sich um, blickte zunächst zu den grasbewachsenen Ufern im Süden und dann zu den Pfaden, dem Sumpfland und den Docks hinüber, die den erschlosseneren Norden zierten.

Der Fluss – eigentlich ein Flussreservoir, das nun als Lady Bird Lake bezeichnet wurde und in seiner Kindheit noch Town Lake geheißen hatte – prägte Austins Nord-Süd-Grenze. Eigentlich war dieses Stück Teil des Colorado River, aber das waren viele der Highland Lakes flussaufwärts. Vor Jahren waren sie entweder vom Corps of Engineers oder der Lower Colorado River Authority geschaffen worden.

Heute trugen diese Seen zur Schönheit der Gegend um Austin und den Texas Hill Country bei.

»Haben wir ein bestimmtes Ziel?«, fragte sie.

»Ich zeige dir jetzt, wo Selma und ich als Kinder immer hingegangen sind. Und hoffentlich habe ich auch das richtige Timing erwischt …«

»Ach ja? Da bin ich aber gespannt.«

»Du wirst schon sehen«, sagte er, als er das Kanu auf die Congress Avenue Bridge zu steuerte. »Und anscheinend kommen wir tatsächlich genau rechtzeitig zum Sonnenuntergang.«

Sie waren unter der Brücke nicht allein. Ein größeres Boot, auf dessen Deck man zu Abend essen konnte, fuhr langsam über das Wasser, und ein behäbiges Flachboot, das randvoll mit Passagieren war, bewegte sich im Schneckentempo ebenfalls voran.

Auch diese Menschen waren, genau wie Matthew und Hannah, gekommen, um die Fledermäuse zu beobachten.

»Hast du sie schon mal gesehen?«, fragte er. In Austin gab es die größte Stadtkolonie mexikanischer Bulldogfledermäuse des Landes, und die Kleintiere waren mittlerweile weltberühmt. Da sie in Austin lebte, bezweifelte er, dass sie sie nie beobachtet hatte.

Wie er erwartet hatte, nickte sie. »Einige Male. Aber niemals vom Wasser aus.«

»Sie leben unter der Brücke«, erläuterte er. »Es ist unglaublich, auf der Brücke zu stehen und zu beobachten, wie sie sich unter dir in die Lüfte erheben. Aber von hier unten aus …«

Er verstummte, als die vertrauten Laute erklangen. Ein kaum wahrnehmbares Fiepen. Ein leises Flattern. Und dann, wie durch ein Wunder der Natur, schienen sie alle gleichzeitig zu erwachen, und Tausende von Fledermäusen, die sich unter der Brücke verborgen hatten, entweder versteckt in irgendwelchen Nischen oder nur einfach gut getarnt, verließen ihren Ruheplatz, wogten in die Abendluft hinaus und erhoben sich in den violett-orangefarbenen Abendhimmel.

In ihrem Kanu sitzend, halb unter der Brücke, wurden Matthew und Hannah Zeugen dieses Naturschauspiels. Er hörte, wie sie keuchte, als die Wolke der Fledermäuse über ihren Köpfen ausschwärmte, und an ihrer Miene erkannte er, wie sehr sie sich freute und staunte.

»Das war unglaublich.«

»Deshalb hat Selma ihre Firma nach ihnen benannt. Austin Free-Tail Distillery. Die Bulldogfledermaus heißt nämlich auch Free-tailed Bat.«

»Hinzu kommt ihr Bat Bourbon«, meinte Hannah, und Matthew nickte. Sie beugte sich vor und ergriff seine Hand. »Danke. Das war wirklich toll.«

»Wir sind noch nicht fertig«, sagte er und lenkte das Kanu zu einem kleinen Anlegesteg, den er eines Tages entdeckt hatte. Der war nicht in bester Verfassung, aber er führte zu einem abgeschiedenen Bereich im Zilker Park. Er band das Boot fest, half Hannah beim Aussteigen und zog dann die Kühltasche und eine Decke heraus.

»Ich habe ein abendliches Picknick für uns vorgesehen.«

»Klingt fantastisch«, stimmte sie zu, und er holte Nudelsalat, Obst, Cracker, Käse, Wein und ein paar Kerzen aus der Tasche.

Sie aßen im Kerzenschein, nippten am Wein und berichteten einander von ihrem Tag. Sie erzählte ihm von ihren Meetings mit Klienten, von Verjährungsfristen und einem Berufungsverfahren, das ihnen übertragen worden war. Ihre Stimme, mit der sie über die Recherchearbeit sprach, zeugte davon, wie sehr sie ihre Arbeit liebte, und das reichte ihm. Die tatsächlichen juristischen Fragen gingen ohnehin über seinen Horizont.

»Ich langweile dich«, sagte sie später und schenkte ihm Wein nach.

»Absolut nicht. Ich kann nur nicht allzu viel zu der Frage beitragen, ob eine bestimmte Vorschrift im Bankgeschäft nun verfassungskonform ist oder nicht.«

»Willst du, dass ich es dir erkläre?«

»Lieber Gott, bitte nicht«, rief er, und sie musste lachen.

»Weißt du, worüber ich gern mit dir reden würde?«

Er legte sich rücklings auf die Decke und nahm ihre Hand, denn er erwartete jetzt irgendetwas Erotisches oder Romantisches. Doch sie sagte: »Über das Fitnessstudio, das du vielleicht schließen willst.«

Er drehte sich auf die Seite. »Meinst du das ernst?«

»Wo ist es? Auf der South Congress Avenue, stimmt's?«

»Ein paar Meilen von hier entfernt. Warum?«

»Lass uns hingehen und es uns ansehen.«

Er zog die Augenbrauen hoch. »Dir ist schon klar, dass du jetzt die Atmosphäre meines sinnlichen und romantischen Picknicks am See vollkommen veränderst.«

Glücklicherweise hatte er Selma zur Schwester. Und die konnte schneller von einem Thema und einer Stimmung zur nächsten springen als irgendjemand sonst. Deshalb war er an wilde Veränderungen wie diese hier gewöhnt.

Sie küsste ihn auf die Nasenspitze. »Fitnessstudios sind also nicht sinnlich? Können wir es zu Fuß erreichen? Ist das Kanu auch wirklich sicher vertäut?«

»Dem Kanu geht's gut. Aber ich habe eine bessere Idee.« Er half ihr auf, und sie gingen ein paar Meter zur Straße hinüber. Auf dem Weg rief er die App einer Mitfahrzentrale auf, und innerhalb weniger Minuten hatte man sie vor seinem Studio auf der South Congress Avenue abgesetzt.

»Ist aber toll hier«, sagte sie, als sie drinnen waren.

»Stimmt. Aber es zieht nicht genug Kunden an, dass ein weiterer Betrieb berechtigt wäre.«

»Das liegt sicher am Standort. Dieses Studio liegt ganz in der Nähe der Geschäfte auf der South Congress, und deren Zielpublikum sind vornehmlich Frauen. Nicht dass Frauen nicht auch ins Fitnessstudio gingen, aber ich frage mich, ob es nicht besser liefe, wenn man hier etwas anderes aufzöge.«

»Das ist ja auch der Grund, warum ich darüber nachdenke, den Pachtvertrag zu kündigen.«

»Nein. Ich meine damit nicht, dass du aufgeben solltest. Ich meine, du solltest das Konzept verändern. Du hast bereits zwei solide Fitnessstudios mit Hanteln, Maschinen und Personal Training. Was, wenn diese Location auch weiterhin ein Fitnessstudio bleibt, du ihm aber einen neuen Rahmen gibst? Spinningkurse, Pilates und Yoga. Solche Dinge. Du weißt schon, um mehr Frauen aus den Läden in der Gegend anzuziehen. Richte eine Saftbar ein mit einer Happy Hour nach der Arbeit. Und Zwanzig-Minuten-Kurse für die Mittagspausen. Was ist?«, fragte sie plötzlich stirnrunzelnd.

»Nur, dass du toll bist.«

»Ach ja? Gefällt dir das?«

Das tat es. Und die Tatsache, dass er nicht selbst darüber nachgedacht hatte, war gleichzeitig der Beweis für seinen mangelnden Geschäftssinn. Aber er erkannte durchaus, dass ihr Vorschlag Potenzial hatte. »Das gefällt mir sogar sehr«, antwortete er und machte einen Schritt auf sie zu. »Aber weißt du auch, was mir sonst noch gefallen würde?«

Sie grinste. »Ich kann es mir denken.«

»Ich würde es dir lieber zeigen.« Er nahm ihre Hand und zog sie dicht zu sich heran. Dann gab er ihr einen leidenschaftlichen Kuss und ließ sie wieder los. »Zieh dich aus.«

Sie zog die Augenbrauen hoch, widersprach aber nicht, und er sah zu, wie sie vor ihm strippte und dann vollkommen nackt vor ihm stand.

»Und jetzt du?«

»Nein«, antwortete er. »So gefällt mir das viel besser.« Mit einem Kopfnicken deutete er auf die Hantelbank, und sie fragte nicht einmal nach, was er wollte. Sie legte sich darauf, die Beine zu beiden Seiten, offen und feucht für ihn. So feucht, dass er beinahe auf der Stelle gekommen wäre.

»Rutsch bis zum Ende hoch«, befahl er, dann kniete er nieder und vergrub sein Gesicht zwischen ihren Beinen. Sie schmeckte einfach himmlisch, und er wollte nur eines: sie zum Höhepunkt führen. Doch sein Schwanz war so hart, dass es schmerzte. Er musste sie einfach haben. Er musste in sie eindringen.

Als er ihr das sagte, stöhnte sie. »Ja. O Gott, bitte, ja.«

»Auf die Knie auf der Matte«, befahl er, und sie gehorchte, ohne zu zögern. »Kopf runter. Oh, Baby.« Er umfing ihren Hintern, dann befreite er seinen Schwanz. Diesmal war er schlau gewesen und hatte ein Kondom in seine Brieftasche gesteckt, das er nun hervorzog.

Er zog es über und strich nun mit der Schwanzspitze langsam über die empfindliche Linie zwischen ihrer Muschi und ihrem Hintern – vor und zurück.

Sie wimmerte, ein Laut, bei dem er noch härter wurde. »Jetzt. Bitte. Fick mich einfach.«

Wie zum Teufel hätte er ihr das versagen können? Mit den Fingern bereitete er sie vor, dann ließ er seinen Schwanz in sie hineingleiten. Sie war so eng, so bereit, und während er sich in sie hineintrieb, ließ er die Hand nach vorn wandern und rieb ihre Klitoris, spürte, wie ihre inneren Muskeln seinen Schwanz umfingen und sie dem Höhepunkt immer näher kam. Und dann schließlich – es war unglaublich – stürzte sie in den Abgrund. Ihr Körper molk seinen Schwanz so heftig und hart, das er beinahe gleichzeitig mit ihr kam und sich in sie ergoss. Ihre Knie gaben unter ihr nach, und sie brach auf der Matte zusammen.

»Wow«, sagte sie später, drehte sich auf den Rücken, zog ihn auf die Matte und setzte sich rittlings auf ihn. »Das war der Hammer. Nur müssen wir gleich hier sauber machen.«

Er lachte. »Ja. Das sollten wir wirklich. Später.«

»Gut«, sagte sie, dann legte sie sich neben ihn und zog ihn ganz dicht an sich. Er seufzte so zufrieden, dass seine Brust sich weitete. Aber verdammt, konnte er es wirklich riskieren, sich dermaßen wohlzufühlen?

Er wollte aufstehen.

»Matthew?«

»Tut mir leid. Aber ich …«

Sie stützte den Kopf auf den Ellbogen. »Was ist los?«

Mist. »Ich habe nur … ich weiß, dass du nicht an etwas Ernstem interessiert bist. Hab ich kapiert. Respektiere ich. Aber vor diesem Hintergrund … oh, zum Teufel, Hannah. Ich will nicht, dass wir uns zu wohl in der Gesellschaft des anderen fühlen.«

»Oh.« Sie setzte sich auf, legte die Arme um die Knie und zog sie an die Brust. Einen Augenblick saß sie so einfach nur da, nackt und stark und gleichzeitig verletzlich.

Dann sah sie ihm in die Augen, und etwas wie Hoffnung schimmerte darin. »Was, wenn ich es okay fände, wenn wir uns wohl in der Gesellschaft des anderen fühlten?«

Misstrauisch legte er den Kopf schief. »Was willst du damit sagen?«

»Ich will sagen, dass ich uns nicht ausschließe. Dass ich vielleicht mehr will als einen Freund mit gewissen Vorzügen oder wie auch immer wir unsere Beziehung nennen.«

»Bist du dir sicher?« Er konnte es kaum fassen, dass sie sich vielleicht tatsächlich auf etwas Dauerhafteres mit ihm einlassen wollte. Sie war eine hochkarätige Anwältin, die sich demnächst vor Gericht mit verfassungsrechtlichen Fragen befassen würde. Während er die nächste Woche nur damit verbringen würde, nach möglichst günstigen Spinning Bikes zu suchen.

Sie zog ganz leicht die Augenbrauen hoch, dann grinste sie. »Ja, bin ich«, versicherte sie ihm und zog ihn wieder zu sich hinunter. Dann setzte sie sich auf ihn, und das Gefühl ihres nackten Körpers auf ihm entflammte seine Sinne aufs Neue. »Soll ich es dir beweisen?«

Und dann, bevor er die leiseste Gelegenheit hatte zu protestieren, beugte sie sich vor, sodass ihre Brüste sanft seinen Oberkörper streiften, und küsste ihn.

Hannah wusste nicht genau, wie sie es schaffte, aber durch wundersam anmutendes Zeitmanagement und Beharrlichkeit gelang es ihr, sich nicht nur durch einen riesigen Berg von Arbeit zu wühlen, sondern sich auch an jedem einzelnen Tag der Woche mit Matthew zu treffen. An den Abenden hatten sie Fastfood-Stände abgeklappert, hatten lange Spaziergänge am Fluss gemacht und sämtliche Actionfilme mit Liam Neeson angesehen.

Außerdem hatten sie unverhältnismäßig viel Zeit im Bett, sowohl in ihrer Wohnung als auch in seinem Haus, verbracht. Und dabei keineswegs nur entspannt. Obwohl sie zugeben musste, dass ihre eher lebhaften Sitzungen dort eindeutig einen gewissen Erholungseffekt hatten.

Und sie konnte sich nicht entsinnen, jemals so viele Orgasmen mit so viel Gelächter und Hitze kombiniert zu haben. Denn Matthew konnte sie in einem Moment zum Kichern bringen und sie im nächsten in den Abgrund stürzen, und das mit mehr Geschicklichkeit und Humor als jeder Mann, mit dem sie bislang zusammen gewesen war. Er beherrschte sie vollkommen, und sie unterwarf sich ihm bereitwillig.

Am Mittwoch hatten sie und Easton die Kanzlei frühzeitig verlassen, um sich mit Selma und Matthew auf einem kleinen Baseballfeld hinter einer der Schulen im Süden Austins zu treffen. »Es ist das Endspiel eines Turniers von Kindern aus Pflegefamilien«, hatte Matthew ihr erklärt. »Selma und ich engagieren uns beide für einen gemeinnützigen Verein, der verschiedenste Aktivitäten für diese Kinder und deren Pflegefamilien organisiert.«

Ihr war nicht klar gewesen, dass Matthew tatsächlich sogar eine der Mannschaften coachte, obwohl sie es sich eigentlich hätte denken können, denn immerhin war er Fitnesstrainer. Schließlich landete sie neben Selma auf der Tribüne und feuerte ihre Mannschaft an.

»Eine große Sache, für die ihr euch da stark macht«, sagte sie zu Selma, als Matthews Team einlief.

»Na ja, uns ist das halt wichtig. Uns ging es damals schließlich genauso, also ...« Sie zuckte mit den Schultern, dann verengte sie die Augen. »Du scheinst dich ja ziemlich gut mit meinem Bruder zu verstehen.«

»Ja«, bestätigte Hannah, aber die Antwort klang hohl und nicht annähernd ehrlich genug. Sie wandte sich Selma zu und sah ihr geradewegs ins Gesicht, dann beugte sie sich vor. »Eigentlich nicht. Es ist mehr als nur gut verstehen.«

Selma hielt ihrem Blick stand. Ihr Gesicht war unergründlich.

Hannah sog den Atem ein. Jetzt gab es kein Zurück mehr ...

»Um die Wahrheit zu sagen«, fügte sie hinzu, »ich stehe total auf deinen Bruder.«

Einen Augenblick lang starrte Selma sie nur an. Dann breitete sich ein bedächtiges, entspanntes Grinsen auf ihrem Gesicht aus. »Das sind ja tolle Neuigkeiten«, rief sie. »Denn er ist ebenfalls bis über beide Ohren in dich verliebt.«

12

Hannah hielt sich beim Gähnen die Hand vor den Mund, dann griff sie nach dem Glas mit Pinot Spritz.

»Langweilen wir dich etwa?«, fragte Megan grinsend. Sie waren im The Fix und warteten darauf, dass der Wettbewerb zum Mann des Monats begann. Hannah und Megan teilten sich einen der runden Tische mit Selma, Easton und Shelby; allerdings würde Megan sie gleich verlassen, um ihre wie auch immer gearteten Aufgaben beim eigentlichen Contest zu erledigen.

Doch vorher war sie hergekommen, um Hannah mitzuteilen, dass Matthew hinter der Bühne war und ihr eine Nachricht schickte. Auf einen Zettel hatte er die Worte *Nur Du* gekritzelt, und den hatte sie sicher in ihrer Gesäßtasche verstaut. Sie dachte, dass sie damit jede andere Frau abwehren konnte, die vielleicht versuchte, Matthew für sich zu beanspruchen, nachdem er gewonnen hatte.

Denn natürlich *würde* er gewinnen. Und dieser Ansicht war sie nicht nur aus persönlicher Loyalität.

»Sie hat einen langen Tag hinter sich«, meinte Selma im Hinblick auf Hannahs Gähnen. »Wir haben den ganzen Nachmittag in der Sonne bei einem Softball-Spiel verbracht, und davor haben sie einander sicher bei wildem Sex gehörig ausgepowert. Aber ich kann mich natürlich irren.«

Megans Gesicht wurde puterrot, weil sie sich das Lachen verkniff, und Easton tätschelte Selmas Hand. »Typisch Selma«, sagte er. »Nimmt nie ein Blatt vor den Mund.«

Selma zuckte vollkommen unbeeindruckt mit den Schultern. »Ich sage nur, wie es ist.«

Und da sie vollkommen recht hatte, versuchte Hannah gar nicht erst, es abzustreiten.

»Bleibt ihr denn alle hinterher noch hier für die Premiere von *The Business Plan*?«, wechselte Megan das Thema.

»Das ist doch die Reality Show über den Wettbewerb und die Bar, stimmt's?«, fragte Selma.

Megan nickte. »Brooke und Spencer haben die Renovierungsarbeiten vor ein paar Wochen abgeschlossen, aber sie filmen den Wettbewerb noch bis zum Ende. Doch die erste Episode wird heute Abend ausgestrahlt, und dann kommt jede Woche eine Folge bis zum Ende des Contests und noch ein wenig darüber hinaus.«

»Ich würde mir das liebend gern ansehen«, meinte Hannah aufrichtig. »Aber nach dem Wettbewerb treffen wir uns mit meinen Eltern. Sie sind wegen irgendeiner Wohltätigkeitsveranstaltung in der Stadt und haben sonst keine Zeit mehr für uns.« Es machte sie nervös, bis zu so später Stunde noch auf den Scheck zu warten, aber wenn sie ihn nur bis morgen in Händen hielt, würde alles gut werden.

»Wie blöd«, antwortete Megan. »Übrigens, wie geht es deinem Dad?«, fragte sie Selma.

Hannah wusste, dass sie damit Mr. Herrington meinte, der Matthew zufolge auf Reisen eine Herzattacke erlitten hatte.

»Ihm geht es wieder richtig gut. Meine Eltern fahren mit dem Schiff zurück und laufen jede Menge Häfen an, weshalb sie ihre Reise verlängert haben. Er hat in Prag einen Spezialisten aufgesucht, und es sieht hervorragend aus.«

Matthew hatte ihr das Gleiche erzählt, und obwohl Hannah froh war, dass es seinem Vater gut ging, wünschte sie doch, seine Eltern würden früher zurückkehren, denn sie hätte die beiden gern kennengelernt.

»Das ist doch toll«, meinte Megan. Sie wollte noch etwas sagen, aber in diesem Augenblick setzte die Musik ein, und Beverly

Martin, die als Indie-Filmstar momentan besonders erfolgreich war, betrat die Bühne, um die Show zu moderieren. »Ups«, rief Megan. »Ich muss los.«

»Schon ziemlich cool, dass ich mir das Ganze mit Mr. September ansehen kann«, neckte Hannah Easton. »Ich frage mich, wer gewonnen hätte, wenn du gegen meinen Typen hättest antreten müssen.«

»Es wäre unentschieden ausgegangen«, erklärte Selma, die sowohl ihrem Geliebten als auch ihrem Bruder gegenüber loyal war.

»Zum Teufel, nein«, widersprach Hannah. »Matthew hätte Easton in die Pfanne gehauen.«

»Vorsicht«, warnte Easton. »Sonst drücke ich dir sämtliche Gerichtstermine des nächsten Monats aufs Auge und bleibe selbst im Büro, um die Aktennotizen zu schreiben.«

»Ich nehm's zurück. Du bist so wahnsinnig heiß, dass du Matthew mit Leichtigkeit besiegt hättest.« Sie fing Selmas Blick auf und zuckte mit den Schultern. »Was soll ich sagen? Ich bin immerhin Anwältin. Lügen kann ich.«

Easton warf ihr einen Tortilla-Chip an den Kopf, aber nun ging der Wettbewerb los, und sie verstummten.

Ein Mann nach dem anderen stolzierte über die Bühne. Matthew war als fünfter dran, und Hannah fand, dass er wie die personifizierte Sünde aussah. Die Menge schien der gleichen Meinung zu sein, denn als er mit dramatischer Geste sein Shirt auszog – und es dann auf einen Tisch, an dem lauter kreischende Frauen saßen, warf –, geriet die gesamte Bar in Raserei. Er lächelte den Frauen zu, dann ließ er den Blick suchend über die Menge schweifen, fand Hannah und zwinkerte ihr zu.

»O ja«, sagte die und warf ihm einen Luftkuss zu. »Er wird ganz sicher gewinnen.«

Später, als Wettbewerbsteilnehmer Nummer neun über den roten Teppich zu schreiten begann, beugte sie sich ein Stück zur Seite, um die Aufmerksamkeit des Kellners auf sich zu ziehen.

Aber sie kam nicht allzu weit. Denn dort im Türrahmen stand Ernest mit einem Gesicht so kalt wie die Tundra.

»Hm, ich bin gleich wieder da.«

Sie eilte zu ihm hinüber, sicher, dass der Lärm der Menge ihn zu überwältigen drohte. Verständlicherweise. Die Bar war rammelvoll, und wenn man darauf nicht vorbereitet war und einfach nur so vorbeischaute …

Sie runzelte die Stirn, als ihr einfiel, dass es einen Türsteher und Eintrittskarten gab. »Wie bist du reingekommen?«

»Wir müssen uns unterhalten. Draußen. Wo ich mit dir reden kann, ohne mir die Stimmbänder zu ruinieren.«

Sie nickte, und vor lauter Angst lief es ihr plötzlich eiskalt den Rücken herunter. Sie ermahnte sich, sich keine Sorgen zu machen. Es gab nichts, wovor sie Angst zu haben brauchte.

Wie sehr sie sich irrte.

»Dieser Mann«, begann Ernest mit angespannter Stimme, »ist nicht der Richtige für dich. Schlimm genug, dass er keinerlei Ausbildung besitzt, aber auf der Bühne einen Strip hinzulegen? Was zum Teufel denkst du dir eigentlich dabei?«

»Keine Ausbildung. Er hat sich hochgearbeitet. Was zur Hölle ist in der Zeit zwischen unserem Abendessen und heute Abend geschehen?«

»Ich habe weitere Erkundigungen eingezogen«, sagte Ernest. »Habe sein Bild auf den Anzeigen für diese lächerliche Fleischbeschau gesehen.«

»Was? Dieser Wettbewerb ist doch für einen guten Zweck.«

»Die Krebsforschung ist ein guter Zweck. Die Rettung dieser Bar ist nur ein Vorwand, um sich zu betrinken.«

»Das ist absolut nicht wahr. Und was spielt das überhaupt für eine Rolle? Schließlich arbeitet er nicht für dich. Und er ist in der Fitness-Branche. Öffentlich zur Schau zu stellen, wie fit er ist, zeugt doch nur von gutem Geschäftssinn.«

»Aber dass du mit ihm zusammen bist, zeugt nicht davon. Tut

mir leid, Hannah, aber wir wollen, dass du mehr Vernunft an den Tag legst, wenn du dieses Geld nimmst. Dein Vater würde sich das ebenfalls wünschen. Und deine Mutter und ich ebenfalls.«

Plötzlich sah sie rot. »Mein Vater war ein Cop«, spie sie hervor. »Er hatte einen Highschool-Abschluss und wollte den Menschen helfen. Weißt du überhaupt irgendetwas über Matthew? Mein Vater hätte ihn geliebt.«

Sein ruhiger Blick durchbohrte sie förmlich. »Aber er ist tot, Hannah. Wir werden das also mit Sicherheit nie erfahren, nicht wahr?«

»Ernest ...«

»Deine Mutter und ich haben darüber gesprochen. Such dir einen anderen Mann, und du kannst das Geld haben. Das ist mein letztes Wort.«

Ernest wandte sich ab, und Hannah blieb wie angewurzelt stehen, während er in der abendlichen Menge verschwand.

Sie merkte nicht einmal, wie sie ihr Handy hervorzog und wählte, bis sie die Stimme ihrer Mutter hörte, die verkündete, dass sie gerade nicht ans Telefon gehen könne.

Verdammt.

Sie schickte ihr eine Textnachricht.

Keine Antwort.

Sie wartete.

Immer noch keine Antwort.

Ihre Mutter – ihre eigene Mutter – nahm ihren Anruf nicht entgegen.

Easton fand sie, als sie noch wie erstarrt auf dem Bürgersteig stand. »Hey, alles okay mit dir? Er hat gewonnen. Er hat nach dir suchen wollen, wurde aber von der Menge umringt.«

Sie leckte sich über die Lippen. »Hab ich dir doch gesagt.«

»Was ist los?«

»Ich fühle mich schrecklich. Ich ... ich habe meinen Eltern bereits abgesagt. Kannst du Matthew das ausrichten? Und meine Gratulation. Sag ihm einfach, dass ich nach Hause musste. Ich … ich fühle mich zu schlecht, um zu bleiben.«

Er musterte sie eindringlich, mit unergründlicher Miene. Dann nickte er und antwortete schlicht: »Ich sage es ihm.«

Easton kehrte in die Bar zurück, und Hannah machte sich auf den Heimweg. Sie hoffte nur, dass sie es bis nach Hause schaffte, bevor ihre Tränen zu fließen begannen.

13

Matthew hatte keine Zeit, sich im Erfolg seines Mr.-Oktober-Titels zu sonnen, denn er war zu sehr damit beschäftigt, Hannah in der Menge ausfindig zu machen. Aber durch die vielen Menschen, die ihm die Hand schütteln wollten, und die Frauen, die ihn baten, ihnen auf die unterschiedlichsten Körperregionen mit Edding ein Autogramm zu geben, fiel es ihm schwer, sie zu finden.

Zwanzig Minuten später hatte er immer noch kein Glück gehabt, aber immerhin entdeckte er Easton. Oder besser: Easton entdeckte ihn.

»Willkommen im Club, Kumpel«, rief Easton, und Matthew musste lachen.

»Wenn dadurch diese Bar am Leben bleibt, stolziere ich gern ohne Shirt herum.« Er sah sich um. »Übrigens, hast du Hannah gesehen?«

»Das wollte ich dir gerade sagen. Sie fühlte sich nicht wohl und hat mich gebeten, dir zu sagen, dass sie nach Hause gegangen ist.«

Was zum Teufel?

Das sah Hannah so gar nicht ähnlich, und Matthew war mit einem Mal maximal alarmiert. Wenn sie gekonnt hätte, wäre sie hier bei ihm gewesen. Also musste sie sich ganz furchtbar schlecht fühlen.

»Ist sie in die Notfallpraxis gefahren?«

»Nur nach Hause«, antwortete Easton.

»Danke. Ich werde nach ihr sehen.« Er klopfte Easton im Vorbeigehen auf die Schulter, dann senkte er den Kopf und schlängelte sich auf den Ausgang zu. Er versuchte, nicht unhöflich zu sein, gleichzeitig aber so schnell wie möglich aus der Bar hinauszukommen.

Er brauchte weitere fünf Minuten, aber schließlich hatte er es bis nach draußen geschafft. Er wollte gerade links abbiegen, als ihm das Café in der Nähe einfiel, in dem es doch sicher Hühnerbrühe gab. Bestimmt brauchte Hannah jetzt etwas Leichtes im Magen. Also bog er rechts ab und wäre beinahe mit Ernest Pierpont zusammengestoßen.

»Ernest. Sorry. Ich habe Sie gar nicht gesehen.«

»Offensichtlich nicht.« Der ältere Mann streckte ihm die Hand entgegen, und Matthew ergriff sie automatisch. Zu spät ging ihm auf, dass Ernest ihm nicht gratulieren wollte.

Er wollte Lebewohl sagen.

»Sorry, dass es nicht funktioniert hat«, sagte Ernest und entzog ihm die Hand wieder. »Sie verstehen vielleicht nicht, dass es bei Verbindungen dieser Art oft um mehr geht als um bloße Anziehung. Es gibt da noch eine Reihe ganz anderer Faktoren, die man in Betracht ziehen muss.«

»Anderer Faktoren?«, wiederholte Matthew, und in seinem Kopf gingen sämtliche Warnsignale an.

»Glauben Sie nicht, dass ich Sie nicht mag, mein Sohn«, fuhr Ernest fort, seine Frage ignorierend. »Für irgendeine andere Frau wären Sie sicher eine gute Partie.«

Matthew schwirrte der Kopf, nichts schien einen richtigen Sinn zu ergeben. »Wollen Sie damit sagen, dass Sie ihr das Geld für die Pacht nicht geben werden?«

»Ich habe es Hannah bereits gesagt. Zu diesem Zeitpunkt ihres Lebens wäre es einfach nicht die richtige Entscheidung. Das Mädchen muss lernen, auf eigenen Beinen zu stehen.«

»Sie gottverdammter Mistkerl«, rief Matthew. »Sie stehlen ihr Geld und tun so, als ginge es nur um sie?«

»Nehmen Sie sich in Acht.«

»Nein.« Matthew machte einen Schritt auf den Mann zu. Nur

unter Aufbietung seiner ganzen Kraft konnte er seine Wut im Zaum halten. »Vielleicht haben Sie recht. Vielleicht bin ich tatsächlich nicht gut genug für sie. Aber es ist *ihr* Geld, das Sie ihr vorenthalten. Sie lassen sie durch Reifen springen und verlangen sonst was für einen Mist von ihr. Sie können sich selbst alles Mögliche vormachen, aber Ihnen geht es nicht um Hannah. Sondern nur darum, Kontrolle über sie auszuüben. Kontrolle auch über Amelia. Ich weiß das. Sie wissen das. Und vor allem weiß es auch Hannah.«

Ernests Blick ging nach unten, und Matthew merkte, dass er die Hand zur Faust geballt hatte. »Sie wollen mich also schlagen?«

»Ich habe es in Erwägung gezogen«, antwortete Matthew.

Dann tat er das Schwerste, das er je in seinem Leben hatte tun müssen. Er drehte sich um und ging in die andere Richtung, und seine Faust pulsierte von dem unerfüllten Verlangen, dem selbstgerechten Mistkerl die Nase zu zertrümmern.

Hannah war bei ihrem dritten Glas Wein angelangt, als sie das Klopfen an der Tür vernahm. Sie zuckte zusammen, befürchtete, dass es ihre Mutter war. Oder noch schlimmer: Ernest.

Aber als sie durch den Spion sah, durchflutete sie Erleichterung, und sie öffnete die Tür, denn Matthew stand davor.

»Hey, sorry, dass ich gegangen bin. Ich glaube, ich brüte irgendetwas aus.« Sie sah auf die Uhr. »Ich bin überrascht, dass du es so schnell hierher geschafft hast.«

»Ich war hochmotiviert«, antwortete er mit schmallippigem Lächeln. »Ich wollte dich sehen.«

Sie sah ihn stirnrunzelnd an. Irgendetwas war da im Busch. Aber vielleicht bildete sie sich das ja nur ein. Heute war definitiv nicht ihr bester Tag.

Er streckte die Hand aus und befühlte ihre Stirn, und schon durch die bloße Berührung fühlte sie sich besser. Als ob sie alles überleben konnte, solange er an ihrer Seite war. Als ob Ernest und das Geld nicht die geringste Rolle spielten.

»Du bist gar nicht heiß«, sagte er.

»Ist wohl vornehmlich der Magen.« Das war nicht mal gelogen, denn dort hatte sich ihre ganze Angst gesammelt, in ihrem Bauch. Sie wandte sich ab, vornehmlich, damit er die Wahrheit nicht in ihrem Gesicht las, und er folgte ihr ins Wohnzimmer. Die halb leere Weinflasche stand auf dem Couchtisch, und sie zuckte innerlich zusammen und hoffte, dass er sie nicht bemerkte.

»Ich bin mir sicher, Wein ist das beste Heilmittel gegen Magenbeschwerden«, sagte er. »Möchtest du mir nicht erzählen, was tatsächlich los ist?«

Sie seufzte, dann setzte sie sich auf die Couch. »Es ist nur … na ja, ich habe nachgedacht.«

Sein Gesicht war vollkommen ausdruckslos, als er vor ihr auf dem Tisch Platz nahm und sagte: »Ich höre.«

»Ich habe beschlossen, keine Kanzlei mit Easton zu gründen. Er kann auch noch andere Partner finden. Das kriegt er problemlos hin.«

Sie suchte in seinem Gesicht nach irgendeiner Reaktion, aber offenbar war er ein guter Pokerspieler. Der einzige Hinweis, dass er über ihre Worte nachdachte, war die Art, wie er den Kopf schieflegte, als ob er wüsste, dass sie ihm entscheidende Informationen vorenthielt. Er hatte nur keine Ahnung, was es war.

Und wenn es nach ihr ging, würde er es auch nie erfahren.

Sie hatte also das Geld nicht – na gut. Sie konnte sich einen anderen, normalen Job suchen. Sie konnte wieder Geld sparen. Und das würde sie mit Freuden tun, wenn es bedeutete, dass Matthew in ihrem Leben blieb.

Aber das bedeutete auch, dass sie ihm auf keinen Fall sagen durfte, dass ihre Eltern einen Rückzieher gemacht hatten – oder dass er der Grund dafür war.

»Warum?« Mehr fragte er nicht.

Sie schluckte. Diese ganze Situation hatte etwas Unwirkliches an sich. »Ich habe mir überlegt, warum du doch nicht ins Franchising einsteigst. Und ich glaube, das, was du gesagt hast, trifft auch auf mich zu. Wenn ich diese Kanzlei in jüngeren Jahren gegründet hätte, wäre alles anders. Aber ich bin schon in den Dreißigern. Ich sollte jetzt über andere Dinge nachdenken, nicht darüber, meine ganze Kraft in ein Unternehmen zu stecken. Ergibt das einen Sinn für dich?«

»Baby, es ergibt auf jeden Fall Sinn.« Er beugte sich vor und ergriff ihre Hände. Erleichterung durchflutete sie. »Aber es ist erstunken und erlogen.«

Sie wich zurück – oder versuchte es zumindest. Er ließ ihre Hände nicht los.

»Du bist süß«, sagte er. »Aber ich werde dir hierbei nicht im Wege stehen. Rede mit Brent. Er ist so aufrecht und in sich gefestigt, wie sie es sich wünschen. Vielleicht ist er ja der Richtige, um deinen Vater zu beeindrucken.«

»Er hat es dir gesagt.« Die Worte klangen dumpf und schwer, als versinke sie im Treibsand.

»Ich habe es immerhin geschafft, ihm nicht die Nase zu brechen. Insgesamt verbuche ich das als Erfolg.«

»Matthew …«

Er stand auf. »Nein. Du hast diese Kanzlei verdient. Ich habe dich beobachtet. Dir zugehört. Ich sehe doch, wie sehr du diese Arbeit liebst. Du hast dieses Leben verdient. Und«, fügte er hinzu, »ich glaube, Ernest hat recht. Du solltest etwas Besseres bekommen als mich.«

Mit zwei langen Schritten war er an der Couch vorbeigestürmt und lief geradewegs zur Tür. Sie sprang auf und sprintete quer durchs Zimmer, gelangte vor ihm zum Ausgang. »Was zum Teufel, Matthew?«, stieß sie hervor, und alles Gefühl, das sie den ganzen Abend lang so mühsam zurückgehalten hatte, schien sich jetzt Bahn zu brechen. »Mein Stiefvater beschließt, dass ich das Geld nicht bekomme. Du beschließt, dass ich dich nicht bekomme? Wie beschissen ist das denn?«

»Es ist zu deinem Besten«, antwortete er, dann griff er um sie herum und öffnete die Tür. »Tut mir wirklich leid.« Seine Worte waren wie Eis, gefroren und hart.

Und dann trat er über die Schwelle, und sie spürte, wie ihr Innerstes explodierte. »Fick dich, Matthew«, stieß sie hervor. Sie wollte schreien, aber die Worte waren nur ein Schluchzen. »Fick dich«, flüsterte sie, und dann tat sie das Einzige, das ihr wenigstens ein bisschen Befriedigung verschaffte – sie schlug die Tür vor seinem gequälten, schmerzerfüllten Gesicht zu.

14

Sie tat die ganze Nacht kein Auge zu, aber sie fand keine Lösung. Wie konnte sie einen Mann davon überzeugen, sie zu lieben? Bei ihr zu bleiben? Sie zu unterstützen?

Aber ihr fiel nichts ein, was sie tun konnte, um Matthew zur Rückkehr zu bewegen.

Es war erst fünf Uhr morgens, aber sie duschte, dann zog sie ihre zerrissene Lieblings-Wochenendjeans und ein Shirt der Baylor Law School an, das viel zu oft gewaschen worden war, sodass der *Res Ipsa Loquitur*-Schriftzug fast ganz verschwunden war und nur noch ein paar grüne Flecken und die Buchstaben *ps* zu sehen waren.

Sie schlüpfte in ihre Birkenstock-Sandalen, dann verließ sie die Wohnung und machte sich auf den Weg ins Büro. Es war Donnerstag, und die wenigen Leute, die schon unterwegs waren, trugen meist Anzüge oder lässige Business-Klamotten. Egal. Für Hannah war das Ende der Woche bereits erreicht. Ganz zu schweigen vom Ende ihrer Karriere.

Nach nur fünf Minuten war sie an der Ecke Sixth und Congress Avenue angelangt, und schon um zehn nach sechs betrat sie das Büro. Easton war auch schon da, was sie nicht überraschte.

»Hey«, rief er. »Bist du das?«

»Wer sonst?« Sie hatten eine Empfangsdame und eine Rechtsanwaltsgehilfin eingestellt, aber da ihre Kanzlei offiziell erst um neun öffnete, wäre es einem kleinen Wunder gleichgekommen, wenn sie ebenfalls schon im Büro gewesen wären.

»Gut, dass du da bist. Ich wollte mit dir über das Meeting am Freitag mit dem Bankaufsichtsbeamten sprechen. Ich glaube, ich habe ein vernünftiges Argument gegen …«

»Wir müssen reden.«

Er hatte laut genug gesprochen, dass sie ihn schon im Flur verstanden hatte. Aber jetzt stand sie im Türrahmen zu seinem Büro und bemerkte, wie er vor Erstaunen über ihr Outfit die Augen weit aufriss.

»Bist du immer noch krank? Dann gehörst du nach Hause, nicht hierher.«

»Ich bin nicht krank.« Sie holte tief Luft, betrat sein Büro und setzte sich auf einen der Gästestühle. »Du musst dir einen neuen Partner suchen. Oder den Pachtvertrag kündigen. Oder die finanziellen Verpflichtungen allein übernehmen. Ich ... ich muss davon zurücktreten.«

Er sagte nichts, sondern verschränkte nur die Hände hinter dem Kopf, lehnte sich auf seinem Stuhl zurück und wartete ab.

»Ernest hat mir gestern Abend mitgeteilt, dass ich das Geld nicht bekommen kann. Anscheinend hält er Männer, die auf Kalendern abgelichtet werden, nicht für gut genug. Dieser Mistkerl.«

»Das Geld ist nicht das Problem, Hannah. Ich weiß, dass du dich nicht wohl dabei fühlst, dir das Geld von mir zu leihen, aber wir können es auch aus dem Firmeneinkommen ziehen. Wir könnten deine monatlichen Einkünfte reduzieren, bis du deinen Anteil abbezahlt hast. Oder wir können mit den Banken reden, um dir einen Kredit zu verschaffen. Zum Teufel, ich würde Ernest und deine Mom sogar mit Freuden für dich verklagen. Es gäbe da durchaus Mittel und Wege.«

»Darüber haben wir doch schon gesprochen. Ich fühle mich bei all diesen Alternativen nicht wohl. Wenn ich eine Anleihe in der Firma mache, dann trägst du das ganze Risiko. Wir wissen beide, dass wir keinen anderen Geldgeber finden. Meine Kreditkarten kann ich angesichts der Zinshöhe auch nicht nutzen. Und Begünstigte der Lebensversicherung war meine Mom. Eine gerichtliche Auseinandersetzung würde ich nie gewinnen.«

»Vielleicht nicht. Aber wenn zum Beispiel die Presse Wind davon bekäme – dem Babygirl wird das Geld vorenthalten, das ihr heldenhafter Polizisten-Vater eigentlich für sie vorgesehen hatte? In Ernests Position könnte ihm so ein Bericht durchaus schaden. Wir müssten noch nicht einmal klagen. Schon allein die Drohung würde reichen.«

Sie schüttelte nur den Kopf. Die Vorstellung, gerichtlich oder auf andere Weise gegen ihre eigene Familie vorzugehen, überforderte sie im Augenblick nur. »Bitte, kämpf nicht darum, nur weil du mich magst. Du brauchst einen Partner, der liquide ist.«

»Ich brauche einen Partner, den ich respektiere und dem ich vertraue.«

»Und ich brauche Matthew. Ich ... ich will das hier. Wirklich. Aber es ist unglaublich viel Arbeit. Und ich bin mir nicht sicher, ob ich es mir noch wünsche, wenn ich ihn nicht im Rücken habe und er mich nicht unterstützt.«

Es war das erste Mal, dass sie diese Gedanken, die ihr im Kopf herumschwirrten, laut aussprach, aber es stimmte. Sie verstand seine Lebenseinstellung. Warum er weniger arbeitete, anstatt seine Fitnessstudio-Kette in ein Franchising-Unternehmen umzuwandeln. Sie verstand es, und sie respektierte es. Sie selbst wollte sich eigentlich trotzdem weiterentwickeln, obwohl sie wusste, wie hart das sein konnte. Aber ihr war auch bewusst, dass es ein einsamer Weg werden konnte. Und sie wollte Matthew neben sich wissen, wollte, dass er die Lücke füllte. Ihr vielleicht sogar eine Familie schenkte. Eine, die sie zusammen großziehen konnten. Eine, die ihr einen Grund gab, so hart zu arbeiten.

Nichts davon sprach sie laut aus, aber aus der Art, wie Easton sie musterte, schloss sie, dass er sie zumindest teilweise verstand. Dennoch betonte sie noch einmal: »Ich will das hier nicht ohne ihn durchziehen.« Sie wollte nur sichergehen, dass Easton verstand.

»Du weißt, dass ich dich liebe, Hannah. Aber manchmal bist du echt ein Idiot.«

»Wie bitte?«

»Du willst die Kanzlei. Und du willst ihn. Aber besonders clever stellst du das in beiden Fällen nicht an.«

»Ich … wie bitte?«

»Nimm dir das, was du willst, Hannah. Du willst ein Teil dieser Kanzlei sein, dann mach es.«

»Wie denn?«

»Hab ich dir doch schon gesagt. Das Geld haben wir schließlich. Nutze es. Zahl mir monatlich einen Riesen zurück. Bring uns einen Hammer-Klienten, und nutze den Anteil, den du erwirtschaftest, für die Rückzahlung. Raff dich auf und fahr noch mal nach Dallas und sag deiner Mutter geradeheraus, was du über all das denkst. Droh mit einem Verfahren. Ziehe sämtliche Register. Du behauptest, das hier zu wollen, aber du tust nichts dafür. Und du suchst nach Ausflüchten, warum du es nicht machst.«

»Weil …«

»Nicht, weil du dich dabei schlecht fühlst, wenn du dir das Geld von mir leihst. Du und ich, wir wissen beide, dass ich es mir leisten kann. Es ist wegen dem, was du gerade gesagt hast – du willst es nicht ohne ihn durchziehen. Ich mache dir daraus keinen Vorwurf. Ich will das alles ja auch nicht ohne Selma tun.«

»Also …«

Aber wieder unterbrach er sie.

»Glücklicherweise hast du immer brillante Argumente auf Lager. Deshalb will ich dich ja auch zur Partnerin.«

»Ich bin gut«, gab sie zu. »Aber das ist auch das Problem. Matthew hält sich selbst nicht für gut genug für mich. Er hält mich für eine intellektuelle Ikone und sich selbst für eine Kanalratte. Das ist lächerlich, aber die Vorstellung ist nun mal fest in seinem Kopf verankert.«

»Dann überzeuge ihn vom Gegenteil.«

»Was, wenn ich es nicht schaffe?«

»Dann hast du sämtliche Möglichkeiten ausgeschöpft. So, und jetzt hau endlich rein.«

15

Es war ein Uhr morgens, als Hannah endlich den Mut fand, aber das war ihr gleichgültig. Sie stand in seinem Vorgarten und hämmerte wahlweise heftig an die Eingangstür oder drückte energisch die Klingel.

Schließlich ging drinnen ein Licht an, und sie trat einen Schritt zurück, wartete darauf, dass die Tür sich öffnete. Kaum hatte sie das getan, drängte sie sich hinein, und der Finger, der eben noch die Türklingel malträtiert hatte, bohrte sich nun schmerzhaft in seine Brust.

»War das alles etwa nur ein Spiel für dich? Unsere gemeinsame Zeit? Alles, was wir gesagt haben? Alles, was wir getan haben?«

»Hi, Hannah«, sagte er verschlafen. »Was zum Teufel soll das?«

»Du hast mich sehr wohl verstanden.« Sie stieß ihn mit beiden Handflächen nach hinten. »Wach auf und sag es mir. Waren wir nur so eine Art Spiel für dich?«

Er rieb sich das Gesicht mit den Händen, dann sah er sie mit solch tiefer Überzeugung im Blick an, dass sie unwillkürlich einen Schritt zurückwich. »Nein. Ein Spiel war es nie.«

»Was dann?«

»Ein Traum«, antwortete er. »Für uns beide.«

Er seufzte, dann fuhr er sich mit den Händen durchs Haar, bevor er sich auf die Couch fallen ließ und ihr mit einem Kopfnicken bedeutete, es ihm gleich zu tun. Sie blieb stehen.

»Und in diesem Traumland lebst du noch immer, wenn du glaubst, dass das mit uns funktionieren könnte«, sagte er. »Dein Stiefvater hatte recht. Du bist Champagner und Kaviar, und ich bin Bier und Barbecue.«

»Zufällig mag ich Bier und Barbecue«, sagte sie und wünschte sich, sie könnte ihn erreichen, sodass er verstand.

»Wer täte das nicht? Aber nur eine Weile. Nicht für immer. Du hast ein gutes Leben. Du wirst gute Dinge tun. Wichtige Dinge.«

»Verdammt, Matthew, was bist du doch für ein Dickkopf. Erkennst du es denn nicht? Ich werde all diese Dinge tun. Aber es wird sich nicht richtig anfühlen, wenn du nicht da bist und meine Hand hältst. Du bist der Mensch, der mich ganz macht. Der Mensch, der mir zu erkennen hilft, wer ich wirklich bin – und es auch wirklich zu sein. Ich habe nicht nach dir gesucht, aber ich habe dich gefunden. Und jetzt brauche ich dich.«

»Tust du nicht«, widersprach er, stand dann aber auf und zog sie dicht zu sich heran, küsste sie mit solch grimmiger Leidenschaft, dass sie einen Moment lang überzeugt war, er würde ihr gleich versichern, dass er das alles nicht ernst gemeint hatte und dass er natürlich bei ihr bleiben würde.

Aber als er sich von ihr löste, deutete er nur mit einem Kopfnicken auf die Tür und sagte: »Ich glaube, es wird Zeit, dass du gehst.«

Kämpfe um ihn. Widersprich ihm, um ihn für dich zu gewinnen.

Aber was gab es jetzt noch zu sagen?

Sie nickte, dann ging sie zur Tür. Als sie die Hand schon auf dem Türknauf hatte, wandte sie sich zu ihm um. »Denk einfach noch mal drüber nach, okay? Mach das zwischen uns nicht kaputt. Wir haben doch kaum begonnen. Ich halte das mit uns beiden für real. Und eigentlich dachte ich, dass du das auch fandest.«

Real.

Das Wort drang durch den dröhnenden Nebel, der seit Mittwochabend in seinem Kopf herrschte. Ein Nebel, dessen Stimme der von Ernest Pierpont bemerkenswert ähnlich war, als dieser ihm mitgeteilt hatte, wie wertlos er war.

Aber Hannah versicherte ihm jetzt genau das Gegenteil. Und sie war diejenige, der er glauben wollte.

Wollte, ja. Aber er wollte ihr auch nicht das Leben versauen oder ihre Ziele vereiteln. Wenn er mit ihr zusammen war, wollte er einen Gewinn für sie darstellen, gleichberechtigt sein, ein Partner auf Augenhöhe. Definitiv keine Last.

Also, was war jetzt real?

Ihre Hand drehte den Knauf, und da machte es Klick. Er konnte nicht zulassen, dass sie ging – zumindest nicht so. Er sprang vorwärts, packte ihr Handgelenk und zog sie an sich.

Er hatte ihr eigentlich nur sagen wollen, dass sie bleiben sollte, aber dann lag sie in seinen Armen. Ihr Atem ging stoßweise. Er konnte nicht widerstehen, musste sie ein letztes Mal schmecken, und als seine Lippen ihre bedeckten, schmolz sie an ihm dahin. Er verlor sich in diesem Kuss. In dem Wissen, dass sie recht hatte. *Das hier* war real. Sie beide. Zusammen.

»Hannah«, sagte er, als sie sich schließlich voneinander lösten.

»Wage es nie wieder, mir zu sagen, dass du nicht gut genug bist. Ich will so etwas nicht hören. Du bist der beste Mann, den ich kenne. Du wirst der beste Vater sein, den ich mir vorstellen kann. Und ich will mir nicht den Allerwertesten für diese Kanzlei aufreißen, solange ich keinen guten Grund dafür habe.«

Sie legte ihm die Hand auf die Wange. »Erkennst du denn nicht, dass dieser Grund du bist? Dass ich eine Zukunft mit dir haben will? Oder zumindest, dass ich es mit dir versuchen will. Ich will dich nicht abschrecken, aber ich verliebe mich gerade in dich. Wenn du mir das Herz brechen willst, dann tu es jetzt, und ich gehe. Aber wenn wir eine Chance haben …«

Sein Herz sehnte sich nach ihr, und vor seinem geistigen Auge konnte er diese Zukunft sehen. Er in seinen Fitnessstudios. Ein Junge auf dem Fußballfeld. Ein Mädchen auf dem Sprungturm. Seine Frau neben ihm, die die beiden anfeuerte. Wahrscheinlich mit einem roten Stift und einem juristischen Schriftstück in der Hand.

Bei dem Bild musste er lächeln.

»Was?«

»Versprich mir nur eins.«

»Klar.«

»Du nimmst zu den Sportevents der Kinder keine Arbeit mit.«

Sie starrte ihn an, als habe er den Verstand verloren, dann brach sie in Gelächter aus. »Ich glaube, das kann ich dir versprechen. Solange du versprichst, mich nie zu einem Marathon mit dir zu veranlassen.«

»Deal.«

Sie grinsten einander an, und er dachte, dass er im Augenblick sogar zwei Marathonläufe hintereinander hätte absolvieren können.

Ihr Grinsen wurde schelmisch. »Sollen wir das mit einem Kuss besiegeln?«

»Ich habe da eine bessere Idee«, sagte er, zog sein Shirt aus und warf es auf den Boden. »Zieh dich aus.«

Sie zog die Augenbrauen hoch. »Wirklich? Warum?«

»Nackt sind wir alle gleich«, antwortete er sachlich. »Aber eigentlich vornehmlich deshalb, weil ich diesen Deal mit der Frau, die ich liebe, besiegeln will.«

»Damit kann ich leben«, sagte sie, zog ebenfalls ihr T-Shirt über den Kopf und schmiegte sich in seine Arme.

Später lagen sie nackt und zufrieden im Bett. Er hielt sie fest, erfüllt vom Echo ihres Herzschlages, und fragte sich, wie zum Teufel er so viel Glück haben konnte.

Aber Glück war relativ. Denn obwohl er Hannah für sich gewonnen hatte, hatte sie etwas verloren, zumindest was das Geld ihres Dads anbelangte. »Wirst du es einfach auf sich beruhen lassen?«

»Eine Weile«, antwortete sie. Offensichtlich hatte sie verstanden, dass er das Geld meinte. »Ich werde in ein paar Monaten nochmals nachfragen. Und wenn die Antwort dann immer noch Nein lautet ... na ja, Easton hat eine Idee, die wahrscheinlich funktionieren wird. Und dann kann ich – wir können das Geld nehmen und es für unsere eigenen Kinder zurücklegen«, fügte sie hinzu, und ihre Worte erfüllten ihn mit ganz besonderer Wärme.

Sie drehte sich in seinen Armen um und sah ihn an, schlang ihre Beine um seine, während sie sich an ihn schmiegte. »Hoffentlich kommt Mom zur Vernunft, bevor ich ihr Easton auf den Hals hetze. Aber das spielt im Augenblick keine Rolle. Jetzt und hier habe ich alles, was ich brauche.«

Er hielt sie fest, konnte gar nicht recht glauben, dass das hier real war, und wusste doch gleichzeitig, dass nichts in seinem Leben jemals vollkommener gewesen war.

»Ja«, bestätigte er von ganzem Herzen. »Ich auch.«

EPILOG

Beverly Martin schob sich eine Haarsträhne aus den Augen, während sie sich über Griffins Schulter beugte, sodass sie beide auf den Bildschirm sehen konnten.

»Ich glaube nicht, dass Angelique sich schon auf den Streit mit Hammond einlassen würde«, sagte sie und tippte mit dem Finger auf den Monitor.

Sie musste sich dafür noch weiter vorbeugen, nahm den frisch gewaschenen Duft seines allgegenwärtigen Kapuzenpullovers wahr und atmete tief ein. Er trug ihn auch jetzt noch immer in ihrer Gegenwart, trotz der Tatsache, dass sie seit Monaten zusammenarbeiteten und schon seit einer Ewigkeit an Griffins Drehbuch herumfeilten, das bald produziert werden sollte – zumindest, falls ihnen das Schicksal weiterhin günstig gesonnen war.

»Du könntest recht haben«, sagte er. »Sie will sich noch nicht in die Karten schauen lassen.«

»Genau.« Sie zog die Hand zurück, sodass er auf den Bildschirm sehen konnte, und legte sie auf seine rechte Schulter. Sie spürte das harte, wulstige Narbengewebe unter seinem T-Shirt und dem Hoodie. Und sie spürte ebenfalls, wie er die Muskeln anspannte.

»Beverly.«

»Ja. Der Satz«, sagte sie und tat, als habe sie ihn nicht verstanden.

»Beverly, lass es.«

»Was soll ich lassen?«

Einen Augenblick lang schwieg er. »Das weißt du.«

Sie wartete eine Sekunde lang, dann noch eine. Dann zog sie die Hand von seiner Schulter zurück. Aber, verdammt, so langsam wurde das Ganze lächerlich. Jedes Mal, wenn sie mit ihm in einem Zimmer war, spürte sie die gegenseitige Anziehungskraft wie einen Gewittersturm, der umso intensiver wurde, weil er nie zuließ, dass der Blitz einschlug. Was für eine blöde Metapher. Aber sie bewies nur, wie sehr er sie durcheinanderbrachte.

So langsam musste er Farbe bekennen.

Sie umrundete seinen Stuhl. Dann lehnte sie sich an seinen Schreibtisch, sodass sie ihm ins Gesicht sehen konnte, den Computer im Rücken und Griffin genau vor sich. Aus dieser Nähe konnte sie die schlimmen Narben nicht übersehen, die die rechte Seite seines Gesichts verunstalteten. Wahrscheinlich auch seinen restlichen Körper, obwohl sie den nie gesehen hatte, sondern es nur vermuten konnte.

»Beverly.« Ihr Name war nur noch ein Knurren, und er senkte den Kopf, verbarg sein Gesicht im Schatten.

»Verdammt noch mal, Griff. Was zum Teufel ist denn los mit dir?«

»Was los mit mir ist?« Sein Kopf schnellte nach oben. Seine Stimme klang wütend und höhnisch. »Dann sieh mich doch einmal richtig an.«

»Ich sehe dich seit Monaten an«, erwiderte sie. »Was genau soll ich sehen?«

»Spar dir das Gönnerhafte.«

»Du bist so ein Idiot. Weißt du das eigentlich?«

Er rollte seinen Stuhl nach hinten. »Machen wir Schluss für heute.«

Sie packte seine Arme und zog ihn zurück. »Nein, das machen wir nicht.« Sie legte die Hand über seine rechte, sodass sie die raue, zerstörte Oberfläche hart unter ihrer Haut spürte.

Einen Moment lang trafen sich ihre Blicke, dann wandte er den Blick ab.

Sie holte tief Luft, um sich Mut zu machen, dann hob sie die Hand an seine Kapuze. Sanft schob sie sie ihm vom Kopf.

»Tu das nicht«, sagte er mit angespannter Stimme.

»Du kannst mich ja daran hindern«, sagte sie und umfing seine vernarbte Wange mit der Hand. Sie sah ihm wieder in die Augen, und ihr Herz klopfte wie wild, während sie darauf wartete, dass er sie daran hindern würde, ihn zu berühren. Und dann, als er sich nicht regte, tat sie, was sie sich schon seit einer Ewigkeit wünschte. Sie beugte sich vor, legte ihre Lippen auf die seinen und küsste ihn.

YEAR *of* PASSION

NOVEMBER

Ich gehe keine Beziehungen ein.

Seit ich denken kann, verstecke ich meine Narben, drücke mich nur in den Drehbüchern aus, die ich schreibe. Fast niemand kennt mein wirkliches Ich. Ich bin zu vorsichtig. Habe zu sehr Angst, mich wieder zu verbrennen.

Und dann ist da Beverly Martin. Ein Filmstar. Eine Frau, die so atemberaubend schön und liebevoll ist, dass es mir das Herz bricht. Sie sagt, sie will mich – und wenn sie mich berührt, glaube ich für einen Moment, dass sie mich lieben könnte.

Doch wenn ich mit ihr zusammen bin, werden sich die Scheinwerfer ebenfalls auf mich richten. Und ich weiß nicht, ob ich das aushalte – auch wenn Weglaufen bedeutet, die Frau zu verlieren, die ich liebe.

1

»Könnten Sie das bitte wiederholen?«

Griffin Draper atmete tief ein. Er hatte Schwierigkeiten zu verarbeiten, was der Produzent Matthew Holt soeben verkündet hatte.

War wirklich von »verkauft« die Rede gewesen?

Würde aus Griffins Drehbuch tatsächlich ein echter Film werden?

Wie vom Donner gerührt ließ Griffin sich auf die voluminöse Couch im Konferenzraum im zwanzigsten Stock sinken. Beverly Martin und er waren in die Austin-Vertretung von Bender, Twain & McGuire gebeten worden, um sich hier mit Holt und Griffins Anwältin Evie Morrison zu treffen.

Sobald Griffin saß, tat Beverly es ihm nach, und plötzlich war er der dunkelhaarigen Schönheit mit der hypnotischen Ausstrahlung viel zu nah.

Nur mit Mühe unterdrückte er den Impuls, von ihr wegzurutschen; streng ermahnte er sich, dass das Ziehen in seiner Magengegend durch Holts Eröffnung erzeugt worden war, nicht durch ihre Nähe. Es mochte ja sein, dass er sie attraktiv fand – wer würde das nicht? –, aber da nichts zwischen ihnen war und auch nie sein würde, hatte er wirklich keinen Grund, nervös zu sein.

Sicher, sie waren Freunde geworden, doch selbst das hatte sich nur langsam entwickelt. Was allerdings vor allem daran lag, dass er Abstand zu ihr hielt, weil er sich verflucht noch mal stark zu ihr hingezogen fühlte, seit sie sich im Mai vor fünf Monaten im The Fix auf den Barhocker neben ihm niedergelassen hatte. Denn was nützte es? Er wusste ja, dass er sie niemals würde haben können.

Immer dasselbe.

Wenigstens hatte seine heimliche Qual ihn zu einem guten Drehbuch inspiriert.

Der Gedanke brachte ihn zurück in die Gegenwart und zu Hollywoods Wunderkind Matthew Holt, der für seine finstere Miene bekannt war, nun jedoch mit einem für ihn sehr untypischen Hauch von Grinsen auf den Lippen vor Griffin stand.

»Träumen Sie schon vom roten Premierenteppich?«

»Könnten Sie es mir denn verübeln?«, konterte Griff. »Aber im Ernst: Ich würde das wirklich gerne noch einmal hören.«

Neben ihm setzte Beverly sich aufrechter hin, sagte jedoch nichts. Matthews Grinsen wurde breiter. »Sie haben schon richtig verstanden, Cowboy. Apex Studios hat zugesagt. Sie stecken ihr Geld und Know-how in *Hidden Justice*, und sofern wir uns keine extremen Patzer leisten, wird im Frühling in Vancouver gedreht. Und im folgenden Sommer kommt der Streifen in die Kinos.«

»Ich ... ich weiß gar nicht ...« Die Worte blieben ihm in der Kehle stecken. Das war alles zu viel für ihn.

»Herzlichen Glückwünsch, Griff.« Evie Morrison, seine Anwältin, hatte bisher noch nicht viel gesagt, obwohl die Konferenz im Austin-Büro ihrer in Los Angeles ansässigen Kanzlei stattfand, aber sie strahlte, als habe sie einen Volltreffer gelandet. »Ich fliege morgen nach L.A. zurück und handele mit Van die Einzelheiten aus«, sagte sie. Van war Griffins Manager. »Jetzt geht es wirklich los.«

Beverly schenkte ihm das bezaubernde Lächeln, das im ganzen Land berühmt geworden war. »Glückwunsch, Griff. Nicht, dass ich überrascht wäre. Ich habe dir doch gesagt, dass das Drehbuch der Hammer ist.«

Beverly Martin, die aus Austin stammte, war kürzlich mit einem schrägen Independent-Film durchgestartet, der genau den Zeitgeist der Nation getroffen hatte. *Suburban Love Song* hatte alle möglichen Preise abgesahnt, und Beverly war buchstäblich über Nacht zum Star geworden.

Soweit Griffin das beurteilen konnte, ging sie mit ihrem Ruhm ziemlich gut um. Sie hatte ihren Hauptwohnsitz noch immer in Texas und bewies bei Entscheidungen einen kühlen Kopf. Bisher hatte sie bloß eine weitere Rolle angenommen, und zwar in einem anspruchsvollen Thriller, der in der kommenden Woche Premiere haben würde. Sie hatte Griffin das Drehbuch zum Lesen gegeben und ihm versprochen, ihm eine DVD zu besorgen, sobald sie einer habhaft werden konnte.

Nun beugte sie sich vor. »Wer übernimmt die Regie?«, fragte sie Holt.

»Christopher Deaver. Er hat förmlich darum gebettelt.«

»Ernsthaft?« Griffin wandte sich an Beverly, deren Lächeln noch eine Spur breiter geworden war. »Er wollte damals auch unbedingt dein *Crypto Games* machen, nicht wahr?«

»Stimmt. Und das hat er ja auch.« Die Neuigkeit schien sie in Hochstimmung zu versetzen, und Griff verspürte einen Stich. Das hatte nichts mit Eifersucht zu tun – selbstverständlich nicht. Er fühlte sich einfach nur ein wenig als Außenseiter, da man sich in der Filmbranche offenbar kannte, er, Griff, den Regisseur aber nie kennengelernt hatte.

»Das ist eine tolle Neuigkeit«, fuhr Beverly, an Evie und Holt gewandt, fort. »Chris hat wirklich Talent für spannende und skurrile Geschichten. Für dieses Projekt könnte es keinen Besseren geben.«

Während sie sprach, legte sie ihre linke Hand über Griffins rechte, und allein durch reine Selbstbeherrschung gelang es ihm, nicht zusammenzuzucken. Nachdrücklich rief er sich in Erinnerung, dass sie nichts fühlen konnte: Wie gewöhnlich steckte die Hand größtenteils unter dem dicken Ärmel seiner weiten Kapuzenjacke, sodass sich die rauen, hässlichen Narben nicht ertasten ließen und der Stummel, der einst sein kleiner Finger war, verborgen blieb.

Doch noch während er sich ermahnte, setzte er sich so beiläufig wie möglich anders hin, entzog ihr dabei die Hand und tat, als müsse er sich strecken.

Aus den Augenwinkeln sah er, wie Beverly ihrerseits ihre Hand zurückzog, doch falls sie peinlich berührt oder auch bloß verlegen war, ließ sie sich nichts anmerken; sie war eben eine verdammt gute Schauspielerin.

Die Krux hierbei aber war, dass er ihre Hand eigentlich halten wollte, dass er in diesem wundervollen, unfassbaren Moment nur allzu gerne eine körperliche Anziehungskraft zwischen ihnen gespürt hätte. Zumal dieser Moment tatsächlich ihnen beiden gehörte, denn ohne ihre Zusage, eine Hauptrolle zu übernehmen, wäre der Deal sicher niemals spruchreif geworden.

Doch Griffin war niemand, der Berührungen suchte. Selbst bei Begrüßungen hielt er Abstand; weder gab er jemandem seine vernarbte Rechte noch ließ er sich umarmen oder gar küssen, denn nie und nimmer würde er einem anderen zugestehen, ihm so nahe zu kommen, dass er einen ungehinderten Blick auf sein Gesicht bekam.

Einzige Ausnahme war Kelsey, und das lag nicht einmal daran, dass sie seine Schwester war. Vielmehr hatte sie dieselben Narben davongetragen wie er – nur waren ihre nicht mit bloßem Auge zu erkennen.

Sie hatte an jenem Abend, als es passiert war, auf ihn aufpassen sollen, aber nachdem sie ihm das Versprechen abgenommen hatte, keinen Unsinn zu machen und sie nicht zu verraten, hatte sie sich davongestohlen, um sich mit einem Jungen zu treffen. Er war fast dreizehn gewesen – alt genug, um allein zu Hause bleiben zu können, und dumm genug, um sich einzubilden, alles zu können. Und weil ihm der Sinn nach gerösteten Marshmallows stand, hatte er kurzerhand im Garten den Grill angeworfen. Oder es zumindest versucht. Weil es nicht funktionierte, hatte er Benzin aus dem Werkzeugschuppen geholt.

Bis heute musste er sich übergeben, wenn er Marshmallows sah.

Erst Tage später war er im Krankenhaus aufgewacht. Die Verbrennungen vierten Grades auf seiner rechten Seite hatten solche Schmerzen verursacht, dass keine Narkosemittel auf dieser Welt sie dämpfen konnten.

Natürlich war er allein dafür verantwortlich gewesen. Doch Kelsey gab sich selbst die Schuld, und weil er ihr das angetan hatte, schleppte er außer seinen sichtbaren Narben genauso viele Schuldgefühle mit sich herum wie sie.

Beverly hatte neben ihm inzwischen die Hände im Schoß verschränkt und konzentrierte sich auf Holt.

»Ich wusste, dass du dich über Deaver freuen würdest«, sagte dieser gerade zu ihr. »Und er war ganz aus dem Häuschen, als er hörte, dass du dabei bist.« Dann zog er die Brauen zusammen und musterte sie eingehend. »Du bist doch noch dabei, oder?«

»Na klar«, antwortete sie. »Ich habe mich ja praktisch an Griffin geklammert und ihn nicht mehr losgelassen, bis er eingewilligt hat, dass ich mich um die Rolle der Angelique bewerben darf.«

»Na ja, es ist ja nicht so, dass du mich hättest zwingen müssen«, rief er ihr in Erinnerung, als sie sich wieder ihm zuwandte und ihre aufrichtige Miene ihn an ihre erste Begegnung erinnerte.

»Aha? Was genau ist denn da passiert?«, fragte Evie neugierig.

»Oh, ich habe mich nur völlig zum Affen gemacht, weiter nichts«, antwortete Beverly. »Es war vor ein paar Monaten im Frühling, als meine Agentin mich wegen eines fantastischen Drehbuchs anrief, das sie gar nicht haben sollte. Tut mir übrigens leid«, fügte sie als Nebenbemerkung für Griffin hinzu.

»Ach, so unzulässig war das gar nicht«, bemerkte Griffin, und an Evie gewandt sagte er: »Van ist mit Evelyn Dodge befreundet, und Evelyn ist Beverlys Agentin.«

»Als Van die erste Fassung von Griffins Drehbuch gelesen hatte, war er so begeistert«, nahm Beverly den Faden wieder auf, »dass er es Evelyn zeigte, ohne Griff zu fragen.«

»Evelyn gefiel es ebenfalls«, fuhr Griffin fort, »und sie war davon überzeugt, dass Beverly die ideale Besetzung für die Rolle der Angelique sein würde. Also steckte sie ihr heimlich eine Kopie der ersten Fassung zu.« Er seufzte und schüttelte den Kopf. »Und ehrlich gesagt war es im Grunde gut, dass ich davon nichts mitbekommen habe, denn ich wäre total ausgerastet und hätte Evelyn unbedingt davon abgeraten. Der Gedanke, Beverly Martin ins Boot zu holen, hätte mich derart eingeschüchtert, dass ich das Drehbuch wahrscheinlich komplett überarbeitet hätte.«

»Machst du Witze?« Bev lehnte sich zur Seite, um ihn kumpelhaft mit der Schulter anzustupsen. »Schon die erste Fassung war brillant, und ich war total aus dem Häuschen. Ich habe es tatsächlich noch auf Evelyns Auffahrt im Auto verschlungen. Natürlich hatte ich das gar nicht vor. Ich wollte bloß einen Blick reinwerfen, um zu sehen, ob es wirklich so besonders war, und dann habe ich es gleich zweimal gelesen, bin wieder ausgestiegen, habe an Evelyns Tür gehämmert und gesagt, ich würde nahezu alles tun, um diese eine Rolle zu kriegen.«

Evie lachte. »Wusste sie, dass du die ganze Zeit vor ihrem Haus gewesen bist?«

»Wo denkst du hin! Sie hatte eine kleine Cocktailparty gegeben, als ich bei ihr war und sie mir das Drehbuch in die Hand gedrückt hatte. Als ich wieder bei ihr klopfte, waren alle Gäste weg, und sie war schon abgeschminkt und in der Jogginghose. Sie wollte erst nicht aufmachen, also rief ich sie vor ihrer Tür an, und sobald ich ihr sagte, dass ich die Rolle unbedingt haben wollte, ließ sie mich herein, und wir schmiedeten einen Plan.«

Griffin zog die Brauen hoch. »Ihr habt einen Plan geschmiedet?«

»Na ja, du weißt ja, dass ich nach Austin gekommen bin, um dich im The Fix zu treffen. Aber hatte ich erwähnt, dass ich eigentlich den ganzen Sommer über in L.A. sein wollte?«

Er sah sie verdattert an. »Was? Nein. Wieso das denn?«

»Aus keinem besonderen Grund. Ein Freund hat mir seine Wohnung angeboten, weil er vorübergehend nach London musste, und Chris hat mir versprochen, mir das Segeln beizubringen, wenn ich käme.« Sie zuckte die Achseln. »Aber dann ist mir klar geworden, dass es mir weitaus mehr bringen würde, nach Hause nach Austin zu kommen.«

»Chris«, sagte Griffin tonlos. »Du meinst Deaver. Den Regisseur.«

Sie nickte. »Ja, wir haben uns während der Dreharbeiten angefreundet. Wie ich schon sagte, er ist ein toller Kerl. Du wirst ihn mögen.«

Ich bin nicht eifersüchtig, rief Griffin sich in Erinnerung. Überhaupt nicht eifersüchtig.

Er holte tief Luft. »Statt also in L.A. bei ihm zu bleiben, bist du zu mir nach Austin gekommen.«

Oh, verdammt. Hatte er das wirklich gesagt?

Zum Glück zeigten seine Worte keinerlei Wirkung auf Beverly. Doch als Griff Holt einen Blick zuwarf, schienen dessen Mundwinkel zu zucken.

»Ganz genau«, antwortete Beverly und wandte sich wieder an Evie. »Es stellte sich nämlich heraus, dass das Studio, das *Suburban Love Song* produziert hat, ebenfalls Griffs Webserie produziert. Und es hat seinen Hauptsitz in Austin.«

Griffin war etwa zwei Jahre zuvor nach Austin gezogen, um der Tretmühle L.A.s zu entgehen, in der sich alles nur um den schönen Schein drehte. Er hatte sich einen Namen als Synchronsprecher gemacht, aber jede Art von Schauspielerei war in Los Angeles mit Meetings, öffentlichen Auftritten und Gesehenwerden im Allgemeinen verbunden. Und obwohl er die Arbeit als Sprecher wirklich gerne gemacht hatte, hockte er noch lieber im stillen Kämmerlein, schrieb seinen Podcast und nahm die einzelnen Folgen selbst auf.

Daher war ihm das Angebot der texanischen Produktionsfirma, aus seinem Podcast eine Webserie zu machen, wie ein Wink des

Schicksals vorgekommen, und er war kurzerhand nach Austin gezogen.

Inzwischen lief die Webserie und war extrem erfolgreich. Griffin hätte niemals gedacht, dass sich etwas im Internet zu Geld machen ließ, wurde aber eines Besseren belehrt, als der erste Scheck eintraf. Den Podcast zu einer Webserie umzuwandeln hatte ihm außerdem klargemacht, wie viel ihm am Schreiben lag, und so hatte er mit *Hidden Justice* angefangen, einem Drehbuch, dessen Exposé er fast gänzlich im The Fix entworfen hatte.

»Ich habe mich ohnehin immer gefragt, wie du mich im The Fix aufgetrieben hast«, sagte er nun zu Beverly.

Sie zwinkerte Evie zu. »Ich habe ihn gestalkt und in der Bar regelrecht angequatscht. Und er war sogar ganz Gentleman und hat mir noch einen Drink ausgegeben.«

»Stimmt, aber das tue ich für jede schöne Frau, die behauptet, mein Drehbuch zu mögen.« Das war gelogen. Er gab Frauen keine Drinks aus. Denn das war ein Ritual, das zwangsläufig auf ein Terrain führte, welches er nicht zu betreten gedachte. Er hatte bis heute keine Ahnung, was ihn damals geritten hatte, bei Beverly eine Ausnahme zu machen. War er einfach bloß geschmeichelt gewesen, dass sie von seinem Drehbuch geschwärmt hatte? Oder hatte er sich insgeheim mehr erhofft?

»Ich habe mich echt schamlos benommen«, fuhr Beverly fort, die natürlich nicht wusste, in welche Richtung seine Gedanken führten. »Ich habe ihm gesagt, dass ich sein Drehbuch für brillant hielte. Und ein paar Gläser später habe ich gesagt, dass ich *ihn* für brillant hielte. Ich würde unbedingt eine Rolle in dem Film wollen, und wenn er meinte, ich sei nicht diejenige, die er im Sinn gehabt hätte, würde ich mich vor eine der Pferdekutschen werfen, die die Touristen durch Austin fahren.«

»Ich habe ihr zwar nicht recht geglaubt, wollte aber kein Risiko eingehen. Also willigte ich ein. Das schien mir zu dem Zeitpunkt die beste Option.«

Evie lachte. »Wunderbare Geschichte. Und dann habt ihr zwei beschlossen, das Drehbuch gemeinsam zu überarbeiten?«

»Oh, aber nein«, sagte Beverly. »Griffin braucht meine Hilfe nicht. Ich verdeutliche ihm nur manchmal die Schauspielerseite.«

»Sie untertreibt«, wandte Griffin ein. »Sie ist mir eine enorme Hilfe. Ich habe nicht damit gerechnet, aber wir zwei bilden tatsächlich ein ziemlich gutes Team.«

Beverly neigte den Kopf, als sie sich ihm zuwandte, und betrachtete ihn eine Weile. »Ja«, sagte sie leise. »Das tun wir wirklich.«

Wieder verspürte Griffin ein Ziehen in seiner Magengegend. Er wusste, dass er nicht darauf achten durfte, weil sie beide nur Freunde waren. Dennoch gingen ihm immer wieder Erinnerungsfetzen ihrer gemeinsamen Arbeitstreffen durch den Kopf. Wie sie zusammen lachten. Das Funkeln in ihren Augen, wenn sie sich leidenschaftlich für etwas einsetzte. Ihr perlendes Gelächter, wenn sie ihn neckte.

Doch diese Erinnerungen waren bittersüß, denn sie steigerten seine Sehnsucht nach etwas, was er nicht haben konnte – ein Verlangen, das nie gestillt werden würde.

Er wusste es, aber das änderte nichts.

Gott sei Dank war die Überarbeitung abgeschlossen und das Manuskript verkauft, denn jedes Mal, wenn sie vorbeigekommen war, um Szenen durchzusehen oder über die Figuren zu sprechen, war es für ihn eine süße Qual gewesen. Wenigstens hatten sie immer zu tun gehabt; es war nie Zeit geblieben, um über ihre jeweiligen Wünsche, Erfahrungen und Träume zu reden oder sich gar – Gott bewahre – näherzukommen.

In Griffins Augen war das ganz gut so. Er brauchte Abstand. In letzter Zeit war sein unerfülltes Verlangen nach dieser Frau immer schmerzlicher geworden. Aber nun, da das Drehbuch endlich fertig war und an ein Studio ging, konnte er den Rückzug antreten und sich wenigstens lange genug von Beverly fernhalten, um Luft zu holen und die eigene Reset-Taste zu drücken.

»Das heißt, dass wir jetzt nur noch abwarten können, oder?«, fragte er Holt. »Bev ist verpflichtet worden, aber nun müssen ja erst die anderen Rollen gecastet werden, nicht wahr?«

»Ja, was das Casting betrifft, nein zum Abwarten. Das Studio hat ein paar Änderungswünsche.« Holt blickte von ihm zu Beverly und zurück. »Es geht hauptsächlich um die Rolle der Angelique. Der Part soll etwas aufgepeppt werden, und man hat Beverly explizit für die Bearbeitung angefragt. Verstehen Sie mich nicht falsch, das Studio liebt das Drehbuch, aber sie wollen daraus einen Film mit Staraufgebot machen.« Er bedachte sowohl Griff als auch Bev mit einem breiten Lächeln. »Mit anderen Worten: Dieses Projekt hat das Potenzial, Sie beide richtig groß rauszubringen.«

»Oh«, machte Beverly, während Griffin Schmetterlinge im Bauch hatte.

»Ich arrangiere für morgen eine Telefonkonferenz, bei der wir alles besprechen können, aber sie brauchen das redigierte Drehbuch bis nächste Woche zurück. Uns bleiben höchstens zehn Tage, wenn wir uns darauf einlassen.«

»Einlassen?«, wiederholte Griff. »Aber ich dachte, der Deal sei bereits …«

»Das kriegen wir hin«, unterbrach Bev ihn. »Wenn es sein muss, ziehe ich bei Griff ein, bis wir fertig sind.«

Griffin runzelte die Stirn. »Also, ich denke nicht, dass …«

»Wunderbar«, fuhr Holt fort. »Ich rufe gleich noch Apex an und erzähle Donovan, dass ihr ganz aus dem Häuschen seid.«

Beverly griff aufgeregt nach seiner Hand, um sie zu drücken, und er schoss hoch und entzog ihr dabei seine Hand wieder.

Aus dem Häuschen? Wenn das nicht eine sehr treffende Beschreibung der Situation war!

Sie erhob sich ebenfalls. »Ich würde mich gerne auf morgen vorbereiten. Sollen wir vielleicht das Drehbuch noch einmal zusammen durchgehen und uns Angeliques Szenen ansehen?«

»Ähm, na klar.« Er blickte auf seine Uhr. »Du musst allerdings bald im The Fix sein.« Heute fand die Wahl zum Mann des Monats Oktober statt. Die Bar hatte den Wettbewerb ins Leben gerufen, um mehr Gäste anzulocken, und die Idee war eingeschlagen wie eine Bombe.

Griffin war klar, dass die Frauen kamen, um die Parade an Männern mit freiem Oberkörper zu bejubeln, aber was ihn selbst betraf, war die größte Attraktion die Frau am Mikrofon: Beverly moderierte den »Mann des Monats« seit dem ersten Event. Und da er nun wusste, dass sie nach Austin zurückgekommen war, um ihn kennenzulernen, drängte sich ihm die Frage auf, ob sie den Job übernommen hatte, um in der Nähe bleiben zu können.

Falls das der Fall sein sollte, war es natürlich nur um sein Drehbuch gegangen. Dennoch gefiel der Gedanke ihm mehr, als er es sollte.

Am heutigen Abend wollte Griffin allerdings noch aus einem anderen Grund ins The Fix: Sein Personal Trainer, Matthew Herrington, ging an den Start. Darüber hinaus würde das The Fix nach der Wahl die Premiere von *The Business Plan* auf großer Leinwand übertragen; in der ersten Staffel der Doku-Soap um die Renovierung von Gewerbeimmobilien stand nämlich das The Fix selbst im Zentrum.

In Anbetracht der Tatsache, wie sehr ihm Besitzer, Personal und Stammgäste ans Herz gewachsen waren, würde Griffin sich weder das eine noch das andere entgehen lassen.

Beverly, die etwas auf ihrem Handy getippt hatte, blickte auf. »Megan bringt ihren Koffer mit ins The Fix und macht dort die Maske, ich müsste also erst um sechs von dir losgehen. Das heißt, wir hätte jede Menge Zeit.«

Verflixt. Ihm gingen die Ausflüchte aus. »Ähm, na gut. Gib mir etwas Vorsprung – vielleicht eine Stunde, ja? Ich muss ein bisschen aufräumen.« Aber noch dringender musste er sich sammeln, ehe er sich an seinen Computer setzte und Beverly hinter ihm stand, sodass er ihre Wärme im Rücken und ihren Atem in seinem Nacken spürte.

Vielleicht sollte er sich einen zweiten Bildschirm besorgen.

Sie beugte sich zu ihm und legte ihm die Hand auf die Schulter. »Wir haben es geschafft«, flüsterte sie. »*Du* hast es geschafft.«

Das mochte ja sein. Allerdings lag noch ein langer Weg vor ihm.

Blieb nur zu hoffen, dass er sich konzentrieren konnte. Denn ständig in Bevs Nähe zu sein ging ihm langsam, aber sicher an die Substanz.

2

Beverly lächelte, als sie aus ihrem sonnengelben Käfer stieg, der nun vor Griffins Bungalow im Osten von Austin parkte. Er war von der Aussicht, sich noch einmal an das Manuskript zu setzen, anscheinend wenig begeistert gewesen, aber sie hatte kein Problem damit. Sie war entschlossen, dazu beizutragen, das Drehbuch so gut zu machen, dass nicht einmal der typische übersättigte Studioboss es ablehnen konnte, und wenn das bedeutete, der Story noch ein paar Stunden Zeit zu opfern, dann tat sie das mit Freuden.

Allerdings war der Film bloß ein vorgeschobener Grund für ihre gute Laune. Die Wahrheit war einfacher – und sehr viel komplizierter. Denn ihr Lächeln galt dem Gedanken an Griffin. Und Griffin war so kompliziert, wie man nur sein konnte.

Summend stieg sie die Treppe zu der hübschen Veranda mit dem Holzgeländer und den farbenfrohen eingetopften Blumen hinauf. Es war ihr Lieblingsplatz hier: Der Boden war immer blitzblank gefegt, und die zwei blauen Schaukelstühle links und rechts von einem Tischchen mit Mosaikplatte luden zum Sitzen ein. Die Kräuselmyrte mit den leuchtenden Blüten neben der Terrasse spendete Schatten, während wilder Wein sich an einem Pfosten emporwand und der Idylle eine rebellische Note verlieh.

In den vergangenen Monaten waren sie oft hier gewesen, und wie immer, wenn sie die Treppe hinaufstieg, dachte sie unwillkürlich, wie gut das Häuschen und Griffin doch zusammenpassten. Beide waren krisengeschüttelt und unverwüstlich. Er hatte ihr die Geschichte erzählt: Als er das Haus vor zwei Jahren gekauft hatte, war es vollkommen heruntergewirtschaftet gewesen; die Junkies, die es vorher bewohnt hatten, hatten in der Garage Crystal Meth gekocht und es im Wohnzimmer konsumiert, und nach ihrer Festnahme hatte der Vermieter genug gehabt. In der Überzeugung, dass man die verdreckte Bruchbude ohnehin abreißen würde, hatte er sie für einen Schleuderpreis auf den Markt gebracht.

Doch Griffin hatte das Potenzial gesehen. Er hatte das Haus gekauft, in vielen Wochen Arbeit liebevoll restauriert und ihm seinen ursprünglichen Charme und Charakter zurückgegeben.

»Welches Bauunternehmen hast du beauftragt?«, hatte sie ihn einmal gefragt. Sie hatte erst kürzlich ein Cottage aus den Fünfzigerjahren gekauft und überlegte, es zu renovieren.

»Ich habe das meiste selbst gemacht.«

»Wow. So was möchte ich auch können. Mein Talent ist leider überhaupt nichts für den Alltagsgebrauch.«

Erst Wochen später hatte sie erfahren, dass er das Projekt ohne besondere Vorkenntnisse in Angriff genommen hatte. Er hatte einfach Lust gehabt, eine Vision umzusetzen.

»Als Teenie habe ich mir beigebracht, Oldtimer zu restaurieren. Ich dachte, dass Häuser einfacher zu handhaben sein müssten.«

Fast ehrfürchtig hatte sie den Kopf geschüttelt. Denn inzwischen kannte sie ihn schon recht gut. Sie hatte erlebt, wie er sich stundenlang auf das Drehbuch konzentrieren und Figuren für die Leinwand entwickeln konnte, die sich tatsächlich wie echte Menschen anfühlten und nicht bloß Beschreibungen für Anziehpuppen waren, die bestimmte Sätze zu sprechen hatten.

Griffin erledigte die Arbeit, die getan werden musste. An seinem Drehbuch. An seinem Haus. Sogar an den Blumentöpfen, die seine Terrasse schmückten.

Und bei alldem fand er nicht nur die Zeit, an einem alten Mustang herumzuschrauben, sondern auch noch ein striktes Sportprogramm zu absolvieren. Das hatte sie von Matthew Herrington, Stammgast im The Fix und Teilnehmer an der heutigen Wahl zum Mann des Monats, erfahren; er hatte einmal beiläufig erwähnt, dass Griffin zu seinen Personal-Training-Kunden gehörte.

Diese grundsätzliche Tatkraft war ein Charakterzug, den Beverly an Griffin bewunderte, und je besser sie ihn kennenlernte, umso stärker faszinierte er sie.

Inzwischen mochte sie ihn vielleicht schon ein bisschen zu sehr. Beverly war ein Mensch, der sich aktiv darum bemühte, das, was er wollte, auch zu bekommen, und in letzter Zeit kristallisierte sich immer stärker heraus, dass das, was sie wollte – oder vielmehr der, den sie wollte –, Griffin war.

Dummerweise hatte sie das Gefühl, dass er sich zurückzog, sobald sie ihm zu nahe kam.

»Reiß dich zusammen, Martin«, murmelte sie und blieb vor der Tür stehen, um den rechten Daumen in die Maus ihrer linken Handinnenfläche zu pressen, eine Methode, die ihr erster Schauspiellehrer ihr beigebracht hatte, nachdem sie durch fünf Vorsprechen hintereinander gerasselt war.

»Okay, stell dir vor, du hast Angst, auf die Bühne zu gehen, und zitterst schon im Vorfeld wie Espenlaub. Was würde ich dir sagen? Genau – reiß dich verdammt noch mal zusammen. Und genau so klappt es. Sieh her.«

Sie war zwölf gewesen, und er hatte ihr gezeigt, wie sie die Hände zusammenbringen musste, um auf diesen einen bestimmten Punkt starken Druck auszuüben. Sie hatte keine Ahnung, ob es etwas mit traditioneller chinesischer Medizin und Akupressur zu tun hatte oder bloß ein psychologischer Trick war, aber es war ihr egal, denn es hatte funktioniert. Sie hatte seinen Rat beherzigt und prompt ihre erste Sprechrolle in einem Werbeclip für einen von Austins großen Autohändlern bekommen.

Auch jetzt beruhigte es sie. Beherzt drückte sie auf die Klingel und hörte das ihr schon vertraute Läuten hinter der kornblumenblauen Tür erklingen. Unwillkürlich richtete sie sich gerade auf, um sich möglichst vorteilhaft zu präsentieren, sobald er die Tür öffnete. Natürlich war das lächerlich, aber sie konnte nicht ändern, dass es ihr wichtig war. Und während sie darauf wartete, dass er sie einließ, wanderten ihre Gedanken zurück zu der Zeit, als Griffin Blaize zum ersten Mal auf ihrem Radar erschienen war.

Jeder in Hollywood hatte von dem Synchronsprecher gehört, der mit seinem Podcast Furore machte. Und nachdem Beverly das Drehbuch gelesen hatte, wollte sie alles über den Mann wissen, dessen Fantasie sie derart gefesselt hatte.

Evelyn, ihre Agentin, hatte verschiedene Bekannte, die Griffin nahestanden, und dazu gehörte auch sein Schwager Wyatt Segel, und Bev hatte keine Hemmungen, ihn nach Einzelheiten über den Autor auszuquetschen, mit dem sie so unbedingt zusammenarbeiten wollte.

Als sie erfuhr, dass er als Kind furchtbare Verbrennungen erlitten hatte, musste sie über den schwarzen Humor grinsen, den er mit der Auswahl seines Pseudonyms bewiesen hatte: Blaize in Anlehnung an »Feuersbrunst« … als würde er dem Schicksal im Nachhinein den Stinkefinger zeigen.

Wyatt hatte ihr verraten, dass Griffins Verbrennungen sich praktisch über die gesamte rechte Körperseite zogen, und allein die Vorstellung hatte ihr die Tränen in die Augen getrieben. Und als Evelyn hinzugefügt hatte, dass Muskeln und Nerven ebenfalls in Mitleidenschaft gezogen worden waren, sodass er motorisch eingeschränkt war und chronische Schmerzen hatte, hatte sie hemmungslos geweint. Was musste er als Kind gelitten haben! Sie mochte sich kaum ausmalen, in welcher Hinsicht der furchtbare Unfall ihn auch seelisch geprägt hatte.

Nur ein paar wenige Leute in Hollywood kannten die ganze Wahrheit. Regisseure und Produzenten, mit denen er gearbeitet hatte, sein Manager natürlich und einige andere. Als Beverly ihn kennengelernt hatte, hatte ihr Herz sich sofort danach gesehnt, ihn wieder gesund zu machen.

Keine Frage, Beverly war ihm verfallen. Dieser Mann, der sich seinen Projekten stets mit Haut und Haar verschrieb und dennoch die Zeit und Muße fand, Topfpflanzen zu beschneiden und sein Haus einladend zu gestalten, faszinierte sie.

Und es war nicht so, dass sie ausschließlich sein Talent bewunderte. Sie fand ihn verdammt attraktiv. Sie wusste nur allzu gut, dass er es niemals glauben würde, aber seine braunen Augen mit den honiggoldenen Sprenkeln und den schön geschwungenen Brauen waren ungeheuer sinnlich, während sie ihm gleichzeitig ein schelmisches Äußeres verliehen.

Und sein Mund … Gott, war der schön. Groß, verlockend und auf der rechten Seite einen Hauch nach oben gezogen. Eine Auswirkung der Verbrennungen, dessen war sie sich sicher, doch definitiv ein Aktivposten, und zu mehr als einer Gelegenheit hatte sie sich zurückhalten müssen, um diesen Mundwinkel nicht zu küssen.

Wann immer es ging, wandte er seine rechte Seite von ihr ab. Doch hin und wieder berührte er sie mit der linken Hand. Manchmal ganz unerwartet, wenn sie sich gemeinsam durch eine Menschenmenge bewegten, und immer schauderte sie unwillkürlich. Oder er drückte aufmunternd ihre Finger, ehe sie auf die Bühne trat, um die Wahl zum Mann des Monats zu moderieren.

Sie bezweifelte, dass ihm überhaupt bewusst war, was er da tat – von der Wirkung, die seine unbedachten Berührungen auf ihre Fantasie hatten, ganz zu schweigen. Aber das machte nichts. Sie war sich dessen so stark bewusst, dass es für sie beide reichte.

Bisher war Beverly stets locker geblieben, wenn sie sich verliebt hatte. Entweder es war ihr gelungen, den jeweiligen Kerl für sich zu interessieren, oder sie hatte die Sache abgehakt und nach vorne geblickt. Allerdings war Griffin ein komplizierter Fall, und sie wusste einfach nicht, was sie tun sollte.

Sie glaubte, dass auch er Interesse an ihr hatte, doch womöglich hatte sie es sich auch bloß eingebildet; vielleicht hatte sie ein übersteigertes Selbstbewusstsein, was das betraf. Aber selbst wenn – na und? Es würde sich niemals etwas zwischen ihnen entwickeln können, wenn er nicht gewillt war, ihr mehr zu zeigen als seine linke Seite. Das war ihre Mindestanforderung, um sich auf Griffin einzulassen – immer vorausgesetzt, dass es überhaupt eine Option war.

Was sie nur hoffen konnte, denn bisher fand sie einfach keinen Schalter, mit dem sich die Anziehungskraft ausknipsen ließ. Das Einzige, was sie tun konnte, war, sich ihre Gefühle für ihn nicht anmerken zu lassen.

Glücklicherweise war sie Schauspielerin, und dazu eine gute: Sie war in der Lage, das Mädchen, mit dem man Pferde stehlen konnte, zu spielen – schließlich tat sie das an Griffins Seite bereits seit Monaten! Doch nun, fand sie, war es an der Zeit, zur Traumfrau aufzusteigen.

Ein Entgegenkommen des männlichen Gegenparts war allerdings nicht zu spüren.

Aber ihr Beruf ging auch noch mit anderen Stärken einher. Man gewöhnte sich beispielsweise an Ablehnung und legte sich ein dickes Fell zu. Zum anderen war sie ausgesprochen hartnäckig: Im Filmgeschäft setzte man sich nicht durch, wenn man schnell aufgab, und sie sah keinen Grund, warum sie ihre Beharrlichkeit nicht auch auf Griffin anwenden sollte.

Wo war er überhaupt? Sie stand noch immer vor der Tür und wartete. Das Haus war klein, und er brauchte gewöhnlich nicht lange, um ihr zu öffnen. Sie klingelte wieder. Zehn Sekunden verstrichen, dann dreißig, und nach wie vor machte niemand auf. Sie wartete eine ganze Minute, dann hämmerte sie fest gegen die Tür.

»Griff, verdammt noch mal, wo bist du?«

Er wusste, dass sie zu ihm kam; er hatte sie doch sogar gebeten, ihm etwas Vorsprung zu geben. Hatte er auf dem Heimweg irgendwo gehalten, um Besorgungen zu machen? Oder hatte er eine Autopanne? Nun, möglich war es, allerdings nicht sehr wahrscheinlich. Er fuhr einen zwei Jahre alten Toyota Corolla, der absolut verlässlich war.

Sie holte das Handy aus der Tasche und tippte eine Nachricht ein.

Hey, steh vor Deiner Tür. Bin anscheinend als Erste bei Dir. Wo bist Du?

Sie hoffte, dass er in der Schlange bei Starbucks feststeckte, schließlich funktionierte keiner von ihnen ohne Kaffee, Herrgott. Aber auch fünf Minuten später wusste sie nicht, ob sie bleiben oder gehen sollte, denn er hatte sich noch immer nicht gemeldet.

Ein feiner Stich Sorge durchfuhr sie und rang mit dem aufkommenden Ärger. Er wusste doch, dass sie sich an die Überarbeitung machen mussten, und sie hatten abgemacht, genau jetzt damit anzufangen. Wenn er sich schon verspätete, sollte er ihr nicht wenigstens die Höflichkeit erweisen, es ihr mitzuteilen?

Und da sie sich in dieser Sache moralisch überlegen fühlte, würde sie einfach hier sitzen und auf ihn warten.

Versuchsweise drehte sie den Türknauf, aber er bewegte sich nicht, daher beschloss sie, sich auf die Schaukel in seinem Garten zu setzen. Sie ging die Veranda entlang und betrat den schmalen Plattenweg.

Das Haus selbst stand recht dicht an der Straße, der größte Teil des Gartens erstreckte sich nach hinten hinaus. Die lange Auffahrt führte seitlich vorbei und endete vor der separaten Garage, in der Waschmaschine und Trockner standen, Griffins Werkzeug lagerte und der alte Mustang aufgebockt war, den Griffin gerade restaurierte.

Sobald sie die Auffahrt betrat, begriff sie, dass sie zuerst hier hätte nachsehen sollen. Das Garagentor stand offen, und die hochgeklappte Motorhaube des Oldtimers ragte heraus. Griffin beugte sich mit dem Rücken zu ihr über die Maschine. Er trug ein schlichtes weißes T-Shirt, wie sie es immer anzog, wenn sie zu Hause putzte, etwas anstrich oder irgendetwas anderes tat, was potenziell schmutzte.

Seine Jeans schmiegte sich so eng an seine Beine und seinen Hintern, dass ihr Mund plötzlich trocken wurde. Sie wusste, dass Griffin einen tollen Body hatte – er trainierte viel und füllte seine Klamotten normalerweise auf ausgesprochen angenehme Art aus –, doch die Aussicht bot ihr eine ganz neue, anregende Perspektive. Allerdings auch eine gefährliche, wenn man bedachte, wie hoch ihr Lustpegel in seiner Gegenwart seit einiger Zeit ausschlug.

Sie ließ ihren Blick aufwärtswandern und musterte genießerisch seinen breiten Rücken und seine Schultern, und erst, als er nach etwas auf der anderen Seite des Motors griff, registrierte sie, dass das T-Shirt kurze Ärmel hatte.

Was bedeutete, dass sein rechter Arm bloß war.

Sie konnte zunächst nicht viel sehen; er stand im Halbschatten der Garage und hielt mit der Rechten etwas fest, während er mit einem Werkzeug in der Linken hantierte. Obwohl, wie sie wusste, viel Muskelgewebe beschädigt worden war und ihm der kleine Finger fehlte, funktionierten seine Hände recht gut; sie hatte ihn schon oft tippen sehen, auch wenn er meistens Handschuhe trug, die bloß die Fingerspitzen freiließen.

Als er sich nun ein wenig aufrichtete, stand er plötzlich im Licht der Nachmittagssonne, die vom Westen her durch das Laub der Bäume drang, und selbst aus der Entfernung erkannte sie das graue, zerklüftete Narbengewebe, das seinen gesamten rechten Arm überzog. Evelyn hatte ihr erzählt, dass bei ihm der Heilungsprozess durch eine Kette von Reaktionen gestört worden war, und obwohl er vor einiger Zeit an einer innovativen Testreihe teilnehmen konnte, deren Ziel eine verbesserte Motorik war, hatte auch das nur eine begrenzte Wirkung gehabt.

»Er hat eine Weile ernsthaft darüber nachgedacht, die Narben durch Tätowierungen zu überdecken«, hatte Evelyn ihr einmal erzählt, »aber ein paar Probestiche machten ihm schnell klar, dass es keinen Sinn hatte; sein Körper reagierte nicht gut auf die Farbe.«

»Das heißt, er kann nichts machen.«

Evelyn hatte genickt. »Die Narben gehören zu ihm und seiner Persönlichkeit. Die Frage ist bloß, wie gut er damit zurechtkommt.« Achselzuckend hatte sie hinzugefügt: »Obwohl ich persönlich finde, dass es ihm ziemlich gut gelingt.«

Das fand Beverly eigentlich auch. Zumindest in allen Bereichen, in denen es nicht um persönliche Beziehungen ging. Sofern sie die Zeichen nicht vollkommen missdeutete, waren Sex und Intimität für ihn eine regelrechte Todeszone. Diese Tatsache hätte ihr unter allen Umständen das Herz gebrochen, und dass sie ganz zufällig die Frau in seinen Armen sein wollte, verlieh ihrem Mitgefühl nur eine weitere Dimension.

Ohne sich bemerkbar zu machen, blieb sie auf der Auffahrt stehen. Was tun? Sie wusste, dass er es nicht ausstehen konnte, wenn jemand seine Privatsphäre verletzte und sah, was er nicht sichtbar machen wollte. Dennoch mochte sie auch nicht gehen.

Immerhin hatte er sie zu sich nach Hause gebeten, sie kam nicht als Eindringling. Und sie wollte ihn schließlich sehen, sehnte sich nach seinem Vertrauen und wünschte sich so innig, in sein Geheimnis eingeweiht zu sein, wie noch nie bei einem Menschen zuvor.

Die Intensität dieses Verlangens beunruhigte sie, und sie befahl sich selbst, kehrtzumachen und sein Grundstück zu verlassen.

Und als sie es gerade tun wollte, als sie sich zusammennahm, um sich endlich in Bewegung zu setzen, sah sie, wie er zusammenfuhr, als habe ihn etwas ins Gesicht getroffen.

»Verdammt!«, zischte er und sprang zurück, stieß einen weiteren Fluch aus, dessen exakten Wortlaut sie nicht verstehen konnte, packte den Saum seines T-Shirts und zerrte es sich ohne Vorwarnung über den Kopf, um es zur Seite zu schleudern.

Sie sah den schwarzen Fleck, als das Shirt durch die Luft segelte, und begriff, dass er sich mit Motoröl besudelt hatte. Doch dieses kleine Detail war zweitrangig angesichts des wahren Spektakels, das sich ihr bot: Griffin Draper mit nacktem Oberkörper, die Jeans tief auf den Hüften, der Rücken muskelbepackt und perfekt definiert, die rechte Seite uneben, knotig und roh vernarbt.

Verdrehte Wülste in fleckigem Schwärzlich-Rosa überzogen seine Haut, und es war ihr unmöglich zu sagen, ob das Aussehen eine Reaktion auf die Transplantationen war oder schlicht das Ergebnis der Heilung.

Sie wusste es nicht, und es spielte wohl auch keine Rolle. Denn nun hatte sie den ganzen Schrecken dessen, was ihm als Kind zugestoßen war, vor Augen, nun sah sie das Leid, mit dem er seit über zehn Jahren umgehen musste.

Es sah schmerzhaft aus, und das war es, wie sie wusste. Nicht immer vielleicht, doch sie hatte schon beobachtet, wie er manchmal voller Unbehagen auf seinem Platz herumrutschte, und das eine oder andere Mal war er ohne Erklärung aufgestanden und in die Küche gegangen, wo er, wie sie ebenfalls wusste, hinter Dosen mit Tee und Kaffee die Packung mit starken Schmerzmitteln versteckte.

Es schnürte ihr die Kehle zu, und in ihren Augen brannten Tränen. Sie hätte ihn so gerne angefasst und mit den Fingern über die glatte Haut seiner linken Seite gestrichen, um Kraft für die rechte zu sammeln, deren Schrunden und Wellen sie erspüren wollte. Und sie wünschte sich, dass seine starken Arme sie an sich ziehen würden, der linke und der rechte, ohne Unterschied oder Scham.

Aber das würde nicht geschehen, das war ihr klar. Sie sah etwas, was er nicht zeigen wollte. Was er bewusst versteckte.

Das schlechte Gewissen stieg mit voller Macht in ihr auf. Sie hätte sich längst zurückziehen müssen. Sie sollte ihn so nicht sehen. Er wollte es nicht.

Sie riss sich zusammen, trat einen Schritt zurück und hörte das Knirschen von Kies unter ihrem Schuh. Das Geräusch durchfuhr sie wie Donnerhall, und sie zuckte zusammen, noch ehe er sich zu ihr umdrehte. Seine Pupillen weiteten sich, dann zog er verärgert die Brauen zusammen.

»Herrgott, Bev, was machst du hier?«

3

Seine barsche Stimme traf sie wie eine Ohrfeige, und sie taumelte rückwärts. Wieder brannten Tränen in ihren Augen.

»Entschuldige! Ich wollte im Garten auf dich warten, weil du nicht aufgemacht und auch auf keine Nachricht reagiert hast, und da …«

»Verdammt!«, murmelte er.

Der Fluch war nicht an sie gerichtet, doch besonders tröstend war diese Erkenntnis nicht. Ohne darauf zu warten, was er als Nächstes sagen oder tun würde, machte sie kehrt und lief zurück zur Straße. Ihre Wangen glühten, und sie fühlte sich schrecklich. Sie war froh, als sie ihr Auto erreicht hatte.

Sobald sie hinterm Steuer saß, versuchte sie, den Wagen zu starten, aber ihre Hand zitterte zu stark. Noch immer stocherte sie am Zündschloss herum, als sein Schatten über sie fiel und er gegen die Scheibe klopfte.

Sie erstarrte, und ihre Finger krampften sich um den Schlüssel. Sie wagte nicht, nach links zu blicken, denn sie fürchtete sich vor dem, was sie in seiner Miene sehen würde. Zorn wahrscheinlich, aber schlimmer noch wäre es, wenn er sich gedemütigt fühlte, weil sie etwas gesehen hatte, was nicht für ihre Augen bestimmt gewesen war. Sie blinzelte gegen die Tränen an, als sie schlagartig begriff, dass es gar nicht so sehr ihre eigene Grenzübertretung war, die ihr am meisten zu schaffen machte. Nein, es war die harte Realität, dass er ihr das verweigerte, was sie am meisten begehrte – die Bereitschaft, seine Geheimnisse mit ihr zu teilen, nämlich. Sie einzuweihen. Ihr sein wahres Ich zu enthüllen.

Dabei wollte sie doch so gerne alles von ihm wissen.

Aber stattdessen hatte sie ihm nur wehgetan.

Sie bemühte sich, ganz normal zu wirken, und wandte sich ihm endlich zu. Ohne sich zu regen, stand er neben dem Auto und bedeutete ihr mit einer kreisenden Handbewegung, dass sie das Fenster herablassen sollte. Dazu musste sie den Wagen starten, und sobald der Motor lief, erwog sie einen Moment lang tatsächlich, einfach davonzufahren, um sich diesem traurigen Albtraum zu entziehen.

Doch natürlich tat sie es nicht. Stattdessen öffnete sie das Fenster und holte gleichzeitig tief Luft, um zu einer wortreichen Entschuldigung anzusetzen.

Aber bevor sie etwas sagen konnte, ergriff er das Wort. »Tut mir leid«, sagte er schlicht, und seine Stimme klang ruhig und gleichmäßig. »Ich war so in die Arbeit vertieft, dass ich ganz die Zeit vergessen habe.«

»Aber warum hast du überhaupt am Auto herumgebastelt?« Sobald sie die Frage gestellt hatte, wollte sie sie auch schon zurücknehmen. Das war nun ja wohl kaum das Thema.

Er hob halb die Schultern, und sie stellte fest, dass er sein T-Shirt auf links angezogen hatte; er hatte es sich wahrscheinlich rasch aus dem Trockner geschnappt. »Ich wollte ... ach, egal. Jedenfalls hätte ich auf dich warten sollen. Sollen wir reingehen und uns an die Bearbeitung machen?«

Einen Moment lang saß sie einfach bloß da. Am liebsten hätte sie ihm gesagt, dass es nicht egal war. Dass er ihr alles sagen konnte. Dass seine Narben ihr nichts ausmachten. Am liebsten hätte sie ihm versichert, dass nicht nur alles wie immer war, sondern dass es sogar zwischen ihnen noch sehr viel besser werden konnte, wenn er es nur zuließe.

Aber alles, was sie tatsächlich sagte, war: »Klar.«

Was zum Teufel stimmte mit ihm nicht?

Er hatte doch gewusst, dass sie kommen würde. Schließlich hatte er sie gebeten, ihm eine Stunde Vorsprung zu geben. Was also hatte ihn geritten, sich Arbeitsklamotten anzuziehen und die Motorhaube des Mustang zu öffnen, um den Schaden zu reparieren?

Eine Antwort lag natürlich auf der Hand. Das Meeting hatte ihn innerlich in solch eine Aufregung versetzt, dass er getan hatte, was er immer tat: Er hatte sich in ein Projekt vertieft, das reines Handwerk erforderte.

Schwieriger war schon die Frage, warum er bei ihrer Ankunft noch immer damit beschäftigt gewesen war. Er hatte nur hier und da ein wenig herumschrauben und dann wieder hineingehen wollen. Immerhin hatte er selbst die Frist von einer Stunde erbeten. Doch dann hatte er über die Schönheit der Mechanik alles um sich herum vergessen, Zeit, Umgebung, Vorhaben. Was dumm gewesen war und sorglos. Und er war niemals sorglos. Nicht einmal in Megans Gegenwart, und sie war ihm wirklich eine gute Freundin geworden.

Sie hatten sich auf Anhieb verstanden, als sie vor einiger Zeit mit Reece Walker ins The Fix gekommen war; Reece, inzwischen Miteigner der Bar, war damals noch Geschäftsführer gewesen. Er hatte sich um ein paar dringende Angelegenheiten kümmern müssen – von denen seine Sandkastenfreundin und heimliche Liebe Jenna Montgomery sicher nicht die unwichtigste war – und plötzlich vor dem Problem gestanden, nicht mehr den Gentleman spielen zu können.

Da es bereits spät gewesen war, hatte Griffin sich anerboten, Megan nach Hause zu bringen, und sie hatten sich ziemlich schnell angefreundet. Megan war eine tolle Frau – inzwischen glücklich verbandelt mit Parker Manning – und Griffin wichtig geworden.

Doch selbst sie hatte bisher nur hin und wieder einen Blick auf seine Narben werfen können. Und warum? Weil er ein Experte darin war, sich selbst zu schützen.

Was wiederum die Frage aufwarf, wieso er am helllichten Tag

mit einem kurzärmeligen T-Shirt in einer offenen Garage arbeitete, wenn er doch genau wusste, dass Beverly vorbeikommen wollte.

Hatte er sie auf die Probe stellen wollen? Um zu sehen, ob sie angesichts seiner Narben schreiend davonlaufen würde?

Oder war es hier um ihn selbst gegangen? Hatte sein Unterbewusstsein versucht, sie zu verjagen, damit er sich ein für alle Mal von der Fantasie befreite, dass Beverly Martin in irgendeinem Paralleluniversum irgendwann doch noch in seinen Armen landen würde?

Gott, ihm war echt nicht mehr zu helfen.

Er wandte sich ihr zu, als sie das Haus betraten, und sobald ihre Blicke sich trafen, schaute sie weg. Er spürte das vertraute scheußliche Ziehen in der Magengegend und hätte sie am liebsten angefleht, ihn anzusehen – wirklich anzusehen und wahrzunehmen, was kein anderer zu bemerken schien.

Aber natürlich tat er es nicht. »Kaffee?«, fragte er stattdessen. »Oder möchtest du mit Champagner anstoßen? Ich habe zwar keinen, kann dir aber gekühlten Weißwein anbieten.«

»Champagner-Ersatz fände ich großartig. Ich …«

»Ja?«

»Ach, nichts.« Sie lachte verlegen. »Ich weiß nicht, was ich sagen wollte.«

Ihr Lächeln wirkte einen Hauch zu strahlend, und es wurde ihm eng in der Brust wie einem Ertrinkenden, der die ersten Auswirkungen des Sauerstoffmangels zu spüren bekam.

»Okay. Bin gleich zurück.«

Sie nickte, und als er zurückkehrte, saß sie auf demselben Stuhl wie immer an dem riesigen Arbeitstisch, der an einer Wand seines Wohnzimmers stand. »Ich hätte ein paar Ideen für die Szene, in der Hammond zum ersten Mal Angelique begegnet«, begann sie ohne Umschweife. »Ich finde toll, was du geschrieben hast, aber ich wüsste, wie man die Szene ausbauen könnte. Wollen wir damit starten?«

»Gerne«, sagte er und reichte ihr ein Glas. Er war versucht, es ihr mit seiner Rechten zu geben, nur um zu beobachten, wie sie sich verhielt, denn, verdammt, eine Reaktion wollte er! Nein, erwartete er. Sie hatte mit noch keinem Wort erwähnt, was sie draußen gesehen hatte, und doch stand es zwischen ihnen unausgesprochen im Raum.

Natürlich war ihm klar, dass sie das Thema bewusst mied. Aber noch nie waren sie von der Begrüßung nahtlos zur Arbeit übergegangen.

Wollte sie einfach nur höflich sein? Oder war sie so angeekelt von seinem Anblick, dass sie sofort mit der Arbeit beginnen wollte, um die Erinnerung daran auszulöschen?

Das zumindest war, was er befürchtete. Die Möglichkeit, die ihn tiefer verwunden würde, als das Feuer es in seiner Kindheit geschafft hatte. Beverly existierte schon zu lange in seiner Fantasie; zu viele Filme in seinem Kopfkino handelten davon, dass sie in seinen Armen lag, ihre Hände ihn anfassten, ihre Lippen ihn küssten. Und ihre Miene nichts als Liebe ausdrückte.

Natürlich hätte er sich niemals solchen Träumereien hingeben dürfen, das war ihm klar. Doch er konnte das, was er wollte, genauso wenig ändern, wie er seine Haut ändern konnte.

Darüber hinaus ... was spielte es überhaupt für eine Rolle? In der Realität konnte sie ihn ja nicht einmal ansehen, wie dieser Abend bewies. Und wenn die Beziehung, die sie hatten, eine rein freundschaftliche war, dann würde er damit auch leben können. Welche Wahl hatte er denn schon?

Er rang sich dazu durch, sich vor seinen Bildschirm zu setzen, und musste augenblicklich seinen Herzschlag zur Ordnung rufen, als sie mit dem Stuhl neben ihn rollte. »Moment«, sagte er. »Ich muss die Stelle erst suchen.«

»Kein Problem.« Sie fuhr sich mit der Zunge über die Lippen, was wohl ebenfalls ein Anzeichen dafür war, wie unwohl sie sich fühlte. Na toll. Sie hatte seine Narben gesehen, und fort war die fröhliche Unbeschwertheit, von der ihre Zusammenarbeit bisher geprägt war.

»Soll ich dich gleich ins The Fix mitnehmen?«, fragte sie. »Du und Megan wollt doch bestimmt danach noch etwas trinken, oder? Sie könnte dich zurückfahren, falls du nicht auf mich warten magst. Ich wollte mir noch Spencers und Brookes Premiere ansehen.«

»Klar, gerne«, sagte er, obwohl ihm bei der Frage erneut der Mut sank. Sie wusste, dass Megan und er nur befreundet waren und sonst nichts zwischen ihnen lief. Das wusste jeder im The Fix. Zwar hatten sie von Anfang an kein Geheimnis daraus gemacht, aber als Megan und Parker sich angenähert hatten, waren sie doppelt bemüht gewesen, keinen falschen Anschein zu erwecken.

Im Licht dessen, was sich eben ereignet hatte, wollte sie ihm mit der Frage vielleicht durch die Blume sagen, dass auch bei ihr und ihm nicht mehr drin war als eine Freundschaft – eine platonische nämlich.

Er atmete kontrolliert aus und verschob seine Fantasien bewusst in ein realistischeres Szenario. Und dann drehte er sich mit seinem Stuhl zu ihr um, nahm mental Anlauf und sprang beherzt ins kalte Wasser.

»Du hast übrigens mehr gesehen, als Megan jemals getan hat«, sagte er und beobachtete, wie ihre Pupillen sich weiteten.

»Mehr?«

»Von meinen Narben.«

Sie blinzelte, doch darüber hinaus veränderte sich ihre Miene nicht. »Oh.« Sie schluckte. »Hör mal, es tut mir leid. Ich wollte nicht …«

»Nein«, unterbrach er sie. »Schon in Ordnung.« Er lehnte sich zurück und seufzte, während er versuchte, Ordnung in seine Gedanken zu bringen. »Ich habe noch nie …« Er brach ab, setzte neu an. »Weißt du, ich hasse alles, was damit zusammenhängt. Die

Erinnerung an das Feuer, obwohl ich gar keine große Erinnerung daran habe. Und ich hasse mich dafür, dass ich so dämlich war und einen Grill mit Benzin anzünden wollte.«

Sie verzog das Gesicht, sagte aber nichts, also sprach er weiter.

»Eine Zeit lang habe ich vor allem Ärzte gehasst. Warum war es ihnen nicht gelungen, mich wiederherzustellen?«

Sie öffnete den Mund und sagte lautlos seinen Namen, doch wieder gab sie keinen Laut von sich. »Aber mehr ging nicht. Besser haben sie es nicht hingekriegt. Sogar mit der neuen Behandlungsmethode aus diesem Forschungsprogramm, an dem ich teilnehmen durfte, ist das, was du gesehen hast, das Einzige, was für mich machbar ist.«

»Du sagst das, als sei mit dir irgendwas nicht in Ordnung.«

Er neigte den Kopf zur Seite. »Verkauf mich nicht für dumm, Beverly. Dafür kennen wir uns zu gut.«

Sie zog die Augenbrauen hoch. »Leck mich, Griff. Ich mag dich wirklich sehr, aber du bist ein Vollidiot. Ja, klar, ich habe schon kapiert, dass es keinen Spaß macht, wenn die Leute einen anstarren. Aber anders zu sein – und dazu gehört auch dein Zustand – hat nichts damit zu tun, ob etwas mit einem nicht stimmt. Aus meiner Sicht bist du verdammt großartig. Ich meine, hast du in letzter Zeit mal eins deiner Drehbücher gelesen?«

Und da war es wieder. Ein weiterer Beweis dafür, dass sie bloß mit ihm befreundet sein wollte. Sie war noch nie körperlich an ihm interessiert gewesen. Hier ging es allein um sein vermeintliches Talent.

»Na ja, meine Drehbücher sind nicht auf meine Haut tätowiert. Und mein Zustand … mein *Zustand* ist schlimmer, als den meisten Leuten bewusst ist. Nicht einmal Kelsey hat eine Ahnung davon, denn wie du vielleicht verstehen kannst, sieht meine Schwester mich kaum nackt.«

Herrgott, hatte er das gerade wirklich gesagt?

In Anbetracht der Tatsache, dass sie feuerrot wurde, hatte er das offensichtlich. Was ziemlich unglücklich war, denn obwohl auch seine rechte Hüfte in ziemlich übler Verfassung war, funktionierten bestimmte wichtige Körperteile vollkommen einwandfrei. Und er hatte den Eindruck erweckt …

Okay, hier und jetzt musste Schluss sein mit dieser Diskussionsrichtung. Auch Freundschaft hatte irgendwo ihre Grenzen.

»Ich verstehe durchaus, was du sagst«, entgegnete sie und blickte ihm fest in die Augen. »Ich sehe die Sache nur anders. Für mich bist du nicht vernarbt oder verletzt oder in einem schlimmen Zustand. Du bist lustig, klug und talentiert.«

Es wurde ihm wieder eng in der Brust, und er versuchte dem entgegenzuwirken, indem er sein Weinglas leerte. »Wir brauchen Nachschub.«

»Könnte sein.«

Er stemmte sich aus seinem Stuhl hoch.

»Griffin?«

Mit fragendem Blick hielt er inne.

»Kann ich …?« Während sie sprach, streckte sie die Hand nach ihm aus, und er schüttelte den Kopf und fuhr zurück, als befürchte er, dass sie ihn ohne Erlaubnis anfassen könnte. »Oh. Entschuldige.«

»Nein, nicht nötig. Ich bin nur nicht …«

»Bereit dazu?«

»Entspannt.« *Bereit* implizierte, dass er es eines Tages sein könnte, und das sah er nicht.

Vielleicht verstand sie mehr von seinen Gedanken, als er je einem Menschen zutrauen würde, denn sie nickte. »Schön. Okay.« Sie erhob sich. »Mehr Wein muss her.«

Sie schenkten sich in der Küche ein und blieben gleich dort, um sich mit den Schokokeksen, die er im Schrank fand, eine gute Grundlage zu schaffen. Ihre Unterhaltung verlagerte sich auf den Mustang, und das machte ihn froh; er liebte es, über unbelastete Themen mit ihr zu sprechen. Sie interessierte sich und stellte kluge

Fragen, obwohl er genau wusste, dass Autos nicht wirklich ihr Ding waren.

Er genoss die Plauderei so sehr, dass er darüber die Zeit vergaß, doch zu seiner Beruhigung ging es ihr genauso, denn plötzlich sprang sie auf. »O nein, was für ein Mist! Ich komme zu spät. Ich hätte vor fünf Minuten für mein Make-up bei Megan im The Fix sein müssen.« Sie holte ihr Telefon hervor. »Ich gebe durch, wann ich eintreffe. Soll ich Bescheid sagen, dass du mitkommst?«

»Ja, bitte.«

Ihre Miene erhellte sich. »Wunderbar. Denn wir sollten den anderen unbedingt gemeinsam erzählen, dass *Hidden Justice* produziert wird, und ich könnte bestimmt nicht auf dich warten.«

»Wie du willst.« Er trat näher, um ihr Weinglas vom Tisch zu nehmen und in die Spüle zu stellen. Aber ehe er es tun konnte, griff sie nach seiner Linken, und der unerwartete Körperkontakt durchfuhr ihn wie ein elektrischer Schock, der seine Funken in die einschlägigen Körperteile sandte.

»Es tut mir wirklich leid wegen vorhin«, sagte sie leise. »Aber bitte glaub mir, dass ich nichts gesehen habe, was mich stören könnte. Und vor allem möchte ich dir noch einmal versichern, wie großartig deine Arbeit ist und wie sehr ich mich freue, dass wir beide zusammen weitermachen.«

Er glaubte es ihr, und es war nett und lieb gemeint. Es war genau das, was eine gute Freundin sagen würde. Und während sie hinaustraten und auf ihren Wagen zugingen, verabschiedete Griffin sich ein für alle Mal von der Hoffnung, dass sich zwischen ihnen vielleicht doch etwas entwickeln konnte, was über eine rein platonische Beziehung hinausging.

4

»Du glotzt«, sagte Megan, als sie sich neben Griffin niederließ.

»Ich glotze nicht, ich beobachte.«

»Aha? Nun ja, du beobachtest Beverly.«

»Na und?«

»Nichts und. Das war nur eine Feststellung.« Ihre Worte klangen neutral, aber Griffin glaubte einen Hauch gutmütigen Spott herauszuhören. »Wie läuft es denn mit euch beiden und dem Drehbuch? Du hast bloß geschrieben, dass es Neuigkeiten gibt, ihr das Manuskript aber noch überarbeiten müsst. Seid ihr denn heute gut vorangekommen?«

»Leider nicht so«, gab er zu und versuchte, unbeteiligt zu wirken, als er Beverly einen Blick zuwarf, die auf der Bühne stand und den nächsten Teilnehmer vorstellte. »Wir haben ein wenig geredet, hatten allerdings zu wenig Zeit. Schließlich mussten wir pünktlich für ihre Moderation hier sein.«

»Hm.«

Er wandte sich von Beverly ab, um Megan direkt anzusehen. »Hm?«, wiederholte er. »Was meinst du mit ›Hm‹?«

»Nichts. Muss es immer was heißen?«

Wortlos starrte er sie eine Weile an, ehe er sich wieder der Bühne zuwandte.

»Okay, na schön«, räumte sie schließlich ein. »Ich will eigentlich nur von dir hören, ob alles in Ordnung ist.«

Wieder sah er sie an, wobei er versuchte, seine Miene ausdruckslos zu halten. »Wieso nicht?«

Sie zuckte die Achseln. »Keine Ahnung. Du wirkst merkwürdig auf mich. Irgendwas stimmt nicht.«

»Quatsch. Alles in Ordnung. Und dafür, wie ich auf dich wirke, kann ich nichts«, antwortete er mit fester Stimme.

»Mag sein, aber ich bin nicht dumm.« Sie verschränkte die Arme vor der Brust und zog die Brauen hoch, als sei sie bereit, für ihre Ansicht zu kämpfen. Und sie hatte ja recht. Es stimmte eine Menge nicht, und sie empfing tatsächlich negative Schwingungen. Bloß hatte er keine Lust, ihr zu erklären, wieso.

Während sie ihn noch prüfend anstarrte, tauchte Peter Manning hinter ihr auf, schlang seine Arme um sie und zog sie an sich. Mit einer Hand schob er ihr das dunkle Haar in den Nacken und küsste sie auf den Hals. Dann blickte er wieder auf. »Solange du deine Wirkung nicht einsetzt, um an meine Frau ranzukommen, darfst du weiterleben.«

Megan lachte und drehte ihm den Kopf zu, um ihn innig zu küssen, und als sie sich wieder von ihm löste, grinste sie breit. »Etwas mehr Selbstbewusstsein, ja?«, mahnte sie, fuhr ihm mit den Fingern ins Haar und zog seinen Kopf erneut zu sich herab.

Griffin räusperte sich, bevor es zu einem weiteren Kuss kam. »Leute, nehmt euch ein Zimmer.«

»Wenn du darauf bestehst«, gab Parker vergnügt zurück. »Im Driskill ist bestimmt noch was frei. Wenn nicht, kann ich Derek anschreiben, ob er uns eine Suite im Winston freihält.«

»Kommt nicht infrage«, wandte Megan ein. »Um nichts in der Welt möchte ich Brookes und Spencers Premiere verpassen.« Sie warf einen Blick auf die Uhr über der Bar. »Es geht gleich los. Wir wollen hinten schauen.« Sie wandte sich an Parker. »Gehen wir?«

»Klar. Nach dir.«

Sie nahm seine Hand und setzte sich in Bewegung. »Du solltest Beverly Bescheid geben«, fügte sie, an Griffin gewandt, hinzu.

»Sie wird es schon selbst mitkriegen.«

»Du musst es ja wissen.« Sie winkte und wollte davontänzeln, aber er nahm ihren Arm und hielt sie fest. Parker zog die Brauen hoch. »Ich brauche sie noch eine Minute«, sagte Griffin.

Parker hielt seinen Blick einen Moment lang fest, dann nickte er und wandte sich wieder Megan zu. »Ich gehe schon vor. Bis gleich.« Er küsste sie rasch auf die Wange und machte sich dann auf den Weg zur hinteren Bar.

»Du solltest mit ihr reden.«

Griffin kämpfte gegen den Drang an, die Augen zu verdrehen. »Ich mag sie. Sehr sogar. Aber das führt doch zu nichts.«

»Warum nicht?«

»Stell dich nicht dumm, Megan. Ausgerechnet du solltest das nicht tun.«

»Ich mag ja manchmal naiv sein, aber dumm bin ich nicht. Hör auf, dein Licht immer unter den Scheffel zu stellen. Und ihr solltest du auch mehr zutrauen.«

Dabei traute er ihr verdammt viel zu. Doch es hatte keinen Sinn, sich darüber auszulassen. »Geh schon. Parker wartet. Ich hole mir noch einen Drink.«

Sie verzog das Gesicht, ging allerdings weiter, während er an der Theke stehen blieb und so tat, als wartete er auf einen freien Barkeeper, der seine Bestellung aufnahm. In Wahrheit jedoch beobachtete er, wie Beverly auf der Bühne Matthew gratulierte und dann seine Hand im Stil eines Boxschiedsrichters in die Luft riss.

Sobald sie seinen Arm wieder absenkte, riss Matthew sie stürmisch in seine Arme, und sie lachte und drückte ihn an sich. Diese freundschaftliche Geste, harmlos wie sie war, weckte in ihm ein Besitzdenken, das ihn erschreckte, weil es ihm normalerweise fremd war. Doch schon entließ Beverly Matthew von der Bühne und reichte ihn buchstäblich an die Horde weiblicher Fans weiter, die nur darauf wartete, mit Mr. Oktober ein Selfie zu machen.

Er wandte sich ab. Es war alles so billig und albern, und doch war die ganze Show für einen guten Zweck, und er konnte nicht leugnen, dass er verdammt stolz auf all jene Freunde und Bekannte war, die sich auf der Bühne zur Schau gestellt hatten. Einige von ihnen hatten tatsächlich den Titel »Mann des Monats« gewonnen und würden bald in einem Kalender erscheinen.

Also, ja. Billig und albern oder nicht, er hätte es auch getan, wenn er gekonnt hätte. Doch wer in aller Welt würde schon sein – Griffins – Bild auf einem Kalenderblatt haben wollen?

Hör auf damit, Mann. Fang gar nicht erst so an.

Solche Gedanken waren ideal für seine Filmfiguren, aber nicht für ihn. Von sich selbst angewidert, wandte er sich von der Bühne ab. Er hatte sich geschworen, niemals in Selbstmitleid zu ertrinken, also würde er auch jetzt nicht damit anfangen.

Er wollte Eric, dem Barkeeper, gerade ein Zeichen geben, als jemand ihm auf die linke Schulter tippte. Er wandte sich um und stand Beverly so dicht gegenüber, dass er die Vanillenote in ihrem Parfüm wahrnehmen konnte.

Wie eben erhellte ihr Lächeln den ganzen Saal, aber gerade war es nur für ihn bestimmt und nicht für die Zuschauer oder die Kamera. »Ziemlich cool für Matthew, was? Obwohl ich keine Sekunde daran gezweifelt habe, dass er gewinnt. Bei dem Aussehen muss er einfach ein Kalenderblatt zieren.«

»Absolut. Es wäre ja auch Negativwerbung für seinen Laden, wenn er nicht mit dem nötigen Waschbrettbauch aufwarten könnte.«

Sie lachte. »Damit hast du recht. Du hast allerdings auch einiges zu bieten. Vergiss nicht, dass ich heute einen hervorragenden Blick auf deinen Rücken und deinen Bizeps erhaschen konnte.«

»Beverly …«

Sie hielt eine Hand hoch. »Nein, komm mir nicht so!« In ihrer Stimme lag eine Schärfe, die er von ihr nicht gewohnt war. »Ich hab's schon kapiert, glaub mir. Das ändert aber nichts an der Tatsache, dass du verdammt gut definierte Muskeln hast.«

Sie legte ihre Hand auf seinen linken Bizeps und strich aufwärts über seine Schulter und zu seinem Rücken, doch dazu musste sie einen Schritt näher treten, und er konnte ihren Atem an seinem Gesicht spüren.

Plötzlich war sie zu nah; er wich einen Schritt zurück und stieß dabei gegen den Barhocker neben ihm. Er kam sich vor wie ein Vollidiot, aber falls ihr etwas aufgefallen war, ließ sie sich nichts anmerken.

»Ich weiß, dass du in Matthews Studio trainierst«, sagte sie stattdessen. »Ich treffe mich mit meinem Trainer zweimal wöchentlich dort und habe dich schon mehr als einmal gesehen.«

»Tatsächlich? Ich dich noch nie.«

»Du hast immer deinen Kapuzenpulli an und gehst mit gesenktem Kopf durchs Studio. Wahrscheinlich schaust du dich einfach nicht um.«

Dennoch konnte er nicht fassen, dass er sie übersehen haben sollte.

Ihre dunklen Augen blitzten auf. »Hör zu, mir ist durchaus klar, warum du dich nicht oben ohne auf der Bühne präsentieren willst, aber starr mich nicht an, als sei ich bescheuert, wenn ich sage, dass du großartig gebaut bist. Fakt ist Fakt, okay? Und im Ernst jetzt – ist das nicht der Grund, warum du trainierst?«

Zum Teil war es tatsächlich so. Doch er tat es auch, weil das Training die regenerative Wirkung der Medikation aus dem Devinger Protocol unterstützte, jener innovativen Behandlungsreihe, an der er eine Weile teilgenommen hatte und die seinen Bewegungsradius erweitern und diverse Nervenschäden lindern sollte. Aber das sagte er ihr nicht. Stattdessen sah er ihr in die Augen und antwortete: »Nö. Ich trainiere, damit schöne Frauen mich wahrnehmen.«

Sie schob sich eine Haarsträhne hinters Ohr und sah eher nach verunsichertem Teenie aus als nach einem Hollywoodstar. »Du findest mich schön?«

Er blickte zu Boden, dann zwang er sich, wieder aufschauen. »Finden? Fakt ist Fakt, nicht wahr?«

Sie wurde rot, bedachte ihn jedoch mit ihrem besonderen strahlenden Lächeln. Ohne nachzudenken, streckte er den Arm nach ihr aus, legte ihr eine Hand an den Rücken und führte sie in den hinteren Bereich der Bar.

Während der Wahl zum jeweiligen Mann des Monats warteten die Teilnehmer hier hinten auf ihren Auftritt, aber normalerweise handelte es sich um einen Extra-Schankraum mit kleinerer Bar und wenigen Tischen, in dem es etwas ruhiger zuging als vorne, vor allem bei Livekonzerten oder anderen Veranstaltungen.

Die Bar verfügte außerdem über einen großen Bildschirm, der an der Wand befestigt war, und heute waren alle vorhandenen Stühle darauf ausgerichtet. Er entdeckte Brooke und Spencer sofort, und Beverly machte sich von ihm los und lief zu den beiden, um sie zu begrüßen. Er tat es ihr nach, gratulierte den beiden und winkte Freunden und Stammgästen, die sich alle hier versammelt hatten, um Brooke, Spencer und das The Fix zu unterstützen – und natürlich um den Pilotfilm von *The Business Plan* zu sehen.

Vor einigen Monaten hatte Brooke das Angebot für eine Realityshow bekommen, die sich in jeweils sechs Folgen um die Renovierung von Gewerbeimmobilien drehte. Der Sender hatte verlangt, dass Spencer an dem Projekt beteiligt wurde, da er in dieser Fernsehsparte bereits Erfolge vorzuweisen hatte. Er hatte eingewilligt, und herausgekommen war nicht nur eine Dokumentation über das The Fix, sondern auch eine Beziehung zwischen Brooke und Spencer.

Um der Show mehr Würze zu verleihen, hatte man Mitschnitte aller bisherigen »Mann des Monats«-Events eingefügt, weswegen noch immer gefilmt wurde und das Team erst in gut einem Monat mit dem Dezember-Mann seine Zelte endgültig abbrechen würde, obwohl die Renovierungsarbeiten bereits abgeschlossen waren.

Nun also die Premiere mit Mr. Januar und Mr. Februar, was Reece respektive Spencer gewesen waren.

Weil diese Show für das The Fix eine wichtige Sache war,

drängten sich in der kleinen Bar zahlreiche Stammgäste und alle Mitarbeiter, die im Hauptraum gerade nicht gebraucht wurden. Nicht zu übersehen war Tyree, ein sehr großer schwarzer Mann mit freundlichen Augen und tiefer Stimme. Neben ihm standen seine Verlobte Eva und ihre dreiundzwanzigjährige Tochter Elena. Evas und Tyrees Geschichte hätte aus einem Liebesroman stammen können: Trotzdem sie über zwanzig Jahre lang getrennt gewesen waren, hatten sie einander wiedergefunden und wollten ihre Verbindung nun offiziell machen.

Griffin freute sich ungeheuer für sie, war aber auch ein wenig neidisch. Um ehrlich zu sein, war er neidisch auf verdammt viele Leute, sowohl auf Megan und Parker als auch auf Reece und Jenna, diverse andere Paare eingeschlossen. Alle Welt schien sich im Augenblick im Liebesrausch zu befinden, nur er stand abseits und durfte sich bloß aus der Ferne nach seiner Traumfrau verzehren.

Sogar seine ehemalige Praktikantin Mina war glücklich mit ihrem einstigen Kumpel Cameron Reed liiert – jener Cameron Reed, der ihn jetzt auf der anderen Seite der Theke in Zeichensprache fragte, ob er einen Bourbon wollte.

»Du kennst mich zu gut. Hast du einen von Selma?« Matthews Schwester Selma besaß eine Destillerie, und da Griffin am liebsten Whiskey trank, war er einer ihrer besten Kunden.

»Kommt sofort.« Cam schenkt ihm zwei Fingerbreit ein und schob das Glas mit Schwung über die Theke, doch Mina fing es ab, grinste beide frech an und bestellte ein zweites Glas.

»Hey, dich habe ich ja schon eine Ewigkeit nicht mehr gesehen«, sagte sie zu Griffin. »Wo hast du dich versteckt?«

Er blickte bedeutungsvoll zu Cameron. »Ich würde eher sagen, dass du dich versteckt hast. Wenn auch nicht allein.«

Sie polierte ihre Nägel an ihrer Schulter und summte unschuldig vor sich hin. »Na ja, es gibt immer etwas zu tun«, sagte sie schließlich. »Mein Freund ist eifrig.«

»Kommt rüber, Leute«, rief Megan und wedelte mit der Fernbedienung. »Es geht los.«

Mina schwang sich auf einen Barhocker, während Cam sich hinter sie stellte, doch Griffin steuerte mit hämmerndem Herzen auf den leeren Platz neben Beverly zu und ließ sich dort nieder. Er fühlte sich wie ein verliebter Teenager.

»Hey«, sagte sie und neigte sich ihm zu, »und in einem Jahr sitzen wir wieder hier nebeneinander und sehen unseren Film, oder?«

Ein Schauder durchfuhr ihn, aber ob es an dem Gedanken an den Kinostreifen lag oder an der Frau neben ihm, hätte er nicht sagen können. Zum Glück musste er sich keine Gedanken mehr darum machen, da die Show nun begann und die Zuschauer in jubelnden Applaus ausbrachen, als Austins Sixth Street auf dem Bildschirm erschien und die Kamera den Eingang zum The Fix heranzoomte.

Der Schriftzug von *The Business Plan* wurde eingeblendet, und bald schon war er versunken in die solide gemachte Doku-Soap. Es war spannend zu sehen, wie Brooke und Spencer zu planen begannen, wie sie gemeinsam Ideen generierten und umsetzten, wie sie die Arbeiten organisierten und wie die Luft zwischen ihnen knisterte, wann immer sie zusammen auf dem Bildschirm zu sehen waren.

Unwillkürlich musste Griffin daran denken, wie Beverly und er an dem Drehbuch gearbeitet hatten, und als hätte er sie damit heraufbeschworen, erschien sie auf dem Bildschirm und präsentierte die Wettbewerber für die Mr.-Januar-Wahl. Reece hatte damals gewonnen, und als die Kamera ihn oben ohne in seiner ganzen tätowierten Pracht auf der Bühne zeigte, gab es spontanen Szenenapplaus – der in Gelächter und Johlen überging, als zu seinem Kalenderfoto übergeblendet wurde.

»Sexy!«, rief Jenna und quiekte, als Reece sie packte, die Hand auf ihren inzwischen nicht mehr zu übersehenden Babybauch legte und sie leidenschaftlich küsste. Bald darauf folgte Spencers Sieg als Mr. Februar, dann war die Episode zu Ende.

»Großartiger Pilotfilm«, sagte Tyree, nachdem er sich erhoben und seine Hand hochgehalten hatte, um die Zuschauer zur Ruhe zu bringen. »Diese erste Episode hat uns nicht nur gezeigt, was Brooke und Spencer beruflich draufhaben, sondern das The Fix auch in einem verdammt guten Licht dastehen lassen. Und da ich mir ziemlich sicher bin, dass ich den beiden und ihrem Sender ab morgen für einen signifikant höheren Umsatz danken können werde, gebe ich jetzt eine Runde aus. Leute, trinkt. Geht alles aufs Haus.«

»Und das war's dann wieder mit unseren Boni«, rief Brent Sinclair, Mitbesitzer und Sicherheitschef der Bar, und löste damit neues Gelächter aus.

Elena, die noch immer neben Tyree stand, lachte ebenfalls herzlich, senkte jedoch den Blick, als Brent ihr zuwinkerte. Griff wandte sich automatisch Beverly zu. Hatte sie diesen kurzen Austausch gesehen? Offensichtlich hatte sie das, denn sie zog lächelnd die Brauen hoch und bildete lautlos *vielleicht* mit den Lippen.

Tja, vielleicht.

Und das war ein weiterer Flicken in dem sich ständig erweiternden Teppich des Neides. Denn ob es ihm nun gefiel oder nicht, er musste sich endlich der Tatsache stellen, dass auch er jemand sein wollte, auf den sich ein »Vielleicht« bezog.

Zumal es hier gar kein »Vielleicht« gab. Weil Beverly die Frau war, die er definitiv wollte.

Wenn es ihm bloß nicht so verdammt schwergefallen wäre, daran zu glauben, dass er sie tatsächlich für sich gewinnen konnte.

Sie war so präsent in seinem Verstand, dass er regelrecht zusammenfuhr, als sie seine Linke nahm und ihn auf die Füße zog. »Hey, Leute! Griffin und ich haben auch tolle Neuigkeiten! Dürfen wir sie mit euch allen teilen, damit ihr euch mit uns freut?«

»Ihr verlobt euch!«, brüllte Selma, fügte aber fast augenblicklich ein gereiztes »Was denn?« hinzu, als Easton, ihr Freund und Anwalt der Bar, sie anstieß, damit sie den Mund hielt. »Die sind doch sowieso die ganze Zeit zusammen.«

Beverly lief knallrot an, aber sie blieb äußerlich cool. »Nein, nicht diese Art von Neuigkeiten. Ich meinte etwas, was gut zum Thema des heutigen Abends passt. Willst du es ihnen sagen?«, fragte sie an Griffin gewandt, doch er schüttelte den Kopf. »Na gut. Ich muss es jetzt endlich loswerden, oder ich platze! Apex Studios hatte Griffins Drehbuch gekauft! Wir arbeiten gerade noch an ein paar Änderungen, aber falls nicht alles noch aus irgendwelchen abwegigen Gründen den Bach runtergeht, was in Hollywood ja immer sein kann, beginnen nächstes Jahr die Dreharbeiten!«

»Das ist ja großartig!« Jenna stürzte auf Beverly zu und drückte sie fest an sich. Griffin wusste, dass die beiden sich erst kennengelernt hatten, als Beverly sich für den Job der Moderatorin beworben hatte, doch in den vergangenen Monaten waren sie Freundinnen geworden.

Daraufhin brach die Menge in aufgeregtes Geplapper aus, und die Gratulanten standen Schlange. »Du kennst den Rummel ja schon«, sagte Brooke zu Beverly, als sie an der Reihe war, die beiden zu beglückwünschen. »Aber für Griff ist das Rampenlicht Neuland.«

Griff wurde mit einem Mal flau im Magen. »Hey, ich bin bloß der Autor«, wehrte er ab. »An mir sind sie nicht interessiert. Und mich kennt auch keiner. Selbst für die Webserie habe ich nur schriftliche Interviews gemacht.«

Spencer begegnete seinem Blick. »Wenn der Film so groß rauskommt wie erwartet, wirst auch du berühmt, ob es dir nun gefällt oder nicht.« Nachdenklich rieb er sich das bärtige Kinn. »Du solltest dich darauf vorbereiten, Kumpel.«

»Keine Sorge«, mischte sich Beverly ein und nahm wieder wie beiläufig seine Linke. »Man kann den Medien durchaus aus dem

Weg gehen. Aber Spencer hat recht, anonym bleiben wirst du nicht. Wir brauchen dringend einen Plan B.«

»Okay, klasse. Einen Plan B.« Griffin bemühte sich, ein Lächeln aufzusetzen. Natürlich war Berühmtheit bei dem, was er machte, immer schon im Bereich des Möglichen gewesen, er hatte es gewusst. Im Grunde ja auch angestrebt. Und er hätte längst für einen solchen Fall vorsorgen müssen.

Hatte er aber nicht. Und verbittert musste er feststellen, dass sein Zustand ihm einmal mehr ein gutes Stück Freude über seinen Erfolg genommen hatte.

5

»Du musst Ja sagen«, platzte es aus Beverly heraus, sobald Griffin ihr am Donnerstagnachmittag die Tür öffnete.

»Muss ich das?« Er lehnte sich nonchalant an den Türrahmen. »Wenn mich das mal nicht nervös macht.«

»Sehr witzig.« Sie legte ihm die Hand an die Schulter, um ihn ins Haus zu schieben, und stellte erfreut fest, dass er nicht einmal zusammenzuckte. Im Gegenteil: Er gab dem Druck ihrer Hand nach, wich zurück und ließ sie ein. Natürlich hatte sie gegen die linke Schulter gedrückt, aber dennoch: Es war ein Fortschritt.

»Wozu genau muss ich denn jetzt Ja sagen? Denn nur damit eins klar ist: Fallschirmspringen kommt nicht infrage.«

»Na gut, weil du es bist.« Sie ließ die große Louis-Vuitton-Tasche auf das Tischchen am Eingang fallen und wühlte darin herum. »Ich weiß ja, dass wir eigentlich sofort mit der Bearbeitung anfangen müssen, aber schau mal, was ich habe. *Ta-daaaa!*« Triumphierend zog sie die DVD von *Crypto Games* hervor, die sie gerade erst bekommen hatte. »Filmeabend?«

»Und ob! Das ist ja großartig. Aber es ist erst zwei. Sollen wir nicht erst arbeiten und uns dann den Film ansehen?«

»Ganz sicher nicht. So lange kann ich unmöglich warten! Chris hatte mir versprochen, mir ein Exemplar zu schicken, noch ehe ich am Samstag zur Premiere nach L.A. fliege, und das kam gerade mit dem Paketboten. Wir können danach arbeiten, der Film wird uns inspirieren. Er ist toll, aber wir müssen Chris klarmachen, dass wir noch mehr draufhaben.«

»Oh, großartig. Endlich werde ich Christopher Deaver beeindrucken.« Sie verdrehte die Augen und raffte ihre Tasche wieder an sich. Insgeheim freute sie sich ungeheuer, dass er sich auf ihren Plan einließ. Sie hatte befürchtet, er könnte ihre Beziehung als reine Zweckgemeinschaft zum Arbeiten betrachten, und obwohl sie bereits davon gesprochen hatten, die DVD gemeinsam zu schauen, hatte sie beinahe damit gerechnet, dass er den Vorschlag machen würde, das für einen anderen Abend einzuplanen, damit sie Freunde einladen konnten.

»Die Sache hat bloß einen Haken«, sagte er jetzt. »Ich habe ein sehr kleines Haus.«

»So viel Platz brauche ich nicht.«

»Ja, mag sein, aber falls es dir noch nicht aufgefallen ist, steht kein Fernseher im Wohnzimmer.«

»Oh.« Das war ihr tatsächlich nicht aufgefallen. »Na ja, so schlimm ist das ja nicht. Wir können zu mir gehen. Oder die DVD einfach auf deinem Rechner ansehen.«

»Oder auf dem 64-Zoll-HD-Fernseher, der in meinem Schlafzimmer an der Wand hängt. In dem sich außer Bett, Nachttisch und Kommode keine Möbel befinden.«

Weil sie verdammt viel Schauspieltalent besaß, gelang es ihr, jede sichtbare Reaktion zu unterdrücken. »Macht mir nichts«, sagte sie, aber weil sie nicht widerstehen konnte, ihn zu ärgern, fügte sie hinzu: »Sieh bloß zu, dass du mich nicht zu vernaschen versuchst, bevor der Film zu Ende ist. Ich kann es echt nicht leiden, mittendrin zu unterbrechen.«

Einen Moment lang sagte er nichts, und sie fürchtete, gewaltig ins Fettnäpfchen getreten zu sein. Wahrscheinlich würde ihm nun einfallen, dass er dummerweise einen Termin vergessen hatte und den Film doch nicht mit ihr sehen konnte – am allerwenigsten auf seinem Bett.

Doch dann zuckten seine Lippen, und er begegnete ihrem Blick. »Kein Problem. Ich stelle mir den Wecker.«

Entzückt sowohl über den Witz an sich als auch über die Tatsache, dass er über Sex scherzte, brach sie in Gelächter aus.

»Wunderbar. Dann komm jetzt. Und wir können doch bestimmt Popcorn machen, oder? Sag mir bitte nicht, dass dein Bett eine popcornfreie Zone ist.«

»Das würde mir nicht im Traum einfallen.«

»Gott sei Dank. Dann wirf du doch bitte die DVD ein, und ich mache das Popcorn.« Sie kannte sich in seiner Küche bereits aus. Bei Popcorn wurde sie schwach, und wenn sie arbeiteten, hatte sie manchmal Heißhunger darauf. Um nicht hoffnungslos zuzulegen, ließ sie bei der Zubereitung meistens die Butter weg, was ihn auf die Palme brachte. Heute würde sie ein Stück Butter hinzufügen. Für ihn.

Ein paar Augenblicke später betrat er die Küche. »Wir wären so weit«, sagte er laut, um das Knallen der Maiskörner in dem altmodischen Popcorn-Zubereiter zu übertönen, dessen durchsichtiger gelber Plastikdeckel gleichzeitig als Schüssel diente. »Kann ich noch etwas tun?«

»Gib mir mal die Butter aus der Mikrowelle, ja? Und ich persönlich finde ja, dass wir Wein trinken sollten. Schließlich kriegt man nicht jeden Tag die DVD eines Films, in dem man die Hauptrolle spielt.«

»Auch wieder wahr. Denkst du, dass wir dann später noch vernünftig arbeiten können?«

»Schwer zu sagen. Wäre das denn ein Problem?« Sie legte den Kopf schief und stemmte eine Hand in die Hüfte.

»Ach, ich schätze nicht«, sagte er, und sie musste sich beherrschen, um keinen Siegestanz um die Kücheninsel herum zu veranstalten. Sie hatte keine Ahnung, ob sein Entgegenkommen ein Zeichen von wachsender Freundschaft war, ob er mehr als das im Sinn hatte, oder ob er irgendwo einen Schalter umgelegt hatte und sich in ihrer Gegenwart plötzlich besonders wohlfühlte. Und eigentlich war es ihr auch egal, obwohl sie ein kleines bisschen auf die Romanze hoffte. Aber was immer auch der Grund dafür war – sie waren einen Schritt weitergekommen.

Sie nahmen Popcorn, Gläser und Wein und zogen ins Schlafzimmer um, und sobald sie es sich bequem gemacht hatten, startete Griffin den Film.

Zunächst war Beverly hypersensibel, und nicht nur, weil er sich neben ihr auf dem Bett befand und sie jede seiner Bewegungen, jeden Atemzug wahrnahm. Was sie außerdem nervös machte, war ihre Präsenz auf der Leinwand, denn sie wünschte sich so sehr, dass er sie auch als Schauspielerin schätzte.

Es war faszinierend, wie anders es sich anfühlte, einzelne Szenen zu drehen und einen fertiggestellten Film als Gesamtwerk zu erleben, da am Set in der Regel die chronologische Abfolge nie eingehalten wurde. Doch es dauerte nicht lange, bis sie aufhörte, sich auf dem Bildschirm selbst zu sehen. Das Popcorn schmeckte, der Wein tat ihr gut, und sie tauchte ein in den Sog einer gut erzählten, spannenden Geschichte.

Bis sie zu der Liebesszene kamen.

Wie in Gottes Namen hatte sie die Liebesszene vergessen können? Aber hier nun geschah es überlebensgroß und direkt vor ihren Augen. Sie und Co-Star David, sein Mund auf ihrem, seine Hände auf ihrem Körper, und obwohl sie einen String getragen hatte, hatte die Kamera sie so aufgenommen, als sei sie nackt. Während sie sich innerlich wand und am liebsten im Boden versunken wäre, stellte sie sich unwillkürlich vor, dass es Griffins Hände wären, die sie spürte, seine Lippen, die sich über ihren Mund hermachten.

Sie gab alles, um stur geradeaus zu blicken und nicht heimlich nachzusehen, ob er unter seiner Kapuze verstohlen zu ihr herübersah. Aber sie bezweifelte es. Plötzlich lag eine unangenehme Spannung in der Luft, und sie hatte das dumpfe Gefühl, dass er den Bildschirm genauso fixierte wie sie.

Die ganze Szene über wagte sie kaum zu atmen. Dann, als sie vorbei war, entspannte sie sich langsam, bis sie schließlich genügend Distanz aufgebaut hatte, um sich wieder etwas selbstsicherer zu fühlen und die Hand nach dem Popcorn auszustrecken.

Eine Idee, die er auch gehabt hatte.

Ihre Finger berührten sich, und sie zog hastig ihre Hand weg.

»Oh, entschuldige.«

»Schon gut, ich …« Er brach ab, holte tief Luft und setzte neu an. »Nach dir.«

Sie wandte den Kopf, um ihn zu betrachten und herauszufinden, ob ihn die Szene – oder eher die Tatsache, dass sie währenddessen so dicht beieinandergesessen hatten – ebenso angemacht hatte wie sie, doch wie immer gelang es ihr nicht, seine Miene zu deuten.

Leider war dieser Mann genauso gut darin, seine Gefühle zu verbergen, wie sie es war.

»Was jetzt kommt, ist echt spannend«, sagte sie und deutete mit dem Kopf zum Bildschirm, auf dem gerade die Zug-Sequenz begann. Gerade zur rechten Zeit, wie sie fand, und sie hatte nicht gelogen: Der Abschnitt hatte sich schon im Drehbuch überragend gelesen, war aber umgesetzt noch viel besser geworden, und er führte ohne Umwege zum Höhepunkt des Films. Und als einige Zeit später der Abspann über den Bildschirm lief, sanken beide ermattet vor Erleichterung, dass die Helden des Films mit knapper Not entkommen waren und nebenbei die Welt gerettet hatten, ans Kopfende zurück.

»Das war großartig«, sagte er und fügte dann etwas leiser hinzu: »*Du* warst großartig.«

Sie hörte das nicht zum ersten Mal, aber aus irgendeinem Grund bedeutete es ihr aus seinem Mund sehr viel mehr. Sie rutschte ein Stück näher an ihn heran und nahm seine linke Hand, und zu ihrer Erschütterung ließ er es geschehen.

»Danke«, sagte sie und sah ihm ins Gesicht. Fast unmerklich neigte sie sich ihm zu. Sie wusste, wie unklug es war, vorzupreschen, doch es kümmerte sie nicht mehr. Noch strömte das Adrenalin durch ihre Adern; die intensive Erfahrung des Films, in dem sie die Hauptrolle spielte, hatte ihren Körper in Brand gesetzt. Sie wollte ihn küssen, wollte ihn schmecken, wollte endlich mehr von ihm …

Aber ehe sie etwas tun konnte, räusperte er sich, entzog ihr behutsam seine Hand und wischte sich die Innenflächen an seiner Jeans ab. »Wow«, sagte er mit heiserer Stimme. »Zwei Stunden wie im Flug vergangen.«

Sie verbiss sich den Fluch, der ihr auf der Zunge lag. Hatte er absichtlich Abstand zu ihr eingenommen oder einfach nur nicht gespürt, wonach ihr der Sinn stand? Sie beschloss, an Letzteres zu glauben. Das war besser für ihren Stolz.

»Wir sollten uns an das Drehbuch setzen«, sagte er. »Holt wird uns die Hölle heißmachen, wenn wir den Zeitplan drosseln.«

Da sie dem nichts entgegenzusetzen hatte, sparte sie sich jeglichen Widerspruch. Wortlos folgte sie ihm ins Wohnzimmer und ließ sich, wie immer, auf dem Stuhl hinter ihm nieder, während er den Rechner hochfuhr.

Weil sie dennoch nichts gegen das Gefühl der Zurückweisung tun konnte, war die Atmosphäre zunächst angespannt. Doch nachdem sich beide eine Weile ins Drehbuch vertieft hatten, löste sich das Unbehagen auf.

»Schau mal, die Passage hier ist überflüssig«, sagte Griffin und hob einen Textblock hervor. »Hammond hat in der vorherigen Szene fast dasselbe gesagt. Raus damit?«

»Unbedingt.« Sie beugte sich vor und schob sich eine Haarsträhne aus den Augen. »Und ich glaube auch nicht, dass Angelique sich schon auf den Streit mit Hammond einlassen würde.«

Sie stand auf und stützte sich mit einer Hand auf die Rückenlehne seines Stuhls, um auf den Monitor zu deuten. »Und das hier«, sagte sie, »das klingt nicht richtig nach ihm.«

Ihr Mund war nah an seiner Wange, und sie atmete seinen maskulinen Duft ein, der sich mit dem Geruch des frisch gewaschenen Pullis mischte.

Prompt strömte das Verlangen, das sie neben ihm auf dem Bett verspürt hatte, erneut durch ihren Körper, und vorsichtig zog sie sich zurück.

Reiß dich zusammen.

»Du könntest recht haben«, sagte er und markierte eine andere Textstelle mit dem Cursor. »Sie will sich noch nicht in die Karten schauen lassen.«

»Genau.« Schwindel überkam sie, als sie sich aufrichtete; wahrscheinlich der Wein. Um sich zu stabilisieren, hielt sie sich instinktiv an seiner rechten Schulter fest und spürte die harte, knotige Struktur der Haut. Augenblicklich verspannte er sich.

»Beverly.«

»Ja. Der Satz«, gab sie vor, ihn misszuverstehen.

»Beverly, lass es.«

»Was soll ich lassen?«

Einen Moment lang schwieg er. Dann: »Das weißt du.«

Sie wartete. Wartete noch etwas. Schließlich hob sie ihre Hand betont von seiner Schulter. Aber, verdammt noch mal, langsam wurde es ihr zu blöd. Sobald sie sich mit ihm in einem Raum befand, tobte um sie herum ein Gewitter der Anziehungskraft, aber er weigerte sich, den Blitz einschlagen zu lassen, weil er ein gebranntes Kind war, und dass die Metapher jämmerlich und dämlich war, bewies doch nur, wie sehr dieser Zustand ihre geistige Verfassung beeinträchtigte.

Weil sie vor lauter Lust auf ihn nicht mehr klar denken konnte, Herrgott noch mal.

Also unternimm endlich was.

Ehe er verstehen konnte, was sie vorhatte, ging sie um seinen Stuhl herum und lehnte sich so gegen den Tisch, dass sie direkt vor ihm stand. Der bläuliche Schimmer des Monitors hinter ihr leuchtete sein vernarbtes Gesicht gnadenlos aus, und bewusst sah sie hin.

»Beverly«, knurrte er und senkte hastig den Kopf, sodass sein Gesicht erneut im Schatten seiner Kapuze lag.

»Verdammt noch mal, Griff. Zwischen uns passiert etwas. Ich spüre es, und ich weiß ganz genau, dass du es auch fühlst. Also was zum Teufel ist denn los mit dir?«

»Was los mit mir ist?« Sein Kopf fuhr hoch, und seine Stimme war mit Zorn und Verachtung durchzogen. »Dann sieh mich doch einmal richtig an.«

»Ich sehe dich seit Monaten an«, konterte sie barsch. »Was genau soll ich sehen?«

»Spar dir das Gönnerhafte.«

»Du bist so ein Idiot, weiß du das eigentlich?«

Er rollte mit seinem Stuhl zurück. »Machen wir Schluss für heute.«

Sie packte seine Arme und zog ihn zurück. »Nein, das machen wir nicht.« Ihre Hand schloss sich um die harte, knotige Haut seiner Rechten, und sie spürte jede Rille, jeden Wulst.

Einen Moment lang sahen sie einander an, dann senkte er den Blick.

Sie holte tief Luft, hob die Hand und begann, ihm die Kapuze vom Kopf zu schieben.

»Tu das nicht«, sagte er gepresst.

»Du kannst mich ja dran hindern«, konterte sie, legte ihm die Hand an die narbige Wange und wartete mit angehaltenem Atem ab. Aber als nach einer Weile immer noch nichts geschehen war, tat sie, was sie schon seit einer Ewigkeit tun wollte. Sie beugte sich vor, legte die Lippen auf seine und küsste ihn.

6

Er erstarrte. Das Bedürfnis, den Rückzug anzutreten, war genau so stark wie das, sie an sich zu ziehen, und in seiner Verzweiflung tat er gar nichts. Außer sich in ihrem Kuss zu verlieren. Zu genießen. Die Empfindungen zuzulassen.

Bis die Wirklichkeit ihn wieder einholte und er sich mit einem leisen »Verzeih mir« von ihr löste.

Sie riss die Augen auf und schluckte. »O Gott, das tut mir leid, ich wollte nicht ... oh, verdammt.« Total verlegen senkte sie den Blick, und er verfluchte sich dafür, dass er die Befangenheit ausgelöst hatte, die die prickelnde Spannung in der Luft dämpfte.

»Du weißt, dass ich es auch will«, fuhr er fort, »aber ich kann nicht ...«

»Oh, komm mir nicht schon wieder so«, fuhr sie ihn plötzlich an. Offenbar hatte sich die Verlegenheit blitzartig in Zorn verwandelt. »Was soll das heißen, du kannst nicht? Tatsächlich kannst du mit mir machen, was immer du willst, und das alles will ich doch auch. Kapierst du denn nicht, dass ich dich begehre? Und zwar ganz und gar? Und ich weiß sehr gut, dass du auch etwas für mich empfindest, also warum zum Henker lässt du es denn nicht zu?«

»Bev, ich ...«

Aber sie schüttelte den Kopf und wandte sich von ihm ab. »Ich ... ich rufe dich morgen an, dann machen wir einen Termin aus, wann wir uns an das Drehbuch setzen. Das hier war dumm von mir, meine Idee war dumm. Ich gehe jetzt und verspreche dir, dass ich sie mir morgen aus dem Kopf geschlagen habe und mich wieder benehmen werde.«

Er glaubte ihr. Bei der Erkenntnis, dass das möglicherweise seine letzte Chance war, sie anzufassen – sie wirklich für sich zu gewinnen –, packte ihn plötzlich die Furcht. Jetzt oder nie.

Ihre Hand lag schon auf dem Türknauf, und mit zwei hastigen Schritten war er bei ihr, packte sie und zog sie an sich.

»Griffin! Was …?«

Aber er ließ sie nicht ausreden. Und er dachte auch gar nicht daran, sich selbst genügend Zeit zu geben, um es sich noch einmal zu überlegen. Stattdessen umfasste er ihren Hinterkopf mit der Rechten, und obwohl er ihr Haar nicht fühlte, genoss er doch den Druck und das Gewicht, den Kontakt, ihre Wärme.

Ehe sie noch irgendetwas sagen konnte, senkte er den Kopf und nahm ihren Mund in Besitz.

Der Kuss war innig und durchwirkt von der gegenseitigen Anziehungskraft, gegen die sie sich zu wehren versucht hatten. Doch nun kämpften sie nicht mehr dagegen an. Sie hatten sich ergeben.

»Ins Bett«, sagte sie atemlos, als er von ihr abließ, und er hob sie hoch und trug sie wie eine Braut in sein Schlafzimmer.

»Beverly, ich will … verdammt, ich will nichts überstürzen, aber du machst mich so an, dass ich nicht weiß, ob ich mir Zeit lassen kann.«

»Glaub mir, da bin ich ganz bei dir.« Sie griff in seine Sweatjacke und zog ihn mit sich aufs Bett. Ihre Finger tasteten nach dem Reißverschluss. »Bist du dir sicher?«

Scharf durchfuhr ihn die Angst, doch die Begierde in ihrer Miene beruhigte ihn, und er nickte.

Sie zog den Reißverschluss seiner Jacke auf, und er streifte sie ab, und da er darunter bloß ein kurzärmeliges T-Shirt trug, sah sie nun mehr, als er jemals einem Menschen willentlich gezeigt hatte.

Ihr Blick begegnete seinem, bevor sie abschweifte und sein Gesicht musterte. Die Verbrennungen um sein Auge. Das Stück Kopfhaut, wo nie wieder Haar wachsen würde. Die wulstigen, knotigen Narben, wo jeder andere glatte Haut hatte.

Zögernd hob sie die Hand und betastete vorsichtig seine Stirn. »Kannst du das spüren?«

Er schüttelte den Kopf. »Nein. Dort, wo die Narben so schlimm aussehen, sind die Nervenenden zerstört. Wir dachten, dass eine bestimmte medikamentöse Therapie das Gefühl wiederherstellen würde, was allerdings nicht funktioniert hat.« Er zuckte die Achseln. »Aber ganz umsonst war es auch nicht. Ich habe eine gewisse Beweglichkeit zurückerhalten, und das könnte heute zu deinen Gunsten arbeiten.« Er zwinkerte ihr zu, und sie musste lachen.

»Und was ist hiermit?«, fragte sie und fuhr ihm über die linke Braue.

»Alles bestens.«

»Und fühlst du das?« Diesmal zeichnete sie seine Oberlippe nach, und als er Ja sagen wollte, steckte sie ihm den Finger in den Mund und schloss die Augen, als er daran zu saugen begann.

»Hm, das gefällt mir«, murmelte sie. Sie schlug die Augen auf und schlang ihm einen Arm um den Nacken. »Und wie fühlt sich das an?« Als sie ihn nun zu einem weiteren Kuss zu sich zog, war dieser nicht langsam und verführerisch, sondern wild, heiß und leidenschaftlich. Das hier war Verlangen. Begierde. Das hier war Gier. Ein Kuss wie Sex, sinnlich und sündig, und sein Schwanz wurde noch härter, als er ohnehin schon war. Jeder Nerv, jede Faser war bereit. Er wollte sie. Jetzt.

»Zieh dein T-Shirt aus«, verlangte sie atemlos, als sie zum Luftholen voneinander abließen.

»Du zuerst«, erwiderte er, und sie lachte. Doch er ließ ihr keine Zeit zu antworten. Stattdessen begann er, die winzigen Knöpfe ihrer Bluse aufzumachen.

»Reiß sie auf«, befahl sie.

Er hielt inne und sah sie mit hochgezogenen Brauen an.

Sie zuckte verlegen die Achseln. »Ist so eine Fantasie von mir. Bitte tu es. Reiß mir die Klamotten vom Leib.«

Er lachte, hatte aber keine Einwände, sondern griff links und rechts in ihre Bluse und riss sie mit einem Ruck auf, sodass die Knöpfe zu Boden prasselten und ihr blauer Spitzen-BH zum Vorschein kam.

Er zog den Stoff herab, senkte den Kopf und begann, an einer Brustwarze zu saugen, und sie reagierte prompt, indem sie sich ihm entgegenbog, um mehr einzufordern.

Mit der linken Hand befreite er ihre andere Brust und rollte den steinharten Nippel zwischen Daumen und Zeigefinger. Sie wand sich unter ihm, und als ihre Hüften rhythmisch zu kreisen begannen und den Geschlechtsakt imitierten, wusste er, dass er sich nicht mehr lange würde zurückhalten können.

»Hose«, sagte er atemlos und wanderte mit den Lippen über ihren Bauch abwärts. Als er den Knopf ihrer Jeans erreichte, ließ er von ihren Brüsten ab und öffnete ihn mit Zeigefinger und Daumen seiner linken Hand. Er hatte mit der rechten Hand hart trainiert, bis er auch ohne Gefühl tippen konnte, doch Feinheiten schaffte er damit nicht, und zum Üben hatte er nun ganz gewiss keine Muße.

Sie kam ihm entgegen, indem sie die Hüften anhob, damit er die Jeans abstreifen konnte, aber es scheiterte an ihren verfluchten Schuhen, und sie lachte über seine offensichtliche Frustration und zog die Jeans mitsamt den Ballerinas selbst aus. Er war derweil aus dem Bett gerutscht und blieb da, und sobald sie fertig war, packte er ihre Hüften und zog sie mit einem Ruck zur Bettkante zu sich. Sie stieß einen überraschten Schrei aus, der sich allerdings zu einem Schnurren wandelte, als sein Mund sich über ihr Höschen legte und sein Finger am Beinausschnitt entlangfuhr.

Sie streckte den Arm nach ihm aus, wühlte ihre Finger in sein Haar und zog, um ihm zu bedeuten, fester zu saugen, mehr zu tun. Und da er ganz bestimmt nichts dagegen hatte, schob er seinen Finger unter ihren Slip und drang behutsam in sie ein.

Sie war so verdammt feucht, dass er glaubte, sofort kommen zu können. Als sie sich ihm entgegenbog, damit sein Finger tiefer in sie stieß, wusste er, dass er nicht viel länger durchhalten würde, ohne wirklich in sie einzudringen.

Er wusste aber auch, dass er es heute Abend gar nicht tun konnte.

»Beverly.«

»Bitte«, flehte sie. »Bitte fick mich.«

»Ich kann nicht.«

Sie schlug die Augen auf. »Bist du … Ich meine, ich dachte, das Feuer hätte nicht …«

»Nein, nein, an der Front ist alles in Ordnung. Aber ich …«

Er setzte sich auf seine Fersen, und sie rutschte auf dem Bett ein Stück zurück. Schwer atmend richtete sie sich auf und runzelte die Stirn. »Was ist denn los?« Dann sah sie ihn mit großen Augen an. »Oh, Griffin. Daran habe ich gar nicht gedacht. Bist du vielleicht noch Jungfrau?«

»Nein«, sagte er und war sich ziemlich sicher, dass ihre Miene Erleichterung verriet. »Aber ich habe noch nie … Oh, na ja, du kennst mich. Ich bin noch nie so mit einer Frau zusammen gewesen.« Ihr Stirnrunzeln vertiefte sich. »Intim, meine ich«, fügte er verlegen hinzu.

»Aber du hast doch gerade gesagt, dass du keine Jungfrau mehr bist.«

Er hob die Schultern. »Na ja, ich habe dafür bezahlt. Vor einigen Jahren. Direkt nach der Highschool.«

»Und seitdem?«

»Mache ich es mir hauptsächlich selbst.«

Im Grunde genommen war er also noch Jungfrau. Schließlich hatte er noch nie eine richtige Beziehung gehabt. Aber nach der Schule hatte er es sattgehabt und sich im Internet umgesehen, bis er herausgefunden hatte, wie man sich eine »Begleiterin« engagierte. Er hatte vier treffen müssen, bis er eine gefunden hatte, die sein Geld nahm – ganz toll fürs Ego! Aber sie war lieb und nett und auch nicht viel älter als er gewesen. Fünfmal war er mit ihr zusammen gewesen, bis er begriffen hatte, dass er eine echte Beziehung wollte, und wenn er die nicht haben konnte, würde er seine Bedürfnisse lieber selbst befriedigen.

Einen Moment lang betrachtete sie ihn nachdenklich, dann erschien ein spitzbübisches Grinsen auf ihrem Gesicht. »Tja, dann sollten wir unbedingt dafür sorgen, dass du deine Unschuld verlierst.«

»Der Gedanke gefällt mir ziemlich gut. Nur bin ich unter diesen Umständen niemand, der Kondome zu Hause hat.«

»Ach so. Stimmt.« Wieder zog sie die Stirn in Falten. »Es könnte sein, dass ich eins in der Handtasche habe. Und falls nicht ... dann freuen wir uns auf ein nächstes Mal.«

Das konnte er nicht abstreiten, aber lieber noch wollte er nicht länger warten. Nachdem sie in ihrer Tasche gewühlt hatte und triumphierend eins hervorholte, war er ungeheuer froh, auch wenn sie ganz plötzlich verlegen errötete. »Also, das habe ich einfach nur für alle Fälle dabei.«

»Keine Angst, ich verurteile dich bestimmt nicht dafür«, sagte er rasch. »Schließlich profitiere ich davon.«

»So ist es.« Sie warf es ihm zu, dann setzte sie sich auf, streifte ihre Bluse ab und befreite sich von dem BH, der zur Hälfte heruntergezogen war. »Zieh dich aus. Und das da über. Ich will zusehen.«

Er zögerte, weil das definitiv ein erstes Mal war. Doch das Verlangen in ihrem Blick, als gäbe es seine verunstaltete Haut gar nicht, machte ihn so an, dass er noch härter wurde, als er sich das Kondom überstreifte.

»Ich brauche dich«, sagte er, als er fertig war, und die Worte hätten nicht wahrer sein können, denn sein Körper pulsierte vor Sehnsucht nach ihr. »Ich will in dir sein. Und zwar jetzt sofort.«

7

Ich will in dir sein. Und zwar jetzt sofort.

Seine Worte hallten durch Beverlys Verstand und spiegelten ihr eigenes Verlangen. Ihr eigenes Bedürfnis. Sie wollte kein langsames Vorgehen mehr. Sie wollte es schnell und hart. Sie wollte ihn.

»Leg dich auf den Rücken«, befahl sie, und als er gehorchte, schälte sie sich hastig aus ihrem Höschen und setzte sich rittlings auf ihn. Es fühlte sich seltsam erotisch an, seine vernarbte Haut an der Innenseite ihres Oberschenkels zu fühlen.

Sie griff nach seinem Schwanz, umfasste ihn und begann, ihn langsam zu streicheln. »Berühre mich«, murmelte sie, schloss die Augen und genoss das Gefühl seiner steinharten Erektion an ihrer Hand und dann die kleinen elektrischen Schocks, als seine Finger ihre Muschi zu liebkosen begannen.

In kürzester Zeit war sie so scharf, dass sich ihre Hüften von allein bewegten und ihr ganzer Körper um mehr flehte. Er enttäuschte sie nicht, stieß seine Finger in sie, und bald darauf ritt sie seine Hand, bäumte sich auf und bog sich ihm entgegen, als er mit dem Daumen ihre Klitoris rieb.

»Mehr«, stieß sie hervor. Immer schneller massierte sie seinen Schwanz, während ihre andere Hand seine Hoden umfasste.

Sie war sicher, dass er sie nun bitten würde, ihn in sich aufzunehmen, aber er machte keine Anstalten. Anscheinend genoss er es genau wie sie, es noch eine Weile hinauszuzögern.

Und dann hob er seine Rechte zu ihren Brüsten, und allein zu wissen, dass er sie endlich mit dieser von ihm so behüteten Hand anfasste, neckte, liebkoste, sandte ihr Wonneschauer durch den Körper, die beinahe ausreichten, um den Höhepunkt auszulösen.

»Jetzt«, flüsterte sie, denn sie wusste, dass sie nicht mehr lange durchhalten würde. »Ich will dich in mir spüren.«

»Gott, ja«, sagte er, und sie rutschte etwas nach vorne, positionierte sich über ihm und ließ sich langsam auf ihm herab, bis es sich anfühlte, als seien sie eins. Dann begann sie sich auf ihm zu bewegen, rieb sich gleichzeitig an ihm und drängte sich seinen Fingern entgegen, die mit ihrer Klitoris spielten.

»Babe«, stieß er gepresst hervor, »ich bin nah dran.«

»Ich merke es«, sagte sie und tastete zwischen ihnen, um seinen Schwanz zu reiben, während sie ihn ritt.

Doch anscheinend hatte er genug davon, denn ganz plötzlich wuchtete er sie beide herum, rollte sie auf den Rücken und drückte ihre Knie gegen ihre Brust. Entblößt und offen lag sie nun vor ihm, was sie umso mehr anturnte, als er ohne Umschweife in sie eindrang und sich zu bewegen begann. Härter und schneller trieb er sich in sie, bis sie meinte, es keinen Moment länger aushalten zu können.

Sie hörte jemanden betteln und begriff mit einiger Verzögerung, dass sie es selbst war. Und noch während er sie antrieb, mit ihm zu kommen, um sich mit ihm emporzuschwingen, löste sich der Druck, der sich in ihr aufgebaut hatte, mit der Wucht einer Explosion und katapultierte sie hinauf – ganz hinauf bis zu den Sternen, von wo sie sicher und geborgen in seinen Armen zur Erde zurückkehrte.

Beverly starrte die Kaffeemaschine an, als könnte sie sie durch reine Willenskraft dazu bringen, ihren Dienst schneller zu verrichten. Griffin und sie hatten es gestern Nacht viel zu spät werden lassen. Nicht, dass sie auch nur eine Minute davon bereute, aber sie brauchte eine kräftige Dosis Koffein, um in Gang zu kommen. Zumal sie sich erhoffte, in den Genuss einer Wiederholung seiner Darbietung von gestern Nacht zu kommen.

Die Hoffnung rang allerdings mit der Furcht, er könne mit einem moralischen Kater erwachen. Nicht, weil sie zwei nicht gut miteinander funktioniert hätten; was sie betraf, hätte eine Jury ihnen beiden eine glatte Zehn zusprechen müssen. Doch wer wusste schon, wie tief seine Ängste und die Komplexe in Bezug auf sein Aussehen tatsächlich saßen. Anscheinend hatte er ja Schwierigkeiten, sich vorzustellen, dass eine Frau ihn tatsächlich begehren konnte.

Schwachsinn, natürlich, und ungeheuer frustrierend, aber vielleicht konnte die vergangene Nacht ihn eines Besseren belehren. Sie hoffte es, denn tatsächlich fühlte sie sich seit besagter Nacht umso stärker zu ihm hingezogen.

»Morgen, schönes Kind«, sagte er.

Sie drehte sich um, und ihr Lächeln wurde noch strahlender, als sie sah, dass er bloß mit Boxershorts und einem kurzärmeligen T-Shirt bekleidet war. Kein Kapuzenpulli, keine Handschuhe. Vielleicht hatte sie den Test ja wirklich bestanden.

Ihre Gedanken drifteten zurück zu all den herrlichen Sachen, die sie gestern Nacht getan hatten. Er hatte sich als wundervoller Liebhaber erwiesen, und sie hoffte, dass er ähnlich zufrieden mit ihr war.

»Wie geht's dir?«, fragte sie munter. »Willst du Kaffee?« Sie stellte sich auf die Zehenspitzen, um an einen der großen Becher auf dem Regal zu kommen.

»Ich würde diesen Morgen zu meinen besseren zählen«, sagte er mit einem Hauch gutmütigem Spott in der Stimme. »Obwohl ich denke, dass du wirklich …«

»Sag bitte nicht, dass ich gehen soll«, antwortete sie, ohne nachzudenken, und verfluchte sich dafür, sobald die Worte heraus waren. Schließlich wollte sie nicht klammern. Andererseits wollte sie auch nicht gehen, und sie sah nicht ein, warum sie ausgerechnet Griffin etwas vorspielen sollte.

»Gehen?« Er lachte und schlang ihr einen Arm um die Taille. »Ich wollte dir bloß erklären, dass du dir unbedingt Unterwäsche anziehen solltest, wenn wir heute tatsächlich arbeiten wollen.«

Sie schluckte und machte sich bewusst, dass sie eben, als sie aufgestanden war, um Kaffee zu machen, lediglich schnell ein T-Shirt von ihm übergezogen hatte. Ihr Versuch, an den Becher zu kommen, hatte ihm vermutlich beste Aussichten beschert, und der Gedanke daran verursachte ihr ein aufregendes Prickeln. »Mehr steht also heute nicht auf dem Programm?«, fragte sie mit einem unartigen Lächeln. »Nur Arbeit?«

Grinsend nahm er den Becher, den sie ihm reichte. »Wonach stünde dir denn der Sinn?«

»Na ja, ich weiß zufällig, dass du ein bequemes Bett hast.«

»Das ist natürlich wahr.« Er stellte den Becher ab und trat einen Schritt auf sie zu, und seine natürlich geschwungenen Brauen betonten seinen spitzbübischen Ausdruck. »Aber verrat mir eins«, sagte er, als er bloß noch wenige Zentimeter von ihr entfernt war.

»Ja?«, fragte sie so atemlos, dass es beinahe wie ein Keuchen klang. Eben gerade noch war ihre Atmung vollkommen normal, ihr Herzschlag ruhig und gleichmäßig gewesen. Doch je näher er ihr kam, umso stärker spürte sie den Sog. Eine wilde, sinnliche Forderung, der sie verzweifelt nachgeben wollte.

»Was genau tun wir?« Er hatte seine Frage leise gestellt, aber die Worte klangen in ihren Ohren plötzlich hart und kalt.

Prompt packte sie eine unbestimmte Furcht. »Bitte? Was meinst du?«, fragte sie.

»Wie ich schon sagte: Ich will wissen, was wir tun. Was das hier bedeutet.« Er holte tief Luft und richtete sich auf, und seine wunderschönen dunklen Augen wirkten viel zu ernst.

Aber noch immer verstand sie nicht.

»War es das?«, fragte er schließlich ohne Umschweife, und allein der Gedanke ließ sie zusammenzucken. »Ist das gestern Nacht nur geschehen, damit wir es hinter uns gebracht haben? Oder ist das etwas, was wir wiederholen sollten?«

Sie fuhr sich mit der Zunge über die Lippen. »Ja, bitte.«

»Warum?«

Sie zog die Brauen zusammen. »Was meinst du damit?«

»Ich will wissen, worum es hier geht. Oder wenigstens in welche Richtung wir uns bewegen. Ficken wir bloß?«, fragte er, und sie verzog bei seiner direkten Ausdrucksweise das Gesicht. »Oder ist es mehr?«

Sie sah auf und begegnete seinem Blick, dann sog sie bebend die Luft ein. »Mehr.«

»Wie viel mehr?« Er sprach leise. Nicht minder eindringlich.

»So viel ich kriegen kann«, sagte sie aufrichtig. »Ich ... ich denke, dass es zwischen uns etwas gibt, was ... was Bestand haben kann.«

Sie hielt den Atem an, als er langsam nickte, weil sie nicht wusste, ob er ihr zustimmen oder ihr, wenn auch so schonend wie möglich, einen Korb geben würde.

»Gut«, sagte er schließlich, trat noch näher und nahm ihre Hand. »Das sehe ich nämlich auch so.«

Sie atmete aus und lachte vor Erleichterung auf. »Gott sei Dank.«

»Ja«, sagte er, und sie lachten gemeinsam umso lauter. Doch als das Gelächter erstarb, standen sie eine Weile einfach nur da und blickten einander in die Augen. Dann hob er behutsam eine Hand an ihre Wange und küsste sie so zärtlich, dass ihr die Tränen in die Augen traten.

Als sie sich voneinander lösten, seufzte sie und sah auf die Uhr. »Wir haben zu lange geschlafen.«

»Und doch wenig Schlaf bekommen.«

Sie kicherte – was ihr absolut nicht ähnlich sah –, aber er hatte ja recht. »Hast du Eier da? Dann mache ich uns Frühstück.«

»Wie wäre es denn, wenn ich dich zum Lunch ausführe? Wir könnten ins The Fix gehen. Vielleicht ist ja jemand da, den wir kennen.«

»Oh. Okay.« Sie aß oft im The Fix, wenn sie in der Stadt war, doch es lag ein seltsamer Unterton in seiner Stimme, den sie nicht deuten konnte. »Aber ... wieso?«

Sein breites Grinsen löschte all ihre Sorgen aus. »Vielleicht will ich ja mit dir angeben. Vielleicht will ich mit uns angeben.«

Ihr ging das Herz auf. »In diesem Fall hole ich nur schnell meine Tasche.«

Um zwei Uhr mittags war es im The Fix ausgesprochen ruhig. Seit Kurzem öffnete die Bar bereits um elf, um das Mittagsgeschäft mitzunehmen, doch nach eins waren die meisten Lunchgäste wieder in ihren Büros.

Als Griffin Beverly die Tür aufhielt und ihr hineinfolgte, sah er bloß ein halbes Dutzend Leute an drei Tischen und ein paar bekannte Gesichter, die sich an der Bar aufhielten.

»Theke oder Tisch?«, fragte Griffin und nahm ihre Hand.

»Theke«, beschloss sie, und er folgte ihrem Blick zu Mina, die sich über den Tresen hinweg mit Cameron unterhielt. Etwas weiter hinten beugten sich Reece und Brent über etwas, was sehr offiziell aussah, und im Türrahmen zum Büro lehnte Jenna, die Hand auf ihrem Babybauch, und unterhielt sich mit Tyree und seiner Verlobten Eva.

»Hey, Leute«, begrüßte Cameron sie. »Seid ihr zum Arbeiten oder zum Essen gekommen? Oder beides?«

»Zum Essen und Feiern«, antwortete Griffin und drückte ihre Hand. Ihre linke Hand, was bedeutete, dass er es mit der Rechten tat. »Die Arbeit muss noch ein bisschen warten.«

»Feiern? Dein Drehbuch?« Cam grinste breit. »Oder habt ihr noch etwas anderes Fantastisches an Hollywood verkauft?«

»Hör auf«, schalt Mina ihn. »Das eine Drehbuch an ein großes Studio zu verkaufen ist ja wohl mehrere Tage Feiern wert … oh.«

Griffin zog Beverly gerade einen Hocker heran, als Cameron Mina stirnrunzelnd ansah. »Oh? Was ist denn?«

Aber Mina ignorierte ihn und trat stattdessen zu Griffin und Beverly.

»Ernsthaft jetzt? O mein Gott. Ich freu mich so für euch!« Sie warf sich Griffin in die Arme, und er gab alles, um nicht zusammenzufahren, was zugegebenermaßen nicht gar so schwierig war, da sein Kapuzenpulli den Körperkontakt milderte. Außerdem handelte es sich schließlich um Mina, seine ehemalige Praktikantin, und sie kannten einander ziemlich gut.

»Hallo?«, fragte Cameron verdattert, als seine Freundin nun auch Beverly überschwänglich umarmte. »Was ist denn hier los?«

»Du Vollidiot«, sagte Mina. »Die zwei sind zusammen.«

Cams Verwirrung ging in ein Grinsen über. »Echt jetzt?«

»Ja«, antwortete Beverly, und falls Griff noch einen Zweifel gehabt hatte, war der durch die Freude in ihrer Stimme getilgt.

»Das freut mich«, sagte Cam. »Wirklich. Die Runde geht aufs Haus.«

»Ähm, hallo?«, fragte Reece vom anderen Ende der Theke. »Warum noch mal habe ich dich zum stellvertretenden Wochenendmanager befördert?«

»Gute Frage«, sagte Griffin, »da er mindestens genauso oft unter der Woche hier zu sein scheint wie am Wochenende.«

»Griff und Beverly sind ein Paar«, rief Cam zurück. »Ich unterstütze hier bloß den Ruf dieser Bar, eine echte Alternative zu Datingportalen zu sein.«

»Aber wirklich!«, sagte Mina. »Inzwischen haben sich hier schon eine Menge Paare gefunden.« Sie runzelte die Stirn. »Nun, zumindest kennengelernt …«

Cam grinste. »Und was die Arbeitszeit betrifft: Ich habe keine Seminare diese Woche, und Eric hat mich gebeten, für ihn einzuspringen.« Er bedachte Reece mit einem Grinsen. »Gerade meine Loyalität zu diesem Laden und meine bedingungslose Hingabe haben mir doch schließlich diesen fantastischen Managementposten eingebracht.«

»Das stimmt«, sagte Reece. »Und Glückwunsch euch beiden. Wie lange geht das schon so?«

Beverly errötete leicht, und Griffin verbiss sich ein Grinsen. »Ungefähr seit gestern Nacht.«

»Und was für eine Nacht das war«, fügte sie zu Mina geneigt hinzu, und beide Mädchen lachten.

»Ich freu mich so für euch.« Minas geflüsterte Worte waren an Beverly gerichtet, aber Griffin hörte sie dennoch, und ein wunderbares Glücksgefühl durchströmte ihn. O ja, das hier war eine gute Sache.

»Was feiern wir?«, ertönte Tyrees tiefe Stimme, als er sich ihnen mit Eva näherte. Jenna und Brent, der noch immer stirnrunzelnd auf einen Papierstapel blickte, folgten.

Jenna trat neben Reece, der sie sofort vor sich zog und seine Hände schützend über ihren Babybauch legte.

»Pärchenbildung«, antwortete Beverly auf Tyrees Frage. Sie nahm das Glas Bourbon, das Cam ihr hinhielt, und prostete Griffin zu. »Auf uns.«

»Auf uns alle«, sagte Cam, während er den anderen ebenfalls einschenkte, und Griffin konnte sich das Lächeln nicht mehr verkneifen. Cameron hatte recht. Er und Mina. Tyree und Eva. Reece und Jenna. Und nun er und Beverly.

Dann runzelte er die Stirn, als ihm bewusst wurde, dass Brent als Einziger übrig war. Allerdings war Brent selbst zu vertieft in seine Unterlagen, um diesen Zustand zu bemerken.

»Hey, Brent«, sagte Reece, und endlich hob sein Freund den Kopf. »Nimm dir ein Glas. Wir trinken auf Beverly und Griffin.«

»Oh, klar.« Seine Stirn glättete sich, als er sich anscheinend endlich bewusst machte, was er gerade gehört hatte. »Hey, das freut mich sehr. Glückwunsch, ihr zwei.«

»Danke«, sagte Beverly mit strahlender Miene.

»Was siehst du dir da eigentlich an?«, wollte Reece wissen.

Brent warf die Seiten auf die Theke. »Die Auswertung der Sicherheitskameras, die Bilder in ihrer zeitlichen Abfolge. Ich versuche etwas zu finden, was mich auf die Spur unseres Sprayers bringt. Aber bislang kann ich nur etwas auf der Nummer vier entdecken, und selbst da sehe ich nichts weiter als eine Gestalt, wahrscheinlich männlich, in dunkler Jeans und dunkler Kapuzenjacke.«

»Worum geht es denn?«, fragte Beverly.

»Jemand hat fast die ganze Ostseite des Hauses mit Graffiti überzogen«, erklärte Tyree, und man hörte seiner gewöhnlich ruhigen Stimme den Ärger an. »Leider nicht gerade Bilder der künstlerischen Art.«

Das The Fix befand sich in einem historischen Gebäude auf einem Eckgrundstück. Der Eingang lag an der Sixth Street, doch die nach Osten gewandte Mauer mit den kleinen Fenstern zog sich an der Stichstraße entlang bis zur Servicegasse hinter der Bar.

»Wir kriegen den Schmierfink schon«, sagte Eva und legte Tyree beruhigend die Hand auf den Arm. »Brent kümmert sich drum.«

»Ich habe die schlimmsten Sprüche übersprühen lassen«, sagte Brent. »Und Reece hat bereits ein Unternehmen angerufen, das die Wand sandstrahlt. Aber ich möchte diesen Kerl oder diese Kerle gerne erwischen. Und das am liebsten, bevor es noch mal geschieht.«

»Vielleicht war es ja nur eine einmalige Sache«, wandte Beverly ein.

»Hoffentlich«, gab Brent zurück. »Dennoch stelle ich mich lieber auf etwas anderes ein.«

Noch während er sprach, wurde die Eingangstür aufgestoßen, und Elena stürmte herein. Die junge Frau war groß, schlank und hatte dunkles kurzes Haar und ein atemberaubendes Gesicht, mit dem sie als Model sicher Karriere gemacht hätte. Als Tochter von Tyree und Eva hatte sie von beiden Züge, und das Ergebnis war wunderschön.

»Was ist los?«, fragten Brent und Eva gleichzeitig.

»Ich muss mit dir reden«, sagte sie, an Tyree gewandt. »Und

mit dir auch«, fügte sie mit Blick auf Brent hinzu. »Es geht um die Bar und den Denkmalschutz, und es ist wirklich wichtig.«

»Also gut«, sagte Brent und nahm ihren Arm. »Dann lass uns gleich reden.« Er warf Tyree einen auffordernden Blick zu und bedeutete Jenna und Reece mitzukommen.

Was mochte da vor sich gehen? Griffin runzelte die Stirn und wollte gerade Cameron danach fragen, als die Tür erneut aufgestoßen wurde. Diesmal hastete Megan herein. »Ist das wahr? Jenna hat mir gerade eine Nachricht geschickt, und ... oh. O mein Gott.«

Sie blickte von ihm zu Beverly, fixierte ihre miteinander verschränkten Hände und sprintete förmlich zur Bar. »Mann, das wurde aber auch Zeit«, sagte sie, und Beverly lachte.

»Ich stimme dir aus vollem Herzen zu«, sagte sie. »Und doch hätte mein Timing nicht ungünstiger sein können.«

Wieder runzelte Griffin die Stirn. »Was meinst du damit?«

»Ich muss morgen in aller Frühe nach Los Angeles. Premiere von *Crypto Games*, schon vergessen? Mit Interviews, Fototerminen und PR-Auftritten bin ich mindestens eine Woche dort beschäftigt. Ich will nicht meckern – das gehört zum Job und macht auch Riesenspaß –, im Augenblick würde ich allerdings lieber hierbleiben.«

»Aber wieso?«, sagte Megan. »Griffin hat doch Familie in L.A. Und da er freiberuflicher Autor ist, kann er überall arbeiten.« Erst jetzt wandte sie sich ihm zu. »Wieso also fährst du nicht mit?«

Beverly neben ihm richtete sich kerzengerade auf. »Das ist eine tolle Idee. Machst du das? Kommst du mit mir? Du könntest mich sogar zur Premiere begleiten.« Der letzte Satz gab ihm den Rest. Lähmendes Entsetzen befiel ihn, und sein Puls begann zu jagen. Doch sie sprach bereits weiter. »Mit dir zusammen auf dem roten Teppich, das wäre ...«

Und dann brach sie ab, als sie offenbar begriff, was sie da gerade vorschlug. Sie schluckte. »Es wäre schon toll, wenn du einfach in der Stadt wärst. Das mit der Premiere ist mir nur so rausgerutscht, ich habe einfach nicht nachgedacht …«

Erleichterung durchströmte ihn, und er legte seine Hand über ihre und drückte sanft. »Ich komme gerne mit«, sagte er aufrichtig. »Aber das mit der Premiere würde ich wirklich lieber lassen. Immerhin hatte ich bereits eine Privataudienz mit dem Star. Besser kann es wohl kaum kommen.«

Um seine plötzliche Nervosität zu überspielen, aber auch weil er es wollte, beugte er sich vor und zog sie unter den Augen von Cam, Mina und Megan zu sich, um sie innig zu küssen.

8

Fasziniert beobachtete Griffin, wie Beverly im Wagen, der sie vom Flughafen abgeholte hatte, einen Anruf nach dem anderen tätigte. Sie fuhren zum Stark Century Hotel, einem atemberaubenden Gebäude im Herzen von Century City, das bloß wenige Gehminuten von dem Kino entfernt war, in dem die Premiere stattfinden würde.

»Nein«, sagte sie nun. Er wusste, dass sie gerade mit der PR-Abteilung des Studios sprach. »Ich kann zur Anprobe in den Laden gehen, aber schminken und anziehen muss ich mich im Hotel.« Sie lauschte und warf ihm dabei einen um Verzeihung heischenden Blick zu. Dann: »Meinetwegen. Sagen Sie mir einfach, wann die Leute kommen. Wunderbar. Dann habe ich genug Zeit, mich vorher mit Chris zu treffen und den Pressetermin wahrzunehmen.«

Sie verabschiedete sich, beendete das Gespräch und sank seufzend in den Sitz zurück. »Entschuldige dieses schreckliche Durcheinander«, sagte sie zu ihm. »Am Premierentag muss alles immer ganz schnell gehen, und weil ich erst heute hergeflogen bin, drehen jetzt alle durch.«

»Mach dir keine Gedanken«, antwortete er. »Ich kenne die Hektik schon von meiner Schwester.« Kelsey war eine Tänzerin, die für die Ausstellung erotischer Fotos ihres späteren Ehemanns Modell gestanden hatte. Das Aufsehen rund um die Ausstellung hatte ihr die Hauptrolle in der Kino-Adaption des preisgekrönten Broadway-Musicals *Die dunkle Seite des Jupiter* eingebracht.

»Oh, stimmt ja«, sagte Beverly. »Sie war so toll in *Jupiter*. Sie wohnt hier in L.A., nicht wahr?«

»Ja. Ich wollte mich mit ihr treffen, während du heute dein Premierending durchziehst.« Er beobachtete ihr Mienenspiel, um herauszufinden, ob es ihr wirklich nichts ausmachte, wenn er sie nicht begleitete, und er konnte es nur hoffen. Er hatte für seinen Geschmack schon genügend Hollywood-Partys mitgemacht; sein Freund Bird, der Regie bei einem Film geführt hatte, bei dem Griffin Sprecher gewesen war, hatte darauf bestanden, dass Griffin sich blicken ließ, aber damals war keine Presse dabei gewesen, er hatte anziehen können, was immer er wollte, und es hatte auch kein Zwang bestanden, bis zum Ende anwesend zu sein.

Eine Filmpremiere dagegen war im Prinzip nichts als ein Anlass, alle verfügbaren Kameras aus dem Einzugsgebiet von Los Angeles an einem Ort zu konzentrieren.

Im Augenblick war er nur ein zurückgezogen lebender Autor und Synchronsprecher. Es hatte einmal einen Artikel über ihn als Brandopfer gegeben, aber der war in keiner der großen Fachzeitschriften erschienen und hatte sich auch nicht in sozialen Medien verbreitet. Griffin Draper hatte sich als Kind in Santa Barbara schlimme Verbrennungen zugezogen. Von Griffin Blaize wusste man so gut wie nichts.

Was natürlich vor allem daran lag, dass seine Werke im Augenblick hauptsächlich Geheimtipps waren. Ja, er hatte Erfolg. Allerdings war es kein Weltpremieren-Multimillionen-Dollar-Budget-Roter-Teppich-Erfolg.

Hidden Justice hatte dafür jedoch das Potenzial. Und was dann?

»Da sind wir«, sagte sie, als die Limousine anhielt. Sie nahm seine Hand und schenkte ihm ein leises Lächeln. »Du siehst aus, als seist du gerade meilenweit weg. Oder warst du bloß in Texas, weil du dir wünschst, gar nicht erst mitgekommen zu sein?«

»Ganz sicher nicht«, sagte er, hob ihre Hand an und küsste ihre Finger. »Ich habe gerade nur daran gedacht, dass wir in nicht allzu ferner Zukunft unsere eigene Premiere haben werden.«

Er hätte gedacht, dass seine Antwort ihr ein weiteres Lächeln entlocken würde, aber sie betrachtete ihn mit ernster Miene.

»Was ist denn?«

»Ich dachte nur, dass ... tut mir leid. Ich will einfach nicht, dass du ... ach, vergiss es.«

»Beverly ...«

»Ich will bloß, dass es gut für dich wird. Für uns beide. Das ist alles.«

Er setzte an, um nachzufragen, was sie damit meinte, als der Fahrer ihnen auch schon die Tür öffnete. Nun, auch gut. Denn eigentlich wusste er, was sie sagen wollte. Sie wollte, dass er auf dem roten Teppich stand und die Lorbeeren einheimste. Und sich nicht in einem Hotel versteckte, wie er es heute tun würde.

Heute Abend ging es um ihren Film, er war bloß die Begleitung, daher akzeptierte sie seine Weigerung, selbst wenn sie es vorgezogen hätte, wenn er mit ihr käme. Doch *Hidden Justice* gehörte ihnen beiden. Wenn er dieser Premiere fernblieb, würde sie das dann auch verstehen?

Aber darüber wollte er in diesem Moment lieber nicht nachdenken, denn das beinhaltete die Möglichkeit, dass er tatsächlich über jenen roten Teppich laufen, im Blitzlichtgewitter stehen und der Presse erlauben würde, ihn für die Ewigkeit abzulichten. Und je mehr seine Aktien stiegen, umso größer das Interesse und umso tiefer würde man graben. Es würde Storys im Internet geben, Schnappschüsse, alte Fotos, Gerüchte. Interviews mit dem Krankenhauspersonal diverser Fachkliniken, in denen man ihn zu behandeln versucht hatte.

Und gleichzeitig würde man seine Arbeit analysieren, Parallelen finden, in vermeintlich Autobiografischem herumstochern und jeden Satz seiner körperlich oder emotional vernarbten Anti-Helden zerfleddern, die irgendwie, irgendwo Wiedergutmachung suchten.

Das würde ein Spaß werden.

Es war, als säße man in einer Schneekugel, die die Öffentlichkeit schüttelte.

»... oder was meinst du?«

»Ähm, entschuldige. Wie bitte?«

Sie lächelte nachsichtig. »Ich sagte, dass das mein Lieblingshotel in der Stadt ist.«

Er musste ihr zustimmen, während sie durch die wunderschöne Lobby mit den üppigen Blumenarrangements gingen, und als sie in der Penthouse-Suite ankamen, die das Studio für Beverly angemietet hatte, konnte er nur noch mit offenem Mund staunen.

»Wirklich traumhaft«, sagte er, stellte sich hinter sie ans Fenster, von wo aus man bis zum Pazifik blicken konnte, und zog sie an sich. »Ich sollte mir angewöhnen, mit Filmstars auszugehen.«

»Solange der Filmstar ich bin, habe ich nichts dagegen.« Sie drehte sich in seinen Armen zu ihm um und lächelte. Er hatte die Kapuzenjacke ausgezogen, sobald der Portier ihr Gepäck abgestellt hatte und gegangen war, sodass Hals und Gesicht unverhüllt waren. Behutsam legte sie ihm eine Hand an die Wange, und obwohl er die Berührung an der vernarbten Haut nicht spürte, spürte er sehr wohl, wie ihr Daumen über Kinn und Lippen strich, und so sanft die Liebkosung auch war, so zielsicher landete sie in seinen unteren Gefilden.

»Vorsichtig«, warnte er sie. »Ich glaube nicht, dass die Zeit für mehr als einen Kuss reicht.«

Sie grinste breit. »Mir war nicht bewusst, dass du so leicht erregbar bist.«

»Das liegt bloß an dir«, sagte er. »Das muss dir doch klar sein.«

»Ja, ist es wohl auch«, antwortete sie, küsste ihn flüchtig und sah ihm ernst in die Augen. »Schließlich geht es mir ganz genauso.« Doch dann befreite sie sich aus seinen Armen. »Ich kann selbst kaum glauben, dass ich das sage, aber ich muss tatsächlich los. Ich habe in weniger als einer Stunde eine Anprobe.«

»Und danach?«

Ihr Lachen war so voller Freude, dass ihm das Herz aufging. »Haare und Make-up hier, dann runter in den Konferenzraum, wo ich ein paar Interviews gebe. Dann wieder hochrennen und das Kleid anziehen und ab ins Theater. Und du?«

Sie fragte ohne Bitterkeit, ohne Erwartung, ohne auch nur die Andeutung von Enttäuschung, und trotzdem konnte er nicht umhin, sich zu fragen, ob sie nicht doch vielleicht traurig war, dass er sich nicht dazu durchringen konnte, sie zu begleiten. Oder besser: Er wusste, dass es so war. Aber sie war verdammt gut darin, es zu verbergen. »Sicher, dass du zurechtkommst?«, fügte sie noch hinzu.

»Vergiss nicht, dass ich hier gewohnt habe.«

»Stimmt ja. Triffst du dich jetzt mit deiner Schwester? Oder mit Freunden? Das Restaurant und die Bar sind in diesem Hotel ausgesprochen gut.«

Er nahm ihre Hand. »Mach dir bitte keine Gedanken um mich. Ich habe Kelsey schon geschrieben, und ich verspreche dir, dass ich hier bin, wenn du zurückkommst.«

Sie nickte. »Ich lasse die After-Show-Party ausfallen. Wir veranstalten einfach hier unsere eigene.«

»Das klingt vielversprechend. Aber das gehört alles zu deinem Job, also bitte tu, was immer dazu nötig ist. Oder du tun willst. Genieß den Abend. Ich komme schon klar, und ich laufe auch nicht weg, versprochen.«

Sie atmete tief aus, und ihre Worte klangen so innig, dass ihm die Knie weich wurden. »Gott sei Dank.«

Wie aufs Stichwort klingelte ihr Handy, und sie verzog das Gesicht, als sie aufs Display blickte. »Die Pressesprecherin des Studios. Unten wartet ein Wagen auf mich.« Sie beugte sich vor und küsste ihn auf die Wange. »Bis später.«

Sobald sie fort war, machte er es sich bequem, rief einen Actionfilm auf, nahm sich ein Bier aus dem Kühlschrank und ließ sich nieder, um auf seine Schwester zu warten, die natürlich mitten im Showdown aufkreuzte.

»Kein Wort. Keine Umarmung. Keine Begrüßung. Nicht, bis diese Szene vorbei ist.«

Sie verdrehte die Augen, ließ sich aber ebenfalls auf der Couch nieder, zog die Füße unter und fixierte den Bildschirm. Doch sobald der Film zu Ende war, quiekte sie vor Freude, warf die Arme um ihn und drückte ihn fest an sich. »Du hast mir so gefehlt. Und ich bin froh, dass du noch in dieser Woche angerufen hast. In der nächsten wären wir unterwegs gewesen.«

»Ihr solltet mal etwas runterfahren.«

»Ach was, wir lieben es. Wir sehen viel von der Welt und sind dabei zusammen.« Und nach dem Funkeln ihrer Augen zu schließen, hatten sie viel Spaß miteinander. »Es ist einfach großartig, reisen und arbeiten zu können, und Wyatts neue Ausstellung ist toll. Am Tag arbeiten wir, und in der Nacht leben wir die Hochzeitsreise aus.«

»Klingt gut.« Tatsächlich war er etwas neidisch auf die beiden. Oder nicht nur ein bisschen. Als seine Schwester und Wyatt zusammengekommen waren, hatte er sich von Anfang an für sie gefreut … Na ja, zunächst war er ein wenig besorgt gewesen, schließlich kannte er den Hintergrund ihrer Beziehung besser als jeder andere. Allerdings hatte sich sehr schnell abgezeichnet, dass die beiden ein Traumpaar waren. So froh er auch war, Kelsey glücklich zu sehen, so sehr hatte er bei ihrem Anblick doch vor allem meistens den Wunsch gehegt, selbst in dieser Position zu sein.

Nun schien er die Richtige ebenfalls gefunden zu haben. Aber während Kelsey und Wyatt sich kopfüber in die Beziehung gestürzt hatten, gingen Beverly und er langsam an die Sache heran. Weil er auf die Bremse drückte.

»Was ist los?«, fragte sie nun. Er hatte Kelsey noch nie etwas vormachen können.

»Nichts. Ich habe bloß gerade an Beverly gedacht.«

Sie rutschte auf der Couch herum, damit sie ihm direkt gegenübersaß. »Ist es etwas Ernstes?«

»Es steuert zumindest darauf zu. Ich glaube, dass wir das beide wollen.«

»Du glaubst?«

»Ich weiß es. Sie will es genauso sehr wie ich.«

»Schön. Sie scheint mir eine kluge Frau mit gutem Geschmack zu sein. Letzteres hat sie zumindest bewiesen, indem sie sich in meinen Bruder verliebt hat.«

Er verdrehte die Augen. Kelsey war schon immer sein größter Fan gewesen.

»Heute hat *Crypto Games* Premiere, nicht wahr?«

»Geht ihr hin?«, fragte er. Kelseys Mann Wyatt entstammte einer alten und weit verzweigten Familie von Filmschaffenden, wodurch er zu so gut wie jedem Ereignis Zutritt hatte.

»Wir sind eingeladen, haben aber abgelehnt. Ich weiß allerdings von einigen Bekannten, dass sie sich das nicht entgehen lassen werden.« Sie listete ein paar Namen auf, die ins *Who's Who* Hollywoods gehörten. »Wir wollten uns eigentlich einen gemütlichen Abend daheim machen, aber wenn du hingehst, überlegen wir es uns bestimmt noch anders …«

Er schüttelte den Kopf. »Ich bleibe hier. Und warte brav darauf, dass sie nach Hause kommt.«

Sie stützte die Hände hinter sich auf und betrachtete ihn. »Im Ernst jetzt? Und ihr seid gerade erst zusammengekommen? Ich dachte, du magst sie.«

»Machst du Witze? ›Mögen‹ ist ja wohl so was von untertrieben.«

»Dann verstehe ich nicht, warum du dir einen so schlechten Start erlaubst.«

»Musst du gerade sagen. Du und Wyatt, ihr beide seid zusammengekommen, weil er erotische Fotos brauchte.«

»Wir sind viel eher zusammengekommen, das weißt du ganz genau. Lass uns jetzt nicht diese Geschichte aufwärmen, okay?«

»Ach, verdammt, tut mir leid.« Denn natürlich hatte sie recht. Wyatt und sie hatten damals nur durch ihn den Kontakt zueinander verloren. Weil er ein Knallkopf gewesen war, der sich selbst überschätzt hatte.

Sie atmete kontrolliert aus und setzte neu an. »Ich kann ja verstehen, dass du nervös bist. Und dich noch nicht wirklich wohl in der Rolle fühlst. Ich kann es dir nicht verübeln. Aber sag mir bitte eins: Will sie, dass du mitkommst?«

»Sie versteht, warum ich lieber nicht mitgehe.«

Sie neigte den Kopf und bedachte ihn mit dem typischen Große-Schwester-Blick. »Das war nicht meine Frage. Will. Sie. Dass. Du. Mitkommst?«

Er seufzte. »Klar.«

»Du startest diese Beziehung also, indem du an einem der wichtigsten Abende ihres Lebens fehlst? Das dürfte doch bisher ihr größter Film sein, oder?«

»Kels …«

»Komm schon, Griff. Willst du mir wirklich weismachen, dass das für sie keine Rolle spielt? Das glaubst du doch wohl selbst nicht. Und weißt du was? Zum Glück tut es das. Weil es zeigt, dass du ihr wichtig bist. Ist sie dir denn wichtig?«

Er schluckte, weil ihre Worte genau das ausdrückten, was er die ganze Zeit schon zu verdrängen versuchte. »Natürlich.« Er senkte den Blick. »Und ich will es mir bestimmt nicht mit ihr verderben.«

»Gut. Dann mach es nicht.«

»Aber ich will auch nicht über den roten Teppich gehen und morgen in allen Zeitschriften mein Foto sehen. Ich hasse das, Kelsey, das weißt du.«

»Ja, das weiß ich.« Ihre Stimme war voller Mitgefühl.

»Und leider gibt es noch keinen Kapuzensmoking.«

Ein leichtes Grinsen zupfte an ihrem Mundwinkel. »Ich habe eine Idee. Wann kommt sie zum Umziehen wieder?«

»Gegen sechs.«

Ihr Grinsen verwandelte sich in ein filmreifes Strahlen. »Das reicht noch.«

9

Beverlys Wangen entspannten sich, sobald sie den Fahrstuhl betrat, und ihre Gesichtsmuskulatur dankte es ihr. Zwei Stunden lang war ihr Lächeln unbeirrt an seinem Platz geblieben, während sie von Konferenzraum zu Konferenzraum gezogen war und entweder mit mehreren Pressevertretern gleichzeitig gesprochen hatte oder mit einzelnen Journalisten, die laut Studio den größten Einfluss hatten.

Aber jetzt wollte sie nur noch auf ihr Zimmer, sich bäuchlings aufs Bett fallen lassen und schlafen.

Oder vielleicht besser noch von Griffin ausgezogen und mit einer Rückenmassage aufgemuntert werden. Sie war bereits in den Genuss seiner ausgesprochen geschickten Hände gekommen und sehnte sich nach seiner Berührung. So sehr, dass sie bei einem Interview tatsächlich gedanklich abgedriftet war, bis ihr Co-Star sie unter dem Tisch gegen das Schienbein getreten hatte.

Nun hatte sie eine ganze Viertelstunde Atempause, ehe man ihr Kleid brachte und ihr Friseur und ihre Visagistin eintreffen würden. An manchen Tagen gab ihr der Wirbel, der um Beverly, die Schauspielerin, gemacht wurde, das Gefühl, eine Prinzessin zu sein. An anderen Tagen war es einfach bloß erschöpfend.

Heute hätte sie auf all das problemlos verzichten können. Lieber würde sie mit Griffin auf der Couch abhängen, einen Film sehen, in dem sie keine Rolle spielte, und später bei Kerzenlicht Liebe machen.

Ein schöner Traum, der heute garantiert nicht wahr werden würde. Stattdessen würde sie allein zu ihrer eigenen Filmpremiere gehen.

Streng rief sie sich in Erinnerung, dass sie es ihm ja nicht verdenken konnte. Aber das Verständnis konnte die Enttäuschung nicht auslöschen. Und die beklemmende Furcht auch nicht. Schließlich hatte sie die Zersetzung der Ehe ihrer Eltern live und in Farbe miterlebt. Ihr Vater war Pilot gewesen, ihre Mutter Hausfrau, und um sich zu betäuben, hatte sie irgendwann zu trinken angefangen, denn ihr Mann hatte, ganz dem Klischee entsprechend, in jeder Stadt eine andere gehabt.

Nach der Scheidung hatte ihre Mutter ihr gepredigt, dass kein Mann es wert war, sein Herz an ihn zu verlieren. Beverly hatte keine Ahnung, ob das der Wahrheit entsprach, aber bei Griffin hatte sie ohnehin keine Wahl. Sie war ihm längst mit Haut und Haaren verfallen, und sie war sich ziemlich sicher, dass er dasselbe auch für sie empfand.

Laut ihrer Mutter waren sie und ihr Vater ebenfalls anfangs bis über beide Ohren verliebt gewesen, doch der Alltag und die räumliche Distanz, die sein Beruf mit sich brachte, hatten mit der Zeit am Fundament ihrer Ehe genagt, bis sie in sich zusammenfiel und unrettbar in Trümmern lag.

Würde die Beziehung mit Griffin auf dasselbe hinauslaufen?

Nein!

Das war etwas vollkommen anderes. Er war für sie da. Jetzt gerade sogar, bloß ein paar Stockwerke über ihr. Was machte es schon, wenn er nicht mit ihr zur Premiere gehen wollte? Wichtig war doch nur, dass er auf sie wartete. Um sie in die Arme zu nehmen, wenn sie zurückkam, und zuzuhören, wie es gewesen war, wie sie sich gefühlt hatte. Darauf konnte sie sich verlassen.

Dennoch …

Es war etwas anderes. Sie wollte ihm nicht erzählen, wie es gewesen war, sie wollte es mit ihm erleben. Aber sie konnte ihn nicht darum bitten. Sie konnte bloß dankbar sein für das, was er zu geben bereit war. Immerhin war er mit ihr von Austin nach Los Angeles gekommen. Das war nicht wenig.

Der Fahrstuhl hielt, und sie hastete und hinaus auf die Suite zu. Vielleicht hatte sie wenigstens ein paar Minuten mit ihm allein, ehe der Wahnsinn der Vorbereitung erneut einsetzte. Sie schob die Karte durchs Lesegerät, drückte die schwere Tür auf und trat in den Eingangsbereich.

»Bev?«

»Ja, ich bin's«, rief sie. »Bist du …?«

Die Worte blieben ihr im Hals stecken, als er in den Eingangsbereich trat, und ihre Hand flog unwillkürlich an ihre Lippen. »Griffin?«

»Steht dein Angebot, mich mitzunehmen, noch?«

»Natürlich, aber … ich …«

Seine Lippen zuckten in dem offensichtlichen Versuch, sein Grinsen zu verbergen. »Na ja, mit Kapuzensweatshirt hättest du mich wohl nicht mitgenommen, oder? Ich dachte, so könnte es gehen.« Er drehte sich wie auf dem Laufsteg um die eigene Achse, und Tränen brannten in ihren Augen. Das hatte er für sie getan! Sich so ausstaffiert, dass er mit ihr gehen konnte, ohne dass jeder sofort seine Narben sah.

Er kam mit ausgebreiteten Armen vor ihr zum Stehen, und sie betrachtete den eleganten Seidenanzug, den Stehkragen des Jacketts, den schwarzen Handschuh, der die rechte Hand verhüllte. Er trug eine Perücke, die die eine Gesichtshälfte wie einen Vorhang verbarg, einen grauen Filzhut, dessen Krempe zusätzliche Deckung bot, und eine dunkle Sonnenbrille.

Er sah ganz und gar aus wie eine Figur aus seinen Geschichten, ein verwundeter Kämpfer für das Gute, und obwohl er mit dem aufgestellten Kragen und der Perücke ein wenig albern wirkte, war der Gesamteindruck großartig und atemberaubend, und wenn sie nicht bereits verliebt gewesen wäre, wäre es spätestens jetzt um sie geschehen gewesen.

»Das hast du für mich getan?«, brachte sie mit belegter Stimme hervor.

»Für uns. Ein bisschen seltsam und dick aufgetragen, ich weiß. Magst du dich so mit mir blicken lassen?«

Sie war zu überwältigt, um ein Wort herauszubekommen, aber sie nickte, als die Tränen zu fließen begannen, und lachend und schniefend wischte sie sie weg. »Gut, dass gleich jemand kommt, um mich zu schminken. Du willst also wirklich so mit mir gehen?«

»Es sei denn, du hast schon eine andere Begleitung.«

»Nie und nimmer.« Sie schmiegte sich in seine Arme. Sie wollte niemand anderen an ihrer Seite. Wer außer Griffin würde so etwas Schönes für sie tun? »Woher dieser plötzliche Sinneswandel?«

»Ich hab noch mal darüber gedacht. Und meine kluge Schwester hat mir auch den Kopf gewaschen.«

»Aha?«

»Na ja, sie hat mich mehr oder weniger einen Vollidioten genannt. Und irgendwie hat sie recht gehabt.«

»Ich freue mich jetzt schon darauf, sie kennenzulernen.«

»Bald. Aber nun will ich dich endlich küssen.«

»Dann los«, sagte sie. »Denn sobald meine Visagistin sich erst einmal an die Arbeit gemacht hat, wird nicht mehr geküsst. Wehe, ich sehe irgendwo fleckig aus.«

»So viele Regeln«, sagte er leise, doch dann sprachen sie eine Weile nicht mehr.

Als sie sich voneinander lösten, zupfte sie spielerisch an einer Strähne der Perücke.

»Gefällt sie dir?«

»Wenn sie der Grund ist, warum du an meiner Seite bist, immer.«

Plötzlich wurde er ernst. »Noch eins, Beverly ... mir wäre es lieber, wenn niemand wüsste, dass ich es bin. Andernfalls lauern sie mir auf und stellen Fotos von mir ins Netz. Ich möchte nicht ...«

»Das verstehe ich. Alles in Ordnung. Ich freue mich, dass du mit mir kommst.« Sie drängte sich an ihn und spürte seinen Herzschlag an ihrem. Da hatte sie sich solche Sorgen wegen der Sache mit der Distanz und möglicher Parallelen zur Beziehung ihrer Eltern gemacht, und ihm gelang es von einem Moment auf den anderen mit einer wunderbaren Idee und einem albernen Kostüm, all ihre Bedenken zu zerstreuen.

»Ich freue mich auch«, sagte er. »Ich konnte schlecht hier sitzen und dich allein im Blitzlichtgewitter stehen lassen.«

Sie seufzte glücklich. »So muss es sein«, antwortete sie leise. »Es kommt mir vor wie ein richtig gutes Omen.«

Ein dickes samtenes Seil begrenzte an beiden Seiten den roten Teppich, der zu den Pacific Theaters führte, wo *Crypto Games* seine Premiere feierte. Fans und Paparazzi drängten sich hinter der Absperrung in der Hoffnung, ein Foto oder wenigstens einen Blick zu erhaschen.

Griffin strebte mit Beverly, ihre Hand in seiner Armbeuge, dem Eingang entgegen.

Sie sah schöner aus, als er sie je gesehen hatte. Man hatte ihr dunkles Haar hoch aufgesteckt und einen dünnen Draht mit glitzernden Steinchen in ihre Locken geflochten, die im Licht funkelten. Ihr trägerloses Kleid schmiegte sich hauteng an ihre makellose Figur, und der Schlitz, der sich bis zum Oberschenkel zog, lenkte die Aufmerksamkeit auf ihre sensationellen Beine. In Kombination mit dem aufwendigen Make-up wirkte sie elegant und stilvoll wie eine Diva aus Hollywoods Glanzzeiten.

Und verdammt sexy.

Griffin konnte noch immer kaum fassen, dass diese Traumfrau an seinem Arm zu dieser Premiere ging. Ganz zu schweigen von der Tatsache, dass sie es so wollte.

Beverly hielt sich an ihm fest, während sie ihren Fans winkte und Küsschen in die Menge pustete. Griffin hielt derweil seinen Kopf gesenkt und konzentrierte sich auf den Teppich unter seinen

Füßen. Hin und wieder fragte jemand lautstark nach der Identität ihrer Begleitung, doch entweder ging sie gar nicht erst darauf ein oder antwortete, es handele sich um ihr aufregendes kleines Geheimnis. Was zwar grundsätzlich seinem Ego guttat, aber auch seine Furcht schürte, jemand könnte zu neugierig werden und nachforschen.

Fast bedauerte er es, dass sie vorhin von einem guten Omen gesprochen hatte, denn nun suchte er automatisch nach schlechten.

»Alles in Ordnung?«, fragte sie, als sie an der Werbewand ankamen, wo die Stars und Berühmtheiten stehen blieben, um sich fotografieren zu lassen.

Er nickte und bedeutete ihr weiterzugehen, während er zurückblieb. Fast augenblicklich trat Christopher Deaver vor und nahm Beverlys Arm. »Du siehst umwerfend aus«, sagte der schlanke, grauhaarige Mann und zog sie zu einem Kuss auf die Wange zu sich, der Griffin kurzzeitig rotsehen ließ. Doch so geübt, wie Deaver mit Beverly für die Fotografen posierte, so schnörkellos ließ er sie zu einer Soloaufnahme auch wieder los.

Als sie den Fotobereich verließen, warf Deaver Griffin einen Blick zu. »Leider muss ich dich jetzt wohl wieder an deine Begleitung zurückgeben. Wärest du heute Abend allein da gewesen, hätte ich mir dich aber geschnappt, dessen kannst du dir sicher sein.«

»Wie immer weißt du, wie man einer Frau schmeichelt«, sagte sie lächelnd. »Was dich zu einem so guten Regisseur macht.«

»Und wie immer weißt du, wie man auf eine Schmeichelei eingeht. Was es so wunderbar macht, mit dir zu arbeiten.« Er küsste ihre Hand, dann nickte er Griffin zu und verschwand im Saal, um vor Beginn des Films weitere wichtige Leute zu begrüßen und Interviews zu geben.

Griffin sah ihm nach, während sich in ihm der kalte, böse Kobold der Eifersucht regte.

Sobald sie im Eingangsbereich waren, holte er ihnen beiden ein Glas Wein, trank seins in einem Zug leer und holte sich ein weiteres.

Sie runzelte die Stirn. »Alles in Ordnung?«

»Ich nutze nur aus, dass es hier umsonst Drinks gibt.«

Sie betrachtete ihn einen Moment lang wortlos, und er hätte seine zynischen Worte zu gerne zurückgenommen. Eigentlich hätte er am liebsten die ganze letzte Stunde getilgt. An Eifersucht war er nicht gewohnt. Wahrscheinlich lag das daran, dass er noch nie das Gefühl gehabt hatte, jemanden so für sich zu haben, dass ein Verlust überhaupt infrage kam. Doch bei Beverly ...

Erschreckend, wie schnell er sie schon ausschließlich für sich beanspruchte. Sie durch die Augen eines anderen Mannes zu sehen unterstrich nur, wie viel er zu verlieren hatte ... und wie leicht das geschehen konnte.

»Oh, schau mal!«, ertönte eine kieksende Frauenstimme irgendwo hinter ihm. »Ist das nicht Damien Stark?«

Griffin wandte sich um und blickte in die Richtung, in die die Frau sah. Tatsächlich stand der berühmte Milliardär mit seiner schönen Frau Nikki bloß ein paar Meter von ihm entfernt. Selbstbewusst und mit einer natürlichen Autorität ausgestattet, wirkte der ehemalige Tennisspieler, der sich ein Geschäftsimperium aufgebaut hatte, als würde ihm das Theater gehören. Was durchaus so sein mochte.

»Ich kenne den Mann«, sagte Griffin. »Lass uns schnell Guten Tag sagen.«

»Nein, lieber nicht«, konterte Beverly. »Nicht jetzt jedenfalls.«

Er wandte sich ihr stirnrunzelnd zu, als jede Unsicherheit, die er empfand, mit Macht in ihm aufstieg. »Was ist los? Du hast mich Deaver nicht vorgestellt. Du willst Stark nicht begrüßen. Bereust du, mit mir gekommen zu sein? Bereust du, mich in diesen Klamotten aus dem Hotel gelassen zu haben?«

Einen Moment lang starrte sie ihn nur mit offenem Mund an.

Dann packte sie seinen Arm und zog ihn durch die Eingangshalle, bis sie im Flur zu den Toiletten eine ruhige Nische fanden. Erst als sie sich vergewissert hatte, dass niemand in der Nähe war, der zuhören konnte, fuhr sie zu ihm herum. »Was, bitte schön, soll denn das heißen?«

»Deaver kriegt sich bei dir gar nicht mehr ein, aber mir nickt er bloß knapp zu? Dabei bin ich deine Begleitung, davon ganz zu schweigen, dass ich dein Freund bin. Oh, und vielleicht sollten wir auch nicht vergessen, dass ich der Autor von *Hidden Justice* bin, bei dem er ja unbedingt Regie führen will, aber warum sollte ihn das schon interessieren?«

Sie verschränkte die Arme vor der Brust, lehnte sich gegen die Wand und sah ihn an, als sei er der größte Vollidiot überhaupt und sie suche bloß nach den passenden Worten, um es ihm möglichst schonend beizubringen. »Du Vollidiot«, begann sie schließlich, womit seine Theorie widerlegt war. »Willst du mir ernsthaft weismachen, du hättest gewollt, dass ich dich zwischen Tür und Angel dem Mann vorstellen soll, der dein Drehbuch realisieren wird? Und ihm dann noch schnell klarmache, dass er niemandem sagen darf, wer du bist und warum du dich verkleidet hast? Ich bin immer davon ausgegangen, dass er jemand ist, den du als du selbst kennenlernen wolltest. Im Kapuzenpulli, klar, aber immer noch als du selbst.«

»Ich bin ich selbst«, protestierte er, weil die Eifersucht so verdammt schwierig abzuschütteln war. »Du bist mit *mir* auf einer Premiere.«

Sie blickte ihn nur wortlos an, bis er schließlich die Schultern hängen ließ und tief seufzte. »Du hast recht. Und es tut mir leid. Er steht aber ganz offensichtlich auf dich, und ich war plötzlich eifersüchtig.«

Ihre Mundwinkel zuckten. »Ach, tatsächlich?«

»Vielleicht.«

»Vielleicht fühle ich mich geschmeichelt.« Ihr Grinsen wurde breiter. »Und vielleicht fand ich die Idee mit Stark deshalb nicht so gut, weil du dann gezwungen gewesen wärst, dem Mann zu erklären, warum du dich verkleidet hast und er ebenfalls Stillschweigen bewahren muss. Ernsthaft, Griffin, das hier ist dein Versteckspiel. Warum bin ich eigentlich diejenige, die versucht, die Spielregeln durchzusetzen?«

»Weil ich ein eifersüchtiger Idiot bin?«

Ihre Pupillen weiteten sich fast unmerklich, und er betete innerlich, dass sie nicht die Hände hochwerfen und ihn stehen lassen würde, weil er und seine Maskerade ihr zu kompliziert wurden, aber sie tat es nicht.

Stattdessen hielt sie ihm die rechte Hand hin, damit er ihr die Linke gab. »Komm her«, sagte sie und zog ihn zu sich. »Du hast keinen Grund zur Eifersucht.« Sie küsste ihn sanft auf die Lippen, und als sich prompt sein Puls beschleunigte und sein Schwanz hart wurde, wünschte er sich, dass diese Feierlichkeit möglichst schnell vorübergehen würde.

»Beverly«, murmelte er, aber sie zog ihn fester an sich und küsste ihn erneut, diesmal mit Zunge und Zähnen und wilder und tiefer, während sie seine Hand nahm und durch den Schlitz in ihrem Kleid auf ihren Oberschenkel legte.

Dann fuhr sie langsam mit seiner Hand weiter aufwärts, bis seine Finger ihre Scham berührten, die nur durch einen winzigen String verhüllt war. Er stöhnte, denn er hätte zu gerne ihre feuchte Hitze liebkost, aber wer konnte schon sagen, ob nicht doch jemand zusah.

»Ich gehöre nur dir«, murmelte sie, als sie seine Hand unter ihrem Kleid hervorzog. »Das musst du doch langsam wissen.«

Ihre Worte erfüllten ihn, bestärkten ihn. »Ja, ich weiß«, murmelte er. »Und wenn wir nachher zurück im Hotel sind, dann nehme ich mir, was mir gehört, versprochen.«

10

»Ja!«, schrie Beverly, als Griffin sich immer härter und schneller in sie trieb und der Rhythmus sie mit jedem Stoß näher an den Höhepunkt brachte, bis ein letzter Schub sie beide mitriss und sie glaubte, sich vor Wonne aufzulösen.

»O Gott«, murmelte sie, als er erschöpft auf sie herabsank, und sie zog ihre Finger träge über die ihr nun schon vertrauten Wülste und Stränge seiner vernarbten Schulter. »Das war für mich die beste Darbietung heute. Womit *Crypto* aus dem Rennen ist. Und«, fügte sie hinzu, während sie sich unter ihm hervorwand, um sich neben ihm ausstrecken zu können, »obwohl du mir im Anzug gefallen hast, finde ich dich ohne definitiv aufregender.«

Sie streckte erneut die Hand aus und zeichnete die gezackte farblose Linie nach, die den Übergang von den nur mäßig erfolgreichen Transplantationen auf seinem Oberkörper zum Rest der Haut markierte.

Sie genoss die Momente, in denen er ihr zugestand, seinen Körper zu erforschen. Wenn er sich entspannte, obwohl sie seine Narben berührte, ging ihr das Herz auf, denn dann wusste sie, dass sie beide wirklich auf dem richtigen Weg waren. Sie brauchte diese Intimität. Sie wollte seinen Körper so gut kennenlernen wie ihren eigenen.

»Beverly …«

Sie beugte sich über ihn und küsste ihn, um ihr Lächeln zu verbergen. Ein paar Minuten hielt er immerhin schon aus.

»Das gehört alles zu dir«, sagte sie und zog ihre Hand weg, um seine Grenzen zu respektieren, aber nicht gewillt, das Thema an sich fallen zu lassen. »Diese Haut, dieser Körper. Das alles gehört in dieser Form zu dir, seit du zwölf bist. Ich liebe den ganzen Mann. Und dieser Mann musste damit schon immer zurechtkommen.«

»Du … du liebst mich?« Er riss staunend die Augen auf, und erst jetzt wurde sie sich bewusst, was sie gesagt hatte.

»Ich … ich wollte das gar nicht laut sagen.«

Er hielt ihren Blick fest. »Aber stimmt es denn?«

Sie fuhr sich mit der Zunge über die Lippen. »Ich glaube schon. Ich … ja. Es stimmt. Aber es fühlt sich noch so neu an. Zerbrechlich. Und ich glaube nicht daran, dass Liebe alles überwindet.«

Sie schmiegte sich zusammengerollt an seine Seite.

»Woran glaubst du dann?«

Sie erwog, gar nicht zu antworten und sich dieses Gespräch lieber für später aufzuheben. Zwischen ihnen entwickelten sich die Dinge verdammt schnell. Vielleicht zu schnell.

Andererseits waren sie schon seit einigen Monaten miteinander befreundet und hatten viele Stunden Seite an Seite vor dem Monitor gesessen und gearbeitet. Sie wusste, was sie wollte. Und sie wusste, was sie fühlte.

Sie konnte bloß hoffen, dass er es genauso empfand. »Ich möchte es versuchen«, sagte sie schließlich. »Mit dir. Ich möchte, dass etwas Ernstes daraus wird. Und ich glaube, ich wollte es schon, als ich dir zum ersten Mal begegnete. Oder sogar vorher. Als ich gesehen habe, wie viel Herzblut du für deine Arbeit hingibst.«

Er wälzte sich auf die Seite, um ihr ins Gesicht zu sehen, dann nahm er ihre Hand und hob sie langsam an seine Lippen. »Ich liebe dich auch«, sagte er, und sein Lächeln wurde genau wie ihres immer breiter.

Mit einem tiefen, zufriedenen Seufzer rollte sie sich auf den Rücken, ohne seine Hand loszulassen. »Können wir bitte die ganze Woche über einfach so liegen bleiben? Oder muss ich die Interviews wirklich alle geben?«

»Ich halte dir den Rücken frei«, versprach er. »Und das Bett warm.«

Sie lachte. »Guter Plan.« Das Telefon klingelte, und sie wälzte sich in Richtung Nachttisch. »Dass du mir das nur nicht vergisst.« Sie griff nach dem Handy. »Es ist Evelyn«, sagte sie zu ihm mit Blick aufs Display. »Sie will wahrscheinlich wissen, wie es vorhin war, da sie noch in New York festsitzt.«

»Hey«, sagte sie ins Handy. »Es ist gut gelaufen. Aber schade, dass du nicht da warst.«

»Du hast es also noch nicht gesehen.«

Beverly setzte sich mit einem Ruck auf und warf Griffin stirnrunzelnd einen Blick zu. »Was gesehen?«

Griffin zog bloß fragend die Brauen hoch.

»Ich schicke es dir«, antwortete Evelyn, und einen Moment später meldete Beverlys Handy eine eingehende Nachricht.

Sie schaltete auf Lautsprecher um, um auf den Bildschirm blicken zu können.

»Morgen Frühstück, Bev. Wir werden darüber reden müssen, wie du den Fragen nach deinem geheimnisvollen Fremden aus dem Weg gehen kannst.«

»Meinem geheimnisvollen Fremden?« Griffin kam auf die Knie, um über ihre Schulter auf das Handy zu blicken. Beverly zögerte, dann tippte sie auf das Display. Sofort erschien das Bild. Beverly mit geschlossenen Augen, die Miene verzückt. Die Rückseite des kostümierten Griffin, der sich zum Kuss vorbeugte, die eine Hand an ihrem Oberschenkel – weit oben, doch zum Glück nicht so weit oben, dass das Foto als pornografisch hätte eingestuft werden müssen.

Die schmissige Headline prägte sich dagegen sofort ein: *Intimes Intermezzo im Premierentrubel. Wer ist Martins mysteriöser Liebhaber?*

Und das war, wie sie nur allzu gut wusste, die Frage, die sich jetzt jeder stellen würde.

Griffin hatte schon vor der Premiere kein Problem damit gehabt, sich die Zeit in der Penthouse-Suite zu vertreiben, aber seitdem das Foto von ihm und Beverly die Runde machte, hätte es keine bessere Ausrede geben können, das Hotel nicht mehr zu verlassen.

Beverly dagegen konnte nicht anders. Sie hatte Termine wahrzunehmen, Interviews zu geben, sich mit diversen Teams des Studios zu treffen. Während Griffin sich verstecken konnte, musste sie in die Öffentlichkeit hinaus.

Er arbeitete an dem Drehbuch zu *Hidden Justice*. Sah Filme. Las Romane. Und wenn Beverly abends zurückkehrte, ging er die Änderungen in seinem Drehbuch mit ihr durch, während sie ihm erzählte, wie ihr Tag gewesen war. Und immer gab es mindestens einen Anlass, zu dem ein Reporter sie nach dem geheimnisvollen Fremden gefragt hatte.

»Du scheinst zu einer Art Fabelwesen geworden zu sein«, bemerkte sie eines Abends, als sie im Bett lagen. Dann grinste sie und begann, Küsse auf seinem Bauch zu verteilen. »Aber fabelhaft finde ich dich ja schließlich auch.«

Griffin wurde schnell klar, dass sie nicht übertrieb. In jedem Artikel über den Film im Internet wurde der mysteriöse Mann auf der Premiere erwähnt, und wenn er morgens die Clips aus den Late-Night-Shows vom Abend zuvor schaute, konnte er live miterleben, wie man Beverly immer wieder dieselbe Frage stellte. Die Stadt war nahezu besessen davon, seine Identität herauszufinden, und langsam begann er zu fürchten, dass der kollektive Wille der Hollywoodclique letztlich doch ausreichen würde, um der Gestalt einen Namen zuzuordnen.

Noch mehr befürchtete er allerdings, dass die Faszination auf Austin übergegriffen haben konnte.

Doch zum Glück war das nicht der Fall.

Wie geplant, kehrten sie nach einer Woche nach Austin zurück, wo sie sich augenblicklich den letzten Arbeiten am Drehbuch widmeten, da Beverly am Donnerstag der folgenden Woche zu einer Promotion-Tour aufbrechen würde.

»Ich glaube, ich würde die Szene mit Hammond und seiner Schwester lieber streichen«, sagte er eines Nachmittags, als sie bei ihr zu Hause vor dem Monitor saßen. Sie hatten in den letzten Tagen um der Inspiration willen hin und wieder den Arbeitsplatz gewechselt, und nun saßen sie im Garten von Beverlys Haus am See.

Oder besser: Er lag mit dem Laptop auf dem Bauch in der Hängematte, während sie an einem Gartentisch einen Ausdruck korrigierte. Zumindest hätte sie das tun sollen. Doch stattdessen starrte sie ins Leere.

»Bev? Erde an Bev.«

Verdutzt blickte sie auf. »Was? Sorry.«

»Wo warst du gerade? Nicht bei Angelique und Hammond, oder?«

»Tut mir leid, ich … ach, nichts.«

Er setzte sich auf und stellte den Rechner auf das Tischchen neben der Hängematte. »Was ist los?«

Sie holte tief Luft und beschloss, es einfach zu wagen. Das Schlimmste, was passieren konnte, war, dass er Nein sagte. »Ich will nicht weg. Nicht jetzt.« Sie sollte direkt nach der Moderation für den Mann des Monats losfahren.

»Wegen des Drehbuch?«

Sie verdrehte die Augen. »Wegen uns natürlich.«

»Oh.« Er grinste. »Ist es unverschämt, dass ich das gerne höre? Ich möchte nämlich auch nicht, dass du gehst.«

»Dann komm mit mir. Deinen Podcast kannst du unterwegs aufnehmen, und um zu schreiben, musst du auch nicht hier vor Ort sein. Es ist ein ganzer Monat, und so lange will ich einfach nicht von dir getrennt sein. Bitte. Komm mit.«

Einen Moment lang starrte er sie einfach nur an. Dann huschte ein Lächeln über sein Gesicht. »Die Vorstellung gefällt mir gut.

Aber wenn ich mitkomme, wird der ganze Quatsch mit dem geheimnisvollen Fremden wieder losgehen. Hier in Austin hat sich der ganze Wirbel ja recht schnell wieder gelegt.«

Sie zuckte die Achseln. »Mir macht es nichts, den größten Teil unserer Freizeit im Hotel zu verbringen. Und die Presse in Idaho oder St. Louis wird sich mir nicht an die Fersen heften. Solange wir nicht groß ankündigen, was wir vorhaben, können wir bestimmt auch essen oder ins Kino gehen. Was neulich geschehen ist, ist in L.A. passiert. Der Rest der Welt interessiert sich doch nicht dafür, mit wem ich unterwegs bin.«

»Dessen wäre ich mir nicht so sicher«, sagte er. »Aber wahrscheinlich nicht so sehr, da gebe ich dir recht.«

»Genau. Und wenn jemand fragt, wer du bist, sage ich einfach das, was ich immer sage – dass eine Frau ihre Geheimnisse braucht.«

»Außerdem werden wir auf diese Art schneller mit dem Drehbuch fertig«, fügte er hinzu. »Das Studio wird garantiert noch eine letzte Bearbeitung wollen – wann sind die je zufrieden mit dem, was sie kriegen –, und übers Telefon zu redigieren macht wenig Spaß.«

Sie stand auf und kam zu ihm. »Du siehst also ein, dass meine Ideen die besten sind?« Vorsichtig stieg sie zu ihm in die Hängematte, die heftig zu schaukeln begann, und sie hielten still, bis sie auspendelte. Dann legte er den Arm um sie.

»Ich will in diesem frühen Stadium nicht weg von dir«, sagte sie leise.

»Frühes Stadium muss nicht zerbrechlich bedeuten.«

»Das will ich nicht hoffen. Ich will nicht, dass das zwischen uns in die Brüche geht.«

Er küsste sie auf die Stirn. »Das wird es nicht, versprochen.«

11

»Du hast es anscheinend ernst gemeint, als du meintest, heute würde nicht mehr gearbeitet«, sagte Beverly, als sie Hand in Hand die Congress Avenue entlanggingen. Sie waren zum Brunch im Four Seasons gewesen, und nun hatte Griffin anscheinend ein Ziel. Bisher hatte er es ihr jedoch noch nicht verraten.

»Jedenfalls bin ich froh, dass du mich vorgewarnt hast, flache Schuhe mitzunehmen. Willst du ganz bis Dallas gehen?«

»Haha«, sagte er, obwohl sie die Frage durchaus berechtigt fand, denn sie hatten am Fluss gegessen und näherten sich jetzt der Sixth Street.

»Gehen wir ins The Fix?«

»Nein. Warte es doch einfach ab.«

Lange musste sie sich nicht mehr gedulden. Griffin hielt vor Austins historischem Paramount Theater, das vor ein paar Jahren sein hundertjähriges Jubiläum gefeiert hatte.

»Was ist denn hier los? Irgendein besonderes Event?«

»Wir haben so intensiv an unserem Film gearbeitet, dass ich dachte, wir sollten uns ein paar Klassiker ansehen. Einverstanden?«

Sie wandte sich ihm erfreut zu. »Machst du Witze? Ich liebe Klassiker. Was läuft?«

»Erst *Der Malteser Falke*, dann *Tote schlafen fest*. Lust auf ein Double Feature?«

»Kriegen wir Popcorn?«

»Popcorn, Wein, was immer du willst.«

Sie grinste breit. »Bin dabei.«

»Gut. Und nach dem Kino steht noch etwas anderes auf dem Programm.«

»Und was?«

»Sag ich nicht.«

Sie kauften Karten, besorgten sich Drinks und Popcorn und bekamen Plätze in der Mitte, die in Beverlys Augen immer die besten waren. Griffin hatte den Brunch und den Spaziergang hierhin zeitlich gut aufeinander abgestimmt, und es dauerte bloß wenige Minuten, bis die Vorschauen begannen.

Beverly aß ihr Popcorn, und wann immer ihre Hand zufällig gegen Griffins stieß, durchfuhren sie wohlige kleine Wonneschauder. Als der Film schließlich begann, hatten sie den Eimer zur Hälfte geleert. Er stellte ihn auf den Boden, nahm ihre Hand und küsste die Finger einzeln. »Hmmmm«, machte er mit einem Lächeln. »Gebuttert.«

Sie lachte und neigte sich ihm zu einem buttrigen Kuss zu.

Beverly hatte beide Filme bereits gesehen, aber es war schon lange her, und bald war sie ganz und gar in die Story versunken. So sehr sogar, dass sie in der kurzen Pause zwischen den Filmen Schwierigkeiten hatte, sich bewusst zu machen, dass der Nachmittag bereits zur Hälfte vorbei war.

Und als der zweite Film endete, hätte sie am liebsten noch einen dritten gesehen.

»Hat's dir gefallen?«, fragte er, als sie das Theater verließen.

»Und wie. Das war toll, danke. Genau das möchte ich auch machen.« Sie wandten sich auf der Straße in Richtung Fluss, da sie Griffins Wagen am Four Seasons stehen gelassen hatten. »Filme, die einen bleibenden Wert haben. Die dem Zuschauer in Erinnerung bleiben.« Sie blieb stehen und wandte sich ihm zu. »Glaubst du, dass unser Film auch nur annähernd an die Leistung dieser beiden Klassiker herankommen kann?«

»Keine Ahnung«, gab er zu, »aber bewirken möchte ich das auch. Das Drehbuch ist überzeugend, und Deaver versteht sein Handwerk.«

»Ach, jetzt auf einmal?«, neckte sie ihn.

»Da du mir mehr als einmal geschworen hast, dass er von dir nichts will – ja. Dadurch hat er sich vom Arschloch zum Filmgenie gewandelt.«

»Vielleicht sollten wir …«

Doch sie kam nicht dazu, den Satz zu beenden, weil er sie am Arm packte und aufhielt. »Verdammt.«

»Was ist los?«, fragte sie, noch während er den Kopf senkte und sich die Kapuze tiefer ins Gesicht zog. Und dann sah sie, was los war. Auf der anderen Straßenseite neben der berühmten Skulptur der Frau, die eine Kanone zündete, stand ein stämmiger Fotograf mit Teleobjektiv, das direkt auf Griffin gerichtet war.

»Und wohin geht es jetzt?«, fragte sie, nachdem sie gute zehn Minuten lang gefahren waren, ohne dass er etwas gesagt hätte. Sie wusste, dass der Mann mit der Kamera ihm die Laune verdorben hatte, aber wie sie ihm bereits gesagt hatte, mochte es bloß so ausgesehen haben, als habe er sie beide im Visier gehabt. Vielleicht hatte der Kerl einfach nur die historischen Fassaden der Congress Avenue abgelichtet.

»Das glaube ich nicht«, hatte er geantwortet. Und seitdem geschwiegen.

»Griffin«, setzte sie neu an. »Rede mit mir oder fahr mich nach Hause.«

Seine Hände packten das Lenkrad fester, und einen Moment lang befürchtete sie, er würde die zweite Option wählen. Doch dann entspannte er sich wieder. »Tut mir leid. Ich weiß ja, dass du recht hast. Vielleicht war es ja auch bloß Zufall. Aber ich habe mich mein ganzes Leben lang bemüht, nicht im Rampenlicht zu stehen, und bisher ist es mir gelungen. Ich möchte einfach nicht, dass sich das von jetzt auf gleich ändert.«

»Das weiß ich.«

Sie hielten an einer roten Ampel, und er wandte sich ihr zu. »Ich weiß, dass du denkst, ich soll drauf pfeifen und den Schwachsinn mit den Handschuhen und den Kapuzenpullis lassen. Und ich weiß auch«, fuhr er fort, ehe sie Einwände erheben konnte, »dass meine Narben dich nicht stören.«

»Genau so ist es«, flüsterte sie, und er streckte seine behandschuhte Hand nach ihrer aus und drückte sie.

»Und ich glaube es dir. Aber selbst bei dir war es meine Entscheidung, sie dir zu zeigen. Was allerdings nicht der Fall wäre, wenn irgendjemand irgendein Foto von mir in den sozialen Medien hochlädt.«

»Niemand weiß von deinen Narben. Hier geht es doch nur darum, meinen geheimnisvollen Begleiter zu identifizieren.«

»Ich sehe da keinen großen Unterschied, wenn ich ehrlich bin.«

»Okay, das verstehe ich.« Sie wartete, dass er weitersprach, aber es kam nichts. Seine Hände krampften sich erneut ums Lenkrad, und er konzentrierte sich auf den Verkehr. Etwas zu sehr für ihren Geschmack. »Griff?«

Er sog hörbar die Luft ein, dann begann er zu sprechen, ohne sie anzusehen. »Es gibt einen Ort, wo ich niemals Kapuze oder Handschuhe trage, und dahin fahren wir jetzt.«

Sie wollte nachfragen, machte sich jedoch bewusst, dass er es ihr schon sagen würde, wenn er so weit war. Also nickte sie bloß und schwieg, während er an der Universität vorbei und den Red River entlangfuhr, bis sie das Dell Seton Medical Center, Austins noch recht neues Lehrkrankenhaus, erreicht hatten.

Er stellte den Wagen auf dem Besucherparkplatz ab und hob verlegen die Schultern. »Wir sind da.«

Sie folgte ihm wortlos hinein, ohne zu wissen, wohin er steuerte, bis sie erkannte, dass sie den Schildern zur Schwerstbrandverletztenstation folgten. »Arbeitest du hier ehrenamtlich?«

»So ungefähr. Ich spreche mit den Patienten. Ich versuche, regelmäßig herzukommen, und ich werde angerufen, sobald ein Kind hier eingeliefert wird.«

»Ich ...« Sie brach ab, weil die aufsteigenden Tränen ihr die Kehle zuschnürten.

»Hör zu, das hat nichts mit Heldentum zu tun, okay? Ich will ihnen ja bloß zeigen, dass man auch mit diesen schweren Verbrennungen überleben kann ... und es auch tut.«

Beverly nickte, als ihr plötzlich bewusst wurde, dass er selbst genau das getan hatte. Mochte sein, dass sie sich wünschte, er möge offener und weniger scheu sein, doch er hatte genau das getan, was er gesagt hatte – überlebt.

Dass er darüber hinaus eine Möglichkeit gefunden hatte, sie in sein Leben zu lassen, war unter den gegebenen Umständen verdammt beeindruckend.

Sie hatten die Doppeltür erreicht, die zur Station führte, und er streifte die Kapuze ab und zog die Handschuhe aus und stopfte sie in seine Tasche. »Bereit?«, fragte er und drückte die Sprechanlage, sobald sie nickte.

Eine Krankenschwester meldete sich, und nachdem er sich identifiziert hatte, öffnete sie. Griffin hatte offenbar nicht gelogen, als er sagte, dass er regelmäßig käme.

»Heute sind nur zwei hier«, sagte die Schwester, deren Namensschild sie als Angie auswies. »Jessie und ein Säugling.«

»Ein Baby.« Die Traurigkeit in seiner Stimme spiegelte ihre eigenen Emotionen.

»Das Kleine liegt in steriler Umgebung, sein Zustand ist aber stabil.«

»Sind die Eltern da?«

»Ja«, erklärte Angie. »Im Augenblick sind sie in einer Besprechung mit dem Ärzteteam.«

Griffin nickte. »Geben Sie ihnen bitte meine Nummer. Sie können mich anrufen, falls sie Fragen haben oder einfach nur reden müssen.« Er sah sich um. »Ist Jessie wach?«

»Im Spielzimmer.«

Er winkte Beverly, ihm zu folgen, und sie wanderte neben ihm den Gang entlang. »Heute ist ein guter Tag«, sagte er. »Normalerweise sind hier viel mehr Patienten.«

»Wer ist Jessie?«

»Sie ist wie ich damals. Ihr Immunsystem wehrt sich gegen die Behandlung, deshalb kommt sie seit Monaten immer wieder hierher. Sie war in einem brennenden Haus eingesperrt – Brandstiftung, ihr Vater war der Täter. Er sitzt inzwischen im Knast, ihre Mutter ist in Therapie. Anfangs war Jessie kaum ansprechbar, doch sie hat sich wieder aufgerappelt. In ihren Augen sind die Verbrennungen der Preis dafür, dass sie das Arschloch von Vater losgeworden ist. Sie ist erst fünfzehn, wirkt aber viel reifer. Was sie durchgemacht hat, lässt einen schneller altern.«

»Das kann ich mir vorstellen.«

»Diese Station hier behandelt nur Patienten mit bis zu dreißig Prozent verbrannter Körperfläche. Schwerer Verletzte werden gewöhnlich nach San Antonio gebracht. Jessie ist gerade an der Grenze. Arm, Gesichtsseite, Teile vom Oberkörper, also ähnlich wie bei mir. Du wirst sie mögen, sie ist ein tolles Mädchen.«

Sie gelangten an einen großen, hellen, verglasten Bereich mit Spielzeugen und Büchern, die eindeutig eher für kleinere Kinder gedacht waren. In einer Ecke stand eine Art Flipchart mit großen Bögen Zeichenpapier, wie man es häufig bei kreativen Meetings oder Schulungen benutzte. Ein großes Mädchen in Krankenhauskleidung stand davor und malte. Ihr dunkles Haar war aufgesteckt und verbarg nichts von der aggressiv roten Stelle ihrer Kopfhaut, auf der nichts mehr wuchs.

Aus ihrer Position konnte Beverly auch die vernarbte Haut am Hals sehen, und als Griffin nun den Raum betrat und Jessie sich umdrehte, musste Beverly sich zusammennehmen, um sich ihr Mitleid nicht anmerken zu lassen. Ähnlich wie bei Griffin zogen die Verbrennungen sich über eine Gesichtsseite, obwohl bei ihr auch der Mund in Mitleidenschaft gezogen worden war. Wie sehr das ihre Fähigkeit zu sprechen beeinträchtigte, war zu hören, als das Mädchen bei Griffins Anblick begeistert, aber verwaschen »Da bist du ja wieder!« ausrief.

»He, Jess. Ich wollte dir meine Freundin vorstellen, Beverly.«

Jess riss die Augen auf. »Aber … dich kenne ich doch. Du bist die Schauspielerin aus *Suburban Love Story*. Wow. Du warst toll.«

Beverly lachte. »Danke. Das ist nett von dir.« Sie deutete mit dem Kopf auf ihre Zeichnung, ein Porträt ihrer selbst ohne die Brandnarben. »Ich würde sagen, du bist selbst auch nicht übel. Tolles Bild.«

»Nur schade, dass das Leben nicht die Kunst nachahmt, nicht wahr?«

»Du bist noch immer verdammt hübsch, Jess«, sagte Griffin. »Lass dich davon nicht runterziehen.«

Sie verdrehte die Augen. »Ja, ja, die innere Schönheit und so weiter.«

»Und die äußere. Hör auf damit, Jessie. Wer entscheidet denn, was hübsch ist? Wie wär's denn, wenn wir das selbst definierten?«

Jess schnitt ein Gesicht und wandte sich Beverly zu. »Er ist immer so entsetzlich positiv. Immer überall das Gute sehen – herrje!«

Beverly warf Griffin einen Blick zu und musste sich auf die Zunge beißen. Immerhin sagte er Jessie all die Dinge, die Beverly ihm gesagt hatte … und von denen er nichts hatte wissen wollen.

Doch Griffin war klug genug, ihrem Blick auszuweichen.

Im Handumdrehen waren die beiden ins Gespräch vertieft. Jessie erzählte, was es Neues von ihren Therapien und ihrer Mutter gab, doch bald wurden die Themen allgemeiner, und Beverly stieg mit ein.

»Ich bin übrigens zum Devinger Protocol zugelassen worden«, sagte Jessie nach einer Weile zu Griffin und bezog sich auf die Behandlungsreihe, an der auch schon er teilgenommen hatte. »Danke, dass du für mich den Brief geschrieben hast.«

»Kein Problem. Brauchst du sonst noch etwas?«

»Bloß Glück. Morgen steht eine neue Transplantation an. Diesmal soll es besser klappen. Möpse«, fügte sie, an Beverly gewandt, mit einem Augenrollen hinzu, und Bev war einmal mehr verblüfft, wie tapfer das Mädchen mit alldem umging.

»Ich drück dir beide Daumen«, sagte sie. »Hat mich sehr gefreut, Jessie.«

»Ja, mich auch. Und danke schon mal für die DVD und das Foto. Du vergisst das doch nicht, oder? Mit Autogramm?«

»Das vergesse ich bestimmt nicht«, versprach sie und behielt das Lächeln bei, bis sie aus der Station raus und im Fahrstuhl waren.

Und hier ließ sie endlich ihren Tränen freien Lauf. »Sie ist toll«, sagte sie, als sie wieder Worte an dem Kloß in ihrem Hals vorbeizwängen konnte. »Diese Haltung ist unglaublich.«

»Ja«, sagte Griffin. »Zum Glück ist es jetzt so. Als wir uns vor fünf Monaten kennenlernten, hat sie kaum gesprochen.«

Die Tür des Fahrstuhls glitt zur Seite, doch Beverly blieb stehen und blickte Griffin eindringlich an. »Du warst es, der das bewirkt hat. Du hast sie aus ihrem Elend geholt. Weil du die richtigen Worte gefunden hast.«

»Na ja, ich wollte helfen.«

»Aber du hast ihr ja bloß die Wahrheit gesagt«, sagte sie leise. »Vielleicht solltest du beim nächsten Mal einen Spiegel mitnehmen.«

»Beverly …«

Sie zuckte die Achseln und sagte nichts mehr. Die Saat war ausgesät. Denn tief in seinem Inneren wusste er offenbar, dass er seine Unsicherheiten nur dann würde überwinden können, wenn er aufhörte, sich zu verstecken.

»Meinst du, in deinem Magen ist noch Platz für etwas Süßes?«, fragte er. »Wir kommen auf dem Heimweg an einer Eisdiele vorbei.«

»Na klar. Ein Eis geht schließlich immer, vor allem wenn es mit

Vanillegeschmack ist«, sagte sie, als plötzlich ihr Telefon eine Nachricht meldete. Sie holte es aus ihrer Tasche, blickte aufs Display und blieb wie angenagelt stehen. »Von Evelyn«, sagte sie. »Da steht: *Sorry*. Und es gibt einen Anhang.«

Sie sahen einander an.

»Mach ihn auf«, sagte er.

Sie zögerte, dann tat sie es.

Es war ein Screenshot von Twitter. Griffin und sie vor dem Kino. Darunter die Zeilen: *Martins geheimnisvoller Fremder identifiziert. Griffin Blaize. Podcaster. Drehbuchautor. Brandopfer vierten Grades.*

12

Die Story schlug ein wie eine Bombe.

Bis Dienstagmittag war das Bild von Griffin und Beverly vor dem Kino überall präsent, meist in Kombination mit dem Foto von der Premiere.

Das allein wäre schon schlimm genug gewesen, doch zu allem Überfluss begann nun jeder windige Reporter, in seiner Vergangenheit zu wühlen. Zum Glück hatte er sein Haus auf sein Gewerbe gekauft, sodass kein Pulk Kameraleute in seinem Vorgarten campierte, aber was es im Netz zu finden gab, war entdeckt worden. Jemand hatte belegen können, dass Griffin Blaize Griffin Draper war, und einen uralten Zeitungsartikel ausgegraben, in dem über den Brand kurz vor seinem dreizehnten Geburtstag berichtet wurde. Es gab sogar ein Bild, das ihn damals im Krankenhaus zeigte.

Innerhalb von vierundzwanzig Stunden konnte jeder mit Internetzugang seinen Werdegang nachlesen. Natürlich wurden auch Kelsey und Wyatt mit hineingezogen, und Griffin schickte seiner Schwester eine Entschuldigungsmail nach der anderen, obwohl sie ihm versicherte, er solle sich nichts daraus machen, sie würden damit umgehen können und diese Sorte Reporter wäre ohnehin ein Lumpenpack.

Dem stimmte er zu, doch das half ihm nicht.

Am meisten machte ihm zu schaffen, dass er quasi in seinem Haus gefangen war. Er konnte nicht einmal ins The Fix; von Megan wusste er, dass in Austins Vergnügungsviertel momentan viele Fotografen herumliefen, und im The Fix schienen sie sich nahezu zu sammeln. »Wahrscheinlich weil Beverly die Moderation macht. Dass du hier regelmäßig verkehrst, weiß vermutlich niemand, aber da jetzt bekannt ist, dass ihr zwei liiert seid, könnten sie durchaus auf der Lauer liegen.«

Was bedeutete, dass er zu Hause blieb, und wenn sie sich sehen wollten, dann nur bei ihm, was ihm aufs Gemüt zu schlagen begann. Warum war es ihm nicht einfach egal? Er hasste seine Narben, und er hasste sich dafür, sie verstecken zu wollen. Aber noch mehr zu schaffen machte ihm das Wissen, dass von nun an überall, wo er auftauchen würde, ein Reporter lauerte, der sensationsgeil genug war, um, koste es, was es wolle, ein Foto von ihm zu veröffentlichen.

Er betrachtete Beverly, die bäuchlings auf der Couch lag und mit einem roten Stift redigierte. Die Arbeit an dem Drehbuch befand sich in den letzten Zügen. Morgen Abend würde die Wahl zum Mann des Monats stattfinden, am Morgen darauf würden sie zur Promo-Tour aufbrechen. Und Griffin wusste verdammt gut, dass der Wirbel um seine Person damit Austin verlassen würde. Weil er an Beverly gebunden war.

Ohne den geheimnisvollen Fremden an ihrer Seite würde es bald gar keinen Wirbel mehr geben.

Er verspürte ein Ziehen in der Magengegend. Er konnte sich selbst nicht leiden, aber er wusste, was er zu tun hatte.

»Hey.« Er räusperte sich und versuchte es dann noch einmal. »Bev?«

Sie sah auf und lächelte. »Alles okay?«

Er nickte. Und schluckte. »Hör mal, ich weiß, wie dieses ganze Theater um meine Person endet.«

Sie setzte sich auf und runzelte die Stirn. »Aha?«

»Ich … ich fahre nicht mit auf die Tour. Wenn ich mich nicht mit dir blicken lasse, verlieren die Medien bestimmt schnell das Interesse.«

Sie blinzelte. »Moment mal. Wie bitte?«

»Eigentlich bist du doch die Attraktion, nicht ich. Faszinierend ist, dass du mit einem geheimnisvollen Kerl zusammen bist, der dieser entstellte Autor namens Griffin Blaize sein könnte. Tritt der nicht in Erscheinung, ist er auch nicht mehr interessant. Die Leute werden es vergessen und ihren Fokus auf etwas anderes richten.«

»Du kommst nicht mit? Aber ich bin mindestens einen Monat unterwegs. Wahrscheinlich sogar sechs Wochen.«

»Wir telefonieren jeden Tag.«

Sie setzte sich zurück, ohne ihn aus den Augen zu lassen. »Und das nächste Mal?«

»Was meinst du damit?«

»Wenn der Film in Europa anläuft, geht die Promo-Tour in die nächste Phase. Kommst du dann mit mir?«

Er schluckte. »Dann geht alles wieder von vorne los.«

Sie nickte, ihre Kehle arbeitete, und ihre Augen schienen ungewöhnlich hell. »Und sollten wir davon ausgehen, dass das mit uns beiden hält ...«

»Was ich unbedingt will«, betonte er fest.

» ... bin ich dennoch demnächst in Vancouver, um einen neuen Film zu drehen. Oder eine Serie. Und dann bin ich monatelang dort, vielleicht sogar Jahre. Was dann?«

Er schwieg. An ihrer Seite war er ein potenzielles Ziel. Hier zu Hause dagegen hatte er seine Ruhe, ohne dass die Suchscheinwerfer ihn erwischen konnten.

»Ich verstehe.«

»Viele Menschen haben Fernbeziehungen, die funktionieren. Und du wärest ja nicht für immer weg. Selbst wenn du in einer anderen Stadt filmst, kann einer von uns am Wochenende den Flieger nehmen.«

»Ja, das macht bestimmt großen Spaß.« Sie fuhr sich mit der Zunge über die Lippen. »Meine Eltern hatten eine solche Beziehung. Das Ganze ist nicht gut ausgegangen.«

»Wir sind aber nicht deine Eltern.«

»Nein«, flüsterte sie. »Das sind wir nicht. Ich dachte, wir wären so viel mehr.«

Ehe er eine Chance zur Antwort hatte, erhob sie sich. »Es tut mir leid, Griffin«, sagte sie seltsam steif. Sie war blass geworden. »Ich liebe dich – Gott, und wie ich dich liebe. Und ich kann selbst kaum glauben, dass ich das jetzt sagen muss. Aber genau hier ist meine Grenze. Vielleicht hast du ja recht und es funktioniert. Aber das ist mir egal. So will ich diese Beziehung nicht. Ich will den Mann, den ich liebe, an meiner Seite wissen. Klar, wenn du hin und wieder nicht mitkommen magst, kein Problem. Aber als Lebenseinstellung? Als Dauerzustand? Nein. Und ich kann nicht ...« Ihre Stimme versagte, als ein Schluchzer aus ihr herausbrach. »Ich kann keine Beziehung beginnen, wenn ich doch weiß, dass das Leben, von dem ich träume, niemals stattfinden kann.«

Sie setzte sich in Richtung Tür in Bewegung, und Panik stieg in ihm auf. »Beverly, warte.« Er hastete hinter ihr her. »Wir kriegen das hin.«

»Nein«, sagte sie. »Du musst das hinkriegen! Und, verdammt, Griffin, wenn du mich willst – wenn du uns und eine Beziehung willst –, dann weißt du ganz genau, was du zu tun hast.«

13

Beverly verbrachte den Rest des Dienstags und den kompletten Mittwochmorgen im Internet. Sie begann damit, sich jeden einzelnen Artikel über den geheimnisvollen Fremden oder Griffin oder ihr Liebesleben durchzulesen, und verfluchte die Reporter und Influencer, die sich anmaßten, Dinge zu veröffentlichen, die zwangsläufig das Leben anderer durcheinanderbringen würden.

Die Phase des Selbstmitleids dauerte bis Dienstagabend an, dann wandte Beverly sich dem Hauptthema zu – Griffin. Oder genauer gesagt ihrem Ärger über seine Einstellung und dem Gefühl, im Stich gelassen worden zu sein.

Ja, sie war gekränkt, denn wie man es auch drehte und wendete – letztendlich waren nicht die Reporter schuld. Zumindest nicht nur. Wenn Griffin die Tatsache akzeptieren würde, dass er die Brandnarben hatte, und sie zu verstecken aufhörte, dann konnten sie sich auch zusammen blicken lassen. Und es mochte durchaus sein, dass die Reporter ihnen gerade aus diesem Grund freundlich gesinnt wären. Aber selbst wenn nicht, würde es nicht lange dauern. Wenn die Medien in einer Sackgasse landeten, verloren sie in der Regel schnell das Interesse.

Doch damit das geschah, musste er zunächst ins Licht treten, sich sichtbar machen, und dazu war Griffin nicht bereit. Obwohl sie davon überzeugt war, dass er alles, was er Jessie gesagt hatte, auch wirklich glaubte, konnte er seine eigenen Ängste und Unsicherheiten nicht überwinden.

Aber genau das konnte sie auch nicht.

Sie wollte keine Fernbeziehung, das Risiko würde sie nicht eingehen. Sie hatte zu große Angst davor, sich auf jemanden einzulassen, den sie dann doch verlieren musste. Aber selbst wenn sie diese Angst nicht gehabt hätte, sah sie keinen Sinn darin, auf den Mann, den man liebte, stets so lange verzichten zu müssen.

Und hier lag ihr Hauptproblem.

Sie liebte ihn. Dessen war sie sich sicher.

Und sie hatte entsetzliche Angst, dass es eine solche Liebe kein zweites Mal geben würde. Griffin war und blieb der Mann, den sie wollte.

Aber, verdammt noch mal, sie wollte auch ihre Karriere. Sie wollte alles oder nichts.

Blieb nur zu hoffen, dass es am Ende nicht das Nichts war, dem sie entgegenblickte.

Griffin hätte sich am liebsten selbst in den Hintern getreten. Immer wieder.

Er hatte seine Traumfrau gefunden. Er hatte seine Traumfrau gefunden, geliebt und wieder verloren, weil er ein so verdammt großer Feigling war.

Aber verdammt noch mal – er wollte kein Leben führen wie ihres, er wollte nicht im Rampenlicht stehen. Wenn er ein Durchschnittstyp gewesen wäre, hätte er dem ganzen Trubel vermutlich aus dem Weg gehen können, sogar mit einer Berühmtheit an seiner Seite. Doch zwei Dinge arbeiteten gegen ihn: Er hatte sich bereits einen Namen in Hollywood gemacht, und seine Narben hatten ein Story-Potenzial, das Reporter magisch anzog.

Und so sollte er leben? Wie ein hässliches, aber faszinierendes Insekt, das man unter der Becherlupe betrachtete? Während sich alle Welt fragte, was eine Schönheit wie Beverly mit einem Kerl wie ihm wollte?

Bei dem Gedanken wurde ihm ganz übel.

Das Problem war nur, dass ihm bei dem Gedanken, nicht mehr mit ihr zusammen zu sein, noch übler wurde.

Er hatte keine Ahnung, was er tun sollte, also leerte er eine

Flasche Whiskey und sah dabei schreckliche B-Pictures auf irgendeinem Schundkanal. Es half ihm nicht, betäubte ihn aber, und er war froh, seinen Kummer eine Weile vergessen zu können.

Das Klingeln des Handys weckte ihn am nächsten Morgen, und er blinzelte im hellen Licht der Sonne, das durch die Fenster strömte. Halb blind tastete er nach seinem Telefon in der Hoffnung, dass Beverly anrief.

Aber es war nicht sie, sondern Jessie.

»Hast du eigentlich einen Schaden, oder was?«

»Wie bitte?«

»Ach, komm schon. Glaubst du wirklich, dass ich die ganze Zeit bloß male? Ich bin meistens mit meinem Smartphone beschäftigt. Und da ich jetzt mit einem Filmstar befreundet bin, habe ich Beverly gegoogelt.«

Er verzog das Gesicht, wohl wissend, worauf das Gespräch hinauslaufen würde.

»Ihr seid in allen sozialen Medien präsent, ist dir das klar?«

»Doch, ist mir schon aufgefallen.«

Sie schnaubte. »Also frage ich dich noch einmal: Hast du eigentlich einen Schaden? Ich meine, ich bitte dich! Perücke und Hut? Du weißt, dass ich deinen Podcast liebe, und du siehst aus, wie ich mir die Figuren daraus vorstelle, aber darum ging es ja wohl nicht, oder?«

Er musste sich ein Lächeln verkneifen, was sich unter den Umständen richtig gut anfühlte.

»Ich wusste, dass die Fotografen überall lauern würden. Ich wollte bloß ein wenig Privatsphäre.«

»Erzähl mir nicht solch einen Schwachsinn.«

Langsam wurde er verärgert. »Was soll das heißen?«

»Spar dir das«, fauchte sie ihn an. Sie war nun wie er richtig zornig. »Ich habe dir vertraut, dir geglaubt. Aber was machst du? Ehrlich, Griffin, du kommst hier ins Krankenhaus und tönst herum, gibst dich total abgeklärt und sagst uns allen, dass diese widerlichen Narben keinesfalls unser Leben ruinieren würden, aber was machst du? Du versteckst dich! Du gehst zwar raus, aber versteckst dich trotzdem! Wie mies ist das denn?«

Er schwieg. Sie hatte recht. Natürlich. Wie mies war das denn?

»Hallo? Oh, jetzt komm schon. Wehe, du hast aufgelegt. Das wäre nämlich wirklich arschlochmäßig und ich …«

»Ich bin noch da.«

»Ah. Und?«

»Du hast recht.«

Schweigen.

»Jessie?«

»Was hast du gesagt?«

»Dass du recht hast.«

»Wow. So was sagen Erwachsene sonst nie.«

»Tja, offenbar habe ich mich wie ein dummer Junge benommen, deswegen passt es.«

Daraufhin lachte sie laut.

»Schön, dass du Spaß hast. Aber, ja, du hast recht und Beverly auch, und ich bin ein jämmerlicher Feigling.« Leider entsprach das hundertprozentig der Wahrheit. Er holte tief Luft und setzte erneut an. »Dennoch sollst du wissen, dass alles, was ich gesagt habe, auch so gemeint war. Ich glaube fest daran, und ich habe dich nicht belogen.«

»Na, dann sieh zu, dass du den Hintern hochkriegst und etwas unternimmst. Zeig den Reportern den Stinkefinger. Spar dir das Kostüm. Und den Kapuzenpulli auch. Du bist du!«

Er grinste, obwohl sie es nicht sehen konnte. »Und wenn ich das tue, tust du es dann auch?«

»Das habe ich schon, und das weißt du ganz genau. Während du anscheinend bloß schöne Reden gehalten hast. Du hast mich dazu gebracht, mich der Welt zu zeigen, jetzt bist du dran.«

»Ja«, sagte er, und wieder: »Du hast recht.«

»Freut mich.«

Er lachte laut. »Danke, Jessie. Das hat gutgetan.«

»Immer wieder gerne«, antwortete sie. »Und nur damit du es weißt: Ich stalke dich und Beverly online. Ich erfahre es, wenn du einen Rückzieher machst.«

»Das macht mir keine Angst«, gab er grinsend zurück. Er wusste jetzt wieder, was er wollte, und das hatte er Jessie zu verdanken. »Glaub mir, du wirst stolz auf mich sein.«

Beverly fuhr auf, als Jenna ihren Namen rief. »Was ist los?«

»Ich sagte, dass wir loslegen sollten. Alles okay mit dir?«

»Ja, tut mir leid. Griffin und ich ... Ach, vergiss es.« Sie war ein Profi. Sie hatte einen Job zu erledigen. Wenn sie die Moderation hinter sich hatte, blieb noch immer genug Zeit, über ihre verlorene Liebe zu jammern.

Ein leises Lächeln spielte um Jennas Lippen. Auf den ersten Blick schien sie amüsiert, aber Beverly war sich sicher, dass es sich um Mitgefühl handelte.

»Die Jungs warten hinten, und die Kameras laufen. Die Karten für die Wettbewerber liegen schon auf der Bühne, und ich sorge für den richtigen Musikeinsatz, okay? Kriegst du das hin?«

Beverly nickte und riss sich zusammen. Natürlich bekam sie es hin.

Sie stieg das Treppchen zur Bühne hinauf, blickte über die Menge der Zuschauer und erlaubte sich einen kurzen Moment, traurig zu sein, weil Griffin dieses Mal nicht hier war, um ihr zuzusehen. Dann schlüpfte sie in ihre Bühnenrolle, spulte ihr übliches Begrüßungszeremoniell ab und sah auf die erste Karte im Stapel, den Jenna ihr zurechtgelegt hatte. Die Karten versorgten sie mit den notwendigen Hintergrundinformationen eines jeden Teilnehmers, sodass sie ihn der wartenden Menschenmenge vorstellen konnte.

Beverly hatte das inzwischen schon so oft gemacht, dass sie die passenden Worte auch im Schlaf gefunden hätte, aber sie verließ sich nicht darauf. Denn dieser Moderationsjob machte ihr großen Spaß. Sie fand es großartig, ein Publikum zu haben, und sie glaubte an den ursprünglichen Zweck dieser Veranstaltung, die Geld in die Kassen der Bar spülen sollte, damit es das The Fix auch noch im nächsten Jahr geben würde. Inzwischen war der Wettbewerb aber zu einem Kultevent geworden, und Bev war stolz, daran teilhaben zu können.

Dennoch war sie heute Abend nicht ganz bei der Sache, und zweimal stolperte sie über den Namen eines Teilnehmers, weswegen sie mit einer gewissen Erleichterung zusah, wie der vorletzte Kandidat sich der Bühne näherte.

Der Mann erklomm die Treppe zur Bühne, zog sein T-Shirt über den Kopf und spannte seinen beeindruckenden Bizeps an. Der Mini-Strip war keine Voraussetzung für die Teilnahme, doch die meisten Männer ließen es sich nicht nehmen, wenigstens ihren Oberkörper zu präsentieren. Immerhin wollten sie in einem Kalender erscheinen, und ein Waschbrettbauch brachte Stimmen ein.

Anders als vier seiner Vorgänger hielt dieser Teilnehmer keine kleine Rede, um sich selbst zu präsentieren; vermutlich war er der Ansicht, dass sein durchtrainierter Körper für sich sprach. Daher begleitete sie seinen Abgang von der Bühne nur mit Applaus, und das Publikum stimmte ein.

Dann nahm sie die letzte Karte vom Pult, las den Namen und hätte die Karte beinahe fallen gelassen.

»Entschuldigt«, sagte sie, trank einen Schluck Wasser und setzte ihr Bühnenlächeln auf. »Der letzte Kandidat für heute ist … Griffin Draper!«

Ein verblüfftes Murmeln ging durch die Menge. Viele Zuschauer waren Stammgäste, die zumindest gerüchteweise wussten, was Griffin normalerweise unter seiner Kapuze verbarg.

Sie blickte auf die Karte in ihren Händen und spürte, wie die Tränen in ihren Augen brannten, als sie die Informationen vorlas. »Mr. Draper, Anfang dreißig, ist Macher einer beliebten Webserie und Drehbuchautor für *Hidden Justice*, der im kommenden Jahr mit, nun ja, Beverly Martin in der Hauptrolle in Produktion geht.«

Sie wischte sich eine Träne aus dem Augenwinkel und blickte Griffin entgegen, der über den roten Teppich auf sie zukam. Er trug ein schlichtes weißes T-Shirt, und die Buchstaben verschwammen vor ihren Augen, als sie sich wieder dem Text der Karte widmete.

»Mr. Draper hat kürzlich in einer Beziehung eine falsche Entscheidung getroffen, weil er zu große Angst hatte, sich – verdammt noch mal, Griffin, das kann ich doch nicht vorlesen!«

Totenstille legte sich über das Publikum, als er neben sie trat und ihr das Mikrofon aus der Hand nahm. »Weil er zu große Angst hatte, sich der Welt zu zeigen und zu der Liebe seines Lebens zu stehen. Doch damit ist jetzt Schluss.« Er reichte ihr das Mikrofon zurück, dann hakte er die Daumen hinten in den Kragen des T-Shirts, zog es sich langsam über den Kopf und enthüllte die ganze vernarbte Seite vom Kopf bis zum Bund seiner Jeans auf der Hüfte.

Nur das Geräusch kollektiver Atmung war in der Bar zu hören, nichts weiter, nicht einmal das Rascheln von Kleidung.

»Tja, sorry, Leute«, rief Griffin und brach damit den Bann. »Bloß das T-Shirt. Für mehr müsst ihr den Kalender kaufen.«

Erst ertönte vereinzeltes verlegenes Lachen, dann echtes Gelächter, und Griffin lächelte und wandte sich Beverly zu, um ihr einmal mehr das Mikro abzunehmen. Dann hielt er es so tief, dass er nicht direkt hineinsprach, aber nah genug, dass seine Stimme in den Saal getragen wurde. »Ich liebe dich«, sagte er. »Und ich komme mit dir.«

Unter dem tosenden Applaus und dem Johlen der Zuschauer nickte sie glücklich, weil sie ohnehin kein Wort herausgebracht hätte.

Eine Viertelstunde später waren sie noch immer von Gratulanten und Fans umgeben, die ein Foto wollten. Griffin hatte das T-Shirt wieder angezogen, allerdings keine Kapuzenjacke, und sie war so verdammt stolz auf ihn.

»Wie fühlt es sich an?«, flüsterte sie ihm zu.

»Irgendwie gruselig, aber es geht. Ich denke, ich werde mich dran gewöhnen. Irgendwann jedenfalls.«

Jenna hüpfte breit grinsend das Treppchen hinauf. »Glückwunsch«, sagte sie. »Die Auszählung hat bestätigt, was wir alle geahnt haben. Du bist Mr. November.«

»Gott. Ich bin so stolz auf dich!«, sagte Beverly und umklammerte seine Hand noch fester.

»Na, freu dich besser nicht zu früh. Ich werde Eva trotzdem bitten, auf dem späteren Foto die Narben zu retuschieren«, sagte er und bezog sich auf den Männerkalender, in dem er nun im Monat November zu sehen sein würde. »*So* tiefenentspannt bin ich ohne Klamotten dann doch noch nicht.«

»Mach, was du willst«, erwiderte sie mit strahlender Miene. »Solange du bei mir bist.«

»Bin ich«, sagte er. Unter Johlen und Pfeifen der Menge um sie herum zog er sie in seine Arme und küsste sie, um das Versprechen zu besiegeln.

EPILOG

»Ich glaube, sie schläft endlich«, sagte Elena, als sie in Brents ofenwarme Küche trat und das Glas Wein entgegennahm, das er ihr hinhielt.

Er hatte sie noch nie zerzaust gesehen, doch jetzt war ihr kurzes Haar verstrubbelt und ihr Make-up verschmiert. Hatte er sie zuvor schon atemberaubend schön gefunden, so wirkte sie nun auch noch nahbar auf ihn.

Er war sich nicht sicher, ob das eine gute Sache war.

»Es tut mir furchtbar leid, dass sie noch wach war, als du nach Hause gekommen bist«, fügte sie hinzu. »Sie wollte noch einen Film sehen, und wir haben uns *Die Unglaublichen* ausgesucht, aber ich fürchte, der hat sie aufgewühlt. Mir war nicht klar, dass sie wieder aufgestanden war, um eine Festung für ihre Stofftiere zu bauen, während ich die Cupcakes gebacken habe.«

»Mach dir nichts draus«, sagte er mit einem leisen Lachen. Er war nicht überrascht; schließlich kannte er seine fünfjährige Tochter verdammt gut. »Ich bin auf akute Reizbarkeit morgen gefasst.«

Entsetzt riss sie die Augen auf, und er hätte sich verfluchen können. Warum hatte er bloß nicht die Klappe gehalten? Er wollte Elena Anderson kein schlechtes Gewissen machen. Immer, wenn er sie betroffen sah, hatte er den Wunsch, sie sofort in seine Arme zu schließen und ihre Besorgnis wegzuküssen.

Und das war definitiv nicht die Richtung, in die seine Gedanken gehen sollten. Nicht, wenn es sich um die Tochter seines Chefs und Freundes handelte. Und seinen Babysitter dazu.

»Ernsthaft jetzt«, fügte er hinzu. »Wirklich kein Problem. Kinder in dem Alter bleiben manchmal eben lange auf. Und schleichen sich aus dem Bett. So was passiert. Und ich bin dir wirklich dankbar, dass du eingesprungen bist. Mir ist schon klar, dass Kinderpflege nicht das war, was du im Sinn hattest, als du dein Studium angefangen hast.«

»Ich helfe dir gerne, ehrlich. Faith ist supersüß, und da du flexibel bist, ist es auch nicht schwer, hier zu sein, wenn du mich brauchst. Meistens lerne ich ohnehin allein. Du weißt ja, wie das ist.«

»Nein, eigentlich nicht. Polizist, Sicherheitsspezialist, jetzt Barbesitzer und Geschäftspartner deines Vaters.« Den letzten Teil fügte er hinzu, weil er die Tatsache laut ausgesprochen hören musste, um sie sich beiden wieder ins Bewusstsein zu rufen. Denn obwohl er sich seit Monaten schon einredete, dass er es sich bloß einbildete, wusste er ganz genau, dass auch Elena sich von ihm angezogen fühlte.

Angezogen? Ha, das war eine Untertreibung. Zwischen ihnen waren buchstäblich Funken geflogen, als sie einander zum ersten Mal begegnet waren. Und mehr als einmal hatte er sie dabei erwischt, wie sie ihn mit derart unverhohlener Begierde ansah, dass er sich hastig abwenden und an kalte Duschen und andere unsinnliche Dinge denken musste.

Er war ein Jammerlappen, und seine Ausrede, dass er einfach ausgehungert war, weil er ewig keine Frau mehr im Bett gehabt hatte, zog langsam nicht mehr.

Sie schenkte ihm ihr liebes, fast scheues Lächeln, und er hatte Schmetterlinge im Bauch.

Nein, es lag an ihr. Allein an der wunderbaren Elena.

»Übrigens finde ich das schön«, sagte sie. »Dass wir hier stehen und uns unterhalten, meine ich. Normalerweise haue ich immer sofort ab, sobald du nach Hause kommst.«

»Na ja, nicht, dass ich nachher noch die Cupcakes verderbe.«

»Das ist auch eine Sache, für die ich mich entschuldigen muss.

Ich hätte das wirklich mit dir abklären müssen, aber sie meinte, sie bräuchte sie für die Schule morgen.«

»Macht gar nichts, wirklich. Es ist nur so, dass ...«

»Ja?«

Sollte er ihr wirklich sagen, dass ihm im Augenblick furchtbar warm war, was aber nicht an der Hitze aus dem Ofen lag?

»Nichts«, antwortete er. »Vergiss es.«

Sie legte den Kopf schief und musterte ihn nachdenklich, und einen Augenblick lang war er sich sicher, dass sie nachhaken würde. Fast hoffte er es.

Bing!, machte der Ofen.

»Fertig«, sagte sie ein wenig zu fröhlich, als könnte sie damit die spürbare Spannung im Raum lösen.

Sie trat an den Ofen und bückte sich, um die Klappe zu öffnen, und Brent musste sich beherrschen, um nicht auf ihren Hintern zu starren, der ihre Jeans so perfekt ausfüllte.

Sie stellte das Blech auf ein Kuchengitter und zog die Ofenhandschuhe aus. »So. Also. Dann sollte ich jetzt mal besser gehen.«

»Müssen die Dinger nicht auskühlen?«

Sie nickte. »Faith kann sie morgen früh mit einem Guss überziehen – das hat sie bestimmt schon gemacht, oder? Verstau sie einfach in Frischhaltedosen.«

»Okay, das kriege ich hin. Du könntest allerdings auch bleiben und warten, damit ich sie nicht zu früh wegpacke und sie dann vielleicht matschig werden oder so was.«

Sie schluckte. »Okay. Wenn dir das hilft ...«

Er machte einen Schritt auf sie zu, und weil die Küche winzig war, stand er praktisch genau vor ihr. »Du könntest die Kuchen auch vergessen und einfach so bleiben.«

»Ich ... Brent.« Sie fuhr sich mit der Zunge über die Lippen, und sein ganzer Körper spannte sich vor Verlangen an. »Was ... was hast du vor?«

»Ehrlich? Im Augenblick denke ich darüber nach, dich zu küssen.«

»Oh.« Vor Überraschung funkelten ihre Augen. »Du denkst darüber nach?«

»Ja. Weil ich es so unbedingt will. Es aber nicht tun sollte.«

»Und warum nicht?«, fragte sie atemlos.

»Zum Beispiel weil du um einiges jünger bist als ich. Und die Tochter meines Chefs. Und meiner Freunde. Ganz zu schweigen davon, dass ich ein alleinerziehender Vater bin, der aufpassen muss, was er seinem Kind vorlebt. Und dann bist du auch noch der Babysitter.«

»Und all das ist schlecht?«

Er seufzte. »In diesem Zusammenhang schon. Fand ich zumindest bisher. Aber langsam bin ich mir nicht mehr sicher.«

»Dabei kann ich helfen.«

»Tatsächlich?«

»Ja.« Sie baute sich vor ihm auf, stellte sich auf die Zehenspitzen und legte sanft ihre Lippen auf seine.

Dann wich sie einen Schritt zurück, biss sich auf die Lippe und sah ihn abwartend an, als habe sie ihm den Ball zugespielt und fordere ihn auf, selbst aktiv zu werden.

Und, verdammt noch mal, das wollte er. Vielleicht würde er dadurch direkt in die Hölle kommen, aber er wollte diese Frau haben. Und ohne sich noch einen Moment des Zweifels zu gönnen, zog er sie an sich und küsste sie zärtlich und voller Hingabe.

YEAR *of* PASSION

DEZEMBER

Elena ist zu jung für mich. Ganz zu schweigen davon, dass sie die Tochter meines Chefs und die Babysitterin meines Kindes ist.

Da ist diese Anziehungskraft zwischen uns, diese knisternde Spannung. Aber ich muss sie ignorieren.

Als alleinerziehender Dad will ich vor allem für mein kleines Mädchen da sein. Alles andere ist zu kompliziert. Alles andere würde mich nur wieder verletzen.

Das Problem ist bloß, dass ich mich nach ihr verzehre. Und wenn sich die Funken zu einem Flächenbrand ausweiten, werde ich der Versuchung nachgeben. Unsere geheime Affäre ist glühend heiß, besser, als ich je gedacht hätte.

Geheimnisse kommen irgendwann ans Licht, und ich könnte meinen Job und meinen guten Ruf verlieren.

Doch so langsam wird mir eines klar: Das Einzige, was ich nicht verlieren will, ist sie.

1

Elena Anderson eilte wie auf Autopilot Austins Congress Avenue hinauf, wich Fußgängern, Straßenmusikanten und einer Gruppe von Mittelschülern aus, die von einer abgespannt wirkenden Lehrerin und ein paar gestressten Betreuerinnen zusammengehalten wurde.

Sie schlängelte sich durch die Menge der Menschen, die nach der Mittagspause wieder in die Büros strebten, und atmete erleichtert aus, als sie schließlich ostwärts auf die Sixth Street einbog. Nur noch ein paar Straßen weiter, dann konnte sie endlich alles erzählen. Sie war sich allerdings nach wie vor nicht ganz sicher, ob es die guten oder die schlechten Nachrichten waren, die sie vorantrieben.

Mit einem weiteren Seufzer verlangsamte sie ihren Schritt etwas und dachte über das nach, was geschehen war und was sie erfahren hatte. Für ihren Dad und seine Bar, The Fix on Sixth, ergab sich eine einmalige Chance. Während sie selbst eine Gelegenheit verpasst hatte.

Gab es da nicht irgendeine Redensart, dass das Leben wie eine Wippe war? Für ihren Dad ging es bergauf, aber ihr Boss hatte sie gerade in den Abgrund gestürzt.

»Komm drüber hinweg, Mädel«, sagte sie sich, allerdings offenbar zu laut, denn eine Frau in der Nähe, die auf mörderisch hohen Heels einherstolzierte, musterte sie neugierig.

Sie warf der Frau ein Lächeln zu und legte wieder einen Zahn zu, sodass sie vollkommen außer Atem war, als sie die schwere Eichentür aufzog, die ins The Fix on Sixth führte.

Kaum zu glauben, dass es erst ein paar Monate her war, seit sie

San Diego verlassen und sich auf den Weg nach Austin gemacht hatte, um dort nach ihrem Vater zu suchen, und ihn gleich gefunden hatte. Noch unglaublicher war, dass ihre Mutter und sie ihn die ganze Zeit für tot gehalten hatten, was auf einen schrecklichen Betrug seitens Elenas Großvater zurückzuführen war. In seinen Augen war Tyree nicht gut genug für Eva gewesen.

Elena war außer sich vor Wut gewesen, als sie die Wahrheit erfahren hatte. Sie war wütend auf ihren Großvater gewesen. Wütend auf die Welt. Und ja, sogar wütend auf ihre Mutter und Tyree, weil die beiden die Wahrheit nicht auf magische Weise herausgefunden und sämtliche Stolpersteine weggeräumt hatten, die man ihnen in den Weg gelegt hatte.

Eine Weile hatte sie sich förmlich in ihrem Groll gesuhlt, aber das war nicht nur unangenehm gewesen, sondern hatte sie auch eingeengt, wie ein zu knappes Kleid. Insgesamt war sie eigentlich ein fröhlicher Mensch, und so war ihr Zorn über die Vergangenheit schon bald verraucht; an seine Stelle trat das, was ihre Mutter immer als ihren unglaublichen Optimismus bezeichnete.

Damals hatte sie von Tyree Johnson nicht viel mehr als seinen Namen gewusst. Außerdem hatte man ihr erzählt, dass er bei der Marine gedient hatte. Aber das Internet ist ja etwas Wunderbares, und so hatte sie stunden-, wenn nicht sogar tagelang nach ihm gegoogelt, war jeder noch so schwachen Spur gefolgt, bis sie schließlich einen Artikel über einen Tyree Johnson gefunden hatte, der eine Bar in Austin, Texas, eröffnet hatte. Auch ein Bild war dabei gewesen, und anhand des zerfledderten Schnappschusses, mit dem sie seit ihrer Geburt vertraut war, hatte sie ihn sofort erkannt. Dieses Bild von ihrem Vater hatte Eva ihr stets ins Kinderbettchen gelegt, damit sie ihrem für immer verloren geglaubten Vater stets nah war.

Bloß, dass er alles andere als verloren war.

Und nun, dank Internet und ihrer eigenen Beharrlichkeit, kannte sie ihn tatsächlich.

Sie war nach Austin gekommen, weil sie davon geträumt hatte, ihren Vater zu finden und ihn kennenzulernen. Und ja, sie hatte auch gehofft, Tyree und Eva würden wieder ein Paar werden. Immerhin glaubte sie daran, dass Menschen glücklich bis ans Ende ihrer Tage sein konnten. Aber sie hatte keineswegs sicher damit gerechnet. Eigentlich hatte erst einmal nur eines für sie im Vordergrund gestanden: die Chance, ihren Vater kennenzulernen.

Und in kürzester Zeit hatte sich alles gefügt. Ihr Dad und ihre Mom waren verlobt; Elena hatte einen Halbbruder, der wirklich toll war; und sie selbst stand ihrem Dad mittlerweile schon so nahe, dass sie das Gefühl hatte, ihn schon jahrelang zu kennen und nicht erst seit wenigen Monaten.

Also ja: Alles war gut geworden. Das musste sie sich bloß stets vor Augen führen. Sie würde einen neuen Job finden; das hier war keine Krise, sondern eine Chance. Und sie würde Tyree dabei helfen, alles Notwendige zu tun, um das The Fix zur angesagtesten Bar zu machen.

Um zwei Uhr nachmittags war im Lokal nicht allzu viel los. Ein paar vereinzelte Gäste saßen an den Tischen, doch die registrierte sie kaum, als sie die Bar betrat.

Nur Brent bemerkte sie sofort. Wie hätte sie ihn auch übersehen können? Er war zweifellos der attraktivste Mann, den sie je gesehen hatte. Er war athletisch gebaut, groß und schlank, mit breiten Schultern und muskulösen Armen. Nie hatte sie ihn mit nacktem Oberkörper gesehen, sondern höchstens in dem schwarzen T-Shirt mit dem Logo des The Fix on Sixth. Aber das reichte ihr, um sich seine definierten Brust- und Bauchmuskeln vorstellen zu können. Er hatte markante Gesichtszüge, whiskeyfarbene Augen, die stets zu lachen schienen und in denen so viel Liebe stand, wenn er seine fünfjährige Tochter ansah, dass dann immer jede Menge Schmetterlinge in Elenas Bauch flatterten.

Sie wünschte sich, er würde auch sie auf diese Weise ansehen.

Aber nein. So etwas durfte sie nicht mal denken. Sie hatte noch nicht mal beruflich Fuß gefasst, sodass eine Beziehung im Augenblick wirklich nicht infrage kam. Schon gar nicht mit einem alleinerziehenden Vater. Sein Leben verlief in festen Bahnen. Sie jedoch sehnte sich nach Abenteuern. Sie hatte noch zwei Jahre ihres Masterstudiengangs in Austin vor sich, und es stand in den Sternen, wo sie danach landen würde. Als Stadtplanerin konnte sie beinahe überall arbeiten. Sogar in Europa; wäre das nicht aufregend?

Zugegeben, eine Affäre mit diesem Mann wäre toll gewesen, aber sie war sich trotzdem sicher, dass es nie dazu kommen würde. Sie selbst spürte zwar das Knistern, wenn sie in seiner Nähe war, er hingegen hatte nie mehr als freundschaftliches Interesse an ihr bekundet. Außerdem war er ganze zehn Jahre älter als sie selbst. Oder eigentlich neun, da sie in der kommenden Woche vierundzwanzig wurde. Dennoch war der Altersunterschied immer noch sehr groß, zumal Brent zu Tyrees engsten Freunden zählte. Und wie peinlich war das denn?

Nein. Sie musste Abstand halten und vernünftig bleiben. Für ihn ein bisschen zu schwärmen war ja durchaus okay, solange er nichts davon mitbekam. Was er nicht würde, denn sie würde ihre Gefühle auf jeden Fall vor ihm verbergen.

»Was ist los?«, fragte Brent, der aufgesehen hatte, als sie ins The Fix gestürmt kam.

Anscheinend war sie nicht allzu gut darin, ihre Gefühle für sich zu behalten.

Allein schon beim Klang seiner Stimme wurde ihr ganz anders, doch sie ignorierte es und sah ihren Vater an. »Ich muss mit dir reden. Und mit dir auch«, fügte sie an Brent gewandt hinzu und hoffte, lässig und geschäftsmäßig zu klingen. »Es geht um die Bar und den Denkmalschutz, und es ist wirklich wichtig.« Sie ratterte die Worte herunter und sah die beiden Männer eindringlich an.

»Also gut«, antwortete Brent und warf Tyree einen Blick zu. »Dann lass uns gleich reden.«

Er bedeutete Jenna und Reece, ihm zu folgen, und Elena gab

sich im Geiste eine Kopfnuss. Sie hatte sich so schnell ausschließlich auf Brent eingeschossen, dass ihr die Anwesenheit seiner beiden besten Freunde glatt entgangen war.

Sie kannte natürlich nicht die ganze Geschichte, aber anscheinend waren Jenna, Reece und Brent schon seit ihrer Kindheit miteinander befreundet. Nur stellte sich dann irgendwann heraus, dass Reece und Jenna insgeheim ineinander verliebt waren, was mittlerweile nicht mehr ganz so geheim war, denn Jennas Schwangerschaft war offensichtlich.

Auch die Anwesenheit von Griffin und Beverly in der Bar war Elena entgangen. Doch jetzt sah sie sie nebeneinandersitzen. Sie warfen ihr einen Blick zu, vertieften sich dann aber wieder in ihr Gespräch. Sie schienen sich in der Gesellschaft des jeweils anderen überraschend wohlzufühlen, worüber sie lächeln musste. Sie wusste, dass Bev Griffin monatelang angeschmachtet hatte, Letzterer seine Gefühle jedoch erfolgreich für sich behalten hatte.

Als Opfer eines Brandes hatte Griffin als Kind furchtbare Narben davongetragen. Elena hatte davon schon kurz nach ihrer Ankunft im The Fix erfahren. Auch hatte sie schnell gemerkt, wie verschlossen er war und wie sehr er sich bemühte, seine Narben stets zu verbergen.

Beverly hingegen war ein Filmstar und sah einfach umwerfend aus. Elena hätte zugegebenermaßen nie gedacht, dass die beiden zusammenkommen würden. Und obwohl sie sich wahnsinnig gefreut hatte, sich diesbezüglich geirrt zu haben, war sie doch ein wenig neidisch, die beiden so glücklich zu sehen, denn sie war sich verdammt sicher, dass Brent sie nie auf ähnliche Weise überraschen würde.

Sie schüttelte den Kopf, verbannte die Gedanken aus ihrem Kopf. Dann warf sie Beverly ein kurzes Lächeln zu und folgte den Männern und Jenna ins Büro im hinteren Teil der Bar.

»Na gut, *mon bijou*«, sagte Tyree, dessen Cajun-Wurzeln sich in dem Kosenamen zeigten, den er ihr seit Kurzem gab. Er lehnte sich an seinen Schreibtisch und runzelte besorgt die Stirn. Er war ein großer Mann, dessen Haut ebenso dunkel war wie die ihre, obwohl das so ziemlich alles war, was sie von ihm geerbt hatte. Sie hatte die Figur ihrer Mutter, ebenso wie deren hohe Wangenknochen, ganz zu schweigen von ihren großen Augen. Und nun, da Elena ihr Haar auch noch kurz trug, sahen Mutter und Tochter beinahe wie Schwestern aus.

Tyree hatte es nie laut ausgesprochen, aber sie wusste, dass er anfänglich Zweifel daran gehabt hatte, dass sie wirklich von ihm war. Offenbar hatte er David für den Vater gehalten. Doch David Anderson hatte Eva geheiratet, nachdem Tyree auf dem Schlachtfeld ums Leben gekommen war. Zumindest hatte Eva das damals geglaubt.

Elena erinnerte sich gar nicht an David. Die Ehe war von Elenas Großvater arrangiert worden, und Eva hatte sich schließlich von ihm scheiden lassen, als Elena vier gewesen war. Tyree war also der einzige Vater, den sie kannte. Sie hatte eine Menge verpasst, aber gerade das machte die Zeit, in der sie beide jetzt vieles nachholten, zu etwas ganz Besonderem.

Und diesen Kosenamen liebte sie wirklich.

»Was ist los?«, fuhr Tyree fort. »Du siehst aus, als würdest du gleich platzen, wenn du uns nicht sofort alles erzählst. Die Frage ist nur, ob du gute oder schlechte Neuigkeiten hast.«

»Für mich sind sie eigentlich eher schlecht«, antwortete Elena. »Aber für dich sind sie gut. Oder zumindest möglicherweise gut«, fügte sie achselzuckend hinzu.

Sie sah, wie Brent und Reece einen schnellen Blick wechselten, während Tyree sich von seinem Schreibtisch abstieß und die Stirn noch stärker in Falten legte. »Schlecht für dich? Inwiefern?«

»Ist schon gut«, antwortete sie und bedauerte bereits, dass ihr das herausgerutscht war. »Wirklich, ich hätte es gar nicht erwähnen sollen. Ich wollte dir eigentlich nur erzählen, was ich gehört habe.«

Tyree wollte offensichtlich nachhaken, aber Brent deutete mit einem Kopfnicken auf einen der Stühle, damit sie sich setzte. »Also, dann schieß mal los«, sagte er. »Du hast gesagt, es ginge um die Bar und den Denkmalschutz?«

»Stimmt.« Sie setzte sich und legte die Hände auf die Knie, während sie ihre Gedanken zu ordnen versuchte. »Okay, ihr wisst ja, dass ich für das Austin Center for Downtown Conservation and Revitalization gearbeitet habe, stimmt's?«

»Habe?«, wiederholte Brent, denn diesem Mann entging nun einmal nichts.

Einen Moment später machte Tyree auch schon einen Schritt auf sie zu, und seine freundlichen Augen waren voller Sorge. »Elena, was ist denn passiert?«

Sie warf den beiden Männern einen entschlossenen Blick zu. »Moment. Ich komme gleich darauf zu sprechen.« Sie sah, dass Brents Lippen belustigt zuckten, und sagte sich, dass sie ihn auf keinen Fall ansehen durfte, wenn sie mit ihrer Geschichte bis zum Ende kommen wollte. Dieser Mann brachte sie wirklich total aus dem Konzept.

»Sie haben mich heute Morgen angerufen, na ja, Cecily hat mich angerufen. Sie ist meine direkte Vorgesetzte, und sie betonte, alle wären von meiner Arbeit sehr beeindruckt und glaubten, ich würde es noch weit bringen. Was natürlich schön zu hören war, aber mir war gleich klar, dass es bei dem Gespräch nicht nur darum ging, mich zu loben.«

Sie brach ihre eigene Regel und warf Brent, der sie aufmerksam musterte, einen Blick zu. »Nach ein paar Minuten Geplänkel«, fuhr sie fort, »berichtete sie mir, dass der Vorstand sich vor Kurzem zusammengesetzt habe, die Zeiten nun mal schwer seien und man meine Stelle wohl streichen müsse.«

»Oh, Süße«, rief Tyree, »das tut mir so leid.«

»Sie versicherte mir, dass sie mich gern behalten hätten, es aber nicht möglich sei. Aber sie haben mir ein total gutes Zeugnis ausgestellt.« Sie seufzte. Alles in allem hätte sie den Job lieber behalten. »Jedenfalls«, sprach sie weiter, bevor sie jemand bemitleiden konnte, »während ich meine Sachen ausräumte, bekam ich zufällig eine Unterhaltung im Zimmer nebenan mit.«

Sie sah sich um, wandte den Blick schnell wieder von Brent ab und fixierte ihren Vater. »Das Center ist eine Non-profit-Organisation, die eng mit der Stadt zusammenarbeitet. Eines seiner Ziele besteht wohl darin, das Bewusstsein für die Geschichte der Sixth Street zu schärfen. Anscheinend wissen ganz viele Menschen nicht mal, dass sie früher Pecan Street hieß. Man überlegt nun, ob man die in den historischen Gebäuden ansässigen Geschäfte nicht bittet, geführte Touren oder Artefakte anzubieten oder vielleicht auch Flyer zur Geschichte dieses Viertels herauszugeben.«

»Klingt gut«, meinte Jenna. Sie saß auf einem der Stühle, die Hand schützend auf den Bauch gelegt.

»Das fand ich auch«, pflichtete Elena ihr bei und wandte sich dann wieder Tyree zu. »Und mir kam die Idee, dass wir einfach mit gutem Beispiel vorangehen könnten. Die Aktion kommt in jedem Fall auf uns zu. Wir könnten also voranpreschen und schon einiges davon verwirklichen. Das brächte der Bar nicht nur zusätzliche Publicity, sondern wir wären auch Vorreiter bei der Kampagne zur Förderung des historischen Bewusstseins.«

»Ich bin mir sicher, sie werden eine Art Ausschuss zusammenstellen«, fügte sie hinzu. »Wenn wir jetzt aktiv werden, zeigen wir bereits ganz früh, dass wir an dieser Sache interessiert sind. Wahrscheinlich haben sie uns dann bald auf dem Schirm, sodass wir Teil der Kernplanungstruppe werden können. Vielleicht ergreifst du sogar von dir aus die Initiative und teilst ihnen mit, dass du das historische Bewusstsein fördern willst. Unter Umständen gibt es ja auch schon so etwas wie eine Infotafel, die man am Gebäude anbringen könnte. Aber wir sollten einfach schon mal mit denen ins Gespräch kommen, weißt du?«

Sie sah die anderen der Reihe nach direkt an. »Ich weiß, dass ich derlei Aktivitäten aufregender finde als ihr. Aber es geht nicht nur um die Planung. Ich glaube, dass so eine Maßnahme den Ruf des The Fix in der Stadt noch einmal enorm verbessern könnte.«

Tyree und Reece wechselten einen Blick, dann nickte Tyree. »Ganz schön wertvoll, diese Informationen«, sagte er. »Wenn man bedenkt, wie sehr unser Umsatz sich gesteigert hat, seit wir den Wettbewerb zum Mann des Monats ins Leben gerufen haben, kann man wohl behaupten, dass wir in absehbarer Zeit kaum pleitegehen werden.«

»Was bedeutet, dass es tatsächlich sinnvoll sein könnte, sich zu engagieren«, sagte Jenna. »Und das Ganze mit geschichtlichem Background zu würzen ist sicherlich sinnvoll. Wir könnten Spencer und Brooke bitten, in der letzten Folge von *The Business Plan* ein paar historische Fakten einzuflechten. Und durch unsere Lebensmittelmesse nehmen wir hier in der Innenstadt ja ohnehin schon eine gewisse Führungsposition ein.«

»Stimmt genau«, bestätigte Elena. Als sie nach Austin gekommen war, hatte die Bar gerade den Mann-des-Monats-Contest aus dem Boden gestampft, einen Kalenderwettbewerb, mit dessen Hilfe man mehr Gäste ins The Fix hatte locken wollen, damit die Bar liquide blieb und nicht geschlossen werden musste.

Der Erfolg des Wettbewerbs hatte sämtliche Erwartungen übertroffen, und jetzt stand außer Frage, dass Tyrees The Fix am einunddreißigsten Dezember schwarze Zahlen schreiben würde.

An diese Erfolgswelle anknüpfend hatten alle in der Bar darüber nachgedacht, wie man das The Fix im Fokus der Öffentlichkeit halten konnte, und so war die Idee einer Lebensmittelmesse aufgekommen. Jenna hatte sich umgehend auf die Planung gestürzt, und jetzt rückte der Termin immer näher. Dutzende von Austiner Restaurants und Delikatessenläden hatten sich angemeldet. Und da das The Fix nicht nur Initiator, sondern auch Organisator war, würde der Name der Bar am Abend der Messe, die im Ballsaal des Winston Hotels stattfinden würde, in aller Munde sein.

Tyree baute sich vor ihr auf. »Ich bin dir für deinen Vorschlag dankbar, und ich habe ganz sicher auch nichts dagegen. Aber du hast bislang noch nicht erwähnt, wie du dir deine finanzielle Zukunft jetzt vorstellst.« Seine Stimme war sanft, seine Miene jedoch unnachgiebig.

»Ich?«

»Du hast hier gekündigt, um im Center zu arbeiten. Womit willst du denn nun deinen Lebensunterhalt bestreiten?«

»Daddy ...«

Tyrees ernster Blick wurde sanft, und er strahlte sie an. »Ich mag es, wenn du das sagst.«

Sie verdrehte die Augen, aber eigentlich tat sie nur so entnervt. Denn auch sie mochte den Klang dieses Wortes. Und das wussten sie auch beide.

Sie streckte den Arm aus, und ihre Hand wurde sogleich von der viel größeren ihres Vaters umfangen.

»Ich werde mir natürlich etwas anderes suchen. Und sie haben mir gesagt, dass sie vielleicht zumindest einen Praktikumsplatz für mich haben. Aber das müssen sie wahrscheinlich auch mit dem Vorstand klären. Ich bin also momentan in der Warteschleife.«

»Praktikantin«, meinte Tyree. »Also ohne Bezahlung.«

»Die Erfahrung ist schließlich das, was zählt«, antwortete sie, doch er stieß bloß die Luft aus. Hörbar.

»Warum arbeitest du nicht einfach wieder hier? Ich habe nicht mehr allzu viel Personalbedarf, aber eine Teilzeitstelle kann ich dir noch anbieten.«

Elena wäre vor Erleichterung beinahe zusammengebrochen. Sie hatte nicht unverschämt sein wollen, weswegen sie nie um einen Job in der Bar gebeten hätte, aber sie brauchte wirklich dringend Arbeit.

Doch gerade als sie begeistert auf Tyrees Angebot eingehen wollte, stieß Jenna hinter ihr einen leisen Seufzer aus. »Es tut mir wahnsinnig leid«, sagte sie und stellte sich hinter Brent, »aber ich habe heute Morgen jemanden eingestellt.«

Tyree runzelte die Stirn. »Wir haben die Stelle doch nicht mal ausgeschrieben.«

Jenna wischte seine Worte kurz angebunden vom Tisch: »Sie hat mich letzte Woche angerufen. Ich kenne sie. War Zufall. Jedenfalls«, fuhr sie eilig fort, »nur weil es hier keinen Job gibt, bedeutet das ja noch lange nicht, dass du auf dem Trockenen sitzt. Immerhin brauchst du doch einen Babysitter, oder nicht?« Beim letzten Satz versetzte sie Brent einen Knuff gegen die Schulter. »Hat das neue Mädchen, das du eingestellt hast, nicht gerade gekündigt? Und ausgerechnet jetzt musst du auch an den Wochenenden arbeiten, also wäre das doch eine sinnvolle Entscheidung, oder? Findest du nicht auch, Elena?«

Ihr Herz machte einen Rückwärtssalto bei dieser Aussicht, und innerlich zuckte sie zusammen. Ehrlich, was dachte sie sich eigentlich dabei? Sie sollte für Brent arbeiten? Ständig in seiner Nähe sein? Bis spät in die Abendstunden? In seinem Haus? Mit seiner Tochter?

Zugegeben, er würde nur selten da sein, aber trotzdem würde das sicher in einer Katastrophe enden. Oder zumindest würde sie sich dadurch in eine äußerst peinliche Lage bringen.

Sie musste einfach Nein sagen.

»Ich könnte dich wirklich brauchen«, sagte Brent, und seine gelassenen Worte beschworen allerlei wunderbare Bilder herauf.

»Oh«, machte Elena, wobei sie nicht wusste, ob er sie über das wilde Pochen ihres Herzens hinweg überhaupt verstehen konnte. »In dem Fall: Ja.«

2

»Er hat gesagt, dass er dich brauchen könnte? Oh-oh.« Selma Herrington saß im Schneidersitz auf dem Boden in Elenas Wohnzimmer, das stachelige, stets die Farbe wechselnde Haar heute mit pinkfarbenen Strähnen. Sie grinste, als sie Hannah Donovan ansah, eine Austiner Anwältin, die mit Matthew Herrington zusammen war, Selmas Bruder.

»Als Babysitterin«, erläuterte Elena und spürte, wie ihre Wangen heiß wurden.

»Aber du willst mehr, nicht wahr?«, fragte Hannah. »Ich meine, du hast dich doch schon von Anfang an zu ihm hingezogen gefühlt.«

Panischer Schrecken durchfuhr Elena, denn sie hatte sich die ganze Zeit über bemüht, sich Brent gegenüber nicht anmerken zu lassen, dass sie ihn toll fand. Außer Selma hatte sie niemandem davon erzählt, und selbst das war nur einem schwachen Moment im Hinterzimmer des The Fix zu verdanken gewesen, als sie über Männer, Filme und das Leben an sich gesprochen hatte, während Selma die Whiskey-Vorräte neu aufgefüllt hatte.

Elena und Selma hatten sich auf Anhieb gut verstanden. Elena war neu in der Stadt gewesen, und das The Fix war der einzige Ort, an dem sie sich gleich ein wenig wie zu Hause gefühlt hatte. Selma war Besitzerin einer Whiskey-Destillerie, und als eine der Zulieferinnen war sie ständig im The Fix präsent, sodass Elena ihr gleich am ersten Tag begegnet war.

Sie hatten sich schnell angefreundet. Das war mit Selma nicht schwer, die schrullig genug war, um interessant zu sein, und authentisch genug, dass man sie gleich ins Herz schloss.

In diesem Moment zweifelte Elena daran, ob es gut war, ihr zu vertrauen, und warf der Freundin einen wütenden Blick zu. Doch Selma hob abwehrend die Hände. »Ich habe erst etwas gesagt, als sie danach fragte.«

Elena sah Hannah an, die ein wenig verlegen wirkte. »Ich habe doch gesehen, wie du Brent angesehen hast. Genau solche Blicke habe ich Matthew zugeworfen, bevor er Interesse zeigte.« Ihr Lächeln deutete jede Menge intimer Geheimnisse an. »Wahrscheinlich wollte ich mich damit einfach bloß bemerkbar machen.«

»O Gott. Ist es bei mir wirklich so offensichtlich?«

»Das bemerkt man nur als Frau«, beruhigte Selma sie. »Brent hat sicher keine Ahnung. Aber vielleicht ist das ja ein Teil des Problems«, sang sie leise vor sich hin.

»Es gibt kein Problem«, widersprach Elena ihr entschlossen.

»Oh, bitte! Du vögelst ihn nicht. Das klingt durchaus nach einem Problem.«

»Selma!«

»Ich spreche bloß das aus, was wir alle denken.«

»Auf diese Art bin ich gar nicht an ihm interessiert. Oder«, fügte sie hinzu, ehe eine der Frauen diese Aussage infrage stellen konnte, »vielleicht bin ich auch einfach nur nicht naiv genug, um zu glauben, dass er Interesse an mir haben könnte. Und selbst wenn er es hätte, wird es ganz bestimmt niemals dazu kommen.«

»Warum denn nicht?«, fragte Hannah. »Wenn du Interesse hast und er auch …« Sie zuckte mit den Schultern und sprach nicht weiter, aber ihre Stimme hatte einen mutwilligen Unterton.

»Weil ich noch im Masterstudium bin, er aber schon ein geschiedener Vater ist. Er hat ein Leben. Ich muss Studiengebühren zahlen. Er macht sich über die Finanzierung von Faith' Collegegebühren Gedanken, während ich nicht mal einen festen Job habe.«

Hannah und Selma wechselten einen Blick. »Derlei Bedenken sind berechtigt«, meinte Selma, »lassen sich aber überwinden.«

Entnervt schüttelte Elena den Kopf. »Ihr Mädels seid unmöglich. Essen wir jetzt etwas oder nicht?«

Sie hatten sich schon im Laufe der Woche vorgenommen, am Samstagmorgen frühstücken zu gehen, wobei sie sich bei Elena treffen wollten, um dann in einem der zahlreichen Tex-Mex-Lokale in Austin Migas zu verspeisen. Aber nun hatte Elenas Liebesleben oder besser gesagt das Fehlen desselben sie aufgehalten. Und mittlerweile war ihr Magen genauso vernachlässigt wie ihre Libido.

Hannah sah auf die Uhr. »Wir finden jetzt bestimmt nirgends mehr ein Lokal ohne riesige Warteschlange. Was hast du denn im Kühlschrank? Wir könnten doch einfach hierbleiben und selbst kochen.«

»Klar«, sagte Elena und stand auf. Damals in Kalifornien hatte sie nicht allzu häufig gekocht. Aber nachdem sie hergezogen war, hatte sie angefangen, immer mal wieder im Haus ihres Dads herumzuhängen und mit ihm und Eli, ihrem Halbbruder, irgendwelche Gerichte zu zaubern. »Ich glaube sogar, ich habe alles für Migas da.« Dieses Tex-Mex-Frühstück, eine Mischung aus Rührei, Zwiebeln, Tomaten, Chili, Sour Cream und Tortillas, gehörte zu ihren Lieblingsgerichten. »Ich habe sogar Salsa und Tortillas da. Eigentlich fehlt nur die richtige Atmosphäre.«

»Und ein Kellner, der uns bedient«, ergänzte Hannah.

»Ist doch egal, solange wir unsere Migas kriegen!«, meinte Selma. »Außerdem können wir dann deutlich großzügiger bei den Mimosa-Cocktails sein. Hast du Champagner da?«, fragte sie im Nachgang. »Und wenn wir schon dabei sind: auch Orangensaft?«

»Seltsamerweise schon.«

»Deine Küche ist besser ausgestattet als meine«, bemerkte Selma. »Easton und ich hassen Supermärkte. Wir haben Pappschachteln von Fertiggerichten und Whiskey da. Viel Whiskey.«

»In unserer gibt es vornehmlich Obst und Eiweiß«, meinte Hannah. »Ich liebe deinen Bruder«, fügte sie an Selma gewandt hinzu, »aber der Typ ernährt sich einfach zu gesund. Obwohl er eine Schwäche für Mrs. Johnsons Donuts hat.«

»Na ja, wer hat die nicht?«, fragte Selma.

Schon seit den Vierzigerjahren war Mrs. Johnsons Bakery eine der beliebtesten Bäckereien der Stadt. Dort gab es die besten Donuts, die Elena je gekostet hatte. Ernsthaft, Kalifornien lag zwar am Meer, aber Austin machte das durch verdammt viele andere Vorzüge wett. Dazu gehörte auch ihre Familie. Und eben Brent.

»Kommt schon«, sagte sie und machte sich auf den Weg in die Küche. »Ihr Mädels könnt euch an die Bar setzen, und wir können weiterreden, während ich koche. Wir könnten sogar das Thema wechseln, nicht wahr?«, schlug sie vor, allerdings ohne allzu viel Hoffnung.

»Zum Teufel damit«, rief Selma, während sie Elena folgte. »Ich will genau wissen, wie es heute bei dir abläuft. Wann gehst du zu ihm? Und wann kommt er wieder nach Hause?«

Elena runzelte die Stirn und holte eine Eierschachtel aus dem Kühlschrank. »Ich soll um vier bei ihm auftauchen. Wahrscheinlich ist er so gegen drei Uhr in der Nacht wieder zurück. Aber warum spielt das überhaupt eine Rolle?«

»Du siehst ihn, wenn er geht und später heimkommt«, sagte Selma.

»Und du kannst Faith über ihn ausfragen«, fügte Hannah hinzu.

Elena wollte gerade wieder zum Kühlschrank zurückgehen, aber jetzt blieb sie stehen und starrte ihre Freundin entgeistert an. »Ich werde doch keine Fünfjährige über einen Typen ausfragen, in den ich verknallt bin!«

Hannah und Selma sahen sich bedeutungsvoll an. »Zumindest gibt sie zu, dass sie verknallt ist«, meinte Hannah.

»Ich habe es nie abgestritten. Ihr Mädels wollt mich doch nur aufziehen.«

»Vielleicht ein bisschen«, bekannte Hannah.

»Na, dann hört auf damit. Ich bin schon gestresst genug, allein nämlich von der Vorstellung, ihm bei der Arbeit dermaßen nah zu sein.«

»Bloß, dass er ja gar nicht vor Ort sein wird«, bemerkte Selma. »Nun, aber in der Nacht kommt er dann heim, und wer weiß, wohin das führt?«

Sie brach in Gelächter aus, und Elena konnte nur den Kopf schütteln. »Ihr seid beide schreckliche Freundinnen«, sagte sie.

»Nein, du liebst uns«, antwortete Selma.

»Ich frage mich gerade, ob Jenna auch solche Hintergedanken hatte.«

Elena sah Hannah verwirrt an. »Wovon sprichst du?«

»Na ja, du weißt doch, dass sie gern Leute miteinander verkuppelt. Und sie hat sicher gewusst, dass Brent heute erst sehr spät wiederkommen würde. Vielleicht will er sogar noch etwas trinken, bevor er schlafen geht. Wer weiß, was da so alles passieren kann …«

Elena runzelte die Stirn, als sie ein ganzes Stück Butter in die Pfanne gab und diese auf kleiner Flamme brutzeln ließ. »Auf gar keinen Fall. Außerdem, warum sollte sie das tun? Ihr habt gesagt, dass meine Gefühle doch gar nicht so offensichtlich sind, und Brent ist nicht mal an mir interessiert.«

Selma summte leise vor sich hin, während Elena die Zwiebel und die Chilischoten würfelte. »Vielleicht ja doch. Wenn jemand das weiß, dann Jenna und Reece. Sie sind ja dicke Freunde.«

Allein der Gedanke veranlasste die Schmetterlinge in Elenas Bauch zu einer luftakrobatischen Nummer. »Ich verbrenne gleich die Butter. Macht mal halblang, ihr beiden.« Sie warf den Freundinnen einen strengen Blick zu und schob die Zwiebeln und Chilischoten mit der stumpfen Seite des Messers in die heiße, flüssige Butter. Die Mischung brutzelte vor sich hin, und sie atmete das verführerische Aroma ein und rührte mit einem hölzernen Kochlöffel darin herum.

»Was ist eigentlich mit Easton und deinen Eltern?«, fragte sie Hannah, um das Thema zu wechseln. »Und Selma, kannst du vielleicht den Käse reiben?«

Hannah zog die Nase kraus, und Selma umrundete die Bar. »Sie haben mir jetzt endlich das Geld gegeben.«

»Das ist ja fantastisch«, rief Selma und sah vom Kühlschrank auf, in dem sie herumfuhrwerkte. »Matthew hat mir das noch gar nicht erzählt. Dieser Mistkerl. Und es tut mir leid. Ich weiß, es sind deine Eltern, aber mein Bruder ist der netteste, fantastischste Typ überhaupt, außer wenn er ein Mistkerl ist, und das dürfen auch nur wir beide von ihm denken. Und deine Eltern sind so absolute …«

»Selma«, schnitt Elena ihrer Freundin scharf das Wort ab, während sie das zwölfte Ei in eine Schüssel gab und noch einmal schnell in den Zwiebeln herumrührte.

Elena war ebenfalls der Ansicht, dass Hannah von ihrer Mom und ihrem Stiefvater mies behandelt worden war. Vor Jahren war ihr leiblicher Vater gestorben, der sie allerdings durch seine Lebensversicherung finanziell abgesichert hatte. Doch ihre Mom hatte wieder geheiratet, und Hannahs Stiefvater hatte sich später geweigert, das Geld herauszurücken. Elena kannte zwar nicht die ganze Geschichte, wusste allerdings, dass die Lage sich zugespitzt hatte, nachdem Hannah sich in Matthew Herrington verliebt hatte, einen Mann ohne Schulabschluss, der es aber trotzdem zu etwas gebracht hatte, indem er ein paar erfolgreiche Fitnessstudios im Raum Austin eröffnet hatte und betrieb.

Diese Art von Erfolg war Hannahs Stiefvater jedoch nicht gut genug gewesen. Und anscheinend auch ihrer Mom nicht.

»Easton hat mit einer Klage gedroht«, erläuterte Hannah. Easton war Selmas Verlobter und Hannahs Partner in der gemeinsamen Kanzlei. »Natürlich habe ich keinen rechtlichen Anspruch auf das Geld. Mein richtiger Dad hat meine Mom als Begünstigte eintragen lassen und nur in ein paar Briefen, die er hinterließ, verfügt, dass mir das Geld zukommen sollte. Aber da mein Stiefvater sein eigener Ruf in der Geschäftswelt so wichtig ist, hat er letztlich nachgegeben. Wir haben uns bereit erklärt, weder zu klagen noch uns an die Öffentlichkeit zu wenden. Und er hat mir das Geld ausgezahlt.«

»Und du und deine Mom?«, fragte Elena. Sie rührte in den Eiern und bedeutete Selma, ihr den Käse zu bringen, sobald sie ihn gerieben hatte.

Hannah zuckte mit den Schultern. »Meine Familie ist hier.« Sie warf Selma ein flüchtiges Lächeln zu, das breiter wurde, als sie Elena ansah. »Matthew und ihr beiden und alle im The Fix. Und Shelby und meine anderen Freunde aus meinem vorherigen Job.« Sie zuckte leicht mit einer Schulter. »Also alles gut.«

»Und du hast jetzt das Geld für die Kanzlei, stimmt's?«, fragte Elena. Sie erinnerte sich an eine Unterhaltung, die sie bei ein paar Drinks eines Abends mit Hannah geführt hatte. Damals hatte diese ihr erzählt, dass sie mit dem Geld, das ihr Dad ihr hinterlassen hatte, die Kanzlei mitfinanzieren wollte, die Easton und sie vor Kurzem gegründet hatten.

»Das weiß ich noch gar nicht so genau«, antwortete Hannah. »Ursprünglich hatte ich das vor, aber jetzt ist mir dieses Geld irgendwie noch zuwider. Ich habe es fest angelegt, bis ich entschieden habe, was ich damit anfange. Aber das steht definitiv ganz oben auf meiner To-do-Liste. Ebenso wie ein Urlaub in Australien und einige Renovierungsarbeiten. Ich lasse es also auf mich zukommen.«

»Na ja, das gehört zu den weniger großen Problemen, die man haben kann.« Elena zögerte und konzentrierte sich darauf, den Käse in die Eier zu geben, aber dann fragte sie doch noch einmal nach: »Und du und deine Mom?«

»Na ja, im Augenblick müsste ich wohl antworten, dass wir nicht mehr allzu viel miteinander zu schaffen haben. Aber das geht schon in Ordnung. Man kann eben nicht jedes Problem lösen und es dann einfach abhaken. Allerdings habe ich nun immerhin das Geld, das mein Dad für mich vorgesehen hatte. Und das macht mich froh.«

»Gut.« Elena warf ihr ein, wie sie hoffte, aufmunterndes Lächeln zu. »Das sollte es auch.« Doch obwohl sie es ernst meinte, war sie schockiert und befremdet.

Denn Elena konnte sich einfach nicht vorstellen, ihre eigenen Eltern dermaßen vor den Kopf zu stoßen, wie Hannah es getan hatte. Sie war verdammt stolz auf die Freundin, keine Frage, aber was, wenn es zu so einer Auseinandersetzung zwischen Tyree und ihr gekommen wäre?

Sie hatte ihren Dad gerade erst kennengelernt; könnte sie ihn im Zweifel tatsächlich wieder aus ihrem Leben verbannen, wie Hannah es mit ihrer Mom getan hatte?

Sie hatte keine Ahnung. Und als sie die Eier vom Feuer nahm, hoffte sie inständig, dass sie das niemals würde herausfinden müssen.

3

»Da«, rief Brent und drückte auf die Pausentaste seines Videoplayers auf dem Tablet. »Siehst du, wie er am Ende den Kopf hebt? Gleich, nachdem er mit dem Sprühen fertig ist? Die Kamera ist nicht richtig positioniert, aber wenn ich es schaffe, das Bild zu vergrößern, kann man sein Gesicht vielleicht besser erkennen.«

Detective Landon Ware beugte sich vor und betrachtete den Bildschirm genauer. »Das bezweifle ich.«

Brent seufzte und lehnte sich dann auf dem harten Plastikstuhl zurück. Polizeidienststellen neigten in puncto Möblierung nicht gerade zur Verschwendungssucht, und die Stühle im Pausenraum waren da keine Ausnahme. »Ehrlich gesagt bezweifle ich das ebenfalls«, bestätigte Brent mit einem leichten Schulterzucken. »Aber sonst habe ich keine Ideen mehr.«

Landon nickte. »Nachvollziehbar. Aber, Mann, vielleicht musst du in dieser Sache einfach aufgeben.«

Theoretisch konnte Brent dem nicht widersprechen. Praktisch jedoch wussten Landon und er beide, dass er nicht nachgeben würde. Sie hatten schon zusammengearbeitet, bevor Brent seine Dienstmarke zurückgegeben hatte und als Security-Chef im The Fix on Sixth angefangen hatte. Sie hatten die langweiligsten Observierungen ebenso zusammen überstanden wie explosive Überfälle. Sie hatten viel Bier miteinander getrunken und sich gegenseitig ihre Lebensgeschichten erzählt. Und mit den Jahren waren sie gute Freunde geworden. Was natürlich der Grund dafür war, warum Brent sich an einem Samstagmorgen im September in das Police Department in der Stadt begeben hatte.

»Wahrscheinlich stecken letztlich doch bloß ein paar verzogene

Teenager dahinter«, meinte Landon nun, als ob diese Bemerkung Brent wie durch Zauberhand zum Aufgeben bewegen könnte.

»Keine Teenager.« Brent dachte an die vulgären Sprüche, die beinahe die ganze Ostmauer verunziert hatten. »Nicht, wenn sie nicht durch Erwachsene angestachelt wurden.«

»Du scheinst dir da sehr sicher zu sein.«

»Es war nicht der erste Vorfall dieser Art.«

Landon zog interessiert die Augenbrauen hoch. »Ach ja? Tyree hat nie was erwähnt.« Der Detective war mit Taylor D'Angelo verlobt, die als Inspizientin für den Wettbewerb zum Mann des Monats in der Bar arbeitete. Ihretwegen hatte Landon sogar noch mehr Zeit in der Bar verbracht als früher. Und erfuhr daher auch mehr vom Klatsch.

»Ich habe ihn darum gebeten. Ich will nicht, dass offenbar wird, wie sehr ihn das aufwühlt. Oder dass er Nachforschungen darüber anstellen lässt.«

»Was ist passiert?«

»Mal abgesehen von den Graffitis ist es noch zu ein paar zerbrochenen Fensterscheiben und erheblichen Beschädigungen der tragenden Säulen gekommen. Das hätte echt böse enden können, wenn wir es nicht rechtzeitig bemerkt hätten.« Als Sicherheitschef des The Fix gehörte es nicht nur zu Brents Aufgaben, sicherzustellen, dass sämtliche Angestellten Papiere hatten und über entsprechende Referenzen verfügten, sondern er überprüfte auch Vorfälle, die sich gegen die Bar oder deren Mitarbeiter richteten. Und in den letzten Monaten hatte es mehr Vorfälle gegeben als in all den Jahren zuvor. Was immer auch dahintersteckte, er war entschlossen, den Täter aufzuspüren und ihm das Handwerk zu legen.

Landon verzog missbilligend den Mund. »Was war denn mit den Säulen?«

»Spencer hat es bemerkt.«

»Im Rahmen der Renovierungsarbeiten für die Show?« Brooke

Hamlin und Spencer Dean waren die Stars einer Realityshow namens *The Business Plan*, in der es um die Renovierung des The Fix ging – gewürzt mit einer Prise Sex-Appeal durch den Wettbewerb für den Mann-des-Monats-Kalender, der in der Show natürlich Erwähnung fand.

Brent schüttelte den Kopf. »Die Arbeiten am Rohbau wurden schon vor ein paar Monaten abgeschlossen. Aber Spencer ist ein kluger Kopf. Er hat die Schäden auch im Nachhinein entdeckt und erkannt, dass es sich um Vandalismus handelte. Aber als er es registrierte, liefen gerade die Kameras, deshalb hat er das nicht gesagt. Er hat Tyree und mir das volle Ausmaß erst später vor Augen geführt, als keine Kameraleute mehr vor Ort waren. Und er bot an, alles kostenlos zu reparieren.«

»Die kaputten Fenster … ist der Täter durch sie hereingekommen?«

»Man hat Fasern von Jeansstoff am Glas gefunden. Sieht also ganz so aus.«

Landon musterte ihn über den Verhörtisch hinweg. »Du hast schon eine Theorie, wer es war.«

»Ich glaube, jemand will sich die Bar unter den Nagel reißen. Und ich habe auch einen Verdacht, wer es ist.«

»Er macht jede Menge Probleme, damit Tyree letztendlich verkauft, um sich von dem Ballast zu befreien? Kapiert. Also, wer steckt dahinter?«

»Na ja, ich habe die Liste der Verdächtigen beträchtlich eingegrenzt. Aber wenn ich schnell völlige Gewissheit haben will, muss ich herausfinden, wer das da in dem Sweatshirt ist.«

In Wirklichkeit war er sich sicher, dass der Täter aus dem Dunstkreis des Bodacious stammte, einer Konkurrenzbar, deren Besitzer kein Geheimnis daraus gemacht hatten, dass sie begeistert wären, wenn Tyree das Feld räumen würde und sie sich die Bar einverleiben könnten.

»Stimmt schon. Aber wie ich schon sagte: Keine Technik der

Welt wird dieses Bild schärfer machen. Ich weiß, dass es fast sechs Jahre her ist, dass du bei der Polizei aufgehört hast, aber trotzdem weißt du das genauso gut wie ich.«

»Zugegeben«, bekannte Brent, »ich hoffte, etwas von dem Filmmaterial der Überwachungskameras über den angrenzenden Grundstücken bekommen zu können. Und von diesem Geldautomaten auf der anderen Straßenseite.«

Landon atmete bedächtig aus. »Komm schon, Brent. Dafür brauche ich einen plausiblen Grund.«

»Nicht, wenn du das Einverständnis der Besitzer hast. Frag sie. Halt ihnen vor Augen, dass die Graffiti-Sprüher demnächst auch bei ihnen ihr Unwesen treiben könnten.«

»Könntest du das nicht selbst tun?«

»Könnte ich. Aber ich bin bloß von der Security. Wenn du es tust, selbst wenn du nur um ihre Einverständniserklärung bittest, dann glauben sie, dass die Polizei auch an der Sache interessiert ist. Und während du deine Nachforschungen anstellst, konzentriere ich mich darauf, wie die Leute reagieren. Dadurch könnte ich vielleicht auch mitkriegen, wer hinter alldem steckt.«

Landon schüttelte den Kopf und gluckste vor sich hin. »Na gut. Ich führe also ein paar Gespräche. Warum lässt du nicht derweil noch ein paar weitere Kameras installieren?«

Brent legte den Kopf schief und sah seinen Freund an. »Was glaubst du denn? Das habe ich bereits veranlasst. Sie kommen heute am späten Nachmittag. Wenn ich ohnehin anwesend sein muss, kann ich auch genauso gut noch für eine bessere Sicherheitsausstattung sorgen.«

»Macht Sinn.« Landon erhob sich und ging auf die Tür zu, dann aber blieb er stehen und drehte sich noch einmal zu Brent um. »Ich dachte, du wolltest am Wochenende nicht mehr so viel arbeiten.«

»Stimmt. Aber ich habe kürzlich zwei meiner besten Männer verloren. Ich übernehme ihre Schichten, bis ich ein paar neue Wachleute eingestellt habe. Geht schon klar«, fügte er hinzu und fegte das, was immer Landon hatte sagen wollen, mit einer Handbewegung vom Tisch. »Wegen Faith ist das natürlich nicht so toll, aber es ist ja auch nur vorübergehend.«

»Jenna spielt den Babysitter für dich?«

»Diesmal hab ich jemand anders. Ich wollte Jenna ursprünglich durchaus fragen, aber Reece erwähnte irgendwann beiläufig, dass sie gerade das Kinderzimmer renovieren. Ich wollte nicht noch mehr von ihrer Freizeit in Anspruch nehmen.«

»Na ja, du scheinst ja alles im Griff zu haben. Die Sache mit dem Kind und die mit der Arbeit.«

»Was bleibt mir denn auch anderes übrig?« Er hatte sein Leben als alleinerziehender Vater gemeistert, seit Olivia ihn am Tag von Faith' Geburt verlassen hatte. Sie war vierundzwanzig gewesen, als sie geheiratet hatten, und obwohl er ein paar Jahre älter gewesen war, hatte keiner von ihnen beiden so richtig verstanden, was Liebe war. Kaum war sie schwanger gewesen, hatte sie sich von ihm zurückgezogen. Zum Teufel, vielleicht hatte das ja schon in dem Augenblick angefangen, da er ihr den Ring an den Finger gesteckt hatte.

Was immer da in ihr geschwelt hatte, es war in der Nacht von Faith' Geburt an die Oberfläche gekommen. Sie war ausgerastet. Sie war gegangen. Und schon ein paar Tage später hatte sie die Scheidung eingereicht, womit Brent durchaus hatte leben können. Er hätte ihr eine Menge verzeihen können, aber nicht, dass sie ihr gemeinsames Kind im Stich gelassen hatte.

»Hast du je darüber nachgedacht, wieder einzusteigen?«

Brents Kopf fuhr in die Höhe, als Landons Frage ihn aus seinen Gedanken riss. »Sorry, was?«

»In den Job. Uns fehlen Detectives. Du weißt doch, dass der Police Captain dir auf ewig dankbar wäre, wenn du wieder bei uns arbeiten würdest.«

Ein Schauer der Erregung durchfuhr ihn bei dem Gedanken,

in seinen alten Job zurückzukehren. Doch er unterdrückte ihn. »Dazu wird es nie kommen«, antwortete er. »Ich glaube, du kennst meine Tochter?«

Landon grinste schief. »Und sie ist verdammt süß. Aber jetzt geht sie schon in den Kindergarten. Es wäre machbar.«

Brent nickte bedächtig. »Das stimmt. Und ehrlich gesagt ist der Gedanke schon verführerisch. Ich vermisse diesen Job, ungelogen.«

»Was hindert dich dann?«

»Komm schon, Landon. Du weißt doch, wie gefährlich das ist. Ich werde nicht riskieren, sie zur Waise zu machen. Sie musste bereits am eigenen Leib erfahren, wie ein Elternteil sie verlassen hat. Sie darf nicht auch noch das andere verlieren.«

»Ist doch eigentlich ziemlich unwahrscheinlich, Mann.«

»Kann sein. Aber solange ich keine Drogendealer jage, ist es noch unwahrscheinlicher. Es gibt jetzt nur noch eins, was zählt: ihr Dad zu sein.«

Fazit: Sosehr er seinen Job als Cop auch vermisste, er würde niemals wieder in den Polizeidienst einsteigen.

Er wusste, was ihm am wichtigsten war, und das war Faith.

4

»Daddy!« Faith sprang von der Schaukel ab und rannte zu ihm hin. Mit ihren kurzen Beinchen stampfte sie über den Boden, und ihre schwarzen Locken hüpften um ihr Gesicht herum. Brent kniete auf dem Gras des gepflegten Rasens im Garten nieder.

»Hey, Kleines! Hattest du Spaß? Tut mir leid, dass ich zu spät bin«, fügte er an Rayleen Burg gewandt hinzu. Sie war die Mutter von Kyla, dem Geburtstagskind, das zufällig gerade Faith' beste Freundin war. Er erläuterte nicht, dass er auf dem Polizeirevier aufgehalten worden war. Die alleinerziehende Mutter war so schon mitteilsam genug, und er musste ihr nicht noch ein Gesprächsthema liefern. Insbesondere nicht, da sie kein Geheimnis daraus machte, dass sie ihn anziehend fand.

Brent jedoch erwiderte ihr Interesse nicht. Ja, sie schien eine nette Frau zu sein. Klug. Ansehnlich. Eine gute Mom. Aber der Funke war nicht übergesprungen. Und was noch wichtiger war: Selbst wenn es so gewesen wäre, er war nicht auf der Suche. Er hatte kein Interesse daran, sich an eine Frau zu binden. Kein Interesse, eine Frau in Faith' Leben zu bringen, nur um zu riskieren, dass sie ihn irgendwann wieder verließ.

»Kyla hatte eine Piñata! Ich habe eine Kazoo und Starbursts bekommen. Darf ich welche essen, wenn ich nach Hause komme?«

Starbursts waren ihre Lieblingsbonbons. »Wir werden sehen.«

»Sie haben sich prächtig amüsiert«, meinte Rayleen. »Aber ich könnte mir vorstellen, dass jemand dich nächsten Samstag wegen seiner eigenen P-i-ñ-a-t-a ansprechen wird.«

»Ach wirklich? Vielleicht könntest du mir eine E-Mail schicken, wo du deine herhast?« Faith feierte in einer Woche ihren sechsten Geburtstag, und die Nachbarschaft war der einhelligen Meinung, dass er darauf nicht annähernd richtig vorbereitet war.

Rayleen lachte. »Klar, gern. Und wenn du bei den Vorbereitungen noch Hilfe brauchst, sag einfach Bescheid.« Sie schob sich eine Haarlocke aus dem Gesicht und setzte ein attraktives Lächeln auf. »Kyla und Faith könnten ja miteinander spielen, während wir alles vorbereiten.«

»Das ist total nett von dir«, antwortete er. »Aber ich habe schon ein paar Leute verpflichtet. Faith' Tante und ihren Onkel.« Reece und Jenna waren vielleicht nicht blutsverwandt, aber sie gehörten definitiv zur Familie. Natürlich hatte er sie bislang nicht um Hilfe gebeten, doch er war zuversichtlich, dass sie kommen würden, wenn er anrief.

»Na ja, das Angebot steht trotzdem.« Sie warf ihm noch ein Lächeln zu, dann winkte sie jemandem zu, als ihr jemand von der anderen Seite des Gartens etwas zurief. »Kyla wird jedenfalls da sein. Und noch mal danke, dass Faith heute dabei sein durfte.«

»Natürlich«, antwortete Brent. Faith stieg von ihm herunter, als sei er ein Klettergerüst. Er nahm ihre kleine Hand in die seine und ließ sich von ihr zum Tor ziehen.

»Daddy! Wo ist das Auto?«

»Vielleicht möchte ich ja zu Fuß nach Hause gehen. Aber ich kann mich nicht erinnern, wie ich hinkomme. Kennst du den Weg noch?«

Sie runzelte die Stirn und stemmte dann die Hände in die Hüften. »Natürlich, Daddy. Aber du hast den Weg hoffentlich nicht wirklich vergessen, oder? Du würdest doch nicht vergessen, wie man nach Hause kommt, oder?«

Brents Herz zog sich schmerzhaft zusammen. Er bezweifelte, dass Faith bei diesen Worten an Olivia dachte. Manchmal sprach sie davon, dass sie sich eine Mom wünschte, aber niemals erwähnte sie die Mutter, die sie verlassen hatte. Er selbst aber dachte durchaus jetzt an seine Exfrau.

»Ich würde nie vergessen, wie ich zu dir nach Hause komme, Zwergi. Ich tu nur so, als ob.«

Sie strahlte ihn an. »Ich wusste es.«

»Weil du mein kluges Mädchen bist.«

»Ich habe heute bis zweihundert gezählt. Bobby Carmichael hat gewettet, dass ich das nicht hinkriegen würde, aber ich hab's geschafft. Und dann musste er mir seine Gummibärchen geben.«

Brent zog die Augenbrauen in die Höhe. »Ich dachte, du hättest nur Starbursts bekommen?«

»Ich habe die Gummibärchen wieder verschenkt. Aber gewonnen hab ich sie trotzdem.«

»Na, gratuliere.«

»Links und rechts gucken, Daddy.«

Sie hatten das Stoppschild an der Kreuzung erreicht, die zwei Straßen von ihrem Haus entfernt lag. Brent folgte Faith' Befehl, dann fragte er: »Und jetzt?«

»Jetzt darfst du gehen, aber nur mit einem Erwachsenen.«

»Und?«

»Und du musst aufpassen.«

»Gut gemacht. Und nun komm.«

Sie gingen los, und Faith sah ihn an, während sie die Straße überquerten. »Können wir heute in den Zoo, Daddy?«

Wieder wurde ihm schwer ums Herz. »Ich wünschte, ich könnte, aber heute muss ich zur Arbeit, sodass wir keine Zeit haben.«

»Oh.« Wie verhasst ihm die Enttäuschung in ihrer Stimme war.

»Du weißt doch, dass ich arbeiten muss, Süße. Und manchmal eben auch an den Wochenenden.«

»Kann ich mitkommen? Patricks Daddy nimmt ihn samstags mit zur Arbeit. Dann malt Patrick im Konferenzsaal. Sein Daddy ist Anwalt. Das hat er mir erzählt.«

»Leider hat dein Daddy kein Konferenzzimmer. Und der Ort, an dem ich arbeite, ist nichts für kleine Mädchen. Aber ich habe jemand ganz Besonderen für dich angeheuert, der später auf dich aufpasst.«

»Jenna?«

»Tante Jenna und Onkel Reece haben schon was vor. Aber Miss Elena wird kommen. Na? Wie klingt das?«

»Sie hat mich im Karren hinter sich hergezogen, als wir mal bei Onkel Tyree waren, und Eli hat mir erzählt, dass sie früher am Strand gewohnt hat.«

»Stimmt. In Kalifornien.«

»Ich hab noch nie einen Strand gesehen.«

»Eines Tages wirst du das, Kleines.« Im Augenblick freute er sich einfach nur darüber, dass Elenas Strand-Qualifikationen sie offenbar babysittertauglich machten. »Ihr beiden werdet also Spaß miteinander haben, oder?«

Faith nickte bekräftigend, und zum bestimmt millionsten Mal fragte Brent sich, womit er das Glück verdient hatte, so eine fantastische Tochter zu haben. »Sie ist witzig.« Faith lächelte zu ihm empor. »Und sie ist hübsch. Findest du sie eigentlich auch hübsch, Daddy?«

Sein Mund wurde ganz trocken, und sein Körper war plötzlich genauso elektrisiert wie sonst, wenn er in ihrer Nähe war. »Sehr hübsch sogar«, antwortete er in der Hoffnung, dass seine Stimme einigermaßen normal klang.

»Und sie ist nett. Ich mag sie, Daddy«, bekräftigte sie mit einem entschlossenen Kopfnicken. »Ist okay, sie kann jederzeit auf mich aufpassen.«

Es gelang ihm, eine ausdruckslose Miene zur Schau zu stellen. »Na, danke für die offizielle Erlaubnis. Ich bin froh, dass du das billigst.«

»Magst du sie denn auch?«

Er sah nach unten und blickte in ihr ernstes kleines Gesicht. Meinte sie mögen? Oder *mögen*?

Aber eigentlich egal, denn die Antwort lautete in beiden Fällen

Ja. Obwohl er die zweite Variante lieber für sich behielt. »Ja«, sagte er. »Ich würde doch niemanden, den ich nicht mag, auf mein kleines Mädchen aufpassen lassen. Nicht wahr?«

Ein oder zwei Minuten lang liefen sie schweigend nebeneinanderher. Sie waren noch drei Häuser von ihrem eigenen entfernt, als sie fragte: »Magst du sie auf die gleiche Weise, wie Onkel Reece Tante Jenna mag?«

Einen Moment lang setzte Brents Herzschlag aus, dann versicherte er seiner Tochter schnell, dass Elena bloß eine Freundin war.

Aber gleichzeitig fragte er sich, wie viel Faith mitbekommen hatte. Sie war nur ein paarmal mit Elena und ihm gleichzeitig zusammen gewesen. Fragte sie, weil sie fünf Jahre alt war und Kinder nun einmal alle möglichen peinlichen Fragen zu stellen pflegten? Oder fragte sie, weil sie seine Schwingungen aufgefangen hatte und weil Kinder allerlei bemerkten, was man doch eigentlich lieber unter Verschluss hielt?

Und wenn Letzteres zutraf, war sie die Einzige, der aufgefallen war, dass er Elena immer anziehender fand? Oder hatten seine Freunde das ebenfalls mitbekommen? Jenna vielleicht. Sie registrierte alles, was mit dem Liebesleben ihrer Freunde zusammenhing. Aber sie hatte kein Wort gesagt. Vielleicht hatte sie also keinen Verdacht geschöpft.

Reece? Das bezweifelte er. Wie er selbst hatte Reece normalerweise keine Ahnung von derlei Dingen. Tyree? Brent hoffte inständig, dass es seinem Freund entgangen war. Genauso sehr wie er hoffte, dass Elena keine Ahnung hatte. Denn egal, wie anziehend er diese atemberaubende, faszinierende Frau finden mochte, es würde zu nichts führen. Und ganz sicher würde er sich nicht auf eine Affäre mit der Tochter seines guten Freundes einlassen.

Nicht, dass er sie nicht verführerisch fand. Und nicht, dass er seit Olivias Flucht wie ein Mönch gelebt hätte. Natürlich hatte er durch Faith nur wenig Zeit für Frauen, insbesondere, da er unter gar keinen Umständen einen One-Night-Stand mit zu sich nach Hause bringen wollte. Aber es hatte schon eine Handvoll Frauen gegeben, die er in der Bar kennengelernt hatte, meist Touristinnen, die ganz sicher nicht bleiben würden und mit denen er dann irgendwann in ihrem Hotelzimmer gelandet war.

Jenna war davon überzeugt, dass es ihm nicht gut ging und er vertrocknen würde, wenn er nicht anfing, sich mit Frauen zu verabreden. Deshalb ließ er sie in dem Glauben, dass er tatsächliches Interesse an diesen sporadischen Bekanntschaften hatte und zudem, dass er sich mit mehr Frauen traf, als tatsächlich der Fall war. In Wirklichkeit riss er bloß eine auf, wenn er einen schlechten Tag hatte, wenn er sich nicht nur nach erwachsener Begleitung, sondern auch nach körperlicher Befriedigung sehnte. Normalerweise jedoch kümmerte er sich um Letzteres selbst. Er benutzte Frauen nicht gern auf diese Weise, und die Leere, die er hinterher unweigerlich empfand, war auch nicht sein Ding.

Im Augenblick war er am besten ausschließlich Faith' Dad. Vielleicht würde er es eines Tages mal mit einer weiteren Beziehung versuchen, aber erst, wenn Faith älter war. Und ganz bestimmt nicht, bevor er nicht hundertprozentig sicher sein konnte, dass diejenige Frau, die er in ihr Leben brachte, sich auch langfristig darauf einlassen würde.

»Daddy?« Sie zerrte an seiner Hand, und er blickte hinab, aufgeschreckt aus seinen eigenen Überlegungen.

»Sorry, Kleines. War nur in Gedanken.«

»Können wir noch einen Film gucken, bevor du gehst?«

Er überdachte sein Zeitfenster und wollte schon Nein sagen. Er musste sich eigentlich noch an den Schreibtisch setzen und ein paar Rechnungen bezahlen, und wenn sie noch einen Film ansahen, hatte er weniger als zehn Minuten, um sich hinterher umzuziehen und sich auf den Weg zu machen.

»Natürlich können wir das«, antwortete er. Zum Teufel mit den Rechnungen! Er würde sich darum kümmern, wenn er wieder zu Hause war. Um drei Uhr nachts fiel ihm das Arbeiten sowieso leicht, denn dann hatte er die Ruhe dazu. »Wie wäre es mit *Findet Nemo*? Das ist doch fast, als gingen wir zum Strand.«

Sie klatschte begeistert in die Hände und rannte dann über den Bürgersteig zu ihrer Tür, wo sie aufhörte zu klatschen und jetzt auf und ab hüpfte. »Und Popcorn auch? Mit ganz, ganz viel Butter?«

»Genau.« Er würde Elena bitten müssen, dem Kind am Abend noch etwas Gesundes zu geben. Aber im Augenblick konnte er sich nichts Schöneres vorstellen, als am Samstag mit seinem kleinen Mädchen gebuttertes Popcorn zu essen und sich einen Animationsfilm anzusehen.

5

Elena zog die Sonnenblende in ihrem winzigen Honda herunter und überprüfte ihr Make-up. Stirnrunzelnd griff sie nach ihrer Handtasche – ihr Lippenstift war leicht verschmiert – und zog dann die Hand zurück, als sei sie von einer Schlange gebissen worden.

Was zur Hölle machte sie da eigentlich? Hier saß sie, parkte vor Brents Haus, in dem sie gleich babysitten sollte – *babysitten* – und überprüfte ihr bescheuertes Make-up? Offensichtlich hatte sie den Verstand verloren.

Faith kümmerte es wohl kaum, wenn ihr Cranberry-Wine-Lippenstift verschmiert war. Und was Brent anging … na ja, den interessierte das ganz gewiss auch nicht. Und sie sollte es auch nicht weiter kümmern. Allerdings …

Sie verdrängte den Gedanken, beugte sich vor und holte eine Box mit Papiertaschentüchern aus dem Handschuhfach. Sie zerrte ein Taschentuch heraus, wischte sich energisch über den Mund und betrachtete sich dann wieder im Spiegel. Fast alles weg. Nur noch ein Hauch von jenem Violett-Rosé-Ton, der ihrer dunklen Haut schmeichelte. Gut. Sie sah immer noch zurechtgemacht aus, aber nicht mehr übertrieben.

Meine Güte. Verschwendete sie tatsächlich Zeit mit derlei Gedanken? Brent würde es ohnehin nicht bemerken. Außerdem musste sie sich diesen Mann nun wirklich aus dem Kopf schlagen.

Doch das war leichter gesagt als getan. Sie war seit Raymond Jackson in der elften Klasse nicht mehr verliebt gewesen. Sie war eine erwachsene Frau; Fantasien waren das eine, und ja, sie hatte viel zu häufig von Brent vor sich hin geträumt. Aber richtige Verliebtheit? Das war absurd.

Und doch beschäftigte dieser Mann sie unaufhörlich. Außerdem schien sie unfähig zu sein, ihn aus ihren Gedanken zu verbannen.

Sie hätte Nein sagen sollen. Sie hätte in den sauren Apfel beißen, den Kopf schütteln und Jenna, Brent sowie allen anderen erklären sollen, dass sie einfach nicht babysitten konnte.

Aber das hatte sie nicht getan. Und jetzt durfte sie ihn nicht im Stich lassen.

Sie holte tief Luft, um den Kopf frei zu bekommen, atmete wieder aus und stieg schließlich aus dem Wagen. Sie war schon einmal in Brents Bungalow im Stadtteil Crestview in Austin gewesen, doch heute betrachtete sie die Umgebung aufmerksamer, während sie langsam den Weg zur Eingangstür hinaufschritt. Der Rasen war perfekt gepflegt, die Terrasse von blühenden Büschen umgeben. Die Eingangstür war frisch tiefblau gestrichen, und die hölzerne Veranda leuchtete in strahlendem Weiß.

Offenbar behandelte Brent seinen Besitz immer pfleglich. Kein Wunder, wenn man bedachte, wie sehr er sich um das The Fix und um seine kleine Tochter kümmerte. Aber es nochmals durch andere Aspekte seines Lebens vor Augen geführt zu bekommen war einfach schön.

Doch vielleicht analysierte sie gerade auch deshalb so viel, um noch etwas Zeit zu schinden.

Nicht dass sie selbst nur den leisesten Grund gehabt hätte, nervös zu sein. Das hier war schließlich kein Date. Sie war zum Babysitten hier. An mehr hatte er gar kein Interesse. Und das, so sagte sie sich entschieden, war auch gut so.

Bevor ihre Nerven sie ein weiteres Mal im Stich lassen konnten, klingelte sie und musste lächeln, als sie das Stampfen kleiner Füße von drinnen hörte. Einen Moment später flog die Tür auf, und Faith stand vor ihr, die Augen weit aufgerissen und die Wangen vor Anstrengung gerötet.

»Elena! Wir haben uns gerade *Findet Nemo* angeschaut!«

»Super. Ich finde Dorie am tollsten. Und die Möwen.«

»Meins!«, rief das kleine Mädchen in einer fast perfekten Imitation der Vögel aus dem Film. Sie trat zurück, damit Elena eintreten konnte. »Wir werden viel Spaß miteinander haben. Hat Daddy auch schon gesagt.«

»Dann muss es ja stimmen.« Sie lächelte Brent zu, der von der Küche aus hereinkam, ein Geschirrtuch in den Händen.

»Bitte entschuldige. Da hatte jemand Butter mit ein bisschen Popcorn. Ich musste etwas von dem Fett abwaschen.«

Faith blickte auf ihre Hände hinunter, zog eine Grimasse und wischte sie sich an der Jeans ab.

»Du, jetzt gehst du dich aber waschen.«

»Okay, Daddy.« Sie wollte gerade davontrotten, doch er streckte die Hand aus und hielt sie fest.

»Hast du gefragt, wer da ist, bevor du die Tür aufgemacht hast?«

»Aber es war Elena! Wir mögen sie doch!« Ihre Stimme klang laut vor Entrüstung, und Elena verkniff sich ein Lächeln, wobei sie sich freute, zu jenen Auserwählten zu gehören, die hier offenbar willkommen waren.

»Das tun wir«, bestätigte Brent und zwinkerte Elena auf eine Weise zu, bei der ihr ganz flau wurde. »Aber falls du keine Hellseherin bist, konntest du nicht mit Sicherheit sagen, dass es tatsächlich Elena war, bevor du die Tür nicht geöffnet hattest. Bist du denn eine Hellseherin?«

Sie schüttelte den Kopf. »Nein, Daddy.«

»Wie lautet die Regel?«

»Frag immer, wer da ist, bevor du die Tür öffnest.«

»Und?«

Mit einer Mischung aus Schuldbewusstsein und Verärgerung hoben und senkten sich die kleinen Schultern der Fünfjährigen. »Und wenn ich nicht weiß, wer es ist, darf ich die Tür nicht öffnen. Aber ich kenne Elena doch. Also sollte ich doch jetzt eigentlich keinen Ärger kriegen.«

»Mmm. Nicht, wenn es so läuft, Kleine. Und jetzt beeil dich.« Er gab ihr einen leichten Klaps auf den Po. »Wasch dir die Hände, und dann komm wieder her.«

»Okay.« Sie lief los, blieb aber wieder stehen, um Elena anzusehen. »Ich freue mich, dass du da bist. Und du bist echt hübsch. Hat Daddy auch gesagt.« Danach wandte sie sich um und flitzte den Flur hinab. Elena hatte ihre liebe Mühe, die wilden Schmetterlinge zu zähmen, die in ihrem Bauch herumtanzten.

Brent warf ihr schnell einen Blick zu, dann schüttelte er verärgert den Kopf und sah seiner Tochter hinterher.

»Hast du das tatsächlich gesagt?« Eigentlich hätte sie besser den Mund gehalten, doch sie schaffte es einfach nicht. Genauso wenig wie es ihr gelang, das angenehme Prickeln zu vertreiben, das sich in ihrem ganzen Körper ausbreitete.

Er räusperte sich und steckte die Hände in die Taschen. »Ja«, bestätigte er, hob den Kopf und sah ihr in die Augen. »Obwohl ich damit nur Faith' Einschätzung zugestimmt habe. Eine nicht ganz unwichtige Tatsache, die sie ganz verschwiegen hat.«

Ermutigt durch sein Bekenntnis, machte sie einen weiteren Schritt ins Wohnzimmer. »Du rennst also nicht herum und erzählst aller Welt, dass du mich für hübsch hältst?«

»Nein.«

»Aber du findest mich hübsch?«

»Hab ich ja gerade gesagt.«

Sie schluckte. »Freut mich zu hören«, sagte sie und flüsterte dann. »Es ist mir wichtig, was du denkst.«

Er legte den Kopf schief, fast unmerklich, aber sie hatte während der letzten paar Monate intensiv genug auf ihn geachtet, um derlei subtile Signale wahrzunehmen. Er war interessiert. Und ein wenig verunsichert. »Und warum?«, fragte er schließlich.

Ihre Kehle schnürte sich zusammen, und sie fragte sich, ob er das Pochen ihres Herzens hören konnte. Sie hätte beinahe den Mut verloren, doch diese Gelegenheit hatte nun laut und heftig an ihre Tür geklopft, und sie wäre töricht gewesen, sie zu ignorieren. »Weißt du das denn nicht?«

Er antwortete nicht. Stattdessen sah er sie unverwandt an, während sie sich im Geiste einen Tritt versetzte. Sie hätte nichts sagen sollen. Oder mehr. Aber sie mimte die Scheue, und was, wenn er das nicht kapierte?

»Elena.«

Mehr sagte er nicht, doch sie glaubte, Sehnsucht in seiner Stimme zu hören. Oder bildete sie sich das bloß ein? Sie hatte keine Ahnung. Sie wusste nur, dass er sie geradewegs ansah, und sie fühlte sich ein wenig trunken, während sie in seine whiskeyfarbenen Augen starrte.

Ein Moment verstrich, ebenso wie ein weiterer. Und schließlich fand sie ihre Stimme wieder. »Ja?«

Sein Adamsapfel hüpfte auf und ab, als er schluckte. »Ich glaube, ich sollte dir die Küche zeigen. Ich habe noch ein paar Reste, die Faith zum Abendbrot essen kann.«

»Oh.« Sie hatte das Gefühl, aus einem behaglichen Boot in den eiskalten Ozean gefallen zu sein. »Okay.«

»Ich komme erst spät nach Hause. Wahrscheinlich so gegen drei. Geht das für dich klar?«

»Natürlich.« Sie zwang sich zu lächeln und folgte ihm in die Küche. »Ich bin zur Stelle. Alles, was du brauchst.«

Aber unglücklicherweise war ihr gerade eindeutig bewusst geworden, dass er sie nicht brauchte.

6

Brent fiel es verdammt schwer, sich auf seine Arbeit zu konzentrieren. Er musste immer wieder an Elena denken. An ihr süßes Lächeln. Ihre schlanke Figur.

An ihre scheinbar unschuldigen Worte, die absolut nicht unschuldig waren.

Alles, was du brauchst.

Mein Gott, wusste sie überhaupt, was sie ihm da anbot? Denn er wollte eine Menge. Wie blöd, dass er nicht annehmen konnte, was sie ihm anbot.

Was er glaubte, dass sie ihm anbot.

Aber nein. So begriffsstutzig war er nun auch wieder nicht. Sie war interessiert. Und Gott wusste: Er war es auch.

Doch das bedeutete noch lange nicht, dass es eine gute Idee war. Im Gegenteil, dachte er und blickte zu Tyree hinüber, der mit Reece zusammen am anderen Ende der lang gestreckten Eichenbar stand. Eine schlechtere Idee konnte es wohl kaum geben.

»Du scheinst mit deinen Gedanken ganz woanders zu sein«, sagte Jenna und legte die Hand auf den Bauch, während sie sich auf einen der Barhocker in der Nähe wuchtete.

»Aber nein«, widersprach er. »Wie kommst du denn auf die Idee?«

Sie lachte. »Vielleicht, weil du dieses Angebot jetzt bestimmt schon seit zehn Minuten anstarrst.«

Er blickte auf den Ordner hinab, den er geöffnet in Händen hielt und in dem sich die Papiere befanden, die das Angebot der Security-Firma für die Installation eines verbesserten Kameraüberwachungssystems enthielten.

»Sorry. Ich habe nur …«

»Darüber nachgedacht, wo man die Kameras am geschicktesten platzieren könnte?«, unterbrach sie mit unschuldiger Stimme. »Warum auch nicht? Immerhin sind Kameras absolut faszinierend, und du musst viel und noch mehr Zeit damit verbringen, die Meinung der Experten zu hinterfragen, die du engagiert hast, um blinde Flecken zu analysieren und die Installation vorzunehmen.«

Er legte den Ordner hin und starrte Jenna an. Sie war immerhin eine seiner besten Freundinnen. Also sagte er: »Na gut. Ich gebe auf. Was willst du mir sagen?«

»Gar nichts«, antwortete sie und lächelte liebenswürdig. »Wie sind denn Elena und Faith miteinander klargekommen, als du gingst?«

»Bestens«, antwortete er und sah mit misstrauisch zusammengekniffenen Augen in ihr allzu unschuldiges Gesicht. »Das ist keine gute Idee, Jenna.«

Zu ihrer Ehrenrettung gab sie nicht vor, ihn nicht zu verstehen, sondern fragte nur: »Ach nein?«

Er seufzte. Diese Unterhaltung wollte er gar nicht führen, doch er kannte Jennas kupplerische Neigung zu genau, um zu wissen, dass er so leicht aus dieser Sache nicht mehr herauskam. »Sie ist zu jung.«

»Ach bitte.« Jenna nippte an dem Wasser, das Cam, der Wochenendmanager, vor sie hingestellt hatte, und wandte dann ihre Aufmerksamkeit wieder Brent zu. »Wenn sie dreiunddreißig und du dreiundvierzig wärest, würde es dich keinen Deut kümmern.«

»Stimmt wahrscheinlich«, räumte er ein. »Aber mit dreiunddreißig hätte sie auch schon eine Vorstellung, wie ihr Leben verlaufen sollte. Hätte beruflich Fuß gefasst. Mit dreiundzwanzig steht sie noch am Anfang. Sie ist noch an der Uni. Das weißt du doch, oder?«

»Und wenn schon? Überschreitet man mit dreißig wie durch Zauberhand irgendeine Grenze und hat damit automatisch sein

Leben im Griff? Wenn das der Fall ist, warum hast du dich dann nicht schon längst mit einer über Dreißigjährigen eingelassen? Weiß Gott, es sind doch schon genug Frauen, die dafür infrage kämen, hier durch die Tür gekommen und haben dir ihre Nummer hinterlassen. Und streite es jetzt bloß nicht ab, denn ich habe die Zettel gesehen, die du danach immer weggeworfen hast. Da draußen laufen jede Menge Frauen herum, denen du das Herz gebrochen hast, Brent.«

»Setz mich nicht unter Druck, Jenna.«

Einen Moment lang sah sie so aus, als wolle sie ihm widersprechen. Dann seufzte sie und verschränkte die Finger über ihrem sich immer mehr wölbenden Bauch. »Hör zu, ich habe durchaus verstanden. Wirklich. Aber nicht alle Frauen verlassen dich, weißt du? Und ich will, dass du glücklich wirst.«

»Wer sagt denn, dass ich das nicht bin?« Er *war* glücklich. Er hatte seine Freunde. Er hatte Faith. Er hatte einen Job, den er liebte, auch wenn er nicht mehr den Adrenalinrausch seines früheren Lebens als Detective erlebte. Im Ganzen war er ein wirklich glücklicher Mann. Was allerdings natürlich nicht hieß, dass nicht doch irgendetwas fehlte.

Aber diesen letzten Teil verschwieg er Jenna.

Sie durchschaute es natürlich trotzdem. »Pack die Gelegenheit beim Schopf, Brent. Durchbrich nur ein wenig deine gewohnte Routine. Das bist du dir selbst schuldig.«

»Nein. Der Einzige, dem ich irgendetwas schuldig bin, ist Faith. Nur sie und ich gegen den Rest der Welt. Das weißt du. Und mit ihr bin ich nicht bereit, irgendwelche Risiken einzugehen.«

Jenna seufzte und ließ die Schultern hängen. Sie kannte seine Vergangenheit. Wusste, dass seine Mutter in seinem ersten Collegejahr an Eierstockkrebs gestorben war. Ihr Tod hatte einen Keil zwischen Brent und seinen Vater getrieben, weil sein Dad sich von Brent zurückgezogen hatte und sogar nach Oregon gezogen war. Brent hatte seinem Dad diesen Freiraum gelassen, denn er hatte geglaubt, die Kluft wieder überbrücken zu können, sobald sein Dad seine Trauer überwunden hatte. Aber dann war sein Vater bei einem Verkehrsunfall ums Leben gekommen, an dem sonst kein anderes Auto beteiligt gewesen war, und selbst heute noch hatte Brent keine Ahnung, ob es tatsächlich ein Unfall gewesen war oder Selbstmord.

Aber wie dem auch sei, er wusste besser als die meisten, dass Menschen einen verließen. Und obwohl er Faith nicht vor dem Tod schützen konnte, konnte er verdammt noch mal ganz sicher das Risiko minimieren, dass Menschen, die sie liebte, einfach so verschwanden.

»Du hast doch uns«, sagte Jenna sanft. »Und Faith hat uns auch. Das weißt du, Brent. Und nicht jede Frau ist wie Olivia. Ich meine, ich verlasse Reece doch schließlich auch nicht. So schnell kriegt der mich nicht los.« Sie warf ihm ein breites Grinsen zu, und ihre grünen Augen funkelten. »Ich sag's ja nur. Nur für den Fall, dass du dir deshalb Sorgen machst.«

»Vielen Dank«, sagte er unwillkürlich amüsiert. »Und jetzt lass mich in Ruhe«, fügte er hinzu und nahm den Aktenordner wieder zur Hand. »Ich muss das hier wirklich lesen und anschließend mit den Leuten über die Details der Kamerainstallation reden.«

»Na gut.«

Er half ihr von dem Barhocker herunter, dann lächelte er, als sie sich ein B auf die Stirn malte. »Beste Freunde für immer?«

»Das weißt du doch«, erwiderte er und machte das Zeichen ebenfalls.

Sie stellte sich auf die Zehenspitzen, um ihm einen Kuss auf die Wange zu geben. Danach machte sie sich wieder an die Arbeit, während er versuchte, sich auf das Angebot für die Kameras zu konzentrieren.

Größtenteils gelang es ihm. Trotzdem verfolgten ihn ihre Worte. Er unterzeichnete das Angebot und schickte es per E-Mail zurück. Dann rief er Landon an, um mit ihm alles durchzugehen, was dieser bei den Anwohnern der Gegend in Erfahrung gebracht hatte. Insgesamt galt seine ganze Aufmerksamkeit an diesem Samstag der Verhinderung weiterer Graffitis und dem Auffinden der Täter.

Und gleichzeitig wollte ihm Elena einfach nicht aus dem Kopf gehen. Unterschwellig war sie immer da, eine sinnliche Präsenz, die er nicht abschütteln konnte, obwohl er sie, wie er sich sagte, nicht wollte.

Aber er wollte sie doch.

Verdammt, er wollte sie wirklich.

Sie beherrschte seine Gedanken immer noch, als er endlich um halb drei morgens nach Hause zurückkehrte. Das Haus war dunkel, abgesehen von dem Flackern des Fernsehers und dem Badezimmerlicht im Flur, das Faith grundsätzlich brennen lassen wollte.

Er entdeckte Elena auf der Couch und wollte sie begrüßen, aber dann merkte er, dass sie schlief. Vorsichtig und auf Zehenspitzen schlich er sich an ihr vorüber und ging leise zu Faith' Zimmer, um nach dem kleinen Mädchen zu sehen. Es schnarchte leise und hielt Cracker Jack im Arm, einen ausgestopften Lemuren, der seit Neuestem ihr Liebling war.

Er beugte sich hinab, um ihr einen Kuss auf die Wange zu geben, bevor er die Tür wieder zuzog, den Spalt aber offen ließ. Anschließend kehrte er ins Wohnzimmer zurück. »Hey«, sagte er, beugte sich vor und legte Elena sacht die Hand auf die Schulter.

Er rüttelte sie leicht. »Zeit, nach Hause zu gehen«, flüsterte er. Dann atmete er erschrocken ein, als sie sich im Schlaf bewegte und nach seiner Hand griff. Sie gab jenen leisen Laut von sich, der einen Mann hart machen konnte, und zog dann ihre ineinander verschlungenen Hände an die Lippen, ehe sie ihm sanft einen Kuss auf die Knöchel gab.

Ein Stromstoß durchfuhr ihn, doch er stand wie angewurzelt

da, fürchtete, sich nicht mehr im Griff zu haben, wenn er auch nur atmete. Du lieber Himmel, wie sehr er sich eigentlich bewegen wollte. Sie berühren wollte. Sie aufwecken und küssen wollte.

Er wollte mit ihr all die Dinge tun, die er eigentlich nicht wollen sollte. Und doch wünschte er es sich so sehr. Ganz verzweifelt sogar.

Schließlich trat er einen Schritt zurück und entzog ihr sanft seine Hand. Er versuchte nicht noch einmal, sie aufzuwecken, weil sie so tief und fest schlief. Aber im gleichen Augenblick wurde ihm klar, dass er sich etwas vormachte; er wusste verdammt genau, dass der einzige Grund, warum er sie jetzt nicht nach Hause schickte, darin bestand, dass er sie gern in seinem Haus hatte.

Er zog eine zusätzliche Decke aus dem Korb neben dem Fernseher und legte sie über sie. Dann ging er selbst ins Bett und versuchte einzuschlafen.

Allerdings wälzte er sich nur hin und her. Irgendwann musste ihn der Schlaf dann aber doch übermannt haben, denn erschrocken fuhr er auf, als sein Wecker um acht klingelte.

Deutlich munterer als sonst am Sonntagmorgen sprang er aus dem Bett, griff nach seinem Bademantel und machte sich auf den Weg ins Wohnzimmer. Natürlich erwartete er, sie dort anzutreffen, und als er entdeckte, dass das Wohnzimmer leer war, konnte er das innere Gefühl der Leere nicht abschütteln, als hätte er einen großen Verlust erlitten.

Er sagte sich, das käme bloß daher, dass er jetzt spontan seine Pläne ändern musste. Er hatte die Absicht gehabt, Waffeln für sie und Faith zu backen, aber natürlich war das nicht der eigentliche Grund für seine Enttäuschung. Er hatte sie sehen wollen. Mehr noch, er hatte sich gewünscht, dass Elena der erste Mensch war, den er an diesem Morgen sah, noch vor Faith.

»Nicht gut, Sinclair. Absolut gar nicht gut.«

»Was ist nicht gut, Daddy?«

Er setzte ein Lächeln auf und wandte sich zu seiner Tochter um.

»Hey, du, schleichst dich einfach von hinten an mich heran. Wie war es denn gestern Abend mit Elena?«

»Sie hat mir Spaghetti gekocht, wir haben Kekse gebacken und gespielt«, sagte sie. »Und beim Verstecken habe ich immer gewonnen!«

»Darauf möchte ich wetten.« Er lauschte ihr, wie sie ihm davon erzählte, wo sie sich versteckt hatte, welche albernen Lieder sie gesungen hatten und wie sie ihm das komplizierte Verfahren schilderte, um perfekte Keksrollen zu backen. Dann setzte er sie auf die Küchenablage, während er ihnen beiden Waffeln buk, und schickte sie anschließend in den Vorgarten, um die Sonntagszeitung hereinzuholen. Sie machten es sich auf dem Sofa bequem, und er las die Nachrichten, während sie sich die Cartoons und die Werbung ansah. Danach gingen sie in den Supermarkt, und er beaufsichtigte sie noch dabei, wie sie ihr Zimmer aufräumte.

Alles in allem verlief der Vormittag wie jeder Sonntag; bis es um eins an der Tür klingelte, weil Elena zurückkam.

»Elena!«, rief Faith, als Brent ihr die Tür öffnete.

»Hey, Kleines.« Elena kniete nieder und schlang die Arme um das zappelnde kleine Mädchen. Sie hielt Faith fest im Arm, während sie zu Brent aufsah. »Du hättest mich wecken sollen. Ich wollte nicht in deinem Wohnzimmer kampieren. Tut mir leid.«

»Keine Sorge. Du sahst so friedlich aus, dass ich dich nicht stören wollte.« Diese kleine Notlüge musste reichen.

»Ich hatte einen echt seltsamen Traum«, meinte sie, und sein Magen zog sich zusammen. War sie etwa in Wirklichkeit wach gewesen?

»Ach ja? Welchen denn?«

Sie schüttelte den Kopf. »Ich kann mich nicht mehr erinnern, nur dass er merkwürdig war. Aber schön.« Sie warf ihm ein strahlendes Lächeln zu, bei dem ihm die Knie ganz weich wurden. Es hatte ihn ziemlich erwischt. Verdammt.

»Ich fand es schade, dass du weg warst, als ich aufwachte«,

rutschte es ihm heraus, und er wünschte sich sofort, seine Worte zurücknehmen zu können.

»Ach ja?« Das seltsame Bekenntnis schien sie zumindest nicht zu erschrecken. Nein, sie wirkte sogar erfreut.

»Meine Waffeln können es durchaus mit denen deines Vaters aufnehmen. Und eigentlich wollte ich auch eine für dich machen.«

Ihr Gesicht schien zu glühen. »Wie lieb von dir. Egal, wann du mir morgens eine machen willst, sag einfach Bescheid.«

Er schluckte, versuchte, einen klaren Gedanken zu fassen. Aber alles schien bei dieser Frau eine doppelte Bedeutung zu haben, und unzweifelhaft ritt er sich immer tiefer ins Verderben.

»Na gut. Also, ich muss mich jetzt beeilen. Danke, dass du schon so früh gekommen bist. Ich will heute die ein oder andere Spur verfolgen, um diese Graffiti-Sprüher aufzuspüren.« Genauer gesagt, wollte er das Filmmaterial der Security durchgehen, das ihm Landon von den anderen Unternehmen in der Nähe hatte zukommen lassen können.

Sie runzelte die Stirn. »Kümmert sich denn die Polizei nicht darum?«

»Doch. Aber ich tue ebenfalls, was ich kann. Früher war ich schließlich auch bei der Polizei, weißt du noch?«

»Als Detective, ja. Umso bedauerlicher.«

Er sah sie verwirrt an. »Was?«

»Detectives tragen keine Uniform.« Ihre Stimme klang jetzt tiefer, beinahe ein wenig rauchig. »Und ich wette, du hast in Uniform großartig ausgesehen.«

Er machte einen Schritt auf sie zu. »Was tust du da, Elena?«

Sie sah zu Boden, aber als sie wieder aufblickte, entdeckte er die Entschlossenheit in ihren schokoladenbraunen Augen. »Ich bin nur ehrlich. Du hast doch gesagt, dass ich hübsch bin, nicht wahr? Ich glaube, jetzt sind wir quitt.«

Er schwieg.

»Vermisst du es?«

Verwirrt schüttelte er den Kopf.

»Detective zu sein«, stellte sie klar.

Er wartete eine Minute, bevor er antwortete, und nickte dann. »Ja, schon. Aber der Job ist gefährlich. Ich trage eine größere Verantwortung.«

»Da hast du recht. Und du gehst nicht allzu viele Risiken ein, nicht wahr, Brent?«

Er sah ihr geradewegs in die Augen, und sein Herz pochte protestierend, als er entgegnete: »Nein, Elena. Wirklich nicht.«

7

»Danke, dass du mir dabei hilfst«, sagte Elena zu ihrem Dad, als sie die Temperatur der beiden runden gelben Kuchen checkte, die sie vor einer Stunde in Tyrees Küche aus dem Ofen gezogen hatte.

»Abgekühlt genug, um sie zu glasieren?«, fragte er.

»Ja«, antwortete sie. Faith hatte Brent und ihr erklärt, dass sie sich einen selbst gebackenen Kuchen für ihre morgige Party wünschte, und als Brent Elena erzählt hatte, dass er noch nie einen Kuchen hinbekommen hatte, der nicht schief und vertrocknet war, hatte sie sich bereit erklärt einzuspringen. Und dann hatte sie ihren Dad eingespannt.

»Du musst mir nicht danken. Wir kochen doch jetzt schon ein paar Monate zusammen. Du könntest also wissen, dass ich das gern tue. Für dich und für Faith.«

»Nicht für Brent?« Kaum war ihr die Frage entschlüpft, bedauerte sie sie auch schon. Sie saß nun in Tyrees Gegenwart schon seit einer Woche auf glühenden Kohlen, seit sie angefangen hatte, für Brent als Babysitterin zu arbeiten.

Allerdings war sie auch zu Brent kühl und distanziert gewesen, wobei sie nur sein Verhalten spiegelte. Es knisterte immer noch zwischen ihnen, aber nachdem er am Sonntag ihrem kleinen Flirt ein Ende gesetzt hatte, war er immer bloß nett, distanziert und höflich gewesen.

Allerdings ertappte sie ihn hin und wieder dabei, wie er sie auf eine Weise ansah, die ihren ganzen Körper unter Strom setzte. Aber derlei Augenblicke dauerten nur wenige Sekunden, und er tat es bloß, wenn er glaubte, dass sie es nicht bemerkte. Vor zwei

Nächten war sie aufgewacht, als er um Viertel vor vier nach Hause gekommen war. Sie hatte sich schlafend gestellt, und als er sich auf den Couchtisch setzte, nur wenige Zentimeter von ihrem Lager auf dem Sofa entfernt, hatte sie befürchtet, dass das wilde Pochen ihres Herzens sie verraten würde.

Nach ein paar Sekunden hatte er ihr die Hand auf die nackte Schulter gelegt, von der der Ärmel ihres oversized T-Shirt heruntergerutscht war. Er hatte dort länger als nötig verharrt, bevor er sie sanft geschüttelt und ihren Namen geflüstert hatte. Sie hatte so getan, als erwache sie langsam aus tiefem Schlummer, aber eigentlich hatte sie sich nie wacher gefühlt, und selbst jetzt noch schien sie seine Hand auf ihrer bloßen Haut zu spüren.

Sie wollte mehr, und sie spürte, wie ihre Wangen brannten, als sie sich schnell darauf konzentrierte, den Puderzucker abzuwiegen.

Neben ihr zögerte Tyree, ehe er den Kakao abmaß und ihn in eine Schüssel gab. Eine Sekunde später, und sie hätte seinen Gesichtsausdruck nicht wahrgenommen. Aber sie hatte rechtzeitig hingesehen.

»Daddy?«

Er sah sie an, ein angespanntes Lächeln auf dem freundlichen Gesicht.

»Was ist los?«, drängte sie.

Er seufzte und griff dann nach der Butter. »Wir müssen das miteinander verrühren.«

»Du weißt, dass ich das nicht gemeint habe. Wieso willst du das nicht für Brent tun?«

»Willst du diese Unterhaltung wirklich führen?« Seine Stimme war gleichmütig, dennoch nahm sie seine Frustration wahr.

Nein, eigentlich nicht.

»Ja«, sagte sie entschlossen. »Das will ich.«

Er atmete aus. »Na gut. Was läuft da zwischen euch beiden?«

»Nichts.« Sie spie das Wort förmlich hervor, denn so eine direkte Frage hatte sie nicht erwartet.

Er zog die Augenbrauen in die Höhe, und unwillkürlich wich sie einen Schritt zurück.

»Ehrlich«, sagte sie und legte die Hand aufs Herz, »zwischen uns läuft nichts.«

»Gut«, antwortete Tyree. »Belass es dabei.«

Sie runzelte die Stirn. Soweit sie wusste, hatte sie, was das anging, sowieso keine Wahl. Sie passte jetzt schon eine ganze Woche auf Faith auf, und obwohl Brent und sie in der Gegenwart des anderen immer angespannter wurden, war er ihr keinen einzigen Schritt nähergekommen. Und sie selbst hatte natürlich auch nichts mehr unternommen.

Vielleicht bildete sie es sich ja nur ein.

Aber das konnte nicht sein.

Oder doch?

»Elena?«

Sie sah ihn an und bemerkte, dass er sie mit unergründlicher Miene beobachtete. Er sagte nichts mehr, und sie schwieg ebenfalls.

Offenbar war das Thema damit beendet. Doch schließlich hielt sie es nicht mehr aus. »Was ist denn falsch an ihm? Ich meine, ich dachte, ihr seid befreundet.«

»Und ich dachte, zwischen euch läuft nichts.«

»Das stimmt ja auch. Er hat null Interesse an einer Affäre mit mir.«

Er zögerte, bevor er Zucker und Milch schaumig schlug. »Du aber schon an einer mit ihm?«

Sie antwortete nicht. Sie sah ihn nur verächtlich an, bis seine Schultern sich bewegten, als trage er eine schwere Last mit sich herum.

»Brent ist ein guter Freund, einfach ein feiner Kerl. Klug, loyal und freundlich.«

»Was ist es dann?«

»Ah, *mon bijou*. Er ist fast zehn Jahre älter als du.«

»Ja und? Du und Mom, ihr wart jung.«

»Spiel hier nicht die Naive, Elena. Ich kenne dich noch nicht allzu lang, dafür aber gut. Und ich weiß, dass du Ehrgeiz hast. Träume. Und diese Träume kannst du hier in Austin nicht verwirklichen.«

»Ich …« Sie wollte protestieren, aber er hatte recht. Letztendlich wollte sie für eine Beratungsfirma arbeiten, die sie im ganzen Land umherschickte. Sie wollte kleine Städte mit historischen Wurzeln besuchen, um ihnen beim Wachstum und der Planung zu helfen.

»Ich werde dir nicht vorschreiben, mit wem du dich triffst, aber ich sage trotzdem, dass Brent nicht der Richtige für dich ist. Er ist Vater. Und er weiß, wie leicht sein kleines Mädchen verletzt werden kann.«

»Daddy, ich …«

»Du musst jetzt den Zucker hineingeben«, sagte er und beendete damit die Unterhaltung.

Sie dachte an Hannah und ihre Eltern und wie angespannt ihr Verhältnis nun wegen Matthew war. Sie wollte das mit Tyree nicht riskieren, nicht jetzt, da sie einander gerade erst gefunden hatten.

Aber sie wollte auch das, was immer da zwischen ihr und Brent war, nicht ignorieren.

Doch eigentlich spielte es keine Rolle, was sie wollte, denn das einzig Interessante mit Brent spielte sich lediglich in ihrem Kopf ab. Aber was, wenn die Mauern, die sie jetzt noch trennten, eines Tages einstürzten und sie doch in seinen Armen landete? Tyree hatte im Grunde recht. In ein paar Jahren würde sie nicht mehr hier sein. Und Brent würde nie etwas tun, was Faith verletzen konnte.

Was bedeutete, dass es zwischen ihnen vorbei war, bevor es überhaupt begonnen hatte. Alles, was ihr blieb, waren nur noch ihre Fantasien.

Sechs Jahre. Wie zum Teufel hatten sechs Jahre so schnell verfliegen können?

Brent saß auf der steinernen Bank unter dem Pekannussbaum und beobachtete, wie die Prinzessinnen und Piraten miteinander im Garten Fangen spielten, wobei ihr Geschrei wahrscheinlich bis zum The Fix in der Stadt hinüberwehte.

»Ich glaube, das Motto war ein voller Erfolg«, sagte Elena, die neben ihn trat. »Gut gemacht.«

Er lachte. »Du hast es schließlich vorgeschlagen, danke dafür. Ich habe lediglich online alles bestellt, was mit Prinzessinnen und Piraten zu tun hat und noch rechtzeitig geliefert werden konnte.«

Die mit rosafarbenen und schwarzen Tüchern bedeckten Spieltische bogen sich unter entsprechendem Krimskrams. Plastik-Zepter, Buschmesser, Diademe und Augenklappen. Sogar Kleider für die Prinzessinnen und Hüte für die Piraten.

»Und die Kinder haben einen Mordsspaß. Besonders Faith. Und das ist doch das, was zählt.«

»Ja, genau«, stimmte er ihr zu. Faith hatte mit der Entschlossenheit des Geburtstagskindes und ihrem ohnehin ausgeprägten starken Willen verkündet, Piratenprinzessin zu sein. Sie trug ein rosafarbenes Kleid, hatte ein Buschmesser in der Hand und auf dem Piratenhut ein Diadem befestigt.

Er blickte zu Elena auf, dann rutschte er beiseite, um auf der Bank neben sich Platz zu machen. Sie setzte sich hin, aber er hatte nicht bedacht, wie klein die Bank für zwei Erwachsene war. Normalerweise saß er hier nur mit Faith.

Auf einmal schien alles möglich zu sein, aber er versuchte, bloß nicht daran zu denken. »Ich habe gerade überlegt, dass es nun schon sechs Jahre sind. Wie schnell die Zeit verfliegt.«

»Das tut sie auf jeden Fall.«

»Und mir nichts, dir nichts hast du auch schon deinen Master.«

Sie lachte. »Stimmt. Aber ich habe gerade erst angefangen. Du solltest mich also nicht so schnell entlassen.«

Er hatte genau das Gegenteil gedacht, denn schon jetzt grauste es ihm vor dem Augenblick, da sie unweigerlich gehen würde. Doch bevor er ihr das sagen konnte, kam Rayleen auf sie zu.

»Was für eine schöne Party«, rief sie. »Tut mir leid, dass ich Kyla schon früher abholen muss. Aber an diesem Wochenende geht sie zu ihrem Vater.«

»Natürlich«, sagte er, und sein Herz zog sich schmerzhaft zusammen. Für ihn wäre es ganz unvorstellbar gewesen, Faith immer nur einen Teil der Zeit bei sich zu haben. »Faith«, rief er, aber sie war zu sehr mit der Regentschaft über ihr Königreich beschäftigt, um ihn zu hören.

»Ich hole sie«, bot Elena an. »Und dann schicke ich sie zu Ihnen, und Kyla ebenfalls«, fügte sie an Rayleen gewandt hinzu, ehe sie in der Menge verschwand.

Rayleen kehrte zum Tor zurück, und Brent beobachtete, wie Elena sich durch die Kinderhorde schlängelte. Sie machte das wirklich großartig. Sie ging ganz natürlich mit ihnen um, und Faith betete sie an. Außerdem hatte sie den Kuchen gebacken und sich das Motto ausgedacht. Im Grunde war sie in die Rolle der Gastgeberin geschlüpft, ohne dass er es überhaupt bemerkt hatte.

Er wartete darauf, dass ihn eine Zorneswelle traf. Eine Reaktion auf die einfache Tatsache, dass sie sich in ihre Familiengewohnheiten eingeschlichen hatte. Aber der Ärger wollte sich nicht einstellen. In Wahrheit war er ihr dankbar für ihre Hilfe.

Er sagte sich, dass es nicht anders war, wenn Jenna ihm unter die Arme griff. Das war natürlich eine Lüge, die er sich selbst aus vielen Gründen erzählte, denn immerhin hatte er nicht die Absicht, mit Jenna zu schlafen. Mit Elena hingegen wollte er das durchaus. Tatsächlich wünschte er sich das mit jedem Tag mehr, trotz seiner angestrengten Bemühungen, seine Libido in Schach zu halten.

Jetzt stand er auf, wollte hineingehen, um sich ein Bier und etwas von dem Barbecue zu holen, das auf Elenas Betreiben hin für die Erwachsenen besorgt worden war. Aber er kam nicht weit, denn Reece holte ihn ein und reichte ihm ein Sam-Adams-Lagerbier. »So eins wollte ich mir gerade holen.«

»Dann hab ich wohl deine Gedanken gelesen. Wofür hat man Freunde?«

Sie stießen mit den Flaschen an und nahmen beide einen großen Schluck. Brent bemerkte, dass Reece in Elenas Richtung sah, die Situation aber nicht weiter kommentierte. Stattdessen deutete er mit einem Kopfnicken auf Landon und Taylor.

»Sie sind ein hübsches Paar«, meinte Reece.

»Stimmt«, pflichtete Brent ihm misstrauisch bei. Er wusste genauso gut wie Reece, dass es viele Parallelen zwischen ihm und Elena einerseits und Landon und Taylor andererseits gab. Eine Beziehung unterschiedlicher Hautfarben. Eine jüngere Frau.

Und er war absolut nicht überrascht, als Reece sagte: »Dein Dad hätte eine solche Verbindung niemals gutgeheißen.«

Er sah seinen Freund an, und ihm war vollkommen klar, dass Reece in Wirklichkeit von ihm und Elena sprach. »Nein«, sagte er, »das hätte er nicht. Aber ich habe mich mit dem alten Herrn sowieso nie verstanden.«

»Auch wieder wahr, und freut mich, das zu hören. Wäre doch eine Schande, wenn dumme Vorurteile einer Sache im Wege stünden, die wirklich gut werden könnte.« Er blickte Brent in die Augen. »Oder um es konkreter zu formulieren, genauso eine Schande wäre es, wenn eine unbegründete Angst im Wege stünde.«

»Du hast dich mit Jenna unterhalten«, sagte Brent.

Reece zuckte mit einer Schulter, sodass die Tattoos auf seinem Arm tanzten. »Na ja, sie ist meine Frau. Hin und wieder reden wir eben miteinander.« Die beiden hatten vor ein paar Wochen im Rahmen einer kleinen Zeremonie vor einem Friedensrichter geheiratet und die Neuigkeiten ziemlich für sich behalten, denn sie planten eine größere Hochzeitsfeier mit Empfang, sobald das Baby auf der Welt war.

»Landon hat kein Kind«, sagte Brent jetzt. »Wenn Taylor einen auf Olivia macht, dann verletzt sie nur ihn.«

Reece nickte bedächtig. »Das ist wahr. Aber wie lange wirst du dich noch hinter irgendeinem *Was wäre, wenn* verstecken?«

Noch bevor Brent antworten konnte, ging Reece davon und mischte sich unter die Kinder. Nachdenklich blieb Brent allein zurück.

8

In der Woche zuvor hatte Brent einen neuen Mitarbeiter für sein Security-Team angeheuert. Und obwohl er sich noch immer nicht komplett auf die reine organisatorische Tätigkeit konzentrieren konnte, solange er die beiden neuen Kräfte nicht eingearbeitet hatte, bedeutete Owens Einstellung doch, dass er an ein paar Abenden früher nach Hause gehen konnte.

Der Sonntag gehörte, Gott sei Dank, dazu.

Er hatte das Elena natürlich gesagt. Und auch wenn er es vermissen würde, sie schlafend auf seiner Couch vorzufinden, wenn er nachts gegen drei Uhr nach Hause kam, konnte er die Vorfreude nicht leugnen, die er bei der Aussicht empfand, dass sie jetzt bei seiner Heimkehr wach sein würde.

Was er allerdings nicht erwartet hatte, war, sie in der Küche vorzufinden, inmitten einer Explosion aus Mehl, sein kleines Mädchen hellwach und fröhlich in ihrem Hochsitz auf und ab hüpfend.

»Daddy!«, kreischte Faith.

»Tut mir so leid«, meinte Elena gleichzeitig und rieb sich über die Nase, was einen weißen Striemen auf ihrer Haut hinterließ. »Faith hat vergessen zu erwähnen, dass sie Montagmorgen ihren Geburtstag nachfeiert, deshalb backe ich Cupcakes, die sie mitnehmen kann. Und als ich erwähnte, dass ich morgen Geburtstag habe, bestand sie darauf, mir bei den Cupcakes zu helfen, damit ich auch was Süßes mit nach Hause nehmen kann.«

»Alles Gute wünsche ich dir«, antwortete er amüsiert. »Ich nehme an, dass Hurricane Faith die Ursache für all das hier ist.« Er deutete auf das Zimmer.

»Wir wollten das alles wieder sauber haben, bevor du nach Hause kommst, nicht wahr?«

Faith nickte. »Wir haben ein ziemliches Chaos angerichtet.«

»Und du müsstest längst im Bett sein.« Elena sah zu Brent auf. »Ich mache es noch sauber. Lass mich sie erst ins Bett bringen.«

»Ist schon gut, wirklich.«

»Nein.« Sie klang gleichzeitig nervös und entschlossen. »Ich mache das gleich. Trink du, hm, einfach nur einen Kaffee.« Sie goss ihm eine Tasse ein und schob sie ihm herüber. »Lass es dir schmecken.«

»Na gut. Wie du willst.« Er spürte, wie seine Lippen vor Belustigung zuckten, und sah nach unten, ehe sie es bemerkte. »Eine Umarmung«, sagte er, stellte den Kaffee ab, um sein kleines Mädchen zu liebkosen, das sich prompt in seine Arme warf. Er drückte sie fest und gab ihr dann einen Kuss auf die Stirn. »Nacht, Süße. Geh mit Elena.«

»Okay, Daddy«, antwortete sie und verschwand zusammen mit ihrer mehlverschmierten Babysitterin im Flur.

Der Kaffee schmeckte durchaus gut, aber er fand, dass dieser Abend nach Wein schrie, also nahm er eine Flasche aus dem kleinen Weinkühlschrank, den er in der Ecke untergebracht hatte. Ein guter Roter, von dem er sowohl sich selbst als auch Elena eingoss. Er hatte sein Glas schon zur Hälfte geleert, als sie zurückkehrte.

»Endlich ist sie eingeschlafen«, sagte Elena. »Und was die Küche angeht ...«

»Macht nichts«, unterbrach er jede weitere Entschuldigung. »Hier. Wir stoßen auf deinen Geburtstag an.«

Sie grinste. »Ach ja?«

Er hatte sie noch nie so von der Rolle gesehen. Ihr kurzes Haar war zerzaust und ihr Make-up verschmiert. Er hatte sie schon vorher für schön gehalten, aber jetzt wirkte sie zudem auch noch verletzlich. Und das war irgendwie gar nicht gut.

»Tut mir wirklich leid, dass sie nicht schon im Bett war, als du nach Hause kamst«, fügte sie hinzu. »Ich weiß, wie spät es ist. Aber sie wollte noch einen Animationsfilm sehen. Wir haben uns für *Die Unglaublichen* entschieden, und ich glaube, der Film hat sie total aufgewühlt. Ich hatte nicht erwartet, dass sie wieder aufstehen und eine Festung für ihre Stofftiere bauen würde, während ich die Cupcakes buk. Als wir das dann wieder abräumten, erwähnte ich meinen morgigen Geburtstag, und dann setzte in der Küche das Chaos ein.« Sie sah sich stirnrunzelnd um. »Ich glaube, es gibt nur zwei oder drei Stellen, wo wir kein Mehl verteilt haben.«

»Mach dir keinen Kopf deswegen«, beschwichtigte er sie mit leisem Glucksen. »Wirklich nicht. Dieses Kind ist ein richtiger kleiner Chaot. Und morgen werde ich ordentlich mit ihr schimpfen.«

Er sah, wie entsetzt sie dreinblickte, und wünschte, er hätte den Mund gehalten. Es gefiel ihm nicht, wenn Elena Anderson sich aufregte. Dann musste er immer dem Drang widerstehen, sie in die Arme zu nehmen und ihr die Sorgen vom Gesicht zu küssen.

Und das war definitiv nicht die richtige Richtung, die seine Gedanken einschlagen sollten. Nicht bei ihr. Nicht bei der Tochter seines Chefs und Freundes. Und definitiv nicht bei seiner Babysitterin.

Egal, wie verführerisch sie war.

»Wirklich«, versuchte er sie zu beruhigen, »ist echt nicht so schlimm. Kinder bleiben schon mal länger auf. Sie stehen heimlich auf. So etwas passiert. Und ich bin dir wirklich dankbar, dass du mir hilfst. Ich weiß, dass Kinderbetreuung nicht dein Ziel war, als du angefangen hast, den Master zu machen.«

»Na ja, falls du es vergessen haben solltest: Du bezahlst mich dafür.«

Er lachte. »Der Punkt geht an dich. Aber trotzdem. Manchmal kann man bestimmte Dinge mit Geld einfach nicht aufwiegen.« Er sah sich in der Küche um. »Und ich glaube, heute ist so ein Tag.«

»Ist auf jeden Fall einer von den besseren«, gab sie zu. »Aber wirklich, ich freue mich, helfen zu können. Sie ist ein tolles Kind, und außerdem ist der Job mit meinem Stundenplan vereinbar. Du weißt ja, wie es auf der Uni ist.«

»Eigentlich nicht. Ich bin Cop. Sicherheitsspezialist. Und jetzt auch noch Barbesitzer und Partner deines Vaters«, fügte er hinzu, musste es einfach laut aussprechen. Musste sie beide daran erinnern. Denn auch wenn er sich seit Monaten sagte, dass er sich alles nur einbildete: Er wusste verdammt genau, dass Elena ihn ebenfalls anziehend fand.

Auch wenn er es immer zu verdrängen versuchte: Der Funke war schon bei ihrer ersten Begegnung übergesprungen. Und mehr als einmal hatte er sie dabei ertappt, wie sie ihn musterte, ihr Verlangen so greifbar, dass er sich hatte abwenden und an kalte Duschen oder andere nicht sinnliche Dinge hatte denken müssen.

Er war ein Wrack, was sicher bloß daran lag, dass er so lange schon keine Frau mehr im Bett gehabt hatte. Er war so ausgehungert, dass er sowieso nach jeder Frau lechzte, sagte er sich.

Sie warf ihm ein süßes, beinahe scheues Lächeln zu, und sein Magen schlug einen Purzelbaum.

Nein, nicht nach jeder Frau. Hier ging es um Elena. Nur um Elena.

»Das ist schön«, sagte sie. »Sich zu unterhalten, meine ich. Normalerweise schlafe ich ja schon, wenn du heimkommst, oder ich mache mich eilig auf den Weg nach Hause, um schnell ins Bett zu kommen.«

»Na ja, ich kann ja nicht riskieren, dass du die Cupcakes ruinierst.«

»Das ist auch noch etwas, das mir leidtut. Ich hätte anrufen sollen, um dich zu fragen, ob es dir recht ist, dass wir welche backen. Ich hoffe also, dass du nichts dagegen hast.«

»Überhaupt nichts. Ich bin nur …«

»Ja?«

Wie konnte er sagen, dass das Zimmer ihm mit einem Mal zu klein vorkam, was verdammt noch mal wohl kaum an der Hitze des Ofens lag.

»Nichts«, antwortete er stattdessen. »Vergiss einfach, dass ich etwas sagen wollte.«

Sie legte den Kopf schief und sah ihn fragend an, und einen Moment lang dachte er, sie würde auf einer Antwort bestehen.

Bing!

»Fertig«, rief sie mit etwas zu munterer Stimme, als könnte das die Spannung, die im Raum herrschte, mindern.

Sie beugte sich vor, um die Küchlein herauszuholen, und Brent zwang sich, die perfekte Rundung ihres Hinterns in ihrer Lucky-Jeans keiner genaueren Betrachtung zu unterziehen.

Lucky. War das Ironie?

Sie stellte die Cupcake-Förmchen auf ein Auskühlgitter und zog dann die Ofenhandschuhe aus. »Na ja. Gut. Ich sollte jetzt besser gehen.«

»Müssen sie denn nicht abkühlen, bevor man sie glasiert?«

Sie nickte. »Ich nehme an, so was hast du schon mal gemacht, oder? Faith kann sie morgen früh mit Glasur überziehen. Ich habe keine frische Glasur gemacht, aber ich habe gesehen, dass du ein paar Schachteln Fertig-Kuvertüre in der Küche hast.«

»Gehört hier zu den Grundnahrungsmitteln«, sagte er.

Sie verdrehte die Augen. »Nachdem du sie glasiert hast, kannst du sie in Tupperdosen verpacken.«

»Stimmt. Das sollte ich hinbekommen. Du könntest allerdings auch bleiben, um dafür zu sorgen, dass ich sie nicht zu schnell einpacke.«

Sie schluckte. »Na ja, schon. Wenn dir das weiterhilft.«

Er machte einen Schritt auf sie zu, sodass nur noch wenige Zentimeter sie in der kleinen Küche voneinander trennten. »Oder du könntest die Cupcakes einfach vergessen und bleiben.«

»Ich … Brent.« Sie leckte sich die Lippen, und sein ganzer Körper vibrierte vor Verlangen. »Was hast du vor?«

»Ganz ehrlich? Ich denke darüber nach, dich zu küssen.«

»Oh.« Er entdeckte Überraschung und Freude in ihren Augen. »Und was denkst du da genau?«

»Wie sehr ich es mir wünsche. Und dass ich es nicht tun sollte.«

»Warum nicht?« Ihre Frage klang atemlos, war fast bloß ein Flüstern.

»Zum einen bist du jünger als ich. Du bist die Tochter meines Chefs. Meines Freundes. Ganz zu schweigen davon, dass ich ein alleinerziehender Vater bin, der vorsichtig damit sein muss, welche Signale er seinem Kind gibt. Außerdem bist du die Babysitterin.«

»Und das alles spricht dagegen?«

Er seufzte. »Das dachte ich eigentlich. Aber so langsam verliere ich den Überblick.«

»Da kann ich dir helfen.«

»Ach ja?«

»Ja.« Sie machte noch einen winzigen Schritt auf ihn zu und stellte sich dann auf die Zehenspitzen. Sanft gab sie ihm einen federleichten Kuss auf die Lippen.

Danach wich sie zurück und biss sich auf die Unterlippe, blickte zu ihm auf, als fordere sie ihn heraus, noch mehr zu tun.

Und verdammt. Er nahm die Herausforderung an. Vielleicht kam er dafür geradewegs in die Hölle, aber er musste diese Frau einfach haben. Ohne weiteres Zögern zog er sie dicht an sich und küsste sie zärtlich und voller Hingabe.

9

Elena schmolz an seinem Körper dahin, schockiert über sich selbst, weil sie so kühn gewesen war, die Initiative zu ergreifen, und überglücklich, dass er darauf eingegangen war. Der Kuss war … nun ja, er war einfach alles. Seit Monaten träumte sie davon, seine Lippen auf den ihren zu spüren, ihrer beiden Zungen miteinander tanzen zu lassen, seine Hände zu fühlen, die sie überall berührten. Und jetzt – o lieber Gott – tat er genau das mit ihr, was sie sich vorgestellt hatte. Berühren. Schmecken. Liebkosen.

Er nahm sie.

»Mein Gott, Elena, du schmeckst wie Ambrosia.« Er unterbrach ihren Kuss gerade lang genug, um ihr diese sinnlichen Worte zuzuflüstern, und presste dann seine Lippen wieder auf die ihren. In der Küche war es sowieso schon heiß, aber nun schien die Luft zwischen ihnen Funken zu sprühen. Er umfing ihren Nacken und hielt ihren Kopf fest, während er ihren Mund erkundete. Ihre Lippen schmeckte, ihre Zähne. Dann ließ er federleichte Küsse an ihrem Kiefer entlangwandern.

»Du bist so schön«, raunte er. »Hast du eigentlich eine Ahnung, wie lang ich mir schon wünsche, dich zu schmecken?«

Er zog sich lang genug von ihr zurück, um ihr in die Augen zu blicken, und sie wimmerte tatsächlich, als sie die Tiefe seines Verlangens darin entdeckte. Eine wilde, fast unbändige Gier. Und, o ja, sie empfand das Gleiche. Sie hatte zu lang darauf gewartet, um sich jetzt noch zurückzuhalten. Mindestens genauso lang wie er.

»Ich begehre dich, seit ich dich das erste Mal gesehen habe«, bekannte sie. »Kannst du dich an diesen Tag noch erinnern? Als ich in die Bar kam, um meinen Vater zu finden?«

»Wie könnte ich das vergessen? Das ist für immer in meinem Gedächtnis. Du warst … du bist die schönste Frau, die ich je gesehen habe. Ich konnte die Augen nicht von dir abwenden. Und ich musste mich praktisch auf meine Hände setzen, damit ich sie nicht ausstrecke und dich berühre.«

Ihr Herz flatterte, und sie holte zitternd Luft. »Du kannst mich jetzt berühren«, flüsterte sie. Und dann, weil sie es nicht ertrug, seine Hände nicht auf sich zu spüren, fügte sie hinzu: »Bitte berühre mich jetzt.«

»Oh, Baby.« Sie hörte die Hitze in seiner Stimme, und sie erwartete, seine Hände sofort zu spüren. Aber er überraschte sie durch Zurückhaltung. Seine Finger fuhren nur ganz leicht über den leichten Stoff ihres T-Shirts.

Sie hätte nie geglaubt, dass es so erotisch sein konnte, *nicht* berührt zu werden, und sie war mit jeder Sekunde erregter. Ihre Nippel drängten sich wie harte Knospen gegen den dünnen Stoff ihres BHs, und sie spürte, wie ihr Innerstes ganz heiß wurde. Und feucht.

Und doch war er dort noch lange nicht angelangt. Stattdessen fuhr er am Ausschnitt ihres Shirts entlang und folgte dann dem Saum an ihrer Schulter. Er beobachtete seine Finger. Sie beschrieben einen federleichten Pfad ohne jeden Druck. Genug, um anzudeuten, aber zu wenig, um zu befriedigen.

»Bitte«, flüsterte sie. Danach sah sie, wie seine Fingerspitze hauchzart über die Schwellung ihrer Brüste fuhr. Und als er ihre Brustwarze berührte, bäumte sie sich auf und keuchte, dann presste sie die Hand fest auf die seine.

»Die Lady wünscht es wilder. Härter.«

»Die Lady wünscht einfach alles«, stellte sie klar. »Die Lady weiß gar nicht so genau, was sie will.« Ihre Wangen wurden heiß. »Ich habe nicht allzu viel Erfahrung.«

Er umfing ihr Gesicht. »Elena, bist du noch Jungfrau?«

Sie schüttelte den Kopf, erleichtert, dass sie das nicht mehr war, denn sie hatte das Gefühl, dass er sonst den Rückzug angetreten hätte. »Nein«, antwortete sie und erläuterte. »Aber ich war noch nicht mit allzu vielen Männern zusammen.«

»Dafür solltest du dich niemals entschuldigen«, sagte er.

»Es ist nur, dass ich keine Ahnung habe ...«

»Doch, hast du«, widersprach er ihr. »Das kann ich dir versichern. Denn wenn du keine Ahnung hättest, wie würdest du dir dann das hier erklären?«

Er nahm ihre Hand und presste sie auf seine Erektion, die sich gegen seine Jeans drängte. Sie atmete tief ein, und ihr Körper sehnte sich nach seiner Berührung. Aber sie wollte mehr. So viel mehr.

»Ist es das, was du dir wünschst, Elena?«

»Ja.« Die Antwort kam, ohne nachzudenken und ohne zu zögern. »Aber noch nicht. Zuerst will ich ...«

Er legte ihr den Finger auf die Lippen. »Lass mich mit dir spielen«, sagte er. »Und wenn ich etwas nicht richtig mache, kannst du es mir sagen, okay?«

Sie nickte.

»Aber zuerst müssen wir wohl unseren Austragungsort verändern. Ich möchte nur ungern unterbrochen werden, während du dich nackt unter mir windest, oder?«

Sie schluckte. »Nein, ich auch nicht. Du spannst mich ganz schön auf die Folter.«

»Natürlich. Aber es ist trotzdem die Wahrheit.«

Sie dachte darüber nach. Versuchte, sich den Druck seines Körpers auf dem ihren vorzustellen. Das Gefühl, wie sein Schwanz sich an ihrer Weiblichkeit rieb. Die Macht der Stöße, nachdem er eingedrungen war, einen Rhythmus gefunden hatte und immer tiefer in sie hineintrieb. Sie wollte morgen früh mit schmerzenden Schenkeln aufwachen, weil er sie so weit gespreizt hatte. Und wenn sie die Augen schloss, wollte sie sich daran erinnern, wie es war, diesen Mann tief in sich zu spüren.

»Was denkst du gerade?«, fragte er auf dem Weg ins Schlafzimmer.

»Dass ich dich in mir spüren will«, antwortete sie kühn.

Er schloss die Tür hinter ihnen und sah sie dann an. »Zieh dich aus.«

Sie zog die Augenbraue hoch, dann noch höher, als er sich aufs Bett setzte und sie angrinste. »Na los«, sagte er. »Ich will zusehen.«

Beinahe hätte sie instinktiv abgelehnt. Aber das Verlangen ließ sie dann doch mitmachen. Sie wollte für ihn strippen. Wollte sehen, wie die Hitze in seine Augen trat. Vor allem aber wollte sie sehen, wie es war, wenn er es nicht mehr ertragen konnte. Sie wollte den Punkt erleben, da er nicht mehr nur zusah, sondern sie berührte und nahm.

Ihr Herz flatterte. *Ja.* O Gott, ja. Das war es, was sie wollte. Von diesem Mann genommen zu werden. In Besitz genommen zu werden. Von ihm angebetet zu werden.

Sie legte die Hände auf ihre Schultern, dann ließ sie sie nach unten gleiten, immer weiter hinunter, fuhr sich mit den Fingerspitzen über das Schlüsselbein, über die Wölbung ihrer Brüste, über ihre Brustwarzen.

Sie musste selbst über ihre Kühnheit staunen und keuchte unwillkürlich. Dass er sie beobachtete, war wie eine exotische Liebkosung. Aber sie zögerte nicht und machte auch nicht die Augen zu. Und als sie endlich am Saum ihres T-Shirts angelangt war, nahm sie ihn zwischen zwei Finger und zog den Stoff bedächtig nach oben.

Es war ihr peinlicher als gedacht, das T-Shirt langsam auszuziehen, aber trotzdem blieb sie bei der Sache, bis sie schließlich nur noch in ihrem BH vor ihm stand.

Dann nahm sie einen Finger in den Mund und ließ ihn feucht, wie er war, in ihre Jeans gleiten. Sie biss sich auf die Unterlippe, je näher sie ihrer intimsten Weiblichkeit kam.

»Nein«, sagte er, und einen Moment lang vermutete sie, dass er sie aufhalten wollte. Dann merkte sie, dass sie dabei gewesen war, die Augen zu schließen. »Sieh mich an. Lass mich nicht aus den Augen.«

Sie gehorchte und sah, wie es ihn übermannte. Jenen Moment, als er nicht mehr nur zusehen konnte. Als er sie einfach berühren musste.

Sie sah es, und sie spürte ihre Macht über ihn. Sie wusste, dass sie ihn bezwungen hatte. Dass sein Verlangen nach ihr ihn magisch zu ihr hinzog, sodass er sich jetzt vor ihr hinkniete, die Hände auf ihre Hüften legte und ihr die Jeans hinabzog und langsam ein winziges Baumwollhöschen enthüllte.

Er beugte sich vor, legte dann den Mund über ihre Weiblichkeit, sog sie durch die Baumwolle hindurch ein, sodass sie keuchte, weil das alles so wild war. »Ich muss dich schmecken«, sagte er. »Alles von dir.« Und ehe sie sichs versah, hatte er sie rücklings aufs Bett gelegt, ihr die Jeans ganz ausgezogen, sodass sie dalag wie ein Geschenk, nur in BH und Höschen eingewickelt.

»Sag mir, was du willst«, sagte er. »Soll ich mich ausziehen? Oder soll ich dich ausziehen?«

Sie sah ihn an, immer noch in der Jeans und dem Button-down-Hemd, das er in der Bar getragen hatte. Er sah verdammt sexy aus, und sie konnte es kaum erwarten, ihn nackt zu sehen, seine harten Brust- und Bauchmuskeln. Und ja, seinen Ständer, den Beweis, dass er sie begehrte.

Sie wollte all das. Aber noch mehr wünschte sie sich, ihm zu gehören. Nur ihm. Ausgewickelt zu werden wie ein Geschenk, bloß zu seinem Vergnügen.

Sie leckte sich die Lippen, wusste nicht genau, welche Antwort er wohl hören wollte, doch dann fasste sie sich ein Herz und forderte: »Zieh mich aus, Brent.«

Sein bedächtiges Lächeln bewies ihr, dass sie richtig entschieden hatte, und als er sich vorbeugte und ihr ins Ohr flüsterte, glaubte sie, auf der Stelle kommen zu müssen.

»Baby«, raunte er, »du hast keine Vorstellung, wie hart du mich gerade gemacht hast. Aber ich verspreche dir, ich werde es dir bald zeigen.«

Sie war so verdammt schön. So verdammt empfänglich. Und als sie ihn gebeten hatte, sie auszuziehen, hatte Brent schon befürchtet, auf der Stelle zu kommen.

Er beherrschte sich, wie er sich noch nie in seinem Leben beherrscht hatte. Er musste sich zusammenreißen, bis er bereit war, bis sie es beide waren. Er wollte sie beide bis zum Abgrund führen. Ganz bis zum Rand. Und dann, ja, dann wollte er mit ihr zu den Sternen emporfliegen.

Aber alles zu seiner Zeit.

Im Augenblick wollte er sie nur schmecken, und so stieg er aufs Bett, setzte sich rittlings auf sie, wusste, dass seine Klamotten auf ihrer nackten Haut zu spüren quälend für sie sein würde und sie sogar noch näher an den Abgrund brachte.

Langsam beugte er sich vor und küsste federleicht ihre Lippen. »Schließ die Augen«, murmelte er, und als sie gehorchte, küsste er sie sanft auf jedes Lid. Auf die süße Rundung ihres Ohres. Die Haut an ihrem Haaransatz. Den eleganten Schwung ihres Kiefers.

Mein Gott, sie war wunderschön.

Er knabberte und leckte sich weiter abwärts, ließ die Zunge über die Wölbung ihrer Brüste wandern und beobachtete voller Freude, wie sie sich bei seiner Berührung aufbäumte. Sanft öffnete er die vordere Schließe ihres BHs, breitete ihn auseinander, befreite ihre Brüste. Ihre Nippel waren hart wie Kiesel, und sie schrie auf, als er einen in den Mund nahm, heftig daran saugte und die feste Knospe mit seinen Zähnen streifte.

Gleichzeitig ließ er die Hand in ihr Höschen gleiten und fand ihre Scham. »Spreiz die Beine für mich, Baby«, verlangte er, und wieder gehorchte sie. Ihre Hüften beschrieben kleine Kreise, als versuche sie, genau den richtigen Punkt zu finden.

Aber das war seine Aufgabe, und er streichelte die feuchte Hitze, neckte ihre Klitoris, saugte an ihrer Brustwarze. Und während er mit ihr spielte, wurde sein eigener Schwanz steinhart. Er führte sie fast bis an den Abgrund, sodass sie wimmerte.

»Bitte«, raunte sie, doch mehr sagte sie nicht. Als ob sie alles wollte und von ihm erwartete, dass er es ihr gab.

Das war auch seine Absicht.

Ohne Vorwarnung stieß er drei Finger in sie hinein und beobachte durch einen erotischen Nebel hindurch, wie sie sich ihm entgegenbäumte, wie ihr Körper stumm um mehr bettelte, während ihr leises Stöhnen das Zimmer erfüllte und seinen Schwanz reizte. Er stieß erneut hinein, langsamer diesmal, aber tiefer, und sie brandete ihm entgegen, bis sie sich gemeinsam im gleichen Rhythmus bewegten. Und mit jeder Minute wurde er noch härter.

Dann zog er die Finger lange genug hinaus, um ihr das Höschen auszuziehen und es beiseitezuschleudern. Er umfing ihre Brüste, presste mit Daumen und Zeigefinger ihre Nippel zusammen und presste den Mund auf ihr Geschlecht. Seine Zunge schnellte über ihre Klitoris, dann glitt sie in sie hinein, kostete von ihrem Saft, neckte ihre Öffnung.

Sie schrie auf, bat ihn, aufzuhören, weiterzumachen, niemals aufzuhören. Ihre Hüften wogten, pressten sich an ihn, als wollte sie seine Zunge tiefer, härter in sich spüren. Als wollte sie einfach nur ihn.

Sie schrie seinen Namen, trieb ihn mit vermehrtem *bitte* und *jetzt* an, sagte aber nie, was sie wollte.

»Sag es mir«, befahl er. »Sag mir, was du willst.«

»Dich. Bitte, Brent, ich will dich.«

»Sag es mir«, wiederholte er.

»Ich will dich in mir spüren. Ich will deinen Schwanz. Bitte, Brent. Ich will, dass du mich fickst.«

»Das ist mein Mädchen«, sagte er und wünschte es sich mindestens genauso sehr wie sie. Zum Teufel, er konnte sich nicht erinnern, jemals im Leben dermaßen hart gewesen zu sein. Er hätte diese Lust gern noch in die Länge gezogen, konnte es aber nicht mehr aushalten. Er musste in ihr sein, und mit einer einzigen, schnellen Bewegung lag er über ihr, sodass er die Hand nach seinem Nachttisch ausstrecken und ein Kondom herausziehen konnte.

Er machte sich gar nicht die Mühe, sich auszuziehen, sondern öffnete lediglich den Reißverschluss seiner Hose, nahm seinen Schwanz heraus und streifte das Kondom über. Sie lag mit gespreizten Beinen für ihn da, ihre Scham feucht und bereit. Er bewegte sich langsam, quälend langsam, denn eigentlich wollte er nur eins: in sie hineinrammen, hart und schnell. Aber sie musste bereit sein, und so bewegte er sich bedächtig und bewusst, steigerte das Tempo langsam und versank immer tiefer in ihr, je empfänglicher sie für ihn war, bis sie schließlich schrie, er möge sie schneller und härter ficken.

Und da musste er natürlich gehorchen.

Sie bäumte sich ihm entgegen, bewegte sich mit ihm, ihre beiden Körper kamen hart und schnell, ein verzweifelter Paarungsakt, in dem sie sich im jeweils anderen verloren, während sie explodierten und zu den Sternen emporschossen.

»Brent! O Gott, ja, Brent. Bitte. Komm mit mir. Komm mit mir, jetzt!«

Er spürte das Beben, das ihren Körper erschütterte, spürte, wie ihre innersten Muskeln ihn umspannten, die rhythmischen Krämpfe, die ihn und sie in den Abgrund schleuderten, bis sie beide zusammenbrachen. Ihre Körper lösten sich voneinander, um zu den Sternen zu fliegen, brannten lichterloh und fielen dann langsam, sanft wieder zur Erde herab.

Er holte tief Luft, war schlaff und erschöpft. Aber als er sie an sich zog und ihren Duft einatmete, spürte er, wie das Beben erneut begann. Sein Körper erwachte wieder zum Leben. »Mein Gott, was machst du bloß mit mir?«, murmelte er, streckte die Hand aus und begann, ihre Weiblichkeit zu streicheln.

»Anscheinend machst du ja das Gleiche mit mir«, entgegnete sie, drehte sich um und legte ihn auf den Rücken, um sich dann rittlings auf ihn zu setzen. »Ich will noch mal«, sagte sie mit mutwilligem Lächeln. »Und diesmal will ich oben sein.«

Sie bekam, was sie wollte. Tatsächlich sogar zweimal, was ein verdammtes Wunder war, wenn man bedachte, wie intensiv sie sich liebten. Aber schließlich war er doch fix und fertig, erschöpft; bleierne Schwere senkte sich auf ihn herab.

An diesem Punkt pflegte er der Frau neben sich zu sagen, dass es jetzt Zeit war, nach Hause zu gehen. Aber zu Elena sagte er das nicht. Stattdessen zog er sie dicht an sich heran. Und sagte nur eins: »Bleib.«

Und Gott sei Dank nickte sie.

10

Sie blieb von jenem Sonntagabend bis Dienstag oder genauer gesagt sogar bis Mittwochmorgen, denn jetzt war es vier Uhr morgens, und nackt lag sie befriedigt neben Brent, der ihre bloße Brust müßig mit der Fingerspitze streichelte.

»Vorsichtig«, neckte sie ihn. »Sonst machst du mich schon wieder ganz wild.«

»Hätte keinen Zweck für dich«, erwiderte er. »Ich fürchte, du hast mich vollkommen fertiggemacht.«

Sie lachte und biss ihm ganz sacht in die Brust. »Das habe ich jetzt davon, dass ich mit einem älteren Mann schlafe. Kein Durchhaltevermögen und *aaah*!«

Das Letzte hörte sich wie ein erstickter Schrei an, als er sie mit einer schnellen Bewegung umdrehte, sich rittlings auf sie setzte, die Lippen auf die ihren presste, um ihren überraschten Aufschrei zu ersticken, bevor Faith sie noch hörte. Aber dieser berechnende Kuss wurde sofort wild und tief, und sie wand sich unter ihm, als er zwischen sie griff und sie sich unter seinen Fingern bereits wieder feucht und heiß anfühlte.

»Merk dir: Fordere nie einen wettbewerbsorientierten Mann heraus«, flüsterte er, bewegte sich über ihr und drang langsam in sie ein.

»Das wusste ich nicht«, stieß sie mühsam hervor, atemlos, während ihr Körper sich ihm öffnete und ihre Hüften mit ihm in Einklang wogten. »Aber die Konsequenzen gefallen mir.«

Das Lachen erstarb schnell auf seinen Lippen, als die Hitze zwischen ihnen heftiger wurde. Sie klammerten sich aneinander, bewegten sich zunächst nur langsam, dann schneller, denn sie verloren die Kontrolle. Sie bäumte sich ihm entgegen, spürte, wie ihr Körper auseinanderzubrechen drohte, dann presste sie die Lippen aufeinander und unterdrückte den Schrei der Ekstase, als ein heftiger, überwältigender, alles verschlingender Orgasmus sie entzweiriss, sodass sie atemlos und schlaff dalag und hundertprozentig davon überzeugt war, dass es ab sofort zu ihren Lieblingsfreizeitbeschäftigungen gehören würde, Brent herauszufordern.

»Vorsicht, sonst bringst du mich noch um«, sagte er, als sie ihm wenige Augenblicke später genau das sagte. Er lag nun wieder neben ihr und hielt sie fest in den Armen.

»Das will ich natürlich nicht.« Sie drehte sich zu ihm um und seufzte dann vor Wonne. »Ich sollte jetzt wirklich gehen«, sagte sie schließlich. »Ich weiß, Faith fragt sich, warum du sie in den letzten beiden Tagen nicht hier ins Schlafzimmer gelassen hast, bevor du sie in den Kindergarten bringst. Und sosehr ich jeden Moment, wenn wir beide zusammen sind, auch genieße, habe ich ein schlechtes Gewissen, weil ich die Uni total vernachlässige.«

»Willst du damit sagen, dass ich einen schlechten Einfluss auf dich habe?«

»Das kann man wohl sagen«, antwortete sie und lachte, als er lächelte.

»Klingt gut.«

»Ha.« Sie wollte aus dem Bett schlüpfen, doch er packte ihr Handgelenk. »Brent, ich fühle mich geschmeichelt, aber ich zahle jede Menge Studiengebühren. Ich muss wirklich mal was tun, damit sich das auszahlt.«

»Habe nichts dagegen. Aber warum kommst du heute Abend nicht in die Bar? Heute findet der Wettbewerb zum Mann des Monats, Mr. November, statt. Wir müssen weiterhin so tun, als seien wir nur gute Freunde, aber es wäre schön, wenn ich dich dort sähe. Und ich bin mir sicher, Tyree möchte dir seine Ideen erläutern, wie er in die Kampagne zur Förderung des historischen Bewusstseins einbezogen werden könnte.«

Sie setzte sich auf, zog die Decke über die Brüste, was dumm war, denn er hatte jeden einzelnen Teil von ihr gesehen, geschmeckt und berührt, wobei er ihren Brüsten ganz besondere Aufmerksamkeit gewidmet hatte. »Klingt amüsant. Ich war schon seit Tagen nicht mehr im The Fix. Aber solange ich es nicht mache wie Rip Van Winkle und zwei Jahrzehnte schlafe, ist Faith einfach noch nicht alt genug, um allein hierzubleiben.«

»Deshalb übernachtet sie heute Abend bei Kyla.«

»Unter der Woche?«

»Studientag der Erzieher morgen und am Freitag, deshalb haben die Kinder frei. Also haben wir das Haus heute Abend für uns.«

»Oh. *Oh.*« Sie grinste ihn an und stieß dann einen Seufzer aus. »Na ja, ich glaube, das klingt verlockend.«

»Das glaubst du? Hmmm. Vielleicht sollte ich dir noch mehr zum Verlauf des heutigen Abends mitteilen. Falls du es noch nicht bemerkt hast, haben wir einen Großteil der Zeit hinter einer abgeschlossenen Tür verbracht. Aber heute Abend haben wir das ganze Haus für uns.«

»Ach ja?«

»Ich dachte, wir machen uns ein spätes Abendessen. Und ich dachte, ich lege dich einfach nackt auf die Küchenablage, spreize deine Beine und gönne mir eine kleine Vorspeise.«

»Oh.« Sie schluckte und presste die Schenkel zusammen als Reaktion auf die Hitze, die seine Worte zwischen ihren Beinen entfachten.

»Und natürlich gibt es da noch das Wohnzimmer. Ich dachte, wir machen es uns vor dem Fernseher bequem, und ich schaue dir dabei zu, wie du nackt rittlings auf mir sitzt und mich hart reitest, während ich deine Klitoris liebkose. Es sei denn, du würdest lieber einen Film ansehen.«

»Brent …« Sie wand sich, denn seine Worte stellten unanständige, magische Dinge mit ihrem Körper an.

»Soll ich dir auch noch meinen Plan für den Garten mitteilen? Die Dusche?«

Sie schüttelte den Kopf. Der Teil ihres Gehirns, der für die Wortbildung zuständig war, streikte. Ihr Körper hingegen tat das nicht, und sie fühlte sich gleichzeitig wund und kribbelig, als ob sie auf der Stelle explodieren würde, wenn er sie nur berührte. Ihre Brüste waren schwer, ihre Nippel hart. Ihr Geschlecht war geschwollen und bedürftig. Sie sehnte sich verzweifelt nach seiner Berührung. Aber als sie auf dem Bett auf ihn zu rückte, bewegte er sich in die entgegengesetzte Richtung.

»Sorry, Baby. Das müssen wir uns für später aufsparen. Du musst jetzt in die Uni.«

»Du bist verdammt unfair.«

Er grinste. »Ich weiß. Ich will, dass du über das, was ich gesagt habe, den ganzen Tag über, nachdenkst. Und heute Abend nach dem Wettbewerb kehren wir wieder hierher zurück.« Er beugte sich vor und gab ihr einen hauchzarten Kuss. »Zieh ein Kleid an«, befahl er. »Denn das Erste, das ich tun werde, wenn wir durch diese Tür getreten sind, ist, meine Hände zwischen deine Beine gleiten zu lassen, um mich davon zu überzeugen, wie sehr du mich willst.«

Elena war ganz aufgeregt, als sie am Mittwochabend das The Fix erreichte. Sie war durch ein absolut fantastisches Telefonat aufgehalten worden, und deshalb spät dran, jedoch allerbester Stimmung.

Aber kaum war sie über die Schwelle getreten, verwandelte sich ihre Aufregung in Verwirrung. Griffin befand sich ohne Shirt auf der Bühne und hielt ein Mikrofon in der Hand. Beverly stand neben ihm und wirkte einigermaßen schockiert. Kein Wunder! Griffin pflegte seine Narben niemals zu zeigen. Heute Abend hatte er es allerdings getan.

»Kauft den Kalender, wenn ihr mehr sehen wollt«, rief Griffin, und das unnatürliche Schweigen, das sich über den Raum herabgesenkt hatte, wurde von nervösem Lachen durchbrochen, gefolgt von aufrichtig gemeintem Applaus.

»Was in aller Welt ist passiert?«, fragte sie, als sie Brent gefunden hatte, auf dessen Gesicht ein breites Lächeln stand. Aber Brent schüttelte nur den Kopf. »Er muss sie wirklich lieben. Denn das war schon eine verdammt große Geste.«

Als Jenna auf die Bühne sprang, um zu verkünden, dass Griffin den Titel des Mr. November gewonnen hatte, fluchte Elena leise, weil sie den tatsächlichen Wettbewerb verpasst hatte. Dann erinnerte sie sich an den Grund und grinste Brent an. »Ich hatte gerade ein tolles Telefonmeeting. Deshalb komme ich auch zu spät.«

»Das ist wunderbar.« Sie sah, wie er den Arm nach ihr ausstreckte, dann aber wieder zurückzog. Ihr Herz zog sich schmerzhaft zusammen, denn sosehr sie die gemeinsame Zeit auch genoss, es war nicht genug. Immer häufiger dachte sie, dass sie daraus keine geheime, vorübergehende Sache machen wollte. Sie wollte einen Weg finden, wie sie beide wirklich zusammen sein konnten.

Aber wenn sie Brent das anvertraute, würde er vielleicht alles beenden, einschließlich ihrer geheimen Affäre. Und das wollte sie nicht riskieren.

»Lass uns nach meinem Dad suchen«, sagte sie, um abzulenken. »Ich will ihn fragen, wie die Vorbereitungen zu der Lebensmittelmesse laufen, und nachhaken, ob er auch wirklich alle einflussreichen Persönlichkeiten aus dem Ausschuss zum Erhalt historischer Gebäude und der Planungskommission eingeladen hat.«

»Ich habe ihn eben noch mit Easton zusammenstehen sehen«, antwortete Brent. »Er wirkte nicht allzu glücklich.«

»Probleme mit der Bar?«

»Weiß ich nicht so genau. Ich habe seinen Blick aufgefangen, aber er hat mich nicht ebenfalls nach hinten gerufen. Doch deine Mom ist bei ihm.«

»Hm.« Sie runzelte die Stirn. Easton war Anwalt, aber wozu brauchten ihre Eltern einen Anwalt? Und wenn es um die Bar ging, hätte er doch sicher auch Brent ins Gespräch mit einbezogen.

»Das sehe ich auch so«, sagte Brent, als sie ihm diese Gedanken mitteilte. »Deshalb werde ich jetzt auch an seine Tür klopfen. Kommst du mit?«

»Sollten wir nicht auf Reece und Jenna warten?«

Er schüttelte den Kopf. »Wenn es uns nichts angeht, dann sieht das so aus, als wollten wir ihn überfahren oder drängen. Und wenn es um die Bar geht, können wir ihnen später noch alles sagen.«

»Okay«, stimmte sie ihm zu und genoss es, dass er von *Wir* gesprochen hatte.

Sie schlängelten sich durch die Bar und blieben beide wie angewurzelt stehen, als sie Tyrees Büro erreicht hatten. Die Tür stand einen Spalt offen, und seine heftigen Worte trafen sie wie ein Schlag in die Magengrube. »Das ist Bullshit. Vollkommener Schwachsinn.«

»Stimmt«, sagte Eva mit beruhigender Stimme. »Aber hören wir doch erst einmal Easton zu.«

Easton wandte sich um und erspähte Elena durch den Türspalt. Er bedeutete ihr hereinzukommen, obwohl sie eigentlich gar nicht mehr wusste, ob sie das wirklich wollte.

»Hey«, sagte sie vorsichtig und sah ihren Vater an. »Wir wollten nicht lauschen. Wir wollten eigentlich fragen, was mit der Kampagne zur Förderung des historischen Bewusstseins ist. Du weißt schon, wir haben ja drüber gesprochen. Damit wir die Aufmerksamkeit des Austin Center for Downtown Conservation and Revitalization und des Ausschusses zum Erhalt historischer Gebäude auf uns ziehen.«

Tyree schnaubte. »Oh, die haben uns bereits auf dem Schirm, das kannst du mir glauben.«

Eva fing Elenas Blick auf. »Er ist nicht auf dich wütend«, beruhigte ihre Mom sie, bevor ihre Angst Oberhand gewinnen konnte. Sie hätte so gern Brents Hand gehalten. Irgendetwas war schiefgelaufen, und sie wollte eigentlich gar nicht wissen, was es war, aber bei ihm durfte sie sich keine Kraft holen. Nicht jetzt. Nicht vor all diesen Menschen.

»Daddy?«

Tyree stieß einen langen, frustrierten Atemzug aus, dann wandte er sich um und sah Easton an. »Ich kann nicht mal drüber reden, ohne meine Faust gegen die Wand zu rammen. Erklär du es.«

Easton nickte nüchtern. »Auf Empfehlung des Austin Center for Downtown Conservation and Revitalization und des Ausschusses zum Erhalt historischer Gebäude hat die Stadt ein Verfahren eingeleitet, deinen Vater zum Verkauf des The Fix zu zwingen. Das nennt man Enteignung und gehört zu ihren Befugnissen als Regierung.«

»Und wir haben keine verdammte Möglichkeit, sie aufzuhalten«, schrie Tyree.

»Das habe ich nicht gesagt«, warf Easton ein. »Ich tue, was ich kann. Hannah und ich haben bereits angefangen, unseren Einspruch auszuarbeiten, und ab morgen werden unsere Telefonleitungen glühen, weil wir jede Menge Experten als Zeugen aufrufen wollen. Ich habe nur gesagt, dass das Gesetz Enteignungen durchaus vorsieht, um ein historisches Gebäude als Museum oder Ähnliches zu erhalten, während es anderenfalls Gefahr liefe, zu verfallen oder zerstört zu werden. So lautet das Gesetz nicht genau, aber es ist der generelle Gedanke, der ihm zugrunde liegt.«

»Das klingt, als könne man die Enteignung kaum aufhalten.«

Easton zögerte, nickte dann aber. »Trotzdem sollten wir es wenigstens versuchen. Es wird dich keinen Cent kosten. Hannah will die Aktion mit dem Geld finanzieren, das ihr Vater ihr hinterlassen hat. Auf diese Weise unterstützt sie dich, es fließt in die Firma zurück und erinnert sie nicht länger daran, dass ihr Stiefvater es ihr vorenthalten wollte.«

»Das kann ich nicht zulassen.«

»Und ob du das kannst«, widersprach Easton. »Aber darüber können wir auch später noch reden.«

»Der Vandalismus«, warf Brent ein, und zwar, wie Elena vermutete, nicht nur wegen des Falls, sondern auch um Tyree von dem Geldthema abzulenken. »Wahrscheinlich argumentieren sie, dass das Gebäude durch Vandalismus beschädigt wird, und berufen sich demzufolge auf das Gesetz, mit dem sie dich zum Verkauf zwingen.«

»Stimmt genau«, pflichtete Easton ihm bei. »Aber wie wir alle wissen, zum Teufel, jeder, der fernsieht, weiß es, ist das Gebäude in bestem Zustand und wurde vor Kurzem modernisiert. Das erhöht unsere Chancen.«

Tyree schien ihn gar nicht zu hören. Er schüttelte bloß den Kopf.

»Es wird alles gut werden, Daddy«, sagte Elena, trat neben ihn und ergriff seine Hand. Er zog sie an sich und legte fest den Arm um sie.

»Wirklich?«, fragte er. »Von meinem Standpunkt aus sieht es nämlich viel eher so aus, als hätten wir uns abgerackert wie die Irren. Dadurch sind wir an die Spitze gelangt, und jetzt versetzt man uns durch eine Intrige den Todesstoß.«

Er seufzte, wobei seine Brust sich hob und senkte. »Mit anderen Worten: Gerade, als ich dachte, wir hätten es geschafft, verlieren wir die Bar doch noch.«

11

»Tut mir leid, dass ich deinen Plänen, im ganzen Haus Sex mit mir zu haben, einen Dämpfer versetzt habe«, sagte Elena in seinen Armen.

»Oh, Baby.« Er hielt sie noch fester. »Mach dir darüber keine Sorgen. Ich bin auch total geschockt.«

Sie lagen dicht aneinandergeschmiegt auf seiner Couch und bewegten sich nur, um noch einen Schluck Wein zu sich zu nehmen. Sie hatten jeder bereits zwei Gläser getrunken, sodass der Schock nach Eastons und Tyrees Enthüllung etwas betäubt worden war.

»Glaubst du, die Stadt wird das The Fix wirklich schließen?«

Er hörte, wie verängstigt ihre Stimme klang, und obwohl er eigentlich eher den Impuls hatte, sie zu beruhigen, war er es ihr schuldig, mit der Wahrheit herauszurücken. Als Polizist hatte er schon einige Fälle von Enteignung erlebt, die nicht unbedingt direkt mit seinen Fällen zu tun gehabt, sich aber am Rande abgespielt hatten, und er wusste, dass die Stadt meist gewann.

»Schon möglich«, bekannte er deshalb aufrichtig. »Aber wenn Landon und ich den Graffiti-Sprüher ausfindig machen können, können wir dem Gericht vielleicht plausibel machen, dass der Vandalismus unter Kontrolle ist. Das könnte viel dazu beitragen, das Verfahren zu stoppen.«

»Deshalb haben sie mir gekündigt, nicht wahr? Sie haben erfahren, wer mein Vater ist, und wussten, dass dies auf ihn zukommen würde.«

Er schloss die Augen, wollte die Wahrheit, die ihm schon in Tyrees Büro klar geworden war, eigentlich nicht aussprechen. »Ja«, antwortete er schließlich. »Wahrscheinlich hast du recht.«

Sie schwieg einen Augenblick lang. Dann sagte sie: »Du wirst sie finden.« Und das Vertrauen in ihrer Stimme hätte ihn in die Knie gezwungen, hätte er nicht bereits auf der Couch gelegen.

»Alles wird gut«, versicherte er ihr, setzte sich auf und zog sie mit sich hoch. Ohne dass er darum gebeten hatte, verlagerte sie sich und setzte sich rittlings auf seinen Schoß, und zum ersten Mal an diesem Abend achtete er darauf, was sie trug: ein schwarzes Kleid mit losem Rock und eng anliegendem Mieder, das von einer vertikalen Reihe winziger Knöpfe zusammengehalten wurde.

»Und es tut mir leid, dass die Krise des The Fix die Neuigkeiten, die du hattest, in den Hintergrund gedrängt hat«, fügte er hinzu. Sie hatte ihm alles von der tollen Telefonkonferenz mit einer Beratungsagentur für Stadtplanung aus Kalifornien berichtet. Anscheinend wollten sie jetzt schon über eine Festanstellung nach ihrem Master mit ihr reden.

»Danke«, sagte sie, und der Stolz in ihrer Stimme trug eine Menge dazu bei, den Schmerz, der ihm angesichts dieser Neuigkeiten wie ein Messer in die Eingeweide gefahren war, zu lindern. Er hatte gewusst, dass das passieren würde, sie hatten vom ersten Tag an darüber gesprochen, dass sie irgendwann gehen würde. Er hatte nur nicht erwartet, dass er damit so bald konfrontiert werden würde.

»Hey«, flüsterte sie und umfing sein stoppeliges Kinn. »Woran hast du gedacht?«

»Daran, wie stolz ich auf dich bin.«

Ein strahlendes Lächeln ließ ihr Gesicht aufleuchten, doch dann verblasste es, und sie biss sich schließlich auf die Unterlippe, was sie gleichzeitig mürrisch und verdammt sexy aussehen ließ. »Du hast nicht nachgesehen«, sagte sie mit schüchterner Stimme. »Wie sehr ich an dich gedacht habe.«

Er spürte, wie sein Schwanz hart wurde, und erkannte am leichten Zucken ihrer Augenbraue, dass es auch ihr nicht entgangen war. Aber er schluckte und schüttelte dann ganz leicht den

Kopf. »Wir müssen nicht, Baby. Es wird andere Abende geben, an denen niemand im Haus ist. Ich weiß, du hast dich ziemlich aufgeregt und …«

Sie legte ihm den Finger auf die Lippen, um ihn zum Schweigen zu bringen. »Das stimmt. Ich habe mich aufgeregt, ich mache mir Sorgen, und ich bin wütend. Darum hilf mir, das zu vergessen.«

Er sah ihr in die Augen und hielt ihrem Blick stand. Dann beugte er sich vor und bedeckte ihre Lippen mit den seinen, ließ seine Hand unter ihren Rock gleiten und fuhr langsam am elastischen Bund ihres Höschens entlang, bevor er den Finger in die Ritze führte und ein Stöhnen der Lust und Befriedigung unterdrückte, denn sie war vollkommen feucht.

»Hilf mir zu vergessen, Brent. Ich will alles vergessen außer dir.«

Diese Bitte hätte er ihr nicht einmal im Traum abschlagen können, und er neckte sie durch den Stoff ihres Höschens hindurch, sodass sie noch feuchter wurde, bis er es selbst nicht mehr aushielt und unbedingt ihre nackte Haut spüren musste. »Zieh es aus«, befahl er. »Dann mach meinen Gürtel und meine Jeans auf.«

Sie grinste und stand gerade lang genug auf, um aus dem Höschen zu schlüpfen. Dann konzentrierte sie sich auf seinen Gürtel und seinen Hosenstall. »Die Hüften hoch«, befahl sie. Er gehorchte und streifte auch die Schuhe ab, sodass sie ihm Hose und Boxershorts in einem Rutsch ausziehen konnte.

»Das gefällt mir«, sagte sie, als sie sah, wie hart er war. Sie warf ihm einen verführerischen Blick zu. Dann sank sie ohne Vorwarnung auf die Knie und nahm ihn in den Mund.

Er stöhnte, als die warme Hitze ihres Mundes um seinen Schwanz ihn schier zum Wahnsinn trieb. Zunächst leckte sie seinen Schaft, dann saugte sie daran, abwechselnd beides immer wieder. Währenddessen spielte sie mit seinen Hoden, trieb ihn bis zum Abgrund, so sehr, dass er es kaum mehr ertrug. Er packte ihren Kopf, lenkte ihre Bewegungen, überrascht und erregt, dass sie ihn tief, so tief in sich aufnehmen konnte. Beinahe wäre er gleich hier und jetzt gekommen.

Doch das wollte er gar nicht. Er wollte in ihr sein. Er wollte ihr Gesicht sehen.

»Komm her«, sagte er, und sie zögerte nicht. Sie sah ihm in die Augen, sah, was er wollte, und kletterte wieder auf seinen Schoß. Vorher hatte er ein Kondom in der Hosentasche gehabt, das nun auf dem Sofa lag, Gott sei Dank hatte er die Absicht gehabt, sie heute Nacht hart zu ficken, und schnell streifte er es über. »Reite mich, Baby. Ich will nicht warten. Ich will dich auf meinem Schoß und meinen Schwanz in dir spüren.«

»Ich auch«, sagte sie in so aufrichtigem, ernsthaftem Ton, dass es ihn beinahe zerriss. Und dann senkte sie sich auf ihn herab, wobei ihre Muschi nur seine Schwanzspitze in sich aufnahm. Er fürchtete, sich nicht länger beherrschen zu können.

Aber er behielt die Kontrolle, und sie pfählte sich auf ihm. Gemeinsam fanden sie ihren Rhythmus. Sie glitt an ihm auf und ab, er bestimmte ihr Tempo und den Winkel mit den Händen auf ihren Hüften, bis sie den perfekten Takt gefunden hatten. Bis sie eins geworden waren. Bis sie sich gemeinsam hoch in die Lüfte erhoben.

Bis sie schließlich beide explodierten, in den Armen des anderen zusammenbrachen, ehe sie wieder auf der Erde landeten in seinem Haus, auf seiner Couch.

Später, als sie wieder bei Sinnen waren, schmiegten sie sich unter einer Decke eng aneinander. »Ich nehme mir den Rest der Woche frei«, sagte er. »Kurz bevor du heute gekommen bist, habe ich noch einen weiteren Mann eingestellt. Tyree und die anderen können die Neuen jetzt einarbeiten«, fügte er hinzu. Mit mehreren Teilzeitkräften war sein Security-Team nun endlich wieder komplett.

»Wieso? Damit du mehr Zeit hast, um die Graffiti-Vandalen aufzuspüren?«

»Das auch«, gab er zu. »Außerdem hat Faith diese beiden Tage frei, und ich habe mir überlegt, dass ich mit ihr zu Hause bleiben könnte. Vielleicht könnte ich das Spielhaus im Garten in Ordnung bringen. Sieht ein bisschen heruntergekommen aus.«

»Klingt gut«, sagte sie. »Aber warum machen wir keinen Ausflug mit ihr? Zum Beispiel ins Kindermuseum oder in die Karsthöhlen in Georgetown, die Inner Space Caverns. Ich muss mich für meine Masterarbeit in dem historischen Teil der Stadt sowieso mal umsehen.« Georgetown im Norden Austins beherbergte eine Reihe wunderschöner unterirdischer Höhlen, die vor Jahren der Öffentlichkeit zugänglich gemacht worden waren. Außerdem besaß diese im neunzehnten Jahrhundert gegründete Stadt einen bezaubernden historischen Platz, auf dem das ursprüngliche Courthouse, das Gerichtsgebäude, stand.

»Oh, Baby, ich weiß nicht. Ich will nicht, dass Faith sich allzu große Hoffnungen in Bezug auf dich und mich macht.«

Sie schüttelte den Kopf und zog dabei beinahe eine Grimasse. »Kann ich mir nicht vorstellen. Sie weiß doch, dass du auch weibliche Freunde hast. Warum sollte sie uns als Paar betrachten?«

Bei dieser Frage wurde ihm ganz anders, aber er zwang sich, das Gefühl zu ignorieren. Sie waren kein Paar; sie konnten kein Paar sein. Und jetzt war es deutlicher denn je, dass sie letztlich doch wegziehen würde.

»Brent?«

»Du hast recht«, sagte er. »Wir sollten einen Ausflug mit ihr machen.«

Er holte tief Luft, wappnete sich für den bevorstehenden Tag. Denn vielleicht machte sich Faith nach einem solchen Ausflug zu dritt tatsächlich keine Hoffnungen. Aber bei ihm lag der Fall anders.

12

»Schau doch, Elena! Ich male mit Licht!«

»Das ist ja unglaublich«, rief Elena und lächelte zu Brent hinüber, der unendlich stolz auf seine Tochter zu sein schien. Sie befanden sich im neu eröffneten Kindermuseum in Austin, The Thinkery, das sie alle drei noch nicht kannten. Faith war total begeistert, besuchte jede einzelne Ausstellung und spielte sogar im Hof, in dem sie auf Skulpturen herumkletterte.

»Noch ein einziges Mal, dann müssen wir nach Hause«, verkündete Brent.

»Noch ein bisschen länger, Daddy?«

Er gluckste vor sich hin. »Du hast schon die ganze Mittagspause hier verbracht. Willst du, dass Elena und ich verhungern?«

Sie zog einen Schmollmund, widersprach aber nicht, und ein paar Minuten später hüpfte sie zu ihnen herüber, nahm beide bei der Hand, hing sich an sie dran wie ein Äffchen und lief dann wieder ein paar Schritte, während sie dem Ausgang entgegenstrebten.

»Hunger!«, verkündete sie, kaum dass sie draußen waren.

»Gehen wir ins Magnolia«, schlug Brent vor. »Auf der Speisekarte findet man viele Gerichte, die sie mag.«

»Und vieles, was ich mag«, rief Elena, der das Wasser schon beim Gedanken an Ingwer-Pancakes im Mund zusammenlief.

Brent sah Elena an. »Sollen wir dich auf deinem Recherche-Trip nach Georgetown immer noch begleiten?«

»Ich fände es toll!«

»Yeah!« Faith klatschte in die Hände. »Und kann Elena heute auch zum Abendbrot bleiben? Und können wir dann *Rapunzel Neu Verföhnt* gucken?«

»Ja, zum Abendessen«, sagte Brent. »Jedenfalls wenn Elena will.«

»Sie will«, antwortete Elena, und er musste lächeln.

»Aber es wird ganz schön spät«, fuhr Brent an Faith gewandt fort. »Wahrscheinlich bist du dann müde. Also vermutlich schauen wir dann heute keinen Film mehr.«

»Ich bin bestimmt nicht müde«, widersprach sie so ernst sie es mit ihren sechs Jahren vermochte. »Ich bin jetzt ein großes Mädchen.«

»Stimmt«, bestätigte Brent, und da er ein guter Dad war, wies er sie nicht darauf hin, wie sehr sie sich geirrt hatte, als sie nur zehn kurze Minuten nach dem Abendessen auf der Couch einschlief.

»Bring sie doch schon mal zu Bett«, meinte Elena. »Ich mache sauber.«

»Alles klar.« Er trat hinter sie, schlang die Arme um ihre Taille und küsste sie. »Ich könnte mich daran gewöhnen«, sagte er, und sie bemühte sich nach Kräften, sich in seinen Armen nicht zu verkrampfen. Denn in Wahrheit konnte auch sie sich daran gewöhnen. Aber sie wollte sich keine Hoffnungen machen. Besonders nicht, da sie die Beziehung beide so erwachsen handhabten und von Anfang an anerkannten, dass es eine vorübergehende Angelegenheit sein musste, da sie wegziehen würde.

Aber was, wenn sie nicht fortgehen musste? Was, wenn die Beratungsfirma, die an ihrer Mitarbeit interessiert war, Dutzende von Angestellten hatte, die von zu Hause aus arbeiteten? Was, wenn sie ihnen geantwortet hatte, dass sie an einem Job nur interessiert war, wenn sie Homeoffice machen konnte?

Und was, wenn sie Ja gesagt hätten?

Dieses Gespräch hatte sie gestern geführt, hatte Brent allerdings noch nichts davon gesagt. Und sie hatte es auch nicht vor. Noch nicht. Nicht, bis es sich wie selbstverständlich ergab. Sie waren immer noch viel zu frisch zusammen. Aber sie war sich bei ihm so sicher, zum Teufel, nie war sie sich wegen irgendetwas oder irgendjemandem sicherer gewesen.

Sie wusste nur nicht, ob er das Gleiche empfand.

Nachdem er Faith etwas vorgelesen hatte und zurückkehrte, war die Küche sauber. Sie schalteten den Fernseher ein, um Tarngeräusche zu erzeugen, dann kehrten sie in sein Zimmer zurück, wo sie sich bedächtig und innig liebten. Danach schmiegte sie sich an ihn, erschöpft vom Tag und doch voller Energie durch diesen Mann.

Sie schlief gern neben ihm ein, aber noch besser gefiel es ihr, neben ihm aufzuwachen. Besonders an einem Tag wie dem nächsten, wenn sie früh aufwachten und zusammen duschten. »O nein«, sagte sie, als er versuchte, sie wieder ins Bett zu ziehen. »Ich habe einen langen Tag vor mir und muss an meiner Abschlussarbeit arbeiten, weißt du noch? Und wir müssen nach Georgetown.«

Sie hatte recht mit dem langen Tag. Abwechselnd sahen sie sich die historischen Gebäude im Stadtkern an oder nahmen Faith mit an Orte, an denen sie ihren Spaß haben konnte wie in die Spielzeugläden auf dem Marktplatz oder in den riesigen Park, der sich neben dem San Gabriel River befand. Das Blue Hole, ein Schwimmbad, jedoch besuchten sie nicht, denn so weit im Voraus hatten sie nicht gedacht und demzufolge die Badesachen vergessen. Aber das schien Faith nichts auszumachen. Vergnügt spielte sie mit dem Drachen, den sie ihr auf dem Marktplatz gekauft hatten, und knabberte an einem Keks, den sie im Coffeeshop bekommen hatte.

Im Supermarkt vor Ort hatten sie etwas trockenes Brot ergattert, und Elena beobachtete, wie Faith die Enten damit fütterte. Brent telefonierte unterdessen mit Landon und sprach mit ihm über den Fortschritt bei den Nachforschungen.

»Irgendetwas?«, fragte sie, als er sich neben sie setzte.

»Bedauerlicherweise nein. Immer noch nichts auf dem Filmmaterial. Und die Befragung der Leute, die in der Umgebung arbeiten,

Kellner, Diener, Leute dieser Art, hat auch nichts ergeben. Landon wird einen Detective abstellen, um sich noch mit den Obdachlosen zu unterhalten, aber ich verspreche mir davon nicht allzu viel.« Er sah ihr in die Augen. »Vielleicht ist das alles doch eine Sackgasse.«

»Irgendeinen Weg muss es doch geben. Wenn wir nicht herausfinden, wer dahintersteckt, hat mein Dad keine Chance. Er wird seine Bar verlieren. Deine Bar.«

»Glaubst du, ich weiß das nicht?«

Sie ließ die Schultern hängen. »Tut mir leid. Ich weiß, dass du alles in deiner Macht Stehende tust. Ich mache mir nur Sorgen.«

»Das weiß ich. Ich mir auch. Und nicht nur um die Bar. Um dich auch.«

»Ach ja?«

Er hielt ihr Kinn fest und gab ihr einen federleichten Kuss auf die Nase. »Ja. Im The Fix sind heute die neuen Kameras installiert worden. Ich werde auch welche in deiner Wohnung anbringen lassen. Keine Widerrede.«

»Ich sag doch gar nichts dagegen«, antwortete sie.

»Gut.« Er legte ihr den Arm um die Schulter. »Ich will, dass du immer in Sicherheit bist.«

Und aus dem Munde eines Mannes wie Brent, so dachte sie, war das beinahe eine Liebeserklärung.

Elena und Brent verbrachten die darauffolgenden sieben Tage zusammen, wachten in seinem Haus nebeneinander auf, brachten Faith gemeinsam zum Kindergarten, kehrten dann nach Hause zurück, bis es Zeit wurde, sie abzuholen, und Brent zur Arbeit musste. An den Tagen, in denen er nicht ins The Fix musste, blieben die drei häufig daheim, kochten sich abends etwas zu essen oder verbrachten nur Zeit miteinander. Im Hintergrund lief dabei dann oft eine Kindersendung, während Elena an ihrer Abschlussarbeit arbeitete und Brent immer noch die Spur des Graffiti-Sprühers verfolgte.

Sie hatten endlich aufgehört, Elenas Anwesenheit im Haus zu verbergen, aber sie verschwiegen Faith auch weiterhin, dass Brent und Elena zusammen waren. Eigentlich war sich Elena dessen auch selbst nicht sicher. Sie glaubte es, sie hoffte es, doch sie war sich eben nicht sicher.

Stattdessen erzählten sie Faith, dass Elenas Wohnung gerade renoviert wurde, weshalb sie eine Weile in Brents und Faith' Haus wohnen würde. Sie legten eine Decke und ein Kissen auf die Couch, aber selbst wenn Faith Elena in Brents Bett ertappt hätte, hätte sich das kleine Mädchen wohl nicht allzu viel dabei gedacht.

Die Tage vergingen wie im Flug, und wann immer Elena allein unterwegs war, bestand ihre größte Freude am Tag darin, wieder in dieses Haus zurückzukehren. Sie hatte Selma und Hannah davon erzählt, aber nur, weil die Freundinnen ihr während eines mittäglichen Cocktails eines Tages mühsam alles aus der Nase gezogen hatten.

»Es ist was Richtiges«, meinte Selma. »Ich meine, auf deiner Stirn steht praktisch das Wort *ernst* geschrieben.«

»Von meiner Seite ganz sicher«, pflichtete Elena ihr bei. »Aber ich weiß immer noch nicht genau, wo Brent im Augenblick steht.«

»Ich hätte da so eine Idee«, rief Hannah. »Frag ihn einfach.«

Elena warf ihrer Freundin einen schiefen Blick zu: »Danke für den Tipp. Ich arbeite dran.« Denn wenn sie sich irrte, würde nach einer solchen Frage alles vorbei sein. Das wusste sie, und sie war einfach noch nicht bereit für das Ende.

Als hätte sie ihre Gedanken gelesen, legte Selma Elena die Hand auf die Schulter. »Alles wird gut werden. Der Typ ist ja ganz versessen auf dich.«

»Daran habe ich nie gezweifelt«, bekannte sie. »Ich weiß nur nicht, ob ihm das reicht, um sich ganz und gar auf mich einzulassen.«

Die Sorge lauerte immer noch im Hinterkopf, als sie im The Fix vorbeisah, um die Pläne für die Lebensmittelmesse durchzusehen.

Megan und Jenna waren die Hauptdrahtzieher des Events, doch Elena und Tyree stellten einen Großteil der Gerichte für den Tisch des The Fix selbst zusammen, wobei ein paar Kochvideos auf dem Bildschirm hinter ihrem Stand laufen sollten. Sie vertraute Megan und Jenna, aber sie wollte sich trotzdem auch noch einmal selbst davon überzeugen, dass alles glattging.

Außerdem gab ihr das die Gelegenheit, Brent kurz noch einmal zu sehen, und das war niemals von Nachteil. Obwohl sie ihre Beziehung immer noch geheim hielten, warf er ihr ein Lächeln zu, kaum dass sie durch die Tür getreten war. Bei dieser Art von Lächeln wurde ihr Höschen ganz feucht, was allerlei dekadente Freuden für den heutigen Abend verhieß.

Er stand mit Tyree zusammen, und Elena sah, wie ihr Dad ihn musterte und die ausdruckslose Miene, die Brent zur Schau stellte. Er gab es weder zu, noch stritt er es ab.

Sie wertete das als gutes Zeichen. Denn solange Brent ihre Beziehung vor Tyree nicht verleugnete, meinte er es doch sicher ebenfalls ernst.

Dieser Gedanke gab ihr einen zusätzlichen Schwung, sodass sie mit federnden Schritten auf ihren Dad zuging.

»Hi, Daddy. Hi, Brent.«

Er grinste. »Selber hi.«

Sie hielt die Hände dicht am Körper, um sie nicht nach ihm auszustrecken. »Ich schaue wegen der Lebensmittelmesse vorbei«, berichtete sie Tyree. »Ist schließlich schon Donnerstag, und ehe wir es uns versehen, ist auch schon Samstag. Ich bin mir sicher, dass Megan und Jenna fertig sind, aber sind wir das auch? Müssen wir noch weitere Videos drehen? Oder Essen vorbereiten? Hast du genug Kellner, die an unserem Tisch bedienen?«

Ihr Dad gluckste. »Ich nehme nicht zum ersten Mal an einem solchen Rodeo teil, *mon bijou*. Für dich bleibt nichts mehr zu tun. Du musst bloß noch am Samstag kommen und dich amüsieren.«

»Ach ja?«

»Und die Speisen der Konkurrenz probieren«, fügte er mit dramatischem Flüstern hinzu. »Muss schließlich wissen, ob irgendjemand uns aussticht.«

»Niemals«, rief sie loyal und warf dann Brent einen Blick zu. Nicht weil er an dieser Unterhaltung teilgenommen hatte, sondern einfach nur, weil sie ihm nicht so nahe sein konnte, ohne ihn anzusehen. »Na gut. Hm. Okay. Ich mach mich dann wieder auf den Weg. Habe noch etwas zu erledigen.«

Sie beugte sich vor und gab Tyree einen flüchtigen Kuss auf die Wange. Dann riss sie sich ordentlich zusammen, um nicht Brent ebenfalls zu küssen.

»Ich hätte dich heute gern geküsst.«

Brents Worte kamen aus heiterem Himmel und erfüllten die Stille nach dem Liebesakt, in der sie beide schweigend und befriedigt dalagen, nachdem sie einander bis zur völligen Erschöpfung getrieben hatten.

Elena drehte sich um und stützte sich auf einen Ellbogen, sodass sie ihn besser erkennen konnte. »Ich glaube, du hast mich doch schon ganz oft geküsst«, neckte sie ihn. »Und zwar an vielen interessanten Stellen.«

»Witzig«, erwiderte er. »Du weißt, was ich meine. Im The Fix. Als dein Dad dabei war.«

»Ja, ich weiß.« Sie sah ihm in die Augen. »Ich habe mir das auch gewünscht.«

»Eines Tages«, sagte er mit schläfriger Stimme. Er nahm ihre Hand, zog sie an seine Lippen und küsste dann ihre Fingerspitzen. »Gute Nacht, Baby«, sagte er und entschlummerte.

Sie beobachtete ihn amüsiert. Er schlief immer so leicht ein, als wechsele er nur kurz die Straßenseite. Sie konnte das nicht. Ihre Gedanken hielten sie in den meisten Nächten wach, und in dieser Nacht würde sie wirklich kein Auge zumachen, allerdings wäre diese Schlaflosigkeit von der bestmöglichen Sorte. Denn nun fragte sie sich, wie er dieses *eines Tages* wohl gemeint haben mochte.

Im Moment konnte sie nur an das Gute denken. Und sie schloss die Augen, lächelte und versuchte sich vorzustellen, wann genau dieses *eines Tages* sein würde.

Sie dachte gerade über Weihnachten nach, als sie das Weinen hörte. Zuerst wusste sie gar nicht, was es war. Dann kapierte sie, dass das klägliche Wimmern aus Faith' Zimmer kam. Sie schlug die Decke zurück, griff nach ihrem Bademantel und rannte den Flur hinab.

Das kleine Mädchen saß aufrecht im Bett, nur halb wach, und Tränen liefen ihm über die Wangen.

»Hey! Faith, Süße, alles gut. Ich bin ja da.« Sie eilte zum Bett, stieg hinein und nahm Faith in die Arme. »Ich halte dich fest«, versprach sie, als die Kleine an ihrer Brust schluchzte.

Faith bekam einen Schluckauf und hustete, dann beruhigte sie sich langsam. Schließlich schlang sie die Arme fest um Elenas Hals und sagte: »Mommy.«

Das Wort sandte einen goldenen Funken der Freude durch ihre ganze Seele – doch alles wurde gleich wieder kalt und grau, als sie sich umwandte und Brent im Türrahmen stehen sah, die Miene ausdruckslos und der Blick leer.

Mommy.

Aber sie war noch keine Mommy. Und in Brents Welt gingen Mommys fort.

Sie kannte ihn. Wusste, wie er dachte. Kannte seine Angst davor, dass Faith sie ins Herz schloss, nur damit es letztlich gebrochen wurde.

Vor allem aber wusste sie, dass dieser Moment der Anfang vom Ende war.

13

Es war alles da. Alles, wonach er sich sehnte. Alles, was er liebte.

Alles, wovor er sich fürchtete.

Und wie ein rotes Leuchtfeuer in der Mitte war da Faith.

Faith.

Am Ende des Tages war sie alles, was zählte. Hier ging es nicht um ihn. Auch nicht um Elena. Es ging ausschließlich um Faith. Um sein kleines Mädchen. Ein Mädchen, dessen Mommy es verlassen und das nun nur noch seinen Vater hatte, um es zu beschützen. Um den Schmerz von ihm fernzuhalten. Den Schmerz, verlassen zu werden. Im Stich gelassen zu werden.

Er hatte diese Rolle übernommen, seit dem Augenblick, da Olivia schwanger geworden war, und er hatte sich das erneut geschworen in dem Moment, da ihm Faith in die Arme gelegt worden war.

Sosehr er sich auch nach Elena verzehrte – und, o Gott, das tat er wirklich –, er hatte sich fest vorgenommen, Faith nie wieder in diese Lage zu bringen. Es nicht einmal zu riskieren.

Elena hatte das gewusst, als sie sich auf diese Affäre eingelassen hatte. Er ebenfalls.

Und er hätte nie zulassen dürfen, dass die sich beide so tief darin verstrickten.

»Brent«, sagte sie, als Faith wieder schlief und sie ins Wohnzimmer zurückkehrten, beide in stummem Einverständnis darüber, dass sie jetzt nicht ins Schlafzimmer gehen konnten. Zumindest nicht zusammen.

Es war das erste Wort, das fiel, seit er sie und Faith auf dem Bett gefunden hatte, und es schien im Zimmer zu hängen wie eine Warnung. Denn, verdammt, er wollte ihr antworten. Wollte nicht nur auf seinen Namen, sondern vor allem auf diesen Unterton reagieren. Der ihm signalisierte, dass sie bei ihm war. Dass sie ihm gehörte.

Aber er konnte dem nicht vertrauen. Wie zum Teufel hätte er das auch fertigbringen sollen, wo er doch jetzt schon wusste, dass sie mit Firmen an der Westküste um einen Job verhandelte, den sie annehmen würde, wenn sie in zwei Jahren mit dem Studium fertig war?

Toll, oder? Zwei ganze Jahre, in denen sie Faith immer näherkam, und dann wums, bum, krach, weg war sie.

Nein.

Auf gar keinen Fall würde er seiner Tochter so etwas antun.

»Brent«, wiederholte sie, »hör mir zu.«

»Es tut mir leid, Elena. Es tut mir so verdammt leid, aber wir wussten beide, dass diese Sache nicht von Dauer sein würde.«

»Vielleicht will ich das aber.« Sie sah ihm trotzig in die Augen, und sein Herz zog sich schmerzhaft zusammen, während seine Entschlossenheit in sich zusammenzufallen drohte. Aber nein. *Nein.*

Er holte tief Luft. »Es geht nicht darum, was du willst. Zum Teufel, es geht auch nicht darum, was ich will. Nicht mal darum, was Faith will. Es geht darum, was das Beste für sie ist. Und Elena, du bist das nicht. Du kannst es nicht sein, denn wir wissen beide, dass du fortgehen wirst.«

»Nein«, widersprach sie ernst, »das werde ich nicht.« Sie holte ebenfalls Luft und presste die Finger gegen die Schläfen, bevor sie sich auf die Sofakante setzte. In dem alten Morgenmantel, den er ihr gegeben hatte, wirkte sie nun selbst irgendwie wie ein kleines verlorenes Mädchen.

Als sie den Kopf hob, entdeckte er den Schmerz in ihren Augen, und es war ihm ein Gräuel, dass er die Ursache dafür war. Aber Schmerz war jetzt nun mal unvermeidlich. Und es war sein Job, ihn von Faith fernzuhalten.

»Hör mir zu, Brent. Ich gehe nirgendwohin. Ich wollte es dir eigentlich erst morgen sagen. Ich habe mich entschieden. Ich bleibe vor Ort.«

Er zuckte zusammen und runzelte die Stirn, während er ihre Worte zu erfassen versuchte.

»Ich hab es kapiert, weißt du? Ich verstehe, was du für Faith tust, und ich kann es nachvollziehen. Zum Teufel, ich bin sogar deiner Meinung. Immerhin bin ich ja ebenfalls ohne Vater aufgewachsen. Ich verstehe, was du zu schützen versuchst. Und weil ich das tue, habe ich beschlossen zu bleiben.«

Er sagte nichts, sondern setzte sich auf den Sessel ihr gegenüber.

Sie leckte sich die Lippen und preschte weiter voran. »Ich liebe dich«, sagte sie, aber statt sich wie eine warme, weiche Decke über ihn zu legen, schienen diese Worte ihn zu verbrennen und schmerzhafte Narben auf seiner Seele zu hinterlassen.

»Und ich weiß, dass du jetzt sagen wirst, dass ich zu jung bin«, fuhr sie fort. »Aber ich bin mir dessen sicher.«

»Elena …«

»*Nein.*« Scharf schnitt sie ihm das Wort ab. »Verdammt, Brent, ich will eine Chance. Du musst mir jetzt nicht gleich antworten, dass du meine Liebe erwiderst«, fügte sie hinzu, und die Tatsache, dass er sie wirklich liebte, lastete schwer auf ihm.

»Aber ich weiß, dass du es tust«, fuhr sie fort. »Ich kann es spüren, Brent, und ich weiß, dass du es auch spürst. Und … na ja, deshalb habe ich eben nur nach ganz bestimmten Jobs Ausschau gehalten. Solchen, die entweder hier vergeben werden oder bei denen ich von hier aus arbeiten kann. Es gibt jede Menge Möglichkeiten. Ich muss nicht fortgehen, um meine Neigungen zu verfolgen. Du hast Angst, mir meinen Traum zu stehlen, das verstehe ich. Aber das tust du nicht. Und du befürchtest, dass ich es mir anders überlege und Faith ihr Herz stehle. Aber auch da irrst du dich. Das werde ich nicht. Ich bleibe. Ich werde hier arbeiten. Weil ich dich liebe.«

Sie lehnte sich zurück, das Gesicht angespannt, beinahe erschöpft. »Bitte«, fügte sie leise hinzu. »Bitte sag irgendetwas.«

»Ich kann das Risiko nicht eingehen«, zwang er sich zu antworten. »Sie wird sich an die heutige Nacht erinnern wie an einen Traum. Wird gar nicht mehr wissen, wie sie dich genannt hat. Doch eigentlich spielt das schon keine Rolle mehr. Das Gefühl hat sich bereits in ihr festgesetzt. Es wird jetzt schon schwer genug, wenn du sie als Freundin verlässt. Ich kann nicht riskieren, dass ihre Mutter geht.«

»Ich habe es dir doch gesagt.« Ihre Worte klangen abgehackt, beinahe wütend. »Ich werde nicht gehen.«

»Das sagst du jetzt, aber du hast noch nicht mal dein Studium beendet. Die Dinge ändern sich, Elena.«

»Behandele mich nicht wie ein Kind.« Ihre Worte klangen wie ein Peitschenhieb, schienen vor Zorn lebendig zu sein. »Ich bin nicht Olivia, verdammt. Und du musst aufhören, an jeder Ecke zu erwarten, wieder auf sie zu treffen. Brent, bitte«, fügte sie hinzu, und ihre Stimme wurde wieder weicher. »Versage dir oder Faith diese Beziehung nicht, nur weil du Angst hast.«

Eine kalte Hand hielt sein Herz umklammert, und sein Mund wurde ganz trocken. Aber er konnte nur den Kopf schütteln. »Ich glaube, du musst jetzt gehen.«

»Brent, bitte.«

»Es tut mir leid. Aber du musst jetzt gehen.«

Elena wollte nicht mehr reden, schon gar nicht mit Hannah und Selma, die mit ihren Männern so glücklich waren und so überzeugt davon, dass sie mit Brent ebenfalls ihr Glück finden würde.

Sie hatte es tatsächlich gefunden, und er hatte es einfach weggeworfen. Er glaubte, Faith zu schützen, sie wusste das. Aber das tat er nicht. Er tat nur eins: Er klebte ein Pflaster über die Wunde, die Olivia geschlagen hatte.

Er würde niemals eine Frau finden, der er vertrauen konnte,

weil er von vornherein nicht davon ausging, dass irgendjemand bei ihm blieb. Er war ein gebranntes Kind, und der Einzige, der ihm helfen konnte, seine Wunden zu lecken, war er selbst.

Was alles sehr durchdacht und vernünftig klang, trotzdem wusste sie einfach nicht, was sie tun sollte. Sie liebte ihn. Würde sie einfach so gehen? Würde sie kämpfen, auch wenn es vergeblich war?

Würde sie in ihre Kissen weinen und kitschige Romantik-Filme anschauen, nach denen sie hinterher nur noch mehr heulen würde wie ein Schlosshund?

Nein, sagte sie sich entschlossen, *das würde sie nicht.*

Stattdessen hievte sie sich vom Bett hoch und marschierte ins Bad, wo sie duschte, sich die Zähne putzte und genug Make-up auflegte, um sich wieder wie ein Mensch zu fühlen.

Dann griff sie nach ihrer Handtasche und den Autoschlüsseln und fuhr zum Haus ihrer Eltern.

Natürlich waren nicht sie es, die sie sehen wollte. Sie wusste ja schließlich bereits, dass Tyree sie vor dem Altersunterschied und Brents Altlasten gewarnt hatte. Ihre Mom hatte vielleicht eine andere Sichtweise, doch Elena wollte auch da kein Risiko eingehen.

Doch sie würde auch gar nicht auf sie treffen. Sie waren beide im The Fix. Ihre Mom machte Schnappschüsse von Matthew und Griffin für den Kalender, und ihr Dad hatte eine Besprechung mit Easton über die bevorstehende Enteignung.

Nein, nicht sie wollte Elena sehen. Sie suchte nach Eli. Er war vielleicht erst sechzehn, aber sie hatten sich total lang über ihre Eltern unterhalten. Er hatte seine Mom verloren, als er noch ein kleiner Junge gewesen war, und im Laufe der Zeit hatten sie sich durch ihre Blutsverwandtschaft und die merkwürdige Familienkonstellation einander angenähert.

Vielleicht hatte er ja keinen Rat für sie, aber zumindest konnte sie sich an seiner Schulter ausweinen. Und im Moment war sie es einfach leid, ihren Kummer für sich zu behalten.

Glücklicherweise war er zu Hause, und als sie ihn vom Auto aus angerufen hatte, um ihm kurz die Sachlage zu schildern, hatte er ihr gleich angeboten vorbeizukommen.

Wenige Sekunden, nachdem sie geklingelt hatte, öffnete er auch schon die Tür. »Wow«, meinte er, »du hast ja schon gesagt, dass du dich mies fühlst, aber du siehst auch so aus.«

»Mir war nie klar, was ich ohne kleinen Bruder alles verpasse.«

Er schnaubte, und sie folgte ihm ins Haus. »Tut mir echt leid«, sagte er, nachdem sie sich an den Küchentisch gesetzt hatten. »Ich meine, Trennungen sind immer ätzend.«

»Allerdings.«

»Also, was kann ich tun?«

»Ganz ehrlich? Keine Ahnung. Ich wollte nur einfach jemanden haben, mit dem ich reden kann. Was ich ja am Telefon schon getan habe. Ist dir irgendwas Schlaues eingefallen, was du mir mit auf den Weg geben möchtest, während ich hergefahren bin?«

»Ja, aber mein Rat wird dir nicht gefallen.«

»Und der wäre?«

»Rede mit Dad. Keiner kennt Brent besser als er, außer vielleicht Jenna und Reece. Und ich denke, das ist mein zweiter Rat. Sprich mit ihnen.«

Sie hatte schon darüber nachgedacht, aber zufällig wusste sie, dass sie mit der Renovierung des Kinderzimmers beschäftigt waren, und sie wollte ihnen auf keinen Fall wegen ihrer Beziehungsprobleme ihre kostbare Zeit stehlen.

»Dann geh am besten doch zu Dad«, meinte Eli, nachdem sie ihm das gesagt hatte.

»Er wird mich nur darauf hinweisen, wie dumm ich war, weil ich mich mit einem älteren Mann eingelassen habe.«

»Und warst du's?«

»Nein«, antwortete sie entrüstet. »Unser Alter ist nicht das Problem. Es ist diese Bitch Olivia. Sie hat ihn quasi vergiftet.«

»Dann überzeuge Dad davon. Er wird einen Streit vom Zaun

brechen, aber wenn du recht hast, wird er es einsehen. Und vielleicht fällt ihm ja doch etwas ein. Zumindest aber hast du dann noch eine Schulter zum Ausweinen, stimmt's?«

Da musste sie unwillkürlich lächeln.

»Hör zu, es tut mir wirklich leid, aber als du noch auf dem Weg warst, hat das Krankenhaus angerufen. Du weißt doch, dass ich dort einen Praktikumsplatz bekommen habe, oder? Na ja, sie brauchen mich jetzt, weil jemand anders wegen Krankheit ausgefallen ist.«

»O ja. Geh schon. Ich will dich nicht aufhalten.«

»Du kannst hierbleiben, solange du willst. Wir haben Käsekuchen im Kühlschrank. Meine Mom hat immer Käsekuchen gegessen, wenn sie traurig war.«

»Ich glaube, ich hätte deine Mom gemocht.«

»Ach ja? Na ja, dann sind wir ja quitt, denn ich mag deine auch.«

»Mit meinem kleinen Bruder habe ich durchaus Glück«, sagte sie und umarmte ihn.

»Dann hoffen wir mal, dass du mit deinem Brent auch Glück haben wirst«, antwortete er und ging zur Tür. »Wir unterhalten uns später weiter, ja?«

»Klingt gut. Und danke.«

Und mir nichts, dir nichts war sie wieder allein. Wieder kreisten ihre Gedanken um Brent, um ihre Sehnsucht und ihr Unvermögen, seinem Dickschädel auch nur eine Unze Verstand einzubläuen.

Verdammter Kerl.

Seufzend machte sie sich auf den Weg zum Kühlschrank. Sie wollte sich gerade eine kleine Käsekuchentherapie gönnen, als sie den Schlüssel im Schloss hörte. Dann öffnete sich die Küchentür, und Tyree kam herein.

»Ah, *mon bijou*, was für eine Überraschung. Oh, Baby, nein«, fügte er hinzu, als sie in Tränen ausbrach. »Was ist los?«

»Ich will nicht drüber reden. Wo ist Mom?«

»Sie ist noch einkaufen. Willst du nur mit mir nicht darüber reden? Oder mit gar keinem?«

Sie sah ihn durch den Schleier der Tränen hindurch an, sagte aber nichts.

»Es geht also um Brent. Nun ja, darüber würde ich an deiner Stelle auch nicht mit mir sprechen wollen.«

Sie hob den Kopf und schniefte laut.

Er ging zur Speisekammer, öffnete die Tür und holte eine Schürze vom Haken. Er gab sie ihr, und sie griff automatisch danach.

»Was …«

»Komm, koch mit mir.«

»Aber … hilft das denn?«

»Gibt es im Augenblick irgendetwas, um in Ordnung zu bringen, was immer zwischen euch vorgefallen ist?«

»Nein.«

»Gibt es irgendetwas, was du mir sagen könntest, damit es dir besser geht?«

Wieder schüttelte sie den Kopf.

»In diesem Fall, *ma chérie*, fällt mir außer Kochen nichts ein.«

Sie dachte darüber nach, nickte und band sich die Schürze um. Es half vielleicht nicht, aber es konnte verdammt noch mal auch nicht schaden. Und in diesem Moment brauchte sie ihren Dad wirklich.

14

Brent bewegte sich seit Donnerstag wie durch einen Nebel. Er war sich sicher, dass er das Richtige getan hatte, und doch schwankte diese Überzeugung jedes Mal beträchtlich, jedes Mal, wenn er an sie dachte, und jedes Mal, wenn Faith fragte, wann sie wiederkäme.

Verdammt, er wusste es nun mal hundertprozentig. Er wusste, dass er die richtige Entscheidung getroffen hatte.

Aber wenn dem tatsächlich so war, warum fühlte er sich dann so leer? Und warum stellte er sich in jeder ruhigen Minute infrage?

Und warum nahm er immer wieder sein Handy zur Hand, um ihre Nummer zu wählen, bloß um das verdammte Ding dann erneut in die Ecke zu schleudern.

Weil er sie vermisste. Schlicht und ergreifend. Das konnte er zugeben. Es stimmte ja schließlich.

Aber nur weil er sie vermisste, bedeutete das noch lange nicht, dass er sich öffnen und sie in sein Leben lassen durfte. Dass er Faith' Stabilität und ihr Glück aufs Spiel setzen durfte.

Der Zweifel nagte an ihm, zerrte in schwachen Momenten an ihm, erfüllte seine Gedanken, wenn er gerade nichts zu tun hatte. Also versuchte er, sich ständig zu beschäftigen, und er war dankbar, als es Samstagabend war und er sich mit den Vorbereitungen für die Lebensmittelmesse befassen konnte, während Faith bei Kyla übernachtete.

Abendgarderobe war angesagt, und als er seine Fliege umband, fragte er sich unwillkürlich, was sie wohl tragen würde.

Und ob sie überhaupt dort auftauchen würde.

Er hoffte es. Er wollte wenigstens mit ihr reden.

Er wünschte es sich tatsächlich so sehr, dass er eine Viertelstunde zu früh dort anlangte. Da er Connections zum The Fix hatte, wurde er auch hineingelassen. Er hörte ihre Stimme, und sofort fing sein Puls an zu rasen, aber es war bloß das Video, in dem sie mit Tyree Cannelloni zubereitete.

Er sah es sich ein paar Sekunden lang an, prägte sich ihre Züge ein, die er doch jetzt schon so gut kannte, erinnerte sich an das Gefühl ihrer samtweichen Haut unter seinen Fingern, ihrer sanften Lippen an seinem Hals. *Elena*.

»Hallo, Brent.«

Er erstarrte zur Salzsäule. Das konnte eigentlich nur Einbildung sein. Aber sie stand tatsächlich hinter ihm, und so drehte er sich langsam um, um sie anzusehen.

»Hallo, Elena. Du siehst hübsch aus.« Sie trug ein langes, beinahe durchsichtiges perlenbesetztes Kleid, das ihre Größe und ihre schmale Gestalt perfekt zur Geltung brachte.

»Du siehst auch nicht übel aus.«

Er versuchte, etwas zu sagen, musste dann ein zweites Mal ansetzen, weil sein Mund so trocken war. »Können wir reden?«

»Ganz wie du willst.«

Er nickte. »Das habe ich wohl verdient. Aber hör zu. Ich will, na ja, die Wahrheit ist, dass ich dich vermisse.«

Er sah das Funkeln in ihren schönen Augen.

»Und ich will, dass du weißt, dass ich immer noch mit dir befreundet sein will.«

Das Funkeln erlosch. Und sein Herz pochte fünf Mal so schnell, bis sie ihm schließlich antwortete.

»Ich kann nicht«, sagte sie. »Ich bin eine Frau, die entweder alles oder nichts will, Brent. Und ich will alles. Ich habe es dir schon einmal gesagt, und ich versichere es dir jetzt erneut: Ich liebe dich. Ich bin mir dessen sicher. Verzweifelt, hoffnungslos. Und es tut mir leid, wenn diese Neuigkeit dir nicht behagt, aber so ist es nun einmal.« Sie holte tief Luft, was ihn daran erinnerte, ebenfalls weiterzuatmen.

Sie liebte ihn.

»Es tut mir leid, wenn du meine Liebe nicht erwiderst, denn ich kann mir nicht vorstellen, noch einmal irgendjemanden zu finden, den ich so sehr ins Herz geschlossen habe wie dich und Faith.«

Dich und Faith.

Es war ihr so herausgerutscht, aber sie meinte es ernst. Er konnte es sehen. Sie wollte ihn. Aber sie wollte auch seine Tochter. Faith war nicht nur ein bloßes Anhängsel für sie. Die lästige Altlast ihres Freundes. Sie wollte wirklich das Gesamtpaket.

Und Mist! Er hatte immer viel zu viel verdammte Angst, um das Risiko einzugehen.

»Brent?«

Seine Kehle schnürte sich zu. »Es war wirklich schön, dich zu sehen«, sagte er lahm.

Sie hielt seinem Blick stand, und er bemerkte die Tränen, die ihr in die Augen traten. »Na ja, ich glaube … ich glaube, ich werde mich mal unters Volk mischen.«

»Elena, warte …« Aber sie war bereits in der Menge verschwunden. Und er stand da, kam sich vor wie der sechzehnjährige Junge von früher.

Er wanderte über die Messe, schenkte den hübsch gedeckten Tischen kaum Beachtung und kostete nicht ein einziges Mal von den fantastischen Speisen. Er wollte nur eines: sie finden. Ihr sagen, dass er ein Idiot war.

Ihr sagen, dass er jetzt bereit war, das Risiko einzugehen.

Von der anderen Seite des Raumes kam Jenna geradewegs auf ihn zu. »Du siehst beschissen aus. Hast du dir etwas eingefangen?«

»Ich glaube schon. Ich werde nach Hause gehen.«

Sie legte ihm die Hand auf die Stirn. »Du hast kein Fieber, aber trotzdem ist das wahrscheinlich eine gute Idee. Ich hoffe, du hast nichts Falsches gegessen. Nicht auszudenken, was passiert, wenn wir nach diesem Event mit einer Welle von Lebensmittelvergiftungen zu kämpfen haben.«

»Ich habe keinen Bissen angerührt.«

Sie wirkte dermaßen erleichtert, dass er lachen musste. Einen Moment später stimmte sie mit ein. »Tut mir leid«, sagte sie. »Nur ... na ja, du weißt schon.«

»Ja. Ich suche nach Elena«, fügte er nach einer kurzen Pause hinzu.

»Hängt etwa der Haussegen schief?«

Er legte den Kopf schief. »Du weißt Bescheid?«

»Logo. Und ich sage jetzt nur eins: Ihr beiden passt perfekt zueinander. Glaub mir das.«

»Danke für den Tipp.«

»Und wenn du auf der Suche nach ihr bist, dann hast du die besten Chancen bei Tyree.«

Das klang logisch, also ließ er sie an einem Tisch mit Cake-Pops stehen und machte sich auf die Suche nach Tyree. Er fand ihn in der Nähe der Bar, ein Glas Scotch in der Hand.

»Ich hatte vor Kurzem ein langes Gespräch mit meiner Tochter«, sagte Tyree übergangslos. »Und sie behauptet, dass du sie glücklich machst. Da ich mitbekommen habe, wie ihr beiden euch anseht, glaube ich das sogar. Also warum ist sie jetzt nicht an deiner Seite?«

Er wollte gerade sagen, dass Elena nicht bei ihm war, weil er ein Idiot gewesen war, doch bevor er Gelegenheit dazu hatte, fuhr Tyree fort.

»Ich werde dir sagen, warum. Weil Olivia dein Leben überschattet. Aber diese Frau war eine schreckliche Partnerin und eine entsetzliche Mutter. Vielleicht war sie sogar ein schlechter Mensch. Keine Ahnung. Dazu kannte ich sie nicht gut genug. Aber ich weiß, dass sie schwach war. Wage es ja nicht, Elena an ihr zu messen. Trau dem Mädchen etwas zu. Du glaubst, sie wird ihre Träume aufgeben? Nein. Aber du bist jetzt Teil dieser Träume. Deshalb wird sie einen Weg finden, ihre Träume unter einen Hut zu kriegen. Noch besser wäre es allerdings, wenn ihr beide diesen Weg gemeinsam fändet.«

»Ich bin älter als sie«, sagte Brent, und seine Stimmung hob sich, weil er nun wusste, dass Tyree eingelenkt hatte und ihre Beziehung durchaus unterstützte.

»Was du nicht sagst.«

»Und das stört dich nicht?«

»Wie sich herausgestellt hat, bin ich in dieser Gleichung keine Schlüsselvariable. Die einzig wichtige Frage ist doch: Stört es dich?«

»Nein.«

»Na bitte. Sie wird immer mein kleines Mädchen sein. Aber ich kenne dich, Brent. Ich kenne dich besser als sonst irgendwer, vielleicht mal abgesehen von Reece und Jenna. Und ich könnte mir keinen besseren Schwiegersohn wünschen. Oder ist das anmaßend?«

Brent antwortete, ohne zu zögern. »Nein, Sir«, sagte er.

»Dann solltest du dich jetzt ganz schnell auf die Suche nach ihr machen.«

»Würde ich ja, wenn ich wüsste, wo sie ist.«

»Sie ist nach Hause gegangen«, berichtete Tyree. »Geh jetzt zu ihr. Über diesen Enteignungsmist können wir auch morgen noch reden.«

»Gut. Denn Landon und ich haben …«

»Sir?« Ein schlaksiger Mann in der Uniform des Winston Hotels streckte Tyree einen Briefumschlag entgegen. »Sind Sie Tyree Johnson?«

»Ja.«

»Das hier ist per Bote für Sie überbracht worden.«

»Danke.« Tyree gab dem Mann ein Trinkgeld und riss dann den Umschlag auf.

»Wir reden morgen«, sagte Brent, der annahm, dass dies ein kleiner Liebesbrief von Eva war, die sich mit ihrem Mann in einem der Hotelzimmer verabreden wollte.

»Warte.« Tyree packte Brents Arm. Seine Stimme klang erstickt.

»Was?« Das Grauen kroch ihm mit kalten Fingern den Rücken hinauf. »Was ist passiert?«

Tyree gab keine Antwort, sondern reichte ihm nur wortlos den Brief.

Wir wissen, wie wir Dir so richtig wehtun können.

Pfeif Deine Bluthunde zurück und hör auf, dagegen anzukämpfen. Wenn nicht, ist es für sie beim nächsten Mal noch schlimmer.

Brent spürte, wie ihm alles Blut aus dem Gesicht wich.

»Elena«, sagte Tyree bloß.

Aber Brent rannte bereits zum Auto, und Tyree folgte ihm dicht auf den Fersen.

15

»Schneller«, schrie Tyree, während Brent in seinem Volvo Vollgas gab und über die Freisprechanlage laut mit Landon sprach.

»Ich habe schon zwei Streifenpolizisten zu ihrer Wohnung geschickt«, rief Landon. »Und ich habe Weisung gegeben, dass du nicht von der Polizei angehalten wirst. Sie wird es schon überstehen, ihr beiden. Haltet einfach durch.«

Brent nickte. Er wusste, dass sie es überstehen würde. Jede andere Möglichkeit war einfach inakzeptabel. »Ich hatte recht mit meiner Bodacious-Theorie«, sagte er. »Und ich verdammter Idiot hätte den Mistkerl schon vor Tagen festnageln können, wenn ich nur die Verbindung hergestellt hätte, als das Center Elena entlassen hat.«

»Ich folge jeglicher Spur, die du willst, hier musst du mir noch ein bisschen Zeit lassen.«

»Das The Fix ist eine gute Adresse, stimmt's? Und die Typen aus dem Bodacious versuchen schon seit Urzeiten, es in die Finger zu kriegen. Das ist der Grund, warum Ted Henry Tyree ein kurzfristiges Darlehen gegeben hat«, meinte Brent im Hinblick auf den Mann, der Tyree das Geld geliehen hatte, um die Bar zu eröffnen, und dann jede Menge Geld in die Firma investiert hatte, der das Bodacious gehörte. »Er wollte, dass Tyree scheitert, um sich die Bar durch die Zwangsvollstreckung unter den Nagel reißen zu können.«

Ted Henry war im Grunde die eigentliche Triebfeder für den Wettbewerb zum Mann des Monats. Tyree hatte Geld gebraucht, um seine Schulden zu bezahlen, weshalb Reece und Brent in die Bar investiert hatten. Aber Tyree hatte zur Bedingung gemacht, dass die Bar Ende des Jahres wieder schwarze Zahlen schrieb und schuldenfrei war. Da hatte Jenna die brillante und lukrative Idee gehabt, den Wettbewerb ins Leben zu rufen, um mehr einzunehmen.

»Und obwohl Ted Henrys Plan nicht aufgegangen war, gaben die Leute aus dem Bodacious nicht auf. Harter Wettbewerb. Abwerben von Mitarbeitern. Graffitis. Vandalismus. Aber nichts funktionierte. Sie konnten Tyree einfach nicht loswerden.«

»Und dann kam wohl jemandem der Gedanke, dass man die Bar zwar nicht selbst haben, sie Tyree aber immer noch wegnehmen konnte«, griff Landon den Faden auf.

»Wie passt denn Elena da rein?«, fragte Tyree.

»Jemand aus dem Bodacious hat offenbar Verbindungen zum Center«, vermutete Brent. »Ursprünglich wusste man vermutlich gar nicht, dass sie deine Tochter ist. Doch als es herauskam, musste sie gehen, bevor sie eins und eins zusammenzählte.«

»Wir werden denjenigen finden, der die Verbindung zwischen dem Center und dem Bodacious darstellt, dann haben wir den Täter«, sagte Landon. »Ich kümmere mich drum.«

»Aber wir haben noch etwas in der Hand«, meinte Brent. »Ich bezweifele, dass ihnen klar ist, dass ihre Wohnung mit Sicherheitskameras ausgestattet ist. Wir müssen nur das Filmmaterial auswerten, und ich wette, wir kriegen ein Gesicht.«

»Darum kümmere ich mich auch«, versicherte Landon. »Ihr beiden konzentriert euch ausschließlich auf Elena.«

»Das haben wir vor«, sagte Brent. »Immerhin bin ich kein Cop mehr.«

Er beendete das Gespräch genau in dem Augenblick, als er scharf nach rechts in die Auffahrt zu ihrem Wohnhaus einbog. Die Streifenwagen waren bereits da, und der gesamte Gebäudekomplex wurde vom unheimlichen rot-blauen Pulsieren der Polizeilichter erhellt.

»Komm«, rief er Tyree zu. Doch dieser Aufforderung bedurfte es gar nicht. Sein Freund war bereits aus dem Auto ausgestiegen und hastete auf das Gebäude zu.

»Es geht ihr gut, Sir«, beruhigte ihn ein uniformierter Polizeibeamter. »Detective Landon hat uns angewiesen, Ihnen vollen Zugang zu gewähren.«

»Danke.« Sie liefen an dem Cop vorbei und betraten ein anscheinend blutbesudeltes Wohnzimmer.

»Farbe«, erläuterte ein anderer Polizist. »Sie wurde durch die Fenster hereingeworfen.«

»Und Elena?«, fragte Brent.

»Alles in Ordnung. Sie macht gerade ihre Aussage. Sie wird bald fertig sein. Das Schlafzimmer haben sie nicht angerührt. Offenbar hat sie alles verschlafen.«

Er nickte, ohne sonderlich überrascht zu sein. Nach ihrem Zusammentreffen auf der Lebensmittelmesse hatte sie sich wahrscheinlich ein paar Drinks einverleibt, bevor sie ins Bett gegangen war.

»Haben sie die Wohnung betreten oder die Farbeimer nur hereingeworfen?«

»Sie waren drin, Sir«, antwortete der Polizeibeamte. »Sie haben eine Nachricht auf den Spiegel gesprüht. *Nächstes Mal ist sie dran.*«

Brents Eingeweide zogen sich zusammen, und er blickte in Tyrees zornige Augen. Ja, Landon würde diesen Mistkerlen *ganz sicher* das Handwerk legen. Und dann würde Brent bei ihrer Verurteilung einen kleinen Freudentanz aufführen.

»Brent! Daddy!«

Elena stolperte aus dem Schlafzimmer und in Tyrees Arme. Einen Moment lang kam sich Brent ganz verloren vor, befürchtete, dass sie ihn ignorieren würde, ihm keine Gelegenheit geben würde, sich zu entschuldigen.

Aber dann löste sie sich von ihrem Vater, und Tyree trat einen Schritt zurück. »Unterhaltet euch, ihr beiden. Ich bin draußen, wenn ihr mich braucht.«

»Du bist gekommen«, flüsterte sie, als Tyree weg war.

»Natürlich bin ich gekommen.« Er führte sie in eine ruhige Ecke des Esszimmers. »Geht es dir gut? Darf ich dich berühren? Ich muss dich einfach berühren. Wir wissen, wer dahintersteckt. Landon ist an der Sache dran. Aber ich muss dich jetzt einfach berühren.«

»Ja, bitte. Brent, es tut mir so ... so leid. Ich will dich nicht verlieren, und wenn der einzige Weg, dich weiterhin in meinem Leben zu haben, darin besteht, dass wir Freunde sind, komme ich auch damit klar. Es wird mir nicht gefallen, aber ich kann ...«

»Werde meine Frau.«

Sie blinzelte. »Was?«

»Du hast mich verstanden. Ich möchte, dass wir beide heiraten.«

»Warte. Nein. Was? Weil irgendein Kerl meine Wohnung verwüstet hat?«

»Nein, weil ich dich liebe. Ich wollte die Lebensmittelmesse gerade verlassen, um dir das zu sagen, um dich zu fragen, und zwar, bevor ich von alldem hier erfahren habe. Du kannst Tyree fragen.«

Ihr Gesicht leuchtete auf. »Wirklich?«

»Ich schwöre beim Leben meiner Tochter.«

»Oh.« Ihre Stimme war ganz leise. Ehrfürchtig. Sie verstand zu gut, was Faith ihm bedeutete. »Brent.« Sie berührte seine Wange. »Aber warum? Warum sollen wir heiraten? Und warum so schnell?«

»Weil ich mich ohne dich ganz elend fühle. Weil ich dir glaube, wenn du sagst, dass du mich liebst. Und sag nicht, dass es zu schnell geht, denn, verdammt, Elena, ich weiß es. Ich weiß es einfach. Und ich glaube, du weißt es ebenfalls. Aber wenn du lieber noch warten willst, dann ist das natürlich auch okay. Wir können ewig warten, denn ich weiß, dass du nirgends hingehen wirst. Und ich auch nicht.«

»Was für eine Rede. Hast du die vorher einstudiert?«

»Nicht ein einziges Wort.«

Sie lachte. »Ich liebe dich, Brent Sinclair.«

»Ist das ein Ja?«

»Das ist ein Ja. Unter zwei Bedingungen.«

»Alles, was du willst.«

»Ich will Faith adoptieren. Du willst, dass ich ein Teil ihres Lebens bin. Ich will ihre Mutter sein. Vorausgesetzt jedenfalls, dass sie das auch will.«

»Oh, Baby.« Wenn er sich nicht bereits in sie verliebt gehabt hätte, wäre es spätestens jetzt um ihn geschehen gewesen. Und da er bereits eine gerichtliche Verfügung hatte, in der Olivia die elterlichen Rechte aberkannt wurden, konnten sie das durchaus realisieren.

»Das würde mich sehr glücklich machen«, fuhr er fort. »Und ich bin mir sicher, Faith will dich genauso sehr wie ich.« Er ergriff ihre Hand. »Was sonst noch?«

»All meine Freundinnen haben Freunde oder Ehemänner, die im Kalender zum Mann des Monats sind. Der Mr.-Dezember-Contest findet kommende Woche statt.« Sie warf ihm ein mutwilliges Grinsen zu. »Ich will, dass du teilnimmst. Und es gibt Pluspunkte, wenn du gewinnst.«

»Gütiger Himmel. Wirklich?« Er trat näher an sie heran. »Und wie sehen die aus?«

»Das würde ich dir ja gern zeigen, aber die netten Herren dort wollen mich vielleicht nicht nackt sehen.«

Er lachte und zog sie dichter zu sich heran. »Na gut. Ich werde den Wettbewerb gewinnen. Und dann heirate ich dich, und wir leben glücklich bis ans Ende unserer Tage. Wie klingt das?«

Sie schlang ihm die Arme um den Nacken und lächelte zu ihm empor, die Augen voller Wärme, Zärtlichkeit und Liebe. »Ich finde, das klingt absolut perfekt.«

EPILOG

»Alle mal herhören!« Tyree stand auf der Bühne und warf die Hände in die Höhe. »Hey, kann ich die Aufmerksamkeit der werten Anwesenden haben, bitte?«

Alle Umstehenden, die Freunde, die Kollegen und die Gäste, die zur Silvesterfeier ins The Fix on Sixth gekommen waren, schwatzten, lachten und tranken weiter, während die Zeiger der Uhr weiter in Richtung Mitternacht vorrückten.

»Warte kurz«, meinte Taylor. Sie stand nur ein paar Schritte entfernt und hielt Landons Hand. Die beiden gehörten zu den wenigen, die tatsächlich zugehört hatten. Sie ließ Landon lang genug los, um zu dem verschlossenen Schrank hinüberzugehen, der verborgen in der Außenwand eingelassen war. Sie gab den Sicherheitscode ein, holte ein kabelloses Mikro heraus, stellte es ein und eilte danach wieder zu Tyree zurück. »Jetzt kannst du loslegen«, meinte sie, als sie es ihm reichte.

Tyree warf ihr ein dankbares Lächeln zu, bevor er das Mikro an den Mund hob. Er schaltete es ein und fragte dann zögernd: »Könnt ihr mich alle hören?«

Seine Stimme dröhnte durch das vor Kurzem überholte Lautsprechersystem, und ein allgemeines »Ja!« und Applaus erfüllten den Hauptraum der Bar.

Er hatte die Rede, die er heute Abend halten wollte, geprobt, aber nun, da er all die Menschen erblickte, die ihn erwartungsvoll ansahen, befürchtete er einen Moment lang, dass er sie vergessen würde. Dann aber rief er sich ins Gedächtnis, dass sie seine Freunde waren. Seine Gäste. Zum Teufel, seine Familie. Da verflog seine Nervosität, und er grinste die Menge breit und glücklich an.

»Zuerst einmal möchte ich euch allen danken, dass ihr gekommen seid. Einige von euch wissen ja bereits, dass diese Silvesterparty im The Fix eine feste Tradition ist. Aber in diesem Jahr ist sie etwas Besonderes, denn noch vor ein paar Monaten befürchtete ich, dass wir diese Bar am Ende des Jahres würden schließen müssen.«

Diverse »Buh«- und »Auf keinen Fall!«-Rufe hallten im Raum wider.

»Na ja, ihr habt recht«, fuhr Tyree fort. »Denn an meiner Seite arbeiten ein paar brillante und großzügige Menschen. Jenna, Brent, Reece, ihr drei müsst euch jetzt verbeugen. Wir haben nicht nur ordentlich Geld in diesen Ort investiert, sondern auch den Mann-des-Monats-Wettbewerb aus dem Boden gestampft, der uns wieder weit in die schwarzen Zahlen gebracht hat.«

Wieder donnernder Applaus, und Tyrees Grinsen wurde noch breiter.

»Ganz zu schweigen von einer Realityshow«, fügte er hinzu, als jemand in der Menge Brooke über das Meer der Gesichter hob. Sie lachte und kreischte protestierend.

»Und wie die meisten von euch natürlich wissen, haben sich Brent, Easton und Landon auf heldenhafte Weise erfolgreich dafür eingesetzt, dass der Versuch, uns mithilfe städtischer Enteignung den Garaus zu machen, gescheitert ist. Wir hätten diese Pläne niemals ohne die Zusammenarbeit jener Anwälte und Cops vereiteln können, die zufällig unsere Gäste sind.«

Sie hatten die Vandalen gefasst, die dann auch die hohen Tiere des Bodacious verpfiffen hatten, einschließlich Ted Henry und dem Austiner Bodacious-Manager, Steven Kane. Easton hatte mithilfe dieser Beweise Einspruch gegen die Enteignung erhoben und bewiesen, dass das The Fix ohne derlei Vandalismus in einem exzellenten Zustand war. Angesichts dieser schlagenden Argumentation hatte die Stadt auf die Maßnahme verzichtet.

Vor Tyree umarmte Taylor Landon, und Brent beglückwünschte Easton mit einem Schlag auf den Rücken, nur um kurz darauf von Selma einen sehr feuchten Kuss zu bekommen. Elena umarmte Brent, wobei ihr diamantenbesetzter Verlobungsring schimmerte.

»Mit anderen Worten«, fuhr Tyree fort, »nun sind wir beinahe ein ganzes Jahr auf der Erfolgsschiene. Und ich freue mich jetzt schon auf viele, viele weitere.«

Wieder wurden zahlreiche Gläser erhoben, und man ließ ihn hochleben.

Es waren immer noch ein paar Minuten Zeit, also berichtete er den Menschen von den Kalendern und Kochbüchern, dann ging er im Raum umher und deutete auf jedes einzelne Model, das den Kalender zierte, und stellte die Männer den Anwesenden vor. Er begann mit Mr. Januar, Reece, der neben Jenna an der Bar stand. Sie sah aus, als würde sie jeden Augenblick platzen.

Und dann war da Spencer, Mr. Februar, der sich mit Brooke und ihren Kameramännern, Nick und Casper lauteten ihre Spitznamen – Tyree hatte nie ihre richtigen Namen erfahren –, eine Flasche Wein teilte. Die vier hatten zunächst *The Business Plan* im The Fix gefilmt. Danach hatten sie sich mit den Dreharbeiten zu *Mansion Makeover* in der alten Drysdale Villa befasst, in der die beiden lebten und die sie gerade renovierten.

Mr. März, Cam, arbeitete hinter der Bar und bewegte sich so pfeilschnell dabei, dass er jeden anderen ausstach. Seine Freundin Mina und ihr Bruder Darryl saßen auf Barhockern vor ihm und sahen ständig zwischen Cam und Tyree hin und her.

Tyree brauchte eine Sekunde, um Mr. April zu finden, aber dann entdeckte er die Gruppierung in der Ecke. Nolan stand inmitten der Menge und erzählte offenbar irgendeinen derben Witz, der Shelby gleichzeitig belustigte und entsetzte.

Natürlich musste Tyree sich selbst als Mr. Mai vorstellen, dann ging er weiter im Zimmer umher, fand Mr. Juni, nämlich Parker, an der Bar. Neben ihm stand Megan, die mit Mr. Juli, Derek, und seiner Freundin Amanda sprach.

Der August war leicht, denn Landon und Taylor befanden sich genau neben der Bühne, und Landon verbeugte sich mit der lässigen Geste des Sportsmanns.

Mr. September und Mr. Oktober, Tyrees Anwalt Easton und sein Personal Trainer Matthew, standen mit ihren Freundinnen zusammen, Selma und Hannah. Tyree brauchte einen Augenblick, um im Zuschauerraum Griffin ausfindig zu machen. Er war so gewöhnt daran, nach dem grauen Kapuzenpullover des Schriftstellers und Synchronsprechers Ausschau zu halten, dass er den Mann neben Filmstar Beverly beinahe übersehen hätte. Er saß am Tisch, und absolut nichts verbarg die heftigen Brandnarben auf seinem Gesicht und seinem Arm.

Tränen des Stolzes stiegen ihm in die Kehle, so brennend, als sei Griffin sein eigener Sohn, und seine Stimme zitterte ein wenig, als er auf Mr. Dezember zu sprechen kam, seinen zukünftigen Schwiegersohn Brent, der beim letzten Wettbewerb alle anderen Bewerber weit hinter sich gelassen hatte.

Auf dem großen Fernsehbildschirm wurden immer wieder Folgen von *The Business Plan* abgespielt. In ein paar Minuten würde der Monitor dunkel werden, und sie würden den Countdown bis zum Beginn des neuen Jahres zählen. Aber bis dahin würde Tyree in vollen Zügen genießen, was ihm vom alten Jahr übrig blieb. Es war ein ewiges Auf und Ab gewesen, aber letztendlich auch ein verdammt gutes Jahr.

Ein paar Meter weiter stand Eva, die nun zu ihm herüber kam. Ihr Lächeln erfüllte ihn mit Glück. *Ja*, dachte er noch einmal, *ein verdammt gutes Jahr.*

Er streckte die Hand aus und hievte sie zu sich auf die Bühne. Sein Blick suchte nach Elena, die zu beiden emporstrahlte.

Kaum stand Eva neben ihm, zog er sie an sich, beugte sie nach hinten und küsste sie so innig, dass sie lachen musste und der ganze Raum applaudierte.

»Ich danke euch allen«, rief er jetzt wieder ins Mikro. »Ihr habt die ersten sechs Jahre des The Fix zum Wahnsinnserfolg gemacht. Wir mussten ein paar Klippen umschiffen, aber ich finde, dass wir eins bewiesen haben: Es gibt nichts Magischeres als Freundschaft und Liebe«, fügte er hinzu und umfing Eva noch einmal fester.

»Bravo«, rief Brent, Elena klatschte, und Reece stieß einen lauten Pfiff aus.

»Champagner und Wein sind heute kostenlos, ebenso wie die Taxis und Mitfahrgelegenheiten für jeden, der zu viel getrunken hat. Und wir haben einen kostenlosen Kalender für jeden unserer Gäste, aber bitte kauft jede Menge zusätzliche Exemplare für eure Freunde«, fügte er hinzu, und die Menge lachte schon wieder.

»Ich gratuliere dir noch mal, Daddy«, rief Elena und umarmte ihn innig, als er mit Eva an seiner Seite die Treppe hinunterstieg.

»Ich dir ebenfalls, *mon bijou*. Und lass mich dieses *bijou*, dieses Schmuckstück hier, mal genauer betrachten«, fügte er hinzu und musterte ihren Verlobungsring. Er hakte Elena und Brent unter. »Passt aufeinander auf«, sagte er. »Ihr wisst, dass ich euch beide liebe.«

»Das wissen wir«, antwortete Elena. Während sie zu Brent emporlächelte, bemerkte Tyree einen großen Mann mit silbergrauem Haar, der auf sie zukam. Er runzelte die Stirn, versuchte, das Gesicht einzuordnen, jedoch ohne Erfolg.

»Kennst du den Typen, Brent?«

»Kommt mir irgendwie bekannt vor, aber ich bin mir nicht … oh.«

Aber Brent musste Tyree gar nicht mehr sagen, wer der Mann war, denn jetzt war er bei ihnen und stellte sich vor. »Mein Name ist Thomas Baker«, sagte er. »Und Sie müssen Tyree Johnson sein.«

»Ja. Was kann ich für Sie tun? Ich hoffe, Sie amüsieren sich gut?«

»Ja, es ist eine tolle Party. Sie haben sich hier ein wirklich hervorragendes Etablissement aufgebaut.«

Etwas in seiner Stimme erregte Tyrees Aufmerksamkeit, und er legte den Kopf schief und versuchte, den Mann zu durchschauen. »Was führt Sie am heutigen Abend her?«

»Ganz ehrlich? Ich bin hergekommen, weil ich mich bei Ihnen entschuldigen möchte.«

»Wofür denn?«

»Baker Holdings besitzt das Bodacious«, erklärte er. »Und ich habe gehört, dass einige meiner Mitarbeiter und Investoren sich Ihnen gegenüber einiges haben zuschulden kommen lassen. Ich wollte Ihnen nur mitteilen, dass wir wegen der Strafverfolgung mit der Polizei kooperieren. Ich habe mit der Belegschaft im Bodacious auf der Sixth Street gesprochen und ein neues Management eingesetzt. Besser ausgebildete Leute.«

»Oh.« Tyree wusste nicht, was er sagen sollte.

»Jedenfalls bitte ich Sie aufrichtig um Verzeihung. Außerdem wollte ich Ihnen mitteilen, dass ich von dem, was Sie im vergangenen Jahr geleistet haben, beeindruckt bin. Ich bin stolz darauf, Ihr Konkurrent zu sein, und entschuldigen Sie nochmals die Schikanen, denen Sie ausgesetzt waren.«

»Ich bin nicht nachtragend«, antwortete Tyree. »Schließlich ist hier auf der Sixth Street Platz für alle.«

»Das sehe ich genauso«, meinte Baker. »Aber wenn Sie doch irgendwann verkaufen wollen …«

Tyree blickte sich in der Bar um, die voll von seinen Freunden und seinen Gästen war. Und was noch wichtiger war, voller Liebe und Lachen.

»Tut mir leid, Mr. Baker«, antwortete er, als es fast Mitternacht war und der Countdown begann, »aber das The Fix ist mein Heim, und diese Menschen sind meine Familie. Deshalb halte ich an diesem Ort fest und lasse ihn niemals mehr los.«

BONUSMATERIAL

Bonusgeschichte

Reece & Jenna

Jenna betrat das The Fix on Sixth durch den Haupteingang, hielt inne und stieß einen langen, tiefen Seufzer aus.

Betrat?

Sie hatte die Bar nicht betreten. Die Kunst, einen Raum zu betreten, war ihr, wie das normale Gehen, seit Wochen versagt. Nein, Jenna watschelte inzwischen, wobei gelegentliches Wanken ihre Darbietung abrundete.

»Aber das ist es wert«, flüsterte sie und rieb automatisch über ihren runden Schwangerschaftsbauch. Sie war nun fast in der siebenunddreißigsten Woche. »Auch wenn du der Grund bist, warum ich meine Füße nicht mehr sehen kann.«

Prompt wurde sie mit einem kräftigen Tritt belohnt, woraufhin sie zusammenfuhr und dann auflachte. Das Hipster-Pärchen am nächsten Tisch warf sich einen befremdeten Blick zu – *Vorsicht! Durchgeknallte Schwangere!* –, doch Jenna ignorierte es.

Behäbig schaukelte sie auf Amanda zu, die am Tresen saß und sich mit Eric Shay unterhielt, einem sündhaft heißen Barkeeper, dem es irgendwie gelungen war, sich nicht für die Mann-des-Monats-Wahl aufstellen zu lassen.

»Hey, Jenna«, rief er. »Wonach steht dir der Sinn? Sparkling Pineapple oder eine Bloody Mary mit kandiertem Bacon?«

Amanda riss die Augen auf. »Sie darf doch nichts trinken – sie ist schwanger! Oder willst du sie betrunken machen, damit wir sie wie eine Bowlingkugel durch den Laden rollen können?«

»Urkomisch«, erwiderte Jenna und betrachtete mürrisch den Barhocker. Nie und nimmer würde sie ihren Schwangerschaftshintern so hoch hinaufhieven können.

»So bin ich eben.« Amanda zwinkerte Eric zu. »Unermüdlich bestrebt, jeden Abend die tobenden Massen zu unterhalten.«

»Jeden Abend?«, konterte Eric. »Ich dachte, nach Sonnenuntergang unterhältst du nur Derek.«

»Touché!«, spöttelte Jenna, während Amanda zu strahlen anfing. Nach vielen Jahren selbst gewählten Single-Daseins war sie nun schon seit einiger Zeit die Hälfte eines Paares.

»Und was ist mit dir?«, fragte Amanda, an Eric gewandt. »Hast du irgendwelche Eisen im Feuer?«

Jenna trat Amanda ungeschickt gegen das Schienbein. Seit Monaten versuchte sie, Eric mit ihrer Kellnerin Tiffany Russell zusammenzubringen, die, wie Jenna wusste, hoffnungslos in den Barkeeper verknallt war. Aber zwei Menschen miteinander zu verbandeln war ein heikles Unterfangen, und in diesem Fall wurde es noch durch die Tatsache erschwert, dass Tiffany mit Erics älterem Bruder zusammen gewesen war. Jegliches Verkupplungsmanöver erforderte genauste Überlegungen und eine geschickte Vorausplanung, und Amanda war in etwa so subtil wie ein Vorschlaghammer.

Eric wurde rot. »Nein, eigentlich nicht.« Er räusperte sich und richtete seinen Blick auf Jenna. »Nimm die Bloody Mary. Die Ananas ist noch nicht vorbereitet.«

»Wenn du eine Extraportion Bacon springen lässt, bin ich dabei.«

»Sollst du haben.«

Die Bloody Mary wurde nach einem Spezialrezept zubereitet und war auch ohne Wodka köstlich. Was den Drink aber wirklich außergewöhnlich machte, war die Garnitur, die Tyree, Besitzer und Koch der Bar, kreiert hatte. In Verbindung mit dem gewürzten Tomatensaft schmeckte der kandierte Speck wie ein Stückchen Himmel auf Erden.

»Setz dich an einen Tisch«, wies Eric sie an. »Ich bringe ihn dir.«

»Und aus diesem Grund behalten wir dich«, neckte sie ihn, und er musste lachen. Theoretisch gehörte Jenna mit Tyree, ehemals alleiniger Besitzer, ihrem besten Freund Brent und ihrem anderen besten Freund Reece, den sie inzwischen geheiratet hatte, zu den vier Teilhabern der Bar.

Nicht, dass sie sich anmaßen würde, einem Mitarbeiter zu kündigen. Sie war für das Marketing zuständig. Doch seit die Mann-des-Monats-Kampagne erfolgreich abgeschlossen worden war, fühlte sie sich mehr als nur ein wenig unausgelastet.

Sicher, sie konnte ein paar Flyer gestalten, um Werbung für die Bar zu machen. Oder sich Spezialangebote oder besondere Events rund um die Auftritte kommender Live-Bands ausdenken. Aber die Wahl zum Mann des Monats war allein ihre Idee gewesen, und sie hatte sich zu etwas Großem entwickelt. In der ganzen Stadt hatte man von dem Ereignis gesprochen, in den sozialen Medien wurde darüber diskutiert, und nicht nur die Gewinner, sondern auch die anderen Teilnehmer gehörten mittlerweile zur Lokalprominenz und wurden auf der Straße erkannt.

Der Wettbewerb hatte sich in jeder Hinsicht als triumphaler Erfolg erwiesen.

Wie sollte sie daran anknüpfen?

»Was ist los mit dir?«, fragte Amanda, als sie sich an einem Tisch niedergelassen hatten. »Erst lustig, dann frustig – stimmt etwas nicht? Oder sind es die Hormone? An Reece liegt es sicher nicht.«

Allein den Namen zu hören reichte aus, damit Jennas Stimmung sich besserte. »Nein. Da ist alles in Ordnung. Nicht wahr, Zwerg? Dein Daddy ist so ziemlich der Größte.« Sie lächelte auf ihren Bauch hinab, und als sie wieder aufschaute, geschah ein kleines Wunder. Während Eric ihr ihren Drink brachte, betrat Reece auf der anderen Seite des Raums die Bar durch den Korridor, der nach hinten führte.

Es spielte keine Rolle, dass er so weit von ihr entfernt war. Obwohl die Bar eine stattliche Größe hatte und die Schar der Happy-Hour-Gäste ihr immer wieder die Sicht auf ihn versperrte, konnte sie ihn fühlen. Mit jeder Faser spüren.

Seine Glut. Seine Kraft. Seine Stärke ... und seine Sanftmut.

Mit dem rasierten Schädel, dem dunklen Bart, den breiten Schultern und den steinharten Muskeln war Reece jemand, der überall auffiel. Tätowierungen überzogen Arme, Brust und Rücken, und obwohl das kurzärmelige T-Shirt nicht viel davon preisgab, machten sie das Bild des Bad Boys, der sich nahm, was er haben wollte, perfekt.

Bei dem letzten Gedanken zog sich jeder Muskel in ihr zusammen, und sie rieb sich automatisch den Bauch. Sehr klare Erinnerungen an jene Tätigkeiten, die für ihren momentanen Zustand verantwortlich waren, stiegen in ihr auf und weckten ein so starkes Verlangen, dass ihre Brüste spannten und ihr Geschlecht zu pulsieren begann. Unruhig rutschte sie auf dem Stuhl umher und überspielte die drängende Lust, indem sie nach einem Stück Speck griff.

Ihre Schwangerschaftshormone wollten sie ärgern, dessen war sie sich sicher. Sie war praktisch immer scharf – ein fast lächerlicher Dauerzustand, der ihren Mann allerdings nicht im Geringsten störte.

Aber dies war keine hormonelle Reaktion. Das war eine Reece-Reaktion. Der Mann sprach sie an, ohne etwas sagen zu müssen, packte sie, ohne die Hände zu benutzen, und konnte sie allein mit seinen Blicken fesseln.

Ehe Reece und sie sich eingestanden hatten, dass sie einander liebten, waren sie beste Freunde gewesen, und zum Glück waren sie das nach wie vor, auch wenn sich ihre Beziehung noch weiter vertieft hatte.

»Hey, schöne Frau«, sagte er und griff nach ihr. Mit einer Hand zog er sie auf die Füße, die andere legte er ihr auf den Bauch. »Ihr habt mir gefehlt, ihr zwei.«

Bei seinen Worten ging ihr das Herz auf, und sie lachte glücklich. »Ich war doch nur ein paar Stunden weg.« Sie war am Morgen losgezogen, um sich bei den Einzelhändlern nach den Abverkäufen der Kalender zu erkundigen und mit der Druckerei wegen einer möglichen zweiten Auflage zu sprechen.

»Viel zu lang.«

Amandas Lippen zuckten. »Ihr wisst schon, dass ihr euch wie in einem Kitschfilm anhört, oder?«

»Ach, komm, ich habe dich und Derek zusammen erlebt«, wandte Jenna ein. »Ich würde sagen, dass ihr uns in nichts nachsteht.«

»Ein bisschen Kitsch hat noch niemandem geschadet«, bemerkte Reece, doch ehe Amanda oder Jenna etwas dazu sagen konnten, zog er seine Frau an sich. Ihr dicker Bauch schmiegte sich an seinen harten, durchtrainierten Körper, als er ihr einen Arm um die nicht vorhandene Taille schlang. Und dann machte er sich mit einer Leidenschaft, bei der sie ganz weiche Knie bekam, über ihren Mund her und küsste sie heiß, stürmisch und voller Verlangen.

»Wow«, brachte sie hervor, als er sich von ihr löste. »Was war denn das?«

»Ein Vorgeschmack«, sagte er. »Komm, Baby, ich bringe dich nach Hause.«

»Das war ziemlich unfair von dir«, beschwerte Jenna sich, als Reece ihren neuen Volvo auf die Auffahrt zum Haus seines Vaters steuerte. Eigentlich fuhr sie lieber den El Camino von 1972, den Reece ihr geschenkt hatte, oder seinen restaurierten Chevy, aber er hatte sie zu einem Autohändler geschleift, kaum dass das letzte Drittel ihrer Schwangerschaft angebrochen war. Das Baby würde schließlich bald kommen, hatte er argumentiert, sie bräuchten also einen besseren Wagen, der mehr Sicherheit böte.

Sie war in Tränen ausgebrochen – verdammte Hormone! – und

hatte ihm schluchzend versichert, was für ein wunderbarer, rücksichtsvoller Mann er doch sei, dass er so für sie und das Kind sorgte.

Und was die anderen Autos anging ... irgendwann würde sie schon wieder hinter die Lenkräder passen.

Reece parkte den Volvo neben seinen blauen Chevy und wandte sich ihr stirnrunzelnd zu. »Unfair?«

»Erst dieser Kuss und dann die Ankündigung, wir würden nach Hause fahren ... ehrlich, Reece, ich bin im Moment so was von geil, dass ich mich am liebsten auf dich setzen und mit dir wild vögeln würde, wenn ich mich noch zwischen dich und das verdammte Steuer klemmen könnte.«

»Herrgott, Jenna ...« Die Glut in seiner Stimme war unverkennbar, durchdrang sie, machte ihr Höschen feucht und ließ ihre ohnehin schon schmerzenden Brüste noch schwerer werden.

»Tja, nun, ich wollte einfach nicht allein leiden müssen. Du bist ja heute Morgen mit mir bei Dr. Blake gewesen und weißt schon, dass jetzt Schluss mit Sex ist, oder?« Offenbar konnte Sperma Wehen auslösen, und ihr Arzt wollte keine Frühgeburt riskieren.

Ein teuflisches Grinsen erschien auf Reece' Lippen. »Genau, ich war ebenfalls da. Und habe mit Dr. Blake gesprochen, während du dich angezogen hast.«

»Und?«

»Und jetzt gehen wir hinein.«

Verwirrt zog sie die Brauen zusammen, wartete aber, dass er ihr die Tür öffnete und aus dem Auto half. Gemeinsam gingen sie zum Haus.

Seit Jahren wohnte Reece in der Wohnung über der Garage, die er in Eigenregie renoviert hatte, und als sie einander gefunden hatten, war sie sehr bald zu ihm gezogen. Die Wohnung war klein und gemütlich und ideal für zwei, und Jenna liebte sie. Mit einem Kind würde es zwar etwas eng werden, doch sie würden sich schon arrangieren.

Im Augenblick wohnten sie allerdings nicht hier oben. Sie waren vor ein paar Wochen vorübergehend ins Haupthaus gezogen, da die Treppe zu Reece' Wohnung steil war und Jenna immer kurzatmiger wurde. Praktischerweise waren Charlie und seine Lebensgefährtin Enid nach Las Vegas geflogen, um ihre Beziehung amtlich zu machen und anschließend durch Kalifornien zu reisen.

Sie hatten versprochen, zurück zu sein, wenn das Baby zur Welt kam, aber bis dahin hatten Reece und Jenna das Haus für sich allein. Sie waren durch die Küche eingetreten und steuerten nun das Gästezimmer an, das früher einmal Reece gehört hatte. In seiner Jugend hatte er dort zusammen mit Jenna und Brent stundenlang Musik gehört und über alles Mögliche gequatscht, was sie so bewegte.

Im Augenblick bestand Jennas einziges Problem allerdings darin, dass Reece sie nicht anfasste – oder besser gesagt: dass er sie nicht so anfasste, wie sie es wollte, weil es eine ärztliche Anweisung gab.

»Es ist gemein, mich so zu ärgern«, sagte sie murrend. »Irgendwie werde ich mich schon dafür rächen.«

»Vergiss das bloß nicht«, antwortete er, trat zu ihr und schob ihr langsam den Mantel von den Schultern, bis er zu Boden fiel. Sie hatte ihn nicht zugeknöpft; für Januar war es sehr mild, und in letzter Zeit war ihr ständig so heiß, dass sie für jede Abkühlung dankbar war.

Auch jetzt war ihr heiß, aber auf ganz andere Art. Sie war derart spitz und angetörnt, dass sie sich zusammenreißen musste, um nicht zu wimmern. »Reece«, flüsterte sie, »bitte. Das geht nicht.«

»Oh, und ob das geht.« Seine Finger glitten zu den Knöpfen ihrer Bluse, während seine Lippen ihre Mundwinkel liebkosten und dann sanft über ihre Wange bis zu ihrem Hals wanderten. Schauder durchliefen sie und zündeten alle Nervenbahnen, die ihre erogenen Zonen verbanden, obwohl er es geschafft hatte, dass ihr Körper eine einzige erogene Zone geworden war, wofür sie ihn momentan ganz schön verfluchte. Jede Berührung, jeder Kuss verstärkte nur ihr Verlangen, ihn in sich zu spüren, mit ihm zu verschmelzen.

Nun entschlüpfte ihr doch ein Wimmern, und sie spürte, wie seine Lippen sich an ihrer Brust zu einem Lächeln verzogen.

»Reece …«

»Still jetzt«, sagte er. »Mach einfach die Augen zu und lass mich machen.«

Einen Moment lang war sie hin und her gerissen zwischen Protest und Gehorsam, aber dann gab sie nach. Schließlich wollte sie es. Verdammt, brauchte es. Wollte seine Hände, seine Lippen auf ihrer Haut spüren, und als er ihre Bluse aufgeknöpft hatte und auseinanderschob, entlockte ihr allein die kühle Luft auf der erhitzten Haut ein Stöhnen.

»Ich liebe deine Brüste, wie sie jetzt sind«, sagte er.

»Riesig, meinst du?«

»Voll und reif.« Er begegnete ihrem Blick. »Nicht, dass mir die kleinere Version nicht gefiele. Normalerweise passen deine Brüste genau in meine Hände. Aber dich so zu sehen und zu wissen, dass der Grund dafür unser Baby ist … Ach, Jenna, ich …«

»Küss mich«, befahl sie, und er ließ sich nicht zweimal bitten. Er schmiegte sich an sie, und obwohl ihr Bauch alles etwas komplizierter machte, war der Kuss nicht weniger leidenschaftlich. Und während seine Zunge mit ihrer tanzte, tasteten seine Finger nach dem Gummibund ihrer langweiligen, aber herrlich bequemen Schwangerschaftshose.

Er streifte sie ab und nahm ihr Höschen auf dem Weg gleich mit. Dann löste er seinen Mund von ihrem, um vor ihr auf die Knie zu sinken, und sie stützte sich an seinen Schultern ab, als er ihr half, die Schuhe auszuziehen und die Hose über die Knöchel zu streifen.

Auf den Knien hielt er inne und sah zu ihr auf. Betrachtete ihren gewaltigen Bauch, ihre Brüste, die in einem alles andere als aufregenden BH steckten. Und doch lag ein solches Verzücken in seiner Miene, dass sie sich vorkam wie die schönste Frau der Welt.

»Reece, bitte. Du machst mich verrückt, und wir können doch nicht …«

»Zieh deinen BH aus und krabbel aufs Bett«, befahl er ihr in einem Tonfall, der keinen Widerspruch duldete.

Sie gehorchte und begann zu beben, als er sich neben ihr ausstreckte, sie zu streicheln begann und mit jeder Berührung elektrische Ströme durch den Körper jagte. Er quälte sie, das stand fest, aber es war eine süße Qual, und sie wünschte sich, er möge niemals damit aufhören.

Sanft glitten seine Hände über ihre Brüste und neckten die hypersensiblen Spitzen. Sie keuchte auf und bog unwillkürlich den Rücken durch, als könne sie damit dem sinnlichen Ansturm, den seine einfache Liebkosung erzeugte, entgehen. »Reece«, murmelte sie, und mehr brauchte sie nicht zu sagen. Er füllte ihren Verstand aus. Er war alles, was sie fühlte. Es gab jetzt in diesem Moment bloß sie beide und die wunderbaren Dinge, die er mit ihr anstellte.

Nach einem Augenblick veränderte er die Position. Sein Mund ersetzte seine Hände und seine Zunge kreiste um ihre Nippel, während seine Finger träge Muster auf ihrem Bauch zeichneten und dabei weiter abwärts wanderten, bis sie sich zwischen ihren Beinen einrichteten. Nur hauchzart strich ein Finger über ihre Klitoris, aber es war wie ein Schock, und sie bäumte sich auf, als er ihren Körper unter Starkstrom setzte.

»Bitte«, brachte sie hervor, mehr nicht. Immer wieder kreiste seine Zunge um ihre Brustwarze, und zwischen ihren Beinen baute sich eine Erwartung auf, bei der sie fast zum Orgasmus kam.

Sie war nie eine Frau gewesen, die man allein durch das Liebkosen der Brüste zum Höhepunkt bringen konnte, doch die Schwangerschaft hatte erstaunliche Dinge bewirkt. Am liebsten hätte sie Reece angefleht, sie zu ficken, aber sie wusste, dass sie das nicht tun durfte, auch wenn sie es sich noch derart sehnlichst wünschte.

Keine Penetration, hatte Dr. Blake sie ermahnt. *Sie kann verfrüht Wehen auslösen.*

Sie hasste es, dass sie so sehr wollte, was sie nicht haben konnte. Ihr Körper war hellwach, und sie wollte ihren Mann in sich spüren. Wenn sie das allerdings nicht haben konnte …

»Reece, bitte.« Sie hatte keine Ahnung, worum sie flehte. Um mehr? Um Erlösung? Um Körperkontakt, mehr Einsatz?

Ihr blieb keine Zeit, um eine Antwort zu finden, denn er ließ von ihren Brüsten ab, wanderte mit seinem Mund über die enorme Erhebung ihres Schwangerschaftsbauchs und verwandelte die Glut, die in ihr schwelte, in einen lodernden Flächenbrand.

Und dann – Gott, und dann! – hob er behutsam ihre Knie und spreizte ihre Beine, und bevor sie noch ein Keuchen ausstoßen konnte, spürte sie schon seine rauen Bartstoppeln an ihrer empfindlichen Haut und seine Zungenspitze an ihrer Klitoris. Und endlich schloss sich sein Mund über ihre Scham, und seine Finger stießen in sie.

Es war so scharf. Und wild. Und so verdammt berauschend. Unwillkürlich wand sie sich, um ihm zu entgehen, weil es fast zu viel war, doch um nichts in der Welt wollte sie, dass er aufhörte. Sie wollte mehr, immer mehr, sie wollte auseinanderfallen, und sie wollte, dass Reece sie anschließend wieder zusammenfügte.

Aber dann spielte es keine Rolle mehr, was sie wollte oder nicht, denn sie hob ab. Ihre Brüste schwollen an, ihr Körper verspannte sich und das Licht der Sterne ergoss sich über sie und riss sie mit.

Sie packte Reece, stieß seinen Namen hervor, klammerte sich an den Mann, den sie liebte, und hielt sich fest, als sie gewaltig kam, und das wunderbare Gefühl, dass sie zurückfinden würde, gab ihr die Freiheit, sich fallen zu lassen.

»Himmel, du bist unglaublich«, murmelte Reece, als sie wieder auf der Erde landete.

Sie musste lächeln. »Dasselbe wollte ich gerade von dir sagen.«

Er kroch neben ihr aufs Bett und schob ihr eine Haarsträhne aus dem Gesicht. »Ich liebe dich«, sagte er.

»Ich dich auch.« Sie warf einen Blick auf die steinharte Erektion, die sich gegen ihre Hüfte presste. »Eigentlich bin jetzt ich an der Reihe. Ich könnte auf die Knie gehen …«

Ein träges Lächeln spielte um seine Lippen. »Könntest du. Du kämest nur nie wieder hoch.«

Womit er recht hatte. Dennoch … »Ich möchte aber.«

»Rutsch rüber«, befahl er, half ihr, es sich mit dem langen Stützkissen auf der Seite bequem zu machen, und schmiegte sich an ihren Rücken. »Genau so will ich es haben. Mit dir im Arm und meiner Erektion an deinem Hintern einschlafen.«

»Tatsächlich?« Plötzlich war sie so schläfrig, dass sie kaum die Augen aufhalten konnte.

Er küsste sie auf den Nacken. »Im Moment gibt es nichts auf der Welt, was ich mir mehr wünschen könnte.«

Als Jenna erwachte, nahm sie sofort den Geruch von Pfannkuchen wahr. Sie verfluchte Reece im Stillen, weil er sie nicht früher geweckt hatte, damit sie sich anziehen konnte, beschloss dann aber, sich nicht aufzuregen. Ihre Gästeschar bestand ja nur aus Brent, Elena und Faith. Brent, der Dritte im Bunde ihrer Jugendfreundschaft, hatte sie schon ganz anders erlebt und würde schwerlich schockiert sein, dass ihr langes rotes Haar zerrauft und ihr gemütlicher Frotteebademantel ziemlich schäbig war.

Weil Elena Tyrees Tochter war, war sie praktisch in die Familie integriert worden, sobald sie einen Fuß durch die Tür des The Fix gesetzt hatte. Und Brent war, wie Jenna wusste, ebenfalls vom ersten Moment an von der jungen Frau fasziniert gewesen. Wieso, war nicht schwer nachzuvollziehen. Mit ihrer dunklen Haut, den großen Augen und den hohen Wangenknochen hätte Elena Johnson leicht als Model arbeiten können, anstatt Städteplanung zu studieren. Obwohl Brent zunächst auf ihr Äußeres reagiert hatte, so war es doch ihr Verstand, der ihn letztlich bezaubert hatte.

Es war das erste Mal, dass Elena zum Brunch zu ihnen kam, aber da Brent und sie nun ein Paar waren, gehörte sie ebenfalls zum engeren Kreis. Und Jenna hätte sich nicht mehr darüber freuen können.

Also konnte der Bademantel keine große Sache sein.

Was Faith betraf …

»Tante Jenna!«, tönte die Stimme der Sechsjährigen durchs Haus, und Jenna musste lachen, als die Kleine polternd durch den Flur rannte, dann aber wie angewurzelt stehen blieb, ehe sie sich Jenna in die Arme werfen konnte.

»Daddy sagt, ich darf nicht springen«, sagte sie.

»Das war klug von deinem Daddy. Nicht, dass wir beide umkippen. Ich käme nämlich nie wieder hoch.«

Faith lachte und hielt zögernd eine Hand hoch. Jenna nickte, und das Kind legte sie ganz vorsichtig auf Jennas Bauch und quiekte entzückt, als das Baby sofort dagegen trat.

»Sie hat mich getreten!« Faith hüpfte glücklich in die Küche zurück. »Daddy! Elena! Sie mag mich bestimmt.«

»Sie könnte auch ein Er sein«, wandte Elena ein. Sie hob Faith gerade auf ihren Schoß, als Jenna endlich in die Küche watschelte. »Hey! Guten Morgen.«

»Jemand hat mich zu lange schlafen lassen«, sagte sie mit einem aufgesetzten Stirnrunzeln in Reece' Richtung, der mit Pfannkuchen und Speck beschäftigt war.

Brent hob den Kopf und grinste. Seine muskelbepackten Arme drohten das weiße T-Shirt zu sprengen, während er den Tisch deckte. »Dieser Bademantel da dürfte älter als du selbst sein«, sagte er. »Hast du den von deiner Mutter geerbt?«

»Kein Kommentar.« Jenna verspürte ein Ziehen in der Magengegend. Ihre Mutter lebte jetzt in Kalifornien, hatte aber versprochen zu kommen und Jenna mit dem Baby zu helfen, sobald es auf der Welt war. Jenna konnte es kaum erwarten, sie wiederzusehen. Und vielleicht wollte sie ihren Bademantel ja gar nicht wiederhaben.

»Soll ich dir einen koffeinfreien Kaffee machen?«, fragte Elena, als Faith von ihrem Schoß rutschte.

»Danke. Ich trinke lieber Saft«, antwortete sie und griff nach dem Glas auf der Küchentheke, auf das Reece deutete. Er hatte ihr bereits eingeschenkt.

»Entschuldigung«, flüsterte Faith so laut, dass es jeder hören musste, und zupfte an Jennas Bademantel.

»Wofür entschuldigst du dich, Süße?«, fragte Elena, stand auf und ging auf Jenna zu.

Faith machte große Augen. Sie war die Einzige in diesem Raum, die wusste, dass Jenna ein Mädchen bekam. Reece wollte sich überraschen lassen, aber Jenna hatte es wissen wollen – obwohl sich gezeigt hatte, dass es ungeheuer schwer war, das Geheimnis für sich zu behalten, zumal Reece gesagt hatte, dass er auf ein kleines Mädchen hoffte.

Ihre Freunde waren Reece' Beispiel gefolgt, und Jenna hatte kurz davorgestanden, vor lauter Geheimniskrämerei zu platzen. Dann hatte sie eines Abends auf Faith aufgepasst, und die Kleine hatte gefragt, ob Jenna nun ein Mädchen oder einen Jungen bekäme.

Also hatten die beiden einen Pakt geschlossen. Sie hatten prickelndes Sternenlicht (Sprite) getrunken und das Herz der Erde (zerdrückte Oreo-Kekse) gegessen, und dann hatte Jenna Faith verraten, dass sie ein Mädchen bekommen würde.

Und nun wirkte Faith, als würde sie gleich in Tränen ausbrechen.

»Sie darf in Charlies Haus eigentlich nicht rennen«, erklärte Jenna den anderen, schenkte der Kleinen ein leises Lächeln und tippte ihr auf die Nasenspitze. »Aber sie wird's nicht wieder tun, nicht wahr?«

»Nein«, antwortete Faith erleichtert.

»Ich finde, du solltest Elena sagen, dass sie kochen soll«, schlug Jenna vor, um Faith abzulenken.

»Ja? Aber Onkel Reece macht das doch immer.«

»Schon, aber hast du gewusst, dass Elena Tyree in der Bar hilft? Willst du es dir nachher mal ansehen?«

»Kommt Onkel Tyree denn auch?«

Brent lachte. »Nein, Zwergi, ein andermal vielleicht. Aber wenn er und Elena mit neuen Rezepten experimentieren, nehmen sie es manchmal auf und stellen es bei YouTube ein.«

Faith sprang auf und ab und klatschte in die Hände. »Das will ich sehen. Können wir?«

Jenna begegnete Elenas Blick. »Ist das okay für dich?«

»Na klar. Meistens stelle ich mich dumm an, aber es macht Spaß, bei meinem Vater zu lernen.«

»Von wegen, sie stellt sich dumm an!« Brent schnaubte. »Sie hat es echt drauf. Was bedeutet, dass ich jetzt doppelt so oft ins Fitnessstudio rennen muss.«

Elena trat zu ihm und küsste ihn auf die Wange. »Keine Sorge, Baby. Wenn deine Muskeln erschlaffen, hast du wenigstens noch deine bestechende Persönlichkeit.«

Er zog sie an sich und knabberte an ihrem Hals, bis sie sich kichernd zu winden begann. Brent warf einen Blick über die Schulter und zwinkerte Jenna zu. »Sie ist kitzlig«, sagte er. »Meine Geheimwaffe.«

Reece, der am Herd stand, lachte leise und empfahl ihnen, sich in ein Zimmer zurückzuziehen.

Faith schaute von einem Erwachsenen zum anderen und schien unschlüssig, ob sie lachen oder wegrennen sollte. Schließlich ging sie zu Jenna und zupfte an ihrem Bademantel. »Kann ich im Garten spielen, bis wir frühstücken?«

»Na klar«, gab Jenna zurück. Als ihr einfiel, dass draußen Werkzeug herumlag, weil Reece für Charlie und Enid an neuen Badezimmerschränken arbeitete, sah sie zu Reece, der gleichzeitig aufblickte. Wortlos stimmten sie sich ab, dann lächelte Jenna erneut auf Faith herab. »Ich könnte eigentlich mit dir gehen. Elena, kommst du mit? Die Jungs kommen schon allein in der Küche zurecht.«

»Ich weiß nicht. Nachher verpasse ich noch Brent in Schürze.«

»Keine Angst, Schätzchen«, konterte Brent. »Wenn du willst, trage ich heute Abend nur für dich eine Schürze.« Er senkte die Stimme. »Und zwar bloß eine Schürze.«

Elena pustete ihm auf der Handfläche einen Kuss zu. »Abgemacht.«

Im Garten setzten Jenna und Elena sich auf die Schaukelbank, während Faith auf den Sandkasten zusteuerte. »Danke, dass ich kommen durfte. Ich weiß, dass euch dreien das Frühstück am Wochenende heilig ist.«

»Unfug. Du bist herzlich willkommen. Schließlich bist du jetzt mit Brent zusammen.« Sie neigte den Kopf und versuchte, Elenas Miene zu deuten. »Mit euch ist doch alles in Ordnung, oder?«

Elena wandte sich Jenna zu und schenkte ihr ein strahlendes Lächeln. »Und ob«, antwortete sie.

Jenna wurde warm ums Herz. Sie nahm die Hand der anderen und drückte sie. »Das freut mich so«, sagte sie inbrünstig.

»Mich auch.« Elena lehnte sich mit einem Seufzen zurück. »Es ist schön, ein Paar zu sein, findest du nicht?«

»O ja«, erwiderte Jenna, »das ist es wirklich.«

Reece parkte den Volvo am Rand des Grundstücks, ließ aber den Motor laufen und beide Hände am Steuer. Er hatte keine Ahnung, warum er so nervös war; immerhin handelte es sich um Jenna, seine Frau, seine große Liebe, seine beste Freundin. Dennoch konnte er sich im Augenblick nicht dazu durchringen, aus dem Wagen zu steigen.

»Wir halten hier?« Jenna rutschte auf ihrem Sitz herum, doch ihr Bauch war zu voluminös, als dass sie ihre Sitzposition wirklich hätte verändern können. »Ehrlich gesagt wäre mir das Bett für solche Aktivitäten lieber.«

Er lachte leise, konnte aber den Blick nicht von ihr abwenden. Verdammt, sie war so wunderschön. Ihre blasse Haut schien noch heller als sonst, und nicht nur, weil es Winter war. Außerdem glaubte er, mehr Sommersprossen zu erkennen, und am liebsten hätte er sich vorgebeugt und jede einzelne geküsst.

Nach einem Augenblick runzelte sie die Stirn und griff nach seiner Hand. »Reece? Stimmt etwas nicht?«

Jetzt oder nie. Und ernsthaft – weswegen sollte er nervös sein? Sie kannte dieses Grundstück schon. Es lag direkt am Lake Austin, nahe an der City Park Road und bloß wenige Minuten vom Stadtzentrum entfernt. Es gehörte ihm schon lange; er hatte es vor Jahren bei einer Zwangsversteigerung erstanden.

Was sie nicht wusste, war, dass er es sehr bald bebauen wollte. Mit einem Haus. Einem Heim für sie drei. Und dass die Pläne für genau das bereits vorlagen.

»Ich wollte dir etwas zeigen«, sagte er, bat sie zu warten und ging ums Auto herum, um ihr herauszuhelfen.

»Dann hoffe ich nur, dass du kein Picknick geplant hast. Ich finde es nämlich ziemlich kühl. Und du weißt ja – wenn ich mich auf eine Decke setze, komme ich nie wieder hoch.«

Er lachte, konnte aber ihrem Blick entnehmen, dass es sich unecht angehört haben musste.

»Reece, was ist denn los?«

»Okay. Komm mit.« Er nahm ihre Hand, und sie gingen die wenigen Meter zum Wasser. »Küche«, sagte er. »Ein großes Fenster mit Blick auf den Garten. Eingezäunt natürlich, kindersicher. Und dann hier das Schlafzimmer.« Er führte sie ein Stück nach rechts. »Auch hier natürlich mit Aussicht. Genau wie das Bad, dessen Fensterscheiben auf Knopfdruck milchig werden.«

»Du hast wieder an deinen Hausplänen gebastelt.«

Er nickte und holte sein Telefon aus der Jacke. »Mehr als gebastelt.« Er klickte auf ein Bild und zeigte ihr den Bauplan. »Ein Freund von Amanda hat mir eine Ansicht und einen detaillierten Entwurf erstellt. Was hältst du davon?«

Sie blickte auf die Fotos, dann zu ihm und schließlich wieder auf das Handy. »Wow, das sieht toll aus. Aber, Reece …« Sie umfasste seinen Oberarm. »Ich will dir deinen Traum nicht verderben, aber wenn du meinst, dass wir es jetzt in Angriff nehmen sollten … Liebling, wir können es uns doch nicht leisten.«

Und genau das war der Teil, der ihn so nervös machte. »Doch, können wir. Falls wir das Geld dazu verwenden wollen.«

»Welches Geld?«

»Na ja, du weißt ja, dass das The Fix bestehen bleibt.«

»Sicher.«

Die Bar war inzwischen saniert, aber zum Ende des Jahres hin war es ein ständiges Auf und Ab gewesen, und eine Weile hatte Reece befürchtet, dass das The Fix tatsächlich seine Pforten würde schließen müssen. Nun jedoch lief der Laden gut und sie schrieben schwarze Zahlen.

Er hatte einen Job, den er für sein Leben gern machte, eine Frau, die er liebte und verehrte, und in wenigen Wochen würden sie zu dritt sein.

Jetzt wollte er ein Haus für sie.

Aber nur, wenn Jenna es auch wollte.

Er holte tief Luft. »Also, Tyree hat mich – und Brent ebenfalls – gestern beiseitegenommen und uns das Geld zurückgezahlt, das wir als Teilhaber eingebracht hatten. Und wenn wir dieses Geld als Anzahlung nehmen, könnten wir unser Traumhaus bauen.«

Sie presste die Lippen zusammen, ehe sie langsam den Atem ausstieß. »Das ist viel Geld. Und eine große finanzielle Belastung. Was ist denn, wenn …« Sie ließ den Satz verklingen und schüttelte den Kopf.

»Was? Wenn was?«

»Wenn die Gäste ausbleiben? Wenn es mit der Bar erneut bergab geht? Das Bodacious ist noch immer eine ernst zu nehmende Konkurrenz.« Sie sprach von der Innenstadt-Filiale einer angesagten Kneipenkette.

»Falls das passiert, finden wir anderswo eine Stelle.« Er hob ihr Kinn, damit sie ihn ansah. »Aber ich möchte, dass unser Kind in einem Haus aufwächst. Verdammt, ich wünschte, es wäre schon gebaut, aber wenn wir jetzt starten, dann steht es in einem Jahr hier. Maximal in eineinhalb Jahren. Hier könnte unser Kind laufen lernen. Radfahren. Angeln. Schwimmen.« Eindringlich sah er ihr in die Augen. »Wäre das nicht wunderbar?«

Sie schluckte. »Ja. Oh, Gott, ja, das wäre es. Ich ... ich habe bloß ...«

»Was?«

»Angst.« Sie schaute mit großen Augen zu ihm auf. Er erkannte aufsteigende Tränen darin, und ihm war, als würde eine eiskalte Hand sein Herz umfassen. Er hatte keine Ahnung, wovor sie sich fürchtete – Mutterschaft, die Bauphase, das Eheleben, Arbeitslosigkeit –, aber er würde alles tun, um die Angst in ihren Augen auszulöschen.

»Wovor?« Er nahm ihre Hände in seine und blickte sie unverwandt an.

»Vor mir. Dass ich Mist baue.«

»O Baby, du wirst eine großartige Mutter sein.«

Ein Lächeln brachte ihr Gesicht zum Strahlen. »Oh, und ob!« Dann wurde sie wieder ernst. »Aber was die Arbeit betrifft, bin ich mir nicht so sicher. Die Wahl zum Mann des Monats war ein Riesenerfolg. Wie soll ich das nur toppen?«

»Wer sagt denn, dass du das toppen musst?«

»Ich. Denn das muss ich. Zumindest brauche ich eine neue Kampagne. Damit die Bar in den Köpfen der Leute präsent bleibt. Das ist notwendig, Reece. Weswegen habe ich den Job denn sonst?«

Er hätte Gegenargumente finden können, doch er schwieg. Denn er konnte sie gut verstehen. Außerdem kannte er sie gut genug, um zu wissen, dass sie sich niemals damit zufriedengeben würde, Flyer drucken zu lassen. Sie musste etwas Größeres managen. Sie wollte nicht nur das Gefühl haben, etwas bewirken zu können, sondern wollte es auch tatsächlich tun.

»Dir wird schon etwas einfallen«, sagte er schließlich und küsste sie zärtlich. »Und zwar wahrscheinlich dann, wenn du es am wenigsten erwartest. Da habe ich volles Vertrauen in dich.« Und weil es die Wahrheit war, kamen die Worte ihm leicht über die Lippen. »Du erstaunst mich jeden Tag. Warum sollte es in dieser Hinsicht anders sein?«

Vertrauen.

Von allem, was er gesagt hatte, blieb vor allem dieses Wort hängen.

Sie blickte auf, um ihm in die Augen zu sehen, und erkannte, dass er es wirklich so meinte. Er glaubte an sie, und das wahrscheinlich sehr viel mehr als sie selbst. Aber das war schon in Ordnung. Solange er ihr Rückendeckung gab, konnte sie alles schaffen.

»Bist du dir sicher?«

»Absolut.«

»Also gut«, antwortete sie. »Und wenn du findest, dass das der richtige Zeitpunkt für das Haus ist, dann – ja! Lass es uns tun. Auch ich will ein Zuhause für unsere Familie.«

In seiner Miene zeichnete sich erst Überraschung, dann Erleichterung und schließlich Liebe ab, und sie lehnte sich an ihn, und Arm in Arm blickten sie zum Wasser. »Und wir bekommen ein großes Küchenfenster?«

»Ein riesiges.«

»Hat das Schlafzimmer einen Balkon?«

Er lachte leise. »In der nächsten Planungsrunde ja.«

Sie legte den Kopf zurück, um ihn zu küssen. »Sie sind leicht zu überzeugen, Mr. Anscheinend habe ich Sie um den Finger gewickelt.«

»Das hast du allerdings«, sagte er, und als er sie küsste, war es, als ob sich ihr ganzes Sein öffnete, als ob …

»Jenna?«

Sie schmeckte ihre eigene Panik, als es heiß ihre Oberschenkel entlangströmte. Entsetzt blickte sie an sich herab, die Flüssigkeit war allerdings klar. Kein Blut.

Doch sie war nicht einmal in der achtunddreißigsten Woche!

»Die Fruchtblase ist geplatzt.« Sie sprach leise. Zu leise. Wie sollte er sie hören, wenn sie so leise sprach? »Es ist viel zu früh, Reece, aber ich glaube, das Baby kommt.«

»Ins Auto. Sofort.« Er führte sie bereits darauf zu, riss die Tür auf und half ihr auf den Beifahrersitz.

Während er auf der anderen Seite einstieg und den Motor startete, schlang sie die Arme um den Oberkörper und versuchte, die Furcht abzuschütteln. Viele Frauen gebaren ein paar Wochen verfrüht. Es würde bestimmt alles gut gehen.

»Das wird es«, sagte Reece. Ganz offensichtlich hatte er ihre Gedanken gelesen. »Dem Baby wird nichts geschehen.«

Sie nickte und klammerte sich fest, als er Gas gab und den wendigen Volvo so zügig durch den Verkehr jagte, dass die Welt an ihrem Seitenfenster verschwamm.

»Alles wird gut«, wiederholte er, und erst jetzt machte sie sich bewusst, dass auch er nervös war. »Ganz bestimmt. Das Baby hat lange genug vor sich hin geköchelt.«

»Das ist es!«, presste sie hervor, als eine Wehe ihren Körper traktierte. »Die ist die Idee!«

Er hielt an einer roten Ampel und tappte ungeduldig mit den Fingern auf das Lenkrad. »Was meinst du?«

»Fürs The Fix. Wir machen einen Kochwettbewerb. Oder Gäste können ihre Lieblingsrezepte einbringen und Tyree und Elena probieren sie aus. Und wenn sie beim Publikum Anklang finden, werden sie in die Karte aufgenommen. Oder …« Während sie sprach, kamen ihr immer neue Ideen und lenkten sie von ihrer

Furcht ab. »Oder wir reden mit dem Sender über eine andere Doku-Reihe. So was wie eine Kochshow, weißt du, und wir verbinden das mit einer Blindverkostung. Tyree kocht gegen Konkurrenz.«

Die Ampel sprang um, und Reece gab wieder Gas. »Das ist es, woran du denkst? Ausgerechnet in einem solchen Moment?«

Sie nickte und verzog das Gesicht, als die nächste Wehe ihr die Luft zum Reden raubte. »Aber ja«, brachte sie schließlich hervor. »Ich weiß noch nicht genau, wie wir es machen werden, aber die Idee ist da. Und die werde ich ausbauen.«

Das Lächeln, das sich auf ihrem Gesicht ausbreitete, war echt. Plötzlich fühlte sie sich großartig. Sie legte beide Hände auf ihren Bauch, als ihre Angst abebbte. »Jetzt wird alles gut. Glaub mir, alles wird gut.«

Reece ging das Herz auf, als die Schwester ihm das winzige Wesen reichte, und er blickte in das Gesichtchen seiner wunderbaren Tochter herab.

Er hatte entsetzliche Angst gehabt, als Jennas Fruchtblase geplatzt war, aber sobald sie ihm im Auto gesagt hatte, dass alles gut werden würde, war eine Last von ihm abgefallen.

Sie hatte es gewusst.

Es mochte weibliche Intuition gewesen sein, Mutterinstinkt oder plötzliche Hellsichtigkeit, aber sie hatte es gewusst.

Reece wünschte sich nur, er hätte es eher begriffen. Er hatte bloß daran gedacht, sie so schnell wie möglich zum Krankenhaus zu fahren, und hätte sich, dort angekommen, am liebsten getreten, weil er den Arzt nicht schon aus dem Auto angerufen hatte. Aber Jenna war gelassen geblieben, hatte ihn beruhigt und ihm versichert, dass er sein Kind bald schon kennenlernen würde.

Bald war allerdings ein dehnbarer Begriff. Sie waren Samstag um drei Uhr nachmittags im Krankenhaus angekommen. Nun war es nach neun am Sonntagmorgen.

Den ganzen gestrigen Tag und die Nacht hatte er bei Jenna gesessen, ihre Hand gehalten, ihr alberne Geschichten erzählt, sie ermuntert, regelmäßig zu atmen, und ihr immer wieder versichert, dass er nicht von ihrer Seite weichen würde. Und die ganze Zeit hatte er mit allen ihm bekannten himmlischen Mächten gefeilscht, damit sie Jenna und sein Kind beschützten.

Als Dr. Blake erschienen war und Jennas Einschätzung bestätigte, hatte sich Reece ein wenig entspannt – was allerdings nur von kurzer Dauer gewesen war, da jetzt die Presswehen einsetzten und er miterleben musste, wie anstrengend eine Geburt tatsächlich war. Die Hebamme hatte ihm zwar erklärt, dass Jennas Wehen vergleichsweise harmlos waren, doch er kam erst wieder ein wenig zur Ruhe, als er seine Tochter im Arm halten durfte.

»Sie ist wunderschön«, sagte er nun zu Jenna. »Genau so umwerfend wie die Mutter.«

»Alter Schmeichler.« Ihr Lächeln war strahlend, aber müde. Ihr rotes Haar hing ihr schlaff ins Gesicht, ihre Augen lagen tief in den Höhlen, und ihr Gesicht war fleckig. Was Reece betraf, hatte sie nie schöner ausgesehen.

Widerstrebend reichte er das gewickelte Bündel an Jenna weiter und setzte sich so neben sie auf die Bettkante, dass er einen Arm um sie schlingen und mit ihr das Baby betrachten konnte. »Wir haben uns noch gar keinen Namen überlegt.«

»Was hältst du von Ami? Wie in Amy's Icecream, nur mit ›i‹.«

»Ist das nicht auch das französische Wort für ›Freund‹?«

»Genau.« Sie legte den Kopf an seine Schulter und schaute zu ihm auf. »Ich fand den Namen auf vielen Ebenen passend.«

»Du hast recht«, antwortete er und blickte sie an. Seine Frau, seine beste Freundin, seine Geliebte. Und jetzt auch noch die Mutter seines Kindes. »Ich liebe dich«, sagte er, weil er die Worte nicht länger zurückhalten konnte. »Und Ami ist genau der richtige Name für unser kleines Mädchen.«

Bonusmaterial

Rezepte aus The Fix

FRITTIERTE GÜRKCHEN UND OKRASCHOTEN

1½ Öl zum Frittieren
400 g Sauerrahm
3 kleine Gläser Hamburger- oder Sandwichgurken, Sud auffangen
125 g Mehl
100 g Maismehl
2 EL Cajun-Gewürz
1 Glas eingelegte Okraschoten (erhältlich in asiatischen oder orientalischen Supermärkten)

Öl in einer Fritteuse oder einem feuerfesten Topf auf ca. 175 °C erhitzen. Gurkenwasser mit Sauerrahm verrühren. Mehl, Maismehl und Cajun-Gewürz in einer Schüssel mischen. Gurkenstücke und Okraschoten einzeln erst in den Sauerrahm, dann in die trockene Mischung tauchen. Immer sechs in die Fritteuse geben und 1 bis 2 Minuten garen. Mit dem restlichen eingelegten Gemüse ebenso verfahren. Auf Küchenkrepp abtropfen lassen.

WÜRZIGE FISCHHAPPEN

125 g Mayonnaise
500 ml Vollmilch
250 g Mehl
125 g Maismehl
40 g Cajun-Gewürz
2 EL Knoblauchpulver
1½ Öl zum Frittieren
10 bis 12 Welsfilets (oder anderes festes Fischfilet)

Mayonnaise mit Milch verrühren. In einer weiteren Schüssel Mehl, Maismehl, Cajun-Gewürz und Knoblauchpulver mischen. Öl in einer Fritteuse oder einem feuerfesten Topf auf ca. 175 °C erhitzen. Den Fisch erst durch die Milch, dann durch die Trockenmischung ziehen. 4 bis 6 Minuten frittieren, auf Küchenkrepp abtropfen lassen und sofort servieren.

BRATENBURGER

Rinderbratenreste (Braten siehe Rezept)
4 EL Butter
1 gehackte Zwiebel
75 g Champignons, in Scheiben geschnitten
1 EL Sojasoße
12 kleine Burger-Brötchen
125 g Mayonnaise
6 bis 8 Scheiben Provolone
1 TL gehackter Knoblauch
2 EL gehackte Petersilie

Ofen auf 180 °C vorheizen. Bratenreste auseinanderzupfen. In einer Pfanne in 1 EL Butter Zwiebeln und Champignons anbraten, Sojasoße zugeben, 5 bis 7 Minuten garen. Brötchen aufschneiden, Hälften mit Mayonnaise bestreichen, untere Hälften in eine Backform setzen. Braten, Zwiebel-Champignon-Mix und Käse auf die Unterhälften verteilen, mit den Oberhälften abschließen. Die restlichen 3 EL Butter schmelzen lassen und Knoblauch und Petersilie einrühren. Brötchen-Oberhälften damit einpinseln. Backform mit Folie abdecken, 10 Minuten backen, dann die Folie abnehmen und 2 bis 3 Minuten weiterbacken, bis die Brötchen goldbraun sind.

Rinderbraten

2½ bis 3 kg Rinderbrust
125 g Mehl
Salz und Pfeffer
60 ml Öl
1 gehackte Zwiebel
2 EL gehackter Knoblauch
60 ml Sojasoße
1 Glas Rinderfond
120 ml Weißwein
60 ml Honig
1 EL gehackter Salbei

Ofen auf 180 °C vorheizen. Fleisch mit Mehl überziehen, mit Salz und Pfeffer würzen. Öl in einer Pfanne erhitzen und Fleisch rundum anbraten. In einen Bräter setzen. In der Pfanne mit dem Bratensatz Zwiebeln und Knoblauch anbraten, dann die restlichen Zutaten dazugeben und aufkochen lassen. Etwa 10 Minuten köcheln lassen, den Sud über das Fleisch gießen, zudecken und 3 Stunden im Ofen garen. Bräter herausnehmen, Fleisch 30 Minuten ruhen lassen. Dann schräg zur Faser in dünne Scheiben schneiden und auf einer Platte drapieren. Bratenflüssigkeit in eine Kasserolle gießen und bei mittlerer Hitze auf die Hälfte einkochen lassen. Über den Braten gießen und servieren.

BLAUBEER-MINZ-JULEP

200 g Zucker
250 ml Wasser
125 g Blaubeeren
200 ml Whiskey
frische Minze

Zucker, Wasser und Blaubeeren in einem kleinen Stieltopf bei geringer Hitze verrühren, bis sich der Zucker aufgelöst hat, und unter Rühren aufkochen. Topf von der Platte ziehen und vollständig auskühlen lassen. In vier Longdrinkgläser jeweils 3 bis 4 Eiswürfel und 50 ml Whiskey geben, den Blaubeersirup darauf verteilen. Mit Minze garnieren.

RÄUCHERLACHSDIP

400 g Räucherlachs
200 g Frischkäse, glatt gerührt
200 g Sauerrahm
200 g Mayonnaise
100 g Frühlingszwiebel, in Röllchen geschnitten
1 TL Worcestersoße
1 TL Salz
1 TL Pfeffer

Den Lachs auf einem großen Schneidebrett mit der Gabel zerrupfen. In einer großen Schüssel alle Zutaten gründlich vermischen. Mindestens eine Stunde, am besten aber über Nacht kalt stellen. Mit Crackern servieren.

BOOM BOOM SHRIMPS

1½ l Öl zum Frittieren
400 g Riesengarnelen (16 bis 20 Stück)
100 g Maisstärke
100 g Mayonnaise
100 g Sweet-Chili-Soße (Thai)
100 g Frühlingszwiebel, in Röllchen geschnitten
1 Romana-Salat

Öl in einer Fritteuse oder einem feuerfesten Topf auf 175 °C erhitzen. Riesengarnelen in einer Schüssel rundum mit Maisstärke einhüllen, jeweils 5 bis 7 Stück frittieren, auf Küchenkrepp abtropfen lassen. Mayonnaise und Sweet-Chili-Soße verrühren, Riesengarnelen hineingeben und mit Frühlingszwiebelröllchen bestreuen. Auf einem Bett aus Salatblättern servieren.

CRAB CAKES MIT ZITRONEN-SENF-SOSSE

500 g gewürfeltes Flusskrebsfleisch
375 g Panko- oder Semmelbrösel
1 Bund Frühlingszwiebel, in Röllchen geschnitten
1 TL Cajun-Gewürz
1 Ei
120 g griechischer Joghurt
125 g Butter

In einer großen Schüssel Flusskrebsfleisch, ein Drittel Brösel, Frühlingszwiebeln, Cajun-Gewürz, Ei und griechischen Joghurt mischen. Zu kleinen Talern formen, in den restlichen Bröseln wälzen. Auf eine Platte legen und 30 Minuten kühlen. 1 EL Butter in einer Pfanne erhitzen und 4 bis 6 Cakes darin von beiden Seiten goldbraun braten. Mit den restlichen Cakes in der restlichen Butter ebenso verfahren. Mit Zitronen-Senf-Soße (siehe Rezept) servieren.

Zitronen-Senf-Soße

4 EL Mayonnaise
2 EL grobkörniger Senf
Saft einer Zitrone

Alle Zutaten gut verrühren und vor dem Servieren mindestens 30 Minuten lang kühlen.

PINOT PUNCH

2 Flaschen Pinot Grigio
125 ml Pfirsichbrand
125 ml Orangensaft
1 Tüte (ca. 450 g) gefrorene Pfirsichstücke
1 l Sprite

Die ersten vier Zutaten in einen großen Krug geben und eine Stunde kühlen. Vor dem Servieren Sprite zugeben.

MIT BACON UMWICKELTE KROKETTEN

200 g Sauerrahm
1 TL Ranch-Gewürzzubereitung
400 g Bacon in Scheiben
800 g Kroketten

Ofen auf 200 °C vorheizen. Sauerrahm mit Ranch-Gewürzzubereitung vermischen und beiseitestellen. Baconscheiben dritteln und Kroketten damit umwickeln. Kroketten auf ein Backblech legen und 20 Minuten (oder nach Packungsanweisung) backen, dann auf einer Platte drapieren. Den Sauerrahm in eine Gefriertüte geben, verschließen, eine Ecke abschneiden und die Kroketten beträufeln.

BREZEL-HAPPEN MIT BIER-KÄSE-DIP

300 g gekühlter Pizzateig (am besten den in der Dose von Knack&Back, weil der dicker ist)
900 ml Wasser
40 g Natron
2 verquirlte Eier
4 EL grobes Salz
4 EL Butter
60 g Mehl
1 Flasche Bier (0,3)
400 g geriebener reifer Cheddar
200 g Frischkäse
2 TL Salz
1 TL Pfeffer
1 TL Knoblauchpulver
1 TL Zwiebelpulver

Ofen auf 220 °C vorheizen. Pizzateig ausrollen und in 2½ Zentimeter breite Streifen schneiden. Die Streifen halbieren, jeden zu einer Brezel binden. Wasser mit Natron zum Kochen bringen, jeweils 8 bis 10 Teigstücke 30 Sekunden lang darin sieden lassen, dann die Teigstücke herausnehmen und in eine gefettete Pie-Form (22 cm Durchmesser) an den Rand legen. Mit Ei einpinseln und mit Salz bestreuen. Butter in einer Pfanne zerlassen und bei geringer Hitze Mehl einrühren und anschwitzen. Nach und nach unter Rühren das Bier zugießen, bis es andickt. Beide Käsesorten einrühren und weiterrühren, bis eine glatte Soße entsteht. In die Mitte der Pieform mit den Teigrohlingen gießen und 15 bis 20 Minuten im Ofen backen, bis es blubbert. Sofort servieren.

MINI-FARMHOUSE-BURGER

2 bis 3 EL Butter
1 Zwiebel, in dünne Scheiben geschnitten
2 TL Sojasoße
500 g Rinderhack
2 TL Steakgewürz
125 g Mayonnaise
1 TL gehackter Knoblauch
12 kleine Eier
Salz und Pfeffer
12 kleine Burger-Brötchen
12 Scheiben reifer Cheddar
12 Baconstreifen, gebraten und abgetropft

In einer Pfanne bei mittlerer Hitze Butter schmelzen lassen, Zwiebeln und Sojasoße hineingeben, 3 bis 5 Minuten anbraten, bis die Zwiebeln glasig sind. Von der Platte ziehen und beiseitestellen. In einer Schüssel Rinderhack und Steakgewürz mischen. Zu kleinen

Burger-Pattys formen, Grill vorheizen und Pattys 5 bis 7 Minuten garen, zwischendrin einmal wenden.

In einer kleineren Schüssel Mayonnaise mit Knoblauch verrühren. In derselben Pfanne ½ EL Butter schmelzen lassen und 4 Eier hineingeben; dabei aufpassen, dass sie nicht ineinander laufen. Salzen und pfeffern, 1 Minute braten, dann wenden. Weitere ½ bis 1 Minute braten und sofort von der Platte ziehen. Mit den anderen Eiern ebenso verfahren.

Für die Burger: Auf die aufgeschnittene Unterseite Knoblauchmayonnaise geben, dann Patty, eine Scheibe Käse, 1 EL Zwiebeln, 2 Scheiben Bacon und ein Ei aufeinanderstapeln und mit der Oberhälfte abschließen.

LOADED CORONA

12 Flaschen Corona
500 ml Rum
2 Limetten, in Scheiben geschnitten
Salz

Den Hals der Flaschen leeren, mit Rum auffüllen. Limettenscheibe in Salz wälzen und in den Flaschenhals stecken.

Cheers!

SCHARFE CHICKEN WINGS

1,3 bis 1,4 kg Hähnchenflügel
125 g scharfe Soße (Chilisoße)
1 EL Steakgewürz
1 TL Salz
1½ l Öl zum Frittieren
125 g Butter
1 Flasche Thousand Island oder French Dressing

In einer großen Schüssel Hähnchenflügel mit der Hälfte der Chilisoße, dem Steakgewürz und dem Salz vermischen. In einer Fritteuse oder einem feuerfesten Topf Öl auf 175 °C erhitzen. Flügel ca. 10 bis 12 Minuten frittieren, auf Küchenkrepp abtropfen lassen. Inzwischen Butter in eine Schüssel geben und in der Mikrowelle zerlassen (ca. 1 Minute). Restliche Chilisoße und Dressing dazugeben, gut vermischen und über die Flügel verteilen. Sofort servieren.

REUBEN-BURGER

12 kleine Burger-Brötchen
125 g Thousand Island Dressing
500 g Corned Beef, hauchdünn geschnitten
250 g Schweizer Käse, hauchdünn geschnitten
125 g Sauerkraut
2 EL zerlassene Butter
1 TL Worcestersoße

Ofen auf 180 °C vorheizen. Brötchen halbieren, Unterseiten in eine Backform setzen. Die Hälfte Dressing darauf verteilen und mit Corned Beef, Schweizer Käse und Sauerkraut belegen. Restliche Soße auf die Oberhälften verteilen, auf die Burger setzen. Zerlassene Butter mit Worcestersoße vermischen und die Burger damit bepinseln. Backform mit Folie abdecken und im Ofen 15 Minuten backen. Folie entfernen und weitere 5 Minuten backen, bis die Burger goldbraun sind.

CORN DIP FRITTERS

6 gegrillte Maiskolben
40 g Frühlingszwiebel
200 g Frischkäse
75 g eingelegte Jalapeños in Stücken
200 g Mayonnaise
1 TL Salz
1 TL Pfeffer
200 g geriebener Parmesan
100 g geriebener Cheddar
1 EL Knoblauchpulver

Für die Fritters:
250 g Mehl
1½ l Öl zum Frittieren
4 Eier
500 g Panko- oder Semmelbrösel

Ofen auf 180 °C vorheizen. Mais von den Kolben streifen. Alle Zutaten von oben bis auf den Cheddar vermischen. In eine Backform geben und mit dem Käse bestreuen. 30 Minuten lang überbacken.

Auskühlen lassen, dann über Nacht in den Kühlschrank stellen. Überbackene Masse zu Bällchen formen und in Mehl wälzen. Auf eine Platte legen und für 30 Minuten kalt stellen. Öl in einem feuerfesten Topf oder einer Fritteuse auf 175 °C erhitzen. In einem tiefen Teller 4 Eier verquirlen. In einen anderen tiefen Teller die Brösel geben. Die Bällchen aus dem Kühlschrank holen, erst im Ei, dann in den Bröseln wälzen. Immer vier Stück 1 bis 2 Minuten im Öl frittieren und auf Küchenkrepp abtropfen lassen.

CANDY CORN JELL-O SHOTS

400 ml gesüßte Kondensmilch
600 ml Grey Goose Vodka
1 Tüte Sofort-Gelatine, weiß (30 g)
1 Packung (zwei Beutel) Götterspeise Zitrone
500 ml Wasser
Lebensmittelfarbe (orange od. rot)
20 bis 30 Schnapsgläser

Kondensmilch und 100 ml Wodka Zimmertemperatur annehmen lassen, mischen, die Gelatine unter ständigem Rühren nach und nach einrühren (siehe Packungsanweisung). Auf die Schnapsgläser verteilen, jedoch nur bis zu einem Drittel füllen. Kalt stellen, bis die Masse fest geworden ist. Einen Beutel Zitronengötterspeise nach Packungsanweisung zubereiten, dabei allerdings die Hälfte des Wassers durch Wodka ersetzen. Ein paar Tropfen Lebensmittelfarbe hinzufügen, bis die Götterspeise orange wird. In die Gläser füllen, erstarren lassen. Auch den zweiten Beutel Zitronengötterspeise nach Packungsangabe anrühren und in die Gläser füllen.

FRITTIERTE STEAKSTREIFEN MIT SOSSE

750 ml Öl zum Frittieren
2 Eier
500 ml Milch
8 bis 10 kleine Minutensteaks, jeweils in drei Streifen geschnitten
Salz und Pfeffer
375 g Mehl

Öl in einer tiefen Pfanne oder einem feuerfesten Topf auf 175 °C erhitzen. Eier und Milch verquirlen. Fleisch salzen und pfeffern und in die Milch-Ei-Masse geben. Das Mehl in einen großen, tiefen Teller geben. Das Fleisch aus der Milch-Ei-Masse nehmen und darin wälzen. Immer 4 bis 6 Streifen von jeder Seite 3 bis 5 Minuten frittieren. Herausnehmen und auf Küchenkrepp abtropfen lassen. Anschließend Hitze abschalten, Öl abgießen, den Bratensatz jedoch in der Pfanne lassen.

Milchsoße

Pfanne auf den Herd zurückstellen. Bei geringer Hitze 2 EL Mehl zugeben und rühren, bis sich der Bratensatz gelöst hat. Sobald sich die Zutaten vermischt haben, Milch, Salz und Pfeffer zugeben und unter ständigem Rühren zum Kochen bringen. Von der Platte ziehen und weiterrühren, bis die Soße nach Vorliebe angedickt ist.

METT-MUFFINS MIT MARMELADE

125 g Butter
500 g Biscuit Mix (in gut sortierten Supermärkten)
250 g Sauerrahm
250 ml Sprite
150 g Mett, gebraten und abgetropft

Ofen auf 220 °C vorheizen. Butter schmelzen lassen und gleichmäßig in die 24 Mulden eines Mini-Cupcake-Blechs verteilen. Biscuit Mix mit Sauerrahm und Sprite etwa 2 Minuten verkneten, dann das Mett hinzufügen und einarbeiten. Den Teig mithilfe von zwei Löffeln in die Mulden geben, sodass sie ungefähr zu drei Vierteln gefüllt sind. 15 Minuten backen, mit Marmelade servieren.

Schwarze-Beeren-Marmelade

250 g Blaubeeren
250 g Brombeeren
500 g Gelierzucker 1:1
Marmeladengläser

Die Beeren pürieren. Mit der gleichen Menge Gelierzucker in einen Topf geben und verrühren. Aufkochen und bei starker Hitze unter Rühren 4 Minuten sprudelnd kochen lassen. Sofort in die vorbereiteten Gläser füllen und verschließen.

KÜRBISPIE MIT ZIMTSAHNE

400 g Kürbispüree
400 ml gesüßte Kondensmilch
2 Eier
1 TL Zimt
1 TL Muskat
1 fertiger süßer Mürbeteig aus der Kühltheke

Ofen auf 220 °C vorheizen. Mit einem Handmixer Kürbis, Kondensmilch, Eier, Zimt und Muskat verrühren. Den Mürbeteig in eine gefettete Tarte- oder Springform legen und die Kürbismasse darauf verteilen. 15 Minuten backen, dann die Hitze auf 175 °C reduzieren und 40 Minuten weiterbacken. Mit Zimtsahne (siehe Rezept) garnieren.

Zimtsahne

2 Becher Schlagsahne
50 g Zucker
1 TL Zimt
1 TL Vanillearoma

Sahne in einen hohen Becher geben und steifschlagen. Dabei die restlichen Zutaten einrieseln lassen.

APFELPUNSCH MIT SCHUSS

250 ml Apfelpunsch oder Glühapfel ohne Alkohol
(oder selbst herstellen, indem man naturtrüben Apfelsaft mit Zimt, Nelken, etwas Orange und braunem Zucker würzt)
200 ml Whiskey
4 TL Ahornsirup

Zutaten in einen Cocktailshaker mit 3 bis 4 Eiswürfeln geben. Gut schütteln, in Longdrinkgläser füllen und mit Mini-Karamelläpfeln (siehe Rezept) servieren.

Mini-Karamelläpfel

5 Äpfel (Granny Smith)
1 Glas Karamellsoße
gesalzene Erdnüsse, gehackt
Melonenausstecher
40 Zahnstocher

Mit dem Melonenausstecher aus jedem Apfel 8 bis 10 Kugeln ausstechen. Die Kugeln mit der Schalenseite auf Backpapier setzen, Zahnstocher hineinstecken. Karamellsoße (in der Mikrowelle oder im Wasserbad) erwärmen, die Apfelkugeln hineintauchen und wieder auf das Backpapier setzen. Mit Erdnüssen bestreuen. Vor dem Servieren mindestens 10 Minuten kühlen.

BUTTERNUT-KÜRBIS-SUPPE

1 Butternut-Kürbis, geschält, entkernt und in Würfel geschnitten
1 gehackte Zwiebel
2 Karotten, klein geschnitten
2 EL Olivenöl
1 EL gehackter Knoblauch
Salz und Pfeffer
750 ml Hühnerbrühe
4 Scheiben Bacon, gebraten und zerkrümelt
60 g frisch geriebener Parmesan

Ofen auf 200 °C vorheizen. Kürbis, Zwiebeln und Karotten in einer Schüssel mit Olivenöl und Knoblauch vermischen. Gemüse auf einem Backblech ausbreiten, salzen und pfeffern und ca. 30 Minuten backen, bis der Kürbis weich ist. Geröstetes Gemüse und Hühnerbrühe in einen großen Topf geben, aufkochen lassen, dann die Hitze reduzieren und 5 bis 10 Minuten köcheln lassen, bis die Brühe leicht eindickt. Mit dem Pürierstab zu einer glatten Suppe verarbeiten. Mit Bacon und Parmesan servieren.

GEBRATENE PUTENSANDWICHES MIT CRANBERRY-SOSSE

8 dicke Scheiben Kastenweißbrot (je ca. 2½ cm)
4 EL Dijon-Senf
8 Scheiben Münsterkäse
400 g gebratene Putenbrust in Scheiben
8 EL Cranberry-Soße (siehe Rezept)
4 EL Mayonnaise

Die Brotscheiben mit Senf bestreichen. Auf jeweils vier Scheiben Münsterkäse, Putenbrust, Cranberry-Soße, wieder Käse und eine zweite Brotscheibe schichten. Sandwiches von beiden Seiten mit Mayonnaise bestreichen. Jeweils eins oder zwei in eine große Pfanne geben und mit einem Pfannenwender andrücken. Bei mittlerer Hitze von jeder Seite 2 bis 3 Minuten braten.

Cranberry-Soße

400 g frische Cranberrys
200 g Zucker
125 ml Wasser

Alle Zutaten in einer Kasserolle 8 bis 10 Minuten köcheln lassen, dabei ständig rühren und die Beeren zerdrücken, bis die Soße andickt. In einem luftdichten Behälter vor dem Servieren mindestens eine Stunde kühlen.

CRANBERRY-KEKSE MIT WEISSER SCHOKOLADE

125 g weiche Butter
300 g Zucker
2 Eier
1 TL Vanillearoma
275 g Mehl
1 TL Natron
1 TL Backpulver
250 g weiße Schokoladentropfen oder gehackte weiße Kuvertüre
150 g getrocknete Cranberrys

Ofen auf 180 °C vorheizen. Weiche Butter und Zucker schaumig schlagen, Eier und Vanillearoma hinzufügen. Mehl, Natron und Backpulver einrieseln lassen und vermischen, bis ein glatter Teig entsteht. Zum Schluss weiße Schokolade und Cranberrys einarbeiten. Mit dem Löffel Teighäufchen auf das mit Backpapier ausgelegte Blech setzen und 12 bis 14 Minuten backen.

POINSETTIA (Weihnachtsstern)

200 g frische Cranberrys
1 Flasche Sekt
1 Flasche Cranberry-Saft

2 bis 3 Cranberrys in jede Mulde des Eiswürfeltabletts legen, mit Wasser auffüllen, gefrieren lassen. Für den Cocktail jeweils 2 bis 3 Eiswürfel in ein Longdrinkglas geben und zu gleichen Teilen mit Sekt und Saft auffüllen.

Bonusgeschichte

Eric & Tiffany

1

»Und das habe ich heute bekommen«, flötete Tiffany Russell und bückte sich unter der Bar durch, um ihr Trinkgeld in das Glas zu geben, das sich Bedienung, Barkeeper und Aushilfen teilten. Dieser Abschnitt der Theke war schwenkbar, aber sie hatte sich daran gewöhnt, darunter durchzuschlüpfen, da die Gäste ihre Gläser im Vorbeigehen dort abstellten, obwohl die Fläche eigentlich immer hätte frei bleiben sollen.

»Ich warte nur noch auf Eric, dann bin ich auch weg«, sagte Cam und stellte dabei einen der teuren Ginsorten aufs oberste Regalbrett.

Cameron Reed und sie arbeiteten schon seit Jahren zusammen im The Fix on Sixth, das in Tiffanys Augen die netteste Bar in ganz Austin, wenn nicht sogar in ganz Texas war. Zwischen ihnen war nie was gelaufen, doch sie hatten sich auf Anhieb blendend verstanden und waren schnell Freunde geworden.

»Ich habe gerade in der Küche Risotto-Bällchen und Mini-Burger für Mina und mich bestellt. Willst du auch etwas?« Er deutete zu einem Tisch neben der Bühne, wo seine Freundin Mina saß und ein Drehbuch durchsah.

»Da fragst du noch? Sehr gerne. Schließlich will ich alles über den neuen Film wissen.«

Tiffany und Mina waren hier in Austin zusammen zur Schule

gegangen, aber während Tiffany noch Psychologie studierte, arbeitete Mina inzwischen bei einer jungen, unabhängigen Filmgesellschaft, die sich rasant entwickelte.

»Außerdem bist du doch bestimmt vollkommen ausgehungert, oder?«

Tiffany lachte. »Ertappt. Du kennst mich.«

»Eben. Daher vermute ich auch, dass sich in deinem Kühlschrank nur noch undefinierbare Käsereste, pappige Reiswaffeln und eine abgestandene Cola light befinden. Habe ich recht?«

Tiffany verdrehte die Augen. »Ich bitte dich. Ich habe außerdem noch zwei Limetten und Kondensmilch auf Vorrat.«

»Ah. Du hast es im Supermarkt so richtig krachen lassen.«

»So bin ich. Immer auf der Suche nach Spaß.«

Die Eingangstür öffnete sich, und Eric Shay betrat den Laden. Sofort heftete sich Tiffanys Blick auf ihn. *Wie der pawlowsche Hund*, dachte sie und seufzte innerlich. Das war der Nachteil, wenn man Psychologie studierte: Man konnte sich schwerlich vor dem eigenen Unterbewusstsein verstecken.

Momentan jedenfalls spielte sich ihr Es ganz eindeutig in den Vordergrund. Ihr Mund war – ganz im Gegensatz zum pawlowschen Hund übrigens – knochentrocken, ihr Puls beschleunigte sich, und sie würde sich enorm zusammennehmen müssen, um klare Sätze zu formulieren und nicht wie eine stammelnde Idiotin dazustehen. Seit gut einem Jahr war sie hoffnungslos verknallt. Und der dunkelhaarige Mann mit dem Körper eines Actionhelden schien es ihr heute besonders schwer machen zu wollen, denn er trug zu der ausgesprochen gut sitzenden Jeans ein hautenges Tanktop, das seine definierten, aber nicht zu muskelbepackten Schultern und Arme perfekt zur Geltung brachte.

Prompt konnte sie sich auf nichts anderes mehr konzentrieren.

Obwohl es erst Mitte März war, war er braun gebrannt und sah aus wie ein junger Gott. Oder wie ein Model für Fitnessmode. Was als Vergleich tatsächlich naheliegender war, da sein Tanktop

Werbung für den Capitol 10K machte, einen Stadtlauf, an dem Eric bereits sechsmal in Folge teilgenommen hatte und für den er vermutlich in ein paar Wochen zum siebten Mal an den Start gehen würde.

Tiffany übrigens auch.

Seit einiger Zeit lief sie regelmäßig mit Mina und zwei anderen Frauen, die bis vor einer Weile im The Fix gearbeitet hatten. Die eine von ihnen war Megan, die nach einer sehr kurzen turbulenten Kennenlernphase Parker Manning geheiratet hatte und in Kürze ihre eigene Hautpflegeserie auf den Markt bringen würde, die andere Taylor, die als Bühnenmanagerin den Mann-des-Monats-Wettbewerb koordiniert hatte und nun nicht nur mit einem der Wahlsieger verlobt war, sondern auch mit Spencer und Brooke an einer eigenen Renovierungsdoku, *Mansion Makeover*, arbeitete.

»Du fängst an zu sabbern«, flüsterte Cam ihr zu, und sie wischte sich tatsächlich mit dem Handrücken über den Mund, ehe sie kapierte, dass er sie bloß aufzog. Sie griff nach einem Lappen und schlug damit nach ihm, und erst als sich Cameron lachend wegduckte, bemerkte sie, dass Eric inzwischen näher gekommen war und die Interaktion mitbekommen hatte.

Linkisch winkte sie ihm zu. Gott, war das peinlich. Statt sich sexy und faszinierend zu präsentieren, musste sie wie eine alberne Göre daherkommen, die sich mit ihrem besten Kumpel zankte. Toll. Genau die Wirkung, die sie erzielen wollte.

Eric winkte zurück, wandte sich an Cam und kündigte an, er würde sich nur rasch umziehen – die Angestellten trugen schwarze *The Fix on Sixth*-T-Shirts – und ihn dann ablösen.

»Alles klar«, sagte Cam und drehte sich wieder zu Tiffany um. Er versuchte sichtlich, sich das Lachen zu verbeißen, aber es gelang ihm nicht besonders gut.

Wenigstens saß im Augenblick niemand am Tresen. Um vier Uhr nachmittags war in der Bar kaum etwas los, und die wenigen Gäste, die kamen, ließen sich meistens an den Tischen nieder und bestellten etwas zu essen. Und keiner der Anwesenden achtete auf Cam und sie. Nun, vielleicht mit Ausnahme von Mina, denn als Tiffany ihr einen Blick zuwarf, wandte sie sich hastig wieder ihrem Drehbuch zu.

»Du musst einfach bloß den ersten Schritt machen«, sagte Cam.

»Hallo? Das hatte ich doch letztes Jahr vor, erinnerst du dich?«

»Wie könnte ich das vergessen? Du hast dir ja tagelang den Kopf zerbrochen, ob das wegen der Sache mit Ben überhaupt funktionieren kann.«

Sie zuckte die Schultern. »Ja, ja. Aber das habe ich inzwischen für mich geklärt.«

Tiffany hatte ihre Zurückhaltung bei Eric ursprünglich damit begründet, dass sie zu Beginn ihres Studiums ein halbes Jahr lang mit Erics Bruder Ben zusammen gewesen war. Ben war sechs Jahre älter als sie und hatte damals als Dozent an der psychologischen Fakultät gearbeitet. Sie hatten sich gut verstanden, wenn es auch keine große Leidenschaft gewesen war, doch als er an eine Universität an die Ostküste gegangen war, wo er inzwischen lehrte, war ihre Beziehung beendet gewesen. Erst als Tiffany feststellen musste, dass sie ihn gar nicht vermisste, war ihr bewusst geworden, wie uninspiriert die Verbindung gewesen war. Ja, Ben war ein netter Kerl, aber eben nicht der Richtige für sie.

Mit dem Mann ihres Lebens würde es von Anfang an wie ein Feuerwerk sein. Tiffany wollte das Prickeln, den Funkenflug, wollte große Gefühle und Leidenschaft spüren, und der Richtige würde ihr das alles bieten.

Doch Ben war es einfach nicht.

Eric dagegen …

»Wenn du die Sache für dich geklärt hast, warum hast du denn dann nicht längst etwas unternommen?«, fragte Cam.

»Weil er gerade in dem Moment mit einer anderen zusammenkam.«

»Das war vergangenen September, und noch vor Weihnachten war wieder Schluss. Jetzt haben wir März. Denk nur an all die Wochenenden, die du vergeudet hast.«

Sie schnitt ein Gesicht. »Hätte ich es vorher probiert, wäre ich doch bloß der Lückenbüßer gewesen.«

»Du bist wirklich nie um eine Ausrede verlegen, was?«

»Verdammt, Cam. Hast du mal darüber nachgedacht, dass er vielleicht gar nichts von mir will?«

»Vielleicht ist er aber auch derjenige, der es seltsam findet, dich um ein Date zu bitten.«

»Ich weiß nicht. Ich habe ihn nicht oft gesehen, als Ben und ich zusammen waren. Ich hatte ein schlechtes Gewissen, weil ich ihn so sexy fand – und habe natürlich nichts gesagt –, aber ich denke nicht, dass er mich damals überhaupt bemerkt hat.«

Cam zuckte die Achseln. »Mag sein. Aber vielleicht irrst du dich auch.«

»Und vielleicht hat er jetzt noch immer kein Interesse.«

»Keine Ahnung. Aber die hast du auch nicht, wenn du nicht endlich etwas unternimmst, um es herauszufinden.« Seine Miene wurde weicher, mitfühlender. »Komm schon, Tiff. Du hast mir geholfen, mit Mina zusammenzukommen. Ich würde dir auch gerne helfen.«

»Ich weiß. Und danke. Ich bin bloß feige.«

»Tja, du weißt ja, was man so sagt.«

»Nein. Was?«

Er beugte sich verschwörerisch vor. »Reiß dich zusammen.«

Sie verdrehte die Augen und war versucht, ihn zum zweiten Mal mit dem Lappen zu schlagen, aber in diesem Moment kam Eric zurück.

Cam duckte sich unter der Bar durch, und Tiffany machte Anstalten, ihm zu folgen. »Moment noch«, bat er. »Machst du uns noch schnell einen Krug Pinot Punch? Die Häppchen müssten jeden Moment kommen.«

»Das kann ich auch machen«, sagte Eric, als er Cam passierte und sich nun seinerseits unter der Theke hindurchduckte. Er richtete sich nur einen Schritt vor Mina wieder auf, und weil er einen ganzen Kopf größer war als sie, musste sie den Kopf in den Nacken legen, um ihn anzulächeln.

»Deine Haare sehen toll aus«, bemerkte er, während Cam auf Mina zusteuerte.

»Oh.« Sofort strich Tiffany sich eine Strähne aus dem Gesicht. Ihre Freundin Selma hatte ihr ihren Friseur empfohlen, und nun war ihr welliges hellbraunes Haar mit magentafarbenen Strähnchen durchzogen. »Danke. Und ich übernehme das mit dem Drink. Du musst das Abendgeschäft vorbereiten.«

»Sicher?«

Als sie nickte, zeigte er ihr den erhobenen Daumen und setzte an, sich auf dem Weg zur Mixstation an ihr vorbeizuschieben, aber da die Weinbox in dem engen Durchgang stand und sie seine Richtung nicht vorausberechnet hatte, konnte sie ihm nicht ausweichen. Einen Moment lang standen sie dicht an dicht voreinander, und die Luft zwischen ihnen schien zu knistern. Schokoladenbraune Augen blickten in ihre, und sie glaubte, Verlangen darin erkennen zu können.

Doch dann war er an ihr vorbei, der Moment verpuffte, und sie fragte sich, ob sie sich das alles nicht nur eingebildet hatte. Unschlüssig blieb sie kurz stehen, sammelte sich dann aber wieder und suchte die Zutaten für den Drink, den sie im The Fix am liebsten servierte, zusammen. Sie war gerade ganz darauf konzentriert, den Orangensaft abzumessen, als Eric hinter sie trat und ihr seine Hand auf die Schulter legte.

Sie stieß einen kleinen Schrei aus, ließ den Saftkarton fallen und wirbelte herum.

»Oh, Mist«, sagte sie und blickte zu Boden, wo sich zwischen ihnen eine Saftpfütze bildete. »Tut mir leid.«

»Mir auch. Ich wollte dich nicht erschrecken. Im Gegenteil. Ich wollte dich eigentlich bloß stumm vorwarnen, dass ich mich an dir vorbeidränge. Sorry.«

»Schon gut.« Sie bückte sich, um einen Lappen zu holen, und begann, die Pfütze aufzuwischen.

»Lass gut sein«, sagte er. »Ich mach das und bringe euch gleich den Drink.«

»Aber ich kann doch nicht von dir verlangen ...«

»Du tust du ja gar nicht.« Dieses Mal war sie vorgewarnt, als er seine Hand ausstreckte und sie auf ihren Oberarm legte, und sie war sich der Stelle, an der er sie berührte, nur zu bewusst. »Ich hab's dir angeboten.« Sie sah das Funkeln in seinen Augen.

»Ich ... oh, okay. Wenn du meinst.«

»Tu mir einfach den Gefallen und sag Mike, dass ich ihn hier vorne gebrauchen kann«, fügte er hinzu und bezog sich damit auf die Aushilfe, die gerade im Lager Kisten sortierte.

»Mach ich. Und danke.« Sie standen einander gegenüber, und plötzlich hatte sie das vollkommen unbegründete Gefühl, er wolle sie küssen. Nein, das konnte nicht sein, aber sie entwand sich vorsichtshalber dennoch seinem Griff.

Er richtete sich gerade auf, und sie schlüpfte unter der Bar durch. »Danke noch mal«, sagte sie, eilte zu Cam und Mina und setzte sich mit dem Rücken zur Bar, damit sie nicht in Versuchung geriet, unablässig hinüberzustarren.

»Worum ging's?«, fragte Cam.

»Ich werde es nie schaffen, ihn um ein Date zu bitten. Ich benehme mich wie eine liebeskranke Zwölfjährige, nicht wie die liebeskranke Vierundzwanzigjährige, die ich schließlich bin. Das ist doch absurd.«

»Moment mal«, sagte Mina. Das Essen war gekommen, und sie deutete mit dem Mini-Burger in Richtung Bar. »Du bist verknallt? In Eric?«

Tiffany wandte sich an Cam. »Du hast ihr nichts gesagt?«

Cam hob die Schultern. »Du hast es mir doch verboten.«

Tiffany und Mina sahen einander an und brachen in Gelächter aus.

»Was?«, fragte Cam gereizt.

Mina nahm kopfschüttelnd seine Hand. »Du bist echt ein feiner Kerl, weißt du das eigentlich?«

»Na ja, ich dachte …«

»Vielleicht könntet ihr ja ins Kino gehen?«, fragte Mina plötzlich einen Hauch zu laut.

Ist er da?, bildete Tiffany lautlos mit den Lippen, und Cam zog zur Bestätigung die Brauen hoch und griff nach seinem Wasserglas.

Tiffanys Puls, der sich gerade etwas beruhigt hatte, nahm wieder an Fahrt auf.

»Sieht gut aus«, sagte Eric mit Blick auf die Appetizer, als er den Krug mit Pinot Punch – eine Mischung aus Wein, Schnaps und Frozen Peach – auf den Tisch stellte.

»Danke dir«, sagte Tiffany. »Und entschuldige nochmals, dass ich so ein Trampel bin.«

»Na, wenigstens bist du ein hübscher Trampel.« Er hielt ihren Blick einen Moment lang fest, dann sah er weg, als hätte sein Wagemut ihn selbst überrascht.

Mina, die offenbar spürte, dass ein schnelles Eingreifen vonnöten war, fragte Eric, was er später noch vorhabe. Am nächsten Tag begannen offiziell die Semesterferien. »Normalerweise hast du morgen doch nicht frei, oder?«

»Nein«, antwortete Eric. »Und normalerweise arbeite ich auch bis Ladenschluss. Heute bin ich nur fünf Stunden hier. Um neun mache ich Feierabend.«

»Heißes Date?«, fragte Cam, und Tiffany trat ihn unterm Tisch gegen das Schienbein.

»Weniger. So gut wie jeder in meinem Wohnhaus geht hier in Austin auf die Uni oder hat erst kürzlich den Abschluss gemacht. Daher gibt es heute im Hof eine Party. Als ich Reece davon erzählte, hat er mir angeboten, für mich einzuspringen. Ehrlich gesagt hatte ich gar nicht vor, hinzugehen, aber wenn dein Chef dir sagt, du sollst feiern …« Er ließ den Satz mit einem Achselzucken verklingen.

»Das wird bestimmt lustig«, bemerkte Mina. »Wieso hattest du nicht vor, hinzugehen?«

Wieder zuckte er die Achseln. Sein Blick huschte zu Tiffany, ehe er wieder Mina fixierte. »Ich wohne noch nicht so lange da, deshalb kenne ich nicht besonders viele Leute. Mir war wohl nicht danach, ohne Begleitung aufkreuzen.«

»Dann nimm jemanden mit«, sagte Cam.

»Genau«, fügte Mina hinzu. »Wie wär's mit Tiffany?«

»Was?«, fragte Tiffany.

»Ja?« Eric richtete seine Aufmerksamkeit auf sie. »Ich fände es großartig, wenn du mitkämst.«

»Ich …« Hilflos blickte sie zu Mina und Cam, die sie beide eindringlich ansahen. »Also … ja, warum nicht. Könnte lustig werden.«

Erics breites Lächeln wärmte ihr Herz. »Okay. Schön«, sagte er. »Dann sind wir verabredet?«

»Ja«, antwortete Tiffany, obwohl sie durch die Jubelschreie in ihrem Kopf kaum ihre eigene Stimme hören konnte, »dann sind wir verabredet.«

2

Ein paar Stunden zuvor hätte Eric Mina genauso sehr küssen wollen wie Tiffany. Inzwischen sah er die Sache jedoch anders: Wenn er es recht bedachte, hätte er sie besser erwürgt. Denn während er in seiner Küche an einer Bierflasche nippte und auf Tiffany wartete, wurde er nur noch nervöser.

Keine Ahnung, wie Tiffany es anstellte, aber irgendwie warf sie ihn immer wieder aus der Bahn.

Dabei ließ sich Eric von keiner Frau nervös machen. In Anbetracht der Tatsache, dass ein kleiner Flirt ihm bei der Arbeit stets mehr Trinkgeld einbrachte, wären schwache Nerven kontraproduktiv. Und selbst wenn er von einer wirklich etwas wollte, geriet er niemals so durcheinander wie bei ihr.

Jill zum Beispiel. Sie waren sich in der Obst- und Gemüseabteilung im Supermarkt begegnet und hatten ein bisschen miteinander geflirtet, bis sie ihn gefragt hatte, ob sie noch einen Kaffee trinken gehen wollten. Eins war zum anderen gekommen, und ehe er sichs versah, waren sie miteinander im Bett gelandet.

Es war durchaus prickelnd gewesen, und wahrscheinlich hatte er es deswegen auch so lange laufen lassen. Doch das Prickeln hatte nicht gereicht. Und jedes Mal, wenn sie sich verabschiedete, um nach Hause oder zur Arbeit zu gehen, verabschiedete sie sich auch aus seinen Gedanken.

Tiffany dagegen war dort seit Jahren zumindest unterschwellig präsent. Dieses schiefe Lächeln. Ihr welliges Haar, das sich in seiner Vorstellung wie Seide anfühlte. Und die grüngrauen Augen, deren Farbe ihn an den Himmel nach einem Gewitter erinnerte.

Er sollte sie nicht wollen, das wusste er. Es erschien ihm seinem Bruder gegenüber illoyal, obwohl Ben inzwischen ganz woanders wohnte und seine Beziehung mit Tiffany längst vorbei war. Doch Eric wusste, wie sehr Ben Tiffany geliebt hatte, auch wenn er diese Worte niemals ausgesprochen hatte. Er hatte es ihm angesehen.

Durfte Eric sich mit einer Frau verabreden, die sein Bruder geliebt hatte? Was, wenn mehr daraus wurde? Und was, wenn er ihr damit wehtat? Würde das Ganze nicht zwangsläufig sowohl zwischen ihm und Ben als auch zwischen ihm und Tiffany stehen?

»Blödmann«, fluchte er und schleuderte die Bierflasche in den Mülleimer. Was tat er denn da? Er zerbrach sich den Kopf, wie er mit einer möglichen Zukunft umgehen sollte, obwohl er das Date mit ihr noch nicht einmal gehabt hatte! Herrgott noch mal. Vielleicht sollte er bei Gelegenheit sein Hirn untersuchen lassen.

Ein leises Lachen entwich ihm. Da war er bei Tiffany ja genau an der richtigen Adresse – schließlich studierte sie Psychologie. Aber wenn sie ihre Untersuchung ausdehnen und sich auch in andere Gefilde begeben würde ... also, er hätte bestimmt nichts dagegen!

Er holte sich ein weiteres Bier aus dem Kühlschrank und ermahnte sich streng, auf dem Boden der Tatsachen zu bleiben. Sie gingen bloß zusammen auf eine Party; es war nicht einmal ein richtiges Date. Sie waren Freunde und Kollegen, sie hintergingen niemanden, und sie taten auch nichts, womit sie jemandem kränken konnten. Also gab es auch keinen Grund, nervös zu sein.

Richtig?

Richtig!

Er sah auf die Uhr und stellte fest, dass sie schon seit zehn Minuten auf sich warten ließ. Unwillkürlich fragte er sich, ob sie ihn versetzte.

Drei Minuten später jedoch klopfte es, und er hastete zur Tür. Er wusste, dass er übereifrig wirken würde, aber was scherte es ihn? Er wollte sie bloß endlich vor sich sehen, und als er die Tür öffnete, verschlug es ihm den Atem.

Offen fiel ihr das Haar ins Gesicht, und ihre rosigen Lippen sahen zum Küssen aus. Sie trug ein kurzes hellblaues T-Shirt-Kleid und blauen Sandalen. Ihre Zehennägel waren ebenfalls blau lackiert, und er fragte sich flüchtig, ob sie sie eben noch pedikürt hatte – und falls ja, für ihn?

»Du siehst toll aus«, sagte er aufrichtig. Seine Cousine Sarah trug ständig solche Kleider, doch an ihr hingen sie einfach nur formlos und uninspiriert herunter. An Tiffany hingegen war nichts formlos. Bei ihr war das Kleid ein Hingucker, der ihre schöne Figur in Szene setzte, und in seinen Augen gehörte sie damit geradewegs auf den Laufsteg.

Ein leises Lächeln erschien auf ihrem Gesicht, und ihre Augen funkelten. »Danke. Das freut mich.« Sie trat ein, und als sie an ihm vorbeiging, erhaschte er einen Hauch Vanille, der ihm augenblicklich Appetit machte – wenn auch nicht auf etwas Essbares.

»Das Kleid ist eigentlich eher für den Sommer gedacht«, sagte sie nun und holte ihn wieder zurück in die Gegenwart. »Aber das Wetter spielt in letzter Zeit so verrückt, dass es mir vorkommt, als hätten wir schon Juni.«

»Meinetwegen«, sagte er. »Dann wäre Dezember wahrscheinlich schon im September. Keine schlechte Vorstellung.«

»Hm. Nach der Zeitrechnung wäre dann aber der Mai schon vorbei, und ich habe längst noch nicht alle Scheine für dieses Semester. Stell dir vor, ich verderbe mir den Master, nur weil ich jetzt schon ein Sommerkleid trage.«

»Stimmt, das ist also keine gute Idee. Dann lassen wir die Monate, wie sie sind, und bezeichnen das Kleid einfach als Tiffany Russells Mode-Statement.«

»Oh, klar. Ich bin schließlich der ultimative Trendsetter.« Sie blickte sich um. »Nette Wohnung.«

»Wenn du mit nett uninteressant meinst, stimme ich dir zu.«

Sie lachte. »Na ja, sie ist vielleicht etwas karg, hat aber Potenzial.«

Sie hatte in beiden Fällen recht. »Und das Potenzial ist auch der Grund, warum ich sie angemietet habe. Ich mag die offene Küche. Das Schlafzimmer ist riesig, und es gibt ein zweites kleines Gästezimmer.«

»Wird das oft genutzt?«

»Eher nicht. Aber meine Cousine ist alleinerziehend, und manchmal passe ich auf ihren Kleinen auf. Wenn sie eine Auszeit braucht. Oder Sex, wobei er nicht unbedingt versehentlich reinplatzen soll.«

Sie lachte. »Sie kann froh sein, dich zu haben. Und das erklärt das dritte Zimmer. Die große Küche brauchst du, wie ich annehme, um Cocktails und Appetizer auszuprobieren, oder?«

»Ganz genau.« Tatsächlich experimentierte er schon seit Jahren mit neuen Drinks, und Tyree hatte einige seiner Kreationen sogar in die Karte aufgenommen. Doch erst seit der Food-Messe, die das The Fix im vergangenen Oktober gesponsert hatte, probierte er sich auch als Koch aus. Er war zwar nicht besonders gut – noch nicht zumindest –, aber es machte ihm Spaß. Und er wollte sich mit Lebensmitteln genauso gut auskennen wie mit den Spirituosen, um Zutaten ohne Rezept miteinander kombinieren zu können, allein weil er ihre Essenz kannte.

»Okay, das Gästezimmer und die große Küche hätten wir abgehakt. Aber du isst an einem alten Klapptisch, nutzt einen Futon als Sofa, dein Bücherregal quillt über, und dein Couchtisch besteht aus Milchkisten und einer Sperrholzplatte. Wie sieht's in deinem Schlafzimmer aus? Schläfst du auf einer Luftmatratze?«

»Soll ich's dir zeigen?« Er hatte die Frage noch nicht ganz ausgesprochen, als er sie auch schon bereute. Die Worte mochten unschuldig geklungen haben, seine Absicht war jedoch alles andere als das gewesen. Und wenn er ihren Blick richtig deutete, hatte sie die unterschwellige Botschaft durchaus verstanden. Als sie rot wurde, ihm ein schiefes Lächeln schenkte und »Vielleicht nachher« antwortete, war er sich sicher. Und dass er in ihrer Antwort nicht nur Belustigung, sondern auch ein gewisses Beben zu hören meinte, machte ihn optimistisch – und ganz hart.

»Okay.« Rasch wandte er sich der Küche zu, damit sie die verräterische Schwellung in seiner Jeans nicht sah. Eine kleine Frühstücksbar ging neben dem Kühlschrank im rechten Winkel von der Arbeitsplatte ab, und er bedeutete ihr, sich zu setzen. »Möchtest du etwas trinken, bevor wir runtergehen?«

»Runtergehen?«

»Die Party findet am Pool statt. Es gibt dort zwar eine Bar, aber für das Angebot kann ich nicht garantieren.«

Eric war, was das Trinken betraf, ein echter Snob, wie so gut wie jeder im The Fix wusste. Nicht, dass er Billigkneipen die Existenzberechtigung absprechen wollte. Aber er hatte schon vor langer Zeit beschlossen, sich so lange hinter der Bar zu betätigen, bis er seinen eigenen Laden aufmachen konnte. Zuvor hatte er mit dem Gedanken gespielt, Sommelier zu werden – er hatte einen exzellenten Geschmackssinn –, allerdings schnell festgestellt, dass ihm der gesellige Aspekt der Arbeit hinter der Bar besonders gut gefiel. Seine Eltern waren von seinen Plänen zunächst nicht begeistert gewesen, doch nachdem er auf eigene Kosten angefangen hatte, an der Universität von Texas Wirtschaft zu studieren, um sich damit auch das geschäftliche Know-how für die eigene Bar anzueignen, hatten sie ihm ihre Unterstützung zugesagt.

Zumal sie zu schätzen wussten, jemanden in der Familie zu haben, der einen anständigen Margarita zubereiten konnte.

Was in diesem Augenblick auch keine schlechte Idee war.

Als er es Tiffany vorschlug, nickte sie begeistert. »Viel besser als Bier und billigen Wein, den es wahrscheinlich unten gibt. Im Übrigen habe ich es nicht eilig. Du?«

Er begegnete ihrem Blick. »Ganz und gar nicht.«

Zwei Margaritas später hatten sie es immer noch nicht eilig. Allerdings waren sie zum Futon umgezogen. Oder besser gesagt Eric. Tiffany saß auf der anderen Seite des selbst gemachten Couchtischs, hatte die Beine vor sich ausgestreckt und die Hände hinter sich aufgestützt. Alle paar Minuten beugte sie sich vor, um an ihrem Glas zu nippen, wodurch sich ihr Kleid auf interessante Weise verschob und dabei ihre tollen Kurven betonte. Eric war froh, dass er saß.

Fast eine Stunde verstrich, und sie plauderten über alles Mögliche. Tiffany hatte ihm gerade von ihrem Plan erzählt, den Capitol-10K-Lauf mitzumachen.

»Du und Laufen?«, fragte er.

»Ja, ich und Laufen«, gab sie verlegen zurück. »Nur noch nicht so lange. Aber ich werde immer besser.«

»Warst nicht du diejenige, die mir letztes Jahr sagte, ich hätte ja nicht alle Tassen im Schrank, wenn ich in der Hitze von Texas freiwillig zehn Kilometer laufen wollte?«

»Ich sehe da keinen Widerspruch«, gab sie zurück. »Ich bin offenbar genauso bescheuert wie du.«

»Komm her.«

Sie zog die Brauen hoch. »Wieso?«

»Jetzt komm schon.«

Sie verengte die Augen, erhob sich aber, allerdings wenig damenhaft, doch er beschwerte sich nicht – obwohl es ihm bei dem kurzen Blick auf ihr hellblaues Höschen sehr plötzlich sehr heiß wurde.

Wie beiläufig griff er nach einem Kissen, legte es sich auf den Schoß und deutete dann vor sich. Sie blieb stehen und musterte ihn misstrauisch.

»Was hast du vor?«

Er antwortete nicht, sondern streckte den Arm aus, umfasste ihr Bein oberhalb des Knies, strich mit der Hand aufwärts und fühlte ihre festen Muskeln. Ihr Beben.

»Du hast recht«, sagte er mit leiser Stimme. »Definitiv ein Läuferbein.«

Sie atmete tief aus, und der Laut brachte eine Saite in ihm zum Klingen. Davon wollte er mehr hören. Er wollte alle kleinen Laute hören, die sie ausstoßen konnte. Und sie tat nichts, um ihn aufzuhalten. Er konnte seine Hand also immer weiter aufwärts fahren lassen, und er hatte solche Lust dazu, jede noch so kleine Stelle ihrer …

Ein Klopfen an der Tür ließ beide zusammenfahren. Automatisch und ohne ihn anzusehen, trat sie den Rückzug an und eilte auf die Tür zu.

»Wer ist da?«

»Party Patrol!«

Sie blickte über die Schulter und grinste frech. Vielleicht dachte sie ja genau wie er, dass, wer immer dort draußen stand, eine potenzielle Party im Keim erstickt hatte.

Tiffany öffnete die Tür. Draußen stand ein Nachbar, den er kannte – John? Jake? –, und schwenkte eine leere Bierflasche.

»Alter, du verpasst was. Wir wollen Flaschen drehen. Wir sind voll retro heute.«

»Klingt super«, sagte Eric. »Wir kommen gleich.«

»Tun wir das?«, fragte sie, als sie die Tür zudrückte, und obwohl ihre Worte Schockwellen der Vorfreude durch seinen Körper jagten, war er sich nicht sicher, ob sie wirklich sagte, was er zu hören glaubte.

Sie kam zu ihm zurück und setzte sich neben ihn auf die Couch. Sie war ihm so nah, dass er ihren Vanilleduft wahrnehmen konnte. »Flaschendrehen … ernsthaft?«, fragte sie. »Ich dachte ›Ich-hab-noch-nie‹ wäre im Augenblick der absolute Renner.«

»Ich bin schon ein paar Jahre mit dem Studium fertig. Trotz meiner Adresse habe ich nicht viel Kontakt zu den Kids von heute.«

»Aber du kennst das Spiel, oder? Du machst eine Aussage, und falls du es doch getan hast, musst du trinken. In der Version, die wir in meinem Freundeskreis spielen, musst du, falls nicht, das Versäumnis außerdem sofort nachholen. Sofern es möglich ist, heißt das.«

»Gib mir ein Beispiel.«

»Ich habe noch nie Eis gegessen«, sagte sie. »Habe ich, also trinke ich.« Sie leerte ihr Glas. »Hätte ich nicht, müsste ich Eis essen. Aber selbst als Beispiel: bitte nicht«, fügte sie hinzu. »Auf den Margarita bekommt mir das nicht.«

»Du hast Glück, ich habe sowieso nichts da. Aber etwas zu trinken hast du auch nicht mehr.«

Sie legte den Kopf schief. »Das heißt, du willst spielen?!«

»Warum nicht?«

»Cool.«

Sie stand auf, ging in Küche und kam mit dem Mixbecher zurück, in dem sich noch genügend Margarita für sie beide befand. »Also los. Du zuerst.«

»Okay. Ich habe noch nie ein Mädchen geküsst.« Er nahm einen Schluck von seinem Margarita und sah sie amüsiert an. Sie zog die Brauen hoch.

»Aha, es geht gleich ans Eingemachte, ja? Oder versuchst du nur, dir eine schöne Gute-Nacht-Fantasie aufzubauen?«

Fast hätte er sich verschluckt, doch sie blickte ihn bloß unschuldig an und trank ebenfalls einen Schluck.

»Wen?«, fragte er.

»Marjorie Frederick, vierte Klasse. Zum Üben.« Sie zuckte die Achseln. »Tut mir leid. Taugt nicht viel für Fantasien.«

»Verdammt. Und ich hatte mir wirklich Hoffnungen gemacht.«

»Ernsthaft?«

Er schüttelte den Kopf. »Nicht, dass ich etwas dagegen hätte, aber das spielt in meiner Fantasie von dir keine große Rolle.«

Herrje. Er wurde forscher. Vielleicht war es doch keine so gute Idee gewesen, die Drinks extrastark zu machen. Wenn man allerdings in Betracht zog, auf welche Art sie ihn gerade ansah, war es durchaus möglich, dass es die beste Idee aller Zeiten gewesen war.

»Jetzt du.«

Sie nickte. Plötzlich wurde sie knallrot. »Ich hatte noch nie eine heimliche Liebe.« Sie trank. Er auch.

»Ich bin dran«, bemerkte er und beschloss, dass es jetzt galt. Er hob das Glas. »Noch nie habe ich meine heimliche Liebe geküsst.« Betont setzte er das Glas ab, ohne einen Schluck getrunken zu haben.

Ein Herzschlag verstrich. Dann noch einer. Schließlich setzte auch sie das Glas ab.

»So.« Er schluckte. »Du hast gesagt, wir müssten das Versäumnis, falls möglich, nachholen. Ist es dir möglich?«

Einen Moment lang sah sie ihn bloß schweigend an, nickte dann aber. »Und dir?«

»Mir auch.«

»Oh.« Sie fuhr sich mit der Zunge über die Lippen, und nur

allzu gerne hätte er es ihr mit seiner eigenen Zunge nachgemacht. »Tiffany«, sagte er, »ich werde dich jetzt küssen.«

Ein Lächeln brachte ihr Gesicht zum Strahlen. »Nicht, wenn ich dich zuerst küsse.«

3

Seit über einem Jahr hatte Tiffany sich diesen Moment in den schillerndsten Farben ausgemalt. Wie sich sein Mund auf ihrem anfühlte, seine starke Hand, die ihren Hinterkopf hielt, die Hitze, die sich in ihrem Körper ausbreitete und in ihre Lippen, ihre Brüste, ihr Geschlecht strömte.

Sie hatte von ihm geträumt und jede sanfte Liebkosung, jedes Stöhnen, jede harte Forderung gefühlt. Ihre Hände waren über ihren eigenen Körper gestrichen, und sie hatte sich aufgebäumt und geschrien, als der Eric ihrer Träume sie zum Höhepunkt gebracht hatte.

Doch jener Eric konnte dem Mann, der nun vor ihr stand und sie berührte, der seinen Mund hart und verlangend auf ihren presste, nicht das Wasser reichen. Er packte sie, als stünde sie ihm zu, und sie ließ ihn, war wie Wachs in seinen Händen.

Er legte seine Hände an ihr Gesicht und hielt sie fest, während er ihren Kopf hierhin und dorthin bewegte und seine Zunge ihren Mund erforschte. Ihre Zähne stießen aneinander, und sie schmeckte Blut, als flüssige Hitze durch ihre Körper strömte. Rastlos wanderte eine Hand abwärts, packte grob ihre Brust, glitt dann weiter hinab zu ihrem Oberschenkel, und prompt stellte sie sich breitbeiniger auf, sodass seine Finger sich zwischen ihre Beine schieben konnten. Ihr hellblaues Höschen musste dunkel vor Nässe sein, so sehr verlangte es sie nach seiner Berührung.

Er zeichnete mit einem Finger die Konturen ihres Slips nach und neckte sie, indem er gelegentlich darunterglitt, ohne dass sein Mund für einen Moment von ihrem abließ. Und dann stieß er ganz plötzlich seine Finger in sie, immer wieder, und seine Zunge imitierte die Bewegung, indem sie im Rhythmus tief in ihren Mund eindrang, bis ihr schwindelig wurde, ihr Körper in Flammen stand und sie glaubte, es nicht mehr aushalten zu können.

»Stopp«, brachte sie schließlich hervor und staunte, dass er sofort gehorchte, obwohl er sie so verwirrt und frustriert ansah, dass sie fast lachen musste. Stattdessen holte sie tief Luft, um ihren Puls zu beruhigen, und legte ihm einen Finger auf die Lippen.

»Moment noch.«

Wieder blickte er verwirrt. »Wenn du meinst.«

Sie stand auf und zog sich sehr langsam das Kleid über den Kopf. Einen Augenblick lang konnte sie sein Gesicht nicht mehr sehen, doch als ihr Kopf wieder auftauchte, erkannte sie in seiner Miene ein solches Verlangen, dass es beinahe wie Ehrfurcht aussah.

Eigentlich hätte sie gedacht, es wäre ihr peinlich, nur in Höschen und BH vor ihm zu stehen, aber so war es nicht. Im Gegenteil. Sein begehrlicher Blick verlieh ihr Macht, und sie fühlte sich wie eine sinnliche Kreatur, die er anbetete.

Bloß wollte sie im Moment nicht angebetet werden. Sie wollte keine zärtlichen Liebkosungen. Sie wollte es wild, am liebsten sogar grob.

Sie wollte, dass er sie nahm. Und das sofort.

Langsam trat sie auf ihn zu. Sie hatte ihre Sandalen vorhin schon ausgezogen, und ihre Nerven waren so sensibilisiert, dass sie jede Teppichfaser unter den Fußsohlen zu spüren glaubte. Vor ihm blieb sie stehen und streckte ihm die Hand entgegen, und er erhob sich ebenfalls. »Ich bin nicht mehr ganz nüchtern, aber das ist nicht der Grund, warum ich mit dir schlafe.«

»Nicht?« Er legte ihr eine Hand an die Taille und streichelte mit der anderen sanft über ihre Schulter. Wärme durchströmte sie, und das Prickeln, das seine Berührung erzeugte, versetzte ihren Körper in Aufruhr und machte ihr das Denken schwer.

Sie schüttelte den Kopf. »Ich will das hier – dich! – schon eine Ewigkeit. Und ich bin heilfroh über den Alkohol, der mir die Zunge löst, denn ich bin viel zu lange stumm gewesen.«

»Heilfroh ist das richtige Wort«, sagte er, »denn ich will dich auch schon eine Ewigkeit und habe nie ausreichend Mut zusammenkratzen können, um etwas zu unternehmen.« Er grinste. »Ein Hoch auf meine phänomenalen Margaritas!«

»Dreimal hoch.« Sie biss sich auf die Lippe, als seine Hand an ihrer Taille aufwärtswanderte, die zweite Hand folgte und er ihren BH im Rücken öffnete und auszog. Unwillkürlich entwich ihr ein kehliger Laut.

»Gott, bist du schön.«

Sie hatte kleine Brüste, und sein Blick verriet ihr, dass sie in seinen Augen perfekt war. Plötzlich fühlte sie sich schön, stark und mutig. »Setz dich wieder hin. Und sieh mir zu.«

Er gehorchte, und sie stellte einen Fuß auf die Couch zwischen seine Beine und streichelte ihre Brüste, während sie zusah, wie sein Schwanz in seiner Jeans anschwoll. Und als sie ihre Hand langsam über ihren Bauch abwärtsschob, bis die Fingerspitzen den Bund ihres Höschens berührten, legte er die seine auf seinen Schritt und begann zu reiben.

Ihre Blicke waren ineinander verschränkt, während sie sich selbst liebkosten, und das Gefühl der Macht, das sie erfasste, weil sie ihn derart anmachte, war berauschend. Sex war ganz nett, jedoch sehr direkt. Mit Eric zusammen wollte sie mehr erleben. Sie wollte spielen. Neues erfahren.

Sie wollte, wie ihr plötzlich bewusst wurde, vor allem Spaß haben.

Er sah sie fragend an, und sie verstand. Sie neigte leicht den Kopf, und er zog den Reißverschluss der Jeans auf und holte seinen Schwanz heraus. Sie war zwar keine Expertin, aber was sie sah, erschien auch ihr ziemlich perfekt. Groß, dick hart und anscheinend so begierig auf sie, wie sie darauf war, ihn in sich zu spüren.

»Ja«, murmelte sie und schob ihre Hand zwischen ihre Beine. Sie war so feucht, und als sie zwei Finger in sich stieß, stellte sie sich vor, dass er es tat und ihr sagte, wie gut sie sich anfühlte, wie eng sie war.

»Bitte«, flüsterte sie. »Ich will dich spüren.«

»Zieh dein Höschen aus«, befahl er, und als sie sich nackt vor ihm aufbaute, nahm er ihre Hand. »Setz dich auf mich.«

Sie setzte sich rittlings auf seinen Schoß, was besonders aufregend war, da er sich noch nicht ausgezogen hatte, und er – oh, Gott, wie scharf war das denn? – hob ihre noch feuchten Finger an seine Lippen und sog daran, während sie sich auf seinem Schwanz langsam auf und ab bewegte. Doch schnell steigerte sie ihr Tempo, da sie spürte, wie sich ihr Orgasmus aufzubauen begann.

»Ja«, schrie sie, als ihre inneren Muskeln sich um seine Erektion zusammenzogen. »Eric, bitte, oh, bitte.«

Doch ihr Flehen erstarb, als er seine Hände an ihre Hüften legte. »Noch nicht, Baby«, sagte er, hielt sie am Hinterteil und am Rücken fest, erhob sich mit ihr und trug sie ins Schlafzimmer.

Sie war unglaublich.

Er konnte nichts anderes denken. Sie war unglaublich, und durch irgendein Wunder war sie hier bei ihm. Und wollte ihn.

Und, oh ja, er war willens, alles zu nehmen, was sie ihm geben würde. Er sehnte sich schon zu lange danach, sie zu fühlen und zu spüren, wie sie unter ihm zu beben begann.

Er wollte ihr die größten Wonnen bereiten, sie bis an die Schwelle bringen, dort möglichst lange halten und dann mit einem harten finalen Moment der Ekstase mit ihr explodieren.

O ja, das wollte er. Aber er wollte langsam dorthin gelangen. Sobald er sie auf dem Bett abgelegt hatte, begann er also an ihren Fußknöcheln und bahnte sich mit Küssen seinen Weg aufwärts die Wade entlang bis zu der empfindlichen Innenseite ihrer Oberschenkel, die unter seinen Lippen und Fingern zuckten und bebten.

Nur beiläufig leckte er die zarte Stelle zwischen Leiste und Muschi, dann wanderte er auch schon weiter aufwärts, stieß die Zunge in ihren Nabel, sog an ihren Brustwarzen, strich mit den Lippen über ihr Schlüsselbein, während sich sein harter Schwanz pulsierend am Laken, dann an ihren Beinen und endlich an ihrer feuchten Muschi rieb.

»Zieh die Knie an«, sagte er. »Aber lass sie gespreizt. Und, Baby? Ich will, dass du mich ansiehst, klar?«

Sie tat, wie ihr geheißen, und er wäre beinahe allein bei ihrem Anblick gekommen. Danach hob er sich über sie und stützte sich links und rechts vor ihrem Kopf ab, während sein Schwanz ihre Muschi neckte, was ihr kleine wimmernde Laute entlockte.

Er senkte den Kopf und küsste sie, weil er die Laute schmecken wollte, und sie ließ sich so hungrig auf den Kuss ein, dass er nicht mehr anders konnte, als sich tief in sie zu treiben. Und dann konnte er nicht mehr aufhören. Keine Macht der Erde hätte ihn nun noch aufgehalten. Sie war sein, und dieser Moment gehörte ihnen, und er stieß immer wieder, immer tiefer in sie und hörte auch nicht auf, als sie ein Knie losließ, um sich am Kopfende abzustützen.

Sie stemmte sich gegen seinen Ansturm, und er drang so tief in sie ein, dass er glaubte, mit ihr eins zu sein. Bis er sicher war, mit ihr eins zu sein, denn als er spürte, dass sie kam, folgte er ihr hinaus ins Universum und schwebte vor lauter Befriedigung erschöpft wieder zur Erde zurück.

Er hatte keine Ahnung, wie lange er halbtot dalag, bevor sein Verstand wieder einsetzte. Dann streckte er sich neben ihr aus, schmiegte sich an sie und spürte ihre Wärme und ihren Herzschlag, der sich schrittweise beruhigte.

»Das war so viel besser als in meinen Fantasien«, murmelte sie.

»Du hast Fantasien von mir?«

Sie drehte sich auf die Seite, um ihn anzusehen. »Willst du damit sagen, du hattest keine von mir?«

»Nur eine? Eher eine nach Themen sortierte Sammlung.«

Sie stützte sich auf den Ellenbogen, und in ihren Ausdruck sinnlicher Befriedigung mischte sich der eines neugierigen Kätzchens. »Erzähl.«

»Das dauert viel zu lange«, neckte er sie.

»Na, dann nur eine Auswahl.«

»Welche Freigabe? Null, sechs, zwölf oder achtzehn Jahre?«

»Du hast Fantasien, die ohne Altersbeschränkung freigegeben sind?«

»Klar, die sind großartig. Ein träger Sonntagnachmittag in einem Boot oder am See. Das kann natürlich in ›Begleitung eines Erwachsenen empfohlen‹ übergehen, wenn die Fantasie in Hippie Hollow spielt«, sagte er mit Anspielung auf Austins FFK-Strand am Lake Travis.

»Nur bis zu dieser Empfehlung?«

»Kein Sex im Park. Andernfalls …« Er wackelte mit den Augenbrauen, und sie lachte. »Aber davon abgesehen stelle ich mir wirklich gerne vor, mit dir zu kochen – einfach nur ein bisschen experimentieren, dabei eine Flasche Wein trinken und es sich anschließend vor dem Fernseher gemütlich machen. Dein Kopf liegt auf meinem Schoß, und ich streichle dein Haar.«

»Klingt nett. Welchen Film sehen wir?«

»*Casablanca.*«

»Oh, aber sie verlässt ihn doch. Wir brauchen einen Film mit einem Happy End.«

»Ich rede mal mit den Produzenten.«

Sie nickte, als sei das geklärt. »Und danach? Bleibt es eine Freigabe ohne Altersbeschränkung?«

»Ganz sicher nicht. Irgendwann ist die Szene erst ab achtzehn.«

Er küsste sie auf die Nasenspitze. »Aber da wir unsere Freigabe nicht verlieren wollen, wird das dann die Fortsetzung.«

»Gefällt mir.«

»Und was fantasierst du so?«

»Vieles ist ähnlich«, antwortete sie. »Und manchmal sind Spielzeuge dabei.«

Bei dem Gedanken wurde sein Schwanz wieder steif, und prompt kamen ihm ein paar neue Fantasien. »Deine Art zu denken gefällt mir.«

Erneut lachte sie, und er fragte sich, womit er eine so wunderbare Frau in seinem Leben verdient hatte, zumal sie …

Er schloss die Augen. Wieso mussten seine Gedanken ausgerechnet jetzt in diese Richtung abdriften?

»Eric?«

»Entschuldige. Ich war kurz woanders.«

»Aha?« Sie strich ihm mit einem Finger über die Wange. »Und wo?«

»Ich … ich denke nur … Ach, verdammt. Meinst du, wir müssen reden? Über das, was vorher war? Mit dir und Ben?«

Sie nahm ihre Hand weg. »Jetzt, meinst du? Na ja, er ist ein toller Typ, wirklich, und dein Bruder dazu, aber eigentlich will ich ihn nicht hier im Bett dabeihaben. Du?«

»Ich meine ja nur …«

Aber ihre Hand wanderte abwärts und umfasste seinen Schwanz, und sie begann ihn zu streicheln, gleichmäßig und fest und so verdammt sinnlich. Und dann rutschte sie an ihm herab und schob sich unter die Decke, und ehe auch ihr Kopf darunter verschwand, sah sie ihm in die Augen und wiederholte ihre Frage. »Du?«

Darauf gab es selbstverständlich bloß eine Antwort.

Nein.

4

»Und du willst mir wirklich nicht sagen, wohin es geht?«, fragte Tiffany.

»Nein. Du könntest kneifen.«

Sie warf einen Blick auf den Rücksitz seines Jeeps. »Und was ist in der Tasche?«

»Sag ich nicht.«

Sie lehnte sich zurück und schnaubte. »Treib's nicht zu weit. Ich an deiner Stelle wäre vorsichtig. Du kannst mir ja vielleicht Informationen vorenthalten, aber ich dir Sex.«

»Das ist ein Argument.« Sie fuhren auf dem Lamar Boulevard, und sobald sie den Fluss überquert hatten, bog er nach rechts auf den Parkplatz des ZACH Theater ein. »Du hast mich überzeugt.« Er deutete mit dem Kopf auf die Sporttasche. »Aber wenn du reinschaust, verdirbst du dir die Überraschung.«

»Damit kann ich leben.« Sie streckte sich nach der Tasche, hielt jedoch mit der Hand am Reißverschluss inne. Einen Augenblick später ließ sie sich auf ihren Sitz zurückplumpsen, verschränkte die Arme vor der Brust und tat, als ob sie schmollte. »Wehe, das wird nicht gut.«

Er lachte, was beide in den vergangenen zwei Tagen verdammt oft getan hatten. Sie hatten den ganzen Montag im Bett verbracht und waren nur einmal hinausgegangen, um am Pool Cocktails zu trinken und zu lesen. Sehr passend für den ersten Tag der Semesterferien, auch wenn bloß sie noch studierte.

Weil das Wetter ungewöhnlich warm für die Jahreszeit war, wären sie gerne auch baden gegangen, doch leider war das Schwimmbad noch nicht gereinigt worden. Das allerdings war der einzige Wermutstropfen an diesem Tag, der prächtiger nicht hätte sein können. Hatte sie zumindest gedacht, ehe sie heute aufgewacht war, denn dieser Tag schien den gestrigen tatsächlich toppen zu wollen.

Sie hatten bis neun geschlafen. Tiffany hatte direkt nach dem

Aufwachen nach dem Wetter gesehen und anschließend sofort zu telefonieren begonnen. Erst hatte sie die neue Kellnerin Lisa gebeten, ihre Schicht zu übernehmen. Dann hatte sie Cameron angerufen und ihm erklärt, dass sie in Erics Bett läge und er ihr etwas schuldig war, da er an den Ereignissen, die dazu geführt hatten, keinen unbeträchtlichen Anteil hatte. Weswegen er keine andere Wahl habe, als am heutigen Abend für Eric einzuspringen.

Sie hatte gerade aufgelegt, als Eric erwacht war. »Was hast du gemacht?«

»Uns einen weiteren freien Tag erkämpft«, hatte ihre Antwort gelautet. »Gern geschehen.«

Und nun fuhren sie im offenen Jeep durch Austin, und sie fühlte sich so frei und glücklich wie schon eine Ewigkeit nicht mehr.

»Das ist eine von den Gegenden, in denen ich mir meine eigene Bar vorstellen könnte«, erklärte er wenig später. Sie waren rechts auf die Barton Springs Road eingebogen und fuhren gerade an den Restaurants, Cafés und Kneipen vorbei, die die Straße zwischen dem Lamar Boulevard und dem Zilker Park säumten.

»Kein schlechtes Viertel«, bemerkte sie, »aber die Konkurrenz ist groß. Ich weiß zwar nicht genau, was du im Sinn hast, du kommst mir allerdings eher vor wie ein Typ für die Stammkneipe. Für einen Laden, in dem du praktisch jeden deiner Gäste kennst.«

Das Lächeln, das er ihr schenkte, war strahlend. »Womit du voll ins Schwarze getroffen hast. Denn das ist der Grund, warum ich mir diese Gegend ausgeredet habe. Am liebsten hätte ich etwas im Osten Austins. Da tut sich im Augenblick städtebaulich viel Gutes.«

»Ja, dort wäre bestimmt der ideale Ort.«

»Na ja, bisher ist alles noch ein grober Plan«, sagte er. »Zumal ich erst wissen will, ob ich es wirklich draufhabe.« Er warf ihr einen kurzen Seitenblick zu, ehe er in den Park einbog und in Richtung Schwimmbad und Theater fuhr. »Kannst du ein Geheimnis für dich behalten?«

»Ich habe es geschafft, außer Cameron niemandem zu sagen,

dass ich schon seit einer Ewigkeit auf dich stehe, also würde ich sagen, ja.«

»Das The Fix läuft nach dem Kalender-Event und den anderen Kampagnen so gut, dass Tyree und die anderen überlegen, einen weiteren Laden auf der South Congress zu eröffnen. Nicht weit von dem alten Motel, das Derek und Amanda gerade renovieren.«

»Ehrlich? Davon wusste ich nichts.«

»Sie haben mich gefragt, ob ich ihn managen würde.«

Sie warf sich über den Sitz, um ihn zu umarmen. Zum Glück hatte er den Wagen soeben geparkt. »Das ist ja wunderbar! Und du wirst das ganz großartig machen, Eric, das weiß ich genau. Ach, ich freu mich so für dich. Auch wenn ich ein bisschen neidisch bin. Ich habe noch einige Jahre Büffeln vor mir.«

»Na ja, dann kannst du das ja auch in meiner Bar tun.«

Sie neigte den Kopf und beäugte ihn. Sie wusste, dass er nur Konversation machte, aber dennoch ...

»Ich denke, das Angebot werde ich annehmen«, antwortete sie leise, und ihr wurde die Brust eng, als ihr bewusst wurde, was sie gerade gesagt hatte ... ganz zu schweigen davon, wie schnell sie es gesagt hatte. Immerhin waren sie gerade erst zusammengekommen. Dennoch fühlte es sich mit Eric richtig an. Und das hatte es schon, als sie ihm zum ersten Mal begegnet war.

Fragte sich nur, wie es sich für ihn anfühlte.

Er hatte noch immer nichts gesagt, doch er blickte sie so vertrauensvoll und staunend an, dass Hoffnung in ihr aufkeimte.

»Meinst du das ernst?«

Sie nickte, weil es ihr plötzlich die Kehle zuschnürte.

»Schön. Das Angebot steht.«

Jetzt entspannte ihr ganzer Körper sich. »Wir haben viel zu lange gebraucht, um hierherzukommen, findest du nicht?«

»Zum Zilker?«, grinste er, schüttelte jedoch sofort den Kopf. »Nein, bitte vergiss die dumme Antwort. Du hast recht. Viel zu lange.« Er beugte sich zu ihr und küsste sie – süß zwar, aber mit dem Versprechen auf mehr Würze, wenn sie später wieder allein waren. Dennoch glaubte sie einen Schatten in seinem Blick zu erkennen, als sie sich voneinander lösten, und sie glaubte auch zu wissen, worauf der Schatten zurückzuführen war: Sie hatten noch immer nicht über Ben gesprochen.

Doch nun wollte sie ganz sicher nicht davon anfangen.

Sie räusperte sich. »Und warum sind wir jetzt hier?«

»Steig aus, dann zeig ich es dir.«

Ein paar Minuten später standen sie am Tor zum Barton Springs Pool, dem Naturschwimmbad im Zilker Park. »Wie wär's? Hast du Lust?«

»Bist du irre?«, konterte sie. »Ich liebe das Bad, aber es ist saukalt!«

»Und typisch Austin und absolut herrlich. Wenn du nah bei mir bleibst, halte ich dich warm. Übrigens hat Robert Redford hier schwimmen gelernt – behauptet Wikipedia wenigstens. Und welche Frau möchte sich Robert Redford nicht verbunden fühlen?«

Sie verdrehte die Augen, wusste aber nicht, was sie erwidern sollte. Das Argument war stark; vielleicht gab es im Wasser ja tatsächlich eine gewisse Robert-Redford-Magie.

Das Schwimmbad befand sich mitten im Barton Creek und wurde von einer unterirdischen Quelle gespeist, wodurch es mit Ausnahme der heißesten Tage im Sommer immer mehr oder weniger zwanzig Grad kühl war. Jetzt im März musste es eisig sein.

Trotzdem liebte sie die Anlage; sie war als Kind oft mit Freunden hier gewesen und erinnerte sich gerne an lange Nachmittage, die sie auf Decken auf der Wiese oder auf Flößen im Wasser treibend verbracht hatten. Die Vorstellung, ihrer Erinnerung mit Eric weitere schöne Momente hinzuzufügen, war, wie sie zugeben musste, sehr reizvoll.

Zwanzig Minuten später, als sie in dem Badeanzug, den er ihr gekauft hatte, mit den Füßen im flachen Wasser stand und blau anzulaufen glaubte, dachte sie bereits anders.

»Du gehst das auch ganz falsch an.«

»Wenn du jetzt sagst: ›Spring einfach rein‹, dann spritz ich dich nass.«

»Spring einfach rein«, sagte er, und sie spritzte ihn wie versprochen nass. Doch nun kam er auf sie zu, und da sie nicht auf dem felsigen Boden ausrutschen wollte, konnte sie ihm nicht so richtig ausweichen. Bald hatte er sie erreicht, packte sie und zog sie zu einem Kuss in seine Arme und auf die Felsen herab.

Sie hatte keine Ahnung, wie es ihm gelungen war, aber als sie den Kuss beendeten, befand sie sich zwar nach wie vor in seinen Armen, allerdings auch zur Hälfte im Wasser. »Noch einen?«, fragte er und zog sie fester an sich. »Körperwärme ist angeblich die effektivste Heizquelle überhaupt.«

»Tatsächlich?« Sie drängte sich an ihn und spürte seine harten Muskeln. »In diesem Fall wirst du mich heute wohl den ganzen Tag wärmen.«

Da Tiffany in der vorlesungsfreien Zeit eine Arbeit schreiben musste, war sie widerstrebend nach Hause gekehrt, nachdem sie den Tag bei Matt's El Rancho mit einer Riesenportion Chips und Enchiladas beendet hatten; die scharfe Soße hatte auch den Rest Kälte aus ihren Knochen vertrieben.

Zu Hause stellte sie sich unter die Dusche. Nicht, weil sie es nötig hatte, sondern weil es sich so herrlich anfühlte, das heiße Wasser über die Haut strömen zu lassen, während sie daran dachte, wie Eric sie angefasste hatte und …

Das Klingeln des Telefons riss sie aus ihren Träumereien, und sie runzelte die Stirn. Einerseits war sie verärgert über die Störung, aber andererseits war es bestimmt besser so; wenn sie einmal anfing, würde sie wohl nicht mehr zum Arbeiten kommen.

Doch bis sie endlich aus der Dusche heraustrat, war der Anruf auf die Mailbox umgeleitet worden. Da sie die Nummer nicht kannte, hörte sie sie nicht sofort ab. Stattdessen zog sie sich eine bequeme Jogginghose und ein T-Shirt an und setzte sich mit ihrem Laptop und den Büchern an den Küchentisch.

Sie hatte sich gerade einen Artikel aus einer psychologischen Fachzeitschrift aufgerufen, als ihr Telefon erneut klingelte. Dieselbe Nummer. Ohne groß darüber nachzudenken, nahm sie den Anruf an. Wenn es sich um Werbung handelte, konnte sie nachher wenigstens die Nummer blockieren.

Aber es war kein Werbeanruf.

Sondern Ben.

»Tiffy«, sprach er sie mit dem Kosenamen an, den sie noch nie gemocht hatte, »wie geht's dir?«

»Ben, ich habe deine Nummer nicht erkannt.«

»Ich habe mir eine mit der Vorwahl meiner Gegend besorgt. Und wenn du wissen willst, warum ich anrufe – ich bin gerade in der Stadt.«

»Oh. Wow.« Wie sollte sie denn darauf reagieren?

»Ich würde mich furchtbar gerne auf einen Kaffee mit dir treffen. Wir könnten ein bisschen plaudern, uns erzählen, wie es uns ergangen ist … hättest du Zeit?«

»Ich sitze gerade an einer Hausarbeit, aber wenn es nur auf einen Kaffee ist …«

»Klar. Ich war ewig nicht in der Stadt und will einfach bloß hören, was meine alten Kontakte so machen.«

Traf er sich auch mit Eric und seinen Eltern? Aber Eric hätte doch bestimmt etwas gesagt, wenn er gewusst hätte, dass Ben in der Stadt war.

Einen Moment lang erwog sie, Nein zu sagen. Schließlich hatte sie wirklich viel zu tun. Auf der anderen Seite jedoch war es sinnvoll, dass sie ihn traf. Eric und sie mochten noch nicht darüber gesprochen haben, das Thema aber stand definitiv zwischen ihnen. Sie musste Ben klarmachen, dass sie etwas mit seinem Bruder angefangen hatte. Im Grunde ging es ihn nichts an, doch er sollte davon erfahren. Das war sie ihm schuldig.

»Okay, warum nicht. In einer Stunde?«

»Wunderbar. Ich hol dich ab, ja?«

»Nein, treffen wir uns lieber im The Fix. Ich wollte gerade hinfahren, weil ich ein paar Unterlagen in meinem Fach habe liegen lassen.« Eine Notlüge. Es gab diese Unterlagen zwar, aber sie benötigte sie nicht. Wichtiger war stattdessen, ihm auf neutralem Terrain zu begegnen, und das war ihre Wohnung ganz sicher nicht. »Von da aus können wir zu Starbucks gehen.«

»Großartig. Ich habe von dem Mann-des-Monats-Contest und all den anderen Events gelesen und wollte Tyree ohnehin zu dem Erfolg gratulieren. Und meinen kleinen Bruder treffen, ehe Mom ihn zu einem Essen nach Hause zitiert.«

»Er hat heute frei«, sagte Tiffany. »Genau wie ich.«

»Macht auch nichts. Irgendwann treffe ich ihn schon. Er läuft mir ja nicht weg. Bis gleich.«

Und genau das, dachte sie, war das Problem. Eric lief Ben nicht weg. Und Ben Eric nicht. Er war in ihrer Beziehung präsent, ob sie das nun wollten oder nicht.

5

Nicht, dass Eric den freien Tag nicht zu schätzen gewusst hätte. Aber als Tiffany wegen ihrer Hausarbeit sichtlich nervös zu werden begann, hatte er sie nach Hause geschickt. Und da er darüber hinaus nichts vorhatte, machte er sich auf den Weg in die Bar.

Cam, der dienstags eigentlich freihatte, hatte nichts dagegen, früher Feierabend zu machen und Mina zu überraschen, und Eric ging mühelos in seine übliche Arbeitsroutine über. Griffin war auch anwesend, obwohl er seinen früheren Stammplatz am Tresen aufgegeben hatte. Nun hockte er mit Beverly am Tisch in der Ecke, und sogar Eric musste zugeben, dass die beiden ein verdammt hübsches Paar abgaben.

Jenna und Reece waren bis vor einer Weile auch jeden Abend hier gewesen, aber da ihre Tochter erst zwei Monate alt war, befand sich Jenna noch offiziell in Mutterschaftsurlaub – obwohl sie von daheim aus arbeitete –, und Reece versuchte so oft wie möglich, tagsüber hier und abends zu Hause zu sein.

Shelby und Nolan saßen mit Amanda und Derek an einem hinteren Tisch und veranstalteten ziemlich viel Lärm. Immer wieder brachen sie in lautes Gelächter aus, was wahrscheinlich daran lag, dass Nolan einen schrägen Nolan-Spruch nach dem anderen zum Besten gab.

Brent war nirgendwo zu sehen, aber Eric nahm an, dass er mit Elena und seiner Tochter Faith zu Hause war.

Tyree war mit Eva wie üblich hinten im Büro, kam allerdings immer wieder nach vorne, um sich unter die Gäste zu mischen, wie es sich für einen guten Barbesitzer gehörte. Ohnehin war Tyree Erics Vorbild, und Eric war ungeheuer stolz, dass sein Chef ihm den Posten auf der South Congress überhaupt angeboten hatte.

Alles in allem lief das Geschäft am heutigen Abend wie geschmiert, wenn die Gäste Eric auch mit Spezialdrinks auf Trab hielten. Er war zwar nicht der einzige Barkeeper, der heute Dienst hatte, wohl aber der erfahrenste, und er gab sein Bestes, die Cocktails nicht nur schnell zu liefern, sondern sie darüber hinaus auch noch mit ein bisschen Show zu mixen.

Er war gerade dabei, eine Limettenecke in eine Flasche Corona zu stecken, als die Tür aufging. Über der Tür hing eine Glocke, allerdings eher als Dekoration: Faith hatte sie auf einem Flohmarkt für ihren Onkel Tyree gekauft, und selbstverständlich hatte er sie ohne zu zögern aufgehängt, aber solange der Laden nicht beinahe leer war, konnte man sie nicht hören.

Jetzt jedoch stand Eric in Richtung Tür gewandt, sodass er den Neuankömmling sofort sah. Dunkles Haar. Der Körperbau eines Ringers. Und ein Lächeln, das den düstersten Raum erhellte.

Ben.

»Eric!« Sein Bruder winkte und steuerte erfreut auf ihn zu. »Verdammt, Mann, ich würde dich gerne in den Arm nehmen, aber zwischen uns steht einen halben Meter Theke. Egal, das holen wir später nach.«

»Was machst du denn hier?« Anders als andere Brüder hatten sich Ben und Eric nie als Konkurrenten gesehen. Vielleicht lag es an dem größeren Altersunterschied von sechs Jahren, doch sie hatten sich immer sehr nahegestanden. Was es so verdammt schwer machte, ihn ausgerechnet jetzt an Ort und Stelle zu sehen; schließlich stand nicht nur die Theke, sondern auch ein Geheimnis zwischen ihnen.

Dennoch freute Eric sich. Er hatte Ben schon länger nicht gesehen. »Was machst du in der Stadt?«, wiederholte er. »Ich dachte, du bist nun ein echter Yankee.«

»Haha. Nein, keine Sorge. Ich bin zu einem Bewerbungsgespräch an der Uni gekommen.«

»Ich dachte, dir gefällt dein Job an der Ostküste.«

Ben nickte. »Tut er auch, aber man hat mich angesprochen, und es kann ja nicht schaden, sich anzuhören, was sie zu bieten haben. Außerdem gibt es viele gute Gründe, nach Austin zurückzukommen.«

»Dein kleiner Bruder zum Beispiel«, sagte Eric, und Ben lächelte.

»Vergiss es. Dieser Blödmann? Ich war froh, ihn nicht mehr zu sehen.«

»Arschloch.«

»Mistkerl.«

»Gott, du hast mir gefehlt. Was trinkst du?«

»Nichts, danke, ich bleibe nicht. Ich treffe mich hier nur mit jemandem, dann sind wir weg.«

»Aha? Und mit wem bist du verabredet?«

Aber er brauchte nicht auf Bens Antwort zu warten, denn in diesem Moment betrat sie mit einem strahlenden Lächeln auf den

Lippen das The Fix. »Ben!«, rief Tiffany. Doch dann wurde ihre Miene ausdruckslos. »Eric?«

»Tiffany.«

»Hey«, sagte Ben. »Ich hatte ja ganz vergessen, dass ihr zwei im gleichen Laden arbeitet. Zwei der für mich liebsten Menschen in derselben Bar. Wenn das nicht großartig ist!«

Er schlang Tiffany einen Arm um die Taille, und Eric entging nicht, dass sie keine Anstalten machte, sich von ihm zu lösen. Sie stand bloß da und blickte ihn verblüfft an.

»Ich … ich wusste nicht, dass du hier bist«, brachte sie schließlich hervor.

»Ihr zwei solltet jetzt besser los«, sagte Eric und warf den Lappen, den er in der Hand gehabt hatte, auf die Spüle. »Ich muss nach hinten, ein paar Zutaten holen.«

Ohne eine Reaktion abzuwarten, wandte er sich um und ging innerlich brodelnd davon. Nicht nur, dass sein Bruder nach Hause kam und sich einfach zurückholte, was Eric nun für sich beanspruchte. Nein, ihm war soeben klar geworden, dass Tiffany absichtlich vermieden hatte, das Thema Ben anzusprechen, weil Eric ganz offenbar lediglich das Aufwärmprogramm für den Hauptakt war.

Eric war so schnell verschwunden, dass Tiffany keine Zeit geblieben war, ihn zu fragen, warum er sie nicht vorgewarnt hatte, dass sein Bruder in der Stadt war. Ärgerlicher aber war noch, dass sie keine Ahnung hatte, ob Eric Ben von ihnen erzählt hatte. Sie nahm es an – was sprach dagegen? –, da sie allerdings nicht sicher sein konnte, war es wohl besser, erst einmal nichts vorauszusetzen. Doch falls Ben wusste, dass Eric und sie ein Paar waren, wie mochte er es aufgenommen haben? Vielleicht nicht gut, was möglicherweise der Grund für Erics plötzliche schlechte Laune war.

Sie bestellte wie üblich einen großen Milchkaffee und er etwas mit viel süßen Zusätzen. Eric trank seinen Kaffee schwarz, wie sie am Morgen gesehen hatte, pur und ohne Firlefanz, so wie auch ein Mann in ihren Augen sein sollte.

»Du hast mir noch gar nicht gesagt, warum du in der Stadt bist. Nur um deine Eltern zu sehen?«

Er lachte leise. »Das war auch das, was Eric zuerst gefragt hat. Nein, ich habe ein Bewerbungsgespräch hier an der Uni.«

»Wirklich?« Sie hätte nicht sagen können, was ihr lieber war. Sie wusste, dass Eric und Ben sich sehr nah standen, aber es wäre sicher weniger unangenehm, wenn Ben weiterhin in einem anderen Staat lebte und arbeitete. Dennoch. Sie waren schließlich nicht mehr zusammen, und das bereits seit einer ganzen Weile. Wie sehr konnte es ihn also schon stören? Bestimmt freute er sich einfach für Eric und sie.

»Ja. Und falls man mir ein gutes Angebot macht, werde ich ernsthaft darüber nachdenken.«

Sie schenkte ihm ein strahlendes Lächeln. »Ich wette, dir fehlt die Wärme.«

»Du fehlst mir«, sagte er und nahm ihre Hand. »Ich bin damals gegangen, weil man mir eine großartige Chance geboten hat, aber ich hatte nie das Gefühl, dass das mit dir und mir abgeschlossen war. Ich würde gerne wieder mit dir zusammen sein. Ich habe dich vermisst, Tiffy.«

»Oh.« Sie erstarrte und entzog ihm dann behutsam die Hand. »Ich ... ich weiß nicht, wie ich dir das am besten sagen soll, aber, na ja, ich ...« Sie atmete tief ein. »Es tut mir leid, Ben. Du fehlst mir nicht. Nicht so jedenfalls. Ich mag dich wirklich, glaub mir. Aber ich liebe dich nicht.«

»Das könnte noch kommen.«

Ihr Lächeln war traurig. »Du bist ein guter Freund für mich, mehr nicht. Sei mir nicht böse.« Sie beugte sich vor. »Du solltest eine Frau finden, die dich von Anfang an so sieht, wie du gesehen werden willst. Und es gibt sie, das weiß ich genau. Nur ich bin es nicht.«

»Hast du einen anderen? Ist Liebe im Spiel?«

Sie fuhr sich mit den Händen durchs Haar. »Spielt das eine Rolle? Denn selbst wenn nicht, würde das nichts an meinen Gefühlen – oder dem Mangel an richtigen Gefühlen – für dich ändern.«

»Was natürlich bedeutet, dass es tatsächlich jemanden gibt.«

Sie blickte ihn einen Moment lang stumm an. Liebe? Vielleicht war es etwas vorschnell, es so zu sagen, doch es fühlte sich so an. »Ja.« Sie nickte. »Es gibt jemand anderen. Und es ist Liebe im Spiel.«

6

Er benahm sich albern. Er wusste, dass er das tat. Und doch stand Eric vor ihrer Wohnung und hämmerte an die Tür, denn er würde verdammt noch mal nicht eher wieder gehen, bis er mit Tiffany gesprochen hatte.

»Hey.«

Er fuhr herum und sah sie mit einer Supermarktüte im Arm die Treppe hinaufkommen.

»Was machst du denn hier?«, fragte sie. »Eine schöne Überraschung, aber solltest du nicht im The Fix sein?«

»Ich habe Cam angerufen, und … ach, egal. Wir müssen reden.«

Sie runzelte die Stirn, nickte aber und schloss die Tür auf, und er folgte ihr hinein. Dann trat er die Tür zu, wandte sich zu ihr um und musste sich zwingen, sie nicht zu packen und zu küssen, bis sie allem und vor allem Ben abschwor und versprach, bis in alle Ewigkeit nur ihm zu gehören.

Stattdessen begann er zu reden wie ein Wasserfall. »Du bist immer noch mit Ben zusammen? Du hast eine Fernbeziehung mit meinem Bruder und bist nicht auf die Idee gekommen, es zu erwähnen? Du hast die Nerven und verabredest dich ausgerechnet im The Fix mit ihm – in unserer Bar – und fragst dann auch noch, warum ich hier bin? Verdammt, Tiffany, warum hast du nicht gleich um ein Steakmesser gebeten, um es mir ins Herz zu rammen? Das wäre nämlich wahrhaftig gnädiger gewesen.«

Sie starrte ihn an. Sagte nichts, sondern starrte ihn bloß mit leicht geöffnetem Mund an. Tatsächlich starrte sie ihn so lange an, dass er glaubte, sich in einem dieser Science- Fiction-Filme zu befinden, in dem die Aliens einen automatischen Übersetzer am Ohr trugen. Nur dass ihrer kaputt sein musste, da sie anscheinend kein Wort von seiner kleinen Standpauke verstanden hatte.

»Verdammt noch mal, Tiffany, sag was.«

Aber das tat sie nicht. Stattdessen brach sie in Gelächter aus.

Was ganz und gar nicht die Reaktion war, die er erwartet hatte. »Hallo?«

»Du bist ein Vollidiot. Ein süßer zwar, aber dennoch.«

Er legte den Kopf schief. »Ähm, okay. Starten wir kurz noch einmal neu. Wie bitte?«

»Du. Irrst. Dich. Total.« Sie steuerte auf die Küche zu, und er tappte ihr hinterher. »Kaffee?«

Er blickte sie nur finster an, und sie schenkte ihm ein zuckersüßes Lächeln; ganz offenbar amüsierte sie sich prächtig.

Frustriert setzte er sich auf die Küchentheke.

»Tiffany ...«

»Dein Bruder und ich hatten keine Fernbeziehung. Im Gegenteil: Sein Wegzug kam mir gelegen, weil ich dadurch nicht offiziell Schluss zu machen brauchte. Obwohl ich es vermutlich besser getan hätte, da er dummerweise davon ausgegangen ist, ich würde noch etwas von ihm wollen. Was ich allerdings nicht tue. Versteh mich nicht falsch, Ben ist ein toller Typ. Aber nicht der Richtige für mich.«

Er nickte, um sie nicht zu unterbrechen und vielleicht vom Thema abzubringen, denn plötzlich wollte er unbedingt wissen, wer dann der Richtige für sie war.

»Als er mich vorhin anrief und fragte, ob wir uns auf einen Kaffee treffen wollten, bin ich nicht davon ausgegangen, dass mehr dahinterstecken würde. Ich habe überlegt, ob ich etwas sagen soll, wollte aber erst herausfinden, ob du es vielleicht schon getan hast. Jedenfalls habe ich mir von der Verabredung nichts erwartet.«

Sie zuckte die Achseln und bot ihm eine Packung Oreo-Kekse an. Er öffnete sie, nahm sich einen Keks und biss hinein, ohne darauf zu achten, was er tat.

»Dann habe ich ihm erklärt, dass ich ihn nicht liebe, und er wollte wissen, ob es einen anderen gebe. Das habe ich ihm bestätigt, wenn ich auch nicht gesagt habe, um wen es sich handelt.« Ihr Grinsen wurde plötzlich verlegen. »Außerdem habe ich ihm gesagt, dass ich dich liebe. Oder den Mann, um den es geht. Aber dass du damit gemeint warst, dürftest du ja inzwischen kapiert haben.«

In seinem Kopf trudelten die Gedanken, doch er hatte definitiv ein Schlüsselwort einkreist: Liebe.

»Tiffany, ich ... ich bin ein Vollidiot.«

Sie nahm ihm die Oreo-Packung ab und biss in einen Keks. »Sag ich doch.«

»Du ... du liebst mich?« Er liebte sie auch, aber es war zu früh, um es auszusprechen. Zu früh, deswegen irgendetwas zu unternehmen. »Das kannst du doch noch gar nicht wissen.«

Sie trat näher, bis sie direkt vor ihm stand. »Sag du mir nicht, was ich wissen kann oder nicht.«

»Aber wir sind doch erst seit zwei Tagen zusammen.«

»Ach – soll ich Liebe etwa mit dem Kalender messen?«

»Nein, aber ...«

»Ich kenne dich seit Jahren, Eric, du bist seit Jahren in meinem Herzen. Ich liebe dich, also komm damit klar.« Sie grinste. »Und weißt du noch was? Du liebst mich auch.« Sie legte ihm einen Finger an die Lippen. »Schon in Ordnung, wenn du es jetzt nicht sagen willst. Vergiss einfach nicht, wer von uns beiden hier Psychologie studiert.«

Sie hatte recht, das wusste er, aber im Augenblick stand ein solches Geständnis nicht im Vordergrund seines Bewusstseins, zumal sie ihm die Verpflichtung dazu genommen hatte. Nein, jetzt gerade wollte er sie nur spüren. Sie berühren. Seinen Besitzanspruch auf sie so gründlich und grundlegend einfordern, dass es all seine Ängste, sie könne einem anderen – Bruder oder nicht – gehören, ein für alle Male tilgte.

Also hakte er seine Fersen um ihre Oberschenkel, zog sie zu sich und neigte den Kopf zu einem langen, tiefen, wilden Kuss. Er umklammerte sie mit seinen Beinen, und sie schmiegte sich an seine Erektion, als seine Zunge tiefer eindrang und sie regelrecht nahm. Es war Sex pur, wild, schnell und heiß, und er wollte sie so zum Höhepunkt bringen, wollte Mund an Mund, seine Finger in ihrem Haar, spüren, wie sie kam, sodass es keine Zweifel mehr gab, dass sie sein und nur sein war.

»Bitte«, flehte sie, als sie sich zum Atemholen voneinander lösten, »lass uns ins Bett gehen.«

Er lockerte seine Beine und ließ sie frei, dann rutschte er an ihrem Körper herab, bis er mit dem Rücken an der Küchentheke lehnte und sie ansah. *Ja, verdammt, sofort*, schrie es in seinem Kopf. Er wünschte sich nichts mehr, als sie unter sich zu haben, in sie einzudringen, sich in sie zu versenken.

Doch leider gab es ein Problem. »Baby«, flüsterte er, »das geht nicht.«

Das geht nicht?

Tiffany starrte ihn an. »Was soll das heißen – das geht nicht?«

Eric fuhr sich mit der Hand durchs Haar und sah so elend aus, wie sie sich fühlte. Ein schwacher Trost, da ihr das vermeintlich geteilte Leid im Augenblick vollkommen egal war. Sie wollte bloß ins Bett. Und zwar mit ihm.

»Eric, was soll das jetzt?«

Aber natürlich kannte sie die Antwort schon, noch ehe er sie formuliert hatte.

Ben.

»Ich … wir können das nicht tun, bevor ich es nicht meinem Bruder erklärt habe.«

»Und warum, bitte schön? Welchen Unterschied macht es denn schon? Wäre er noch an der Ostküste, lägen wir schon längst im Bett und ich könnte den fünften Orgasmus des Tages genießen.«

Ein leises Lächeln huschte über seine Lippen. »Danke für das Kompliment.«

»Nicht doch. Erklär mir lieber, warum du mich nicht besinnungslos vögelst. Und tu es bitte in kurzen, leicht verständlichen Sätzen, da mein Körper momentan hauptsächlich in unteren Regionen durchblutet wird.« Was sich mit wachsender Wut allerdings zu ändern begann.

»Verdammt noch mal, Tiffany, tu nicht so, als würdest du nicht verstehen. Er liebt dich noch immer.«

»Er liebt nur das, was er in mir sehen will«, konterte sie, aber es hatte keinen Sinn. Er sprach weiter, als hätte er sie nicht gehört.

»Du weißt, dass wir uns nahestehen. Glaubst du wirklich, ich kann mein Glück mit dir genießen, wenn ich weiß, dass er aus genau diesem Grund kreuzunglücklich ist? Wenn er damit nicht umgehen kann?«

Seine Worte waren wie ein Guss eiskaltes Wasser über ihren Kopf. Sie wich zurück, bis sie gegen die Kücheninsel stieß. »Moment mal, ganz langsam. Hier geht es also nicht darum, es ihm einfach nur zu sagen? Du willst ihn tatsächlich um Erlaubnis fragen? Und sichergehen, dass er damit umgehen kann?« Sie ballte die Hände zu Fäusten und löste sie wieder, um die Fassung zu wahren. »Falls es dir noch nicht aufgefallen sein sollte: Das hier ist keine Dreiecksbeziehung. Ben hat in diesem Fall kein Mitspracherecht.«

»Er ist mein Bruder. Und er liebt dich. Das wird ihm einen Schlag versetzen.«

»Ihm? Du versetzt gerade mir einen Schlag.«

»Tiffany.« Er stieß sich von der Küchentheke ab und kam auf sie zu, doch sie wich ihm aus.

»Also gut, was ist denn, wenn er sagt, dass er damit nicht umgehen kann? Heißt das dann, das war's mit uns beiden?« Sie weinte jetzt, und sie hasste es. Den salzigen Geschmack. Die Zurückweisung. Die Frustration, die sich in ihr Inneres brannte.

»Er wird doch nicht ...«

»Woher willst du das denn wissen? Anscheinend machst du dir deswegen ja Sorgen. Und, ehrlich, Eric, wie denkst du eigentlich von mir? Ich bin doch nicht Bens Eigentum. Er hat keinen Anspruch auf mich und nicht das Recht, mich von dir fernzuhalten.«

»Aber das meine ich damit doch gar nicht ...«

»Geh einfach.«

»Tiffany, bitte.«

Doch sie schüttelte den Kopf. Sie war zu wütend und zu gekränkt, um nun nachzugeben. »Bitte geh jetzt«, wiederholte sie. »Bevor ich etwas sage, was ich wirklich bereuen werde.«

Also ging er tatsächlich, und sie hatte keine Ahnung, ob sie froh sein sollte, dass er nicht mehr widersprach, oder wütend, weil er nicht geblieben und um sie gekämpft hatte.

7

Da Ben bei ihren Eltern übernachtete, hatte Eric dort angerufen und sich zum Frühstück angemeldet. Was sich als eine der schlechtesten Entscheidungen seines Lebens erwies. Seine Eltern schienen nichts zu merken, aber seinem Bruder konnte Erics schweigsame Stimmung kaum entgehen.

Er war noch nie gut im Small Talk gewesen, doch das ganze Frühstück über dazusitzen und nicht aussprechen, was ihm im Kopf umherging, war pure Folter.

Nach dem Frühstück ging er in den Garten. Hier hatten Ben

und er in ihrer Kindheit immer Fangen gespielt, hier hatte Ben ihm geholfen, eine Burg zu bauen, und hier hatten sie mit Muffin, dem Mischlingshund, getobt, den sie von der Straße aufgelesen hatten, als Eric sechs gewesen war.

So viele Erinnerungen. Schöne Erinnerungen.

Eric hatte sich vorgestellt, dass er eines Tages in diesem Garten heiraten und den heiligen Schwur der Ehe unter der großen Eiche ablegen würde. Das wollte er noch immer.

Und, verdammt, er wollte Tiffany. Hatte er wirklich gesagt, es sei zu früh, von Liebe zu sprechen? Wie blöd war er eigentlich? Welcher Mensch wies schon Liebe zurück?

Und wie war er nur auf die idiotische Idee gekommen, für seine Gefühle die Erlaubnis seines Bruders einzuholen?

Verflucht!

»Hey.« Ben lehnte sich an das Geländer der Veranda, das wie jedes Jahr kurz vorher frisch gestrichen worden war. Ihr Vater ließ es sich nicht nehmen, es selbst zu machen. »Gibt es etwas, worüber du mit mir sprechen möchtest?«

»Nein. Doch. Ach, ich weiß nicht.«

»Klingt für mich wie ein Ja.«

Eric seufzte. »Ich bin's. Ich bin derjenige, mit dem Tiffany zusammen ist. Oder war. Jetzt ist sie sauer auf mich.«

»Du?«

Eric hob verlegen die Schultern. »So sieht's aus.«

»Hm.« Sein Bruder trat an die Treppe und setzte sich. »Und nun ist sie sauer? Warum?«

»Weil ich ihr gesagt habe, ich müsste mich erst vergewissern, dass du damit einverstanden bist. Aber weißt du was? Es spielt keine Rolle, ob du einverstanden bist, weil ich sie liebe. Und weil sie sich für mich entschieden hat. Das tut mir wirklich leid für dich, bitte glaub mir das, aber ich werde nicht auf die tollste Frau, die mir je begegnet ist, verzichten, nur damit mein Bruder nicht traurig ist.«

»Du liebst sie, habe ich das richtig verstanden?«

»Verdammt, ja, das tue ich.«

Ben nickte. »Und dass sie dich liebt, wissen wir ja schon.« Er zuckte die Achseln. »Sie hat keinen Namen genannt, aber ich fand sofort, dass der Kerl ein echter Glückspilz sei.« Er begegnete Erics Blick. »Finde ich übrigens immer noch.«

»Du kommst also damit klar?«

»Absolut«, antwortete Ben. »Ich liebe euch beide, und ich schwöre dir, ich könnte mich nicht mehr für euch freuen.«

»Meinst du das wirklich ernst?« Aber er konnte es Ben ansehen. »Auch für dich wartete irgendwo die Richtige, das weiß ich genau.«

»Ja, ich auch«, sagte Ben. »Und ich finde sie schon. In der Zwischenzeit solltest du allerdings losrennen, um dich mit deiner Freundin zu versöhnen.«

»Kannst du es Mom und Dad erklären?«

»Ich sage ihnen, dass du dich um dein Mädchen kümmern musst«, brachte Ben grinsend einen Satz aus *Good Will Hunting* ein, der zu ihren Lieblingsfilmen gehörte.

Eric hätte die Augen verdreht, wäre er nicht schon davongestoben.

»Ich glaube, ich hab Mist gebaut«, sagte Tiffany zu Cam und Mina, die sie zu einem spontanen Beziehungskriegsrat einberufen hatte. »Ich weiß doch, wie sehr er und Ben aneinander hängen, aber ich bin komplett ausgerastet, als er nicht sofort sagte, ich und unsere Liebe seien schließlich das Wichtigste überhaupt. Er hat Ben in unsere Beziehung reingezogen, und da war alles aus. Ich …«

»Kein Wunder, dass du durchgedreht bist«, unterbrach Mina ihn. »Und natürlich willst du nicht, dass jemand Eric vorschreibt, wen er zu lieben hat und wen nicht.«

»Ganz genau. Aber …«

»Aber gleichzeitig hättest du durchaus warten können, was er zu unternehmen gedenkt, ehe du die beleidigte Leberwurst spielst«, schloss Cam und nickte. »Okay, verstehe ich. Und ich kann mich auch in deine Lage versetzen. Aber der Junge sitzt zwischen zwei Stühlen. Er liebt dich. Er liebt seinen Bruder. Und sein Bruder liebt dich auch.«

»Wir sind uns also alle darüber klar, dass ich Mist gebaut habe. Was mache ich jetzt?«

Cam und Mina sahen einander an. »Ihn suchen? Mit ihm reden?«

Sie runzelte die Stirn. Sie konnte es nicht ausstehen, zu Kreuze zu kriechen. Doch für Eric würde sie es tun.

»Ich gehe zu ihm«, sagte sie, aber als sie entschlossen die Tür aufriss, stand Eric bereits da.

»Ich wollte gerade klopfen«, sagte er.

»Und wir wollten gerade gehen«, sagte Mina und zog Cameron zur Tür. Er warf Tiffany einen Blick zu, und als sie nickte, küsste er sie auf die Wange. »Viel Glück«, flüsterte er und zog die Tür hinter Mina und sich zu.

»Verzeih mir«, sagte sie gleichzeitig mit Eric.

»Ich hätte niemals auch nur andeuten dürfen, dass ich Bens Okay brauche. Ich war bloß ... in einer merkwürdigen Situation.«

»Ja, das warst du. Und ich habe dich da hineinmanövriert. Das war unfair von mir.« Sie biss sich auf die Lippe. »Alles wieder gut?«

»Denke schon.«

»Gott sei Dank. Es bekommt mir nicht, mich mit dir zu streiten.«

Er grinste. »Mir auch nicht.«

Sie holte tief Luft. »Aber woher dieser plötzliche Sinneswandel? Ist etwas passiert?«

»Ich habe Ben erklärt, dass du nun meine Freundin bist«, sagte er schlicht. »Dass ich dich liebe, wir ein Paar sind und er sich daran gewöhnen müssen wird.«

»Aha? Und wie hat er reagiert?«

»Er wünscht uns alles Gute. Weil er uns beide liebt. Und ich weiß, dass er es ehrlich meint.«

Sie nickte.

Eric nahm ihre Hand, trat näher zu ihr und küsste sie zärtlich. »Du gehörst zu mir, Tiffany. Ganz und gar. Und weißt du was?«

»Na?«

»Ich gehöre auch zu dir.«

»Das stimmt«, sagte sie. Seine Worte und seine Berührung setzten sie in Flammen. »Und jetzt müsstest du etwas für mich tun.«

»Aha, und was?«

»Liebe mich.«

Er grinste und hob sie auf die Arme.

»Das, Baby, tue ich liebend gerne die ganze Nacht.«